# Salvar el fuego

# Guillermo Arriaga

## Salvar el fuego

Premio
ALFAGUARA
de novela
2020

Primera edición: mayo de 2020

© 2020, Guillermo Arriaga
© 2020, Penguin Random House Grupo Editorial, S. A. U.
Travessera de Gràcia, 47-49. 08021 Barcelona
© 2021, de la presente edición en lengua castellana:
Penguin Random House Grupo Editorial USA, LLC.,
8950 SW 74th Court, Suite 2010
Miami, FL 33156

© Diseño: Penguin Random House Grupo Editorial, inspirado en un diseño original de Enric Satué
©Imagen de cubierta: Giuseppe Gradella

Impreso en Estados Unidos - *Printed in USA*

ISBN: 978-1-644731-92-5

21 22 23 24  10 9 8 7 6 5 4

*Al fin y al cabo, en las sociedades burocratizadas y
aburguesadas, es adulto quien se conforma con vivir menos
para no tener que morir tanto. Empero el secreto de la
juventud es este: vida quiere decir arriesgarse a la muerte; y
furia de vivir quiere decir vivir la dificultad.*

EDGAR MORIN


*Si el fuego quemara mi casa, ¿qué salvaría? Salvaría el fuego.*

JEAN COCTEAU


*Yo era una mujer quemada, llena de llagas por dentro y por
fuera, y tu hijo era un poquito de agua de la que yo esperaba
hijos, tierra, salud; pero el otro era un río oscuro, lleno de
ramas, que acercaba a mí el rumor de sus juncos y su cantar
entre dientes. Y yo corría con tu hijo que era como un niñito
de agua, frío, y el otro me mandaba cientos de pájaros que me
impedían el andar y que dejaban escarcha sobre mis heridas de
pobre mujer marchita, de muchacha acariciada por el fuego.*

FEDERICO GARCÍA LORCA


*No sé amar por la mitad, no sé vivir de mentiras.*

CLARICE LISPECTOR

*A mis padres, Carlos Arriaga Alarid y Amelia Jordán Susilla,*
*originadores del fuego.*

Manifiesto


Este país se divide en dos: en los que tienen mie-
do y en los que tienen rabia.
Ustedes, burgueses, son los que tienen miedo.
Miedo a perder sus joyas, sus relojes caros, sus
celulares.
Miedo a que violen a sus hijas.
Miedo a que secuestren a sus hijos.
Miedo a que los maten.
Viven presos de su miedo.
Encerrados en sus autos blindados, sus restauran-
tes, sus antros, sus estúpidos centros comerciales.
Atrincherados.
Aterrados.
Nosotros vivimos con rabia.
Siempre con rabia.
Nada poseemos.
Nuestras hijas nacen violadas.
Nuestros hijos, secuestrados.
Nacemos sin vida, sin futuro, sin nada.
Pero somos libres porque no tenemos miedo.
No nos importa crecer entre el fango y la mierda,
ni que nos refundan en sus cárceles, ni terminar
en sus morgues como cadáveres anónimos.
Somos libres.
Podemos alimentarnos de basura y respirar el aire
pútrido de los caños y beber orines y bucear en
aguas negras y enfermar de diarrea y disentería y
tifoidea y sífilis y dormir sobre heces y no bañarnos y apestar a sudor y a tierra y a muerte, no
importa, resistimos.
Ustedes con sus carnes fofas, sus cerebros blandos, no sobrevivirían ni un minuto fuera de su
miedo.

Y por más que sus policías y sus ejércitos nos ma-
sacren, persistimos. Somos imbatibles. Nos reproducimos como ratas. Si eliminan a uno de nosotros,
surgimos otros miles. Sobrevivimos entre escombros. Huimos por escondrijos.
Ustedes se deshacen en dolor si pierden a uno de
los suyos. Se cagan con solo escuchar la palabra
muerte. Nosotros no. Somos libres. Sin miedo. Con
rabia. Libres.

José Cuauhtémoc Huiztlic
Reo 29846-8
Sentencia: cincuenta años por homicidio múltiple

La mujer corre por la avenida. Avanza a grandes zancadas. Los hombres que la persiguen se rezagan. Ella lleva un revólver en la mano. Se aproxima a una familia. Sin perder el paso trata de disimular el arma. La pega a su cadera. Una anciana no se percata y se mueve hacia su derecha. Ella gira el cuerpo para evadirla, pero termina por arrollarla. La anciana cae de espaldas. La mujer farfulla un «perdón» y acelera. Uno de los del grupo la increpa. «Estúpida», le grita. La mujer voltea. Ve a sus perseguidores como puntos diminutos. No van a alcanzarla. Carecen de la potencia de sus piernas. Ella mantiene la velocidad. No puede detenerse. No puede. «Si nos llegan a descubrir, huye por los callejones», le advirtió él. Ahí debería estar a salvo. Perderse en el estrecho laberinto de andadores. La mujer prosigue. Su tranco es largo, el de una atleta musculosa y alta. A lo lejos vislumbra los pasadizos. Debe entrar ahí para salvarse. Jadea. Suda. Sus atacantes corren tras ella para matarla. Unos minutos antes sintió los disparos pegar cerca. Dos tronaron en un auto junto a ella. Varios más zumbaron por encima. Le apuntaron a la cabeza. Deseaban que cayera reventada. Tal y como cayó el hombre que ella mató. Fue un relámpago. El tipo se le plantó y alzó el arma. Ella apretó el gatillo más rápido. Ni siquiera apuntó. Solo levantó el revólver y tiró. La bala le dio al otro en el cuello. Salpicó sangre en el muro blanco. Lo vio caer muerto. No tuvo tiempo de asustarse ni de arrepentirse. Sigue corriendo. La Modelito, el barrio donde él creció, está solo a sesenta metros. Una vez dentro perderá a sus perseguidores. Acelera. La entrada al callejón se vislumbra. Hacia allá se dirige cuando suena una detonación. Rueda sobre la calle y queda despatarrada junto a un árbol. Una bala ha entrado por su pecho y le ha estallado el esternón. Mira la herida. Un círculo de sangre se expande en su camiseta. Se trata de incorporar. No puede. Se aferra de la rama de un árbol y jala, pero se desploma. Siente una quemazón en los pulmones. Tose sangre. Un hombre se acerca con una pistola escuadra en la mano. Busca con la mirada su revólver. Está tirado a unos pasos. El tipo levanta el cañón del arma y le apunta a los ojos. «Hasta aquí llegaste, pendeja.»

Si precisara elegir el momento que transformó mi vida, ese sería cuando Héctor nos invitó a pasar el día en su casa en Tepoztlán. «Marina, vengan el sábado, invité a los Arteaga, a Mimí, a Klaus, a Laura y su novio, a Aljure, a Ruvalcaba, a Ceci, a Julio, más los que se cuelen.» Acepté a sabiendas de que a Claudio le chocaría ir. No soportaba a mis amigos «hippies», a quienes llamaba «artistillas mamones». Le aburrían y no tenía nada en común con ellos. A Claudio una buena película era la que lo divertía, las comedias comerciales chambonas, «las que me hacen olvidar la tensión del trabajo». No toleraba las largas y estáticas cintas dirigidas por Héctor. «Son la cosa más aburrida que hay», reclamaba mi marido, sin importar los Cannes o los Venecias que las avalaran. Ese sábado terminamos por ir a Tepoztlán y ahí, justo ahí, empezó todo. Si yo hubiera rechazado la invitación, si Claudio se hubiese empecinado en que fuéramos a comer con sus padres como cada sábado, mi vida ahora seguiría igual, feliz, ordenada y previsible, y la relojería del desastre no se habría echado a andar.

El día soleado, aunado a que Héctor le prometió sintonizar en la televisión el partido de eliminatorias de la Champions, convencieron a Claudio. Además, a mis hijos les encantaba ir. Disfrutaban de jugar con las mascotas que Héctor y Pedro, su pareja, mantenían en la propiedad: once monos araña, dos mapaches, tres labradores retozones y encimosos, cuatro gatos y seis caballos mansos en los cuales podían montar y recorrer el Tepozteco. «Vamos, vamos», dijeron mis tres hijos entusiasmados. Y es que la verdad se la pasaban muy bien en casa de Héctor y Pedro. Y si Claudio no fuese tan prejuicioso, apuesto que él también. Estoy convencida de que el «aborrecimiento» a mis amigos era solo una pose porque a varios de ellos los conocía desde niños.

Llegamos temprano. Héctor y Pedro recién habían despertado y todavía sin ducharse y sin peinar nos recibieron. «Perdón, nos desvelamos anoche. Pasen por favor, aquí Luchita los va a atender en lo que nos bañamos. Les puede preparar unos chilaquiles y en la

15

mesa hay juguito de naranja recién exprimido. En ese cuarto pueden cambiarse y ponerse cómodos.» Héctor y Pedro se retiraron a alistarse y Claudio no pudo aguantar uno de sus típicos comentarios. «A esos cabrones todavía les huele el culo a vaselina», dijo y soltó una risotada. Esa era su frase favorita para referirse a los homosexuales: «Les huele el culo a vaselina». La frasecita la acuñaron él y sus compañeros para señalar a los curas amanerados que les impartían clases. Pederastas irredentos que abusaron de varios de sus alumnos. De ahí provenía la ligera homofobia de Claudio. No era antigay, ni nada que se le pareciera. Era de entenderse que su percepción de los «maricones» estuviera impregnada por su experiencia en el colegio religioso. Uno de los maestros de primaria solía llevar a sus alumnos de siete, ocho años de edad, a su cubículo. «El veneno del pecado ha entrado en mí», les decía con voz meliflua, «y me mata lentamente. El Santo Padre, conocedor de mis tribulaciones, me ha autorizado a que una boca inocente succione el veneno y lo neutralice con su pureza».

Héctor se consideraba el *enfant terrible* del cine mexicano y hacía lo posible por alimentar su leyenda. Frente a la prensa era soez, exhibicionista, altanero. Juzgaba al resto de sus colegas con aire de autosuficiencia y la mayoría le parecían pedestres y anodinos. Sus películas exhibían seres monstruosos y perversos con una voracidad sexual imparable. Enanos que violaban a mujeres obesas, masturbaciones en primer cuadro, nalgas cuadriculadas por celulitis, várices, penes descomunales. Bien decía Claudio, las películas de Héctor derramaban pus y orines sobre los espectadores. La crítica y los festivales lo adoraban. *Le Monde* lo calificaba de «genio que crea imágenes contundentes», *Der Spiegel* describía su obra como «si Dante y el Bosco hubiesen decidido ser directores de cine». Héctor gozaba de los abucheos de los espectadores, que salieran asqueados, que lo insultaran. Cumplía a cabalidad con el cliché de «escandalizar a la burguesía y darle su merecido». En realidad el burgués era él. Heredero de una fortuna construida sobre la inhumana explotación de cientos de trabajadores en minas carboníferas, jamás cuestionó el dolor y la miseria que causaban sus empresas. Al morir sus padres no se desprendió de ellas y siguió manejándolas desde el consejo de administración que presidía. Sus películas eran financiadas por decenas de rostros anónimos, ennegrecidos por el carbón y con los pulmones anquilosados por años de respirar el infame polvo de las minas. *«Black lungs matter»*, le espetó un periodista en una rueda de prensa para provocarlo parafraseando el famoso *«black lives matter»*. Héctor mandó echarlo de la sala y lo descalificó con rapidez. «Otro imbécil pagado por mis enemigos. Seguro lo envió…» y sin reparos soltaba el nombre de algún crítico o colega que repudiaba su obra.

Aun con sus actitudes petulantes y su fama de intragable, en la vida cotidiana Héctor era un tipo afectuoso y dulce. Un amigo leal siempre dispuesto a ayudar. Sin que Claudio lo supiera, Héctor le ordenó a su director de finanzas que invirtiera parte del dinero de su compañía en el fondo que Claudio manejaba. Lo hizo por mí, por cariño, por los años de conocernos, por su talante generoso. El caso es que nuestra situación económica mejoró de un mes para otro. Ochenta millones de dólares no son poca cosa. Y en manos de Claudio, que era ducho en cuestiones financieras, el capital empezó a generar ganancias constantes. Héctor me hizo prometerle que nunca le revelaría a Claudio quién había transferido tan considerable cantidad a su fondo. Y el bruto de Claudio denostando a Héctor sin imaginar que su reciente poder económico provenía del «cineasta mariconcito».

Pedro también provenía de una «buena familia» dedicada a los bienes raíces. No poseía, ni de lejos, una fortuna tan cuantiosa como la de Héctor, sí mayor a la del 99 % de los mortales. El «rancho», así les gustaba llamar a la casa de Tepoztlán, había pertenecido a sus abuelos. Un terreno rústico de veinte hectáreas sobre el que, claro está, construyeron una casa diseñada por un arquitecto ganador del premio Pritzker y cuyos espacios fueron decorados por Ten Rainbows, la afamada compañía de interiorismo neoyorkina. Cada rincón estaba cuidado al extremo. Doce trabajadores laboraban en la finca para mantenerla impecable. «Hasta a su terrenito le hacen manicure», bromeaba Klaus.

Héctor y Pedro eran consumados mecenas. Museos, galerías, escuelas de artes plásticas, orquestas, bibliotecas eran subvencionados por ellos. Mi compañía de danza contemporánea recibía también sus donaciones. Aunque me preciaba de mantener finanzas sanas, sus aportaciones me permitían un manejo más desahogado, sin las limitantes presupuestarias de otras compañías.

Podía rentar mejores teatros para nuestras funciones, pagar a asesores de calidad mundial y extender contratos a los más talentosos bailarines.

Pedro era quien manejaba los asuntos de la fundación. Aunque generoso, su mecenazgo no estaba peleado con las ganancias. En ocasiones, los galeristas les regalaban cuadros del pintor promisorio que ellos apoyaron y cuyo valor crecía veinte, treinta veces en solo un par de años. Cuando alguna de las orquestas que patrocinaban viajaba a tocar a un recinto en el extranjero, ellos se quedaban con un porcentaje del pago efectuado. Y claro, la mayoría de sus donativos eran deducibles de impuestos.

Yo solo había sido infiel una vez en mi vida. Y lo curioso es que fue precisamente con Pedro. A su vez, él me confesó que nunca antes le había puesto el cuerno a Héctor. Por lo tanto ambos fuimos amantes primerizos. Empezamos con bromas tontas. «La única mujer con la que haría el amor sería contigo», dijo una vez en forma de piropo en medio de un grupo numeroso. El comentario causó risotadas. Incluso Claudio lo festejó. «Mi vieja está tan buena que es capaz de excitar hasta a los perros.» A partir de ese momento, iniciamos un juego de coquetería banal. Pedro no perdía oportunidad de cortejarme, aunque no pasaba de la adulación cándida de un gay a su amiga.

Nunca imaginé que terminaríamos en la cama. Contribuyó para ello una buena dosis de tequila y que los dos estábamos en traje de baño. Pasamos una tarde en la alberca del rancho junto con los niños. Claudio me había dejado ahí un viernes por la mañana. Comió con nosotros y regresó a México a una junta de negocios. Héctor, poco resistente al alcohol, se quedó noqueado en un camastro. A mis hijos uno de los trabajadores los llevó a dar una vuelta a caballo. Pedro y yo nos metimos al agua y recargados en la orilla comenzamos a rozarnos con los pies. Parecía un juego inocente, pero poco a poco fuimos enlazando nuestras piernas. Nos quedamos mirando y sonreímos. «Ya párale», le dije bastante excitada. «Ya la paré», bromeó él y señaló hacia su traje de baño. Un bulto erecto surgía por entre la tela. «A ti nunca te han gustado las mujeres», le reproché. «Nunca», respondió, «ni me van a gustar. Marina, tú no eres una mujer, eres una diosa», sonrió y me besó. Traté de evadirlo, pero él me detuvo la cabeza con ambas manos.

Nos besamos unos segundos y me separé de él. Con el mentón señalé a Héctor que dormía profundo en el camastro. «¿No te importa?», le pregunté. «Claro que me importa, si es el amor de mi vida. Pero quiero probar.» Nos quedamos en silencio. Una urraca aterrizó junto a la piscina, tomó una aceituna de un plato y levantó el vuelo. La seguimos con la mirada hasta que fue a posarse a una palmera. «Siempre he querido saber qué se siente con una mujer y qué mejor que sea contigo», continuó, «si quieres aquí muere». Negué con la cabeza. Nunca se me hubiera ocurrido acostarme con él. Además, no existía ninguna razón para que fuéramos infieles. Ambos vivíamos felices con nuestras parejas. Aunque —repito— los tequilas y nuestras pieles desnudas rozándose debajo del agua nos prendieron.

Nos metimos a un cuarto en la casa de visitas y nos empezamos a besar. Pensé que por ser gay sus besos serían más suaves. No, fueron intensos, fuertes. A menudo me mordía los labios casi al punto de lastimarme. Caí en cuenta que Pedro solo había besado a hombres. Me estrujó las nalgas, me apretó la nuca, me lamió los hombros. Lejos de desagradarme, sus caricias primitivas y burdas me excitaron.

Nos tumbamos en la cama. Me quitó el sostén y se detuvo a palpar mis senos. «Se sienten acolchonaditos», dijo, «con razón les gustan tanto a los bugas». Jaló el cordón del bikini y quedé desnuda. Me miró por un breve instante con cierto asombro, como si mi cuerpo desnudo fuera un objeto extraño entre sus manos. Sin mayor preámbulo, se montó sobre mí y me penetró con fuerza. Le encajé las uñas en la espalda. Empezó a ondularse sobre mí con más y más brío. «No te vayas a venir adentro», le advertí. Sin abrir los ojos negó con la cabeza. Estaba a punto de venirme cuando intento salirse. «Me vengo», dijo. Lo abracé. «No se te ocurra salirte.» Se vino él y casi enseguida me vine yo. Hacía años no gozaba de un orgasmo en una relación sexual.

Volví a acostarme con él cuatro veces más. Nada se comparó a la primera. Él tuvo problemas para excitarse y a mí me cansó el ardor de sus besos y su penetración casi inmediata sin darme tiempo para lubricar. La tercera vez pidió metérmela por atrás. «Es lo que conozco», señaló. Me negué. Jamás lo había hecho por el ano y sentí que esa última virginidad se la debía a Claudio.

La quinta vez fue la más delicada y cariñosa. No me besó con tanta fuerza, ni trató de penetrarme a la primera. Se tomó tiempo en acariciar mis senos y luego me pidió que me abriera de piernas. Se agachó y lo que no había hecho antes, lengüeteó mi clítoris por varios minutos. Luego se acostó sobre mí y muy despacio me la fue metiendo. Dio unos cuantos empujones y se detuvo. Me acarició la cara. «Quise que me gustara, pero la verdad no me gusta nada. Perdóname», dijo. «A mí tampoco», confesé. Nos sentamos en el borde de la cama. Tomó mi mano y jugueteó con mis dedos. Volteé a examinar la habitación. Las paredes pintadas en color crema. Las alfombras mullidas. Sillones clásicos. Un balcón con vista hacia los jardines. Lujo sobre lujos. Con mis novios anteriores —incluso con Claudio—, siempre iba a moteles de paso. Me gustaba la sensación de asistir a lugares construidos expresamente para que las personas tuvieran sexo. Educada en la obsesión por la higiene y la asepsia, me excitaba sobremanera saber que entre esas cuatro paredes decenas de amantes clandestinos habían cogido con rabia y furia y amor y ternura y miedo. Cuando le propuse a Pedro ir a un motel porque eran más discretos, se indignó. «Yo no voy a ratoneras donde cogen albañiles.» Para él y Héctor, todo debía exhibir buen gusto y por eso estábamos ahí, en una senior suite del Four Seasons sin saber qué más decirnos.

Dejamos el hotel esa tarde, melancólicos y desilusionados. Por fortuna, la relación con Pedro en lugar de deteriorarse se hizo más sólida. No hubo nunca reproches ni mención de lo sucedido. Quedó flotando entre nosotros un aire de complicidad y de cercanía. Él volvió a ser la pareja estable de Héctor y yo la amorosa esposa de Claudio. Y fue Pedro, sin saberlo, quien me condujo directo hacia el huracanado amor que arrancó los cimientos de mi vida y la trastocó hasta dejarla irreconocible.

*Ceferino, ¿en qué pensabas esas tardes, inmóvil en tu silla de ruedas, cuando mi hermano te dejaba en la terraza a merced de la intemperie, sin importar si llovía, si era de noche o si helaba? ¿Te dolía saberte inútil y humillado, incapaz de moverte, de expresarte, de defenderte? ¿O no cesabas de rumiar sobre tu pasado de miseria y sobre la opresión de tu pueblo?*

*«No sabes lo que daría por cambiar el rumbo de la historia y evitar que los míos sufrieran como sufrieron», solías decir. Ya que no era posible cambiar el orden de los acontecimientos, te obcecaste en narrarlos desde un punto de vista más justo y más igualitario. Reescribirlos, nos dijiste, se convirtió en tu proyecto vital. Por eso leías libros de Historia con tal ardor, para saciar tu obsesión de pasado, para nunca olvidar. La escuela era para ti un santuario. «En la educación se encuentran las llaves», solías aleccionarnos. Tu padre les planteó a ti y a tus hermanos que estudiar era la única salida. Él que jamás supo leer y escribir. Él, que apenas sabía una docena de palabras en español. Para motivarlos les ponía de ejemplo a Juárez, «un indio como nosotros que llegó a presidente». No es que tu padre creyera que pudieran ser presidentes, ni que llegarían lejos, solo deseaba que escaparan de ahí. De la sierra, de la miseria, del hambre, de la casa construida con lodo y ramas, del fogón humeante, de los tacos bañados con el aceite en el que alguna vez frieron carne de venado, de los zapatos usados por otros niños y que pasaron a otros niños y luego a otros hasta que llegaron a ustedes. Zapatos que les apretaban y les sacaban ampollas y que tu padre impedía que dejaran de calzar porque sin zapatos ningún indio podía llegar a ser alguien. Los ingenieros, los abogados, los maestros no calzaban huaraches.*

*Silente, en tu silla de ruedas, ¿recordabas aquellas tardes insulsas a solas en el monte cuidando cabras, pendiente de que los coyotes no se las robaran? Mi abuelo nos contó que, por fin, después de una buena cosecha pudo intercambiar costales de maíz por seis hembras resecas sin ningún macho que las preñara para al menos obtener dos o tres crías. Seis cabras cuyos huesos sobresalían por entre los pliegues sarnosos y que tuvieron que comerse cuando la sequía se prolongó durante tantos meses que nada pudieron sembrar entre los duros y estériles terrones de su diminuta parcela. Seis hembras que, obligado por tu padre, tuviste que degollar. «Ceferino no dejaba de llorar mientras se le desguanzaban entre las manos», nos relató mi abuelo. Esas cabras eran tus hermanas del monte, con las que pasabas horas por las tardes. Me imagino tu dolor al irlas matando una a una y luego verlas servidas en tu plato.*

*Nosotros no teníamos pretexto para no ir a la escuela. No importaba si nos sentíamos mal, si sufríamos de fiebre o teníamos un hueso roto. Para impelernos, relatabas la mañana en que se le desprendió la suela a uno de tus zapatos y llegaste de la escuela con el pie descalzo y sangrante después de recorrer los cuatro kilómetros que mediaban con tu casa. «Era mi úni-*

co par. No había dinero para comprar otro. Y así fui diario a clases y cientos de espinas se me clavaban en el pie, y los dedos se me cortaban con las lajas de los cerros. Seis años de edad y no me quejé una sola vez. Tuvieron que pasar meses para por fin contar con otros zapatos.» Después de tus odiseas, porque esa fue una de tantas, era imposible rehusarnos a ir al colegio. No había excusa que valiera y un solo rezongo nos merecía castigos severos, sino es que una golpiza.

Supongo que, atrapado en tu silla de ruedas, sin poder pronunciar una palabra, evocabas esas noches heladas, abrazado a tu perro para darse calor y soportar el golpeteo de las ventoleras que soplaban del norte. Abuelo nos reveló cuánto miedo te daban esos aironazos. No querías morir como dijo tu madre que murió su madre en una noche glacial. Tu abuela se había empeñado en buscar una cabrita que no regresó con las demás y cuando ella quiso volver le cayó la noche. Se hizo bolita en una enramada para escudarse del vendaval que se soltó apenas oscureció. Tu madre tenía ocho años cuando su madre desapareció y al día siguiente acompañó a su padre y a sus hermanos a buscarla al monte. La hallaron cuatro días después con los ojos ya comidos por las hormigas, inflada y apestosa, con la boca abierta en el esfuerzo de una bocanada final. Así nos describió tu madre su cadáver y, según ella, de ahí vino tu miedo a los vientos. ¿En tus pesadillas de niño soñabas con hormigas rojas devorándote los labios, entrando y saliendo por tu nariz? ¿Tu temor era que un día no aguantaras el frío brutal y acabaras igual que ella, rígido y azul, con las cuencas de los ojos vacías, tumbado con la lengua de fuera, hinchada y violácea? Y mira papá, terminaste peor que la madre de tu madre, tu cerebro inundado por la marea roja de una hemorragia incontenible que ahogó tus neuronas y te dejó postrado, mudo y contrahecho, en esa silla de ruedas.

Recuerdo esa tarde en que te quejaste de una migraña súbita y le dijiste a mamá «no me siento bien, veo rojo» y caíste de bruces sobre la alfombra de tu cuarto y ya no pudiste ni hablar ni desplazarte. «Esta es la muerte», debiste pensar mientras mi madre te gritaba «levántate, levántate». Con seguridad solo veías rojo y más rojo. Una realidad roja mientras mamá llamaba a una ambulancia.

Llegaron tus otros dos hijos y el cabrón de José Cuauhtémoc sonrió. ¿Tuviste ganas de levantarte y quitarle a golpes esa estúpida sonrisa, de reventarle la cara como tantas veces lo hiciste? Ya que la ambulancia tardaba, te cargamos para bajarte por la escalera y, por torpeza, te escu-

22

*rriste y azotaste en los escalones y para no moverte más te dejamos en el piso de la cocina y con certeza sentiste el frío de las baldosas porque pronunciaste tu última palabra, «frío», y tu hijo José Cuauhtémoc sonrió de nuevo y debiste pensar «malditos sean los descendientes de mi sangre», y luego de dos horas llegó la ambulancia y te llevaron al Seguro Social de la calzada Ermita Ixtapalapa y los doctores examinaron tus pupilas y uno de ellos se giró hacia nosotros «sufrió un derrame cerebral, urge operarlo para detener el sangrado».*

  *¿Qué pensaste cuando meses después José Cuauhtémoc te roció de gasolina y te susurró al oído «el infierno sí existe» y luego encendió un cerillo y lo arrojó a tu regazo para prenderte en llamas? ¿Qué pensaste, papá? Por favor, dime, ¿qué pensaste?*


A lo largo del día arribaron los demás invitados al rancho. Mis niños, junto a los hijos de mis amigos, nadaron en la alberca, montaron a caballo, cazaron ranas y pescaron charales en el riachuelo que cruzaba la propiedad. Fue un pleito constante interrumpir sus actividades para embadurnarlos de bloqueador solar. Mi padre había muerto de cáncer de piel y, obsesionada por ello, cada media hora los llamaba para reuntarles de la crema protectora.

  Se suscitó una discusión entre Héctor y Ruvalcaba sobre «Verano», un mediocre artista plástico. Era obvio para todos que su obra era muy menor, pero Héctor —tan dado a la controversia— lo defendió como si se tratara de un pintor icónico. «El suyo es el arte del reptil que devora a los pequeños insectos del capitalismo», dijo con una vena poética fuera de lugar en un día esplendoroso con niños que correteaban en torno a la alberca. El argumento de Héctor de «minar la insustancial existencia de los burgueses» chocaba con los extensos jardines y el ofensivo lujo a nuestro alrededor. A mí me divertían sus afectadas posturas. En el fondo, Héctor no era más que un muchachito mimado que buscaba librarse de la condenatoria moral religiosa impuesta por su churrigueresca familia. El gay tantos años atado dentro de un baúl oscuro y estrecho asumió una posición de gallito de pelea apenas pudo asomar la cabeza. Un gallito sin navajas en los espolones, incapaz de abandonar su zona de confort, sus rentas millonarias, sus empresas tiznadas por la explotación de miles de mineros.

La disputa entre Héctor y Ruvalcaba alcanzó tintes ridículos. ¿A quién de verdad podía interesarle discutir sobre un tipo que se autonombraba Verano? Aburrida de las tonteras de Héctor, me fui a alcanzar a Claudio a una de las habitaciones de la casa donde en un televisor sintonizaban el partido de la Champions entre el Real Madrid y el Bayern Múnich. La vida de Claudio giraba en torno a los juegos del Real Madrid. Era capaz de interrumpir una junta de consejo o salirse de una boda con tal de aplastarse dos horas frente a la televisión a verlo jugar. Su estado de ánimo lo determinaban los triunfos y las derrotas del Madrid. Me parecía inexplicable su pasión por un equipo de futbol madrileño cuando por Claudio apenas corrían vestigios de sangre española. Él lo aducía a Hugo Sánchez, como les había acontecido a muchos mexicanos.

Pedro entró a ver el juego con nosotros. Era muy futbolero a pesar de su exacerbado buen gusto. «Placer culpable», solía decir, consciente de que Héctor lo denostaba por ello. «Jueguito inventado para obreros tarados con inclinaciones homosexuales», sostenía en uno de sus muchos desplantes provocadores. Según él, los pantaloncillos cortos usados por los jugadores no eran por utilidad deportiva, sino para excitar a los «machitos sudorosos después de salir de la fábrica». Aseguraba ver algunos juegos solo para calentarse mirándoles las piernas.

El juego lo vimos en el mismo cuarto donde Pedro y yo nos habíamos acostado unos meses antes. Tuve la sensación de que él había elegido esa recámara para prestársela a Claudio como una proclama territorial. «Aquí me cogí a tu vieja, tú que tanto desprecias a los gays», aunque no hallé en Pedro el mínimo gesto que me hiciera sospecharlo. Fugazmente recordé el instante en que desató el nudo de mi traje de baño, la penetración brusca, mi intenso orgasmo. Ahí estaban sentados frente al televisor los dos únicos hombres con los que me había acostado en los últimos doce años de mi vida. Aunque nada de la breve atracción que llegué a sentir por Pedro sobrevivía.

Al terminar el encuentro volvimos a la palapa. Por suerte el tema Verano había concluido y ahora Héctor justificaba haber incendiado la casa de uno de sus trabajadores para una de sus películas. En aras de lograr una escena «convincente», no le importó que se hicieran ceniza los muebles de madera de mezquite que el minero había heredado de sus abuelos, la cuna de su primer hijo, los álbumes de fotografías. «Ningún director de arte hubiese conseguido construir un set con tal autenticidad», presumía Héctor. El trabajador llegó a su casa después de diez horas de jornada laboral, solo para descubrir a un equipo de cine filmando los restos humeantes del que había sido su hogar. No le quedó de otra que aceptar una «generosa» suma para compensar los daños pese a la indignación y la ira. Ni con los mejores abogados de Monclova le hubiera ganado a Héctor un pleito legal.

La película le hizo merecer el Gran Premio del Jurado en Cannes. El jurado ponderó «la enorme dosis de dolor y humanidad mostrada en el rostro del minero que contempla desolado la pérdida de su hogar». Ahora Jaime cuestionaba con dureza a Héctor. «Destruiste la vida de ese hombre», le espetó. Héctor sonrió con sorna. «La casa del tipo da igual, en cambio la película va a trascender por años.» Jaime citó a Orson Welles que declaró: «La vida es más importante que el cine». Ese era un dilema para mí: ¿arte o vida? La famosa interrogante de «si se incendiara una biblioteca con textos inéditos de Shakespeare, ¿qué salvarías: los textos o al bibliotecario?» a menudo resonaba en mi cabeza. Yo me inclinaba por el bibliotecario. Héctor me confrontaba por ello: «Eres demasiado blanda, por eso a tus corcografías les falta intensidad». Me enfurecí. ¿Quién se creía para denigrarme así? Yo pretendía una danza lo más cercana posible a lo humano. Una obra que representara las paradojas de la vida: amor-odio, crueldad-belleza, nacimiento-muerte. Los expertos resaltaban el rigor y la solidez de mis coreografías. Ninguno ponderaba lo que para mí era lo más importante: la emoción. Y en eso Héctor —por más que me doliera— estaba en lo cierto. Mi trabajo carecía de fuerza. Pensé que la maternidad me permitiría reflexionar con más hondura sobre la vida y que ello repercutiría en mi obra. Incluso, creí que mi fugaz affaire con Pedro traería un impulso nuevo y refrescante. No fue así. Mis coreografías mantuvieron su impecabilidad técnica, pero se hallaban vacías de vitalidad y potencia. Un par de críticos vieron en esta inexistencia de emoción una virtud. La emotividad en el arte, argüía Flaubert, es barata, de folletín. El arte debe ser frío y contenido para que sea el espectador, no el autor, quien brinde el sentimiento a la obra, y no a la inversa. De otra manera, es manipulación. Yo me negaba a razonar así. En varias ocasiones vi el trabajo de Biyou, la afamada coreógrafa senegalesa. Cada movimiento, cada giro, parecía suscitar fuego. Un hálito eléctrico se percibía en el escenario. Bien podría un relámpago emanar de esos cuerpos. Obvia decir que Biyou presentaba su compañía en los teatros más codiciados de Europa, mientras nosotros debíamos contentarnos con invitaciones de universidades en Estados Unidos y América Latina. ¿En qué consistía la diferencia? Ningún crítico zahirió mis coreografías, ni alegó que les faltara calidad. Pero, me duele reconocerlo, estaban ausentes esos inefables trazos que transforman un desplazamiento en escena en vida pura e impetuosa. Para lograrlo necesitaba rebasar los límites, empujar a mis bailarines no al extremo del trabajo físico, sino a los bordes de sus abismos emocionales. Incitar, forzar. Héctor sabía que con el arte no se transige. Que es necesario ser un hijo de puta para alcanzar las cuotas más altas. Que el arte no es un concurso de simpatía, sino de resultados. No retroceder, no retractarse, no ceder. Aunque, ¿no tendría razón Orson Welles? ¿No debe estar la vida por encima del arte, el bibliotecario antes que los inéditos de Shakespeare?

Jaime terminó apabullado. Sus criterios humanistas y amelcochados fueron demolidos por la vehemencia de los argumentos de Héctor. En el arte, y sobre todo en el cine, afirmó tajante, no debe haber la menor conmiseración. Nada debe alejar a un director de su visión, así precise maltratar actores, chantajear productores, amenazar al equipo técnico, gritar, insultar, seducir, apapachar. «Al final del camino», remató Héctor, «lo único que queda es lo que se ve en la pantalla, lo demás termina en el cajón de las anécdotas».

Me alegró que Héctor barriera con Jaime. Por eso lo admiraba. Porque nadie podía contra su ímpetu, su frenesí vital y artístico. Pedro intentó aliviar la tensión con una broma. Nadie rio. Héctor no solo había rematado a Jaime, lo humilló. Lo catalogó de imbécil y blandengue. Solo quedaban la vía de los golpes o la de la retirada. Jaime y su mujer optaron por la segunda. Pedro intentó retenerlos, «no tarda en estar lista la carne». No funcionó. Rita, la mujer de Jaime, estaba iracunda. «¿Para qué chingados nos invitas a tu casa si siempre terminas por burlarte de los demás?» Se alejaron hacia los autos. Héctor se dispuso a alcanzarlos para pedirles perdón. Lo detuve. «Déjalos, van a volver.» No me hizo caso y se encaminó hacia ellos. Cruzaron unas palabras y luego los tres regresaron.


Ciudad Acuña. ¿Qué chingados hacía él en esa ciudad empapada de sudor y polvo? Allí le dijo el Máquinas que lo alcanzara cuando saliera de la cárcel. «Allá rifa la chamba, José Cuauhtémoc», le dijo, «no vas a tener ningún foking problema en dejar el desempleo». El Máquinas, uno de los sicarios de elite contratado por el narco. Un reo más sacado del botellón a billetazo limpio o, como decía él, «a cabeza limpia». No había juez que soportara recibir la cabeza decapitada de uno de sus empleados en una hielera entre una docena de cervezas. «¿Qué onda magistrado? ¿Nos va a hacer el favorcito de soltar a nuestro compa o le seguimos mandando regalitos? Salud amigo, disfrute las cheves» y, claro, el horrorizado juez obsequiaba «la orden de liberación por falta de pruebas» porque caso contrario la siguiente cabeza podía ser la de su esposa o la de uno de sus hijos. «Somos buenos pa negociar», aseguraba el Máquinas. Rechoncho, antebrazos anchos, manos fuertes. Mecánico de tráileres, tortons y tractores. Empezó en el jale arreglando motores. Terminó ajusticiando comerciantes que no aflojaban para el derecho de piso. «Eso les pasa por codos, tan mega easy que era para ellos entrarle a la coperacha.»

Como muchos fronterizos, el Máquinas había nacido en el otro lado, pero criado en este. «Soy gabacho puro, enano troncón, con American Passport. Nomás me faltan los bucles blonditos y los blue eyes. Deep at heart, soy sangrecita redneck.» Lo agarró la policía en el DF cuando fue a darle una cepilladita a los sesos de un koolaid. Le disparó a quemarropa en plena maceta. «El bato que me mandaron chingar no sabía de sumas», le explicó a José Cuauhtémoc, «dos más dos dan cuatro, cinco más cinco dan diez y el muy asshole sumaba seis más seis y entregaba cinco. Y eso a los bosses nomás no les cuadró. Eso es un deal breaker mai friend. Por eso les digo a mis sobrinos que le macheteen a las matemáticas, porque si uno se pasa de verge y one plus one no da two, pos ai tienes las consecuencias. Las cuentas o salen claras o sacan sangre». Para mala suerte del Máquinas, «los judas de la capirucha ya me tenían guacheado. Un puto jilguero les dio el pitazo y pos me chingaron».

El Máquinas acabó encerrado en el reclusorio. A compartir celda con otros dos cábulas. En el comedor conoció a José Cuauhtémoc. Se cayeron bien. Con él podía hablar en inglés si le daba la gana. Pocos presos los entendían. «The bato there le likea a la bronca», advertía para que JC guachara y se anduviera con cuidado. Pidió a los bosses que arreglaran con las autoridades penitenciarias que compartiera celda con su nuevo camarada. Y pos los bosses son los bosses y los huevones directores de la cárcel obedecieron. José Cuauhtémoc y el Máquinas se hicieron carnales. «Un dos tres por mí y por todos mis compañeros» reza el juego infantil, también es regla entre los reos. «Si un pinche juez me da el pase de cortesía y salgo de este enflacadero», sostenía el Máquinas, «me voy pa atrás pa mi pueblo». Y apenas salió se fue para allá. «Me buscas en Acuña City, bro, cuando te den el free ticket, allá la zanganeamos sabroso», le dijo.

El Máquinas retornó a su pueblo con una buena razón para estar emocionado. «Allá vive mi chubby yummy, mi fatilicious, mi lonjibuena», dijo. Esmeralda, el amor de su vida. La rubicunda güera oxigenada que cogía como una foking bestia. «La bicha sabe mover el canalito», decía el Máquinas de su mujer, «es puro ciclón».

Cuando JC emergió del reclusorio, lo primero que quiso hacer fue mediar distancia con su pasado. No volver a escuchar los lamentos de su hermana, las recriminaciones de su hermano, la letanía de quejas de su abúlica madre. Largarse lejos de su familia agachona y timorata. No avisarles ni de su salida ni de su partida. Simplemente trabajar de lo que fuera durante un mes para juntar algo de billete en una de las empresas «rehabilitadoras» (esas empresas regenteadas por los directores de los reclusorios para darle quesque la oportunidad a los pelados que salieron del bote de ganar con honestidad unos pesos y que solo son modelo de explotación) y en cuanto tuviera la lana, arrancarse a la central camionera y pelarse pal norte. Allí le había dicho el Máquinas que lo aliviianaba. De antemano, JC le advirtió que no pensaba enrolarse con el narco. No por escozores morales, a él le daba igual si los narcos mataban uno o mil cabrones, sino porque no toleraba la idea de que alguien le diera órdenes. No quería que un ruco panzón y de mal aliento le dijera si debía o no hacer esto o aquello. No le importaba trabajar en un rancho, en un taller mecánico o hasta en una escuela dando clases a pirulines, pero que nadie intentara mandarlo.

El Máquinas captó el mensaje. «Están los que aguantan y los que no aguantan. Tú eres de los que no y pos ni modo que te quiera cambiar.»

El Máquinas le consiguió trabajo recolectando piedras para una empresa de materiales. «Ese va a ser tu biznes, rata. Nomás tuyo. Te metes al arroyo, sacas los costales de piedra bola que quieras y luego se los vendes a estos bróders. Just do it.» Y así le hizo.

Por las mañanas, José Cuauhtémoc manejaba hasta el rancho Santa Cruz del doctor Humberto Enríquez, abría el falsete, conducía por la brecha hasta el río, juntaba piedra si quería, si no se metía a nadar o a pescar o a dormitar o a leer libros. Eso le latía un buen: leer en silencio en medio del bosque de encinos a la orilla del río. Al terminar guiaba hasta Morelos y ahí un bato al que le decían el Cacho Medina le pagaba siete pesos por el kilo de piedra. Por las noches pernoctaba en un cuarto que el Máquinas le había conseguido detrás de un Oxxo por la carretera a Santa Eulalia y si andaba de buenas y si quería, se iba a trabajar, si no, no. La chamba perfecta.

El Máquinas vivía con Esmeralda, la carnosa chubby yummy de quien estaba tan enamorado. Al Máquinas, como a la mayoría de los sicarios, los jefes lo metieron un rato a la congeladora. La plaza estaba caliente, sorchos por todos lados y para colmo, los marinos. Mejor andarse sosiegos. Ya volverían los buenos tiempos. Solo era necesario que otra plaza se calentara y que los sorchos y los marineritos taconearan para allá. Para eso los bosses enviaban a los más desechables de sus sayones a menearle el atole al cartel rival en su mera zona. «Maten unas cuantas viejas, asesinen a un politiquito de tercera y hagan desmadre a lo grande.» Y ahí iban los chamacos babosos, que antes jalaban de lavacoches o de vieneviene, a plomear a media población. Mujeres violadas y destazadas, tipos decapitados colgando de puentes, regidores culeros reventados a puñaladas en plena calle. Entonces aquella plaza ardía y los bosses del otro cartel ordenaban ir a acabar a los mugrosos alborotadores y se desataba la matazón. Para apaciguarlos, el gobierno federal trasladaba marinos y sardos a la plaza caliente y dejaba cancha libre a «nuestra foking great Acuña City». En lo que la táctica-calientaplazas-ajenas funcionaba, al Máquinas lo devolvieron a los talleres mecánicos. Era chingón para bajar motores, cambiar diferenciales, ajustar frenos, arreglar direcciones hidráulicas. Las trocas de los jefes, puras Suburbans y Escalades, debían estar al tiro y qué mejor que su mecánico estrella para encargarse de ellas. Ya habría momento para regresarlo al trabajo y que les dieran una shineada a los mariconcitos dueños de los bares de la región que se negaban a pagar piso.

Como JC llegaba tarde y no le daba tiempo de cocinar, cerró un acuerdo con su compa. Él le daba una lana y Esmeralda le preparaba de comer. Ella le dejaba lonches en la puerta de su casa. Precavido, el Máquinas nunca permitió que Esmeralda se los llevara cuando él estuviera en el cuarto. «Al foking devil le encanta armar champurrados», argumentaba. Para qué perder por partida doble. Perder a la vieja y al amigo. Mejor el amigo allá y la mujer acá. JC debía avisarle por celular cuando llegara al rancho. Entonces, el Máquinas le daba chanza a Esmeralda de llevarle los lonches.

José Cuauhtémoc no tenía la menor intención de meterse con la morra de su amigo. ¿Para qué? Tan a gusto que se la pasaba en Acuña. Mujeronas guapas, cantinas baras, buenos lugares para comer, gente amable y hospitalaria. Lo único que lo jodía eran los calorones en el verano. Carajo. Cuarenta y cinco foking centígrados a la sombra. Y los moscos que jodían en cuanto se metía el sol. Una picotiza febril. Las manos le quedaban llenas de ronchas, hinchadas, con comezón que no se le quitaba por más que se rascara. Fumar puros le sirvió al principio para espantar al mosquiterío. Había leído que esa era la razón por la cual Fidel Castro y el Che Guevara los pitaban, porque en la Sierra Maestra los verdaderos enemigos eran los zancudos. Nomás que ahí en el río San Antonio, en cuanto arreciaba el calor, el humito valía pa pura madre. Negreaba el lugar de tanto mosquito. José Cuauhtémoc necesitaba empaparse en repelente, ponerse sombrero, un paliacate al cuello y guantes. Los cabrones moscos atravesaban hasta los pantalones de mezclilla.

Luego llegaron las hordas de pinolillo y garrapatas que encajaban sus patitas en cualquier parte de su cuerpo. En las patrullas, en los brazos, entre los muslos, en la nuca. Una noche, de tan cansado que estaba de acarrear piedra, se quedó dormido en el monte. Amaneció cubierto de una costra rojiza. Miles de garrapatas infestaron su cuerpo enchufadas en lugares inverosímiles: en las encías, en la lengua, dentro de los oídos, dentro de las fosas nasales, en el aniceto, en los sobacos, debajo de los güevos, en los párpados. Desesperado por la picadera, sacó su cuchillo y comenzó a raspar la placa garrapatosa. Error. Los patines de los parásitos quedaron incrustados dentro de su dermis y pronto le sobrevino una infección. Docenas de pústulas brotaron a lo largo de su cuerpo, le sobrevino una diarrea galopante y fiebre grado comal.

Después de veinte llamadas de no contestar el celular, el Máquinas fue a buscarlo a su cuarto. Lo halló tumbado en el suelo, tiritando, delirante. «Parecía sapo, inflado como sapo, con ojos de sapo, piel de sapo y ronquidos de sapo», explicó el Máquinas, que no se le ocurrió otra cosa que llevarlo con sus jefes. El mero boss lo internó en un hospital y pagó la cuenta. De no haberlo hecho, José Cuauhtémoc hubiese comprado turno en el crematorio. «Big mistake», dijo el Máquinas, por dormirse en el monte, había quedado de pechito en el paredón de fusilamiento de garrapatas, moscos y pinillos. Big mistake no buscar ayuda y quedarse encerrado en su cuarto diarreico, deshidratado y afiebrado. Big mistake que el mega boss saldara la deuda del hospital. Ciento treinta y siete mil quinientas veinticuatro bolucas desembolsó el capo para rescatar al compa de su sicario. Ciento treinta y siete mil quinientos veinticuatro varos que José Cuauhtémoc se vería obligado a abonar a su benefactor. Cuando recuperó la consciencia, luego de diez días hospitalizado en terapia intensiva, José Cuauhtémoc se enfureció con el Máquinas. «Ahora le debo un favor a un pinche narco», dijo, así le pagara hasta el último céntimo. Le debía la vida y eso los narcos lo cobran con intereses a perpetuidad. Big mistake, pero ni modo de enojarse con el Máquinas. Si no fuera por él, ahora estaría dormidito en un ataúd. Mejor vivo con deudas que muerto sin deber. Carajo, ¿cómo iba a zafarse del narco? Ya hallaría la forma. Sin duda, la hallaría.

31

Fue Carmen, mi amiga y cursilísima poeta erótica, la que ocasionó el último de los altercados de ese día. Carmen era belicosa en el tema de la protección animal. Le escandalizaba que orcas y delfines vivieran en espacios confinados y a menudo nos llevaba a firmar pliegos petitorios para «prohibir el uso de mamíferos acuáticos en parques de diversiones». Sin embargo, no le perturbaba en lo absoluto condenar a cadena perpetua a sus cinco gatos. Los míseros felinos nunca supieron qué había más allá de las paredes del departamento de setenta metros cuadrados. «Son felices, los trato como a mis hijos», alegaba. Eso no le parecía crueldad animal. Tampoco vestirlos con chalecos, esterilizarlos y —por decirlo de alguna manera— despojarlos de cualquier vestigio de «gatedad». Gatos desfelinizados. Gatos reos de una mujer trastornada y medio loca.

Claudia, Daniela y Mariano, mis hijos, llegaron a mostrarnos la cría de mono araña de nueve meses de edad. La cría constituía motivo de orgullo para Pedro y Héctor. Los monos araña eran una especie en extinción y que procrearan en cautiverio era un gran logro. En su rancho rehabilitaban animales rescatados por las autoridades ambientales. Así llegó a ellos una tropa de monos araña decomisada a un político chiapaneco en desgracia. Pedro y Héctor contrataron a los más reconocidos veterinarios especialistas en primates. Después de onerosos esfuerzos, los médicos consiguieron la recuperación de los diez monos. El nacimiento de la cría les produjo tal satisfacción que organizaron un brindis en el rancho para festejarlo. Para Carmen, mantener los monos en cautiverio, aunque vivían en amplios espacios y con los mejores cuidados, era algo atroz. En un acto de estupidez, Carmen le arrebató la cría a mi hijo y con decisión se encaminó hacia una arbolada. El monito manoteaba y emitía gritos despavoridos. Pedro corrió a interceptarla y le preguntó qué pensaba hacer. «Liberarlo», respondió oronda. Soltarlo en ese paraje hubiese significado la muerte del monito. Ni era su hábitat ni un mono araña de esa edad está preparado para vivir en solitario. Complejidad biológica lejos del entendimiento de una poeta citadina cuya información sobre la naturaleza provenía de Animal Planet. Pedro se lo quitó, molesto, y fue a llevarlo de nuevo a la jaula. Carmen no cesó de confrontarlo. «Por gente como ustedes es que el mundo está así de jodido.» Burlón, en cuanto devolvió el monito con sus padres, Pedro emprendió una carrera de regreso a la palapa y la dejó sola vociferando consignas animalistas. Hasta sus hijas, a las que les había endilgado los insufribles nombres de Selva y Lluvia, se carcajearon de su rabieta.

La velada prosiguió sin más exabruptos. El calor nunca menguó y al atardecer varios nos metimos a la alberca para contrarrestarlo. Mis hijos chapotearon a mi alrededor mientras Claudio conversaba con Klaus en la orilla. Meseros nos trajeron bebidas a la alberca en vasos de acero inoxidable (los de cristal no eran permitidos por si se rompían, jamás de plástico o de polietileno). Me recargué sobre el borde con un Bloody Mary en la mano. Pedro se me acercó. «¿Qué piensas hacer el mes entrante?», me preguntó. «Lo de siempre. Llevar a los niños a la escuela, ensayar las coreografías. ¿Por?» Se quedó un momento pensativo. Pensé que propondría vernos de nuevo. «¿Te conté de los programas que apoyo en la cárcel?», inquirió. No sabía gran cosa, solo había escuchado comentarios sueltos por ahí y por allá. «En realidad no», le respondí. «Desde hace tres meses, con Julián Soto, armamos algunas actividades culturales para los presos. Los martes y jueves voy con él a un taller de escritura creativa.»

Julián Soto era uno de los mejores novelistas no solo de México, sino de América Latina. Su narrativa feroz y dura poco tenía que ver con la edulcorada y meliflua prosa de sus coetáneos. Su escritura me parecía tan viril, tan auténtica, que incluso, a momentos, me excitaba sexualmente. Cada frase suya derramaba feromonas. Era también un tipo atrabiliario y en una ocasión fue a buscar a las oficinas de una revista literaria a un crítico que se burló de su obra. Le puso una golpiza. El crítico resultó con fracturas de mandíbula y de la órbita ocular derecha. Julián terminó preso acusado de agresión, de invasión de propiedad privada y hasta de intento de homicidio.

A Julián lo condenaron a seis años de cárcel. Salió a los tres años y cuatro meses gracias a las gestiones de las sociedades autorales que se abocaron a su defensa (como dijo el presidente de una de estas sociedades: «¿Qué escritor no sueña con romperle la madre a un pendejo crítico?»). Pedro me contó que a Julián la cárcel lo había marcado. Había conocido el lado verdaderamente marginal de la vida y descubrió la abundancia de historias entre los presos. Decidió retornar a la prisión para impartirles el taller y convenció a Pedro para financiar diversas iniciativas en pro de la cultura. Entusiasmado, Pedro consiguió que casas editoriales donaran veinte mil libros; regaló mil DVD de películas clave del cine contemporáneo para la videoteca y sufragó la construcción de aulas, de una biblioteca y de un foro para doscientas cincuenta personas donde podían montarse obras de teatro y espectáculos. «A esta gente le faltan horizontes», explicaba Julián, «no pueden imaginar otro mundo que no sea el de la miseria, la injusticia y la impunidad». Según me contó Pedro, el taller creativo coordinado por Julián arrojaba textos desiguales y cándidos, pero de gran nervio. «Ya quisieran esos escritorcitos pretenciosos pergeñar una sola línea de estos cabrones presos.»

Pedro y Julián habían llevado al reclusorio un par de obras de teatro y la recepción había sido buena. Y esa tarde, en la alberca, mientras los niños se zambullían a nuestro lado y los meseros iban y venían con bebidas y bandejas de quesos franceses y rebanadas de jabugo, Pedro me hizo la propuesta que cambiaría mi vida: «¿Quisieras presentarte con tu compañía en la cárcel? Te aseguro que ninguno de los presos va a sobrepasarse contigo o con tus bailarinas. Verás que será el mejor público que tendrás en tu vida». Me sonó tentador. «Necesito consultarlo con el grupo», le dije, aunque de antemano ya había decidido que asistiríamos.

Aquí


No hay dios
No hay padres
No hay hijos
No hay hermanos
No hay silencio
No hay paz
No hay amor
No hay sueños
No hay árboles
Ni ríos, ni montañas, ni cielos

Hay cuerpos
Hay sudor
Hay sangre, hambre, gritos
Hay desesperación
Hay pesadillas, cemento, barrotes
Hay golpes
Hay demonios
Hay heridas
Hay aburrición, pestilencia, abandono

Y a veces hay amigos y a veces ajedrez y a veces
risas y a veces puerco con verdolagas y a veces sies-
tas y a veces sol en el patio y a veces visitas y
a veces libros y a veces futbolito y a veces radios encendidos y a veces, sí, a veces, también
hay esperanza.

Macario Gutiérrez
Reo 27755-3
Sentencia: diecisiete años y cinco meses por robo
a mano armada e intento de homicidio

No tardó el boss de bosses en hacer acto de presencia en la vida de José Cuauhtémoc. El boss se veía a sí mismo como un patrón benevolente y generoso. Nunca le cobraba las deudas a nadie. Prestaba dinero, regalaba casas, trocas y hasta kilos de doña Blanca. «El boss no es koolaid como los cabecillas de los otros carteles. No se anda de fantoche, ni de chouof. Si dice que es, es que es», le dijo el Máquinas. El capo podía presentarse como su-más-humilde-servidor-y-toda-la-mamada-del-mundo, pero la neta era que cobraba más caro de lo que prestaba. «No se preocupe, compa, que para eso somos los amigos. Y los amigos de los amigos son también familia.» Eso le dijo el boss de bosses, cuando lo fue a ver al día siguiente que salió del hospital. «Mira, mi rey azteca», le dijo el Máquinas, «el boss boss quiere verte y pues si dice que quiere verte, es que quiere verte. ¿Entiendes? Él no bullshitea ni se anda con rollos. Es buena ley. Ya verás qué a toda madre es». Y sí, el boss boss se portó a toda madre y pareció preocuparse de verdad por su salud y por si lo habían atendido bien en el hospital. «Se lo encargué mucho al doctor, pero más en mis oraciones a San Martín de Porres», le dijo el boss boss melindroso y paternalista. «¿Ves?», le dijo el Máquinas. «Si fuera culero le hubiera pedido por ti a la Santa Muerte, pero no, te encomendó directo con el Obama de los santos.» José Cuauhtémoc había aprendido de su padre a no confiar en nadie. «Que no te embauquen», le había dicho su padre, «que la gente piensa una cosa y dice otra». Y pues el boss boss decía una cosa, pero de seguro su instinto de malandro andaba en otra. «Gracias, señor», le respondió JC. «No hay de qué, compa. Ya sabe amigo: hoy por ti, mañana por mí.» El mañana por mí no tardaría en llegar, pensó José Cuauhtémoc. Pronto el Máquinas se aparecería por su cuarto a decirle, «oye, el boss boss quiere pedirte un favorcito...» y el favorcito no consistiría en matar a un zarrapastroso cuadro medio, no en matar al peladito-ve-y-tráeme-otra-Caguama-y-luego-chíngate-a-un-policía. No, claro que no. Radicaría en ir a matar al capo capo de otro cartel. El boss le había salvado la puta vida. De no haberlo ingresado al Hospital Doctor Marco Antonio Ramos Frayjo, en estos momentos su cuerpo estarían comiéndoselo los gusanos. «Se salvó de milagro, señor Huiztlic», le dijo el médico, «porque la infección provocada por la rickettsia, más la fiebre, aunadas a su pobre alimentación, lo puso al borde de la muerte». ¿Por qué los médicos tendían a ser tan cursis y usar la mariconada de «al borde de la muerte»?, pensó JC. Era la verdad. Los médicos lo habían retachado del más allá. «Shit, pinche güero de rancho. Sí creí que te nos ibas a jugar futbol con la flaca, pero mírate, ahora eres un mega Jesus Christ Superstar resucitado.»

Pasaron los días y las semanas y el boss nomás no pedía el favorcito. José Cuauhtémoc regresó a sus quehaceres cotidianos. Recoger piedras en el río, vendérselas al Cacho Medina, cenar a veces con el doctor Enríquez y llegar por las noches a su casa, donde lo esperaba el lonche preparado por Esmeralda, la lonjabrosa fatidelicious amor de la vida de su compa el Máquinas. No contó con que la policía lo guachaba. Precisaba saber qué tipo de pez era él. Si el mero boss le había pagado la cuenta del hospital, era porque en esa pecera había pececitos, o tiburones, o hasta una ballena.

Un día le cayó la policía de negro. La policía federal, los pitufos, los guachos, los gachos, los exprimidores, los ojeis, los cuñados. Tocaron a la puerta a eso de las siete de la mañana. JC se asomó por entre las cortinas y vio una patrulla estacionada y a dos policías con la mano derecha recargada en la funda de la escuadra. Abrió la puerta. Al fin y al cabo, ni la debía ni la temía. «Quiubas», lo saludó un tipo grandote en uniforme y lentes para sol. «Quiubas», respondió JC. «¿Tú eres José Cuauhtémoc Huiztlic Ramírez?» Si mencionaba su nombre completo era porque ya habían revisado su ficha policial. «Sí, soy yo.» Con ánimo de intimidar, el policía dio un paso hacia delante. José Cuauhtémoc lo midió. Si había necesidad de reventarlo a madrazos, el tipo no le duraría ni tres segundos. Era un monote, pero fofo. Él, gracias a la espartana chinga que su padre le impuso día a día y que continuó durante sus años en la cárcel, era fibra y músculo. «¿De dónde conoces a don Joaquín?», interrogó el oficial. La luz brillaba sobre sus lentes. «No lo conozco», respondió José Cuauhtémoc. El oficial sonrió. Sacó un papel doblado del bolsillo trasero de su pantalón y lo estiró frente a él. «¿Y esta factura del Hospital Ramos? La gente rumora que él te la pagó.» Malditas garrapatas, maldito calor, maldito narco-boss que había cubierto los gastos del hospital, maldito deberle la vida a quien menos se la quería deber. «Pues ya sabe cómo es don Joaquín, de repente le da por ayudar a gente que ni conoce.» Era cierto. Como bien se lo había explicado el Máquinas: el boss mandaba cubetas de billeye verde a la raza. Un Santa Claus punk que regalaba juguetes en el Día del Niño y lavadoras a las mamacitas en el Mother's Day. «El don rulea en los Cinco Manantiales, en Sabinas, en Nueva Rosita y hasta Monclova. Y no es igual a los otros mugrosos que nomás saben extorsionar y matar. Don Quino respeta y lo respetan. Haz de cuenta que es don Corleone, el de la película, nomás que en versión Versace.» Y vaya que era una versión turbo de Versace. Extraño ver a un narco sombrerudo y panzón colorido como una guacamaya. «Una cosa es que él se haya hecho cargo de la cuenta del sanatorio y otra que lo conozca, oficial.» A José Cuauhtémoc la vida en prisión le había enseñado a mantener la calma cuando hablaba con la «autoridad» y a no dejarse amedrentar. «No me vengas con chingaderas», le espetó el policía. «Lo vi nomás una vez y rapidito cuando me dieron de alta y no volví a verlo.» José Cuauhtémoc no mentía, pero el federal se negó a creerle. «Mira», le dijo el policía, «te voy a explicar. A nosotros nos vale madre su desmadre. De que no se pasen de tueste se encargan los soldados y los marineritos. La parte del negocio, esa sí nos toca. ¿Me entiendes?». José Cuauhtémoc sabía de qué hablaba. Lo que el oficial pretendía era abonar la milpa para luego cosechar el maíz. En simple lenguaje criminal: los cuicos debían participar de la repartición del botín. «Como estamos convencidos de que trabajas para el boss, pues de ahora en adelante vas a tener que alinearte», afirmó el policía. «Perdón, no lo entiendo», replicó JC. «Soy el comandante Galicia y me acaban de asignar acá, así que estoy tanteando cómo están las cosas en esta plaza. No tengo el gusto de conocer a don Joaquín y me gustaría que organizaras un asadito para que me lo presentes. Algo casual, entre amigos. Cheves, unas viejas, un grupo musical. Tú sabes.» No, no sabía. «La mera verdad es que no lo conozco, no creo estar en la posibilidad de presentárselo», acotó José Cuauhtémoc. El comandante sonrió. «Llévame a la comandancia un reporte de lo que acostumbras hacer a diario, a qué hora y con quién. Te veo el lunes. Si no tengo el informe sobre mi escritorio a las ocho de la mañana, prepárate para pasar otros veinte años más en la sombra. No sé si estés enterado, pero somos bien perros para aplacar a revoltosos como tú.»

El policía montó en la patrulla y partió. José Cuauhtémoc miró el vehículo perderse a la distancia. Ya se jodió esto, pensó. Su vida reposada y tranquila se iba pal carajo. Las tardes echado junto al río leyendo mientras guajolotes silvestres cruzaban frente a él, el silencio, la paz, las ocasionales noches con putas jóvenes y cariñosas, la independencia, la calma se acababan para siempre.

José Cuauhtémoc le contó de la visita del federal al Máquinas. «Inche bato», dijo. «Si fuera un municipal, ya lo habríamos puesto quieto. A todos los mugrientos policías de aquí los tenemos en nómina. A los federales los mandan desde la capital y pos ahí está más difícil la cosa. Como los rolan seguido de plaza en plaza, pues les entra ansia y se quieren agenciar cuanto billete pueden mientras les dure el puesto. Por regla no los tocamos a menos que se quieran pasar de verduras.» No tocarlos, no quebrarlos, no partirles su madre, no darles piso, no levantarlos, no llevarlos al baile, no rozarlos ni con el canto de una cuchara. Sí, había que pasarles una mocha para que cuidaran el changarro y les soplaran pitazos de las operaciones de los milicos en contra del cartel. Sí, había que dejarlos jugar un ratito al «tú las traes», permitir que se llevaran un pedazo del pastel, nomás que no se sintieran en confianza. Apapacharlos y ya. Ese tipo de cuicos no eran problema. Los que sí eran una traba del carajo eran los policías que no se corrompían. Los Eliot Ness de los federales. Y la bronca es que cada vez había más. ¿De dónde los sacaban tan incorruptibles que no aceptaban ni un foking centavo? Ni uno. Podían ofrecerles ranchos, aviones, maletas repletas de dólares, trocas, mujeres, perico, mota, elefantes, lo que fuera. No aceptaban. Ah, y cuidado con su política de centro antirrábico: «Muerto el perro se acabó la rabia» y rájale, a matar huercos sin piedad. Morro con cuerno de chivo que les disparara, morro que se iba a morir. «Take no prisoners», decían. «Mátalos en caliente.» Cabrón que agarraban, cabrón que finiquitaban. Nada de juicios, ni derechos humanos, ni puterías por el estilo. La medicina del plomo. Inyecciones de calibre .243. Tres agujeritos en la cabeza era la sentencia dictada al momento. Esos incorruptibles federales sí que eran la verdadera ponzoña.

Por su culpa las plazas se desacomodaban. Le daban matarile a los jefes y ahí tenían a la chiquillada tratando de ganar el control de la zona. Puro peladito pendejo sin idea de nada, atrabancados de a madre. Esos federales clean cut y rectos y honestos eran la desgracia del país. Por eso tanta matazón y tanto pleito y tanto despelote. La cosa cambiaba cuando un comandante tocaba en la puerta y decía «de a cómo nos toca». Eso sí que provocaba alivio. Con ellos se podía negociar, tomar cafecito, jugar dominó. Ellos eran pan con mantequilla. Aceitaban el biznes para que caminara fluidito. La joda era que a los comandantes los mudaban sin aviso y a los equipos de PR de los carteles no les daba tiempo de trabajar a los recién nombrados. «A los comandantes hay que consentirlos», aseguraba don Joaquín, «darles dulces, regalos, hacerles sentir bonito». A Galicia le darían su bono y su aguinaldo y vacaciones todo pagado a Las Vegas para él y su mujer. Le mandarían al cuartel unas cuantas muchachitas calenturosas, dotaciones semanales de grapas de perico, unos paletones de chocolate y dos palmaditas en la espalda. «Compa, ni te preocupes por Galicia. No le lleves nada de reporte ni un foking cacahuate. Tú sereno, fureño, que nosotros lo enderezamos.»

*Ceferino, al sepultar el pedazo azabache de carne carbonizada en que te convertiste, ¿también enterramos tu orgullo indígena? ¿Tu disciplina inculcada a garrotazos? ¿Tu afán por hacernos «personas de bien» a base de insultos? ¿Tu violencia incontrolable?*

*¿Recuerdas aquella tarde que te llamé «papi» y me volteaste una bofetada? «Soy tu padre, ¿entiendes? En tu vida me vuelvas a llamar papi, como si yo fuera un mariquita.» ¿Recuerdas aquellos días y noches que nos dejabas a José Cuauhtémoc y a mí encerrados dentro de unas jaulas que colgabas de un árbol a cinco metros de altura? Ahí nos mantenías balanceándonos sin importar si hacía frío o calor, si llovía o si teníamos hambre. «Yo aguanté peores cosas cuando era niño, así que no se quejen. Solo así se van a hacer hombres.» Y cuidado nos lamentáramos. Eso significaba más golpes, más días encerrados en las jaulas. Ni mamá ni Citlalli podían defendernos. Les reventabas la boca con un puñetazo. Los cuatro debíamos callar y obedecer. Asegu-*

rabas hacerlo por nuestro bien. Nos preparabas para ser soldados y resistir los rigores de la vida.

«La letra con sangre entra», solías decirnos. Nos zampaste a los clásicos griegos: Sófocles, Esquilo, Platón, Aristóteles. Nos obligaste a estudiar la historia de los mayas, de los aztecas y de la mayoría de las etnias que existieron en el país; a leer a Juárez, a Cervantes, a Herodoto, a Shakespeare, Nietzsche, Kant, Voltaire. Debimos memorizar la poesía de Netzahualcóyotl. Aprender náhuatl, maya y zapoteco. Inglés, francés y alemán. Debíamos ejercitarnos por la mañana, al mediodía y antes de dormir. Mil lagartijas, doscientas dominadas, mil abdominales. Correr sin parar hora y media. Sabios con cuerpo de fisicoculturistas. Nadie nos humillaría. Nadie nos espetaría un «pinches indios». Seríamos la raza de bronce, la raza vencedora, perfecta.

Abjurabas de la religión católica y de los españoles: «Nuestros enemigos». Eso no te impidió casarte con Beatriz, mi madre, nieta de gachupines, rubia, ojos azules, bastante más alta que tú. Una preciosa muñequita de porcelana. Justificaste tu matrimonio con una «enemiga» porque alegabas que eso serviría para perpetuar tu raza e imponer tus genes ancestrales a su «débil herencia». Un día, borracho después de beber tu pulque sagrado, nos dijiste a tus tres hijos que te habías casado con nuestra madre porque te gustaba ver cómo tus dedos cobrizos entraban dentro de su vulva rosada. El indio revirtiendo la Conquista. No se trataba ya de Cortés violando a la Malinche, sino de un indio mancillando a la blanquita. Qué placer te daba tu personalísima manera de revertir la historia.

Cuánto te alegró verme en el cunero del hospital con mi melena negra y mi color de tierra. Cuánta felicidad que mi hermana Citlalli se pareciera a tu abuela: morena, ojos achinados, cabello lacio. Qué malestar te provocó que, aun con facciones indígenas, José Cuauhtémoc saliese rubio, de ojos azules. A tu juicio, un resbalón de la naturaleza. Por eso te ensañaste más con él. José Cuauhtémoc, la oveja blanca que tanto detestaste.

Acepto, Ceferino, que a pesar de tu carácter colérico y tortuoso, intentaste actuar con justeza y disponernos para restituir la dignidad arrebatada a nuestra estirpe. «Ustedes no saben aún qué se siente ser expulsado de un restaurante por indio, que no puedas laborar en una empresa por indio, que te rechacen en una escuela por indio, que te vean feo por indio, que te insulten por indio, que se burlen de ti por indio.» No te cansaste de recalcar las innumerables ocasiones en que fuiste sobajado. «A los indios nos han forzado a mantenernos callados, ya no más», argüías. Así justificabas tus maltratos y tus menosprecios. Tu afán por convertirnos en «guerreros águilas» terminó por quebrarnos. O al menos me quebró a mí. De nada me servían mi fuerza física y mi enorme caudal de conocimientos si por dentro estaba fracturado.

Citlalli y yo claudicamos. No soportamos la marejada de tus humillaciones y tus reprimendas. No así José Cuauhtémoc. Se mantuvo incólume frente a tus regaños y tus golpes. Te retaba en sus silencios. Él sí que podía contestarte en tu lengua materna. Él sí que podía discutir contigo sobre los Diálogos de Platón o la Crítica de la razón pura. Y así como nutriste su condición de niño pródigo, alimentaste su odio de verdugo. Durante años acumuló el rencor que lo llevó a prenderte fuego. En el juicio, José Cuauhtémoc argumentó en su defensa que había decidido «salvarte» de tu deplorable condición. Por supuesto no mencionó las veces en que te cacheteó mientras languidecías inerte en la silla de ruedas, ni las noches en que te sacó al balcón mientras caía una tormenta y te dejaba ahí hasta el día siguiente, sordo a las súplicas de mi madre y mi hermana que le rogaban te tuviera piedad. «No lo maltrato, le brindo la misma dosis de disciplina que imbuyó en nosotros. Un guerrero debe aguantar hasta lo indecible», decía parafraseándote mientras te torturaba.

El abogado defensor de mi hermano retomó la tesis de que había actuado por razones humanitarias. «Un retorcido modo de terminar el cruel padecimiento que sufría su padre, pero cuya intención rebosó misericordia», expuso en el embrollado lenguaje de los leguleyos. La argucia funcionó y el juez fue benigno con tu hijo parricida. Le endosó solo quince años de cárcel de condena por «homicidio simple intencional» en lugar de una severa sentencia por homicidio cometido con alevosía, premeditación y ventaja.

El homicida José Cuauhtémoc Huiztlic Ramírez, cuyos nombres de pila homenajeaban al último emperador azteca y a tu abuelo José Devoto, fue conducido al Reclusorio Oriente un mes después de que quedaste tatemado. ¡Ay, Ceferino! Si hubieses visto en la masa amorfa en la que te convertiste. La sugerencia del Ministerio Público de incinerarte nos pareció una mala broma. Por eso decidimos enterrarte papi, contrario a tu deseo de esparcir tus cenizas en la sierra de Puebla donde creciste.

*Mi mamá, debes saberlo, rezó por ti. Le pidió a Cristo (ese a quien llamabas «hipócrita víctima que se regodea en su masoquismo») que te recibiera en su seno. Mayor traición no pudo cometer. Encomendó tu alma al dios de los blancos cuyo nombre enarbolaron los conquistadores asesinos para masacrar a tu pueblo. El dios enemigo hostil a tu cultura y tu gente. Vomitarías en tu ataúd si supieras que Citlalli la acompañaba a la iglesia. Ambas se confesaban a menudo, como si quisieran limpiar el tizne que tu muerte impregnó en nuestras conciencias.*

*No estoy aquí, en el cementerio, para reclamarte, Ceferino. Solo deseo mostrarte mi amor de hijo. Repruebo el infame crimen de mi hermano y hoy, a la distancia, valoro el espíritu combativo que forjaste en mí y que impidió que otros me denigraran con un «pinche indio».*

Empecé en el ballet desde los siete años. Me obsesioné por ser bailarina por una razón banal. Mi abuela me regaló una cajita de música que al abrirse tocaba una melodía y una bailarina de porcelana giraba sobre un espejo. Soñé en bailar como ella y se lo conté a mis padres. Tanto los jodí que terminaron por inscribirme en una academia con sede en Coyoacán. La clase para principiantes la impartía Clarisa, una joven maestra. Ella nos enseñó las bases. Primera posición, segunda, tercera, *demi-plié, grand plié, relevé*. Alberto Almeida, un tipo muy alto de pelo rizado y ojos verdes, de vez en vez nos observaba en silencio. Clarisa lo trataba con gran respeto mientras él rondaba nuestras clases. Lo que no sabíamos es que Almeida era un «cribador». Él mismo un bailarín de fama, ya retirado, era quien detectaba qué alumnas poseían talento suficiente para en un futuro convertirse en profesionales.

Una tarde, Alberto se presentó frente al grupo y leyó el nombre de cinco de nosotras. «Al terminar la sesión vengan a hablar conmigo al salón principal.» El salón principal era un lugar mítico al que ninguna de nosotras tenía acceso. Ahí solo practicaba, a puerta cerrada, la elite de la academia. Entramos intimidadas por el espacio lleno de espejos y la imponente figura de Almeida. El lugar olía a ampollas reventadas y a sudor. Almeida nos pidió que nos sentáramos en torno suyo. «Las mandé llamar porque su maestra y yo pensamos que ustedes son las mejores de su clase.» Nos volteamos a ver unas a las otras, sorprendidas. «Creemos que tienen futuro en el ballet, y antes de hablar con sus padres, queremos saber si a ustedes les interesa pasar al siguiente nivel. Eso significa que deberán venir de lunes a viernes, de cuatro a siete, y los sábados de diez de la mañana a una. Yo les daría las clases. ¿Quiénes están dispuestas?» Solo tres levantamos la mano.

Mis padres fueron a hablar con él. Les preocupaba que quedara tan exhausta con las sesiones que no pudiese cumplir con las tareas escolares. Almeida les explicó la virtud de asistir a diario a la academia. «Va a desarrollar disciplina y carácter, virtudes que, se dedique o no a la danza, le van a ayudar en su desarrollo personal.» Para mi absoluta felicidad, mis padres accedieron.

Las clases con Almeida eran muy estrictas. Nos hacía repetir un movimiento cien veces hasta ejecutarlo bien. Si flaqueábamos se paraba delante nuestro y nos miraba con fijeza a los ojos. «Dime: sí puedo.» «Sí puedo», susurrábamos. «Más fuerte», ordenaba. Debíamos gritar: «Sí puedo, sí puedo, sí puedo» para que Almeida se mostrara satisfecho. «Ahora, de nuevo, haz los giros.»

No sé cómo le hacía, pero después de atormentarnos durante dos horas y cincuenta minutos, en los últimos diez nos hacía sentir como si fuésemos las mejores bailarinas del mundo. Salíamos repletas de adrenalina y confianza en nosotras mismas para que al otro día nos exprimiera en su afán de perfección.

Almeida me entrenó hasta los trece años y pasé al grupo dirigido por la maestra Gabina. Ella era la profesora más temida y socia mayoritaria de la academia. Las manías perfeccionistas de Almeida no eran nada comparadas a las suyas. Sus tácticas rayaban en el sadismo. Para ella no éramos más que una «bola de muchachitas mediocres y flojas. En Francia, en Rusia, la estudiante más mala es mil veces mejor que ustedes. Si en serio quieren ser alguien en el ballet, tienen que joderse».

Estoica soporté la pesadilla de las clases con Gabina. Para mi mala fortuna, la genética actuó en mi contra. A los catorce años empecé a crecer con rapidez. En apenas dos años pasé de medir uno sesenta a uno setenta y seis. Para colmo me brotaron senos amplios. Mi cuerpo largo y curveado dejó de ser un instrumento para la danza. Mis colegas varones, ya entrados en los veinte, padecían dificultades para alzarme en el *pas de deux*. Gabina a menudo perdía la paciencia conmigo. «Otra vez Marina. Otra. Otra. Otra.» Una tarde, frente al grupo, se burló de mí, «te pareces más al profesor Jirafales que a Alicia Alonso». Alicia Alonso, la enorme bailarina cubana con quien Gabina llegó a tomar clases durante un largo periodo. El profesor Jirafales, el personaje gigantesco y torpe de *El Chavo del 8*. No lloré ni me doblegué. Me mantuve en silencio, la rabia pulsándome por dentro.

La humillación de Gabina llegó a oídos de Almeida. Al día siguiente me citó en su oficina. «Mira, Marina, la maestra no es una mala persona. La educaron en Cuba, donde son particularmente duros. Ella resistió presiones enormes y por ende cree que ustedes deben resistir por igual.» Alegué cuán injusto era que por mi estatura Gabina me descartara. «Es la regla Camargo», expuso Almeida. Marie Camargo había sido la bailarina más famosa de su tiempo cuando el ballet empezó a cobrar fuerza en el siglo XVIII. Relatos de la época la retratan como una ejecutante sublime, cuyas proporciones corporales le facilitaban el dominio de la técnica. Camargo medía uno sesenta y cuatro y su estatura se convirtió en la medida estándar para la danza. Su explicación me pareció arbitraria. A mis dieciséis años yo era una bailarina dedicada, rigurosa y con impecable ejecución. Mi estatura no debía ser motivo para excluirme.

Cuando finalicé mi queja, Almeida me animó como solo él sabía hacerlo. Fue hacia una videocasetera e introdujo un VHS. «¿Conoces el trabajo de William Forsythe o el de Mats Ek?» Negué con la cabeza. Ni idea. Oprimió el botón de play y en la pantalla del televisor empezaron a sucederse las imágenes que cambiaron para siempre mi idea de la danza. Las coreografías *Artifact*, de Forsythe, y *Journey*, de Ek, me dejaron anonadada. Ambos reelaboraban la danza en movimientos más expresivos, más intensos. Las bailarinas se parecían a mí. Alemanas y suecas altas y con senos grandes, vestidas con ropas de calle, no con mallas y tutú. Apunté hacia la pantalla: «Yo quiero hacer eso».

El fin de semana Almeida me llevó a una casona en San Ángel en cuya puerta colgaba un rótulo: Danzamantes. En el interior había un enorme salón con duela. Cuatro bailarinas y cuatro bailarines ejecutaban una rutina acostados en el piso. Una maestra les daba instrucciones. «Uno, dos, tres, pliega.» Al unísono los ocho abrieron el compás. «Arrastren», indicó. Con las piernas abiertas, cada uno se remolcó en una dirección opuesta, lo contrario a la estética que durante años me habían enseñado. Quedé prendada.

Al finalizar la sesión, Almeida me presentó a Cecilia Rosario, la directora de la compañía y dueña de la escuela de danza contemporánea Danzamantes. Cecilia estrechó mi mano y en su más puro acento puertorriqueño me dijo «bienvenida al revolú».

Renació en mí el entusiasmo por la danza. En Danzamantes prevalecía una atmósfera cálida y de colaboración no exenta de rigor y de una disciplina implacable. Cecilia impregnaba sus coreografías de elementos cotidianos. Una pareja esperando la llegada de un autobús, dos jóvenes asaltando en una esquina frente a transeúntes que no detienen su paso. Con ella analizamos la obra no solo de Forsythe y Ek, sino de Pina Bausch, Maurice Béjart, John Neumeier. Con entusiasmo boricua, Cecilia nos empujaba a encontrar estilos propios, a improvisar, a refrescar nuestros movimientos.

Me interesé cada vez más en el trabajo coreográfico. Ya no solo quería interpretar, sino expresar. Cecilia me guio y poco a poco me permitió desarrollar mis propuestas con mis condiscípulos. A los diecinueve años, mostré con orgullo mi trabajo en el Encuentro Nacional Juvenil de Danza. Tuve excelentes reseñas y los críticos me auguraron una larga carrera como coreógrafa y bailarina.

Cecilia y Almeida consiguieron que me becaran para participar en los talleres de Lucien Remeau en Bélgica, quizás el más renombrado y vanguardista maestro de danza contemporánea en el mundo. Remeau me abrió aún más el abanico de posibilidades de expresión corporal. «Huelan, saboreen, sientan. La danza debe apelar a todos los sentidos. Tropiecen, fallen, sean torpes. Contradigan, choquen.» Si equivocaba el paso, Lucien no me corregía, ni me hacía repetirlo hasta afinarlo. «Descubre en el error. Experimenta. Lleva tus movimientos hacia donde nunca imaginaste.» Con Lucien la danza representaba el fluir de la vida, con sus traspiés, paradojas, alegrías.

Me enamoré de Gustav, uno de mis compañeros. Sueco. Cabello castaño claro, barba, muy delgado. Hasta ese momento había tenido solo un par de fugaces noviazgos con muchachos en la preparatoria, determinada a que mi carrera de bailarina no fuese descarrilada por boberías cursis. Con Gustav compartía no solo la danza, que a ambos nos apasionaba, sino la comida (fanáticos de la carne tártara), la lectura (nos gustaban las novelas nórdicas y la literatura latinoamericana), los museos. Me mudé a su departamento a las dos semanas de iniciar nuestra relación. Consideré a Gustav el hombre de mi vida y fantaseé con la cantidad de hijos que tendríamos juntos.

Cuando sentí que me encaminaba hacia un progreso sustentado y hacia una pareja estable, sonó una llamada de larga distancia. Era mi madre. «Hija, venimos de ver al médico. La bolita que le salió en el brazo a tu papá es maligna. Creo que necesitas volver, amor.»

A JC la visita del comandante Galicia lo dejó papaloteado. Eso de que un policía te toque en la puerta al amanecer y de buenas a primeras te cisque no es bueno para el hígado. No habría problema si no tuviera cola que le pisaran. Pero él era el «parricida de Iztapalapa», ni más ni menos. Los encabezados de los pasquines amarillistas lo describieron como un criminal frío y sádico. «Asó a su padre», «quemó vivo a su indefenso progenitor», «lo mandó al infierno en vida». Galicia había indagado el historial de José Cuauhtémoc. Le bastó ingresar en el «Registro Nacional de Infractores de la Ley» para descubrir la extensa veta de diamantes a su disposición. Un parricida que purgó prisión por quince años y a quien un jefe narco le paga las cuentas hospitalarias es una vaca lista para ordeñar.

JC no quería irse de Acuña. Hallar trabajo en otro lugar, con antecedentes penales y sin conexiones estaba cabrón. Encontrar nuevos amigos, un sitio tranquilo, una chamba así de a gusto estaba cabrón. ¡Carajo! Si lo del río estaba a toda madre. Tan solo cargar las piedras, colocarlas sobre la carretilla, empujarla hasta la troca entre el monte cerrado esquivando matorrales y luego pasarlas a la batea era más ejercicio que cualquiera de las rutinas con pesas que su padre le forzó a hacer. Se la pasaba bomba con el Cacho Medina y el doctor Enríquez en las comilonas que hacían al atardecer con Lalo, Sergio, Santiago, Jorge, Marco y compañía. Tuvo que llegar el Galicia ese a echarle a perder la felicidad y la calma. Para colmo, pendía sobre él la deuda con el boss.

Le pidió a su compa que le consiguiera un lugar donde vivir en el que no se topara de nuevo con el comandante. El Máquinas le consiguió una casucha en el ejido La Providencia, a treinta kilómetros de El Remolino. Aunque el requemado y estéril ejido La Providencia se encontraba exactamente en casa de la chingada, José Cuauhtémoc hizo su vida sin interactuar con los pobladores. En tierra narca nadie ni nada pasaba desapercibido y calladito se veía más bonito. La gente del ejido sabía que cuando un fuereño llegaba a instalarse a un jacal así de jodido es que estaba huyendo de algo. Porque la neta es que al ejido La Providencia no iba nadie. En El Remolino sí había desmadre casi a diario. Como era pasada para la sierra y de la sierra para la frontera, pues narcos iban y venían y soldados y marinos iban y venían detrás de ellos. De vez en vez pasaban trocas de militares con ocho, diez muertos amontonados en la caja. Mucho huerquillo pendejo de catorce, quince años que se creía superhéroe y que con tal de sentir chingazos de adrenalina se reclutaban con el narco. Ahí andaban en el monte cargando un cuerno de chivo, sintiéndose Batman. Esos eran los primeros que caían muertos en las refriegas. «*Live fast, die fast*» era el lema narco juvenil.

Si en El Remolino las cosas estaban del cocol, en La Providencia estaban calmadas. Para llegar había que desviarse de la carretera asfaltada y dar vuelta a la izquierda en una brecha tojo (tojodida) con más pozos que un campo petrolero. Se recorrían treinta kilómetros de pura polvareda para arribar a la Luvina coahuilense. Ningún cultivo se daba en esas tierras. Nada. Ni maíz, ni sorgo, ni frijol. La gente vivía de sus cabras o de sus gallinas, de cazar palomas con resorteras, de trampear ratones de campo, de comer chocha con huevo o tunas desabridas. Por eso al ejido también le llamaban La Moridencia. Uno de cada cuatro chamacos se moría antes de cumplir los cinco años.

A JC llegar a residir en ese moridero le cayó de perras. Los treinta o cuarenta habitantes andaban por las veredas en puro silencio. No hablaban, no les chiflaban a las cabras, nunca gritaban. Tan polvo y silencio eran que se confundían con los cenizos resecos. Arbustos que caminaban, respiraban y defecaban. «Te dije que este lugar era la king deluxe suite de la tranquilidad», le dijo el Máquinas una de esas veces en que le llevó lonches para una semana. Para Esmeralda era mucho trajín arrimarle la comida hasta allá. Además el Máquinas no le permitía hacerlo, no fuera que su gordipanochona le arrimara la pussypushy a su carnal. «Te traje a zombielandia porque sé que estos batos no les van a silbar ni a los gatos ni a los feos.» Silbar: rajar, soplar, dar la brújula, acusar, pitar. Los gatos: los federales, los cuicos, los tiras, los poliguachos, los polivoces, los copos, los sanchos. Los feos: los narcos, los malos, los malandros, los señores, los amigos, los esos, los innombrables, los jefes, los ratas, los uñas, los mugrosos, la maña. Los Quinos tenían controlada la zona y a los halcones de la región. Podía estar seguro que no lo iban a molestar.

Una de las ventajas de La Providencia era que se hallaba más cerca del rancho Santa Cruz que de Ciudad Acuña. José Cuauhtémoc volvió a su rutina cotidiana. Manejar hasta el falsete de entrada al rancho, abrirlo, meter la troca, guiar hasta el río, recoger piedra, acarrearla, subirla a la batea, una nadada para quitarse el calor, almorzar, leer una hora, dormir una siesta, volver a recoger piedra, acarrearla, subirla a la troca, otra nadada antes de la hora de los moscos para quitarse el sudor y la mugre, llevarle la carga de piedra al Cacho Medina a Morelos, tomarse una cerveza con él, volver al ejido, cenar un taco, pasarlo con un buche de Coca-Cola tibia, lavarse los dientes y a la meme.

El gusto le duró poco. Ya adivinaba JC que su momento Carta Blanca no le iba a durar (o Kodak moment, o juatever). Un domingo, sentado fuera de su cuarto para airearse un poco, vio una ancha estela de polvo levantarse a lo lejos. Supo que se aproximaban varios vehículos. Adivinó también que la tolvanera no significaba nada bueno cuando vio que los lugareños se escurrían bien discretitos hacia el monte. Podían ser los federales o los guachos o los Quinos o los feos de otro bando o los marinos o los municipales o los rurales. Pensó en también emprender la retirada y adentrarse hacia los breñosos arroyos donde solo moraban los jabalíes. «Si alguna vez te persiguen, hazte monte», le sugirió el Máquinas. «Hacerse monte»: meterse entre las ramas y quedarse inmóvil. Por eso el Máquinas le había aconsejado nunca vestirse de colores chillones. Prohibido el rojo, el naranja, el amarillo, el verde limón. «Solo de café, beige, verde botella», por si necesitaba pelarse para el cerro. Esa máxima no rifaba para los bosses. Para eso eran bosses y para eso estaba Versace.

José Cuauhtémoc decidió no hacerse monte. No iba a huir para ningún lado. Él no le había hecho nada a nadie. No había motivo para que quisieran escabechárselo. No había nada con que extorsionarlo o presionarlo fuera de una ridícula cuenta de hospital. El ejido se vació. El silencio se hizo aún más silencio. Solo quedaron algunas chivas en los corrales de varas, y gallinas y perros en las calles.

JC vio acercarse los vehículos. Suburbans, Cherokees, Hummers, Escalades. Eran los feos, de seguro. Faltaba ver de qué bando. Se tranquilizó cuando entre la hilera descubrió la Ford del Máquinas. Se intranquilizó cuando vio que los vehículos pasaron raudos entre los jacales del ejido y se siguieron de largo dejando tras de sí una nube de polvo y gallinas atropelladas. Detrás descubrió otra columna de autos que venían en la misma dirección. Si fuera una película del Oeste, quedaría claro que a la caballería la venían persiguiendo los indios.

Regresé de Amberes con veinte años de edad directa a enfrentar la muerte. Bastaron solo tres semanas para que el cáncer mostrara su ferocidad. Las células malignas se desperdigaron por el cuerpo de mi padre a mayor velocidad que los efectos de la quimioterapia. El melanoma en su brazo, una pequeña tumefacción que los médicos creyeron fácil de extirpar, había extendido sus tentáculos hacia la mayoría de los órganos. La conclusión del equipo de oncólogos fue: nada que hacer. Papá murió una tarde justo cuando las enfermeras nos pidieron que saliéramos para cambiarle las sábanas. Discreto como siempre, se fue sin molestarnos.

Gustav, a quien creí mi gran amor, se portó con inesperada insensibilidad. Pareciera que solo me había ido a México de vacaciones y no a ver a mi padre morir. Sus llamadas eran triviales. Me contaba de Lucien, de las nuevas coreografías. Nunca me preguntó sobre la salud de mi papá. Cuando lo confronté su respuesta fue estúpida: «Para qué hablar de cosas tristes, mejor trato de alegrarte.» Se negó a venir a México aduciendo falta de recursos (mentira, sus padres eran dueños de un millonario negocio de muebles montado sobre el prestigio del diseño nórdico). Le ofrecí pagarle el boleto. Alegó que ensayaba nuevas rutinas. «Cuando regreses me cuentas», respondió y luego continuó con el repaso de sus felices días mientras yo apenas podía respirar por la ausencia de mi padre. Terminé con él. Para qué quería en mi vida a un tipo sin el menor sentido de la lealtad.

Mi madre resolvió que, por ser mayor de edad, recibiera una parte de la herencia. Terminé con una cuantiosa cuenta de banco, diez departamentos, cuatro casas y varias bodegas industriales. Los puros ingresos derivados de la renta de los inmuebles me dieron para vivir bien sin necesidad de tocar un centavo de mis inversiones bancarias y bursátiles.

Seis meses después decidí regresar a Amberes. Mientras preparaba mi viaje, la enfermedad volvió a hacer acto de presencia. La madre de Cecilia había sufrido un enfisema pulmonar por años de tabaquismo. Conectada a un tanque de oxígeno ya no podía salir ni siquiera de su cuarto. Era necesario que alguien la atendiera, y ella y su esposo decidieron regresar a Mayagüez, Puerto Rico, a cuidarla.

Anunció al grupo que se iba y que cerraría Danzamantes. Cuando ya se daba por hecha la liquidación, le hice una propuesta: comprarle la empresa junto con la casona en San Ángel y los derechos de propiedad autoral. Aceptó y me convertí en la accionista mayoritaria (mi madre se quedó con un pequeño porcentaje) y en directora artística de la compañía. Le escribí a Lucien para anunciarle mi renuncia a la beca y le expliqué los motivos. Lejos de molestarle, mi noticia le entusiasmó a tal grado que nos convertimos en filial de la Academia Remeau, mi primer gran logro como propietaria.

Nombré a Alberto Almeida coordinador académico de la escuela y, a modo de revancha contra Gabina, contraté a los cinco mejores maestros de la academia de ballet. Danzamantes se convirtió en un referente de la danza contemporánea por la calidad de su educación y por las innumerables bailarinas egresadas que se incorporaron al medio profesional. Comprometida a no absorber pérdidas, mantuve la compañía limitada a los ingresos por taquilla, venta de funciones especiales y apoyos gubernamentales. Me sentí muy agradecida cuando Héctor y Pedro aceptaron subvencionarnos. Logramos finanzas sanas y renovar las instalaciones de la escuela.

La balacera se escuchó en el monte durante tres días con sus noches. No hubo pausa. Tableteo de ametralladoras. Ráfagas. Explosiones. Los feos llevaban granadas y hasta cañones. Trocas subían y bajaban por las brechas. Los pobladores de La Moridencia no se atrevieron a volver al ejido. Se quedaron escondidos entre la breña, hechos bolita, quietos debajo de las ramas. A los huercos más chiquitos los amordazaron para que no lloraran. En esas matazones, los mañosos disparan adonde oyen ruido. Primero te enfrían y luego se afiguran quién eres. Para qué asomarse y arriesgarse a que les pegaran un tiro en la maceta. JC no huyó. Se quedó quieto dentro de la casucha sin prender la luz. Afuera resonaba el run run de las camionetas al pasar vueltas madres por las calles del pueblo. Era imposible saber si estaban ganando los feos de los Quinos o los feos de los otros.

La última noche, los balazos sonaron cerca. José Cuauhtémoc espió por entre las rendijas y vio en la oscuridad a gente correr y parapetarse detrás de las casas, de los corrales, de las trocas. Gritos, disparos, balidos de cabras, lamentos de dolor. Tipos heridos arrastrándose entre el polvo. Mulas tiroteadas pataleando en el terregal.

Un par de balas penetraron por las ventanas. Una le pegó a una jarra con agua y la otra, a un calendario de carnicería que colgaba arriba de su catre. Decidió tirarse al piso y se escudó detrás de la estufa, el mueble más grueso del jacalón. Ahí se estuvo estatua mientras duró el rumbeo.

Al amanecer una columna de vehículos partió. JC oyó con claridad el golpeteo de las llantas contra las piedras al cruzar los arroyos y los motores acelerando en las cuestas. Se incorporó y por la ventana vio una veintena de camionetas alejarse por las brechas. Cuando no escuchó más ruido, salió a la calle y descubrió un tiradero de cadáveres. Veinticinco o treinta batos reventados. Casas destruidas a plomazos. Cabras extraviadas y asustadas. Caminó unos pasos y sintió que alguien lo observaba. Volteó. Una venada, escondida tras una pared, lo miraba atenta. Se veía en shock. Temblequeaba. José Cuauhtémoc le hizo shu. La venada se quedó en su sitio. A su lado notó un cervatillo muerto. Debieron huir del monte en medio del tronadero y fueron a protegerse al caserío. Una bala perdida debió cuachalear al venadito y lo dejó con las tripas de fuera. JC decidió volver más tarde por los restos. Una carne tan sabrosa y tierna no podía desperdiciarse.

Buscó al Máquinas entre los muertos. Solo viró a verles el rostro a los que eran chaparros y robustos como él. A algunos el mosquerío ya les zumbaba encima. A otros los gusanos les comían los ojos. Pululaba un hervidero blancuzco entre las cuencas. Al menos el Máquinas no estaba entre ellos. Faltaba ver a los que habían quedado despanzurrados entre los cerros.

Dio vuelta y en una esquina percibió movimiento. Uno de los bultos meneó un brazo. José Cuauhtémoc recogió el cuerno de chivo de uno de los difuntos y fue a ver qué pasaba. Se acercó sin dejar de apuntarle a la cabeza. Un huerquillo de no más de quince años estaba tumbado bajo el cadáver de un gordo. Seguro había tlacuacheado para que no lo remataran. «¡Ey tú!», le gritó JC. El chamaco no se movió. José Cuauhtémoc le colocó el cañón en el puente de la nariz. «Abre los ojos o te vuelo los sesos», le ordenó. El huerco los abrió de volada. «Sal de ahí despacio o te quiebro.» El muchacho se deslizó por debajo del voluminoso cuerpo del fatto. Su camiseta azul empapada en sangre. «¿Estás herido?», le preguntó. El otro asintió y le mostró un boquete en el chamorro. «No te vas a morir. Siéntate ahí.» El chavo obedeció. No se iba a morir, aunque de cierto iban a tener que cortarle la pata. El músculo y el hueso despedazados. «¿Qué pasó?», inquirió JC. «Nos venadearon», respondió el huerco. «¿Quiénes?» El adolescente se quedó unos segundos en silencio. «Los otros», respondió. Así era en el narco, unos eran los «nuestros» y los otros, pues los «otros». «¿Con quién estabas tú?» De nuevo el chavo guardó silencio. La respuesta bien podría significarle un pase gratuito al más allá. «¿Usted con quién está?», replicó el huerco. «Con ninguno. Yo soy aquí del pueblo», contestó José Cuauhtémoc. El chamaco parecía alumno de secundaria vespertina. Flacucho y prieto, debió meterse al narco nomás por el desmadre, para sentirse muy salsa arriba de trocas chingonzotas y en teibols mirando nalgas. Ahora no sabía si el tipo que lo interrogaba le iba a dar piso o no. «Soy de Zaragoza», respondió. «¿Y eso qué?», cuestionó José Cuauhtémoc. «Pos los de Zaragoza estamos con los de acá.» Táctica de supervivencia: la ambigüedad. Los nombres de los feos a los que perteneces no se pronuncian cuando alguien te está apuntando con un fierro. «¿Quiénes son los de acá?», inquirió JC. «Señor, ¿usted me va a matar?», preguntó el muchacho. Era posible. Claro que era posible. A José Cuauhtémoc la adrenalina se le empezaba a trepar. Con el calor y el tufo de los cadáveres, la picazón por matar se adueña del cerebro. «Te voy a reventar si no me dices de una buena vez con quién andabas», advirtió JC. La siguiente táctica de supervivencia es mencionar el nombre de un correveidile de muy bajo rango, nunca el de los bosses. «Con el Canicas», respondió el huerco. José Cuauhtémoc se impacientó. «¿De qué bando?» Otra vez silencio. El muchachillo estaba a punto de turrón. El sol hirviendo, el polvo, la herida en la pierna con los huesos expuestos, los muertos cada vez más apestosos, el zumbido de las moscas, el oscuro orificio del cañón del cuerno de chivo apuntándole. Empezó a llorar. «Me va a matar, ¿verdad?» Mocoso de mierda, pensó JC. Debía matarlo por pendejo, por creerse Chanoc. Y además, por pinche llorón. A dos de jalar el gatillo, José Cuauhtémoc le hizo la pregunta que le salvó la vida. «¿Conoces al Máquinas?» El escuincle chilletas-futuro-cojo se volvió a verlo. «Sí», asintió entre lágrimas, «es de los nuestros». JC no se tragó el anzuelo tan pronto. «Descríbelo.» El huerco se pasó un hatajo de saliva antes de contestar. «Es bajito, medio gordo, pero mamadón.» Y pues sí, sí lo conocía. JC bajó el fierro. «¿Dónde está?» El buqui estiró el brazo y señaló hacia el monte. «Allá.»

## La muerte puesta

Hoy llovió y se mojó el piso. El maestro Julián me
dice que mejor escriba así: "Hoy llovió. El agua
escurrió por entre las baldosas". Suena bonito,
pero ninguno de mis compas me iba a entender. Ni
yo mismo sabía qué eran baldosas hasta que Julián
me lo explicó. Baldosas son losetas. El maestro
nos dice que escribamos como hablamos. ¿Entonces
por qué dice que baldosas suena mejor? Por eso escribo así: hoy llovió y se mojó el piso. Todavía
quedaba sangre de Nacho en el patio. Se lo atoró
el Muelas con un pedazo de vidrio. Se lo clavó una
y otra y otra vez. Quedó un regadero de sangre. Se
llevaron el cadáver de Nacho y se quedó la sangre
para recordarnos que justo ahí lo habían matado.
Luego llovió mucho y la lluvia lavó la sangre. No
quedó más que un poquito en una esquina. Eso es
lo que nos quedó de Nacho. El curita nos dijo en
misa que nos quedáramos con sus risas, sus bromas,
su amistad, pero que esa sangre no era Nacho. Estaba equivocado. Esas eran cosas que hizo Nacho,
no eran él. Lo que sí había sido Nacho eran esas
gotitas de sangre. Una mañana, nomás por cabrón,
el Muelas fue a escupirle a la mancha. Ahí quedó
su escupitajo encima de la sangrecita del Nacho.
Nos calentó que lo hubiera hecho. Una cosa era matar a Nacho y otra, deshonrarlo. Matarlo era problema de ellos dos. Quién sabe qué se traían uno
con el otro. Pero escupirle se convirtió en un
problema para nosotros. Se lo dijimos al Muelas,
"uno se puede meter con los vivos, nunca con los
muertos". Ahora al Muelas le quedó claro que uno
de nosotros lo va a matar, porque se la sentencia-
mos. No sabe quién de nosotros, pero lo sabe. Si

no le hubiera escupido al recuerdo de Nacho, pues
todo hubiera sido diferente. Pero le escupió y por
eso el Muelas ya trae la muerte puesta.

Albert John Sánchez Martínez
Reo 27438-5
Sentencia: treinta años por homicidio

Sabía que mis coreografías fluían, que eran armónicas, incluso algo arriesgadas. Aunque en ellas faltaba la diminuta partícula que transforma un acto de creación en una avalancha. Eso buscaba yo: una avalancha que arrasara a los espectadores, que los dejara sin respirar, ni pensar, ni distraerse. Una avalancha que los engullera durante dos horas y los trastrocara en personas distintas a las que habían entrado al teatro. Una avalancha que los transportara a un lugar que jamás imaginaron. Para mi consuelo, eso no lo lograba ni siquiera Lucien. Solo unos cuantos coreógrafos en el mundo. ¿Cómo encontrar esa infinitesimal partícula que cataliza una obra hacia la grandeza y cuya falta despeña hacia la medianía? ¿Dónde generarla o robarla o imitarla? Supuse que esa escasa e inasequible partícula se ocultaba en los temas más comunes. Que era cosa de desgajar las capas de un hecho cotidiano hasta llegar al núcleo vital y que una vez hallada esta partícula, como una enzima, podría fermentar el acto creativo hacia la manifestación más honda de las paradojas humanas.

Decidí seguir los consejos de Lucien. La danza debía olerse, palparse, degustarse. Empecé a ser consciente de aquello que rodeaba mis actividades diarias. ¿Qué sonaba a lo lejos? ¿Qué olores hendían el aire? ¿Hacía frío o calor? ¿Había sufrido pesadillas la noche anterior? Para ir a mis citas decidí transportarme en Metro. Sé que mi padre se hubiera horrorizado, él, que trabajó de sol a sol para que a sus hijas no las nalgueara un pervertido en el transporte público. Me negué a viajar en los carros exclusivos para mujeres. Quería retos, hormonas, albures, arrimones, piropos, sudores. Sufrí los apretujamientos de la hora pico, los penetrantes humores de los oficinistas agolpándose en los vagones. La precaución de mi padre para resguardar mis nalgas de toqueteos fue en vano. Nadie osó resbalar su mano por mi trasero. O los intimidé por mi estatura y mi físico musculoso o de plano no los atraje. Los burócratas, las secretarias, los albañiles, los obreros, los estudiantes iban inmersos en sus pensamientos o en sus celulares. En ocasiones montaban músicos o vendedores. Los músicos cantaban desentonados una rolita popular y luego pasaban con un bote para pedir una colaboración. Sin falta yo les depositaba unos pesos. Eran colegas en el arte y había que apoyarlos. Los vendedores ofrecían cualquier cantidad de productos: juguetes, libretas, nueces, carteras imitación piel. Su cantaleta fañosa me parecía incluso musical. Cerraba los ojos para guardar en mi memoria sus voceos para reproducirlos después en mi trabajo.

Quise proponer una danza que mostrara los viajes en Metro como alegoría de la alienación de la sociedad contemporánea. Bailarines en silencio, arrastrando los pies, con los ojos clavados en el piso sin levantarlos para mirar al otro. El enajenante viaje diario en el Metro. Los críticos ponderaron la obra. El público se aburrió. Tres meses de trabajo conceptual. Seis meses de ensayo. Una semana en cartelera. Ninguna invitación a provincia. Menos al extranjero.

No cejé. Lo último que se le puede pedir a un creador es que se rinda. Quienes no se dedican al arte, contadores o empresarios, creen que puede medirse en términos de éxitos o fracasos. Ignoran por completo la razón de ser del arte. El arte es en sí mismo y un gozo hacerlo. Los logros, los aplausos ayudan. Son la cereza en el pastel, no el pastel. El pastel es el trabajo diario. La alegría de poder subsistir de la actividad que nos apasiona y no estar sentados ocho horas en una oficina, llegar a casa, cenar, hablar cinco minutos con la pareja, ver televisión, dormir y despertar al día siguiente a las siete para volver a lo mismo. Con o sin éxito, crear se convierte en una adicción.

Olvidé el Metro y empecé a obsesionarme con mi naturaleza de mujer. Mi cuerpo estaba preparado para dar vida a otro ser, empero cada veintiocho días desechaba esa posibilidad. La menstruación: el hijo posible expulsado entre sangre y dolores. La vida transformándose en no-vida. Me hice consciente de cada minuto de mi menstruación. Texturas, cambios hormonales y de humor, aromas, espasmos, cólicos. Recién casada le propuse a Claudio tener relaciones sexuales durante la regla. Deseaba sentir su pene dentro de mi vagina sangrante y poco propicia para el embarazo, notar su eyaculación, imaginar el nado de los espermatozoides entre coágulos y contra el torrente adverso de mi útero. Lo animé a que lo hiciéramos. A punto de entrar se retiró asqueado. «Estás llena de sangre», alegó con el pene fláccido. Aun en el fracasado intento, traté de recordar cada sensación, cada imagen, con la esperanza de que me sirvieran para montar una coreografía. ¡Bingo! Creí descubrir por fin la partícula: la vida y la muerte en un mismo instante: la menstruación. Emocionada, me dediqué a trabajar el concepto dancístico. Investigué diversas culturas. En algunas, la mujer menstruante era considerada impura, pues llevaba la muerte en sus entrañas y era apartada de la comunidad. En otras se consideraba una etapa sagrada, la mujer sangrante en contacto con los misterios más hondos de la existencia.

Le expuse al grupo mi idea y fue recibida con entusiasmo. Sí, la menstruación encerraba un enigma que valía la pena explorar. Las mujeres decidimos tomar píldoras anticonceptivas para regular nuestro periodo y así cumplir todas el mismo ciclo. Logramos más o menos emparejarnos después de seis meses. Los ensayos los ejecutamos durante los cruciales días de la regla. Bailar menstruantes al unísono convocaba lo más animal de nuestra femineidad. Los hombres también se motivaron con el proyecto. Se confesaron exacerbados por el olor de las hormonas menstruales sobre el escenario. Estuve convencida de que esta vez conquistaríamos tanto al público como a la crítica y que por fin lograría presentar una danza potente e inquietante.

La coreografía consistía en tres etapas, cada una con un ritmo y una dinámica distintos. La primera era morosa, con movimientos armónicos y calmos. Era una metáfora del comienzo, del origen de la vida dentro del cuerpo femenino. La iluminación en esta fase era tenue, con tendencia a los claroscuros. La segunda era vibrante y luminosa, con desplazamientos más rápidos y caóticos, el cuerpo preparándose para recibir el semen e iniciar la gestación del nuevo ser. La tercera era oscura, el cuerpo expulsando la génesis de la vida. En esta última las mujeres bailaríamos con unos shorts holgados, para que la sangre menstrual escurriera por nuestras piernas. Por si acaso eso no sucedía, un experto en efectos cinematográficos colocó unas pequeñas bombas con un líquido rojo de consistencia semejante a la sangre y que podíamos oprimir durante nuestras evoluciones para hacerlo resbalar hacia nuestros muslos. Al finalizar, las mujeres nos desnudaríamos y en un alambre colgaríamos, como banderas ensangrentadas, los pantaloncillos blancos manchados de rojo.

Pedí a las bailarinas que no se abochornaran por la sangre. Era la condición femenina expresándose en forma natural y bastaba de avergonzarse por ello. Debíamos mostrar —según matizaba Lucien— «aquello que nos negamos a ver, pero está ahí».

Claudio se opuso a que me desnudara. Que a su mujer la vieran encuerada le perturbaba sobremanera. No deseaba hacer nada que lo incomodara, a la vez estaba segura de que había encontrado «la partícula». Vislumbraba trasponer de una buena vez los calificativos de «perfecta, pero gélida» que a menudo los críticos le endosaban a mi obra. Le expliqué a Claudio que no podía exigirles a mis bailarinas desnudarse y yo quedarme al margen. Después de largas negociaciones logré convencerlo. Bailaría en las tres primeras funciones solo para demostrarle al grupo mi compromiso con el proyecto, y después sería sustituida. Fue un error. Desnudarme lastimó a Claudio mucho más de lo que imaginé.

La coreografía la denominé *El nacimiento de los muertos*. En el folleto de presentación hice referencia «al óvulo disuelto que emerge de nuestras hinchadas vulvas», «al ser que pudo ser y ya no fue», e indiqué que las integrantes del ballet estábamos reglando a la misma vez. Lo que sucedió en el estreno me dejó muy dolida. Por primera vez me sometí al cruel castigo del abucheo. La generalidad del público, entre la que se encontraban críticos renombrados, silbó en protesta. Una fracción, muy minoritaria, aplaudió arrebatada, entre ellos Héctor y Pedro. Las reseñas fueron despiadadas. Me acusaron de pretenciosa, cursi y de mal gusto. Si en verdad había descubierto la partícula, esta era en extremo volátil y al explotar su onda expansiva se revirtió contra mí. Héctor me felicitó. «Por fin diste un madrazo bien puesto.» Un madrazo ¿a quién? Yo quería homenajear el cuerpo de la mujer, no golpear, no confrontar. Pequé de ingenua. Creí que a través de la puesta en escena, plena en gestos de ternura y compasión, incitaría a los espectadores a asombrarse de la naturaleza femenina, no a ofenderlos.

Las presentaciones continuaron y las reacciones escalaron de tono. Muchos se salieron del teatro a mitad de la obra haciendo patente su disgusto. Abundaron las mentadas de madre y escasearon los aplausos, y me enemisté con un par de críticos cuyas reseñas fueron en exceso virulentas. No estuve capacitada, ni mental ni emocionalmente, para resistir las brutales acometidas de los críticos y del público. «Todo el mundo está preparado para el fracaso, nadie para el éxito», me había aleccionado mi padre cuando era adolescente. No me advirtió del devastador efecto provocado por una respuesta tan ambivalente y tortuosa. Héctor, desde su primera película dirigida a los veintitrés años, tuvo que lidiar con ello. A diferencia de mí, él buscó crispar y agraviar. Yo carecía de su ánimo belicoso. Héctor disfrutaba el escarnio y no padecía en lo absoluto las críticas negativas. Las silbatinas, la desaprobación, los insultos, los consideraba insignias de honor. Su trabajo, al que gustaba denominar «cine-ultraje», cumplía con creces con su objetivo de agredir.

No tuve temple para presentar de nuevo *El nacimiento de los muertos.* Cancelamos las siguientes funciones aun cuando el teatro nos había pedido alargar la temporada. El morbo había desbordado el restringido medio de la danza y ahora un público más basto se había interesado en la obra. Bien dijo Almeida: «Pasamos del público de danza al público de lucha libre en solo tres noches».

Me costó superar el trance. Deprimida me aislé en casa a rumiar mi fracaso. Encima tuve que bregar con el enojo de Claudio por mi desnudez. Amigos suyos habían ido a las funciones. «Ellos vieron lo que solo debía ver yo», protestó. Estaba tan abatida que no tuve arrestos para enfrentar su machismo, su posesividad, su ego herido o lo que fuera. Pensé en dejar la danza para siempre. Creció en mí la impresión de que carecía de buen gusto, de ideas, de aptitud.

El grupo tampoco pudo procesarlo con facilidad. El frenesí entusiasta antes del estreno se tornó en pesimismo. Aun así, prevaleció en ellos un espíritu solidario. «Ya sabemos para dónde no ir», me dijo Valeria, una de mis bailarinas. Eso fue lo más doloroso: extirpar en mí el deseo de aventurarme. Reculé hacia mi zona de confort, a las coreografías «académicas» y anodinas, a las que suscitarían el elogio de los críticos, pero dejarían indiferentes a los demás.

Con Claudio acordé no volver a desnudarme en escena. Tanto pleito, tanto desgaste entre nosotros, para tan tremendo desatino. «La horrible mancha roja en la trayectoria de Marina Longines», lo describió un reseñista. La relación con Claudio avanzó a trompicadas hasta que poco a poco retornó la alegría de pareja. Volvimos a divertirnos juntos, a acompañarnos, ir a cenar, al cine, disfrutar hacer el amor las tardes de domingo.

Fue Lucien quien de manera involuntaria restauró algo de la confianza perdida. En una cena que nos ofreció Enrique Sierra, el director de *El Intrigante,* la revista más importante de danza en América Latina, un tipo ya ebrio, esposo de una abogada, empezó a recriminar que en México faltaba rigor y talento, y nos hallábamos condenados a un arte mediocre «región 4». «No le echan ganas, se niegan a ser artistas de primera, como Picasso o Camus», alegó. Lucien escuchó con paciencia sus diatribas. Cuando terminó lo interrogó. «¿Usted juega o jugó futbol?» El beodo se enderezó orondo sobre su silla. «Claro, y estuve a punto de ser profesional, con Pumas.» Lucien sonrió. «¡Ah, profesional! ¿Y entrenó muy duro para ello?» El borracho sacó el pecho. «Durísimo.» Lucien volvió a sonreír. «¿Y por qué no llegó a jugar al nivel de Zidane?» (en cuestiones de futbol Lucien solo usaba referentes francófilos. Nada de Maradona, Pelé, Messi o Cristiano). El tipo alzó las manos. «No, pos está cabrón jugar como él.» Lucien no soltó. «¿Pero no dice que entrenaba duro?» El tipo sonrió con una sonrisa bobalicona. «No está fácil.» Lucien le clavó la mirada. «Puede decirse que no pudo.» El tipo asintió. «Pues igual es en el arte, amigo. Se hace lo que se puede.» Al borracho la respuesta pareció sorprenderlo. «Entonces no es cosa de que no le echen ganas, es que no pueden.» «Exacto», respondió Lucien, «en el arte se hace lo que se puede, no lo que se quiere».

Sin intentarlo, Lucien alivió un poco mi desazón. Al fin y al cabo, en el arte se hace lo que se puede. Así de sencillo.

*Recuerdo aquella vez que llegaste a la casa apenas disimulando tu alegría. Tú, que nos obligabas a besarte la mano sin verte a los ojos, nos acariciaste la cabeza con cariño. Luego volteaste hacia mi madre. «Beatriz, saluda al nuevo presidente de las Sociedades Latinoamericanas de Geografía e Historia.» En un mundo de blancos, Ceferino, lograste uno de tus máximos anhelos. Desde el púlpito que el nuevo puesto te otorgaba podías incitar a una reevaluación de la historia de América Latina. Un indio puro, de raza añeja, con más derechos en este te-*

rritorio que cualquier europeo emigrado, dirigiría congresos de historiadores, investigaciones, monografías. Habías vencido a los candidatos de Argentina y Colombia. Te jactaste de haber obtenido el triple de votos que ellos dos juntos. Tu tesón te había entregado el trono soñado. Ahora podrías argumentar frente a auditorios internacionales sobre la necesidad de proteger y difundir la herbolaria indígena como una práctica médica válida. Podrías reclamar los derechos de los mapuches en la Araucanía frente a las invasiones de sus tierras por colonos blancos. Defenderías la preservación de las lenguas nativas.

Creímos que este era el inicio del cambio, que por fin aflojarías en tu obsesión por la disciplina, por el estudio, por la severidad del ejercicio físico. Nos equivocamos. Esa misma noche, para celebrar, te sentaste a solas en el comedor a beber pulque. Imposible que tomaras otra cosa. El whisky, el vodka, el vino, la cerveza, los considerabas pociones de forasteros para «embrutecer a los pueblos sojuzgados». El pulque era autóctono. Años de sol, de viento, de lluvia se concentraban en el centro de los magueyes para generar el líquido inmaculado que tus antepasados fermentaron para crear un néctar virtuoso. «El pulque no ofusca como los alcoholes de los colonialistas», afirmabas, «al contrario, gira la realidad para que la percibas como es y no como quieren que la veas». Dicho esto, te henchías de pulque. Babeabas, proferías sandeces y nos mirabas con tu mirada taimada de animal de campo.

No sé de quién heredaste tu carácter iracundo, con un padre tan afable y una madre benévola. Tampoco tus hermanos se comportaban igual que tú. Ellos no necesitaron salir de la sierra. Se contentaron con cultivar sus terrenos, con criar cabras, con sentarse al atardecer a desgranar el maíz. No se agitó dentro de ellos esa pulsión por preservar el orgullo de tu raza. Tus hermanos te parecían pusilánimes, una vergüenza su pasividad.

Admiré tu temple para salir adelante. Cómo no hacerlo si eras el ejemplo vivo de la voluntad. Cuando emigraste de la sierra para estudiar en la Escuela Normal Superior de Puebla, te dedicaste a vender golosinas a los autos que aguardaban en largas filas su turno para cruzar la caseta de cobro de la autopista México-Puebla. No cejaste sino hasta ahorrar lo suficiente para rentar un cuartucho en el centro de la ciudad y para comprarte ropa nueva. Ah, porque eso era importante para ti: no portar camisas con el sudor terroso marcado en el cuello, ni ponerte pantalones de manta apestosos a estiércol. Para alcanzar tus metas jugaste la carta de los símbolos, y nada más simbólico que la indumentaria.

Desde el inicio marcaste la diferencia con tus compañeros de clase, la gran mayoría campesinos indígenas de condiciones similares a las tuyas. Ellos no se preocuparon por vestir con decoro. Asistían a la escuela con la misma ropa usada de sus labores. En la foto de tu generación, apareces de traje y corbata, y ellos con el cabello polvoriento, huaraches descosidos, pantalones rasgados, camisas percudidas.

Sé cuánto esfuerzo hiciste para desmarcarte de ellos. Mientras tus compañeros retornaron a sus míseras aldeas a educar míseros niños, tú te codeaste con las elites políticas e intelectuales. Pasaste de ser profesor de primaria a subsecretario de Educación en tan solo quince años. No solo me sorprende por tu origen humilde, sino a la edad en que lo lograste. Treinta y cuatro años y ya habías ingresado a las más altas esferas de gobierno. Y desde ahí te reinventaste para convertirte en un provocador telúrico. Avivabas controversias, confrontabas con virulencia, destrozabas a tus oponentes. Daba miedo verte en la tribuna.

Aun tus detractores más aguerridos reconocían en ti una inusitada capacidad intelectual. Tus noches de desvelo estudiando a los clásicos griegos, leyendo filósofos alemanes, analizando la historia de los pueblos indígenas al final valieron la pena. Era imposible vencerte en un debate. «Arrasa con tus adversarios» solías aconsejarnos. «No les brindes salidas. Acorrálalos. Mantente fuerte por si es preciso que recurras a la violencia. A veces un puñetazo bien puesto vale más que mil argumentos.» Músculo-cerebro. Esta lección incluía a mi hermana. La deseabas fuerte, educada, inteligente. No querías que se pareciera a mi madre, una analfabeta funcional. Tú, tan maniático de la educación, te casaste con una mujer que apenas terminó secundaria. A ella sí que le impediste superarse. Que leyera revistas femeninas o de chismes. Pero hasta ahí. Ni siquiera le permitiste el consuelo de la televisión. En tu templo del saber la caja idiota no tenía cabida.

Una y otra vez te jactaste de brindarnos libertad, de dejarnos ir adonde quisiéramos. Sabías que no era necesario coartarnos cuando habías depositado dentro de nosotros los huevecillos del terror. Un collar que nunca dejó de apretarnos desde adentro.

José Cuauhtémoc trepó al chamaco al cofre de la camioneta y le amarró la pata buena al chasis para que no se le pelara. Le entregó una camisa blanca para que la agitara mientras se metían al monte a buscar al Máquinas. Agarraron para el cerro donde se había oído más tupido el tiroteo. El huerco parecía desmayarse e irse de hocico para el suelo, pero luego se levantaba y se volvía a acomodar sobre el capó. Por la ventanilla abierta, José Cuauhtémoc le preguntaba que para dónde tomar y entonces el chavalillo le apuntaba para acá o para allá.

Le dieron un rato por entre las lomas hasta llegar a lo planito. Ahí se veía que era donde más duro se habían dado. Las trocas de los Quinos estaban hasta la madre de agujeradas. Balazos en las puertas, las llantas reventadas, los parabrisas estrellados. Un par las habían quemado y aún humeaban. «¿Seguro que eras de la banda de los de don Joaco?», le preguntó JC. «Por la virgencita que sí», respondió el huerco. «Entonces empieza a sacudir la camisa para que vean que venimos en son de paz y que no somos de los otros.» El chamaco empezó a ondear la camisa. Medio inútil el gesto porque la verdad es que el llano estaba repleto de muertos. Algunos agarrados al volante, otros con la pistola todavía en mano, unos con medio cuerpo fuera. La mayoría rematados con un plomazo en la cabeza. Vaya madriza que los otros les habían puesto a los Quinos. La proporción debió ser de al menos seis contra uno. No había otra manera de explicar tal masacre. O los agarraron dormidos o medio borrachos o crudos o de plano en la pendeja. El caso es que los muertos apenas traían pistolitas o escopetas recortadas. Los otros debieron traer bazucas y granadas ya que algunos cuerpos estaban destripados y sin brazos ni piernas. JC se bajó a revisar los muertos para ver si de casualidad por ahí andaba el Máquinas. Nones, pura morralla.

El chamaco onduló un par de veces más la camisa blanca y clavó la cabeza como guajolote. JC tuvo piedad de él y le dio agua. El huerco pareció recuperarse del me-desmayo-no-me-desmayo. Sobre su pantorrilla destrozada sobrevolaba un chingamadral de moscas. «¿Qué pasó para que se los atoraran tan gacho?», le preguntó José Cuauhtémoc. El huerco terminó de tragar el agua. «Pos alguien nos traicionó, don, y nos puso con los otros. Estábamos en una fiesta, con grupo musical y meseros y tragos, cuando de pronto nos empezaron a balear por todos lados. Corrimos a las trocas, nos pelamos y ya ve que hasta acá nos siguieron. Íbamos medio pedos, ya llevábamos cuatro horas chupe y chupe.»

Se los habían agarrado de bajada. La regla de oro narca es nunca sentirse cinchos y andar siempre a las vivas. Estos se sintieron chuchas cuereras y nunca pensaron que otros llegarían a madreárselos. Don Joaquín manejaba la plaza a su antojo y la mantenía en calma. Nada de sobresaltos, nada de exagerar derechos de piso, ni tratar mal a los mojados, ni andar solapando violadores y rateros. Ese fue su compromiso cuando negoció con los del gobierno y cumplió. «Yo de aquí para acá y ustedes de allí para allá.» Enfocaditos en el tráfico de drogas y nada más. A cambio de que no lo estuvieran chingue y chingue, evitaría la proliferación de criminales. «Al primero que viole lo mando castrar», dijo. Y así fue hasta que llegaron los Otros-Otros, los de afuera, las pirañas sureñas. Don Joaquín y los suyos los mantuvieron a raya. Les pegaron macizo y sin tregua. Y por eso los Otros-Otros nomás no tuvieron chanzas de meterse a la plaza. La única manera de lograrlo era con una ayudadita o, más bien, una ayudadota. Y la obtuvieron, porque alguien de muy arriba les echó la mano. O un general o un almirante o un comandante de la policía. Si habían agarrado desprevenidos a los de don Joaquín, no había duda de que un big shot los había traicionado.

A JC le valía pito si habían matado a don Joaquín y a toda su banda. Que los narcos se descuartizaran entre sí lo tenía sin cuidado. Si andaba metido en el monte entre esa pila de cadáveres era nomás por el Máquinas. Ese sí le importaba. Hoy por ti, mañana por mí y el Máquinas ya le había hecho el hoy por ti. Le tocaba devolverle el favor. «¿Para dónde jalaron los que quedaron vivos?» El muchacho señaló hacia el final del llano. Un sendero de venados bajaba por la cañada. JC se acercó a revisarlo. Rodadas de llanta se marcaban en el polvo. «¿El Máquinas también huyó para allá?» El morrillo asintió. Se veía que estaba a dos de irse de hocico. Se tambaleaba de un lado para el otro. «No te desmayes hasta que yo te diga», le ordenó, como si eso del desmayo se pudiese controlar a voluntad. Le convenía traerlo montado en el cofre. No fuera que confundieran su troca con una de los Otros-Otros y el fuego amigo lo dejara cual raqueta de tenis. Si el huerco de veras era gente de ellos, no les dispararían.

Bajaron por un arroyo. Era pedregoso y lleno de cenizos. La camioneta se bamboleó de un lugar a otro. El chavo trataba de sujetarse de los limpiadores para no caerse. Se veía cada vez más blanco mármol. Era difícil avanzar entre la mata de arbustos. JC sacó la cabeza por la ventanilla para buscar las rodadas, apenas se distinguían entre el pedrerío. Más adelante descubrió cenizos aplastados. Se ve que en su huida los sobrevivientes aceleraron a fondo sin importarles pasar por encima de troncos, mezquites o rocas. Debieron sentir el fuego quemarles las pestañas. Un par de trocas no resistieron y quedaron tiradas con los ejes rotos.

Después de darle para acá y para allá, José Cuauhtémoc descubrió a unos trescientos metros cinco trocas estacionadas en círculo. Igualito a como ponían las carretas los gringos en las películas para atrincherarse cuando los atacaban los indios. JC le pidió al chavo que se parara sobre el cofre y se pusiera a zarandear la camisa para que nos los fueran a plomear. El pobre chamaco nomás no pudo. Se quedó con la cabeza gacha mirando la hamburguesa de coágulos que había quedado en lugar de su batata. Carajo, pensó JC. Ahora tendría que ser él quien tuviera que agitar la camisa y gritarles que no había tos, que él no era de los otros, que solo andaba buscando a su carnal el Máquinas. No. Mala estrategia. A los que andan correteados les da por dispararle a lo que se mueva. Pensó en volver, pero decidió no rajarse. Se trepó al cofre y empezó a menear el trapo blanco. «No disparen, soy de los de ustedes», aunque a decir verdad no era ni de ellos ni de los otros. Era nomás el amigo del Máquinas.

No hubo respuesta. Ni balazos ni mentadas. Tapó el sol con la mano y le echó un guache al círculo de trocas. No vio a nadie moverse. Debieron pelarse monte adentro. Manejó hasta las camionetas. Efectivamente, no había nadie. Reconoció la del Máquinas por el llaverito de alacrán plastificado colgando del espejo retrovisor. Ni un rasguño. Limpiecita de plomo, no como las otras que estaban viruelas. Se sintió más tranquilo. El Máquinas debía estar por ahí escondido, sano y sin heridas.

José Cuauhtémoc se volvió hacia el huerco para preguntarle una cosa. Parecía pollo adormilado. Respiraba despacio, con la cabeza clavada en el pecho y los ojos entrecerrados. JC lo desamarró y lo cargó para llevarlo bajo la sombra de un huizache. Le dio unas cachetaditas para ver si reaccionaba. Ya el huerquillo estaba más para allá que para acá. JC mojó la camisa con agua del radiador y le exprimió unas gotas en los labios. El muchacho siguió yéndose, la respiración más queda, la piel más lechosa, los ojos papujos. JC contempló al moribundo. Se le había ido la vida al pípilo. Cómo imaginar que el chamaco de tan jodido no iba a soportar el trayecto.

No quiso verlo morir. Lo dejó solo bajo la sombra del huizache y regresó a la troca.

En un principio, no creí que el chasco de *El nacimiento de los muertos* me afectara tanto, pero fue como si un minúsculo fragmento dentro de mí se hubiese oxidado y con el tiempo la corrosión se extendiera hasta carcomer la armadura de mi seguridad. Al diseñar nuevas coreografías me cuestionaba cada desplazamiento, cada giro. ¿Será cursi? ¿Será de buen gusto? ¿Orgánico? Me preguntaba cómo proseguir sin el martilleo del miedo al fracaso.

Admiraba la fortitud de creadores como Héctor o como Julián. Cada libro de Julián desataba una andanada de críticas virulentas. La inquina en su contra de algunos grupúsculos era insólita. Sus miembros solo se daban coba entre sí y si alguien fuera de su círculo publicaba un libro, desataba un aluvión de burlas y ataques. No tardaban en aparecer por ahí reseñas favorables de tres o cuatro escritores de peso y entonces los otros parecían gnomos resentidos. «En la literatura siempre hay enanos mentales», afirmaba Julián. Eso no lo salvaba de las agresiones y del menosprecio de sus detractores. «Prefiero ser conocido por mis grandes fracasos que por mis mediocres éxitos», citaba a uno de sus novelistas favoritos.

En este sentido, quien más me asombraba era Biyou, la coreógrafa senegalesa. Una y otra vez la habían apaleado sin piedad los críticos y en lugar de retraerse hacia propuestas más conservadoras y seguras arriesgó aún más. Cada coreografía suya era un paso hacia las orillas del precipicio, un jugueteo con el desastre total. «Fracasa mejor», sentenciaba Beckett. Biyou acrecentó sus apuestas. Sus coreografías se adelantaron a su tiempo y los críticos, tan aferrados al establishment, no pudieron advertir su grandeza. Hoy son consideradas la base de la danza contemporánea presente. En retrospectiva, sus críticos quedaron como unos tarados incapaces de leer la magnitud y vuelo de sus propuestas ¿De qué afluente un artista saca fuerzas para enfrentar el más rotundo de los fracasos?

Preferí ser conocida por mis mediocres éxitos que por mis grandes fracasos. En mi defensa puedo alegar que buena o mala, creé una obra. Y es algo que no pueden presumir la mayoría de mis críticos. Conocía decenas de casos de bailarinas por cuya estatura, al rebasar el estándar Camargo, se dieron por derrotadas y abandonaron el ballet. Conocí a jovencitas a quienes se les murió su padre y nunca superaron su pérdida. Conocí a mujeres a quienes la maternidad las intimidó a tal grado que prefirieron cancelar la posibilidad de concebir un hijo. Conocí a coreógrafas que jamás pudieron ganarse el respeto de su compañía y renunciaron porque ninguna bailarina o bailarín confiaba en su trabajo. A pesar de mi estatura, encontré un nicho donde pude continuar con mi pasión por la danza. La muerte de mi padre me devastó, aunque usé su ejemplo para no darme por vencida. En vez de invertir mi herencia en la seguridad de una cuenta bancaria, la utilicé para cimentar una escuela y una compañía de danza. Me convertí en madre de tres hijos a pesar del horror que para muchas bailarinas significa el abdomen fofo, los kilos de más y las estrías, y con disciplina marcial recuperé la forma. Y por último, mi grupo siempre me fue leal. Conté con ellos aun en los oscuros pozos de mis depresiones. No objetaron mis rutinas ni cuestionaron mis coreografías. Nunca cesaron de creer en mí. Y en su lealtad confié cuando ese martes los reuní para anunciarles la invitación a presentarnos en la cárcel para hombres mejor conocida como Reclusorio Oriente.

Mi cárcel

Esta cárcel en la que estoy encerrado no es mi
cárcel. Estas paredes, estos barrotes no son mi cárcel. Estos custodios ojetes, estas celdas atiborradas no son mi cárcel. Estos pases de lista,
este uniforme no son mi cárcel. Estos patios oscuros, estos pasillos húmedos no son mi cárcel. Estas regaderas, esta bazofia de comida no son mi
cárcel. Estos talleres de carpintería, estos excusados tapados de mierda no son mi cárcel. Este
confinamiento solitario, estas madrizas con picana eléctrica no son mi cárcel. Mi cárcel está allá
afuera, besando a otros, paseando con otros, cogiendo con otros. Mi cárcel come, respira, sueña
sin mí. Ella, y solo ella, es mi cárcel.

Jaime Obregón Salas
Reo 32789-6
Sentencia: nueve años y ocho meses por robo con
violencia

José Cuauhtémoc siguió los rastros por un par de kilómetros. Se disponía a bajar una cuesta cuando sonó un balazo. Los tiros silbaron cerca. Otro pendejo se hubiese tumbado pecho tierra, pero él no era ningún pendejo. Levantó la camisa blanca y la sacudió con frenesí cumbiero. Los disparos cejaron. «Soy amigo», gritó y levantó ambas manos. De los matorrales salieron cinco tipos. No se movió ni se le ocurrió bajar los brazos. Los batos lo rodearon. Uno de ellos se le plantó cara a cara. «¿Qué andas buscando por acá pinche puto?» JC se le quedó mirando con ganas de resojarle un guamazo en plena jeta. «A tu chingada madre», le respondió. El otro casi le revienta un plomo entre ceja y ceja cuando de los cenizos se alzó una voz. «No le tires que es mi foking compa.» El Máquinas apareció como hada madrina salvadora. «¿What the fuck haces acá JayCi?» El tipo del ¿qué-andas-buscando-acá-pinche-puto? volteó a ver al Máquinas con cara de ¿qué-chingados-tienes-que-ver-con-este-pinche-puto? Con la mano el Máquinas le bajó el cañón de la escopeta. «Este gallo es de nuestro corral», le dijo, y abrazó a José Cuauhtémoc. «¿Pa qué viniste hasta acá?», le preguntó. «Pos a ver si estabas bien, ¿si no a qué otra cosa querías que viniera?» Doble abrazo. Eso era ser camarada de verdad. «No te lleno de besos», dijo el Máquinas, «porque aquí están estos batos y van a creer que estacionas tu bicicleta en la raya de mis nalgas».

Cuando vieron perdida la refriega intentaron huir en las camionetas a toda mecha. Los otros eran más y los persiguieron hasta que los vehículos ya no pudieron avanzar más. Los colocaron en círculo para parapetarse, y luego de un ventarrón de balas, siete se pelaron hacia el monte. Se arrastraron pecho tierra entre nopales y matorrales de uña de gato. Se espinaron manos, antebrazos, piernas y cara. En el camino se les petatearon dos heridos. Al final, solo cinco Quinos sobrevivieron.

El Máquinas le narró cómo había iniciado el desmadre. En una de sus casas, don Joaquín había organizado una carne asada en honor del comandante Galicia y sus policletos. Todo iba muy bonito, muy lindo, caguamas por aquí, Macallan por allá, un poquitín de perico, tengan estos dolaritos para que se diviertan muchachos, fúmele de esta que los gringos cultivan en azoteas hidropónicas, mire qué nalgas tienen las ucranianas que les trajimos, cuando sonaron unos tronidos. Don Joaquín cayó con cuatro balazos en la cabeza. Un chamaquito flaco, de esos que parecen perros tiñosos y por el que nadie da ni dos pesos, fue el que se le acercó y lo baleó a quemarropa. Apenas se desplomó el boss y los mismos federales con quienes los Quinos estaban en el jijí se voltearon hacia ellos y a mansalva empezaron a tirotearlos. Rodaron ocho muertos. Los Quinos barlotearon la traición y corrieron a esconderse detrás de los equipales en la terraza. Los pinches equipales construidos con mimbre y cuero sirvieron para pura madre. Las balas los atravesaron como si fueran de papel. Ahí mismo mataron a otro puño. Luego se empezaron a escuchar disparos en la calle. Los Otros-Otros, con quienes los federales ya habían pactado para sacar a los Quinos de la plaza, empezaron a surtirse a los guaruras de don Joaquín, que, sin imaginar la que se les venía encima, se estaban echando un taco afuera de la casa. «No tuvimos ni para donde correr», contó el mecánico. «Los que quedamos vivos nos trepamos a las trucks y rompiendo los portones salimos hechos la madre.» Los federales se quedaron rematando a los heridos, mientras los sicarios de los Otros-Otros se fueron tras los Quinos que se habían pelado. «Agarramos pa los Cinco Manantiales, pero traíamos a los culeros pegaditos, un circo de treinta camionetas.»

En su huida, los Quinos rebasaron tráileres en curvas, pasaron volados entre los pequeños poblados ante la mirada de que pex de sus habitantes. «Por radio nos comunicábamos. Dale por aquí, dale por allá.» Dieron vuelta en la carretera a El Remolino para tratar de perder a los perros, solo que los otros batos no aflojaron. Los Quinos no tuvieron tiempo para pensar y el Máquinas propuso tomar hacia La Moridencia. Error. Las brechas de La Moridencia terminaban en el ejido y no había más para donde jalar, y a ciento cincuenta kilómetros por hora, el cerebro nomás no intelige bien.

Pronto los alcanzaron en el caserío. Ahí se dio la primera matazón. Como los Otros-Otros eran más, bloquearon las salidas del pueblo y la mitad de los Quinos quedaron atrapados. No tuvieron ni tantito chance. Los rafaguearon apenas emergían de las camionetas. El Máquinas y los que lograron evadir el cerco se pitaron pal monte. Ahí fue donde colocaron las trocas en círculo. Los Otros-Otros los sitiaron. Se hizo de noche y la balacera no cedió. Se tiraron con ganas. Muertos de estos y muertos de aquellos.

En la madrugada del siguiente día, el jefe de los Otros-Otros, entrenado por los marines gringos, les dijo a los suyos: «No va a quedar más que entrarle de frente» y se dejaron ir a lo apache. Al notar la embestida, los Quinos prendieron las luces de las trocas y aluzaron la llanura. Vieron venir a decenas de enemigos. Por más que el Máquinas les pidió que aguantaran, pos un buen no aguantaron. Empezaron a correr en la dirección incorrecta: hacia las casas. Y ahí los mataron a todos. El Máquinas y los otros se juyeron pa los cerros y eso les salvó la vida.

JC les habló de la cantidad de muertos regados por las calles del ejido y describió algunos. Los camaradas del Máquinas se lamentaban: «No, pos se chingaron a tal y a tal…», amigos de batalla ahora bultos apestosos y cubiertos de moscas. JC les contó del adolescente-cara-de-estudiante-de-secundaria-vespertina y cómo lo había dejado a medias velas bajo la sombra de un huizache. El Máquinas hizo cara de «no mames». El chavito había sido reentrón para los madrazos y gracias a él no lo habían matado. El huerco se plantó con un cuerno de chivo a tabletear a los Otros-Otros mientras el Máquinas y los demás les daban vueltas a las calles para zafarse de la emboscada. De haberlo sabido antes, JC no lo hubiese llevado de un lugar a otro montado sobre el cofre como muñeco de nieve.

El Máquinas se ufanó de haberse escabechado a cuatro pelones. «Esos eran milicos, por el pelito a la brush.» Si exmilitares se habían afiliado al bando de los Otros-Otros, era que la cosa ya estaba de la rechingada. Los chamacos babosos enrolados con los Quinos tenían agallas, pero ni la más remota idea sobre cómo proceder en una balacera. Corrían de un lado para otro como liebres lampareadas, disparaban a lo pendejo y no le pegaban a nada. Los exsoldados cuidaban el parque como si fuera la virginidad de sus hermanas. Eran disciplinados y mortíferos. No jalaban del gatillo a menos que tuvieran la certeza de peinar de raya en medio a un bato. En cambio, los huerquillos aventaban hasta cien pelotazos sin ton ni son. «Por esa foking razón los feos nos dieron hasta por debajo de las orejas. Nomás faltaba que viniera el foking negro del juatsap a metérnosla.»

Los Quinos sobrevivientes se encuevaron entre la breña. No es que fueran cobardes. Bragados se habían partido la madre contra los sicarios de otros carteles. «Pero, cuando te agarran de bajada, medio borracho y en la babia, pues entonces sí te da culo», explicó el Máquinas. «Sentimos a la flaca bien cerquita.» La flaca: la santa maraca, la calaca, la fría, la chorriscuata, la carnala, la doña, la señora, la calva, la huesuda, la parca, la catrina, la piesuda, la segadora, la malquerida, la que va por ti, la sin nombre, el payaso. En otras palabras: la muerte.

El Máquinas y sus camaradas ignoraban cuántos Quinos habían sobrevivido la masacre. Algunos de sus compañeros debían de andar aún por ahí, desbalagados. «En cuanto la cosa se enfríe, buscamos a nuestros compas para regresar a darles en la madre a estos feos.» Eso significaba quedarse en el monte durante unos días y volver hasta que los halcones guachearan y les dieran razón.

José Cuauhtémoc entrevió que sus días en Acuña y alrededores estaban por terminarse. Tanto que le latía su vida en el norte para que, por culpa de un federal culero y la pinche avidez del otro cartel, todo se fuera directito a la chingada. El Máquinas y su banda no podían volver a la ciudad. Los Otros-Otros, que para estas alturas ya debían tener cercada la zona, se los tronarían de volada. JC se ofreció a ir a averiguar. Escurriéndose por aquí y por allá, podía indagar cómo estaba el borlote con los del otro cartel. En cuanto supiera, volvería al monte a contarles. El Máquinas y los otros cuatro le agradecieron el gesto. JC preguntó el nombre del chavalillo alevoso que se había cargado a don Joaquín. «Se llama Pepe, pero le decimos el Patotas», respondió uno de los malandros. «¿Y saben dónde vive?» «Pues vivía con su jefa a dos cuadras de la aduana, aunque se me hace que ya se mudó con Galicia para cogérselo diario», añadió el Máquinas. JC se despidió y les dijo que volvería nomás le oliera el culo al Diablo.

Mientras avanzaba entre los matorrales resecos se empezó a encabronar. Encabronado por tanta matazón, encabronado por el calor, por mal dormir, por estar involucrado en un desmadre que no era suyo. Encabronado porque por culpa de Galicia y de los Otros-Otros debía largarse. ¡Carajo! De verdad, tan a gusto que estaba ahí. Decidió no ir a sacarle la sopa a nadie ni ir a picar cebolla. No andaría de halcón, guacheando para avisarle al Máquinas y a los otros cuatro roñosos que la cosa estaba así o asá. El encabronamiento se le metió en las entrañas y las termitas de la muerte empezaron a calentarle el cerebro. Resolvió volver a Acuña para asesinar a Galicia y al chamaco baboso que le había disparado a don Joaquín. A ver si así se le salían las termitas y se le apaciguaban las ganas de matar.

Antes de proponerles a los compañeros la función en la cárcel, hablé con Alberto Almeida. Necesitaba su ayuda para articular mejor las razones para asistir. En esa cárcel se hallaban recluidos tipos que habían dañado a bailarinas nuestras. Uno había violado a Mercedes en los baños de un supermercado. Ella entró a cambiarle los pañales a su hija. El fulano la siguió y sin importarle la presencia de la bebé, la golpeó, le arrancó la ropa y la ultrajó. Una señora abrió la puerta, vio la escena y gritó. El tipo era un violador serial y la policía presumió su captura como un éxito. También dentro de la prisión se hallaban dos colombianos que habían entrado a robar a casa de Elisa. Aunque saquearon lo que hallaron a su paso: joyas, televisores, computadoras y los obligaron a abrir las cajas fuertes, se comportaron como profesionales y no lastimaron ni a los padres ni a las hermanas de Elisa. Fueron capturados al accidentarse unas cuadras más adelante. Con certeza, ambas objetarían la visita a la cárcel.

La primera pregunta de Alberto fue «¿Y qué ganamos con ir?». «No se trata de ganar o perder», le expliqué, «sino de compartir nuestro trabajo con un público diferente». Alberto sonrió. «Voy a reformular mi pregunta, ¿qué ganas tú con ir?» Su cuestionamiento me sacó de balance, balbuceé una respuesta cursi, «someternos a la mirada de personas para quienes la danza…». Alberto me interrumpió. «Quieres ir porque necesitas algo que te prenda de nuevo. Pienso que te estás aburriendo de ser tú misma.» Me pareció injusto su comentario y se lo reproché. Alberto no se disculpó. «No te enojes, solo reflexiónalo.» No, no había nada que reflexionar. Aburrido era él, cuya vida giraba en torno a la danza, sin pareja, sin hijos y con una inestable vida amorosa. Se lo eché en cara. Si él me iba a cuestionar, era mi turno de cuestionarlo a él. Su existencia era ordinaria. Había sido famoso por acostarse con innumerables bailarinas, solteras, divorciadas, casadas, hasta que un día una de ellas le rompió el corazón y se retrajo a una vida monacal. Lejos de molestarse, Alberto sonrió. Su actitud zen era imbatible. «No estamos hablando de mí, sino de ti. Sabes que te apoyo y si quieres que vayamos a la cárcel, me encargaré de que así suceda.»

El martes reuní al grupo al terminar la sesión de ensayos. Expuse que mi amigo Pedro patrocinaba de manera decisiva las actividades culturales dentro del sistema de penales para varones y me había pedido que nos presentáramos en el Reclusorio Oriente. Aunque varios se mostraron entusiasmados, surgieron voces en contra. No había razón para exponernos a criminales. «Nos van a ubicar. Mientras menos conozcamos a esta gentuza, mejor», adujo Layla. Cumpliendo su promesa de ayudarme a convencerlos, Alberto planteó que la danza debía alimentarse de experiencias de todo tipo y que exhibir la obra ante hombres condenados a años de encierro debía animarnos. «Un arte de burbuja, sin contaminación, sin riesgo, sin acercarse a los márgenes de la sociedad, es un arte desdentado», sostuvo. Su discurso, debo reconocerlo, caló entre el grupo. Las voces disidentes cambiaron de tono. Su única solicitud fue la garantía de entrar y salir sin contratiempos, de que su identidad no sería revelada a los presos y que hubiese protección policial desde la llegada hasta la partida.

Mientras el grupo discutía, no dejé de observar la reacción de Elisa y de Mercedes. Ambas en silencio, pensativas. Alberto propuso una votación y acordamos que se respetaría la voluntad mayoritaria. No bastaba alzar la mano para indicar un sí o un no. Había que argumentar los pros y los contras. Quienes votaron a favor citaron las palabras de Alberto: «Un arte de burbuja es un arte desdentado». Los «sí» empezaron a imponerse. Llegó el turno de Elisa. «No me importa si la mayoría vota que sí, no pienso ir. Me niego a volver a verles la cara a esos imbéciles.» Le sobraba razón. ¿Para qué enfrentar de nuevo un momento tan doloroso? Aseguró que le molestaría si alguno de nosotros llegaba a pisar esa «maldita cárcel». Como moderador, Alberto le dijo que respetaba su congoja pero que quería escuchar a los demás. Continuó la votación. Cuando llegó el turno de Mercedes, era patente la expectación. Si a Elisa aún le perturbaba lo que le había sucedido, a ella debía escocerle a diario. Mercedes meditó sus palabras. «Yo voy, solo con una condición.» Nos quedamos en silencio, atentos. «Voy si presentamos *El nacimiento de los muertos*.» Nadie imaginó su petición. Alberto, con su talante metódico y calmo, le preguntó por qué. Ella rumió su respuesta. Docenas de imágenes de esa fatídica violación debieron agolparse en su mente. «Porque quiero demostrarle a ese pendejo y a todos los que son iguales a él, que me pueden violar mil veces, pero que aun así mi cuerpo me pertenece y soy soberana sobre él.» Sentí un golpe en el estómago. «Mi cuerpo me pertenece.» En unas cuantas líneas, Mercedes le otorgó a mi coreografía un significado subyacente: la reafirmación del cuerpo femenino. Cobraba sentido presentarla en la cárcel. Mujeres consolidando su cuerpo frente a una comunidad de criminales. Más provocación no podía haber. Alberto manifestó cuán difícil preveía que las autoridades penales aprobaran presentarla. Una danza con catorce mujeres que al final se desnudan y escurren sangre menstrual debía parecerles agresivo y poco apropiado.

Alberto propició un intercambio para que el grupo sopesara las ventajas y desventajas de montar *El nacimiento de los muertos*. No participé para no entorpecer el proceso. Por supuesto que deseaba que nos presentáramos en la cárcel, pero secretamente me oponía a esa pieza. Aunque Pedro me había garantizado absoluta seguridad, no sabía cómo podrían reaccionar los presos frente a una obra tan osada. Dieciséis a tres resultó a favor la decisión de presentarnos. Uno de esos tres en contra fue de Elisa.

Pedí a Mercedes y a Elisa reunirnos con Alberto en mi oficina. La irritación de Elisa era palpable. Se rehusó a sentarse. «Prefiero quedarme de pie», sentenció aguerrida. Mercedes, por el contrario, se veía relajada. Les ofrecí un café que Elisa rechazó de inmediato. «No estamos para cafecitos, ¿de qué quieres hablar?», espetó. «Quiero escucharlas», les dije. «Muy tarde, ¿no crees?», cuestionó Elisa. «Nos dejaste como pendejas frente al grupo. No tuviste el menor tacto.» Estaba en lo correcto. Debí anticiparles sobre la propuesta antes de ventilarla con los demás. «Cuando te pase algo como lo que nos pasó a Mercedes y a mí, vas a entender lo mal que nos hiciste sentir.» Mercedes dio un sorbo a su café y se volvió hacia ella. «Elisa, a ti no te pasó nada. Te encerraron en un baño con tus papás y tus hermanas. No te insultaron, no te pegaron. Tú no sabes lo que es escuchar a tu bebé llorando en el piso de un puto baño mientras un cerdo te está cogiendo. No sabes lo que es sangrar durante días, ni sabes lo que se siente cuando tu esposo te vuelve a hacer el amor después de semanas y de nuevo recuerdas el pinche aliento del violador sobre tu rostro. Así que deja de hacerte la víctima. Si no tienes ovarios suficientes para ver a los ojos a los maricones que robaron tu casa, entonces dilo y deja de chillar.» Elisa se notó perturbada. «Cada quien sufre las cosas de manera distinta», dijo con un nudo en la garganta. Dio vuelta y sin aspavientos salió de mi oficina. Nos quedamos callados. Mercedes rompió el silencio. «Ojalá podamos montar *El nacimiento de los muertos*. Nada me gustaría más.» Se levantó y se despidió. «Nos vemos mañana.»

*Reconozco que fuiste una fuerza de la naturaleza, Ceferino. Inspirado en tu héroe Benito Juárez, decidiste aprender idiomas tal y como él lo había hecho. Si Juárez fue capaz de dominar el latín, el inglés, el francés y el español además de su lengua madre, el zapoteco, tú aprendiste italiano, francés, español, alemán, inglés y mixteco, además de tu lengua, el náhuatl. No naciste con aptitud para los idiomas. Nos dijiste cuán difícil fue para ti dominar el castellano. Con voluntad machacaste hasta lograr expresarte con fluidez. Con genuina satisfacción nos contabas de las conferencias que impartías en inglés o francés. De cómo en Italia eras capaz de entablar conversaciones con tus colegas en su idioma. De cómo sorprendiste a tu audiencia en una convención indígena al expresarte en mixteco. Sí, papá, eras admirable. Sin embargo, contrario a Benito Juárez, que se desvivía por su mujer y sus hijos, con nosotros fuiste de una sequedad imperturbable. Alegabas que el amor se demostraba de muchas maneras. Los golpes, los gritos, los encierros, el terror no eran abuso, sino amorosas tácticas para sacar lo mejor de nosotros. ¿Y sabes? En parte te la creo. Me doy cuenta ahora del respeto y el miedo que inspiro. Y no se diga mi hermano José Cuauhtémoc, que desde adolescente intimidaba.*

*A pesar de tu admiración a Benito Juárez, su descendencia te parecía despreciable. «Sus hijos murieron de niños. Nunca se preocupó en*

*fortalecerlos y el que sobrevivió fue un parásito y un inútil.» Lo gran-*
*dioso que había sido Juárez en la política y la vida pública fue pequeño*
*para ti en la vida privada. La lectura de sus cartas a Margarita Maza,*
*su mujer, te enardecía. Para colmo remataba sus misivas con «tu espo-*
*so que te ama y te desea». «Un hombre no puede escurrir miel ni ser*
*blandito con su mujer. ¿Cómo respetarlo si es un flan?», sentenciabas.*
*«Es una patente muestra de debilidad.» ¿En serio? ¿Débil Juárez? El*
*indio que llegó a presidente en medio del caos político más severo de*
*nuestra historia; que rodeado de enemigos, resistió la invasión de los*
*franceses y los derrotó; que se negó a ceder un centímetro más del terri-*
*torio nacional; definió este país. Le dio rumbo e identidad. ¿Te parecía*
*blandito?*

*A su hijo, Benito Luis Narciso, lo considerabas un bodrio de ser*
*humano. «Un hijo de papi», te burlabas. Un papanatas y un parásito.*
*¡Ah! ¿Pero qué tal tu hijo José Cuauhtémoc, que purgó años de cárcel*
*por convertirte en una hoguera? ¿Preferible un parricida que un junior*
*mediocre y bobalicón? A los ojos de los demás, ¿quién crees que ganó*
*como padre? ¿Tú o Juárez?*

*Acepto, papá, que aun pasados los años me seguiste impresionan-*
*do. Tus conocimientos versaban sobre infinidad de tópicos. Podías dis-*
*tinguir una sinfonía con solo escuchar un fragmento, recordar el nom-*
*bre del compositor y hasta el año en que la compuso. Quedé anonadado*
*aquella vez que me explicaste trigonometría para un examen final de*
*la preparatoria. Por favor, dime, ¿cómo le hiciste para saber tanto? Me*
*consideré siempre un alumno aplicado. Dediqué horas al estudio. Leía*
*cuanto libro ponías en mis manos. Escuchaba tus discos de 33 rpm*
*mientras repasaba mis materias. Con ahínco intenté aprender idio-*
*mas. Ni de chiste me acerqué a tus alcances.*

*Un día, revisando mis libreros me topé con un ejemplar de* Forjar
el carácter, *de Arthur Reynolds. Recuerdo cuando una tarde nos entre-*
*gaste una copia a cada uno de tus hijos para que fuera nuestro libro de*
*cabecera. «Lean dos páginas cada noche, aunque ya hayan leído el li-*
*bro completo cinco veces.» Si en algunas casas se rezaba antes de dor-*
*mir, en la nuestra se leía a Reynolds. Mi abuelo nos dijo que lo descu-*
*briste cuando se le olvidó a uno de esos pastores gringos que recorrían la*
*sierra tratando de convertir indígenas al credo evangélico. Más que*
*olvidarlo, el gringo lo dejó tirado sobre un sembradío cuando huyó de*
*él y de tus tíos que lo apedrearon para que se largara. «Salió corriendo*

*como coyote», nos contó mi abuelo, «ya nos traía hartos con sus mensa-*
*das religiosas». Me quedó claro que a tus trece años ese libro te marcó.*
*Aún recuerdo algunos pasajes que subrayaste en tu adolescencia febril.*
*«No gastes tus energías en emociones superfluas. Controla tus sentimien-*
*tos. Son los enemigos del carácter. No rías, no llores, no muestres entu-*
*siasmo desmedido. Tus manifestaciones de amor limítalas al mínimo.*
*Mientras más energía guardes, más energía tendrás para emprender los*
*retos más ambiciosos que te hayas propuesto.»*

*Releer a Reynolds me permitió entenderte mejor, Ceferino. Por eso*
*tu rostro granítico, la reserva en tus caricias, la contundencia de tus*
*órdenes, la distancia. Explícame, ¿no suponía un despilfarro de ener-*
*gía gritarnos, golpearnos, humillarnos? ¿Beber pulque y adormecerte*
*los sentidos no era también un derroche? ¿Qué alimentaba tu rencor*
*indígena, tu resentimiento milenario? Explícame, por favor, ¿por qué*
*te desquitabas con los de tu propia sangre? ¿Nos odiabas por portar ge-*
*nes de los conquistadores genocidas? No me explico esa inquina, papá.*
*No podías culparnos a nosotros, tus hijos. En todo caso, fue tu decisión*
*preñar a la «españoleta». Fue tu oscuro pene el que irrumpió dentro de*
*ella para depositar tu semen. Hasta este punto llega mi entendimiento.*
*Porque no hay razón válida para maltratar a los hijos. De verdad te lo*
*digo. No la hay.*

José Cuauhtémoc se retachó para La Moridencia. Cuando llegó,
el ejido ya estaba rebosado de federales, marinos y sorchos. Muy
quitado de la pena se fue directo al jacal donde vivía. Supo que si
andaba zorreando por las orillas del pueblo despertaría las sospechas
de los guachos. «Buenas tardes, oficiales», saludó a los soldados que
nomás lo miraron pasar. Entró a su cuarto y prendió el ventilador.
Se sirvió un vaso con agua y cerró los ojos. Qué inútil matazón,
pensó. Galones de sangre derramada para que unos spring breakers
en Wisconsin o en Nebraska se dieran pasones de cocaína y se pusieran turulatos con la mota. Risa y risa los pinches escuincles gringos
y de este lado puro valle de lágrimas. Deberían darles una escoba y
un recogedor para que vinieran a levantar el tiradero de cadáveres.

Afuera escuchó los gritos de la soldadera, la mayoría indígenas
oaxaqueños, poblanos y chiapanecos. Ellos no adivinaron que el

güero grandote comprendía sus lenguas nativas. Si supieran que él era tan indio como ellos. Los soldados hablaban en su idioma cuando no deseaban que los federales los entendieran. Desconfiaban de ellos. «Son mayates», señaló un cabo. Mayate: maricón, cobarde, poco hombre, culebra, traidor. Los consideraban corruptos y taimados. En el recelo había también un componente racial y de clase. Los federales eran en su mayoría mestizos o blancos. Requisitos para ingresar a la policía federal: estudios mínimos de preparatoria, con preferencia a universitarios; estatura mínima: 1,75 metros; exámenes de ingreso y de confianza. La soldadera: indígenas morenos, chaparros, varios analfabetos, pero entrones de a madre.

Ni los federales ni los soldados llevaron peritos ministeriales. ¿Para qué? ¿Para que dieran fe de muerte por exceso de plomo? Tarea inútil. Mejor arrojar los cuerpos fétidos dentro de la caja de un camión militar, echarles cal para que no apestaran más y colocarles encima una lona para evitar el mosquerío. Transportarlos a la zona militar, dejarlos en el depósito de cadáveres un par de días por si alguien deseaba reclamar los restos y si no, para la fosa común. Solo las familias de los bosses o de los narcos de rango medio iban a reconocerlos. Casi nadie se tomaba la molestia de ir a identificar a los jodidos lumpen. El chamaco menso que nomás por chouf se había reclutado como sicario no le importaba ni a su madrecita santa. Tómala barbón por andar de culebra. «Mi hijo se metió a jalar con los feos y pos quién sabe dónde estará metido», decían sus madres, con la certeza de que tarde o temprano sus hijos acabarían bajo tierra.

Mientras los Otros-Otros se daban un tiro con los Quinos, ninguna autoridad se apersonó. Mejor que se mataran entre ellos. La ley darwiniana aplicada a la lucha contra el narco. Que entre ellos limpiaran la basurita. Los soldados, los marinos y los federales solo aparecieron cuando ya se había terminado el tiroteo para determinar quién había ganado, para dejar el pueblo reluciente, sin cadáveres agusanados, sin sangre, y para advertir a los atemorizados moradores: aquí-no-pasó-nada-sigan-con-su-vida-y-cuidado-hablen-de-este-despapaye.

José Cuauhtémoc se durmió con el ventilador prendido. El calorón lo hizo sudar. Carajo, el maldito calor. Se sentó sobre el

catre, empapado. A lo lejos escuchó una vaca mugir con desesperación. En la balacera le habían matado a su becerro y ahora
deambulaba por las calles mugiendo para encontrarlo. Los daños
colaterales de la guerra del narco. Los soldados se habían llevado
el cadáver del becerro junto con el del cervatillo panceado. Aun
cuando la carne hedía, bastaba cocerla para matar las bacterias y
pa dentro.

Al amanecer, empacó sus pertenencias en un pequeño veliz.
Montó en la troca y arrancó rumbo a Ciudad Acuña. Por el espejo
retrovisor miró alejarse las polvorientas calles del ejido. Nunca más
volvería. A las siete de la mañana tocó el timbre, no la mejor hora
para importunar, pero JC estaba en modo profesional y ni pex,
chamba es chamba. Nadie respondió la primera vez. Insistió. Por
fin escuchó la rasposa voz de la fatilicious, «voy». Abrió en bata,
aún adormilada. Al ver a José Cuauhtémoc se sobresaltó. Lo creyó
portador de malas noticias. «¿Está bien Chucho?» Chucho era el
Máquinas, aunque solo ella podía llamarlo así. A él no le gustaba,
así les decían a los perros en Guadalajara y él no era ningún perro.
«Sí, está bien. Escondido en la sierra, pero bien.» Ella hizo cara de
alivio. Rumores de la matanza habían reptado por aquí y por allá.
JC contempló su rostro sin maquillaje y todavía con el almohadazo
en la cara. Era mona la muchacha. Y había adelgazado un montón.
Se había puesto más delicious que fat. Huesito pegado a la costilla
es donde uno quiere meter la cosilla.

JC le explicó que necesitaba de un lugar donde quedarse
mientras investigaba los ayeres, los hoyes y los mañanas de Galicia
y su gente. «Voy a buscar quien nos puede alivianar», dijo la new
born flac y se quedó parada en el quicio de la puerta sin decir más.
El sol empezaba a escocer a los seres vivos que no gozaban la suerte
de hallarse bajo una sombra. Como JC no quería dorarse, le preguntó si no lo invitaba a desayunar. Antes de responder, ella miró
hacia ambos lados de la calle. Donde se enterara el Máquinas que
un hombre, así fuera su hermano del alma, entrara a su casa, sus
deliciosas carnes terminarían como abono para las plantas. Com-
probó que ningún vecino anduviera por ahí (¿quién demonios se
levanta a las siete un domingo?) y le dijo que sí, que pasara, nomás
que para no levantar suspicacias, estacionara la troca unos dos bloques más allá.

José Cuauhtémoc fue y vino. Ya no necesitó tocar el timbre. La suculenta exfat había dejado la puerta entreabierta. Para cuidar la honorabilidad de la mujer de su compa, él también revisó que no hubiese vecinos curioseando y cuando se percató de que solo dos perros callejeros merodeaban por la calle, entró.

La casa era modesta. Los muebles de la sala cubiertos de plástico, piso de cemento, paredes pintadas de rosa, una reproducción de *La última cena* y una televisión gigante a mitad de la estancia. Ella se asomó por la puerta de la cocina. «Estoy calentando café por si quieres. Me voy a meter a bañar, no me tardo», dijo. Esta morra quiere conmigo, malpensó José Cuauhtémoc. Si no quisiera le hubiese dicho: «Mira, aquí te preparé un lonche, te lo dejo envuelto en papel aluminio para que no se enfríe. En ese termo tienes café. Vete y al rato nos vemos en tal lugar». Nones. Le había dicho: «Me voy a bañar». Eso significaba «quiero verme limpiecita y guapa». La exgordibuena le señaló unos periódicos sobre la mesa del comedor. «Mientras salgo puedes leer lo que dicen *El Zócalo* y *Vanguardia* sobre la muerte de don Joaquín.» Esmeralda se retiró a la ducha. José Cuauhtémoc se sirvió café y se sentó en uno de los sillones cubiertos de plástico a leer los diarios.

La prensa manejó la muerte de don Joaquín como un intercambio de balazos entre sus huestes y la Policía Federal cuando intentaron aprehenderlo. Había fotos del boss ahí tumbado en la calle y tres de sus guarros muertos a su lado. Después del tiroteo, la policía sacó su cadáver a la calle, lo acomodaron en una esquina, deprisa para que no se les entiesara, y le colocaron una pistola en la mano. Sembraron otros muertitos a su alrededor, también fierro en mano, y llamaron a los reporteros para la foto. Click, click, click y ahí estaba el boss con sendos disparos en la cabeza en primera plana. «Cae capo», señalaba un titular. «Joaquín García abatido por fuerzas federales», indicaba otro. De los demás maraqueados durante el convivio, nada. Nadita. Humo, fantasmas. Unas decenas más a las listas de los desaparecidos anónimos. Ni una mención a la masacre en el ejido La Providencia. Morirse en Narcolandia representaba un one way ticket a la Dimensión Desconocida.

Esmeralda tardó en volver. Seguro se estaba poniendo cuchilinda para él. Salió la exchubby-ahora-yummy ataviada con un entallado vestido verde, el cabello aún escurriendo agua. «Qué calor hace, ¿no?», dijo. JC asintió. No daban aún las ocho de la mañana y el termómetro ya rondaba los treinta y cinco grados. Ella tomó un control remoto y encendió el clima. «Lo prendo de a ratitos porque si no sale un cuentón de luz.» La brisa del mini split sopleteó a JC, de cuya frente empezaba a gotear sudor. «¿Qué quieres desayunar? Puedo hacerte machacado, molletes o también tengo Choco Krispis.» José Cuauhtémoc eligió el machacado «sin chile y sin cebolla, por favor». Ella se le quedó mirando. «Oye, ¿no quieres venirte a la cocina a platicar mientras preparo el desayuno?», pregunta que JC interpretó como: «vamos a ver si sí o si no doblamos juntos las quesadillas». «Claro», respondió él y la siguió hacia la cocina.

Ella puso a calentar el aceite en un sartén y empezó a batir los huevos. La verdad es que Esmeralda le gustaba muchísimo. Le latió desde que la descubrió observándolo de refilón cuando el Máquinas lo llevó a conocer el cuartucho en la carretera a Santa Eulalia. Y ahora en la cocina ahí estaba ella a solas, con su marido enmogotado y él con las ganas de sacudirse las ganas. JC se levantó de su silla y sin decir más, se encaminó hacia ella.

Estar solo

En la cárcel dejas de estar a solas hasta cuando estás a solas. Todo es ruido y miradas. No
puede uno dormirse sin que oiga ronquidos,
puertas, gritos. A veces algunos compañeros se
levantan a la mitad de la noche a pegar de gritos. O se dan cuenta de que nunca van a salir
libres o que están enfermos y ya no se van a
curar o que extrañan a sus hijos o nomás porque
les da por gritar. No hay noche en que no haya
gritos. Y luego los ronquidos. Algunos roncan
tan fuerte que los puedes escuchar a diez celdas de distancia.

También acá todo son miradas. En cuanto entras a
la cárcel, te miran los demás para ver si te
pueden agarrar de puerquito o para ver si le entras a su banda o son maricones y se la pasan
tratando de averiguar si tienes el pito grande o
chiquito. Hay custodios maricas que te andan cu-
cando con miraditas para ver si te los coges o
te cogen. O te miran para ver si puedes servirles de sirvienta o de estafeta. Nomás porque son
cabrones y les gusta sentir que mandan.

En la cárcel hay cámaras por todos lados. No hay
un solo lugar sin cámaras. Saca de onda que te
vean hacer todo lo que haces. Me tardé un buen
en acostumbrarme a que me vieran hacer caca.
Pinches excusados están a la vista de todos. En
la celda el excusado está en mero enmedio y ni
dónde esconderte de los compas con los que com-
partes celda. Apenas te sientas en la taza y
luego luego te cabulean. Que si los ruidos que
haces, que lo apestoso que hueles. Y pues uno no

se concentra. Y luego vienen los baños comunes.
Excusados en filita, sin puerta. Vas a vaciarte
y ahí están otros mirándote. Me dijeron que en
la antigua Roma los senadores discutían las leyes sentados en excusados mientras cagaban.
Creo que se quedó la tradición de que los senadores hagan pura mierda, ya ven cómo tienen al
país. Tampoco me gusta ver a otros cagar ni escuchar sus gases ni olerlos. Y ver cómo se lim-
pian con el papel y lo levantan frente a sus
ojos para revisarlo. ¿Para qué chingados hacen
eso? Qué asco me da. Luego avientan el papel a
la taza y la tapan y ahí quedan sus excrementos
flotando y no hay quien pueda dormir con esa
peste.

También te miran cuando te bañas. No puedes cerrar
los ojos en las regaderas. A la mayoría de los
que matan en la cárcel los matan cuando se están
bañando y nunca sabes si te traen ganas. Por eso
hay que estar a las vivas. Luego están los jotos
que te miran el pito mientras te enjabonas. Esos
son los que más mal me caen. Se masturban vién-
dote, sin importarles que les digas que les vas
a romper la jeta. Le jalan el cuello al ganso
hasta que se vienen. Y esa jotería nomás no la
paso.

Esto es la cárcel para mí. Ruidos y miradas. Nunca
estás solo aunque estés solo. Cuando salga de aquí
no sé qué voy a hacer sin los ruidos y sin la sensación de que todo mundo me ve. No sé si podré
dormir cuando el cuarto esté asilenciado. Me imagino que me voy a despertar en la madrugada en espera de que alguien grite. O voy a gritar yo mismo
por la ausencia de gritos. Y no sé si logre hacer
del baño sin sentir que me están observando. Quié-
zás hasta me estriño y nunca más vuelvo a cagar
como una persona normal.

Cuando tu vida es así, acostumbrado a nunca dejar de escuchar ruidos y a que otros te miren, sientes que ya nada es tuyo. Ni tú mismo eres tuyo. Esa es la cárcel para mí.

Jonathan Martín Olivo
Reo 35554-2
Sentencia: ocho años por fraude agravado

Les planteé a Pedro y a Héctor la idea de presentar *El nacimiento de los muertos* en la cárcel. Contrario a lo que esperé, Héctor se mostró preocupado. «Sería una provocación a esa gente», dijo. Sonreí, creí que bromeaba. «¿Por?», cuestioné entre risas, «si tú eres el rey de la provocación». Héctor se puso serio. «Sí, pero no soy pendejo. Una cosa es ir a irritar burguesitos que se dan aires de importancia y otra meterte en una jaula con asesinos.» Por más que lo intentara, Héctor jamás dejaría de ser él mismo un burguesito. Ya solo usar la palabra «jaula» denotaba su clasismo. «Yo creo que sería interesante», acotó Pedro. Me sorprendió que contradijera a Héctor. Casi siempre ligaba sus opiniones a las de su novio. No es que Pedro no tuviese criterio propio, sin embargo eran tan lapidarios los veredictos de Héctor, tan dominantes, que no había forma de rebatirlo. «Interesante será cuando maten a esta niña allá adentro», agregó Héctor. «Niña.» En nuestra clase social pareciera que solo al llegar a ancianos dejamos de ser «niños» o «niñas». Es común escuchar «deberías andar con ese niño» o «esa niña es increíble» al hablar de hombres y mujeres que rebasan los cuarenta años. La absoluta infantilización del lenguaje que engendra adolescentes cuarentones. «No le va a pasar nada», rebatió Pedro, «llevo meses yendo dos veces a la semana y nadie siquiera me ha alzado la voz». Héctor sonrió con sorna. «Espérate a que sepan que eres maricón y que tienes novio.» Aunque su ataque le dolió a Pedro, no se arredró. El taller de literatura en el reclusorio era parte de un espacio al que Héctor no tenía acceso. «Ya lo saben y no ha habido el menor problema. Ves tantas series de televisión gringas sobre cárceles que crees que los presos en lo único que piensan es en meterla en el primer hoyo con el que se topan. Tú y tus pinches clichés.» Ahora el dolido fue Héctor. Enemigo de la ordinariez de los lugares comunes, que le dijeran que los suyos eran meros clichés debió parecerle un insulto mayor. Pocas veces los había visto discutir. Casi siempre Pedro condescendía, pero el tema de la cárcel lo tocaba de manera personal. «Cliché es que te sientas salvador de almas en pena.

Debiste ser curita», dijo Héctor con desprecio. Ambos empezaban a exacerbarse y decidí atajarlos. «Ya, ya, ya. O le paran o me voy.» Se miraron el uno al otro con aire retador y luego soltaron una risotada.

Cada uno arguyó su punto de vista sobre montar *El nacimiento de los muertos*. Para Pedro el mostrar elementos de sangre y muerte podría traer una lectura inédita a la obra. Héctor pensaba lo opuesto, que ello reforzaba el estereotipo de «criminal equivale a sangre y muerte». Pedro disintió. «Aquí no están vinculadas al crimen, sino a la naturaleza femenina y ese es un ángulo al que ningún hombre puede acceder.»

Quizás estábamos exagerando y a los presos, curtidos en los márgenes de la sociedad y acostumbrados a ver de cerca la experiencia humana en su vertiente más cruda, la obra no les afectaría. Podrían abuchearnos al igual que los demás públicos o quedarse dormidos ante un arte poco accesible para ellos. Además, ¿la danza podría conmoverlos? Pedro aseguró que sí. «El encierro lleva a una constante interiorización y por tanto, a una mayor sensibilidad.»

Concluimos que era apropiado presentar la obra sin finalizar con los desnudos. Héctor advirtió que no solo era arriesgado, sino cruel. «Calentarles el boiler y no meterlos a bañar me parece una chingadera», dijo. Por lo demás mantendríamos la coreografía tal cual. Pedro quedó en acordar con las autoridades del reclusorio la fecha y el horario de la presentación. Me pidió pensar en dos coreografías alternas por si algún funcionario consideraba *El nacimiento de los muertos* como una obra inconveniente. Me negué. «No hay plan B», le dije.

Esa tarde informé al grupo del inicio de las gestiones para presentarnos en el reclusorio. Ofendida por mi «falta de solidaridad con sus sentimientos», Elisa decidió pedir licencia por seis meses para «serenarse». Por más que intenté persuadirla de quedarse, se negó. «Ya veré si vuelvo», advirtió. Al poco tiempo firmó con otra compañía de danza. La visita a la cárcel cobró su primera víctima.

Dos días después, Pedro se reunió con nosotros para explicar las condiciones exigidas por las autoridades carcelarias. Dado que se trataba de un grupo numeroso, solicitaban una copia de la credencial federal de elector o del pasaporte, comprobante de domicilio, certificado de solvencia económica, números telefónicos de celular y de casa, tipo de sangre, acta de nacimiento y carta de antecedentes no penales, requisitos que rayaban en lo kafkiano.

Las trabas burocráticas desanimaron al grupo. Pepe comentó sobre las diecisiete vueltas que le obligaron a hacer para obtener su certificado de antecedentes no penales. Beatriz alegó del riesgo de proporcionar sus datos. «¿De verdad creen que voy a permitir que burócratas corruptos de una prisión tengan la dirección de mi casa y mi teléfono? Ni loca que estuviera.» A Ricardo le inquietó que nos solicitaran el tipo de sangre. «¿Por si nos acuchillan y tengan lista sangre para transfundírnosla?»

Nadie en el grupo estuvo dispuesto a cumplir con los absurdos requerimientos. De plano era excesivo el esfuerzo para brindar una función gratuita. Adiós presentación. «Sacones», les espetó Mercedes al terminar la reunión. «Eso son, una bola de sacones.»


A Esmeralda José Cuauhtémoc le atrajo desde la primera vez que lo vio. Tan diferente del Máquinas. A ese güero se le notaba el refine. El otro era buena gente, trabajador, detallista, mecánico de esos que en su taller colgaban calendarios de mamacitas bien buenotas. El chilango se veía más distinguido, con otro porte. De otra ralea, pues.

Cuando en la cocina JC la abrazó por la espalda, ella se hizo la sorprendida. «¿Qué te traes?», le soltó. Él no se aguachinó. Se quedó callado enlazándola con los brazos. Ella se fijó en sus manos, tan distintas a las de su marido. Dedos largos y fuertes, no cortos y rechonchos. Sin mugre en las uñas ni rastros de grasa negra entre los pliegues de la palma. El rubio jedía a sudor —llevaba cuatro días sin bañarse—, aunque de esa pestecita que tanto le atraía. No a sebo rancio, como olía el Máquinas apenas a las dos horas de ducharse.

Ella se zafó del pulpeo y se le plantó, girita. «¿Qué crees que soy? ¿Una puta?» José Cuauhtémoc se la pensó. ¿Para qué meterse en más broncas de las que ya tenía? Pero hormona mata neurona. Y vaya que desde hacía rato las hormonas habían armado un fiestón dentro de él. Una caballada de hormonas. «¿Quieres que me vaya?», le preguntó con la intención de medir la temperatura del caldo. Ella se quedó parada en medio de la cocina. Los dedos de los pies, un charleston dentro de las sandalias. «El machacado ya va a estar listo», dijo ella. «Eso qué significa ¿que me quede o que me vaya?» Ella lo miró a los ojos con esa mirada de sí-pero-no que las féminas dominan tan bien. «Quédate con la condición de que no vuelvas a intentar algo.» Él alzó las manos y dio dos pasos hacia atrás. «Me hago para acá para que veas.»

Esmeralda continuó sofriendo la machaca. De vez en cuando miraba de reojo a José Cuauhtémoc. El otro, recargado sobre la mesa, pelaba una mandarina. Los huevos terminaron de cocerse y ella fue a buscar los platos para servirlos. Pasó junto a él y solo dijo «compermiso» con la esperanza de que él se quitara, y pos no se quitó. Sus nalgas rozaron su entrepierna. Esmeralda abrió el trinchador para sacar la vajilla y JC se paró detrás de ella. Esmeralda volteó a verlo. «Prometiste no hacer nada.» Él volvió a levantar las manos. «No estoy haciendo nada, solo quiero olerte.» Se inclinó y colocó su nariz junto a su cuello. «En serio, ya párale. Tú eres un hermano para Chucho.» Era cierto. El Máquinas era su carnal, su compa, su valedor, pero la mesa ya estaba puesta y ni modo de no sentarse a comer. «Está bien, me quito», se hizo a un lado solo para olisquear ahora su hombro. «JC, por favor, ya párale.» Ella hizo un amague por eludirlo y él se interpuso. «Dime de una vez si quieres que me vaya o me quede.» Esmeralda se mantuvo en modo estatua, sin quitarle la mirada. «Quédate», le dijo. José Cuauhtémoc se acercó, la tomó de la cara y la besó. Ella le devolvió el beso con avidez. El olor montés de JC la excitó. «Estúpido, ¿por qué no viniste antes a besarme?» José Cuauhtémoc la levantó y sin dejar de besarla, la tomó de la cintura y la jaló hacia sí. Metió la mano derecha bajo los calzones y con el dedo índice le acarició el anillo periférico. Ella se recargó en su pecho, prendida. Con la mano izquierda, JC fue bajándole los chones hasta las rodillas mientras continuó pasando el dedo por el edén negro. Esmeralda comenzó a giparear. Él le desabotonó el vestido hasta dejarlo completamente abierto. La verdad la huerca estaba potable, para bebérsela completa. Le lamió el nacimiento de los senos que sobresalía por encima del sostén y con la lengua penetró las copas hasta llegar al pezón. Ella le acarició la cabeza, pasando los dedos por entre su pelo. JC pasó el brazo derecho por debajo de su cadera y de un solo movimiento la levantó hacia la mesa. Esmeralda sintió la textura

91

de la cubierta de formaica en sus nachas y se calentó aún más. Lo enlazó con las piernas y lo atrajo hacia su triángulo de las Bermudas. Él se bajó los pantalones y decidido la penetró. Ella soltó un «ay qué rico» y lo estrechó. Él empujó su pito hasta el fondo y extrajo de Esmeralda su religiosidad más honda «ay diosito, qué ricura, ay diosito». Su pelvis comenzó a vibrar. Un orgasmo. JC siguió. Dos orgasmos. Tres orgasmos. «Me vas a matar, ya, ya», se quejó ella y se quitó. Una cascadita de fluidos vaginales se deslizó por la cubierta de formaica. Cuatro inspiraciones, cuatro exhalaciones. Él volvió a entrar en ella. Cuatro orgasmos, cinco y al sexto, el esperado, el único, el privilegiado orgasmo simultáneo. Se quedaron atados cuerpo con cuerpo durante tres minutos, hasta que se separaron. Ella se abotonó el vestido y señaló hacia el sartén: «Se va a enfriar el machacado».

Después de desayunar llegó el momento de hablar de los asuntos pendientes. «Necesito que me prestes una pistola.» «¿Y de dónde la consigo?» «De las que tiene guardadas el Máquinas.» «Pos son de él, no mías. No te puedo prestar lo que no es mío.» «Es para hacerle un favor a él. Va a entender.» «No, ni madres, no va a entender nada. Donde se entere que viniste me mata.» «Si no es que se muere él primero allá en la sierra.» «Bueno, ¿y para qué quieres la pistola?» «Para arreglar las cosas.» «Las cosas están bien calientes. ¿No supiste de la matazón?» «Yo vi la matazón, reina. Y por eso vine acá, para que me ayudes.» «¿Ayudarte con qué?» «Ya te dije. A conseguirme una fusca y también las direcciones de unos tipos.» «¿Qué tipos?» «La de un chavito que le dicen el Patotas y la del comandante Galicia.» «El Patotas vive a tres cuadras de aquí. Conozco a su mamá. Yo misma se lo recomendé al Máquinas para que lo metiera al equipo» (el equipo: la maña, el cartel, los Quinos). «Pues necesitas decirme dónde encontrarlo porque él fue el que mató a don Joaquín.» «Ay por Dios, ¿cómo crees? Es apenas un niño.» «No, no es un niño. Es un judas y le voy a dar para abajo» (para abajo: escabechárselo, asesinarlo, matarlo, desaparecerlo, darle piso, darle matarile, enviarlo pal otro lado, despedirlo, mandarlo a saludar a la flaca, calaquearlo). «Estás loco, no puedes hacer eso.» «Me lo pidió tu marido.» «Pues tampoco mi marido puede pedir eso.» «Le metió cuatro reatazos en la cabeza a don Joaquín.» «Lo han de haber presionado. Ya sabes cómo se las gastan los bosses en este negocio. A otro huerquillo que conocí le ordenaron matar no sé a qué narco. Se negó y al día siguiente dejaron la cabeza de su hermano en la puerta de su casa con un mensaje que decía. "Al jefe no se le puede decir que no". ¿Sabes qué hizo el huerco? Se suicidó. Ni idea tienes de las razones por las que el Patotas le disparó al jefe.» Ella tenía la boca llena de razón. Cuántos no estaban obligados a matar a otros para que no les dieran piso a ellos o a los suyos. JC le prometió considerar lo del Patotas. Al que seguro se iba a cargar era al ojete de Galicia. Desde el primer día el comandante no le pulsó. Menos aún por haberlo embarrado en el despiracache que sobrevino. ¿Por qué no se fue a joder a otro? Carajo. Por su reverenda culpa ahora debía huir de la región. Tan en paz que se encontraba. Por eso lo iba a matar. Nomás por eso, por puro coraje. Nada que ver con los muertos regados en las calles de La Moridencia. Ni por la traición a los Quinos, ni por ser un poliguacho corrupto. Lo iba a matar porque el idiota lo había arrancado de su paraíso en el río, del cuartito en la carretera a Santa Eulalia, del trabajo de recoger piedra, de nadar en las aguas transparentes, de leer bajo la sombra de los encinos, por exiliarlo del único lugar donde había estado tranquilo en toda su chingada vida.

Esmeralda salió a conseguirle una pistola («imagínate si matas a Galicia con una fusca del Máquinas y luego se entera que yo te la di y entonces la muerta soy yo. No mijo. Yo no me la juego así. Si quieres darle cran al federal, se lo das con el arma de otro, no con una de mi marido») y a averiguar el domicilio de Galicia, si vivía solo o con familia, a qué hora entraba y a qué hora salía de la comandancia, qué rutas acostumbraba, cómo se vestía cuando andaba de paisano, de dónde era, qué tanto estaba involucrado con los Otros-Otros, dónde desayunaba, almorzaba, merendaba; qué carros usaba y número de placa, cuántos batos lo protegían, cómo se llevaba con el jefe de la zona militar y con el almirante a cargo de los marinos, quién lo protegía, quiénes eran sus amigos, quiénes, sus enemigos. La escupefuego debía obtenerla limpia, sin registro, sin antecedentes. JC le pidió que le trajera al menos veinte balas y si fuera posible, una pistola escuadra. «Se cargan de volada y no se encasquillan.»

Antes de partir, Esmeralda le advirtió no asomarse por las ventanas, no abrir la puerta, no salir, no contestar el teléfono. Que los vecinos no se enteraran de que estaba ahí metido. Ella debía cuidar su reputación (y por ende su vida, serle infiel a un narco equivalía a una sentencia de muerte). «Mira, no creas que ando prestando el hoyo para que cualquiera juegue balero. No soy una piruja. Soy una mujer decente y jamás le había puesto los cuernos al Máquinas. Contigo no sé qué me pasó, pero pasó y ya ni modo hacer de cuenta que no pasó. Yo no pienso contarle a nadie y espero que tú menos. Te voy a ayudar porque le estás ayudando a mi esposo, nomás por eso. Regreso por la noche. Si tienes hambre ahí hay plátanos, huevos, leche, machaca y jitomates. También tengo Cocas y Topo Chico por si te da sed. Si por casualidad se aparece por aquí Chucho, le inventas que forzaste la chapa y te metiste cuando yo no estaba aquí. Si te mata o se matan, ya es bronca de ustedes. Pero no me lo mates, que no me quiero quedar sola.»

En cuanto salió la morrita, José Cuauhtémoc se tumbó frente al ventilador. La brisa le quitó las calosferas. Luego decidió meterse a bañar. Prendió la regadera. A pesar del calorón que asaba los perros en la calle (la gente en Acuña aseveraba que los hot dogs eran gratis, solo había que sacar un perro a la banqueta y esperar a que se cociera), JC se duchó con el agua hirviendo (odiaba el agua fría. En la cárcel estaba siempre al borde de la congelación. La Comisión de Derechos Humanos, tan preocupada de que en el bote les brindaran alimentación nutritiva y sana, debía pegar de manotazos para que las calderas funcionaran. A él le daba igual comer pollo mañana, tarde y noche. Bañarse con agua helada, esa sí era una mentada de madre).

Se rasuró dentro de la regadera con el mismo rastrillo con el que todas las mañanas se rasuraba el Máquinas. Se secó con la toalla del Máquinas. Usó el desodorante en aerosol del Máquinas. Se comió los plátanos del Máquinas y se bebió dos Coca-Colas del Máquinas. Luego se fue a acostar a la cama del Máquinas. Puso la cabeza en la almohada del Máquinas y se quedó dormido.


A mi pesar, di por sentado que no nos presentaríamos en la cárcel. Nuestros datos privados en manos de desconocidos era riesgoso. El estado de inseguridad del país no nos permitía ese lujo. Quizás en Suecia o en Nueva Zelanda, pero en México podía significar un robo, un secuestro, una violación, un asesinato. Comprendí la lógica de las autoridades penitenciarias. Bastaba ver las imágenes de motines en los noticieros para darse cuenta del dragón que moraba dentro de las cárceles. No quise presionar a mis compañeros para cumplir con los requisitos solicitados. La culpa me roería en caso de que llegasen a ser víctimas de un delito. Alberto intentó consolarme con el sabido refrán de los derrotados: «Por algo pasan las cosas» (o como diría mi abuela: «Estaba de Dios que no sucediera»). Sí, de los derrotados, porque los que no se dan por vencidos jamás aceptan el veredicto de las circunstancias. Y quien no se dio por vencida fue Mercedes. Ignoraba qué demonios internos la empujaban a pugnar por la visita al reclusorio. Durante el proceso judicial, su abogado usó un arsenal de artimañas legales para evitar que tanto el violador como su familia supieran información delicada: domicilio, teléfono, nombres de familiares o cuentas bancarias. Eso no pareció importarle en esta ocasión. Me llamó una mañana y me pidió vernos a solas en un café. Habían pasado ya dos semanas desde que decidimos no asistir a la prisión y pensé que serían otros los temas a tratar. No fue así. En cuanto se sentó a la mesa colocó un folder frente a mí. «Ábrelo», ordenó. Dentro venían copias de su credencial de elector y de su pasaporte, resultados de su tipo de sangre, copia de su acta de nacimiento, comprobante de domicilio y una declaración de impuestos. Los hojeé. Solo faltaba el certificado de antecedentes no penales, que, aclaró, estaba en trámite y no tardaban en entregárselo. «Y no tuve que dar diecisiete vueltas como inventó el mentiroso de Pepe.» El objetivo de vernos, me dijo, era para convencerme de presentarnos en la cárcel ella y yo. «Montemos una versión de dos de *El nacimiento de los muertos*. Crea algo nuevo, anda.» Me preocupó la sanidad mental de Mercedes. Comprendí su necesidad de evidenciarle a su violador que ella había salido adelante, de exhibir templanza. Restregarle que mientras él se pudría en su celda, ella era libre y capaz de desnudarse frente a quien se le pegara su gana. Era evidente que tras sus argumentos se escondía una enfermiza relación de codependencia con su violador. Montar la obra era solo un pretexto para reencontrarse con él, una perversa obsesión.

Cerré el folder y lo empujé hacia ella. «No nos uses como excusa para resolver tus conflictos internos.» Ella me clavó la mirada. «Tú fuiste quien promovió esto, Marina, no lo olvides», objetó. «Cierto, pero no estoy ciega ante las complicaciones que esto puede traer al grupo.» Ella me miró, retadora. «Te propuse ir solo tú y yo. ¿Eso en qué complica a los demás?» Me quedé en silencio, azorada por su agresividad. «No puedo creer que te gane el miedo», sentenció. Mercedes me aguijoneaba para obligarme a reaccionar. Ella era de las pocas personas a quienes les había confesado mi temor al fracaso. Ahora lo usaba en mi contra. «No es miedo, Mercedes. Es responsabilidad. Ambas somos madres y nuestra obligación es cuidar de que nada ponga en peligro a nuestros hijos.» Ella negó con la cabeza. «Lo que tienes es pavor. Te corroe el puto miedo.» Se levantó de la mesa. «¿Me invitas el café?» Asentí. Ella recogió el folder y desapareció por los pasillos del local.

La reunión con Mercedes me dejó alterada. No solo reparé en las hondas heridas psicológicas que la acechaban, sino también fue capaz de fustigarme desde el fondo de esas heridas. Ella y Alberto habían desvelado las raíces de mi zona de confort: el miedo y la autocomplacencia. Sí, mi tiempo estaba repleto de actividades profesionales y familiares. No había tregua en mi día a día. Tanto tiquitiqui no era más que una pantalla para ocultar mi inacción. «Los hámsteres corren cientos y cientos de metros en su rueda y no van a ningún lado. En cambio, mira a los leones, tumbados veintitrés horas al día, pero cuando se levantan cazan un búfalo», me aleccionó Alberto en una ocasión. Movimiento no equivalía a progresar. Me quedó claro que si bien mis avances profesionales eran minúsculos, no en lo familiar. Mis hijos crecían sanos y Claudio y yo nos esforzábamos por brindarles oportunidades para desarrollarse, desde clases de piano hasta lecciones de tiro con arco, pasando por esgrima, francés, volibol, natación, clavados y, claro está, ballet. La logística que implicaba llevarlos de una clase a otra por las tardes era bastante compleja y sin chofer que nos ayudara —el que trabajaba con nosotros renunció y no encontramos a quien confiarle nuestros hijos— debíamos cuadrar nuestros horarios con precisión.

Quizá era momento de claudicar en mis anhelos de grandeza. Convertirme en una mamá modelo dedicada al cien por ciento a mis hijos y a mi marido. Olvidarme de que solo a través de la danza podía alcanzar mis metas y vivir más en concordia con mis posibilidades. En otras palabras, aceptar mi mediocridad y mi pusilanimidad.

Esa noche hablé con Claudio. Frente a la chimenea le conté sobre lo acontecido con Mercedes por la mañana. Me escuchó con atención. Rara vez le ventilaba mis problemas. No era de esas mujeres que aturden al marido con el relato de sus desdichas y encima esperan que no las aconseje. Con él disfrutaba hablar de nuestros trabajos, de nuestros trajines diarios, del libro que cada quien leía. Pocas veces coincidíamos en lecturas. Yo optaba por la ficción. Él prefería textos de economía, de política y de liderazgo. Varias veces le cuestioné si el liderazgo podía enseñarse. «El carisma es innato. Las habilidades de dirección y gerencia pueden cultivarse», aseveraba. Su mundo de finanzas y bolsa contrastaba con el mío y eso me enriquecía. Al terminar de contarle, Claudio se incorporó y fue hacia un librero. Hurgó entre los volúmenes y regresó con uno. Se sentó y me leyó un pasaje de *Liderazgo carismático,* de Mark Voller: «El líder autoritario decide sin consultar a los demás, el líder democrático decide basándose en la voluntad del grupo, el líder carismático decide y convence al grupo. El autoritario impone, el democrático consensúa, el carismático induce». Claudio terminó de leer y cerró el libro. «Me gusta mucho ese pasaje. Compendia lo que debe ser un líder. Alguien que seduce y hace pensar a los demás que la resolución que él tomó es grupal. Tú decide si quieres ir o no a la prisión. No Mercedes, no Pepe, no Alberto.» Le señalé los riesgos. «Si te preocupan tanto los riesgos es que en realidad no quieres ir.»

No pude dormir. Le di vueltas y más vueltas al asunto. Las palabras de Mercedes, «te corroe el puto miedo», me inocularon de dudas y de rabia y de deseos de demostrarle que era tan hembra como ella (aunque ignoro si yo tendría la tonelada de ovarios necesaria para superar una violación). A las seis de la mañana seguía despierta. No había sido la incertidumbre de visitar o no la cárcel lo que me había quitado el sueño, sino la urgencia de reinventarme.

Salí del cuarto en silencio para no despertar a Claudio y bajé a la sala. Llamé por teléfono a casa de Héctor y Pedro. Yo sabía que Pedro estaría despierto. A las seis y media llegaba su maestro de yoga para su clase matutina. Contestó al segundo timbrazo. «Soy Marina. ¿Puedes hablar?», indagué. Pedro soltó una carcajada. «Claro que puedo hablar, nada más dime ¿qué chingados haces llamando a esta hora?» Fui directo al punto. «Quiero llevar a la compañía a la prisión. Ayúdame a quitar esas absurdas exigencias para entrar.» «Pensé que ya era asunto olvidado», dijo. Le expuse las inquietudes del grupo y su negativa a facilitar su información privada. Pedro me contó que habían cambiado al subsecretario de Gobernación a cargo de los reclusorios y que al parecer Héctor llevaba una excelente relación con él. Pedro accedió a presionar para aligerar los requisitos de ingreso.

Apenas colgué con Pedro le marqué a Alberto a su celular. «Bueno», contestó. «Quiero montar la obra en la prisión», le dije a bocajarro. «Está complicado», respondió. «No importa, de que vamos, vamos. Tenemos que convencer al grupo.» Me despedí y colgué. El primer paso para reinventarme estaba dado.


Despertó sin saber dónde se hallaba ni qué hora era. Las sábanas estaban empapadas de sudor y la luz se filtraba por las cortinas. Se dio vuelta sobre la cama y trató de reconocer el lugar. No se ubicó hasta ver colgada sobre una pared la foto de bodas de la exchonchita Esmeralda con el aún chonchito Máquinas. Giró la cabeza y encima del buró descubrió un despertador que marcaba las 17:02. Había dormido casi nueve horas corridas. A pesar de que el mini Split funcionaba a máxima capacidad, el solazo parecía atravesar las paredes. JC nomás no paraba de sudar como chancho. Buscó hielos en el congelador, los metió en una bolsa de plástico y se los puso en la frente y la nuca. En Acuña uno piensa que un buen día morirá derretido.

En la sala se sentó a explorar la colección de CD de la pareja. Nel, nones, niente, not, no. En definitiva carecían de buen gusto. Puro grupillo chafa quesque de cumbia norteña (nada que ver con Celso Piña). Se preguntó qué chingados relacionaba a la cumbia colombiana con el desierto mexicano y por qué se había apropiado de las fiestas en ejidos y rancherías. Tocó varios de los discos en el reproductor y no se salvaba ninguna rola. Ninguna. Él, que creció obligado por su padre a escuchar a Mahler, Mozart, Revueltas, Moncayo y que por obra de sus amigos oyó a los Doors, Led Zeppelin, Hendrix, La Revolución de Emiliano Zapata, Bandido, se negó a embotar sus oídos con el sonido bachaclán de Los Batos Locos de Monclova, Los Kamikazes, La Banda del Rifle y demás exterminadores de la armonía musical. Como un favor a la pareja, tomó los CD y los convirtió en confeti. Mejor el silencio que ese revoltijo disonante.

Buscó qué leer y lo mismo: estiércol. Revistas de chismes de estrellitas de televisión y de los mismos grupillos musicales. De nuevo entró en acción el movimiento de liberación del mal gusto. Cortó las revistas en tiritas y para que Esmeralda no tratara de rescatarlas del zafacón, las quemó y vació las cenizas en el fregadero de la cocina.

Pensó en salir a buscar uno de sus libros en la troca, aunque decidió no hacerlo para no comprometer a la deli-morra. Demasiados ojos y demasiadas orejas por el barrio. Ojos y orejas de unos y ojos y orejas de los otros. El halconeo era un trabajo dividido entre varios: taxistas, encargados de tiendas de abarrotes, barrenderos, meseros. El narco y sus antenas. Y si no eran los halcones, serían las viejas lenguaraces y los rucos chismosillos los que soltarían la papa: «¿Qué creen? Vimos a un bato salir de la casa de la Esmeralda. No parecía ser su hermano o su pariente». Para evitar viboreos, José Cuauhtémoc decidió tumbarse de nuevo en la cama a esperar la llegada de la doña.

Se volvió a quedar jetón. Por ahí de las once de la noche escuchó ruidos. Aún modorro tomó un casco vacío de cerveza y se ocultó detrás de la puerta. Si entraba un extraño, cervezazo en la maceta y listo. Esmeralda debió adivinarlo. Apenas entró susurró «JC ¿andas por aquí?». Prendió la luz y José Cuauhtémoc apareció en calzoncillos. Ella entró al cuarto, se sentó sobre la cama y de su bolsa extrajo un paquete. Lo abrió y puso sobre la colcha un revólver Smith & Wesson calibre .38 y diez balas (una esmitihueso, así llamada en la Revolución). No se veía muy nuevo. Ya había perdido el pavonado y granos de óxido cubrían la empuñadura. JC introdujo las balas en el cargador, giró el cilindro y amartilló el gatillo. La fusca parecía rifar bien. Esmeralda la había conseguido de un guardia de seguridad de una empresa patito. Había pagado por ella cinco mil varos. Un dineral por una pistolita fabricada antes de 1970 y, por lo visto, arrumbada por años en un cajón húmedo.

Esmeralda había sido top of the lain en su labor de inteligencia. Yendo de aquí para allá sacó la letra de la canción. Al Patotas le habían pagado un madral de billetes verdes por hoyearle el cascote a don Joaquín. Traía nave nueva, ni más ni menos que una Ford 350 Lariat bicolor de doble cabina placas FBT-20-23. Un mocoso no manejaba un mueble así de mamalón nomás porque sí.

De Galicia, Esmeralda traía la enchilada completa. El comandante vivía en Independencia #8 y poseía una casa de seguridad en Lucas Cervera #69 y otra en Cinco de Mayo #3. Alternaba las casas para pernoctar y ni siquiera sus canchanchanes sabían cuál elegía cada noche. Era dueño de dos autos en los que en ocasiones se desplazaba disfrazado y a solas. Una troquita blanca Nissan placas FBT-07-18 y una Journey roja placas FGY-03-05. Parecían coches pinchurrientos, pero estaban blindados en categoría tres, ni de chiste la esmitihueso podría atravesar ni los vidrios ni las puertas. Galicia andaba escoltado por cuatro policías federales en uniforme y otros cuatro vestidos de paisano. Los uniformados: Becerra, García Rebollo, Ortega y Azcoitia. De civiles: Franco, Saldaña, De Valdés y Anaya. Quince años casado, un hijo de catorce, otro de once. Se le había visto en varias ocasiones en compañía del Honey, el boss de los Otros-Otros. Se rumoraba que a cambio de ponerle a don Joaquín, el Honey le había regalado un rancho de cuatro mil acres de extensión que bordeaba la presa de La Amistad del lado texano y cuyo precio rondaba los seis millones de dólares, además de un departamento en Polanco en la Ciudad de México. Ni Mata Hari hubiese dado tan buenos resultados como la riquiexgordi. La KGB y la CIA rojas de la envidia.

Exhausta y sin quitarse la ropa, Esmeralda se acostó sobre la cama. Se veía que había trajinado. Un círculo blancuzco y pastoso manchaba su vestido a la altura de las axilas y hedía a calle y a sol. El aironazo de su sobaco redujo en JC las ganas de empotrársela. Tanto que se la había saboreado durante el día para que el olor a bofe y a tripa le espantara el deseo. Ella debió adivinarlo. Aun aflojerada, se encueró y se dirigió hacia la ducha. Acalorada como venía, se metió bajo el chorro de agua helada y se enjabonó deprisa.

Ya no le sería infiel al Máquinas. Se lo había jurado a la virgen cuando de pasadita entró a rezar a la iglesia de San Juan. Pensaba en eso cuando José Cuauhtémoc se metió a la ducha y la besó y la besó y poco a poco se le empezó a quitar lo jurada.

Pedro me llamó para darme buenas noticias. «Nos reunimos Julián y yo con el subsecretario y aceptó el ingreso con solo presentar el certificado de antecedentes no penales. Ya no es necesario presentar ni su dirección, ni número telefónico, ni comprobante de nada más.» Debí alegrarme, pero solo respondí con un «muchas gracias». De nuevo sentimientos encontrados. ¿Por qué una simple visita a la cárcel me provocaba tal ansiedad?

Cité al grupo el jueves por la tarde para darles las nuevas. Antes le marqué a Mercedes y le pedí vernos en un café. «El universo conspiró a nuestro favor», le dije apenas se sentó, «y vamos a poder presentarnos en la cárcel». Su semblante cambió. «No sabes cómo me alegra que por fin te hayas decidido a ir», replicó con una sonrisa. El mesero nos interrumpió para tomarnos la orden. Mercedes pidió un capuchino descafeinado y yo un té de yerbabuena endulzado con miel.

«Mercedes, hay algo que quiero decirte», le advertí mientras ella le ponía Stevia a su capuchino. Ella sonrió. «Por supuesto.» Agité el té para disolver la miel. «No quiero que vayas a la presentación.» Mercedes me miró con asombro. «Tu interés por ir es diferente al del grupo», aseveré. Mercedes se notó contrariada. «Yo voy porque voy», vociferó. Un par de comensales se voltearon a vernos. Traté de no alterarme. «Mercedes, tú vas por la revancha contra tu violador y nosotros no podemos girar alrededor de ello.» Mercedes apenas podía contener la indignación. «Sé trabajar en equipo», afirmó en voz alta. «Lo tengo claro», acoté, «pero no podemos estar pendientes de lo que haces o no allá arriba para tratar de llamar la atención del tipo». Me clavó la mirada. «Yo fui la que te convenció de ir, ¿qué te pasa?», rebatió, molesta. «Ya decidí que no vas y no pienso cambiar de opinión.» Su expresión se desencajó. «Lo que haces es una mentada de madre», dijo. «No, lo que tú quieres hacer sí que es una mentada de madre», le reviré. Volteé hacia el mesero y le pedí la cuenta. Mercedes apenas podía disimular su enojo. «Te advierto que si no voy a la cárcel, renuncio a la compañía.» Ya me había preparado para su chantaje. «No, Mercedes. No vas a renunciar. Ve a tu casa, medita lo que te acabo de decir y hablamos la semana que entra.» El mesero me entregó la cuenta, dejé un billete de doscientos sobre la mesa y, sin esperar el cambio, me dispuse a partir. «Nos vemos, Mercedes.»

Llegué afectada a Danzamantes. No supe cómo había sacado la entereza para confrontarla. En su interior ella debió aceptar que yo tenía razón. Era una insensatez ir a la cárcel solo a desafiar a su violador y usarnos para ello. Como directora de la compañía no lo podía permitir. Comprendía su rabia, sin embargo esa rabia era suya y no nuestra. No había motivo para enfangarnos en su dolor.

Expuse al grupo la eliminación de la mayoría de los requisitos para el ingreso al reclusorio. Algunos aún protestaron. El certificado de antecedentes no penales era un trámite engorroso. «Yo ya resolví ir, si alguien quiere unírseme, bienvenido.» Advertí que nada ni nadie garantizaba nuestra seguridad dentro de la prisión. «El peligro es latente y real, y al menos a mí no me va a impedir ir. No va a ser el miedo el que domine mi vida.» Aclaré que sería decisión de cada quien participar y que lamentaría si alguien renunciaba a tan valiosa experiencia colectiva. En cuanto al certificado de antecedentes no penales, ofrecí contratar los servicios de un despacho de abogados para facilitar la tramitación.

Uno a uno dieron su respuesta afirmativa. Algunos más dubitativos que otros, pero nadie se rajó. Al salir llamé a Pedro. «Ve cuadrando el día para la función en la cárcel.»


*Un par de horas después de tu asesinato, le telefoneé a tus padres a la caseta del centro de población más cercano a su ranchería. En lo que el muchacho de la caseta fue en bicicleta a avisarles que les había marcado y en lo que ellos se trasladaron al poblado para devolver la llamada, transcurrieron siete horas. Mi abuelo marcó. Fui yo quien les informó de tu muerte. En náhuatl mentí que tu deceso lo había provocado otro derrame cerebral. ¿Cómo explicarle que su nieto había chamuscado a su hijo? Mi abuelo se limitó a pedirme que esperáramos a sepultarte hasta que ellos llegaran. Menos de cuatrocientos kilómetros entre tu pueblo natal y la Ciudad de México y más de treinta horas de viaje. Nada puede expresar mejor la miseria en que creciste que esas treinta horas. Diez de ellas eran para llegar a pie al pueblo donde un automóvil podría llevarlos a otro pueblo donde tomarían un autobús que los llevaría a otro pueblo, donde abordarían otro autobús que los llevaría a otro pueblo y así hasta la capital.*

*Llegaron directo al velatorio. En su ánimo de despedirse de ti, mi abuela cometió el error de levantar la tapa del féretro. Se topó con un bulto informe en el que apenas asomaban unos dientes. Mi abuela, silenciosa como son silenciosas las indias de la sierra, demudó y solo atinó voltear hacia mí y preguntar «¿Qué es eso?». No tuve agallas para decirle a mi abuela, «eso es lo que quedó de tu hijo».*

*Al día siguiente de tu entierro, los periódicos amarillistas publicaron la verdad sobre tu homicidio y en primera plana apareció la foto de José Cuauhtémoc mientras lo sacaban esposado de la casa. Uno de los policías debió vender la nota aun contra la prohibición de sus superiores, conocidos tuyos. Pronto se regó entre tus amigos no solo el terrible modo en que moriste, sino los abusos que ejerciste contra nosotros. Al interrogarlo los detectives policiacos, José Cuauhtémoc soltó sin reparo las razones que lo habían empujado a quemarte vivo.*

*Aun cuando brotó a la luz tu maltrato y crueldad hacia nosotros, tu reputación quedó indemne. Poco mellaron esas revelaciones tu prestigio público. Para tu tranquilidad, déjame decirte, aún eras admirado y reconocido. Un retrato tuyo, realizado por un afamado pintor, engalanaba el auditorio de la Sociedad Mexicana de Geografía e Historia. Es más, los miembros del consejo decidieron bautizar «Ceferino Huiztlic» el edificio sede de la sociedad y a un par de escuelas les pusieron tu nombre. No te inquietes, tu imagen de intelectual probo y combativo quedó intacta.*

*Mamá, contraviniendo tu voluntad, ofreció nueve misas en tu honor. Su catolicismo español reprimido por tu cólera indígena se emancipó con tu muerte. Al cuestionarle su decisión, prorrumpió en una barata letanía sobre la salvación de las almas y demás supercherías que odiabas. Tan hermosa ella. ¿Cómo le hiciste para conquistarla? Tú, un humilde maestro normalista, no solo la sedujiste a ella, sino también al racista de mi abuelo. Te llevaste una esposa mueble, una esposa trofeo y también una esposa invisible. Sí, invisible. Una mota en la pared. Tú despertaste en mí odios profundos, pero mi madre me suscitó un sentimiento aún más abominable: el desprecio. Nunca la oí pronunciar una idea propia, nunca una leve oposición a tu maltrato, nunca una protesta, nunca nada. Era el jarrón en el que metías tu verga y procreaba hijos. Un lindo jarrón de mayólica española. De qué le servía ser cariñosa y dulce si se quedaba muda frente a tus abusos. Se desdibujaba frente al ciclón que eras tú. En dos minutos emanabas más energía de la que ella emanó a lo largo de su vida.*

La morra dormida sobre su pecho fue la gloria. Tanta desnudez para él solo. Hacía años que eso no sucedía. Toda una noche y una mañana para lamer, chupar, morder, besar, abrazar, acariciar. Entrar y salir. Salir y entrar. Por este orificio, por aquel, por el otro. Encima recién bañada, olorosa a jabón. Piel lampiña. Qué belleza que fuera tan lampiña. Dormía, despertaba, la jalaba hacia sí, le ensalivaba la puchita, se la metía, ella amorronada, amodorrada, aromorrada, oramorrada, gemía en susurros «qué rico..., qué rico...». Se repegaba a él. Los senos aplastados contra su tórax, las nalgas en sus manos. Los orgasmos, la cercanía, el silencio, la respiración quedita. José Cuauhtémoc lo sabía: esta era su parada en la Estación Paraíso antes de dirigirse hacia la Estación Abismo. Había traicionado a su compadre en lo que más podía dolerle a un compadre: en el cuerpo de la mujer amada. Su compadre debía entender que esa había sido la petición final de un condenado a muerte. En unas horas más se encaminaría por las calles de Acuña para matar al Patotas, ese adolescente-sicario-traidor-hijo-de-puta, para luego ajusticiar a Galicia, ese comandante-corrupto-infeliz-hijo-de-puta. Si no se hubiese decidido a asesinarlos, no se hubiera enredado jamás con Esmeralda. Jamás. Por más que ella se le resbalara. Jamás. Aunque le gustara más que nadie. Jamás. Las mujeres de los compas son códigos rojos excepto en casos de excepción, como la certeza de la muerte. Como era el caso ahora. Por eso no sintió culpa mientras se vino dentro de ella una y otra vez.

Esmeralda no aguantó más y se quedó súpita. JC se sentó en el borde de la cama y contempló su cuerpo sin que nada lo tapara. Nadita. Ni aretes ni anillos llevaba. Era linda la huerca. Con razón el Máquinas estaba tan enculado de ella. Abusada, lista, con know how callejero. De esas mujeres que se saben bonitas y deseadas pero conscientes de que eso dura poco y sirve de mucho. Esmeralda supo rayar estabilidad con un narco mediano sin envidiar a las buchonas que engancharon pez gordo. Sí, la desventaja de Esmeralda era su pésimo gusto. Aculturándola se le podía corregir poco a poquito. La pendejez, la putería, la traición, los deseos de chingar por chingar, esos sí eran males incurables y ninguno de esos ella padecía.

JC pasó sus manos por los redondos glúteos de la mujer con la cual recién había planchado. El Nirvana, pensó para sus adentros. Metió el dedo en su pucha y lo sacó empapado de flujos vaginales y de su propio semen. Lo olió. Todos los olores del mundo en uno solo. Todos los secretos de la naturaleza en un solo olor. Todos los misterios del universo, toda la evolución de la especie, toda la furia de la creación en un solo olor. Se chupó el dedo. El amargo y dulce y salado y ácido sabor de la vida. El Nirvana.

Apenas salía el sol y el calor ya derretía el pavimento. El aire acondicionado ya empezaba a perder la batalla. Ráfagas hirvientes chorreaban por debajo de la puerta. La quemazón iniciaba. José Cuauhtémoc se levantó de la cama y en cueros se dirigió hacia el refrigerador. Hurgó entre los anaqueles: jamón, queso, aguacate, cervezas, Coca-Colas, huevos, machaca. Narco segundón al que no le iba nada mal. Tiraban a clase media. Sin estudios, sin herencia, sin conectes, puro self made malandro.

Se preparó un sándwich y a lo Popocatépetl se sentó otra vez junto a la mujer dormida. Pronto ella se largaría de ahí. Los Otros-Otros dominaban la plaza y uno a uno se chutarían a los Quinos restantes y a sus familiares. Los Otros-Otros no pactaban, arrasaban. Por eso ella había sido infiel. Porque el apocalipsis para los Quinos inició en el exacto momento en que el Patotas jaló del gatillo y agujeró la cabeza de don Joaquín. Ante el inminente fin, decidió darle gusto al cuerpo y sucumbir a la tentación. El mundo tal y como lo conocía estaba por desaparecer. El destierro sería largo y doloroso. Rápido correrían los rumores de que la mujer del Máquinas preguntó por aquí y por allá, sobre el Patotas y sobre Galicia. Ella tenía suficiente calle para saber que pronto se dictaría en contra suya la fatwa narca.

JC terminó el sándwich. Sacudió las migajas de la colcha y se metió a bañar. Ni idea de cuántos días más transcurrirían para darse otro regaderazo con agua caliente. Cuántos más para volver a ver a una mujer desnuda. El domo de plástico tronaba por el calor. El techo resonaba por el calor. Las ventanas chirriaban por el calor. El mundo y el universo a punto de reventar por el calor.

Salió y se secó con la toalla húmeda que había usado Esmeralda la noche anterior. Aún olía a ella. Se vistió y se sentó de nuevo en la cama a contemplar la hermosa geografía de la mujer dormida. La besó en el hombro. «Nos vemos Esmeralda», susurró. Ella no se movió, noqueada aún por el cansancio. Él se agachó sobre sus nalgas, se las abrió, acercó la nariz al edén negro y aspiró su olor. El Nirvana.

Del buró tomó la fusca, cargó el cilindro con seis balas y las otras cuatro se las guardó en el bolsillo izquierdo del pantalón. Se la afianzó en la cintura y se dispuso a partir.

## Último día

Ese día era el día. Me desperté, me fui a enjuagar
la cara y me rasuré. Me tardé en escoger qué ponerme, chance sería la ropa que vestiría por última vez en mi vida. Elegí un pantalón de mezclilla,
una camiseta negra y unos tenis. La misma ropa con
la que ella me conoció. Desayuné dos huevos estrellados y un Nescafé. En esa misma mesa me la había
cogido. Y en esa silla y en ese sofá y en esa cama.
Saqué la pistola del cajón y me la guardé en la
cintura. Me la había conseguido mi compadre el Pe-
cas. Él sabía para qué la iba a usar. Caminé hasta
la avenida y tomé el micro. Me fijé en todo. En los
coches, las tiendas, la gente, los perros. Debía
acordarme de cómo era el mundo por si ese era el
último día de mi vida. Me bajé frente al tianguis.
Como no sabía si iba a morir o no, decidí echarme
una quesadilla de sesos en el changarro de la Güera. Me comí tres, me tomé una Coca y me seguí a
buscarla. Sabía que iba a estar en el puesto con
el ojete ese. El puesto que ellos dos me robaron.
El puesto donde trabajaron mi madre y mi padre y
que me heredaron. Caminé hacia allá. Cuando estuve
cerca me santigüé. Le pedí a diosito que me diera
fuerzas para no flaquear, y me ayudó, porque una
vez que me arranqué ya no hubo nada que me detuviera. Me fui derecho adonde estaba ella. Cuando
me vio hizo cara de espanto, como si hubiese visto
un resucitado. No tuvo tiempo ni de gritar. Yo ya
llevaba la fusca en la mano. Le metí un balazo en
la mera frente. Todavía me acuerdo de sus ojos
llenos de asombro. Se cayó para atrás y tiró los
CD piratas de la mesa. El otro cabrón quiso esca-
parse, pero pude meterle un plomo en la panza. Se

encogió con el balazo. Le pegué dos tiros más. Uno
en la pierna y otro en el cuello. Cuando se cayó
empezó a gorgotear no sé cuánta madre. Las palabras se le enredaban con la sangre. Me dieron ganas de decirle: para que aprendas a no meterte con
mujer ajena. Mejor lo rematé con un balazo en la
nariz. Pensé en meterme un tiro y así quitarme de
broncas. Al fin y al cabo, ya había pensado que
ese podía ser mi último día. Pero no. La verdad es
que estaba contento de habérmelos chingado. Verlos
ahí tirados como puercos. Otros puesteros me agarraron y me tumbaron al suelo. Me amarraron de las
manos y de los pies con cinturones y mecates. Luego llegó la policía. Me treparon a la patrulla y
me llevaron a los separos. Me hicieron juicio, me
sentenciaron y me trajeron para acá al reclusorio.
Aquí voy a estar encerrado hasta que me muera.
Pensarán que por estar en la cárcel me voy a arrepentir. Para nada. Estoy tranquilo. Ellos están
donde deben estar y yo donde estoy. Ellos muertos
y yo vivo. Y si no salgo, pues ni modo. Yo tengo
honor y el honor no se abarata. Y si me aburro de
estar preso, me cuelgo y ya estuvo. La neta es que
me late esto de estar vivo y ellos no. Yo puedo
respirar, dormir, comer, reírme. Ellos no y así
está bien.

Misael Abelino Sierra González
Reo 40720-9
Sentencia: cuarenta años por homicidio

Iniciamos los ensayos de *El nacimiento de los muertos*. La mitad de los miembros de la compañía no habían participado en las primeras —y únicas— presentaciones públicas. Los novatos estaban ansiosos por conocer paso por paso los movimientos y la puesta en escena. Aunque decidí eliminar los desnudos finales, resolví que la sangre era necesaria. Era un elemento en extremo provocador en el contexto carcelario, pero no sacrificaría el sentido de la obra solo para no ofender.

El entusiasmo creció en cada ensayo. Las coreografías son como animales: poseen vida propia y marchan en direcciones insospechadas. Por más control que uno cree tener, la obra termina por imponerse. El encanto se acrecienta cuando son varios los involucrados. Esa es la belleza de la danza: se nutre de la energía, la intuición, el ímpetu de cada integrante. La obra respira distinto con unos o con otros. Las bailarinas «novatas» agregaron frescura a la coreografía. Corrió de manera más orgánica y brindaron a la pieza una sensación más líquida. La anterior versión había carecido de fluidez y ritmo. La nueva se percibía más armónica y plástica.

Una tarde se apareció Mercedes. Llegó a mitad del ensayo y entró sin aviso. Nos detuvimos en seco, ofuscados por su presencia. «Hola Mercedes», saludé tratando de mantener la compostura. «Hola», respondió ella. Se acercó y me dio un beso en la mejilla. «¿Te importa si me quedo a ver el ensayo?» No podía negárselo. No se había portado grosera ni había tratado de boicotear a la compañía. «Claro, con gusto.» Mercedes se sentó a observar, discreta y silenciosa.

Al terminar, escuchamos sollozos. Mercedes lloraba. Traté de abrazarla, lo impidió levantando el brazo. No cejó en su llanto. Le entregué un pañuelo desechable y ella se sonó la nariz. «¿Estás bien?», le pregunté. Se secó las lágrimas con el dorso de la mano y respiró hondo. «Gracias», atinó a decir. «Gracias, ¿de qué?», pregunté. «Por no permitirme ir a la cárcel», respondió entre balbuceos. Volvió un amago de lágrimas. Se llevó los dedos al entrecejo y se oprimió el puente de la nariz, como si hacerlo detuviera el flujo de su llanto. No pudo y las lágrimas empezaron a escurrir por entre sus dedos. «Me hubiera vuelto loca», dijo hipando. «Me estoy volviendo loca.» Les pedí a los demás que salieran y la abracé. Esta vez no intentó detenerme. Recargó su cabeza en mi hombro y sollozó aún más.

Acompañé a Mercedes a su auto. Abrió la puerta. Esbozó una ligera sonrisa. «No voy a volver a Danzamantes», anunció. «Decide lo que creas más conveniente para ti», le dije, «y recuerda que esta es tu casa». Nos abrazamos. Ella montó en el carro, encendió el motor y partió.

Salir por la puerta principal de la casa de Esmeralda a las diez de la mañana significaba patear el serpentario de los chismes. Bastaba con detonar una plumita de rumor de que había entrado a casa del Máquinas para que se declarara la guerra. El Máquinas se dedicaría de por vida a tratar de colgar su cabeza disecada en el cuarto de trofeos del puto deshonor. Nada más shakesperiano que dos cuasi hermanos se batieran a muerte.

Para evitar toparse con el vulcanizador que arreglaba la llanta de un tractor frente a casa de Esmeralda, con la señora del puesto de tacos de la esquina, con los albañiles que construían una casa al lado, con las dos señoras obesas que se sentaban en la acera para tijeretear vecinos, JC decidió irse por las azoteas. Subió por la escalera de caracol del patio de lavado, guachó que no hubiera nadie en los techos contiguos y deprisa avanzó por entre los tinacos y las antenas parabólicas. Bajó en un jardín donde no había can y salió por la puerta a trescientos metros.

Caminó hasta su troca. Abrió la portezuela y un hornazo brotó de dentro. El sauna norteño al 2 x 1. Se montó en la camioneta. Las vestiduras de plástico quemaban. El volante intocable. Encendió el aire acondicionado. Polvo y viento candente emanaron de las rejillas en lo que el sistema enfriaba. El calor lo atagonaba. Eso era lo peor del verano: los tagones. El soplo que se alza de la tierra y hierve las entrañas. Dejó abiertas las ventanas para que el aire acondicionado expulsara el olor a vinil quemado. Caray, debía ser difícil recetarse a alguien en la espesura de una mañana ardiente, entre tantos espejismos, entre tanto sudor que escurre hacia los ojos, entre tanta luz brillante y bajo tanto cielo azul sin nubes. Debía comprarse unos lentes polarizados. Achinar los ojos para evitar los fogonazos del sol iba en contra del manual del sicario.

Por fin comenzó a refrigerar el clima. Cerró las ventanas para dejar el calor afuera y el frío adentro. Se le secó el sudor que le queseaba el cuerpo y pudo asir el volante. ¿Para qué tronarse a dos tipos que no le habían hecho nada? Su vida continuaría igual con o sin Galicia, con o sin el Patotas. Después de mandarlos al subgüey tu jel se vería obligado a andar de allá pa acá durante años. De verdad, ¿para qué matarlos? Estuvo a punto de girar hacia el sur y no parar de conducir sino hasta llegar al letrero de «Bienvenido a la Ciudad de México», pero la comezón de matar empezó a salpullirle la voluntad. Por culpa de esos dos imbéciles había perdido su oasis. No, no merecían vivir.

Dio vuelta a la izquierda, hacia donde Esmeralda le había dicho que vivía el Patotas. La descripción del huerco era vaga. Debía rondar los diecinueve. Ñango, con cara de bebé, pelos pintados de güero, ni muy alto, ni muy chaparro. Voz chillona y desde que mató a don Joaquín, con moditos de aquí-mis-chicharrones-truenan. Ya tenía edad para votar y podía meterle un plomo entre los ojos sin remordimientos. El que a hierro mata a bala muere.

Encontrarlo o iba a estar difícil o iba a estar fácil. Difícil si andaba acompañado con mañosos de los Otros-Otros. Acercársele lo suficiente para fogonearlo entre otros cuatro o cinco empistolados estaba cabrown. Ora que si al escuincle cagengue le habían dado vacaciones como bono por haberse tronado al don y andaba por ahí presumiendo su nueva troca Ford 350 Lariat, entonces la cosa iba a estar regalada. Nomás debía encontrar la troca y empitonarlo.

Se dirigió a la casa del chamaco. Para su fortuna, la Lariat estaba parqueada justo al frente. Se estacionó a treinta metros de la casa en un cruce de calles. Desde ahí podía avizorar la cuadra entera. Había que armarse de paciencia. El Patotas podía presentarse en los próximos diez minutos o dentro de dos semanas. Podía dormir durante el día y salir por la noche, o partir a chambear antes del amanecer. Imposible adivinarlo. No quedaba más que comer cable y aguantar vara.

Dejó encendida la troca para que siguiera jalando el clima. Aunque se había parqueado bajo un huizache, el sol calcinaba la carrocería y por más que puso el clima al máximo nivel, fue imposible contrarrestarlo. Un gato callejero se aventuró a cruzar la calle y el pavimento le quemó las patas. Como trepado en un brincolín, el gato saltó de un lugar a otro intentando evadir la plancha incandescente. Tantito más y quedaba bien cocido. Un carro con bocinas pasó anunciando la venta especial de quién sabe qué en quién sabe dónde. Un bato vociferaba babosada y media con un sonido a mugido de ternera.

Una, dos, tres horas. La gasolina bajaba de nivel con el aire acondicionado. Si se vaciaba abajito de un cuarto, entonces debía abortar la misión e ir a cargar. Eso de apisonar a alguien con el tanque casi vacío nomás no cumplía con las normas de calidad NOM del asesinato. JC esperó cuarenta minutos más. Estaba a punto de quedarse jetón cuando vio a dos morracos salir de la casa. Uno, no había duda, era el Patotas. No solo era flaco y acamellado, como lo había descrito Esmeralda, sus pies eran enormes, no menos del 14 gringo. Patas de payaso, pues. El otro debía ser su hermano menor, un huerquillo de unos doce años parecido a él. Le asombró la cara de angelito de retablo del Patotas. Facciones dulces, infantiles. Por eso algunos le calculaban menos edad. Después de haber convivido con fauna diversa en la cárcel, se había transformado en un experto en fisonomías criminales y pudo descifrar la sombra del mal en su expresión.

Los dos huercos se aproximaron a la troca. Sonó el bip-bip que indicaba que habían abierto los seguros de las portezuelas con el control remoto. Había que actuar ya. José Cuauhtémoc descendió de la camioneta y con decisión se dirigió hacia ellos. «Buenas», saludó. Ciscos, los dos chavos, con pistolón al cinto, se pararon a examinarlo. «¿Saben dónde puedo comprar una cheve?», preguntó JC, «ya di varias vueltas y nomás no doy con una tienda». El menor apuntó hacia la derecha. «Dele por ahí tres cuadras, luego a la izquierda y ahí en la esquina está un Oxxo.» JC agradeció y volteó hacia el Patotas. «Me puedes dar tu hora, por favor.» El Patotas alzó la muñeca izquierda y se dispuso a leer las manecillas de su Rolex más falso que un billete de dos pesos y veintidós centavos. JC empuñó la pistola y la apuntó hacia su entrecejo. El hermano menor, distraído aún pensando si había dado correcta o no la ruta para llegar al Oxxo, ni color se dio que estaban por calaquear a su hermano. El Patotas levantó la cara para señalar la hora y sonó un balazo.

Recibí la llamada de Pedro. «Ya tenemos fecha para la función.» Me entusiasmé con la noticia como si me hubiera anunciado que íbamos a presentarnos en Bellas Artes. Él y Julián se habían esforzado por llevar la cultura a las prisiones y devolverles a los reclusos un poco de dignidad. Y vaya que era valiente la iniciativa de Pedro, un homosexual declarado. En la misma prisión cumplían condena varios «mataputos» que no solo habían asesinado a gays, sino que los habían torturado con saña. Cuánta rabia debió padecer Leobardo Reyes para cortar en pedazos aún vivo a Ignacio Santascoy. El horror impensable. La iracundia más feroz. Aun con ese antecedente, Julián y Pedro trataban a Leobardo como un alumno más. «Creí que me herviría la sangre al conocerlo», me contó Pedro, «y resultó ser un tipo apocado y cortés, no la bestia que imaginaba».

El montaje quedó previsto para el 12 de agosto (me alegré porque la fecha coincidía con el cumpleaños de mi padre). En pocas ocasiones una futura presentación causó en el grupo tal entusiasmo y tal conflicto a la vez. Aunque habíamos perdido a dos importantes miembros de la compañía, ganamos en unión, creatividad y, sobre todo, en complicidad. Tomé una decisión radical: cambié la música. Habíamos trabajado con anterioridad con una pieza escrita por Halifa, el afamado compositor libanés, pero la coreografía se había transformado y su tema ya no se ajustaba al ritmo de la obra. Lucien me pidió que grabara un ensayo y se lo enviara para ayudarme a pensar en un nuevo diseño musical. Dos días después me mandó un mensaje por WhatsApp y pidió vernos por Skype. Cuál no sería mi sorpresa verlo acompañado por Christian Jost, sin duda uno de los más importantes compositores contemporáneos. Christian había visto el ensayo y se ofreció a componer una pieza original. No podía creerlo. Inquirí cuáles serían los honorarios. Christian respondió que con la distinción de participar bastaba.

Dos semanas después Christian envió su propuesta. La música era profunda, a la vez que atrevida y fresca, distante del trabajo más formal y académico de Halifa. Una colosal aportación. Para agradecerle su gesto, lo invité a venir desde Frankfurt a la presentación. Prometió hacer lo posible por viajar, aunque debido a próximas entregas de una ópera, lo veía complicado.

Al ensayo general invité a mis hijos. Deseaba ver su reacción frente a mi trabajo. Percatarme si a sus nueve, siete y seis años, podían aguantar la hora y media de duración de la obra, sin luces, sin vestuario y sin efectos. Someterlos solo a la coreografía pura. Mientras bailaba no pude quitarles la vista. Lejos de hastiarse, parecían hipnotizados. Solo Daniela se distraía de vez en cuando. Al finalizar, aplaudieron. Al preguntarles su opinión, a Claudia le resultó «interesante», a Mariano, «bonita», y a Daniela, «chistosa». Ingenua pensé que podía obtener de ellos una opinión más neutra. Les llamó la atención la cantidad de tatuajes en los bailarines y en las bailarinas. En la época de mi padre solo los marineros y los presos se tatuaban. ¿Por qué de un tiempo acá los jóvenes pudientes lo hacían? Julián aventuraba una tesis: «Las clases media y alta viven ahora tan protegidas, su existencia tan controlada, que carecen de cicatrices. Y a falta de cicatrices se tatúan. También por eso la ropa nueva que compran está rota y con desgaste simulado, como si hubiese sido usada por años en trabajos rudos. A estas generaciones les faltan heridas, calle, golpes». Era cierto. La ropa la vendían con parches, descosida, con falsas manchas de grasa o pintura. Ropa de mecánicos o de albañiles para jovencitos acicalados con chofer a la puerta y acceso a los más exclusivos antros. Cicatrices en la piel y en la tela para heridas inexistentes.

Alberto fue a la penitenciaría una semana antes para, junto con los técnicos, determinar dónde se colocarían las luces y el mobiliario. Trabajaron con grandes complicaciones porque no les permitieron introducir herramientas. Por más que intentaron convencerlos de que se trataba de instrumentos especializados, debieron atenerse a los que les facilitaron, bastante básicos y herrumbrosos. Llena de curiosidad, le pregunté cómo había sido la experiencia en el reclusorio. «Densa», respondió. «Es entrar a otro planeta.» Quise saber si había temido por su seguridad. «Olvida mi seguridad, temí por mi sanidad mental.» Lo que más le había impresionado fueron las miradas de los reos. «Te observan con fijeza. Te vigilan. No hay manera de adivinar lo que piensan. La mayoría tiene físico de perro callejero, pero no dudas que son capaces de arrancarte las tripas a mordidas.»

*Nos forzabas a nadar tres kilómetros diarios de lunes a viernes. José Cuauhtémoc apenas había cumplido diez años y yo contaba con trece. Nos inscribiste en la escuela de natación de la Alberca Olímpica y les exigiste a los maestros que vigilaran el estricto cumplimiento de tus órdenes: tres kilómetros. ¿Sabes lo que era para un niño recorrer la piscina sesenta veces cada día? En lugar de salir a jugar con los amigos de la cuadra, tú nos sometías a un régimen espartano. «No quiero que les quede energía para pensar en vicios.» ¿Vicios? Si éramos unos niños. ¿De qué demonios hablabas? «Los más altos ideales en la vida», nos señalabas, «se forjan día a día con disciplina».*

*Al finalizar las sesiones de natación, nos obligabas a regresarnos a pie. Seis mil doscientos setenta y cuatro pasos mediaban entre la Alberca Olímpica y la Unidad Modelo. No nos dabas dinero para impedir que regresáramos en el Popo Sur 73, el camión que nos dejaría al otro lado de Río Churubusco, a unas cuadras de la casa. No te importaba la preocupación de mi madre de que nos atropellaran, nos asaltaran o nos perdiéramos. «A estos muchachitos les va a servir la calle», sentenciabas. Nuestras tardes transcurrían de cuatro a siete inmersos en una alberca y de siete a ocho y media caminando de regreso a casa. «Yo recorría kilómetros descalzo para ir a la escuela entre caminos pedregosos, con una mochila que apenas podía cargar por el peso de tantos libros, y nunca chillé ni me rajé. Nada de caminar en planito como ustedes. Subía y bajaba cerros. Si llovía, ni modo, si tenía sed, ni modo. Si tenía hambre, ni modo. Llegaba al anochecer a tragar dos méndigas tortillas con nopales asados. Así que cuidado uno de ustedes se queje porque le rompo la boca.»*

*Tenías razón, ¿cómo protestarte después de lo que aguantaste de niño? Nosotros comíamos en un día lo que tú en un año: huevos, leche, Choco Milk, carne, pan, quesos, pollo, verduras, ensaladas. Una dieta con mucha proteína para abultar nuestros músculos, calcio para crecer y vitaminas para desarrollarnos sanos. «La natación los va a*

115

estirar», asegurabas a mi madre con certidumbre científica, «van a ser muy altos». Te obsesionaba la baja estatura de los de tu raza. Lo achacabas a la mala alimentación y ponías de ejemplo a un par de jugadores chicanos de futbol americano de origen oaxaqueño. Los padres eran pequeñitos y ellos sobrepasaban el uno noventa y cinco, «ello debido a la buena nutrición y a la educación física», sostenías. La natación cumplía el doble propósito de alejarnos de las «malas ideas» y de «estirarnos».

En la Alberca Olímpica ahogamos nuestra infancia. Nadamos años, sin vacaciones, sin descanso. Al volver cada noche debíamos realizar las tareas escolares, sin importar cuán deshechos nos hallábamos. A veces era tal el agotamiento que nos quedábamos súpitos con la cabeza clavada en el cuaderno. Mi madre, dulce y protectora, nos despertaba con una caricia. Le preocupaba que nos descubrieras dormidos y nos despabilaba para continuar.

Tu estrategia nadadora —me contenta reconocerlo— dio resultados. Las horas invertidas en patalear y bracear nos alejaron de los vicios. Ni mi hermano ni yo tomamos alcohol, ni nos metimos drogas, lo cual no sucedió con Citlalli, que no podía vincularse con el mundo si no tenía al menos cuatro whiskies pululando en su torrente sanguíneo. Y además crecimos, vaya que crecimos. Uno ochenta y ocho yo, uno noventa mi hermano. Con orgullo nos palmeabas las espaldas. «Lo logramos», decías. Y nosotros, tus pequeños Frankensteins, sonreíamos mirándote hacia abajo. Deportistas ejemplares. Espaldas anchas, bíceps abultados, tríceps voluminosos, piernas poderosas. Además, alumnos ejemplares, los promedios más altos en nuestro salón de clase. No solo por estudio, sino por absoluto terror. Obtener un ocho era suficiente para darnos varazos en la espalda. «Prefiero que saquen un cinco a un mediocre ocho», nos gritabas. Sin embargo, un cinco nos ameritaba una golpiza. Por la fuerza nos convertiste en mejores estudiantes. Podíamos recitar las capitales de cada país sin titubear. Sacar mentalmente raíces cuadradas. Enlistar los elementos y sus abreviaciones. Saber de memoria cada etapa en que gobernaron los tlatoanis aztecas, los virreyes y los presidentes de México. Dominar filosofía, historia, geografía. Gozabas que tus amigos nos hicieran preguntas inesperadas y que fuésemos capaces de responderlas. «¿La capital de Taiwán?» «Taipéi.» «¿En qué periodo gobernó Manuel de la Peña y Peña?» «Gobernó de manera interina en dos ocasiones, del 16 de septiembre al 13 de *noviembre de 1847 y del 8 de enero al 2 de junio de 1848.» «¿En qué año publicó Kant la* Crítica de la razón pura? *» «La primera edición en 1781, la segunda versión corregida en 1787.» Éramos cajas huecas repletas de datos, monitos de circo entrenados para apantallar a tus amigos. Adolescentes eruditos, íntegros y sanos que creíste destinados a grandes proezas físicas e intelectuales. La verdad es que nos truncaste. Sí, fui un empresario con éxito económico, pero incapaz de relacionarme con alguien. Sin esposa, sin hijos y hasta sin amigos. Mis hermanos fueron aún más una calamidad. Mi hermana, una perpetua borrachita, casada con un hombre tan noble que le perdonaba sus exabruptos etílicos y sus infidelidades. Y de José Cuauhtémoc no creo que haya necesidad de decir más.*

El Patotas cayó hacia atrás sin decir ni pío. El hermano se quedó congelado en su sitio. JC le apuntó a la cara. «Saca tu pistola despacito y déjala caer junto a ti.» Petrificado, el niño-juego-a-ser-sicario-pero-me-zurro-del-miedo no atinó a obedecer. Gente se asomó por las ventanas para ver qué sucedía. José Cuauhtémoc supo que debía actuar deprisa. Con certeza malandrines de los Otros-Otros moraban en el vecindario y no tardaban en salir a rociarlo con un cuerno de chivo. «Tira la pistola.» El chamaquito reaccionó cuando el oscuro cilindro de metal se acercó aún más a sus ojos. Tembloroso, llevó la mano hacia la cintura, extrajo el revólver, se agachó despacio y tratando de evitar el charco de sangre que comenzaba a formarse, lo colocó en el pavimento. Ya le había advertido su hermano que las armas se mellan si caen al suelo y que cuidadito la suya se abollara. JC, nervioso por la parsimonia del niño-sicario-me-zurro-del-miedo, estuvo a punto de aplicarle una lobotomía invasiva en la región frontal del cerebro. Se tranquilizó cuando lo vio acostar la fusca en el piso y alzar las manos. JC recogió el revólver, le quitó la Beretta al Patotas y corrió hasta su troca. Huyó rayando llanta. Se peló justo a tiempo, porque, en efecto, por el rumbo vivían varios feos de los Otros-Otros y al oír el balazo salieron armas en mano a averiguar lo sucedido.

Tan veloz fue el asesinato que nadie se percató que se habían atorado al Patotas. El hermano menor no logró recordar más que el momento en que habían salido rumbo a la camioneta. «Se le apagaron los circuitos», dijo uno de los feos. Ni una pizquita recordó del homicidio. Ni cuando le dispararon a su hermano, ni cuando el monote le puso la pistola a diez centímetros de la cara. Nada. Regresó de babialandia media hora después, cuando al cadáver del Patotas lo habían cubierto con una sábana y un cardumen de malandros clamaban venganza y juraban desmembrar al asesino.

JC cruzó las calles de Acuña sin detenerse en los altos. Vuelto madre se encaminó hacia Santa Eulalia. Se siguió de largo hasta llegar a la sierra. Tomó por una brecha y después de kilómetros, escondió la troca entre una mota de encinos. Apagó el motor. Las manos le temblaban. Darle mate al Patotas había sido diferente que matar a su padre. A su padre lo había quemado vivo para incinerar la rabia. Ahora había asesinado a un chamaco baboso nomás de oquis. Treintaiún segundos mediaron entre que descendió de la troca y le abrió una alcantarilla en la maceta.

La tembladera no le paró ni cuando se bajó de la troca y se tumbó bajo la sombra de un mezquite. Los dientes le castañeaban, los huesos le crujían, los ojos le lagrimeaban. ¿Por qué lo había asesinado? ¿Qué virus lo había hecho matar? Al salir de la cárcel se propuso no cometer pendejadas. Llevarla leve, sin broncas. El turbión de errores comenzó desde el momento mismo en que se montó en un autobús para buscar al Máquinas. «Voy a Acuña a que un narco me ayude a conseguir trabajo, y ni de chiste pienso vincularme con el narco.» Ajá. Simondor. Of course. Tanto leer historia, tanto Herodoto, tanto Shakespeare, tanto Faulkner, para no percatarse de la idiotez que cometía.

De kínder había sido matar al Patotas. ¿Por qué sorrajarle un balazo en la jeta a un huerco de división amateur? Matar al boss de los Otros-Otros, darle piso a Galicia, eso sí era jugar en la liga Premiere. Galicia merecía el piso. Por corrupto, por traqueto, por ojete. Pero, ¿para qué ventilarle los sesos? Debía montarse en la troca, dar vuelta en U y pisarle hasta llegar al menos a Monclova. No creyó que los feos pusieran retenes para capturarlo. El Patotas no ameritaba para tanto. Era basurita. De los escuincles desechables que contrataba el narco. Cierto, había sido el empleado del mes, el mero mero matancero que le dio baje a don Joaquín. No cualquiera tiene los tanates para sacar una fusca en medio de un barrachal de Quinos y pegarle cuatro tiros al boss entre oreja y sien. Ya encontrarían otro tan bragado como él. No había lavacoches en Acuña que con el tintineo de las llaves de una Ford nuevecita no aceptara un trabajito así. No dinero, no casas: una Ford doble cabina y de bono, una hielera eléctrica de esas que se conectan al encendedor para enfriar los six de cerveza. Los Otros-Otros no iban a perder tiempo en buscar al asesino del Patotas. Una lanita para la madre, un entierro con tambora y tamales, promesas de chamba para el hermano menor y hasta la vista, Patotas.

Le llevó tiempo serenarse. Nunca imaginó que un muerto se le fuera directo al cerebelo. En vano trató de quitarse la expresión del Patotas una milésima de segundo antes del disparo. Cara de susto, de miedo, de ¡ay güey ya me dieron en la madre! La vida justo antes de la muerte. No quiso cerrar los ojos para que la imagen no se le clavara en la retina. Si eso no le había sucedido con su padre, menos debía sucederle con el mocoso ese. Necesitaba distraerse, dar una vuelta, lo que fuera con tal de sacudirse la maldita mirada del Patotas.

Necesitaba decidir si atornillarse o no a Galicia. No lo había matado antes que al Patotas porque se hubiera echado encima a cuicos, sardos y marinos. Escabecharse a un comandante no era de enchílame otra. Era tema serio. Se preguntó si merecía la pena llevar otro fardo sobre las espaldas. Por otra parte, una chiquitita pulsión moral lo empujaba a hacerlo. Sí, el Máquinas, don Joaquín, los Quinos, los Otros-Otros eran la escoria más escoria de la sociedad. Las cobras venenosas del tejido social. ¿A quién chingados le importaba un narco muerto? Un feo más, un feo menos, pueque que a las familias. De ahí en fuera, ¿a qué ciudadano común y corriente, que trabaja sus ocho horitas, paga sus impuestos, quiere ver crecer a sus hijos y tener un perro que le lama la cara cuando llega del trabajo, le interesa si un narco vive o muere? A JC sí le importaban. Un ser humano es un ser humano es un ser humano. El Máquinas, por más garnacha que fuera su trabajo, había sido un compa leal. Don Joaquín le había pagado el sanatorio sin pedir nada a cambio, aunque diera la sensación de haberle pedido todo. Los narcos no eran hipócritas. Correteaban la chuleta a su modo y mantener sus negocios conllevaba asesinatos, sobornos, amenazas, control de rutas. No lo escondían. Se escondían ellos, pero no lo que hacían. Estaban cinchos con qué querían y cómo. La cuota que pagaban era alta: la canija certeza de que más temprano que tarde se los iban a tronar. Una certeza que termina por botarle a uno la canica. Los narcos no negaban su condición de malandros y ojetes. En cambio, Galicia era un carroñero repugnante. Le pagaban por cuidar a la raza, no por joderla y vaya que la jodía. Comía de los muertos, el muy cabrón. Un Draculín (más culín que Dra), megagandul y gacho. Plaguitas como él debían ser exterminadas y por eso JC decidió darle pase gratis al panteón.

Rentamos un autobús escolar para ir al reclusorio. Aunque la cita para el ingreso era a las tres de la tarde y la presentación hasta las siete, nos vimos en la sede de Danzamantes a la una. Julián y Pedro recapitularon las condiciones de ingreso al penal. Una identificación personal. No relojes, ni anillos, ni cadenas, ni colguijes, ni aretes. No tarjetas de crédito o débito, no efectivo que rebasara los trescientos pesos y claro, no mariguana, no cocaína, no cristal, no cigarros. Julián nos aconsejó a las mujeres no mirar a los ojos a un recluso. Podía malinterpretarse como un coqueteo y no valía la pena prestarse a confusiones. Alberto hizo una somera descripción del espacio donde ejecutaríamos y contestó las últimas dudas técnicas.

Montamos en el autobús a la una cuarenta y cinco. Nos seguían tres camionetas con los guardaespaldas de Pedro. Parecía caravana presidencial. Nos detuvimos en una gasolinera. Algunas bailarinas querían ir al baño y no toparse con las tapas de los excusados rociadas con orines de los presos. Aunque Alberto aseguró que nos habían asignado unas oficinas como camerinos, con retretes limpios, ellas no quisieron correr el riesgo. Mientras varias hacían cola para entrar al diminuto baño de la gasolinera —que lo más probable es que estuviera tan o más sucio que los de la prisión—, Julián aprovechó para comprar cacahuates, papitas y chocolates en el Oxxo para llevárselos a sus antiguos compañeros de celda. Quedé a solas con Pedro. «¿Nerviosa?», preguntó. «Algo», le respondí. «¿Sabes? En la cárcel creo que te vas a encontrar a un tipo que te va a gustar mucho», dijo. «¿Ah sí? ¿Te gusta a ti?», respondí. «Sí, me gusta mucho, aunque creo que es más tu tipo.» «¿Y cuál es mi tipo?» Pedro sonrió pícaro. «Igualito a mí, nada más que en macho.» Ambos reímos. «No te voy a decir quién es, te vas a dar cuenta tú sola.»

La parada comenzó a retrasarnos. Pedro se mostró preocupado. Las autoridades penitenciarias habían dado instrucciones precisas para arribar a las tres de la tarde en punto. Ingresar a la cárcel a veinticinco personas, entre bailarines y técnicos, era un procedimiento lento y complejo. Temió que si llegábamos diez minutos tarde cancelarían la presentación y la pospondrían hasta fecha indefinida. Apuramos al grupo y de nuevo emprendimos el camino.

Conforme nos aproximábamos al reclusorio, empecé a percibir el mundo al que nos disponíamos a entrar. Ixtapalapa era para mí y para la gente de mi clase social el equivalente a territorio comanche, territorio donde personas como nosotros no debíamos adentrarnos. La pobreza era palpable. La cantidad de alambres que cruzaban por arriba de las calles, los charcos pestilentes, la abundancia de perros callejeros, los automóviles destartalados, el pasto crecido en los camellones, los árboles secos, las cortinas de los comercios pintarrajeadas con grafiti, tipos morenos y correosos recargados en las esquinas bebiendo Caguamas eran preámbulo para lo que íbamos a enfrentar. Solo pasar por ahí me provocó miedo. Pedro me lo notó y golpeó la ventanilla con el puño. «Está blindada», dijo y señaló las camionetas que nos custodiaban, «y ellos no van a permitir que nos pase algo». Ellos eran los guaruras. Dieciséis repartidos en los cuatro vehículos. Entrenados por el Mossad, expertos en artes marciales y en tácticas de defensa, así que debía sentirme tranquila.

A la distancia apareció el reclusorio, una construcción enorme, con torres elevándose varios metros por encima de los altos muros, rodeada de malla ciclónica coronada con alambre de púas y navajas filosas. Apenas lo divisé y mi corazón empezó a palpitar acelerado.

Nos estacionamos frente a la puerta de ingreso justo a las tres de la tarde. Nos aguardaban dos funcionarios. Pedro y Julián los saludaron con familiaridad. Cuatro guardaespaldas vigilantes detrás de nosotros. Pedro me presentó: «Marina Longines, directora de la compañía de danza». El más gordo de ellos me estrechó la mano. La suya era regordeta y sudorosa. «Mucho gusto, señorita. Soy el licenciado Duarte, jefe de atención ciudadana.» Saludé al otro tipo, alto y esmirriado. «López, de administración», se presentó. El sudor de Duarte me dejó la mano húmeda. Discreta saqué un frasquito de gel antibacterial, me puse un poco en la palma de la mano y lo froté hasta sentir que los vestigios de su humedad desaparecieron.

Duarte ordenó que entráramos en fila y obedeciéramos las instrucciones de los custodios. Hizo hincapié en no separarnos, no ser estridentes y no ingresar a áreas no autorizadas. Un par de mujeres policías nos catearon. Varias se mostraron incómodas con el manoseo por su cuerpo. Duarte se limitó a informarnos que era parte de la rutina de acceso y que si alguien se oponía a la revisión, se verían en la «penosa situación de denegarles la entrada». A decir verdad, fue una revisión leve y los vigilantes se hicieron de la vista gorda cuando descubrieron la cadenita de plata que Jani llevaba alrededor del tobillo.

Una vez terminado el registro nos dispusimos a entrar. Se abrió un portón y por fin, avisté al fondo las entrañas de la prisión.

JC se dirigió a un lote de carros usados y ahí intercambió su troca por una de un modelo anterior a la suya, pero más mamalona. El dueño del lote no hizo ni una pregunta. Le convenían los tipos que llegaban con urgencia de trueque. Ya sabía que cuando un bato necesitaba cambiar una troca era porque la troca estaba caliente. Ahí en el taller la repintaban de otro color y con transas aquí y allá obtenían placas nuevas y otra tarjeta de circulación. Lavadero de trocas sucias bajo la fachada de somos-gente-de-trabajo-honesta-y-legal-que-se-dedica-a-la-compraventa-de-vehículos-de-segunda-mano.

JC eligió una Ram de doble cabina extendida con una caseta montada sobre la batea. Pagó diez mil varos más para «trámites», que no era otra cosa que la cuota por borrar del mundo su anterior troca. Compró tablas de pino de segunda mano y una colchoneta, y montó una cama dentro de la caseta. También un ventilador y una batería de doce voltios para conectarlo. El airecito evitó que se cociera en baño maría y así pudo dormir dentro de la picap a pesar de las tagonas. La parqueaba en la calle a cualquier hora y a roncar. El consabido Hotel Avenida.

122

Ideó un plan para meterse a Galicia. No debía estacionar la troca cerca de su casa o de la comandancia para que no lo antenearan. Decidió parquearse frente a una cafetería cerca de la cueva federal. Suneroleiter, Galicia iría ahí a comer. JC no dudaba de ello. Ya había visto a algunos federales almorzar ahí. Nada pendejos, dejaban a un par vigilando en la puerta. Terminaban unos, comían los otros. El carruselito de los guachos.

Para tumbarse a Galicia debía burlar a cuatro tiranosaurios rex armados con metralletas. Un comandante de su caché no iba a rolar por las calles de una ciudad en fuego sin escoltas. Acercarse lo suficiente para dosificarle 50 granos de plomo en la masa encefálica iba a estar en filipino. Existía la levísima posibilidad de que Galicia se sintiera tan salsa, tan cristalito de su alianza con los Otros-Otros, que bajara la guardia. Sobre ese porcentaje de bateo, JC vigilaba el restaurante. Necesitaba solo una ventana de treinta segundos. El domingo podía ser el día. Día de descanso para los guaruras, de carnita asada, de cheves, de cuates, de tías que venían del rancho a visitar, del partido del América contra Santos, de cruzar a Del Río, Texas, de zamparse de pancakes en el IHOP.

JC se puso un plazo. Si en diez días no se zumbaba a Galicia, entonces estaba escrito que el bato no debía morirse y que era momento de pirarse para otro lado. Por una semana picó cebolla en las proximidades del restaurante. Variaba de lugar para que no le mostraran la tarjeta roja. Compró decenas de tacos en la Rancherita, la famosa fonda de Yolanda, y los llevó en una canasta para venderlos a la banda que rondaba por el rumbo. Simuló ser un mugrosito vendedor de tacos para no llamar la atención. Y mugrosito, mugrosito no fue, porque se metió una buena lana. Compraba los tacos a diez pesos y los vendía a dieciocho. Se acababan de volada. Si lo de sicario no se le daba, ya le había aprendido al negocio de taquero.

Para el viernes nanay de Galicia. Ni sus luces. Debía estar de jolgorio, chupe y chupe con los bosses de los Otros-Otros festejando la barrida que les pusieron a los Quinos. Del Máquinas y del resto de los sobrevivientes, JC no había oído noticias. Debían seguir remontados en espera de que JC o quien fuera les dijera que ya no había bronca y podían salir del desierto.

El sábado decidió llevarla suave. Ya estaba bombo de dormir dentro de la troca y de estar parado en el solazo acechando al intangible comandante. Contó sus ganancias taqueras y vio que le alcanzaba para dormir en un motel y bañarse con agua caliente. Estaba harto de darse playazos en la presa de La Amistad. Quería regadera, aire acondicionado y jetearse durante un día completo.

Se dirigió al Motel Los Alpes y pidió una habitación al fondo. Le preguntó a la recepcionista un lugar bueno, bonito y sabroso para cenar y ella le recomendó la cafetería Corona. «Ahí se cena bien, pero para desayunar no tiene madre.» JC parqueó la troca frente al cuarto. En cuanto entró prendió el clima y lo reguló a 60 Fahrenheit. El aparato empezó a enfriar y JC se paró debajo del chorro de aire. ¡Ahhhhh, la gloria! Se desnudó y se metió a bañar. Mientras esperaba a que saliera el agua caliente, una cucaracha emergió del registro de la alcantarilla. Con el pie descalzo, JC la aplastó. La cucaracha, la cucaracha, ya no pudo caminar. Se quedó boca arriba agitando las patas. Le dio más pisotones hasta que no quedó más que mostaza.

Escuchó ruidos de motor y de portezuelas. Empuñó el fierro y se parapetó detrás de la puerta. Se asomó por la mirilla. Una pareja de chicanos y sus tres hijos pubertos habían alquilado el cuarto contiguo. ¡Carajo! El hotel estaba vacío y justo venían a instalarse al lado. Donde los chamacos hicieran desmadre y no lo dejaran dormir, les descargaba seis apaciguadores expansivos.

Volvió al baño. El vapor ya había empañado el espejo. Se metió a la ducha. Nomás entró se acordó de la ricaflacaantesgordis de Esmeralda. La acordadera debió estar buena porque hubo firmes, paso redoblado, ya. Esmeralda fue sujeta de un homenaje por todo lo alto. Bien había valido la pena que fuera ella, y no otra, con quien cerrara el apartado «mujeres». Quedó pulcro y oloroso, listo para más muerte y para más sangre. Se tumbó sobre la cama. La colcha mostraba quemaduras de cigarro y las sábanas raídas y desgarradas, eso sí, limpiecitas, sin residuos de babas de anteriores huéspedes, ni pelos en las almohadas, ni rastros de coágulos menstruales. Un hotel clean and cut.

Pronto se desconectó. Despertó a las siete de la mañana. Se había dormido más de quince horas de un tirón. Patiatrofiado se levantó y se asomó por la ventana. No se hallaba la nave chicana. Debieron irse temprano. Un par de tráilers estaban estacionados frente a otros cuartos. Descubrió una parvada de urracas parada sobre la orilla de la batea de una pickup parqueada en una de las habitaciones laterales. José Cuauhtémoc les tenía cariño a esos pájaros negros. Su canto, similar al de agua cayendo en una fuente, le había fascinado desde que lo escuchó por primera vez. Un gorgoriteo único, distinto al del resto de las aves. Recordaría Ciudad Acuña por la belleza de ese sonido.

A las nueve se vistió y salió. El calor ya ondulaba sobre el pavimento. En tres horas más sería intolerable. Montó en la camioneta, dejó la llave en la recepción y se encaminó hacia el centro. Tenía hambre y deseaba desayunar. Decidió dirigirse de una buena vez a la cafetería Corona. Ahí moncharía y después se lanzaría por los rumbos de la casa de Galicia para ver si de casualidad se lo topaba.

Se sentó en una mesa que daba al ventanal. Un mesero le dejó el menú y se fue a atender a otros parroquianos. En una televisión colgada en la pared transmitían un chacualatoso programa dominical. Los conductores no dejaban de gritar y unas muchachitas bailaban en ridículos shorts dejando ver várices y celulitis. Puro escándalo y música chafaldreta. Tomó un periódico de la mesa contigua que había dejado uno de los parroquianos y se dispuso a ojearlo. En la primera plana venían noticias sobre el alcantarillado, las temperaturas récord y la victoria del equipo local de baloncesto sobre uno de Del Río. Ni una sola referencia a la masacre en La Moridencia.

Mientras leía las noticias de sociales, que si los quince años de la hija de no sé quién, de la boda de una, del beibi chagüer de otra, vio caminar por la acera de enfrente a Galicia. Iba vestido de civil, solo, sin la custodia de los gorilas, paseando en la babia. José Cuauhtémoc lo observó con atención para cerciorarse de que era él. Sí, era él. Palpó la escuadra en su cintura y sin quitarle la mirada al buitre, se levantó de la mesa y se enfiló hacia la salida del local.

*Petimetre, así me dijiste, papá, cuando traté de vestirme elegante para ir a una fiesta de la preparatoria. Me compré una camisa de lino azul celeste, un saco azul marino y un pantalón beige, con el dinero que mi abuelo materno me había regalado a lo largo de varios cumpleaños. Deseaba impresionar a la muchachita del colegio que me gustaba y con quien había intercambiado ligeros coqueteos. No es que fuera la más* bonita, pero tenía una linda sonrisa. Sobre todo, era la única en prestarme atención. ¿Escuchaste papá? La única. ¡Ah! Tuviste que sobajarme. «¿Qué haces vestido así, petimetre?», soltaste sin el menor empacho. Ignoraba el significado de la palabrita y cuando viste mi expresión confundida, me mandaste a buscarla al diccionario. Petimetre: palabra derivada del francés «petit maître»; tipo presumido, que viste de manera afeminada, figurín. «¿Ya viste lo que eres?», preguntaste. Era obvio que querías decirme «pareces maricón» y a ti, bien lo sabemos, te daban asco los homosexuales. «Cámbiate de ropa y esa tírala a la basura», ordenaste. Te comenté sobre la fiesta y de la joven que me atraía. «Aprende a gustarle a una mujer por lo que eres y no por los trapitos que llevas puestos.»

Imagino que quisiste impartirme una lección. No debiste hacerlo a costa de llamarle petimetre a tu inseguro hijo adolescente, una forma refinada de tildarme de puto. Debí ignorarte, darme media vuelta y dirigirme a la fiesta. Ligarme a la muchacha, hacerla mi novia y después de un mes, desvirgarla en un motel de paso. De enfrentarte hubiese ganado tu respeto. En cambio, subí a mi cuarto con un nudo en la garganta, me quité la ropa recién estrenada, la colgué en un gancho y la guardé para siempre en mi clóset. Abochornado, me metí en la cama y ya no fui a la fiesta. La muchacha, cuyo nombre borré de mi memoria, se enfureció al creer que la había plantado y nunca más volvió a dirigirme la palabra.

Me avergüenza aceptarlo, pero mi hermano menor actuó siempre con más decisión y más valentía, hasta con las mujeres. Cuando recién cumplió los trece años, mi mamá lo mandó una tarde a pagarle a la estilista una deuda por un corte de pelo. La mujer lo recibió justo cuando cerraba el salón de belleza. Lo hizo pasar y cerró la puerta. Mi hermano le entregó el dinero y ella lo guardó en un cajón con llave. José Cuauhtémoc se aprestaba a irse cuando la mujer lo tomó de la mano y lo condujo al interior del local. «Me gustas», le dijo. Lo sentó sobre un taburete y comenzó a besarlo. Ahí mismo le bajó los pantalones y ella se alzó la falda. Se puso de espaldas, tomó su pene y lo introdujo en su vagina. Ella movió sus rubicundas nalgas de atrás hacia delante. Excitadísimo, José Cuauhtémoc se vino y al sentirlo, la mujer pegó un grito y su cuerpo empezó a temblar.

Cuando José Cuauhtémoc me lo relató, no le creí. Como odiaba que lo tildaran de mentiroso, me propuse espiar por una rendija la

126

*próxima vez que la visitara. Así fue. Entró al local y después de cinco*
*minutos, los espié. No había fantaseado. Ahí estaba la peluquera des-*
*nuda montada sobre mi hermano.*

*Me corroyó la envidia. ¿Por qué él y yo no? Imagino tu respuesta:*
*«él era rubio y tú, prieto». Considerabas que en nuestro país se desple-*
*gaba un racismo por «goteo». Las telenovelas solo elegían protagonistas*
*«güeritos». Los comerciales, en su vena aspiracional, solo presentaban*
*blancos. Nosotros, los morenos de pelos lacios y de facciones toscas, no*
*cuadrábamos en los cánones de la belleza, del estatus y del poder. La*
*blancura como única vía de acceso a las esferas políticas y sociales más*
*altas. Me niego a pensar que ella se acostara con él por rubio. Solo*
*pienso que él le gustó más.*

*Perdí mi virginidad con la misma peluquera con la que la perdió*
*José Cuauhtémoc. Vergonzoso que él, después de cogérsela durante me-*
*ses, le pidiera acostarse conmigo como un favor. La mujer se opuso.*
*Ella no era una puta y si había tenido relaciones con mi hermano era*
*porque le había dado ternura. ¿Ternura? Ja. Así debía decir «me ca-*
*lientas». Hoy, con esta avalancha de corrección política, ella estaría en*
*la cárcel acusada de corrupción de menores. En ese entonces a ella se le*
*consideraría como una generosa maestra del sexo. La estilista accedió*
*a acostarse conmigo ya que mi hermano amenazó con abandonarla.*
*¿Te imaginas? Un mocoso chantajeando a una mujer casada con el*
*mero propósito de que su hermano mayor tuviera sexo por primera*
*vez.*

*Me tiré a la peluquera en el mismo local y a la misma hora que mi*
*hermano. Inserté mi pene en la misma vagina, succioné los mismos*
*pezones, apreté las mismas nalgas. Fue una experiencia rápida y desa-*
*gradable. Me vine de inmediato y la mujer sonrió burlona. «No*
*aguantas ni tantito de lo que aguanta tu hermano.» Tremenda humi-*
*llación. ¿No crees, Ceferino? José Cuauhtémoc se mostró como el macho*
*alfa de nosotros dos. Decidió cuándo y con quién debí «estrenarme» y*
*si no fuera por él, mi virginidad se hubiese alargado por una década.*
*Catorce años de edad y José Cuauhtémoc ya movía con pericia las pie-*
*zas del tablero sexual.*

*Mientras yo apenas podía vincularme con una que otra mucha-*
*cha, mi hermano continuó con su frenesí de garañón. No era especial-*
*mente guapo. Su atractivo radicaba —ellas mismas me lo explica-*
*ron— en que exudaba ferocidad. «Su mirada», me lo dijo una de sus*

múltiples novias, «nunca te la quita de encima. Parece un león siempre listo a atacarte». Varias con las que se acostó, el primer hombre para la mayoría de ellas, me confesaron que las atemorizaba. No podían expresar el porqué. José Cuauhtémoc era tranquilo, amable, encantador y a ninguna de ellas le ocasionó daño físico o verbal. Pero en sus manos, en sus ojos, en su sonrisa, subyacía una amenaza permanente. Dado que ahora se halla condenado a no sé cuántas decenas de años en prisión, el temor de esas muchachitas suena justificado.

Cuánto daría por haber heredado las cualidades más luminosas de tu personalidad, la que tus amigos americanos con tino definieron como «larger than life». Si algún animal semejabas, ese era un elefante. A donde llegaras hacías sentir tu potencia paquidérmica. No alcanzabas el uno sesenta de estatura y con tu voz estentórea, tu seguridad, tu paso marcial opacabas a gente que te sacaba veinte centímetros. Yo era de esos que te rebasaban por una cabeza y aun así te recuerdo mucho más alto que yo. Si le preguntaras a quien te conoció cuál era tu estatura, con seguridad te situarían arriba del uno ochenta. Es extraño cómo una personalidad como la tuya puede cambiar el sentido de las proporciones.

Dime, Ceferino, desde la atalaya de tu gigantismo elefantiásico, ¿qué animal podría ser yo? ¿Un kudú tímido y sagaz? ¿Un gorila gentil? O, ya que estamos en lo de petimetre, ¿un pavorreal? Yo, te confieso, me veo a mí mismo como un reptil. Quizás de adolescente hubiese semejado una lagartija. Escurridiza, timorata. Con el tiempo devine en cocodrilo. Eso, un cocodrilo. Uno de esos colosales lagartos que inmóviles en los bancos de los ríos arremeten de súbito y remolcan a sus víctimas al fondo del fango a mordisquearlas con placer. No sabes, papá, cuán inclemente me convertí en los negocios. Mis rivales se sentaban frente a mí, orondos y altaneros, con sus trajes confeccionados a la medida, sus portafolios de pieles exóticas, su cabello engominado, sus corbatas estilizadas, su reloj de chorrocientos dólares, en espera de birlar mis bienes. Los escuchaba atento, sin exaltarme. No manoteaba, no alegaba, no coaccionaba. Me mantenía en mi sitio hasta ver la oportunidad de pegarles una tarascada. Nunca lo esperaban. Cuando más seguros estaban de vencerme, les daba la vuelta y acababa por apropiarme de lo suyo. Iban con la intención de sacarme de la jugada, eran ellos quienes terminaban fuera. No creas, Ceferino, que me confabulé con políticos corruptos o que gané con trampas. No.

*Mi honestidad era intachable. Uno de los valores que me inculcaste, papá, y que cumplí al pie de la letra. Un cocodrilo con principios. Estoy convencido de que hubieras estado orgulloso de mí, Ceferino. Muy, muy orgulloso.*


Los reos nos observaban con curiosidad y, contrario a lo que pensé, ninguno de ellos soltó un piropo o una vulgaridad. Es posible que hayan sido advertidos de castigos severos si se propasaban o también, hay que decirlo, porque los intimidábamos. Varias éramos más altas que muchos de ellos y nuestros cuerpos, formados por horas y horas de danza, eran más musculosos, más elásticos y más marcados que sus cuerpos bofos. Solo con excepciones encontramos reos que superaran el uno ochenta de estatura, aunque distinguí a un par que alcanzaban casi los dos metros.

Penetramos por pasadizos pintados de verde pistache, entre ropa colgada, cubetas de plástico y paredes descascaradas, hasta llegar al auditorio. Era un teatro de primer nivel financiado por completo por la fundación de Pedro y Héctor. Butacas nuevas y cómodas, iluminación adecuada, cortinaje en buen estado, piso laminado, alfombras resistentes. Un espacio donde podían presentarse ballets, obras de teatro, conciertos.

Era plausible la labor de Pedro y Julián por dotar a los presos de formación cultural y artística de calidad. En ese marco entendí la importancia de nuestra presentación y cuánto podía impactar a esos hombres acostumbrados a la televisión más chabacana y a la música más pacota.

Las oficinas adaptadas como camerinos se encontraban limpias y los sanitarios higienizados aún olían a cloro. Papas fritas, cacahuates, aguas minerales y jugos se hallaban distribuidos encima de una mesa. El contraste entre los pasillos recién recorridos era enorme. Se notaba la mano de Pedro, quien aseguró que, de permitírsele, acondicionaría el reclusorio para hacerlo más habitable y de «mejor gusto».

Acicateada por las palabras de Pedro, en el camino intenté descubrir a alguien que me pareciera mínimamente atractivo. No hallé a ninguno guapo o con presencia. Un mar de chaparritos en el que nadie sobresalía. Pedro dijo que eso se debía a que con quienes nos topamos eran en su mayoría criminales de poca monta provenientes de las clases más humildes. «A la función van a venir los gatos grandes», dijo. «No los vas a distinguir en la oscuridad, pero van a estar ahí.» Inquirí si el enigmático galán iría. «Claro, y lo vas a reconocer en un segundo.»

A las seis ya estábamos preparados. A pesar del entusiasmo, era notoria la tensión. En el camerino que nos asignaron a las mujeres, dominadas por el nerviosismo, varias no cesaban de hablar. Les llamé la atención. «Creo que es hora de que guardemos silencio y nos concentremos. Que nada de lo que han presenciado hoy las afecte. Su compromiso es con la obra, no con quien viene a vernos.» Callaron y terminamos de alistarnos en silencio.

A las seis y media escuchamos el rumor de la gente entrando. Aunque no debíamos preocuparnos por quienes nos verían, no pude borrar de mi mente el contexto. Imposible soslayar la carga emotiva que significaba el lugar. El bullicio en las butacas fue creciendo. Los reos se notaban animados. Debía ser una actividad novedosa para ellos. Supuse que carecerían de un marco de referencia para evaluar nuestro trabajo, lo cual hacía más atractivo el reto. Me asomé tras bambalinas. Un lleno total. Respiré hondo y giré la cabeza en círculos para distender los músculos. Descubrí, por primera vez en mi vida, que me sudaban las manos.

A las siete en punto, Julián se dirigió al proscenio micrófono en mano. «Buenas noches compañeros. Sean bienvenidos a la función de la compañía Danzamantes, que con generosidad ha venido a mostrarnos su trabajo. Esta noche presenciaremos una coreografía llamada *El nacimiento de los muertos,* creada y dirigida por Marina Longines. Confiamos en que disfruten la obra en silencio y con respeto. Muchas gracias, compañeros.»

Julián se retiró y se apagaron las luces. El auditorio quedó en completa oscuridad. Las manos me sudaron aún más. Prendió la luz seguidora que iluminó el centro del escenario. Volteé a ver a mis compañeras y di la orden de entrar a escena.

José Cuauhtémoc salió a la calle, al sol enceguecedor y al asfalto hirviente. Galicia paseaba por la calle, muy banquita él, muy atipulado, como si fuera invencible o invisible o invulnerable o inmortal. Un comandante metido hasta el cogote en los barrizales del narcotráfico no deambulaba por la calle así nomás. Debió pensar que la plaza ya estaba ganada para los suyos y que andaba entre puros amigos. O muy novato o muy estúpido o muy seguro o muy cabrón. JC caminó paralelo a él por una cuadra para medirle el agua a los camotes. Y sí, Galicia iba solo, sin protección.

JC se apresuró para adelantarlo. El comandante avanzaba a paso lento, bobeando como si fuera un jubilado. JC cruzó la calle y se plantó en una esquina a esperarlo. Se recargó sobre una pared. El calor arreciaba y sintió una gota de sudor escurrirle por el entrecejo. Que no le fuera a caer en los ojos justo en la hora buena.

Galicia llegó a dos metros de él. «Buenas», lo saludó. «Buenas», respondió Galicia. Sin decir agua va, JC se despegó de la pared, sacó la pistola y apuntó a la cabeza de Galicia, que no atinó más que a pronunciar un inaudible «no». Sonó un balazo. Al comandante se le movió un poco la melena, como si solo lo hubiese despeinado un vientecillo. Volteó a ver a José Cuauhtémoc como preguntándole «¿juat da matta?» mientras se le escurrían los sesos y los malos pensamientos y las ideas y por su cuello resbalaba un hilo de sangre, todo en cámara lenta, como en esas películas chilorias en las que actuaban los hermanos Malvada. JC disparó dos veces más y Galicia cayó de espaldas, con los ojitos papujos y la boca abierta.

JC guardó el trueno en su cintura, dio vuelta y se alejó deprisa, sin correr. Quienes corren graznan «soy culpable». Solo dos ñores habían sido testigos del atentado. Se tiraron pecho tierra al escuchar el primer tronido y se taparon la cabeza. Nadie lo habría podido reconocer. Fue un ataque letal y bien ejecutado. JC mantuvo la esperanza de que la recepcionista que le recomendó la cafetería Corona no hubiese andado por ahí. Ella era la única que sabía quién era. Bastaba que rajara para que los policías fueran a su cuarto en el Motel Los Alpes y obtuvieran sus huellas digitales.

JC fue directo a su troca y le metió candela hacia la carretera a Zaragoza. Debía pelarse de la ciudad antes que los milicos y los federales colocaran retenes. En menos de cinco minutos ya los estarían montando. Calma, calma…, se dijo. Las manos le temblaban. Un hoyo en el estómago. La tráquea cerrada. Una trepidación en el pie que oprimía el acelerador. Matar a alguien no deja indiferente a nadie. A nadie. No se mata a sangre fría, como piensan los que no han matado. Se mata a sangre caliente. Un avispero recorre las venas de quien asesina. Se siente en el dedo que va a jalar el gatillo. Un aguijoneo que provoca un golpe de sangre en el cerebro.

Pasó frente al Motel Los Alpes. Si hubiera tenido tiempo habría rociado de gasolina su cuarto y lo habría incendiado. Borrar sus huellas, borrar su paso por esa ciudad ardiente a la que tanto había llegado a querer y en donde deseó acabar viejito y feliz. Atravesó la ciudad hasta la salida a Zaragoza. Como de costumbre, ahí se hallaba un piquete de soldados que por suerte solo revisaban los carros que llegaban, no los que partían. JC avanzó despacio y con la cabeza hizo un gesto de saludo a los sorchos. En cuanto se alejó del retén, aceleró por la recta infinita que se adentraba en el desierto.

Un precoz germen de culpa empezó a corroerlo. ¿Por qué demonios los había matado? ¿Qué diferencia haría en el mundo con ellos vivos? Otro zorro corrupto sustituiría a Galicia. Otro imbécil chamaco surgiría de las filas lumpen a engrosar las filas malandras. Lo que sí era diferente es que ahora él era un pinchísimo y vil sicario. Lo más bajo de lo bajo del limo criminal. Matón de cuarta. Qué puta vergüenza. Ni chanza de arrepentirse. «2 late», le habría dicho el Máquinas.

Paró hasta que llegó a Morelos, a hora y media de distancia. Debía cargar gasolina y no traía feria. Como no le sobraban opciones, se fue a buscar al Cacho Medina a la huerta donde vivía. No quiso llamarle por celular para avisarle que le iba a caer. Había que estar bien vivo con esos aparatos. Traicioneros de a madre. Era tan avanzada la tecnología que los guachos podían saber dónde, cuándo y a quién llamaba. Mejor traerlo apagado y sin batería, porque, al igual que las armas, los celulares los carga el Diablo.

Arribó a la entrada de la propiedad rematada por dos grandes palmeras. Recorrió una larga brecha que cruzaba una nogalera. Manejó hasta llegar al fondo y se estacionó en un lote de grava contiguo a la casa. El Cacho estaba con sus carnales y sus chavos preparando un asado. Corderito en horno de barro. JC se bajó medio chiveado y se quedó nomás viendo. «Vente compa», le gritó el Cacho. Estaba con Lalo y con el Gato, sus carnavales, y con Javi y Carlos, su prole. «¿Te quedas a la barbacoa?», le preguntó. Qué ganas de moncharse una piernita, pero debía pelarse lo más en chinga posible. Pronto la zona sería un hervidero de verdes, azules y negros.

JC le pidió al Cacho hablar a solas. «Necesito que me prestes un varo, nomás para salir del estado.» Sin preguntarle el motivo, Cacho sacó su billetera y le entregó toda la lana que cargaba: seis mil ochenta pesos. «Te los pago en cuanto pueda», le dijo JC. «No te apures, si me los pagas, pos me los pagas, y si no, pos no hay problema.» Ese Cacho y sus hermanos eran buenas personas. Jaladores, generosos.

Se despidieron con un abrazo. Estaba a una alita de mosca de irse, cuando Lalo, un gigante fortachón con manos como manoplas de beis y que parecía liniero de los Dallas Cowboys, le dio un itacate con maciza del borrego. «Pal camino», le dijo. Abrazo y ahí nos vemos y te vas con cuidado. Esa era la vida que añoraría: la vida simple de los asados, de las tardes junto al río, de partidos de béisbol jugados en los llanos, de cacerías de venado, de jabalines y de guajos. Una mujer, hijos. Ahora por culpa de los mugrosos, ya se le habían aguado los frijoles. Adiós Coahuila, adiós para siempre adiós.

En la carretera manejó casi en automático. En su camisa descubrió gotas rojas. Otra vez sangre de la víctima. Se tocó la cara. Salpicado. Se orilló. Se miró en el espejo. Estaba moteado. ¿Se habría dado cuenta el Cacho? Con saliva quiso borrar las manchas sobre la tela. Se extendió la sangre. Ahora parecía Kotex con tres días en el bote de la basura. Méndigos muertos, se las ingenian para volver de una manera u otra.

No podía quedarse ahí parqueado en la rectilínea carretera rumiando su estupidez. Muévete tarolas, que aquí te van a chingar, se dijo. Tarolas, eso era. Prendió la troca y echó a andar. No se detendría antes de llegar a Monclova. Esperaba evitar retenes de los sardos. Miles de millones gastados en evitar la entrada de drogas a los iunaited esteits. La guerra perdida contra los narcóticos.

El horizonte negreaba. Se veía venir una tormenta. Por fin bajaría el calor. Dos días después, bienvenidos al sauna norteño. A sudar las cheves compañeros. Solo que JC ya no estaría ahí cuando eso sucediera.

Al principio, nos equivocamos. Hicimos cruces erróneos. Chocamos unos contra otros en el escenario. Corregimos sobre la marcha y las evoluciones empezaron a fluir. La teoría de Lucien del descubrimiento del instante tuvo su mayor sentido. No eran yerros, sino aristas sin revelarse. Sin duda, la audiencia ayudó a que fuera la mejor presentación de nuestras vidas. Apenas podíamos vislumbrar a los presos entre la penumbra. Se notaban concentrados, sin perder detalle. De vez en cuando brotaban exclamaciones. Permitimos que la coreografía se convirtiera en un ser vivo que respiraba a su propio albedrío. Alimentados por la vibra, nuestra ejecución fue vigorosa, orgánica, auténtica. No había forma de mentirles a los reos. No había manera de escondernos detrás de nuestra técnica. Estábamos ahí más desnudas que nunca, más expuestas, más frágiles, más fuertes, más poderosas. La potencia de la danza y su verdad.

Llegó el momento en que la sangre debía escurrir por nuestros muslos. En las anteriores presentaciones, había sido el detonante para los abucheos. Nos miramos entre nosotras unos segundos antes. Habíamos acordado suspenderlo si no apreciábamos a los espectadores involucrados con la obra. Asentí con la cabeza y proseguimos con el acto. Al resbalar la sangre por nuestras piernas, se escuchó una exhalación colectiva. Los reos adelantaron la cabeza hacia el escenario. Su mirada lo decía todo. La sangre resonó en ellos de un modo en que no podía resonar en otros públicos.

Finalizó la obra y se hizo un silencio profundo. Luego se escuchó un cuchicheo y a continuación un aplauso prolongado. No hubo clamores, no ovación de pie. Los reos se notaban conmovidos. Algunos incluso derramaron lágrimas. Los aplausos se extendieron por varios minutos. Nos volteamos a ver unos a otros, felices por la respuesta. Tantas tensiones, tantas frustraciones, tantos trámites habían valido la pena. Lucien me había dicho con anterioridad: «Algún día encontrarás a tu tribu». Esta parecía ser mi tribu.

Fue un triunfo absoluto. Sin prensa, sin críticos, sin reseñistas. Sin el boato de una exhibición ante un público conocedor, pero un triunfo por lo alto. En las sonrisas del grupo se dibujaba una enorme satisfacción. Nuestros compañeros se notaban emocionados.

Nosotras, felices. Pedro y Julián, desde bambalinas, no cesaban de aplaudir. Era su logro también. Se encendieron las luces y una fila de custodios protegió el escenario. No podíamos olvidar dónde nos hallábamos. Los presos razonaban y actuaban de modos imposibles de adivinar.

Julián llamó a un grupo de presos a reunirse con nosotros. Eran los miembros del «comité cultural», seis reos que tenían a su cargo organizar los eventos y cuidar de la buena conducta de sus compañeros durante los actos. Mientras se dirigían hacia nosotros ojeé al público en busca del incógnito galán del cual Pedro había asegurado me prendería. Distinguí entre la masa a Carlos Achar, un millonario de origen libanés que había sido condenado a siete años de cárcel por un obsceno fraude a un empresario bastante más acaudalado y poderoso que él.

Achar era sin duda un tipo guapo. Cabello rizado, pestañas largas, velludo, cuerpo bien formado. Buen exponente de la belleza viril del Levante, aunque desde antes ya me parecía soso. Con frecuencia era elegido entre los hombres mejor vestidos de México. Eso era —como dicen los gringos— un completo *turn off*. ¿A qué mujer puede gustarle alguien que se toma más tiempo en arreglarse que una? Se acercó al escenario y pude reparar en la cirugía plástica en su rostro. Un estiramiento que lo hacía parecer muñeco de plástico. No, Pedro no podía tener tan mal gusto.

Los del comité nos entregaron ramos de flores. Era variopinta su composición. Un moreno con acento jarocho, un tipo obeso que no dejaba de pasarse un pañuelo por la frente para limpiarse el sudor, un jovencito afeminado, un grandulón con el cuerpo lleno de tatuajes, un cincuentón con aspecto distinguido y un muchacho rapado, con lágrimas tatuadas bajo los ojos. El cincuentón —a todas luces el líder del comité— me felicitó. Luego extrajo un papel del bolsillo de su camisa, se colocó los lentes, tomó el micrófono y comenzó a leer. «*Marina, en nombre de los presos, quiero agradecerles a usted y a su compañía que hayan venido a animar nuestra gris cotidianeidad. Estamos presos en un cuadrángulo de cemento y hierro y nuestros días transcurren en el sopor y la aburrición. Aletargados o endurecidos, tendemos a perder la esperanza. Pero esta noche su espectáculo nos vino a recordar que la verdadera libertad habita dentro de nosotros. Hoy, ustedes nos hicieron más libres.*» Su discurso nos impresionó, sobre todo dentro del contexto de la cárcel. Hombres con la vida exterior abolida por años se habían sentido «más libres» gracias a la danza. Mayor propósito no podía otorgársele al arte. Esta audiencia de descastados era mi tribu. Nuestra tribu.

Le solicité permiso al cincuentón de darle un abrazo y el público aplaudió el gesto. Algún preso, en tono de vacilón, demandó «beso, beso». Él caballerosamente alzó la mano y negó con el dedo. Le pedí si podía regalarme el discurso. Me entregó el original, escrito a mano y tachonado en varias de sus líneas.

El comité nos guio hacia la salida del auditorio. Algunos presos nos solicitaron autógrafos. En ningún momento intentaron sobrepasarse. A punto de llegar a la puerta, un rubio, alto y macizo me sonrió. «Un acierto la música de Christian Jost», me dijo. Me asombró que la reconociera. Jost era uno de los compositores de música contemporánea más importantes, aunque desconocido por el gran público. «Gracias», le respondí. Su presencia imponía. Destacaba entre el resto de los reos. Achar parecía un infante junto a él. «Bartók no hubiera quedado mal tampoco», dijo. Me impresionó que lo mencionara. La música de Béla Bartók la había usado como maqueta para los primeros ensayos de *El nacimiento de los muertos*. «¿Cuál pieza?», le pregunté para ponerlo a prueba. «Música para cuerda, percusión y celesta», respondió. No había sido esa la pieza que había utilizado sin embargo el tono era cercano. Si el cincuentón me había maravillado con su discurso, el rubio me había dejado deslumbrada.

Me pasó un papel con un número telefónico anotado. «Ojalá me puedas llamar un día, me encantaría que habláramos.» Lo dijo con seguridad, sin dejar de sonreír y mirándome con fijeza. El azul transparente de sus ojos me intimidó. «Claro», le respondí, «haré lo posible». El tipo extendió su enorme mano para estrechar la mía. «¿Es un trato?», preguntó. Se la tomé e intenté apretarla para mostrar aplomo. No lo logré. El volumen de su manaza era inabarcable. No tuve duda: ese debía ser el hombre del cual me había hablado Pedro.

Me despedí de él y me alejé escoltada por el aparato de seguridad montado alrededor de nosotros. Varios reclusos nos siguieron. Al momento en que salimos, agitaron sus manos y nos gritaron «nos vemos pronto». No un «adiós», sino un «nos vemos pronto». Con seguridad retornaríamos a ellos, nuestra nueva tribu.

JC no lo supo, pero en cuanto partió de Acuña le dictaron sentencia a Esmeralda. Ella había sido una espía sagaz. Supo chupar información como un colibrí. Sacó la sopa y la sirvió en platón, calientita y lista para comerse. JC pudo encontrar al Patotas gracias al mapa que ella le dibujó. Aquí y aquí y aquí. Lo de Galicia había sido una chiripa en el marco de las coordenadas que ella le había conseguido. Nadie vio a José Cuauhtémoc matar a Galicia y es que en territorios narcos nadie ve nada y el que ve no ve. El efecto del miedo manda la pantalla a fade out. En medio de los balazos la mente se pone en pausa y regresa a play cuando ya el muerto yace en el suelo escurriendo sangre. JC le disparó a quemarropa al zopilote y nadie, lo que se dice nadie, pudo describir ni su estatura, ni su color de pelo, ni la ropa que llevaba.

Ninguna de las cámaras de seguridad empotradas en los postes grabó la despeinada plúmbea de Galicia. No es que fuera un Big Brother balín. No sir. En narcolandia las cámaras de la policía las controlan los malandros. Las apagan al contentillo. Y esas meras las habían desconectado porque estaban por darle cran a un empresario que nomás no quería pagar el derecho de piso.

Sin testigos, sin cámaras, JC podía andar cincho por el mundo con dos difuntos sobre las espaldas. Y aquí, ladies and gentlemen, es donde entra la riquideliciosa Esmeralda. Cuando le dieron baje al Patotas, los bosses de los Otros-Otros se preocuparon, no por el chamaco baboso, sino porque se enteraron de que por ahí había rondado una damita haciendo preguntas. Tampoco les tuvo con cuidado el traspaso de Galicia al equipo de los muertos. Es más, ya estaban planeando darle cuello, cada vez más engallado y pedilinche: «Que quiero esto, que quiero lo otro, que otro rancho, que más de aquello…». Los leopardos se cansaron de sus peticiones de diva de telenovela, así que estaban hasta agradecidos que le quitaran el chupón al comandante. Nomás que se calentó la plaza. Un fastidio. Retenes, detenciones, advertencias. Debieron mandar un mensajero con el jefe de la zona militar para deslindarse del asesinato. «Nosotros no fuimos. Lo juramos por nuestras madrecitas santas que Dios tenga en su gloria. Nos comprometemos a entregarles al cabresto que lo ajustició.» El general les creyó. A él también le había venido bien la muerte del buitre. Él era de los buenos, de los incorruptibles, de los que se alistaron en el Ejército con el anhelo de mejorar a México, no de cuatrapearlo. Era de los que no se tentaba el corazón para reventar malandros, aunque Derechos Humanos pegara de brincos.

El general se alegró de que el chimpancé Galicia yaciera en la morgue. Y aunque el tipo le cayera en la punta de los tompiates, debía capturar a su asesino y para eso contaba con que la halconiza de los Otros-Otros se lo pusiera de pechito. Para esos menesteres eran versados los feos. En menos de veinticuatro horas pepenaban al delincuente que traían en la mira. Eran más bravos que la Gestapo. Por ello se centraron en Esmeralda. Un taxista les contó que una morra andaba de chismosilla por las calles de Acuña. Se trataba de la esposa de uno al que apodaban el Máquinas, que para esas alturas o estaba muerto o estaba juido en el monte como coyote correteado. El boss de bosses mandó a buscarla. Llegaron a su casa y, obvio, la hallaron vacía. La huerca no los iba a esperar sentadita en su sillón cubierto con plástico. Sabía que no tardaban en ir por ella y por eso se fue a refugiar a casa de una prima.

Esmeralda se sintió segura. Ni su prima ni su marido estaban enlodados en el malandraje. Ella cuidaba a sus dos chilpayates, gemelos de año y medio de edad, y el marido dobleteaba turno en una maquiladora. Gente de bien, de esa que no se mete con nadie, de la que solo quiere una vida feliz y tranquila y que no desean ni trocas nuevas, ni ranchos, ni casotas con alberca. Que quieren reírse, salir a pasear y de vez en cuando ir al cine.

No le duró el gusto a Esmeralda. Cuando los feos se empeñan en hallar a alguien, lo hallan y para ello echan a andar su hatajo de chivatos. Así como Esmeralda sacó la sopa del Patotas y el Galicia, así mandaron a gente a sapearla. Los viejones contaban con una quinta columna formada por mujeres comunes y corrientes. Empleadas en la maquila, dependientas de Oxxo, cajeras de banco, amas de casa, trabajadoras domésticas. La maña les pagaba un mega bono si le ponían a quienes buscaban. En tres patadas las halconcitas le pasaron a los bosses los aquí y allá de Esmeralda.

Dos noches le duró la tranquilidad a la ex chubby yummy ahora flaquibuena. Temprano tocaron el timbre en casa de la prima.

La morri dejó a las dos criaturas desayunando con Esmeralda y se dirigió a abrir. Se topó con dos émulos de Tony Montana que le ordenaron entrar sin armarla de borlote. Encontraron a Esmeralda en camiseta, shorts y sandalias. Si no fuera porque era de las otras, ahí mismo la coronaban como la flor más bella del ejido. Apuntándole demandaron que se fuera con ellos. La prima se puso al brinco «a Esmeralda no se la llevan». Bastó que uno de los malosos dirigiera la pistola hacia uno de sus cachorritos para que la mujer se estuviera sosiega.

Levantaron a Esmeralda. La llevaron a una casa de seguridad a las afueras de Acuña y la interrogaron, lo cual es una manera políticamente correcta de indicar que la torturaron hasta hacerla cantar. Ella aguantó y aguantó, pero a la cuarta muela arrancada con pinzas de perico, confesó el nombre de José Cuauhtémoc. Dijo no saber su apellido, ni de dónde venía, solo que había sido compañero de celda de su machín. Reconoció que el güero azteca había pasado la noche en su casa, y aseguró que ni un rocecito de pieles había sucedido entre ellos (ni de chiste le arrancarían el secreto de sus cogidones. Una cosa es una cosa y otra cosa es otra cosa). Le preguntaron por qué andaba de preguntona y ella respondió que el rubio buscaba escabecharse al Patotas y a Galicia por mierderos.

A la quinta muela, Esmeralda aceptó que ella le había conseguido la pistola. La dejaron amarrada, vendada de los ojos y la boca ajamaicada. «Al rato volvemos», le dijeron. Ella preguntó si la iban a matar y ellos respondieron que meibi yes, que meibi no, que lo consultaban con los bosses y que luego le avisaban. Y ahí dejaron a la flor más bella, un bofe de coágulos e hinchazones.

Los interrogadores obtuvieron información de primera: José Cuauhtémoc Huiztlic, parricida condenado a quince años de prisión. Liberado después de cumplir su condena, llegó a vivir a Acuña, donde residió año y medio. Amigo del Máquinas, ocasional mecánico automotriz y sicario de elite al servicio de los Quinos. Vendía piedra bola a la distribuidora de materiales del Cacho Medina. No mantuvo relaciones laborales con don Joaquín, ni le hizo trabajos especiales, aunque ostentaba una deuda de gratitud con el boss por haberle costeado los gastos de hospitalización por un proceso infeccioso. Además consiguieron impresiones de las huellas dactilares de Huiztlic, obtenidas en casa de la señora Esmeralda Interial.

Los bosses mandaron de nuevo al mensajero con el general. «Les entregamos los datos del asesino de Galicia si nos dejan de corretear. Prometemos bajarle al desmadre y no molestar a la ciudadanía.» El general acordó una tregua, sin dejarles cancha libre. «Limpien el pueblo de escoria y hablamos de nuevo.» Los bosses accedieron. El general recibió el nombre del homicida, su filiación, antecedentes penales y huellas digitales. En compensación, detuvo los operativos en contra de los Otros-Otros.

Los bosses cumplieron. Suspendieron el cobro de piso, dejaron en paz a los mojados, cancelaron los levantones a comerciantes, frenaron la trata de morrillas traídas de otros estados, nada de vender drogas en escuelas primarias y cancelado el negocio de deshuesar autos robados. El cartel se alineó y se dedicó a lo suyo: a cruzar droga al otro lado de la frontera, que para eso eran narcos y no delincuentes zarrapastrosos. Eso sí, advirtieron que matarían a los Quinos que quedaron desbalagados por el monte. Esos eran enemigos y no estaba entre sus planes perdonarles la vida.

El general extendió la tregua por tiempo indefinido. Si los Otros-Otros cumplían, era conveniente dejarlos hacer lo suyo. No tardarían en llegar otros Otros-Otros a desbancarlos y que de nuevo ardiera Troya. En cuanto a Esmeralda, los bosses resolvieron no sacrificarla. Perdonarle la vida era un signo de buena voluntad para con el general. Aunque matar hembras no era bien visto por los militares, Esmeralda no podía irse así nomás. Le cortaron la lengua y la abandonaron encuerada en medio del desierto para que aprendiera a no andar de metiche. Ella tardó dos días en retornar a Ciudad Acuña. Insolada, mochada y toda arañada, pero viva.

Mi perro

Cuando me apresó la policía yo tenía un perro. No
tenía papás, ni hermanos, ni primos, ni familiares, pero sí un perro. Se llamaba Ray y era lo que
más quería en el mundo. Y no es que no tuviera familia, es que nomás no me hablaba con ninguno de
ellos. Con quien sí hablaba era con Ray. Era muy
listo mi perro. Puedo asegurar que me entendía. Yo
le contaba de mis broncas con Lupita y él ladeaba
la cabeza como diciendo "así son las mujeres". Le
platicaba de mis penas, de mis miedos, de cómo me
había ido en el día. Dormía en mi cama. Cuando hacía chingos de frío se me arrejuntaba y así nos
calentábamos entre los dos. Comía a la misma hora
que yo, cenaba al mismo tiempo que yo. Por las
tardes me iba pasear con él y a veces me topaba con
mi papá y mi papá me daba la vuelta para no saludarme. Estaba muy enojado conmigo. El día en que
todos en la familia me dejaron de hablar fue cuando mi papá dijo que él no me había educado para ser
así. Y es que era cierto. Él era bueno. Trabajaba
dos turnos para mantenernos. Mi mamá cosía y lavaba ajeno. También mis hermanos chambeaban duro.
A mí me ganó lo vago y no estudié y se me hizo fácil irme por los atajos. Sí, robé, pero no le hice
daño a nadie. Solo a esa que se puso a gritar y a
gritar. No me quedó de otra que callarla a chinga-
dazos. Me dicen que por mi culpa quedó en silla de
ruedas y que no puede hablar. Yo quisiera pedirle
perdón, aunque dicen que no me va a entender porque quedó como plantita. Le pedí perdón a la familia durante el juicio y su papá me dijo que me iba
a matar. Me arrepiento de haberlo hecho, juro que
me arrepiento. También me arrepiento de no haberle

prestado atención a mi perro. Cuando me agarraron,
estaba en la casa encerrado. Les dije a los cuicos
que fueran a mi casa y lo soltaran. No me pelaron.
Uno de los vecinos me contó que mi perro aullaba y
ladraba todo el día y toda la noche. Que primero
eran ladridos bien fuertes, y que luego se fueron
apagando poco a poquito hasta que dejó de ladrar.
Unos camaradas se saltaron la barda para ver qué
le había pasado. Ya estaba mi Ray mosqueado y hediondo. De la desesperación había mordido los muebles, las sillas, los periódicos viejos que guardaba. Ray era el mejor perro del mundo. El más
bueno, el más listo, el más cariñoso. Se murió de
hambre o de tristeza. Ray era el ser que más quería en la vida y no paré de llorar cuando me contaron. Nomás de imaginarlo queriendo comerse las
patas de las sillas se me rompe el corazón. Ese
fue mi peor castigo, que mi perro se muriera por
mi culpa.

Juro que cuando salga de aquí seré bueno. Recogeré
perros en la calle y les voy a dar de comer en honor de Ray. Y si la familia lo acepta, me iré a
cuidar a Cecilia, la mujer que dejé como vegetal.
Quiero mostrarles que no soy malo y que si lo fui,
ya no lo seré más.

Fidencio Gutiérrez
Reo 35489-0
Sentencia: dieciocho años y siete meses por robo a
mano armada y lesiones

*Ceferino, seguí viviendo con mamá en la modesta casa que compraste en la Unidad Modelo, con una salvedad: adquirí las cuatro propiedades colindantes y pedí a un arquitecto que las uniera a la nuestra. No imaginas el tamaño de los nuevos espacios. El que era tu cuarto se convirtió en el vestidor de la recámara principal. El comedor se expandió para doce personas y no para seis. La cocina la ampliamos. Era inmensa, medía noventa y dos metros cuadrados. El sueño de mamá: poder moverse a sus anchas mientras guisaba, cortaba, pelaba, sofreía. Ya sabes cuánto le apasionaba preparar las recetas heredadas de su tatarabuela. Croquetas, pulpos, gambas (odiabas que las llamara así, para ti eran camarones), cangrejo, bacalao.*

*Mi hermana conservó su cuarto. Lo hice para honrar tu promesa de que «tu casa» sería siempre «nuestra casa». La habitación de Citlalli era casi tan grande como la recámara principal. Conservó su colección de peluches, deslustrados y polvosos. Pasaron los años y no aminoró su cursilería: siguió colocándolos sobre su cama. Pintó las paredes de lila. Hazme el favor, Ceferino, ¿a quién se le ocurre dormir en un cuarto lila? Arguyó que era para hacer felices a tus dos únicas nietas. ¡Ay mi hermana!, que creía que la felicidad de las niñas radicaba en los colores de las paredes y no en verla pelear briaga con su padre cada tercer día.*

*Tu hija dormía en su casa una semana, otra en la nuestra. Peleaba con Manolo, su marido (sí, el tipo de la carnicería. No creas que era un bueno para nada. Le iba bien. Era dueño de seis locales y hasta vendía carne Kobe), cogía sus cosas y se venía a instalar a su cuarto lila. Mamá consentía a las niñas y trataba de distraerlas para que no vieran a su madre balbucir incoherencias después de empinarse media botella de tequila. Sobria era callada y sumisa como mi madre. Conforme el alcohol se adueñaba de su cerebro, se tornaba más rijosa y desbalagada, y uso «desbalagada», por no llamarla promiscua.*

*Una mañana, papá, no era mediodía aún y tu hija ya estaba borracha, metió un tipejo a su cuarto. Pensó que no nos percataríamos, pero fue tan obtusa que las primeras en darse cuenta fueron sus hijas.*

*La muy bruta dejó la puerta abierta y sus gemidos se escucharon hasta la cocina, donde las niñas almorzaban. Mi mamá las encerró en su cuarto para que no fueran testigos de su hecatombe moral. Citlalli no fue en lo absoluto discreta en sus infidelidades. Después de llevar diferentes fulanos a la casa, le impedí hacerlo más. «Cuida a tus niñas, carajo.» En su vaga conciencia de ebria, algo resonó y cambió el cuarto lila por los autos de los tipos. Se revolcaba semidesnuda, sin importarle las miradas morbosas de los peatones. Se encerraba en el coche con sus galancetes y a lo que te truje Chencha. Diez minutos de sexo exprés y ya me voy que mis hijas me esperan. Mi cuñado no sé si era un imbécil o un buenazo. Su mujer enseñándoles el culo y las tetas a otros y el pobretón encerrado en la casa al cuidado de las niñas. Quizás su cerebro funcionaba como la de los maridos de actrices porno, que saben que ellas, después de fornicar con varios, regresan dóciles a casita, a ser penetradas de nuevo y a recibir calor de hogar.*

*Si te escuece la duda de si conservamos o no un cuarto para José Cuauhtémoc, la respuesta es: sí. Su recámara fue la única que le pedí al arquitecto dejar intacta. Quedó tal cual la dejó el día en que te prendió fuego. Sobre su buró descansa el libro que estaba leyendo. En el ropero cuelgan aún sus pantalones, sus chaquetas, sus camisetas. No ha regresado a la casa, y subrayo «regresado» porque mantengo la esperanza de que un día vuelva. Y si lo hace, en casa tendrá un lugar donde dormir, ropa limpia y sus libros favoritos. Mamá y yo ya lo perdonamos. Citlalli no. Ojalá que tú —desde tu tumba— logres hacerlo.*

Al salir de la prisión les pedí a Pedro y a Julián que nos fuéramos en el autobús junto con el grupo. No compartir con los demás la celebración de nuestro triunfo me parecía impropio e incluso, desleal. Viajamos en el autobús, exultantes. Le llamé a Claudio para contarle. Apenas pude dominar mi emoción. Hablé atropellada, sin detenerme. Claudio me escuchó sin interrumpir. Al terminar me felicitó y activó el altavoz para hablar con los niños. Les conté también. Claudia, la más interesada, me pidió llevarla conmigo cuando volviera al reclusorio. Sí, quizás sería una buena experiencia, que desde niña conociera los entresijos de la crudeza humana. Colgué y sonreí.

144

Íbamos hacia Danzamantes, cuando Pepo, el técnico electricista, un hombre callado y parco, se puso de pie y pidió silencio. «Quiero decir unas palabras.» Callamos y lo miramos atentos. No era dado a dar discursos y nos sorprendió. «La verdad, y lo digo con el mayor respeto», hizo una larga pausa, «creo que este autobús debe llevarnos directo al California Dancing Club». El grupo celebró la moción. «A mover el culo», gritó Laura.

Nos encaminamos hacia el Palacio del Baile. Pedro mandó de avanzada a uno de sus guardaespaldas. En sábado las filas para entrar eran largas y las mesas, escasas. El escolta recibió la orden de reservar seis mesas y llevó dinero suficiente para tentar a cadeneros y capitanes para que nos atendieran rápido. Funcionó. En cuanto descendimos del autobús ya nos esperaban para ingresar por una puerta lateral. No contamos con las deseadas seis mesas, pero sí con cuatro. No fueron necesarias porque en cuanto llegamos varios se lanzaron a la pista a bailar al ritmo de Lucio Estrada y su cumbia tamaulipeca.

Bailé un rato con Pedro. Vaya que se sabía mover. Me confesó que él y Héctor tomaban clases de baile con un maestro particular, y que las abandonaron cuando el tipo le coqueteó a Héctor. Y coqueto se puso él conmigo mientras bailábamos. Ambos sabíamos que nunca más sucedería algo entre nosotros, aunque el jugueteo nos divirtió.

Nos detuvimos cuando ya no soporté más el calor. Detestaba sudar. Me preocupaba oler mal o que un círculo húmedo se extendiera por la tela alrededor de las axilas. Me parecía asqueroso. Nos fuimos a sentar. En la pista bailaba Juancho, uno de nuestros compañeros. Pedro y yo lo observamos. Inconcebible que alguien como él, instruido desde niño en el ballet, con un dominio absoluto de su cuerpo, bailara tan mal las cumbias y las salsas. Parecía turista gringo en un crucero por el Caribe.

Un mesero trajo una botella de ron y varias Coca-Colas de dieta. Me preparé una cuba. Desde la mesa, situada en un balcón superior, podía ver la atiborrada pista. La masa humana en un oleaje que se movía en una misma cadencia. Sonó una versión modernizada de *Chan Chan* y mis compañeros y compañeras que habían subido a refrescarse bajaron de inmediato a bailar. La canción favorita del grupo desde que montamos una coreografía con la enorme versión de Compay Segundo.

Pedro y yo nos quedamos a solas. En medio del barullo le confesé cuánto me había impresionado el discurso del reo cincuentón. «Se llama Rubén Vázquez», me dijo. Me contó que en un arranque de celos había matado a su esposa a tubazos. Lo habían condenado a veinte años. Sus hijos le dejaron de hablar y solo su cuñado, hermano de su mujer, lo visitaba. «El discurso no lo escribió él.» Me decepcionó saberlo. «¿Es de Julián?» Pedro negó con la cabeza. «¿Reconociste al que te dije que te iba a gustar?», preguntó. «Creo que sí y me pareció muy mamón.» Era mentira. El tipo me había atraído no por su petulante referencia a Bartók, sino por cómo se movía y miraba. «Te gustó, ¿verdad?» No le iba a dar a Pedro una victoria fácil. «¿A ti te atrae?», le pregunté. «Es exactamente mi tipo», respondió sonriente. «Creí que te gustaban más refinados, no tan…», Pedro me interrumpió. «¿Tan obrero?» Sí, esa era la respuesta. No es que el individuo pareciera recién salido de una fábrica, pero algo en sus facciones chocaba con su cabello rubio y sus ojos azules. Por otro lado, nada de obrero podía haber en alguien que reconocía la música de Jost. «No es eso, es que su cara…», de nuevo atajó Pedro. «¿Muy azteca?» Podría ser racista, pero sí, era eso. El hombre poseía las facciones del «Indio» Fernández en rubio. Era difícil empatar la fisonomía de un príncipe mexica con su melena de vikingo y su imponente altura. «Me pareció interesante», le dije. «Sabía que te iba a encantar», sentenció. «Pues él escribió el discurso, deprisa al terminar la función. Julián cree que puede convertirse en un buen escritor.»

Le revelé que el tipo me había entregado un papel con su nombre y un número de celular para llamarle. «Los presos tienen prohibido poseer celulares y además hay una antena que bloquea la señal», explicó. Era necesario coludirse con los custodios para tener uno. Cada determinado horario, las autoridades apagaban la antena para permitir la señal y que los presos pudieran usarlo. La mayoría lo usaba para extorsiones virtuales. Marcaban un teléfono al azar y a quien contestara le advertían que habían secuestrado a un familiar suyo y que si no depositaban determinada cantidad en una cuenta de Elektra, matarían a la víctima. Varios caían en la trampa y entregaban el dinero para darse cuenta más tarde de que jamás hubo tal secuestro.

146

«Te apuesto a que lo consiguió solo para que lo llamaras.» Me reí. Su tesis era improbable. ¿Por qué entre todas iba yo a atraerle? No contaba con que Pedro, en su labor de celestino, también lo había enterado de mí. «Entre las bailarinas verás una que te va a encantar.» Para su satisfacción, nos habíamos gustado, y mucho.

Durmió dentro de la troca estacionado en una brecha cercana a Monclova. Decidió no hacerlo en la ciudad para evitar que los cuicos lo interrogaran. Tampoco en un camino rural. Ahí era donde empezaba la tierra de nadie, donde todo y todos eran sospechosos. Una camioneta parqueada en la noche en una brecha solitaria se convertía en un anuncio de luz neón roja blinkeando «peligro, peligro». Peligro para los de adentro y para los de afuera. Para los de adentro, por el riesgo de que llegaran lacras a asaltarlos, o que llegaran los sorchos a llevárselos o los feos a levantarlos o que rociaran de plomo la troca por pura suspicacia. Para los de afuera porque no sabían si esa era una guarida de narcos o si iba cargada de coca o era un señuelo alambrado con explosivos o nomás un ranchero echando un palito con una morra que no era su doña. Convenía no estacionarse ni lejos ni cerca de la ciudad, más bien ahí donde estaba oscuro, pero no tan oscuro. Tampoco había que tener las trocas ni muy limpias ni muy puercas. Muy limpias significaba que eras un bato con suficiente billete para pagarle a alguien que las tuviera al tiro. Polvosas señalaban que andabas metido en el monte y los que andaban metidos en el monte o eran cazadores o eran rancheros o eran narcos que llevaban merca por las brechas. Era regla no traer la troca ni reluciente, ni terrosa.

Cenó un lonche sentado sobre la puerta abatida de la batea. A las seis se metió en la caseta y dispuso las colchonetas para acostarse. Colocó a un lado las tres fuscas: la que le consiguió Esmeralda y las dos que les birló al Patotas y a su carnal. Se durmió con las botas puestas por si acaso. En la madrugada unos ladridos lo despertaron. Se asomó. Nada. No venían ni carros ni personas. Con seguridad un coyote había merodeado. Dos horas más tarde los chuchos volvieron a ladrar. Esta vez vio venir tres vehículos enfilados hacia él. Mala señal, mala puta jodida señal. O eran soldados o eran los federales o, peor aún, era un convoy de la maña.

Abrió la puerta, se acomodó dos de las pistolas en la cintura, cerró sin hacer ruido y agachándose entre el chaparral se pintó hacia el desierto. Corrió doscientos metros y se ocultó detrás de unos cenizos con la esperanza de que los vehículos se siguieran de largo. Nel. El convoy se detuvo alrededor de su camioneta y la aluzaron con sporlains. Varios batos bajaron y la rodearon. JC alcanzó a distinguir los cañones de sus armas. «Abran», se oyó gritar a uno. «Se acaba de pelar», gritó otro, «aquí va la trilla». JC no se esperó a investigar quiénes eran. Se escurrió por un arroyo tupido de maleza entre charcos lodosos con agua hedionda. Una piara de jabalines se espantó al sentirlo y huyeron mientras tronaban los colmillos. Los hombres iluminaron el monte con un cañón seguidor. La luz penetró hasta quinientos metros. JC pudo ver con claridad a los jabalines zigzaguear entre las matas. Él se quedó inmóvil, sin respirar. Solo los soldados o los narcos contaban con esas chunches. Si eran del Ejército, también podían espotearlo con binoculares con visión nocturna o con detectores de calor. El Máquinas se lo había contado. «Si te persiguen te vas a gatas, bien despacio como abuelita que se cayó de la silla de ruedas y anda buscando sus lentes de contacto. No sudes ni calientes el cuerpo porque más rápido te chingan.» JC se revolcó en el fango apestoso para camuflarse. El lodo embarrado en la piel disimularía el calor y chanza hasta lo confundían con un jabalín albino.

Entre las ramas divisó una partida de seis batos encaminarse hacia su dirección con lámparas rastreadoras. No había duda: iban tras de él. Arrastrándose, JC se adentró en el arroyo. Decenas de mosquitos se alborotaron a su paso y lo ocuparon de minibar. A la sangrita fresca no se le hace el feo. Lo picotearon en cara, manos, tobillos. No debía espantarlos. Agitarse podría provocar más ondas de calor. Aguantó la picotiza y a ritmo de oso perezoso continuó. Escuchó a los jabalines tronchando raíces y nopales a doscientos metros de él. Se dirigió hacia la piara. Mientras más pegados los tuviera, más posibilidades había de mimetizarse con ellos. Hazte monte, se dijo.

Los hombres, diseminados por el monte, arribaron a la orilla del arroyo. Uno llamó a los demás. «Ahí va el rastro.» Con las lámparas les hicieron señas a los que aguardaban en la brecha. Se montaron en los vehículos y condujeron hacia la parte superior del arroyo. JC escuchó los arbustos crujir bajo las llantas. No eran trocas, eran camiones. Ya no tuvo duda: el Ejército. Los mastines iban tras él.

A JC le valió pito generar más calor. Debía meterle para distanciarse de sus perseguidores. Culebreó por el arroyo. Necesitaba perdérseles antes del amanecer, porque de día los milicos llamarían refuerzos hasta encontrarlo. De eso tenían fama los soldados: de aferrados. No se iban a estar quietos hasta chingárselo. Los narcos se culifruncían con ellos. Los diminutos indios oaxaqueños y chiapanecos eran entrones de a madre. Chaparros, pero bien perros. Nunca se quejaban. Les bastaba comer una vez al día. Aguantaban calor, frío, moscos, sanguijuelas, niguas, garrapatas, cuernos de chivo, granadas, lanzacohetes. Su chaparrez les permitía desplazarse por entre el ramaje a velocidad de guepardo. Esquivaban con facilidad uñas de gato, nopaleras, chovenes. En monte cerrado cubrían el doble de terreno que los grandotes. En putiza trasponían barrancas, motas, ciénegas y acortaban la distancia. Los Lewis Hamilton del monte.

JC, a gatas, espinándose manos y brazos, y rasgándose las rodillas, intentó pelárseles hacia lo alto de un cerro para de ahí cruzar a una meseta apenas visible en la oscuridad y en la que su zancada de gran danés sería ventaja contra el andar Datchshund de sus perseguidores.

Le pareció una soberana pendejada haber huido por el arroyo. Una jodienda el pinche ramerío impenetrable. Una telaraña vegetal. Cuando los haces de las lámparas rastreadoras iluminaban a un lado suyo, él se engarrotaba hasta que pasaban de largo. Luego continuaba, jadeante y desesperado, impulsándose de raíces y troncos para avanzar con mayor rapidez. Ya le había contado el Máquinas de lo perrones que eran los milicos. «Una vez que apañan tu trilla, se dejan ir detrás de ti con todo. No paran hasta que te apañan.» Y no paraban. JC escuchó sus gritos cada vez más cerca. Lamentó su uno noventa de estatura, un puto estorbo entre la breña. Se enganchaba con los abrojos y nomás no pasaba por debajo de las ramas. Para colmo se topó con un alambre de púas. No lo distinguió en la oscuridad y se enredó con él. La pierna derecha quedó atrapada con las púas clavándose más cada que intentaba zafarse. Cuando por fin se liberó, los sorchos ya estaban a menos de ochenta metros de él. Trató de seguir, pero la maleza en el arroyo era un cabrón muro. Además, no veía ni madres. Era luna nueva y el monte apenas lo iluminaba la luz de las estrellas. Para donde tomara se engarruñaba con las matas espinosas.

Empezó a vislumbrar la salida del arroyo y el contorno del cerro. Debía estar a unos cincuenta pasos de su vía de escape, pero la maraña lo aprisionaba. Cruzaba pecho tierra un tramo para dar contra un matojo de uña de gato. Intentó retachar al mismo punto y se perdió en el laberinto de ramas y lodo. Ni siquiera tenía la lucecita de una casa para guiarse. Puro tanteo ciego.

Los soldados, impuestos a recorrer el monte a oscuras, le metieron velocidad cuando oyeron cerquita el chasquido de palos rotos. El chofer de uno de los camiones anticipó la fuga del marmotón y se adelantó para bloquearle el paso. Desde la caja saltaron siete sardos y armados de fusiles se apostaron cada veinte metros en la orilla del arroyo para interceptarlo.

JC descubrió el cocodrilerío tapando el túnel de vegetación por el cual pensaba pirarse. En chinga trató de cambiar de ruta porque los verdes estaban a menos de treinta metros. Tenía de dos caldos: o se internaba de nuevo a la montaña rusa vegetal o se aventaba el tiro de cruzar por entre la línea de soldados que lo esperaban para fusilarlo. Si salía del arroyo y corría en zigzag, chance y lograba evadir el tronadero de los fusiles con miras infrarrojas.

Se arrastró otros diez metros. Tan espeso se hizo el follaje que dejó de ver. Vendado por hojas y ramas. Nunca imaginó esa maraña en medio del desierto. Bastaba que un hilo de agua cruzara por una vertiente para que se desatara la furia vegetal. Continuó de panza y tropezó de nuez con el alambre de púas. Qué ganas de dividir predios donde no había nada. Ni vacas, ni borregos, ni cabras, ni caballos. Nada. La puta ambición del ser humano por delimitar las tierras, así sean un peladero.

Usó el alambre para guiarse. En el tendido de la cerca debieron tumbar árboles y matorrales. Al menos hallaría algo libre el camino. Error, la alambrada ya estaba invadida de chovenal espinoso. No pudo avanzar más. Intentaba darse vuelta cuando una luz le pegó en el rostro. Luego otra y otra. Un grito: «¡Alza las manos!». JC las

150

levantó. Deslumbrado no logró ver a sus captores, que se movían de un lado a otro como conejos en la penumbra. Una voz le ordenó ponerse de rodillas. Obedeció. Una rajita de movimiento y lo acribillaban. Escuchó a los soldados acercarse. «¿José Cuauhtémoc Huiztlic?», preguntó una voz desde la oscuridad. No había más escapatoria. Sobrevendría la cárcel o la muerte. «Sí, soy yo», respondió.

*En preparatoria, José Cuauhtémoc se enamoró de María, una trigueña de ojos verdes, muy linda. Mi hermano le escribía largas cartas de amor. Me las daba a leer para ayudarle a depurar cualquier viso de cursilería. Era innecesario. Su escritura era pulcra, elegante. Pedro Salinas hubiese estado orgulloso de él. Y tú mismo por su impecable redacción, por su mesura en el lenguaje, por el estilo límpido y sin baratijas verbales. José Cuauhtémoc heredó además la finura de tu caligrafía (imposible olvidar tus trazos elegantes y exquisitos. Aún recuerdo a vecinos implorándote que les rotularas las invitaciones de boda de sus hijos).*

*Los dos años que duró su amor se escribieron cartas casi a diario. Las intercambiaban por las mañanas al llegar a la escuela. Un rito interrumpido por la mudanza de ella y su familia a Egipto, donde el padre fue enviado como agregado militar. Intentaron mantener el intercambio epistolar, aunque el correo tercermundista de ambos países masacró su amor a distancia. Las cartas dilataban meses en llegar o se extraviaban en los laberintos de las oficinas postales. De existir en aquellos años el correo electrónico, Skype, WhatsApp y demás tecnologías, su amor habría más o menos sobrevivido.*

*Las cartas de María enternecían por su sintaxis ramplona y sus notables errores de ortografía. Sorprendente que una muchacha con educación preparatoria redactara con tales fallas, aunque años después me enteré de que sufría dislexia y de ahí el desaliño. Al igual que las cartas de mi hermano, las suyas rezumaban amor y entrega. Con ella mi hermano entendió la diferencia entre coger y hacer el amor. Cogía con la peluquera, hacía el amor con María.*

*Se las arreglaban para verse después de clases. Al carecer de un lugar para mantener relaciones sexuales, aprendieron a escabullirse en casas ajenas donde de momento no se hallaran sus moradores. Apren-*

dimos a abrir cerraduras y candados. Con rapidez se introducían a las casas para explayar su amor. Yo me convertí en un eficaz alcahuete y vigilaba por si alguien llegaba. Nunca robaron nada. Solo entraban a acostarse y al terminar, dejaban las habitaciones tal cual las habían encontrado.

A mí me agradaba ser encubridor y secuaz de su amorío. Ello me unió más a mi hermano. Cada uno sabía los secretos más hondos del otro. Nos volvimos inseparables hasta que llegó la partida de María. Algo se resquebrajó dentro de José Cuauhtémoc, como esas grietas que corren debajo de los glaciares y que al ahondarse provocan el desprendimiento de enormes placas de hielo.

En pocos meses, José Cuauhtémoc se tornó taciturno y al mismo tiempo, cínico. Cada día sin ella lo alejó más y más de sí mismo, como si su cuerpo solo fuera el caparazón de un ser que ahí ya no habitaba. Quizás evoques esa época porque el cambio en mi hermano fue notable. Más altivo, más pendenciero. A menudo te retaba con la mirada y ya no pudiste controlarlo con la facilidad de antes. El rompimiento amoroso evidenció lo frágil y quebradiza que era su estructura emocional. Su endurecimiento fue un mecanismo de defensa. Mientras más duro, menos heridas. Más duro, menos vulnerabilidad. Más duro, menos sumiso contigo.

El amor de María por primera vez le brindó a mi hermano aquello que nuestro ámbito familiar le negaba: solidaridad, cariño, aceptación. Si mi madre fue el modelo de lo que él y yo detestábamos: abnegada, blanda, dócil, María compendiaba lo opuesto: vital, independiente, crítica. Quizás ambos la idealizamos. Cargamos sobre ella las necesidades afectivas de dos adolescentes desorientados y sin mapa. Sin duda marcó nuestras vidas. A mi hermano por vía del amor, a mí por la de la complicidad.

Mientras José Cuauhtémoc purgaba su condena, me enteré de la muerte de María por una intoxicación accidental de gas en París. Una esquela y una pequeña nota en el periódico fueron la fuente. La tarde en que lo supe no pude soportar la tristeza. Con ella se había ido lo mejor de mi hermano. Había imaginado un regreso idílico. Un amor tan perdurable y sólido que ni la cárcel podía derrotar. Estaba convencido que ella perdonaría su parricidio y retornarían a su amor con aún más intensidad. No conté con la muerte. Siempre inoportuna. Inmerecida la mayor de las veces. Nunca le dije a mi hermano que había fallecido.

*Otra habría sido la historia si María no se hubiese ido a Egipto. El sosiego que ella aportaba a José Cuauhtémoc habría desterrado su lado sombrío y criminal. Durante años mi hermano gritó pidiendo tregua. Ella se la dio. Por veinticinco meses estuvo en paz. El quince por ciento de su vida en aquel momento. Otro quince por ciento más hubiese bastado para transformarlo por completo. María lo hubiese conducido a aguas más calmas. Ella partió y ya fue imparable el oscuro borbotón que emanó de mi hermano.*

Desperté entrada la mañana, casi a las doce. No podía creer que fuera tan tarde. El cuarto estaba oscuro, la luz bloqueada por las cortinas. Atolondrada me levanté y abrí la cortina. Lloviznaba. El cielo encapotado invitaba a volver a la cama, taparme con las cobijas y dormitar. Me dolía la cabeza. Habituada a no beber alcohol, las cinco o seis cubas que tomé ocasionaron estragos.

Había olvidado cargar mi celular y se le había agotado la pila. Me dio flojera ir hasta mi cuarto a buscar el cargador. Llamé a la cocina. Contestó Nane, la cocinera. Le pedí que fuera a mi recámara por él y que me trajera un Tehuacán con limón y sal, y dos aspirinas. Tres minutos después apareció Nane con lo requerido. Mientras me tomaba el agua mineral, ella me informó que el señor Pedro me había llamado ya cinco veces y que Claudio y los niños vendrían a comer a las dos.

Conecté el celular y me recosté. Vino a mí el brumoso recuerdo de una cita para un café con Pedro y Julián a las seis. Seguro había llamado para confirmar. Si por mí fuera, les habría cancelado, aunque después de su generosidad del día anterior, me sentí obligada a asistir. Mi celular cargó y revisé el WhatsApp. Sí, Pedro me había marcado para corroborar nuestra cita. No sé cómo podía mantenerse aún de pie. Vaya que le había metido duro al ron, al tequila, al whisky y al vodka. Una combinación etílica que en mi caso hubiese sido mortal. Su primer mensaje era de las 7:19 a. m., un poco antes de empezar su clase de yoga. ¿Quién demonios se levanta a practicar yoga después de tremenda borrachera? La respuesta —obvio—, Pedro. Para no llamarle —quería dormirme de nuevo— le escribí en el chat «nos vemos a las seis como quedamos».

Sobre mi buró se hallaban los dos papeles escritos por el rubio. No sabía cómo habían dado ahí. Con seguridad en mi borrachera debí sentarme en la cama a leerlos. En uno venía su nombre «José Cuauhtémoc Huiztlic. Celular 5553696994», en el otro el discurso leído por Rubén Vázquez. «*Marina, en nombre de los presos quiero agradecerles a usted y a su compañía que hayan venido a animar nuestra gris cotidianeidad. Estamos presos en un cuadrángulo de cemento y hierro y nuestros días transcurren en el sopor y la aburrición. Aletargados o endurecidos, tendemos a perder la esperanza. Pero esta noche su espectáculo nos vino a recordar que la verdadera libertad habita dentro de nosotros. Hoy, ustedes nos hicieron más libres.*» Sí, sin lugar a dudas era la misma letra manuscrita.

Pedro se había negado a decirme por qué estaba preso ni por cuánto tiempo. «Ya lo averiguarás», aseguró. Solté una carcajada. ¿Quién le había dicho que yo volvería a ver a ese señor? «La curiosidad mata a la gata», respondió divertido. ¡Carajo, sí! La curiosidad seduce y ese hombre me había seducido. Odiaba reconocerlo. Ignoraba quién era más allá de los escasos datos que le había sacado a Pedro a tirabuzón. Además, ¿por qué pensaba que un preso, encarcelado por quién sabe qué delito, iba a interesarme?

Me quedé súpita de nuevo. Me despertaron las voces de mi marido y de mis hijos. Abrí los ojos con pesadez. Mariano y Daniela entraron a la recámara y saltaron sobre mí para llenarme de besos. Luego llegaron Claudio y Claudia. Me preguntaron sobre la cárcel. Los cuatro habían temido que algo malo me sucediera ahí dentro. Les conté someramente sobre la presentación, de las reacciones de los presos y de cuán emocionados quedamos. Mis hijos me entregaron dibujos que habían hecho para la ocasión. De morirse de risa. Yo bailando detrás de unas rejas mientras presos con caras de malos me miraban aviesos.

Comimos en familia y a las cinco y media me lancé al Péndulo de Polanco a cumplir con mi cita. La lluvia, como siempre en esta ciudad, provocó embotellamientos y llegué cuarenta y cinco minutos tarde. Solo me encontré con Pedro, que muy tranquilo leía un libro mientras me esperaba. Sonrió al verme, sin recriminar mi atraso. A los pocos minutos llegó Julián, también afectado por el tránsito desquiciante.

Me contaron que a mediodía habían vuelto a la prisión. El director del penal los recibió y les comentó lo exitosa que había sido la función. Les habían pedido a los convictos que llenaran una pequeña encuesta para evaluar el acto y que había sido en extremo positiva. Cuando Julián se levantó para ir al baño, Pedro se volvió hacia mí, sonriente. «Vi a tu nuevo amigo en la cárcel», reveló. «No es mi nuevo amigo, ¿por qué insistes?» No perdió la sonrisa. «No es que crea que debas meterte con él, pero es un tipo interesante y quizás te ayude a desafresarte un poco.» «Fresa tú», subrayé, «que nunca has tenido que trabajar en tu vida». Mi contrataque no le dolió en lo más mínimo. «Por suerte, corazón.» De nuevo, volvió a sonreír. «Solo quiero que abras tus horizontes. A mí me los abrió la cárcel no sabes de qué manera. Y si no fuera gay, sabes que me enamoraría de ti en dos patadas. Quiero que este hombre sea un punto de encuentro entre nosotros. A mí me gusta, a ti te gusta. A mí me interesa, a ti te puede interesar.» Su declaración semiamorosa aplacó mi enojo. Estiró la mano hacia mí. «¿Amigos?» Se la estreché. «Amigos.»

Volvió Julián. Sin la menor sospecha de nuestra discusión, de buenas a primeras me invitó a participar en el taller literario que impartía en la cárcel. «A Pedro y a mí nos encantaría que vinieras con nosotros. No sabes los textos que escriben los presos. Te van a rayar. Queremos que escuches sus historias. Verás la humanidad en su estado más crudo.» Acordamos que iría a la próxima sesión. Al despedirme susurré al oído de Pedro: «Tú lo convenciste de invitarme, ¿verdad?». Se separó de mí y sonrió. «Para nada, fue idea suya.» Me dio un beso en el cachete y partió junto con él.


Uno de los soldados se le acercó apuntándole con el fusil. «Señor Huiztlic, ¿viene armado?» JC asintió. Seis lámparas lo alumbraban. Detrás de ellas se encontraba un mogote de zapotecos dispuestos a llenarle de tostones la alcancía. Mantuvo los brazos arriba mientras el chiquitín le registraba el cuerpo. Le quitó las dos fuscas y se hizo hacia atrás. «Póngase de pie», le ordenó. Al levantarse trastabilló un poco y el pasito estuvo a punto de provocar que un sardo le rayara el coco a plomazos. «Despacito o me lo quiebro.» JC pudo escuchar la respiración agitada de ese palomar de soldados. Olían a sudor. «Voltéese», le ordenó una voz. Lento se giró de espaldas a ellos. Por la derecha vio venir otra parvada de luces. ¿Cómo habían dado con él? ¿Cómo supieron su nombre? «Espósenlo», comandó un vozarrón en la negrura. JC bajó los brazos y los puso detrás de la espalda. Lo esposaron y dos sorchos lo condujeron cuesta abajo.

El camino de regreso le pareció largo. Lo habían correteado por tres horas y había avanzado cerca de dos kilómetros. Empezó a clarear y descubrió la de rayones y heridas que los matorrales y la cerca de púas le habían provocado. Las piernas y el pecho rasgados. Las manos cortadas. Rasponazos en las rodillas. La cara rajada. Sangre manando. Apestaba a fango y a cagarrutas de jabalín. Parecía tamal de mole rojo.

Llegaron a la brecha cuando ya el sol había despuntado. Volteó hacia arriba. Había estado a un pelo de rana de llegar a la cima del cerro. Le habían faltado cincuenta putos metros. Cincuenta. En campo abierto se les habría pelado facilito a los duendecitos morenos. Eso le pasaba por no hacer la tarea y planear de antemano una ruta de escape. Si en lugar de pintarse para el arroyo, hubiese corrido hacia las casas, arrivederci sardokans.

Junto a la troca varios sorchos más lo aguardaban. Un mono alto y mamey, con titipuchal de galones en la hombrera, se le acercó. «Teniente coronel Jaramillo», se presentó. «¿Sabe por qué se le detuvo?» JC asintió. El teniente coronel era de esos militares entrenados en derechos humanos. Con las toneladas de publicidad negativa que el Ejército había recibido por las ejecuciones sumarias de varios narcos, un grupo selecto había sido enviado a Francia a estudiar metodologías de interrogación sin vulnerar los derechos de los sospechosos. «¿Usted asesinó al comandante de la Policía Federal Humberto Galicia del Río?» De nuevo, José Cuauhtémoc asintió. Por lo general, los detenidos pataleaban, negaban los cargos o se hacían los yo-no-sé-de-qué-me-está-hablando aun salpicados de la sangre de quienes hacía unos minutos habían degollado. Tampoco había insultado a los soldados, no les llamó «pinches indios», «culeros» y demás lindezas. La política de algunos militares era la de no capturar malandros. Se los atoraban ahí mismo, en caliente, con el cuento de que se habían petateado en un intercambio de balazos. La estrategia había jalado. O al menos así lo juzgaba la raza. Dejaron limpiecitas varias zonas dominadas por los narcos. Nada de derechos humanos ni de aquí mis tunas. Al basurero los feos. Porque eso eran: basura. Gandallas y ojetes que no les bastaba meterse un lanal con el trasiego de drogas, sino que también secuestraban, robaban, violaban, asesinaban. Batos locos con ansias de poder a los que no había que tenerles ni tantita compasión. Foking robas. Foking te mueres. Foking secuestras. Foking te mueres. Te metes con civiles, te reventamos.

No faltó el rajón que con su celular tomó a los sardos ejecutando mañosos desarmados. De ahí al internet, del internet a la prensa y de la prensa a la condena internacional. Los feos también eran hijos, padres, esposos, amigos que se fueron por el camino del mal porque sus amigos los influenciaron / porque a mi niño lo presionaron para entrar /porque de qué otra le quedaba a mi marido que llevaba dos años sin chamba y necesitaba mantener a cinco chamacos /porque los perros de los burguesitos estaban mejor alimentados que la mitad del pueblo muerto de hambre / porque entrarle al narco era ser revolucionario / porque esa era la manifestación más preclara de la nueva lucha de clases / porque para qué se metía el gobierno si al fin y al cabo la mota y la coca eran para los gringos y bla, bla, bla. Las familias de los ejecutados alegaban que eran inocentes, que las armas se las habían plantado, que ellos eran albañiles o taxistas y que los habían matado como pollos. Escándalo con letras en neón.

Surgieron comisiones multinacionales para garantizar el estado de derecho, comisiones para la estricta aplicación de los procesos jurídicos, comisiones para transparentar los procesos penales. Y los soldados, entrenados para la guerra y no para andar capturando malos, pues nomás no entendieron por qué se les juzgaba como si fueran los villanos de la película. «A mí me disparan, yo disparo. A los nuestros los matan a sangre fría, a los suyos los matamos a sangre fría.» La cosa era más compleja y por eso, al teniente coronel Jaramillo, estudioso de Foucault y de Gaetano Mosca, con maestría en historia política y doctorado en derechos humanos, lo habían enviado a la frontera a lidiar con los abusos y presentar una variante más profesional del Ejército. «¿Sabe usted de la gravedad del delito que cometió?» Una vez más, JC asintió. «¿Le pagaron por asesinarlo? Y si fue así, ¿quién le pagó?» «No me pagaron, lo hice por motu proprio.» El «motu proprio» sorprendió al teniente coronel. No cualquiera soltaba latinajos así porque sí. «¿Entonces por qué lo hizo?» JC se volvió a mirarlo. «No sé.» Este tipo de respuestas complicaban los interrogatorios. Los detenidos se negaban a chivatear. Chivatear significaba humillarse. Chivatear era de nenes chismosos, no de hombres bragados. «Puede dar los nombres. Le garantizo absoluta confidencialidad.» Soft versus Hard. Estaba demostrado que la estrategia «hard», o en términos más claridosos: la tortura, era poco efectiva para sacar información (uno canta cualquier nombre con tal de que dejen de meterle picanas eléctricas por el culo o que le vayan mochando dedo por dedo). A Jaramillo lo habían entrenado para la aproximación suavecita, cortés y demoledora. Consistía en repetir la pregunta de diversas maneras hasta que el interrogado caía en contradicciones y así desanudar el hilo, poco a poco, hasta llegar a la verdad. A Freud le hubiera orgasmeado esa técnica. «¿Lo hizo usted solo?», volvió a la carga el teniente coronel. «Sí.» «¿Mandado por quién?» «Por nadie.» «Te repito, seremos discretos.» «Le repito que no me mandó nadie. Fue idea mía.» «Perdone, a nadie se le ocurre asesinar a un comandante porque sí.» «No fue porque sí.» «Hace rato dijo que no tenía razones claras.» «No son claras, pero son razones.» «¿Usted también mató al sicario apodado el Patotas?» «Sí.» «¿También por decisión propia?» «Sí.» «¿Puedo saber la razón?» «Sí, por culpa de ellos dos asesinaron a personas inocentes.» «¿Como a quiénes?» «A gente del ejido donde vivía.»

Jaramillo usó todo su arsenal de truquitos soft. José Cuauhtémoc no se enredó en contradicciones. La ficha policial no lo vinculaba a los Quinos, fuera de que don Joaquín hubiese pagado los gastos de hospitalización. «¿Don Joaquín era uno de esos inocentes?» «No.» «¿Cuál era su vínculo con los Quinos?» «Amistad con solo uno de ellos.» La ficha manifestaba que José Cuauhtémoc era carnal del Máquinas, que habían sido compas de celda, aunque nada más lo vinculaba con el cartel.

Después de dos horas de pie en el horno de la mañana, Jaramillo decidió que era momento de mostrar los colmillos. «Le di una oportunidad de oro para revelar lo que sabía, señor Huiztlic. Cometió un error al no decírmelo. Habrá otras maneras de sacarle la información, así que le brindo un último chance de hacerlo.» Táctica suprema de la soft-strategy: te podemos rebanar los huevos y hacer que te los tragues sin sal y eso solo va a ser el comienzo. «Le estoy diciendo la verdad», replicó JC. El rubio le parecía sincero y hasta le caía bien. Pero, ¿qué en realidad lo había motivado a asesinar a Galicia? Se dio una última oportunidad para jalar una hebra. «¿Es usted comunista, socialista o anarquista?», indagó. JC sonrió. «No mi teniente coronel, nomás soy puro cabrón.» Jaramillo sonrió también. Ni chance de sacarle una sola lagrimita de robalo. No tenía caso seguir perdiendo el tiempo. «Llévenselo», ordenó.

Volver a la cárcel el martes me cambió el panorama. Se perdió el exultante romanticismo de mi visita anterior. El cruce por Ixtapalapa me pareció menos sórdido, no por ello menos peligroso. Presencié vida cotidiana: niños jugando, mujeres barriendo las calles intercalados con muchachos inhalando solventes, miradas siniestras, borrachos tirados en las aceras. De nuevo fuimos escoltados por dos camionetas con guardaespaldas. Atravesar calles donde campeaba la pobreza con un convoy de vehículos último modelo, negros y blindados debía ser una afrenta para la gente de la zona.

El taller se impartía martes y jueves por la mañana. Atendía un nutrido grupo de convictos. Cerca de veinte. Puesto que en el penal se hallaban prohibidas las computadoras, los participantes en el taller debían escribir sus textos a mano o en vetustas máquinas de escribir. Era un problema conseguir cintas y darles mantenimiento. Pedro adquirió decenas de máquinas descompuestas para usar sus piezas como refacciones. Fue oficina por oficina de gobierno a comprar las que desechaban. Increíble que aún ciertas dependencias las usaran.

No todos los presos inscritos en el taller sabían leer y escribir, pero les motivaba contar sus historias. Les dictaban a algunos de sus compañeros y José Cuauhtémoc o Julián les ayudaban a corregir ortografía y sintaxis para hacer sus escritos más legibles.

Esta vez sí sentí sus ojos sobre mí. Tal y como me lo había advertido Alberto, la cárcel era un universo de miradas. No hubo comentarios procaces ni piropos vulgares. La escolta de los cuatro guardaespaldas debió amedrentarlos.

Los salones donde se impartían los talleres se encontraban en un ala contigua a un bloque de celdas. A un lado se hallaba el edificio de la biblioteca donada por la fundación. Pedro y Julián me llevaron a visitarla. Era impresionante. Veinte mil volúmenes donados por una decena de editoriales, seleccionados con rigor y buen gusto. No parecía la biblioteca de una cárcel. Amplia, iluminada, con sillones en cuero, mesas de lectura. Un edificio minimalista de acero, cristal y concreto que bien podía rivalizar con la de cualquier ciudad europea.

Por un ventanal observé a los presos entrar al aula. Destacaba José Cuauhtémoc por su estatura. Como quinceañera me turbé al verlo. Imponía, vaya que imponía. Me apena confesarlo, pero el día anterior había llamado al número del celular que me había anotado. Esperé escuchar su voz y sonó «el número que usted marcó se encuentra fuera del área de servicio». Volví a marcar. De nuevo la grabación. Me sorprendió mi adolescente nerviosismo. Me sentí idiota. ¿Qué demonios pasaba por mi cabeza para llamar al celular de un convicto?

Quedé sentada frente a José Cuauhtémoc. No asomaba en él facha de asesino. Sonreía a menudo y hacía aportaciones significativas a los textos leídos por sus compañeros. (Las suyas no eran opiniones agrestes, como las de los demás, a quienes sus limitaciones educativas y culturales les impedían un análisis más sustantivo, mas no por ello exento de interés). En su ingenuidad, los reos mostraban atisbos únicos sobre la vida y el arte. Sus escritos poseían un vigor y una singularidad que bien quisieran todos esos autorcillos que se sentían amos y señores de la literatura mexicana y los únicos merecedores de reconocimientos, becas y premios. Para Julián era inadmisible respetar a estos escritores blandos. La inconsecuencia de sus temas y la pequeñez de sus alcances los descalificaban de entrada, aun cuando su sintaxis y su forma literaria eran «perfectas». Prefería la prosa áspera de los reos a la estilización vacua y rococó de esos «autores». Como bien decía Ricardo Garibay, la «débil perfección» de la literatura mexicana.

Leyó su texto un preso llamado Fidencio y al terminar, Julián me preguntó mi opinión. Me quedé helada. No me sentía preparada para pronunciarme al respecto. Balbuceé una respuesta. «Me conmueve el amor que le tenía a su perro» fue lo único que atiné a decir. «¿Por qué?», continuó Julián aguijoneándome. «Porque el perro significaba la amistad que…», dije y me detuve a nada de proferir una letanía de lugares comunes. ¿Qué podía decir una mujer como yo a ese grupo de hombres? Me quedé callada. José Cuauhtémoc entró a mi rescate. «Nuestra identidad depende de los vínculos que creamos, sea con seres humanos o con mascotas. Somos con quienes nos relacionamos», sentenció. Su participación no fue el culmen de la profundidad. Al menos articuló bastante mejor que mis argumentos trillados. Julián volvió a la carga. «¿Estás de acuerdo, Marina?» Inhalé hondo. Mi padre solía aconsejarme: «Antes de hablar, respira para oxigenar tu cerebro.» Los presos me observaban con curiosidad. «Tiene razón el compañero», dije evitando pronunciar el nombre de José Cuauhtémoc, «nuestra identidad se mutila cuando perdemos a un ser querido. Lo digo por experiencia propia». «¿Por qué experiencia propia?», interrogó Julián. «Por la muerte de mi padre.» Se hizo un silencio. «Sé de qué hablas», terció José Cuauhtémoc. Por alguna razón, el silencio se tornó aún más incómodo. Tiempo después entendería que su comentario llevaba jiribilla.

Los presos continuaron leyendo sus escritos, hasta que tocó el turno a José Cuauhtémoc. Abrió un folder, sacó unas hojas mecanografiadas, carraspeó la garganta y comenzó a leer. «*Manifiesto… Este país se divide en dos: en los que tienen miedo y en los que tienen rabia. Ustedes, burgueses, son los que tienen miedo. Miedo a perder sus joyas, sus relojes caros, sus celulares. Miedo a que violen a sus hijas…*» Mientras lo leía, comencé a marearme. Cada palabra enunciada era una puñalada a la mujer que era, a mi familia, a mis amigos, a los míos. Me provocó náusea y dolor, confusión, inquietud. José Cuauhtémoc estaba en lo cierto, mi clase social se cagaba del miedo.

Varios presos soltaron risotadas. El «Manifiesto» les parecía la mar de divertido. La línea que sentenciaba «nos reproducimos como ratas» la festejaron ruidosamente. Si eso pensaban los millones de pobres en el país, la revolución era inminente.

José Cuauhtémoc terminó de leer y Pedro y yo intercambiamos una mirada de consternación. El «Manifiesto» era un dardo dirigido a nosotros. ¿Cómo reaccionar frente a ese alud que arrasaba la idea de mi mundo cómodo y protegido, dulce y artificial? Sus palabras se iban a quedar dentro de mí por días, por meses. Imposible volver a mi vida cotidiana sin pensar en la rajadura de sus frases. ¿Cómo contarles cuentos infantiles a mis hijos a sabiendas que en el mundo había infinitamente más lobos que Caperucitas?

Julián se disponía a cederle la palabra a otro reo, cuando José Cuauhtémoc lo atajó. «Perdona, escribí un breve texto inspirado en la función de danza del otro día y me gustaría leerlo ahora que aquí está Marina.» Julián asintió. José Cuauhtémoc extrajo otra hoja del folder y comenzó a leer: *«En el caudal rojo que emana de las entrañas femeninas flotan los cadáveres de aquellos que pudieron ser y ya no fueron. Emergen hebra por hebra durante cinco o seis días. Aunque tratan de asirse a quien pudo ser su madre, resbalan hacia el abismo de la nada. Con ellos van esperanzas y luz. Las mujeres cierran los ojos y adoloridas miran hacia adentro. Estupefactas, descubren en el fondo de sí mismas el pálpito de la vida. Sigue ahí, agazapada, esperando su momento. Es entonces que cada mujer comprende que el milagro de la existencia abreva de los ríos de su sangre».*

José Cuauhtémoc terminó de leer. Ninguno de los reos rio esta vez. Un amago de llanto se me enredó en la garganta. José Cuauhtémoc dejó el escrito sobre el mesabanco y alzó el rostro hacia mí.


Los militares sabían que entregar a José Cuauhtémoc a las autoridades civiles del estado significaría que lo mataran en un nanosegundo. Los tentáculos de los Otros-Otros estaban bien adentrados entre las policías locales. También corría el riesgo de que se lo quisieran escabechar los federales. Que les mataran a uno de los suyos no debió causarles ni tantita gracia y, a decir verdad, el atorón a Galicia provocó alivio en los altos mandos. Galicia se había convertido en una lacra. Resguardaba cargamentos de caspita celestial, daba pitazos a los carteles de operaciones en su contra, se coludía con políticos marranones para proteger escoria narca, pedía raja en derechos de piso, en tráfico de migrantes y hasta en secuestros. Pichaba, cachaba y bateaba el muy cabrón. Sus superiores lo toleraron porque era hábil para controlar plazas. Sabía medir la temperatura del crimen y cuando la cosa se ponía al rojo vivo, transaba, negociaba y a veces, actuaba. Enceguecido por la lana fácil, perdió el toque y, por ende, la capacidad de leer las señales.

Para no buscarle pies a la víbora, los milicos montaron al rubio en una Hummer blindada y lo mandaron directito a la autoridad judicial federal en CDMX. Ya si los chacas de Galicia se lo querían atornillar en el bote, ya no era bronca suya, aunque el comandante había sido tan transa y tan ojete que quizás no valía la pena comprar el boleto. Para qué menearle al atole si luego se desataban ping-pongs de antología. Yo te mato uno, yo te mato otro, pues te mato dos, yo tres y así hasta el final de los tiempos.

De la que sí había que cuidarse era de Esmeralda. Donde ella se hubiera prendado de él, aguas, porque mujer enculada injerta en pantera. Lejos estaba JC de saber que habían dado con él porque los malandros la torturaron hasta escupir su nombre, que no la habían matado nomás por una cortesía y que ahora ella deambulaba por el mundo sin lengua y con miedo y con unas ganas ciclópeas de vengarse.

JC fue acusado de homicidio múltiple premeditado con alevosía y ventaja. El defensor de oficio —bastante colmilludo y aferrado— alegó que la falta de testigos anulaba la presunción de culpabilidad y que no había pruebas conclusivas que aseguraran su participación en el crimen. La parte acusadora afirmó que la balística correspondía al rayado del cañón y al tipo de calibre de la pistola en posesión del señor Huiztlic. Así mismo, el indiciado había resultado positivo en la prueba de Harrison, por lo cual se presupuso que él había soltado los tres jabs de plomo que enviaron a don comandante a la lona perpetua. Por encima de cualquier prueba, el sospechoso había admitido ser el único torero en la muerte del oficial Galicia.

Al advertir que su abogado defensor era ducho en el arte de las truchas, JC vio una rendijita por la cual salir impune. Cambió su declaración inicial y se pronunció inocente. El juicio se puso sabroso. Sin testigos, con argumentos acusatorios deficientes y pruebas tangenciales, el juez se inclinaba hacia la declaración de inocencia. JC sintió que estaba a punto de meter gol olímpico en el minuto cuatro de compensación del segundo tiempo. Guelcome bak liberti. No todo fue aceite sobre pistones. Su abogado recibió amenazas de muerte. «Si queda libre este cabrón, vamos a matar primero a tu familia y luego a ti.» El man no reculó, era tipo bragado de barrio bravo.

Cuando el juicio apuntaba a que JC se libraría de la lata de sardinas, sobrevino lo inopinado. No obra de una mano justiciera, sino por pura y jodida mala suerte: una pesera se pasó un alto cuando el abogado cruzaba la calle y se lo llevó de corbata. El licenciado Jaime Arturo Contreras quedó tirado en el arroyo, sin zapatos, con el saco roto, veinte huesos fracturados y una hemorragia cerebral. No se piró al otro laredo, pero quedó en estado legumbre. Tomó el caso un estudiante de universidad privada que ejercía su servicio social. Se aterró cuando recibió las baratas amenazas de muerte. El muchachito desechó la estrategia de su predecesor. Validó la primera declaración de culpabilidad y dio como irrefutables las pruebas de rodizonato de sodio. En otras palabras, se culeó gacho y permitió que a JC lo embotellaran por cincuenta años.

Cuando Contreras despertó del coma, ya José Cuauhtémoc llevaba preso nueve meses con diecisiete días. Aunque de nada sirvió que el abogado retornara del brumoso país de las maravillas, porque sus índices de I. Q. denotaron que en verdad nunca salió de ahí.


Por la tarde leí al grupo el texto de José Cuauhtémoc: *«En el caudal rojo que emana de las entrañas femeninas flotan los cadáveres de aquellos que pudieron ser y ya no fueron».* Surgieron dos posiciones antagónicas. Una argumentaba que las experiencias más viscerales, más directas debían convertirse en nuestra fuente de inspiración. Que el arte, incluso uno tan elitista como la danza, no debía soslayar los rincones más oscuros de la condición humana. Enclaustrados en nuestros microscópicos mundos, perdíamos de vista la parte más vital y cruda de nuestra naturaleza. Eso se contraponía a las tesis de Lucien, que aseguraba que un creador debía beber de aquello que conocía de primera mano y no pretender descifrar universos distantes a los de su vida cotidiana, postura que compartía. ¿Cómo hablar de las vivencias de un preso o de una prostituta al extremo opuesto de las nuestras? ¿Por qué la vida de otros, solo por hallarse en los límites, debía ser más interesante? Los temas «pequeño burgueses»: la búsqueda de pareja, la separación amorosa, el alejamiento con los hijos ¿valían menos que los de las clases desposeídas?

Entendía la necesidad de que el arte fuera más allá de nuestras vidas rosas y protegidas, pero nos arriesgábamos a caer en la artificialidad y en la caricatura. ¿Cómo introducirnos en la piel de hombres y de mujeres tan ajenos a nuestra realidad? ¿No era más legítimo hablar de nosotros mismos? ¿Qué es más loable: una obra sincera sobre el soporífero paso del tiempo en una pareja o la postiza historia de un asesino que decapita a otros? «Apuesten por lo auténtico», proclamaba Lucien. No debíamos sobrecargar una obra con el viciado peso de las posturas ideológicas y mucho menos, con el veneno de las buenas intenciones. No arribamos a una conclusión, si bien coincidimos en lo importante de reinventarnos. La presentación en la cárcel nos mostró que afuera había públicos ávidos por ser desafiados. Ahí estaba el texto de José Cuauhtémoc para confirmarlo.

Esa mañana, al terminar el taller literario, mientras conversaba con Julián, miré de reojo a José Cuauhtémoc. Desde una esquina del aula me contemplaba con fijeza. Era patente que estaba incitando mi curiosidad. Se sabía dueño de su poder seductor. Se giró hacia mí y me sonrió. Nerviosamente le devolví la sonrisa y de inmediato fingí poner atención a lo que me comentaba Julián. Cuando minutos más tarde volteé a buscarlo de nuevo, ya José Cuauhtémoc no se hallaba en el salón. Escruté los alrededores. Había desaparecido.

Nos encaminamos hacia la puerta del reclusorio y di por perdida la oportunidad de hablar con él. Al momento de atravesar el patio, escuché voces detrás de nosotros. Los guardaespaldas de Pedro habían interceptado a José Cuauhtémoc, que buscaba aproximarse. Con un gesto de su mano, Pedro les ordenó que lo dejaran pasar. Se acercó a mí y me extendió un papel. «Quería regalarte lo que escribí sobre tu obra», dijo. Tomé el escrito, lo guardé en el bolsillo de mi blusa y extendí la mano para despedirme. De nuevo sentí su manaza rodear la mía. Cruzamos una breve mirada y partí con el resto del grupo.

Llegué a la casa a las dos de la tarde. Me dispuse a bañarme. Quién sabe qué bacterias y virus debían abundar en la prisión. Mientras el agua se calentaba, releí el texto de José Cuauhtémoc. La misma caligrafía del discurso anterior. Su sintaxis elegante, su puntuación precisa no correspondían a las de un convicto, no al menos a la idea que me había formado de lo que debía ser uno.

Al terminar de leer, volteé la hoja. Atrás venía escrito: «La próxima que me marques al celular, no cuelgues sin dejar mensaje. Jueves a las tres p. m. voy a estar disponible. Espero tu llamada».

*Menudo ingenio el tuyo encerrarnos en jaulas colgantes. Las diseñaste para poder elevarlas en el árbol a través de un mecanismo de polea y dejarlas balanceándose a cinco metros de altura. No fue un trabajo improvisado. ¡Qué va! Calculaste la resistencia de los pisos, el ancho de los barrotes, el grosor de la cuerda. ¿Qué cruzaba por tu cabecita enferma para dejarnos enclaustrados por días como si fuéramos monos en un zoológico de tercera? Se necesita estar medio loco, papá. En serio, muy perturbado. Cómo me hubiese gustado encerrarte en una de esas jaulas para que entendieras. Era insoportable, Ceferino.*

*Las ideaste sin techo para que la lluvia y el sol penetraran sin estorbo, para que nos tatemaran los rayos solares, para que nos empaparan las tormentas. «Saldrán de ahí con corazón de guerreros. Si yo aguanté una niñez de miserias e infortunios, nada les va a pasar a ustedes por unos días ahí metidos. Les va a fortalecer el carácter.» Sí, Ceferino, viviste condiciones adversas e inhumanas, pero dormías bajo techo y a tus anchas, no bajo una cortina de agua encogido entre los barrotes de una jaula. Ni siquiera tuviste la decencia de construir una jaula donde cupiéramos José Cuauhtémoc y yo juntos. Cada quien en la suya, colgados a un metro de distancia. Eso sí, montaste cajas de metal, selladas contra agua, para resguardar nuestra comida: plátanos, manzanas, huevos cocidos, carne seca, verduras cocidas, bolillos, chocolates. Garrafas con un galón de agua en cada esquina de la jaula. Te aseguraste que no muriéramos de hambre o sed. «Agradezcan la comida nutritiva que les pongo, yo crecí comiendo raíces y flores de palma.» Nos prohibiste gritar o pedir auxilio. «A la primera que un vecino diga que los escuchó quejarse, los castigo de verdad.» ¡Ah caray! ¿Cuál sería para ti un «castigo de verdad»? ¿Meternos los pies en ácido sulfúrico? ¿Rompernos la mandíbula a tablazos? ¿Patearnos los testículos hasta reventarlos? Aclara por favor, porque deja decirte que pocas experiencias para un niño se comparan al terror de pasar noches en una jaula diminuta guindando a varios metros del suelo. Te he dicho que estoy dispuesto a perdonarte todo. Esto cuesta entenderlo. Repetiste hasta el cansancio que a la larga agradeceríamos la rutina de soledad y confinamiento. Imagino que para José Cuauhtémoc, después de estos encierros, las celdas de la prisión debieron parecerle suites presidenciales.*

*Querías prepararnos para la guerra contra el racismo, contra la miseria, contra la injusticia. «Las verdaderas batallas comienzan por endurecernos desde adentro», solías aleccionarnos. Adjetivabas tu lucha como «quijotesca», un término que a ti te embelesaba y que a nosotros nos parecía cursi y anticuado. ¡Ay, Ceferino! Del Quijote no heredaste su idealismo, sino su delirio de grandeza. Tu personalidad se acercaba más a la de Hitler —el personaje histórico que más detestabas— que a la del noble hidalgo manchego. Al igual que él, eras grandilocuente, intolerante, moralista, rígido, estricto y a la vez seductor, convincente, fascinante.*

*En realidad nos curtías para soportar tus arremetidas. Nada más salvaje y brutal que tú. Aguantarte significaba aguantar lo que viniera. Ninguna amenaza externa rebasaría tu ferocidad. Paradoja ser entrenado para resistir los ataques del mismo que te entrena.*

*Cuando por fin decidías sacarnos de las jaulas, nos interrogabas como si recién llegáramos de un campamento de verano con los boy scouts. «¿Y qué aprendieron?» Fabulábamos respuestas para no decepcionarte. «Aprendimos que cuando las nubes empiezan a parecer algodones es que va a llover.» «Que los gorriones se juntan en las copas de los árboles a dormir cuando va a oscurecer». Ansiábamos tu aprobación. Sorprende la psique infantil, en hambre permanente de afecto a pesar del maltrato. Llegué a creer que pasar noches balanceándonos a cinco metros de altura era una oportunidad única y con gran valor formativo.*

*Cesó el encierro en la adolescencia, cuando ya no cupimos en las jaulas. La natación y los genes cántabros nos salvaron. Las últimas veces debimos encogernos al máximo dentro del minúsculo espacio. Los dolores de espalda eran intolerables. La natación los alivió al estirar los músculos y los ligamentos. Quedaron heridas indelebles, papá. Desde tu tumba aún me robas el aire, me asfixias. Te perdoné para quedar en paz contigo y así quedar en paz conmigo mismo.*

*Semanas después de que habías muerto, cuando el olor a plástico y carne quemada se había disipado, le pregunté a mamá si te había* amado. Contestó con un sí definitivo. ¿Puedes creerlo? Tu mujer sumisa y obediente presa del síndrome de Estocolmo. Procuraba mantenerse delgada para no dejar de gustarte. «Medio plato», era su regla. No pan, no tortillas, ni azúcar, ni chocolates, ni postres. Sí verduras, pollo asado y ensaladas. Preferible pasar hambre que engordar, porque tú le habías advertido que la abandonarías por otra si se ponía rechoncha o fofa. Vivió sujeta a dietas perpetuas debido a tu machismo. Consciente de que con su hermosura y su cuerpo delineado evitaba que nos abandonaras, jamás permitió que las lonjas se le desbordaran o que la celulitis se adueñara de sus muslos.

Me pregunto, Ceferino, si mantenías relaciones sexuales con otras mujeres. Dada tu manía por la rectitud, lo dudo. A la vez, eras un macho orgulloso de copular con su mujer a diario. Tu obsesión por cogértela te rebasaba. No perdías oportunidad para hacerlo. Me pregunto si cuando viajabas a otros países en tu condición de presidente de las Sociedades Latinoamericanas de Geografía e Historia lograbas aguantarte. ¿Te ligabas a alguna muchachita deslumbrada por tu labia o eras de esos macharranes que preguntaban a los taxistas dónde encontrar las mejores prostitutas? La verdad, no te visualizo ofertando unos pesos a una meretriz, ni sentado en un tugurio en medio de burócratas y empleadillos observando con expresión libidinosa a rubias gigantescas mecerse en cueros. Creo que fuiste fiel y que en esas noches solitarias en hoteles extranjeros preferías masturbarte rememorando los blancuzcos senos de mi madre antes que meter mano a otra mujer.

Vaya que te gustaba cogerte a mamá. A menudo mi hermano y yo los escuchábamos a través de las delgadas paredes de nuestros cuartos. Con claridad retumbaban tus bramidos orgásmicos. En cambio, apenas eran perceptibles los gemidos de mamá. Quizás los apagaba el golpeteo de la cabecera de la cama contra la pared. Tonk, tonk, tonk. Tan recio que despostillaba la madera y dentaba la pared. Me pregunto si te preocupabas por su placer o eras de esos que abro-meto-muevo-disparo-duermo. Me decanto por la segunda opción. Estoy convencido de que pertenecías a la estirpe de hombres que usan a sus mujeres como un saco para descargar su semen, sin atender en lo más mínimo a su goce. No puedo criticarte al respecto, papá, yo que para coger sí tuve que contratar los servicios de varias prostitutas.

Tú y mamá añoraron procrear más hijos. Por alguna extraña razón, deseaban nueve. ¿Qué querían? ¿Un ejército de desadaptados? Si

*con tres tu cariño era exiguo, con nueve serían migajas. Ya imagino a*
*otros seis chamacos mendigando tu atención. La competencia sería feroz.*
*Los nueve ejecutando cabriolas para merecer al menos una caricia tuya.*
*Aunque, pensándolo bien, quizás con nueve hijos ahora seguirías vivo.*
*El rencor que José Cuauhtémoc profesaba por ti se hubiese diluido. Solo*
*fuimos tres y uno de nosotros debió centralizar dentro de sí la inquina,*
*la rabia, la aversión que provocaban tu desafecto y tu saña. Le tocó a mi*
*hermano convertirse en algo así como el líder espiritual de los perturba-*
*dos hijos de Ceferino. Él nos representó y prendió la hoguera en nuestros*
*nombres. Siento decirlo papá, tu muerte nos liberó.*

Cuatro años purgaba de su nueva sentencia cuando conoció a Julián Soto, el escritor que encerraron por madrearse un crítico. JC
había leído sus libros y le latían un buen. Se hicieron compas. Después del desayuno se buscaban en el patio para hablar de literatura.
Julián le refería escritores nuevos que valía la pena leer. Tiro por
viaje, los amigos que visitaban a Julián le llevaban chingos de libros.
Al terminar de leerlos, Julián se los prestaba a JC, que, dos o tres
días después, los devolvía garrapateados con anotaciones al margen. A Julián le impresionaba leerlas. Literatura sobre literatura.

La compadría se hizo cada vez más fuerte. JC cuidó y protegió
a su nuevo carnal. No es que Julián necesitara vejigas para nadar,
pero en la prisión no faltaba quien quisiera pasarse de lanza. Julián
era bueno para la madriza, malo para adivinar ataques traquetos.
Para eso estaba JC, experto en las trigonometrías de la cárcel. Lo
primero que le enseñó es que en una madriza siempre había que
pegar la espalda a la pared. Siempre. Así peleara contra un enano
de circo. Nunca se sabía cuándo otro enano de circo podía llegar
por atrás con un vidrio a rajarte las entrañas. Lo educó a leer los
alfabetos carcelarios: la mirada de ladito que anticipa un ataque; el
gandul que se pasea más de dos veces frente a uno y que solo busca
medirte; las transas de los custodios. Le enseñó mañas: «Si te tiran
al piso y el otro te está poniendo una maraqueada, clávale las uñas
en el párpado y rásgalo. Le van a salir chingos de sangre y no va a
poder ver» o «te aguantas el asquito, le metes la mano debajo del
pantalón y de una le arrancas los huevos». Le enseñó a romper la

tráquea de otro con el codo, a zafarse de un agarre por atrás, a esquivar puntazos. Mañas que se aprenden después de años en la sombra. Julián decidió no meterse en pleitos y llevar la fiesta en paz. No era lo mismo romperle su madre a un crítico blandito que ponerse al tiro contra malandros que se han fajado contra otros malandros a machetazos.

JC le explicó los escalafones dentro de la cárcel. «Ese es cáñamo, basurita, pues. Ese es "serviputo", novio de narco. Ese es sicario dentro y fuera de prisión y nomás con que te le quedes mirando te va a querer matar. Ese otro ni lo peles, es pura faramalla. Con ese chaparrito ni te metas. Es jefe, sanguinario como nadie.» Julián apuntaba todo lo que JC le decía. Si Álvaro Mutis había escrito una gran crónica de su estancia en Lecumberri, él haría su Reclusorio Oriente reloaded.

Julián le propuso que escribiera. El rubio se negó. «¿Pa qué chingados?» El gordo le hizo manita de puerco hasta convencerlo. «Ya vas, barrabás», le contestó el güero y se puso a maquinarle ahí mismo. Escribió a mano una chiquitez y se la entregó. Julián leyó esperando un texto maso, con sintaxis y ortografía correctas, pero frase por frase quedó, como decían las güelitas, sin resuello. *«La muerte es una boca desdentada que nos sorbe la vida minuto a minuto. Se nutre de nuestros alientos hasta dejarnos secos. Chupa nuestra memoria hasta convertirla en olvido y luego nos escupe como un hueso de chabacano. Nos vemos por última vez en el espejo, la carne enjuta, el rostro apergaminado, la piel ajada y nos pedimos perdón a nosotros mismos: no pudimos ser lo que quisimos.»*

«¿Es la primera vez que escribes algo así?», le preguntó Julián. «¿Está muy jodido?», inquirió el otro. «No, al contrario. Le faltan un par de ajustes.» JC tomó el papel y ahí mismo empezó a tachar y reescribir. Después de unos minutos, se lo devolvió. *«La muerte es una boca desdentada que nos sorbe la vida minuto a minuto. Se alimenta de nuestros alientos hasta dejarnos secos y chupa nuestra memoria hasta convertirla en olvido. Luego nos escupe como un hueso de chabacano. Caemos a la tierra por última vez y ajados y enjutos nos pedimos perdón a nosotros mismos: no pudimos ser lo que quisimos.»* A Julián le gustó, aunque le señaló un par de lugares comunes. «Entonces, esto es una mugre. A la bergantín se van los marineros», dijo. Tomó el papel, lo hizo bola y lo aventó a un charco. «Nos vemos compa, me voy a echar un coyotito», y se pintó hacia su madriguera. Julián sacó el texto del charco. Lo sacudió para quitarle el exceso de agua y lo guardó. Lo que no adivinó es que JC se había enganchado a la heroína de la escribida y nunca más la sacaría de su sistema.

A Julián lo liberaron después de que los abogados de las sociedades de autores estuvieron chingue y chingue al crítico maraqueado para que otorgara su perdón (y ayudó que Pedro soltara una lanilla). Julián le prometió al rubio visitarlo al menos una vez cada dos semanas. Puro cuento. JC supo que no cumpliría. Una joda eso de ir a la cárcel. Dos horas de tráfico para llegar, más una hora en la fila de entrada, más las dos horas de regreso, solo para ver su linda cara por cincuenta minutos, nel, ni los palomos cucados lo aguantaban.

La vida transcurre a velocidades y ritmos disímiles. Por largos periodos avanza con lentitud y de súbito, en lapsos cortísimos, suceden eventos frenéticos y radicales que la trastornan hasta dejarla irreconocible. Cómo y por qué entra uno a esos ríos caóticos y furiosos es un misterio. Nos quejamos de la grisura de la cotidianeidad, pero con frecuencia es nuestra tabla de salvación. Una existencia sin orden termina por apabullarnos. En la mayor parte de las personas anida la mentalidad del funcionario: un sueldo mensual seguro, los días organizados hora por hora, despertar al lado del mismo hombre. Una vida predecible donde la energía no se malgasta intentando descifrar lo que depara el mañana. Saberse tranquila, serena, sin subir montañas rusas que nos dejen sin respiración y al borde del vómito. Sin embargo, una parte nuestra es indómita y se rebela, y pese a contrariar nuestra razón, nos precipitamos hacia lo desconocido, lo peligroso, lo letal. El sentido común nos pide que nos detengamos, imposible: por dentro nos late el pálpito de la adrenalina. No importa que podamos perderlo todo, no importa amenazar la vida propia y la de quienes queremos, no importa rozar la muerte, proseguimos. La sangre pulsa a chorros, las vísceras se anudan, la vista se nubla. La vida afirmándose como vida, la vida retornando a su forma más primigenia y brutal. La vida por la vida.

Ese jueves a las tres de la tarde pude tomar otras cien decisiones. Quedarme a jugar con los niños, ir al supermercado, pedirle a Claudio que viniera a la casa a comer y luego me hiciera el amor, invitar a mis amigas a un café, preparar una nueva coreografía, tomarme la tarde y llevar a Claudia al cine. Entre todas, la decisión más sabia hubiese sido no marcarle a José Cuauhtémoc. Ganó la vida.

La llamada sonó cinco veces. Cuando me disponía a colgar escuché su voz. «Hola, Marina», contestó. Me quedé en silencio unos segundos, indecisa en seguir la conversación. «Hola, José Cuauhtémoc», le respondí. «¿Qué estás haciendo?», inquirí para evitar un silencio embarazoso. «Vine a mi celda a esperar tu llamada», contestó. Le pedí que me la describiera. «Dormimos en cuatro literas. Yo duermo en la de abajo, a la izquierda. El compañero al otro lado es muy mocho y tiene varias estampitas de santos pegadas en la pared. El de encima de mí le va al Atlante y tiene posters de cuando el equipo ganó el campeonato en 1993. Y el de arriba enfrente tiene tapizada su cabecera con fotos de su familia.» Le pregunté si era creyente y se declaró «ateo militante». «Dios es un personaje de ficción muy bien narrado», dijo.

Según me había enterado Julián, José Cuauhtémoc solo había estudiado hasta el tercer semestre de Medicina. Su intención era especializarse en neuropsiquiatría. La cárcel truncó su carrera. Era hijo del maestro Ceferino Huiztlic, a quien Wikipedia describía como uno de los intelectuales más influyentes en «la reivindicación de los derechos indígenas». Yo ignoraba su existencia, pero una vez consciente de ella descubrí su figura en varios lugares. Escuelas nombradas en su honor, políticos que hacían mención a su legado, periodistas que lo citaban. Era uno de esos personajes desconocidos fuera de su ámbito, pero que de manera tangencial ejercen una enorme influencia en la sociedad. Sobre su muerte, la página señalaba que había ocurrido en «circunstancias oscuras nunca aclaradas y por las que su hijo José Cuauhtémoc purgó una condena de quince años».

Pensé que sería una llamada rápida y colgaríamos. Yo debía llevar a Mariano a su práctica de esgrima y a Daniela a clase de equitación. La llamada duró cuarenta y cuatro minutos con dieciocho segundos. En ese periodo debí pedirle a la empleada doméstica que planchara un par de camisas de Claudio, evitar que los niños se atascaran de pudín de chocolate y pagarles a los del gas. Traté de que José Cuauhtémoc no se percatara de que mientras hablábamos yo continuaba con mis labores hogareñas.

Antes de colgar me preguntó si volvería al taller de Julián. Le contesté que mis días estaban llenos de actividades con mi esposo y mis hijos, y que ignoraba si regresaría. Al darle a entender que mi vida familiar era absorbente, intenté suprimir cualquier viso de coquetería.

«Llámame el sábado a las once de la mañana», pidió. Le dije que trataría, sin garantizar nada. Colgué y me quedé ensimismada con el celular en la mano. Mariano entró sin tocar la puerta, vestido con su uniforme de esgrima, y me sobresaltó. «¿Ya nos vamos, ma?», preguntó impaciente. Mi cabeza no estaba en la casa, ni la clase de esgrima, ni siquiera en mí misma. «Sí mi amor, ya nos vamos.»


En cuanto Julián salió de la cárcel, su editorial organizó una cena en su honor. Lejos de ser un apestado, emergió con el sello de outsider-que-le-rompe-los-huevos-a-un-crítico-pendejo-y-que-por-ello-fue-a-la-cárcel-pero-que-sobrevivió-y-vuelve-como-puto-héroe. El grupito de eunucos literarios al que pertenecía el crítico madreado repudió su liberación y en sus puñeteras revistas —que solo ellos leían— argumentaron sobre el peligro de la «libre expresión por cromañones como Julián Soto, que merecen una celda y no espacios en las editoriales». Los eunucos se pusieron un balazo en el zapato. El editor de Julián vio en su ardición una veta mercadológica para impulsar sus libros. «Nos hacía falta un Jean Genet», dijo el editor en una referencia tan paleolítica que ninguno de los millennials en el equipo de marketing entendió de quién hablaba.

Con los adelantos de regalías sobre su prometida gran novela carcelaria, Julián rentó una casa en la Unidad Modelo. JC le había hablado de cuán chida era la colonia. Barrio barrio, donde aún había carnicería, peluquería, tiendas de abarrotes, tortillería, frutería. Interacción con gente de verdad, sin pretensiones «artísticas». Julián abominó su pasado en la Condesa, donde sus habitantes siempre estaban hablando de sus «proyectos». «Estoy preparando una novela»

173

o «busco financiamiento para mi próxima película». Puro blablá de juniors con aspiraciones hipsters. Quería escuchar a ñoras preocupadas porque no les alcanzaba el gasto o cortapelos quejándose por falta de chamba. Y como plus, la Unidad Modelo era un barrio con filo (con edge, dirían los gringos).

Y mientras el compa se regodeaba en sus quince minutos de fama, JC volvió al atole de la rutina carcelaria. Por fin había encontrado un carnal con quien compartir y cuando lo botaron pa fuera, retornó al punto cero. Extrañó las platicadas, los libros, el desmadre. Otra vez la puta marabunta de la aburrición. Levantarse, bañarse, desayunar, ajedrez, patio, comida, patio, leer, pesas, patio, cena, pa la meme. Repeat. Pero, ya traía en la yema de los dedos la pulsión por escribir. Una tarde se encerró en el cuarto donde se hallaban las máquinas de escribir. Empezó a darle con todo. El tic tic lo hacía sentirse acompañado. Era escuchar una estación de radio sin radio. Borbotaba una cuartilla tras otra. Un manantial de palabras sin llave para cerrarlo. Todas las tardes. Tic tic. Cuartilla tras cuartilla.

Por las noches tachaba y borroneaba, y cuando apagaban las luces y se decretaba el estatequieto a los presos, él seguía corrigiendo en su mente. Se pasaba horas sin dormir, dándole vueltas al texto. Esta frase fuera, esta se queda, esta palabra no, esta sí. Y al día siguiente a hacer los cambios en la máquina. Va, quita, pon, elimina, modifica. Los dedos se deslizaban sobre el teclado como si tuvieran vida propia. Ah, qué puto placer era ese de inventar mundos en papel.

El ala «radical» del grupo concibió lo que a mi parecer era una cándida creencia: la noción de un arte propulsor de transformaciones sociales. Sostenían que nuestro deber era convertirnos en megáfonos de quienes sufrían injusticias, miseria, discriminación y me propusieron trazar una coreografía que retratara el infecto caldo de las prisiones que acabábamos de atestiguar. «Necesito tomar distancia de la experiencia de la cárcel y que se asiente dentro de mí», les respondí. En realidad lo que deseaba era alejarme de la ascendencia de José Cuauhtémoc. Amanecía pensando en él, me dormía pensando en él, comía, soñaba, caminaba, trabajaba, pensando en él. Había sido un error llamarle y portarme al nivel de una adolescente enamoradiza y bobalicona. Para enmendar el entuerto, resolví diseñar una obra acerca de la maternidad, el tema más lejano posible del ámbito carcelario y, por lo tanto, de José Cuauhtémoc.

Conté los minutos para que dieran las once de la mañana del sábado, la hora en que me había pedido llamarle. Justo cuando se iban a cumplir dejé a los niños jugando en el jardín y me encerré en mi estudio. No le marqué. Me senté a ver la pantalla de mi celular como si en esta se hallara la respuesta a mis dilemas. Pasaron los minutos. Cinco, diez, treinta. Me esperancé de que fuera él quien llamara. No sucedió así. A las doce me levanté y volví al jardín con mis hijos. Se habían embarrado de lodo. Me abstuve de regañarlos. Por estar absorta en un asesino encerrado en una prisión a años luz de mi vida cotidiana no los había atendido. Por eso decidí trabajar el tema de la maternidad, para asegurarme de que esa era mi prioridad y no distraerme como una Madame Bovary de cuarta categoría.

La coreografía versaba sobre las dificultades y satisfacciones de ser madre. Desde la noticia del embarazo al parto hasta el abandono del hogar por cuenta de los hijos. El rango de edades para las bailarinas iba desde los veintidós años hasta los cincuenta. Eso permitía dar oportunidad a veteranas para volver a la danza. Concentrarme en la obra me permitió aquietar un poco el ridículo afluente hormonal que me provocaba José Cuauhtémoc. Si no podía dejar de pensarlo, al menos podía diluir su presencia.

A pesar de la insistencia de Pedro y Julián, no asistí al taller por dos semanas. Alegué exceso de trabajo, niños, compromisos sociales, desayunos. Pedro intuyó mi agitación. Me llamó para invitarme a un café en el San Ángel Inn, su restaurante preferido. Nos encontramos en una de las mesas en el jardín. Me preguntó sobre la familia y el trabajo. Compañía, bien. Academia, bien. Con Claudio, muy bien. Los niños, perfecto. Me contó sobre la posibilidad de casarse. Héctor se había resistido a hacerlo, no por falta de amor, sino porque le parecía un gesto burgués y *passé,* y la homosexualidad debía mantener una militancia «transgresora».

El *passé* debía ser él. En estos tiempos ser homosexual carecía de cualquier rasgo transgresor. Es más, el capitalismo se había apoderado del discurso gay y lo había comercializado. Resorts gay

175

friendly, ciudades gay friendly, antros gays, wedding planners para bodas gays. ¿Cuál transgresión? ¡Carajo! Héctor se asumía como un *enfant terrible*, cuando en realidad era un empresario explotador que se comportaba como un muchachito berrinchudo.

La boda era el sueño de Pedro desde que se legalizó el matrimonio igualitario en México. Según él, era una manera de reafirmar los derechos obtenidos por décadas de sacrificio (tristemente, amigos en común fueron asesinados veinte años atrás por la ola homofóbica que cundió en esa época). En el fondo, Pedro era un ñoño emocionado con una ceremonia a la orilla del mar, una fiesta para ochocientos invitados con un DJ holandés en una exhacienda en Campeche y una borrachera de cinco días. Se lo expresé y en lugar de contradecirme, su respuesta fue «me conoces bien», lo que le dio pie a decirme «y te conozco bien, así que dime qué está pasando por esa loca cabecita tuya». «Nada», le respondí con sequedad. «No te creo», aseveró. «Ya sabes, ocupaciones que me traen del tingo al tango.» Pedro meneó la cabeza. «Esas siempre las has tenido. Algo te pasa.» Me alcé de hombros. «Estabas muy emocionada con asistir al taller de Julián y ahora resulta que tus múltiples ocupaciones te lo impiden.» Afirmé que esa era la verdad y solo la verdad. No se la tragó. Sí me conocía bien. «No me digas que el güerito de la cárcel te movió el tapete.» Fingí demencia. «No sé de quién me estás hablando.» Torpe elección de respuesta. No solo habíamos hablado de él hasta el cansancio, sino que nos había visto conversando. Mala táctica esa de hacerme la occisa. «Lo sabía, lo sabía, José Cuauhtémoc te trae de un ala.» Le dije que no fuera ridículo, que apenas lo había visto un par de veces, que era un parricida y que eso bastaba para no fijarme en él. Pedro soltó una carcajada. «¿Y de dónde sacaste esa información? Porque hasta donde yo recuerde, ni Julián ni yo te la dijimos.» Torpe, torpísima. Me quedé callada. Pedro me tomó de las manos. «Cuando te dije que te iba a gustar, era de cotorreo, Marina. No pensé que de verdad te fuera a zangolotear las tripas.» Para qué defenderme, para qué negar algo tan obvio. Necesitaba un confidente y un aliado. Ya fuera para olvidarme de José Cuauhtémoc o para tener un celestino que alimentara mi ilusión púber.

Hablé abiertamente con él. Le confesé la larga conversación telefónica con José Cuauhtémoc, lo mucho que me intrigaba y

176

cuánto —al mismo tiempo— deseaba apartarme de él. Pedro dijo entenderme. «Si él fuera tantito gay, estaría igual que tú de alborotado. Para mi mala suerte, es de esos machos machos que solo les gusta la papaya y nadita el plátano, mejor ni me hago esperanzas. Tú, chica, diviértete, sedúcelo y pierde el sueño por él de vez en cuando. Solo fantasea y juega a la niña boba, y si crees que puede pasar algo más entre ustedes, yo mismo me encargo de encerrarte en un hospital psiquiátrico.» Me hizo reír. Era cierto, la relación —si se lo podía llamar relación— no debía ir más allá de miradas subrepticias, llamadas telefónicas secretas e ir de vez en cuando a las sesiones del taller. No me veía a mí misma besándolo, mucho menos acostándome con él.

Quedé de ir de nuevo el siguiente martes.

*Visité a José Cuauhtémoc por primera vez cuando ya llevaba seis meses encarcelado. En un principio me resistí a verlo. Me costaba perdonarle tu asesinato. Decidí ir porque me era importante conocer sus motivos. Puede sonar paradójico, pero lo encontré más sereno. No sé si resultado de las horas a solas o porque al matarte liberó toneladas de rencor acumulado.*

*Al llegar lo destinaron a una celda donde solo había cuatro literas y dormían siete. Por ser recién llegado, sus compañeros quisieron forzarlo a dormir en el piso. A golpes les demostró que iba a mandar él. Bajó a uno de la litera superior y se quedó con ella. Uno de ellos le cogió ojeriza. El tipo arrancó un tubo de PVC de un lavabo y lo talló hasta sacarle filo. Lo guardó amarrado a su pantorrilla en espera de que mi hermano se durmiera para clavárselo en el corazón. Los demás en la celda sabían del intento de asesinato. Llegó la fecha y esa noche, cuando el hombre alzó la punta para descargarla sobre el pecho de mi hermano, sin querer empujó la tabla que tapaba el excusado. El ruido despertó a José Cuauhtémoc y el tipo, ya decidido, no se detuvo. Soltó un golpe que mi hermano adivinó en la oscuridad. Se giró por instinto y la punta solo le rebanó el hombro. El atacante volvió a acometer, solo que esta vez mi hermano logró detenerlo del brazo. Con el borde de la litera hizo palanca hasta luxarle el codo. Los demás compinches se lanzaron a atacarlo. Se armó una escaramuza y pronto llegaron los celadores a contenerla.*

177

*A pesar de haber actuado en defensa propia, a José Cuauhtémoc lo enviaron tres semanas a confinamiento solitario. Por lo menos ahí pudo dormir en paz, sin que nadie roncara, sin los ruidos inacabables provenientes de las celdas contiguas. Al salir lo reubicaron en una celda donde solo había dos presos más. Cuatro camas para tres. Con estos José Cuauhtémoc se hizo amigo, entre ellos un narquillo al que llamaban el Máquinas.*

*Le pregunté sin ambages por qué te había prendido fuego. Aseguró que esa mañana le soltaste un «nunca dejarás de ser un pendejo». El insulto lo encolerizó y eso lo condujo a prenderte fuego. Dudé de su versión. El derrame cerebral había afectado con severidad la zona del cerebro que controla el lenguaje. Tus vanos intentos previos por hablar se traducían en voces guturales y sin sentido. Lo tuyo eran gruñidos vegetales, el crujir de un tronco.*

*Tantos años de injurias debieron predisponerlo a traducir tus balbuceos en insultos. Tu habilidad para zaherirnos con apodos era sobresaliente. Yo era el «tontito», Citlalli, «la mongola» y José Cuauhtémoc, «el desabrido». ¿No te percatabas de cuánto daño emocional nos causaba tu mordacidad? Al final, la acumulación de iniquidades determinó que mi hermano encendiera el fósforo y lo arrojara sobre tu cuerpo empapado en gasolina.*

*Salí de la cárcel con una tristeza enorme. Por primera vez había caído en cuenta de que de golpe había perdido a mi padre y a mi hermano. Él era mi mejor amigo, Ceferino. A él le contaba mis problemas, le confesaba mis dudas, le revelaba mis temores. Me aconsejaba y lo aconsejaba. Dos pérdidas insuperables. Tú te convertiste en un tocón tiznado y él, en un extranjero. José Cuauhtémoc y yo dejamos de hablar el mismo idioma. Un extranjero, papá. Un extranjero. Un Meursault nutrido de tus abusos y tus humillaciones, papá.*


Tres meses después de que lo echaron pa fuera, Julián por fin volvió al botellón (el botellón: la cárcel, el bote, la chirona, la sombra, la jaula, el zoológico, el hueco, el-te-llevo-tus-cigarros, la galera, la perrera, el gallinero, la mazmorra, la nunca-sales, el cajón, el hoyo, el closet, el corral, la tumba, la caponera). JC hizo cara de juat cuando los custodios le dijeron que su novio estaba esperándolo. Hasta se había olvidado de la promesa del gordito de regresar a visitarlo. Al encontrarse, se pegaron un abrazo y Julián se deshizo en disculpas. «Perdón, carnal, que haya tardado tanto en venir, necesitaba ajustarme a la vida allá afuera», le dijo. «No'mbre, está bien. No hay pex.» Julián le entregó cinco libros. «Qué chido, porque ya no tenía qué leer.» JC ya estaba hasta la madre de los libros de la exigua biblioteca de la prisión: libros de autoayuda, de moral y buenas costumbres, viejos anuarios con estadísticas sobre el cultivo del maíz en Tlaxcala y además, veintitrés versiones distintas de la Biblia (¿de dónde sacaban las autoridades que los reos querían reconciliarse con Dios?).

Cotorrearon un ratón, que cómo vas, que muy bien y cómo vas tú, pos bien también y en una de esas, JC le confesó que estaba escribiendo. A Julián le intrigó. ¿Qué género? ¿Cuántas veces a la semana? ¿Sobre qué? JC fue parco, mejor que lo leyera. «Pos a ver los cuentos», dijo Julián. «Pos ahora te los bajo.»

JC fue y vino de volada. Puso el fajo de cuartillas sobre la mesa. Julián se asombró: eran más de doscientas. El bato tecleaba a las millas. Se puso a leer. Nervioso, JC se levantó y caminó alrededor de la mesa. A ver qué chingados pensaba su compa de sus pininos.

Julián repasó las líneas con avidez. Las frases avanzaban a grandes trancos y con urgencia vital. Un mundo propio e insólito. Podía deberse a los años embotellado, al roce con la muerte o a puritito talento. No eran textos aún publicables. Requería limar el estilo, eliminar grasa, ajustar la sintaxis. Pero el jet estaba ahí, en la pista, listo para despegar. Julián le preguntó si guardaba una copia. JC negó con la cabeza. «Tengo solo los borradores.» Julián le pidió permiso para llevárselos y fotocopiarlos. «Vas, Barrabás.»

Julián los guardó bajo el brazo como quien lleva un cofre con rubíes. Estaban cabrones esos textos, dignos de ser leídos por mucha gente más: editores, colegas, amigos. Por un momento dudó en promoverlo. Él era el escritor-maldito-de-la-literatura-carcelaria y si las historias de JC salían a la luz, bye bye trono. Le valió madres. Entre sus manos se hallaban líneas que les iban a mordisquear las tripas a los lectores y a güilson había que darlas a conocer.

Al primero que le echó un ring fue a Pedro López Romero, coleccionista de arte y mecenas de la promoción de la cultura entre los más desfavorecidos (en otras palabras: los pinches jodidos).

Eran amigos desde hacía años, cuando se conocieron en una editorial y terminaron juntos en una borrachera de campeonato en un bar de mala muerte tepiteño (cuando uno va a un bar de mala muerte en Tepito, custodiado por ocho guarros, en realidad uno no va a un bar de mala muerte, va a un tour). Julián comenzó a frecuentarse con Pedro y con su novio, Héctor de Jesús Camargo de la Garza, un billonario dedicado al cine. Lo invitaban seguido a reventones en su cantón y le presentaron guapas con harto rocanrol: galeristas, fotógrafas, arquitectas, escritoras, cineastas, actrices. Julián anduvo con varias de ellas. No les importó su cara de jabalí, ni su pelona de monje tibetano. Les gustaba por radical, por «subversivo» (subversivo que vivía en el peligrosísimo y duro barrio de la Condesa, donde el mayor riesgo era soportar las baladíes peroratas de un miembro de la tribu de los guanabí). Tan grande era su amistad, que Pedro fue uno de los pocos que lo visitó en el gallinero.

«Necesito hablarte sobre algo», le dijo Julián a Pedro por teléfono. Se vieron al día siguiente en el San Ángel Inn para desayunar molletes de doscientos pesos, huevos estrellados de trescientos y café de sesenta. Julián puso el engargolado sobre la mesa. «Échale un vistazo a esto.» Pedro ojeó las cuartillas y pronto se vio enganchado. Una frase rodaba tras otra. «Se ve bueno», dijo. Julián le planteó abrir talleres culturales en el bote. «En ningún lugar hace más falta la cultura que en la cárcel. Puede ser un dique contra el crimen.» Pedro no se la tragó de una. ¿No era más conveniente invertir en las etapas premalandros, abortar la delincuencia en su etapa embrionaria y no cuando fuera un hecho consumado? «En las cárceles se concentra el núcleo duro de la marginalidad. Si atendemos ese núcleo, podemos romper la cadena criminal. La cultura les va a otorgar identidad y futuro. Además, ahí dentro hay historias interesantísimas, verás los libros que van a salir.»

Julián babiroqueaba la almohada cuando a las tres de la mañana sonó su celular. Contestó después de cuatro manotazos. «Dime la neta, ¿tú escribiste ese libro?» Julián tardó en inteligir quién le hablaba y de qué. Una nubecita de baba le escurrió por la comisura de los labios. Se la limpió antes de contestar. «Ya quisiera. Lo escribió un preso que se llama José Cuauhtémoc.» «¿No me estás cuenteando?» «No.» «¿Y otros presos pueden escribir igual?» «No a ese nivel, pero de que tienen algo que contar, tienen.» Pedro se quedó chitón por un instante. «Le entro al proyecto de la cárcel, con la condición de que lo hagamos big big en serio, ¿estamos?» Julián estaba más puesto que un calcetín.

De estar abrumada día y noche por el maremoto llamado José Cuauhtémoc, pasé a estar tranquila y contenta. Podía gozar de su presencia en mi vida sin convulsionarla. Disfrutar su seducción animal. Reconocer, a mi pesar, que su condición de asesino me cautivaba. Complejo explicarlo. ¿Se debía a un virus de rebeldía contra mi clase social y sus valores? ¿Una forma de oponerme a mi mundo rosa, ordenado y perfecto?

Me identifiqué con la protagonista de «Sol», el cuento de D. H. Lawrence: una mujer británica casada va de vacaciones a Italia y ensueña sexualmente con un campesino bronceado y de ojos azules que llamean bajo su raído sombrero de paja. «Con él, sería bañarse en otra clase de luz solar, densa y grande y sudorosa: y luego, el olvido. Como persona, él no existía. Sería tan solo un baño de vida cálida y poderosa; luego la separación y el olvido», escribió Lawrence, y agrega: «Ella había visto la sangre encendida en el rostro ardiente del campesino, y había sentido la súbita proyección de ardor azul vertiéndose en ella desde sus ojos inflamados, y la erección de su gran pene en su cuerpo. Sin embargo, ella nunca iría a él, no se atrevía; tenía demasiado en contra. Y el cuerpecito pálido de su marido, urbano y tiznado, la poseería y su penecillo frenético buscaría otro hijo en ella».

D. H. Lawrence debió escribir este cuento para mí. «Ella nunca iría a él, no se atrevía.» Llamar por teléfono a José Cuauhtémoc no era ir a él. Ir al taller de Julián no era ir a él. Pensar en él no era ir a él. Masturbarme pensando en él no era ir a él. Venirme al hacer el amor con mi esposo mientras lo imaginaba no era ir a él. Era solo acercarme a su luz solar, irradiarme de su fuerza y su sensualidad y su inteligencia.

El martes temprano, Pedro y Julián pasaron por mí y nos encaminamos a la cárcel. No pude evitar el torrente de adrenalina al saber que volvería a verlo. Tomamos Ermita Ixtapalapa y cuando cruzamos Río Churubusco, Julián señaló a su izquierda. «Esa es la colonia Unidad Modelo, donde ahora vivo.» No se veía muy elegante el rumbo, que digamos. Me disponía a volver la mirada cuando Julián agregó: «En ese barrio creció José Cuauhtémoc». Giré la cabeza hacia la avenida. Abundaban negocios: ferreterías, refaccionarias, fondas. Me emocionó saber de dónde provenía.

Llegamos a la prisión. Luego de los trámites de rigor, ingresamos y nos dirigimos a las aulas. José Cuauhtémoc pasó junto a mí sin voltear a verme. Imaginé que estaría molesto por no llamarle. Decidí no darle importancia. No iba a caer en la pugna de me interesas / no me interesas. Durante la lectura de los textos no intercambiamos una sola mirada. Incluso me senté del mismo lado para no tenerlo de frente.

Los escritos leídos por los reos me conmovieron. Me llevaron a las realidades del encierro, la soledad, el aislamiento, la desesperanza. Se les notaba avidez por comunicar. Esa debía ser la razón por la que Pedro no dejaba de asistir martes y jueves a pesar de su cargada agenda. Sin embargo, fue el texto leído por José Cuauhtémoc el que me golpeó directo en el estómago: *«El tiempo aquí es gelatinoso. Lo tratas de asir y se deshace entre las manos. Queda en tus palmas un hueco, aire. Nada cambia. Flotan el tedio y la muerte. ¿Estamos muertos? Un día descubres un delgado hilo que proviene del exterior. Lo observas con detenimiento. Puede ser una trampa. Te acercas. Es un hilo de oro, de platino, de una aleación extraña. Lo palpas con la yema de los dedos. Lo haces con prisa, pronto será jalado hacia fuera. Regresará a su destino, la limpia tierra de la libertad. Te aferras a él como la soga que te rescatará de este hálito oleaginoso. Aunque lo apretujas, el hilo se escurre de tus manos. Te corta, te sangra. Se pierde por el portón de entrada. Miras tus heridas. Refulge en ellas el oro, el platino, la valiosa aleación extraña. Te sientas a esperar su vuelta. El hilo no vuelve y, aun a la distancia, sigue cortando».*

José Cuauhtémoc terminó de leer y se quedó con la vista clavada en la página. Julián invitó a los demás a comentar lo leído. Un moreno cuarentón levantó la mano. «¿Qué es hábito eloaginoso?», preguntó. «Hálito oleaginoso», corrigió Julián. «Es como si el aire, las paredes, las pieles estuvieran untadas de aceite», explicó José Cuauhtémoc. Se giró hacia mí, me observó un momento y luego volvió su mirada al grupo. El moreno continuó. «Sí, así me siento yo aquí, embarrado de algo que no sé qué es. Una sustancia pegajosa que nomás nunca se te quita.»

Leyeron otros tres reos. Una bofetada en cada línea. Hombres intoxicados por celos. Hombres que padecían enfermedades mortales y que nunca más verían el exterior. Hombres presos por procesos amañados cuando a todas luces eran inocentes. Estos eran los que más me dolían. Sus textos derramaban no coraje, sino incredulidad. Varios de ellos apresados sin saber los motivos. Subidos a una patrulla, sin orden de arresto, sin explicaciones. Al bote y punto. Encarcelados por años, y a veces de por vida, sin saber por qué.

Terminó la sesión y los presos se dispusieron a recoger sus pertenencias. José Cuauhtémoc, de modo ostensible, me dio la espalda y se enfiló hacia la puerta acompañado de otros dos reclusos. Quería alcanzarlo, pedirle una disculpa y que, si aún lo deseaba, me indicara una hora y un día para llamarlo. Salió deprisa y continuó hacia las celdas. Solo lo había visto tres veces, pero por misteriosas razones, deseaba tomarlo de la cara y obligarlo a que me mirara a los ojos. Se alejó por los corredores, hasta que ya no lo vi más.


Una vez que se arrancó a escribir, JC ya no se detuvo. Una y otra y otra y otra cuartilla. Non stop. Escribir, borrar, reescribir, continuar. Le valió madres si su trabajo trascendía o no, si se publicaba o no. Se hizo adicto a buscar la palabra correcta, a teclear una línea tras otra, a dudar si utilizar punto o coma, a imaginar nombres para sus personajes, a volcar al papel el mundo que palpitaba en sus entrañas. Cómo chingados no había descubierto antes esta droga.

Sus carnales de celda le pidieron que les leyera sus escritos en voz alta. Quedaron turulos. En un simple papel manchado de tinta se hallaban su vida, sus problemas, la grisura, los ruidos, los ecos, los miedos, la violencia, la amistad, los odios, las heridas, las cicatrices.

La voz corrió entre la banda: «Los cuentos del JC están de poca madre, que se los lea.» Y les leyó. Por hatajos se juntaban los morros a oírlo. Las autoridades maliciaron. Racimos de changos concentrados en una sola cosa. Alguito debía haber ahí. Posible motín. Sedición. Prohibieron las lecturas. Hubo protestas. Fueron reprimidas. A JC le confiscaron sus escritos y le prohibieron escribir. «No hay nada malo en lo que hago», alegó. Lo había. La palabra asusta al poder.

Los mamones funcionarios prometieron estudiar «un mecanismo de ordenamiento de las actividades literarias y esquemas que brinden un sano cauce a los intereses culturales de los reos». Hagan el rechingado favor. Puro pretexto para la represión y el control. Aquí entraron en escena Pedro y Julián. Foking timing. *«Señor director: El licenciado Pedro López Romero, presidente de la Fundación Encuentro, ha decidido financiar la construcción de la infraestructura necesaria para que la población del reclusorio que usted administra goce de actividades culturales y educativas diversas. El proyecto incluye un auditorio con capacidad para doscientas cincuenta personas, aulas para la impartición de talleres, una biblioteca con capacidad para veinte mil volúmenes, una videoteca y una sala de proyección, así como la contratación de profesores calificados y los gastos derivados de los materiales y útiles requeridos. No será necesaria la participación económica del gobierno. Los fondos provendrán en su totalidad de la fundación.»*

El director leyó la carta, desconfiado y formuló una pregunta impregnada del pinchurriento sospechosísimo típico de burócrata corrupto. «¿Y ustedes qué ganan?» Pedro se removió en su silla. Here we come again, pensó en su inglés de High School privado de Connecticut. No tardaba en venir el consabido «¿y como director de la cárcel qué gano?». Pedro atajó de una la chingadera. «Ganamos un México mejor» (aunque a decir verdad, la fundación servía también para deducir impuestos y lavar un poco la tiznada imagen de la carbonífera de Héctor).

Frente a tan incontrovertible argumento, al director no le quedó de otra que espetar un «necesito consultarlo con mis superiores». Eso en argot político significaba: «Voy a hablar con el director general de penales sobre este asunto porque yo solito me cago de tomar la decisión» (si no hay negocio a la vista, ¿por qué tomar la decisión?). A lo cual el director general de penales respondería: «Necesito consultarlo con mis superiores», lo que en argot político significaba: «Voy a preguntar al subsecretario de Gobernación sobre este asunto, porque…». La decisión, lo intuyó Pedro, tomaría al menos tres meses.

Mientras Julián y Pedro capoteaban al torito del «necesito consultarlo con mis superiores», JC siguió encabronado. Los culeros le habían quitado su droga y la iba a recuperar a como diera lugar. Así tuviera que escribir con su sangre en las paredes de la celda.

Pasaron varias semanas y de Julián ni sus foking luces. JC releyó hasta diez veces los libros que le había dejado. Por un milagro del inexistente niño de Atocha, se halló un lápiz tirado en las canchas de fut. Parecía una ramita enterrada en el lodo. Casi le reza al méndigo lapicito. Bye bye abstinencia. Se puso a escribir sobre los márgenes de los libros. Escribió aforismos, cuentos, microficciones. «*Muchos años les tomó a los científicos descubrir que el olvido lo causa un gusano alojado en el cerebro al que le gusta alimentarse de memorias.*» Rastrojó frases con palabras extraídas de sus lecturas sin importarle si hacían sentido o no: «Tremolan banderas en el saco uterino», «retumban en la sangre las artillerías», «vencen los tigres en los templos».

Sí, muy divertido escribir, muy cáscala cáscara y demás. Pero si las autoridades se culeaban de que escribiera es que le tenían chingos de miedo. ¿Por qué no intentar textos con más fuego, del calibre de los que escribía su padre? Si Ceferino se había dedicado a «visibilizar» a los indígenas, ¿por qué no hacerlo él con los reos?

Se sentó sobre su litera y empezó a borronear un manifiesto.

Contemplé a Claudio mientras cenábamos. ¿Me habría sido infiel también? ¿Cómo sería a solas con sus amigos? ¿De qué hablarían? ¿Qué haría si supiera que pensaba en otro cuando hacíamos el amor? ¿Me entendería? ¿Se enfurecería y me pediría el divorcio? ¿Cómo habría sido el sexo con sus anteriores novias? Varias amigas mías aseguraban conocer a su marido «como la palma de mi mano». Con descaro decretaban: «Somos novios desde que tenemos dieciséis años. A ciegas te puedo decir qué va a pedir en un restaurante o qué serie quiere ver en la televisión». ¿Cómo osaban afirmar que los conocían a la perfección? Rascamos solo la superficie de lo que sucede en su interior. Vaticinar que Claudio va a pedir la carne bien cocida o sushi en vez de teppanyaki no significaba conocerlo. Él sabía que yo detestaba la sopa bien caliente,

185

que no soportaba la cebolla cruda, que me encantaba jugar bádminton, que ni loca iba a ver una película de superhéroes, que era una obsesa del lenguaje, que amaba las palabras y que procuraba el buen hablar. ¿De verdad eso mostraba que sabía quién era? Mientras lo observaba comer, me cuestionaba qué tanto éramos capaces de descifrarnos uno al otro. A él le placía describirse como una persona simple, sin altibajos. Y de algún modo, lo era. No obstante, sus padres referían la suya como una niñez compleja, con frecuentes depresiones. No parecían hablar del mismo que yo conocía. Eso me hizo sospechar de posibles abusos sexuales de los curas, aunque Claudio los negaba con vehemencia. Ese era uno de los recónditos lugares a los que no podía acceder. «¿Tú sabes quién soy?», le pregunté mientras estaba a punto de llevarse un pedazo de pollo a la boca. Sonrió. «Claro, mi mujer», dijo sin más y volvió a la carga con el pollo. Lo contemplé de nuevo. Se veía cansado. La barba le crecía rápido y para la tarde ya le sombreaba el rostro. Tan obsesivo era con su apariencia que a menudo se rasuraba por la mañana y luego por la tarde. Había crecido con el «como te ven, te tratan». Su padre lo educó para ser meticuloso con su vestimenta y su aspecto. El traje confeccionado con paños de óptima calidad, ajustado a la medida, con caída perfecta. La corbata debía ser sobria, nunca llamativa. Bueno, ni en domingo perdía el estilo. Sería el modelo ideal para Scappino o Brooks Brothers. «Tu marido nació antiguo», me dijo alguna vez una amiga. Y era cierto. Cuando se lo conté, él rechazó el apelativo. «Soy clásico, no antiguo.»

Quería a Claudio. Era bueno, transparente, bromista, guapo, simpático y me la pasaba muy bien a su lado, aunque no me cautivaba del modo en que me había cautivado José Cuauhtémoc. Quizás el problema radicaba en mi falta de admiración. Sí, era un financiero exitoso con un afilado olfato para reconocer las fluctuaciones de la bolsa y efectuar compraventas favorables. El «barracuda», le llamaban sus compañeros de trabajo por su instinto para atacar los mercados en el momento justo. En lo demás me parecía llano, básico y, pues sí, antiguo. Fuera de sus notables virtudes profesionales, nunca lo escuché decir algo que me asombrara o me incitara a ver la vida desde otra perspectiva. Tampoco me excitaba sexualmente. Me encantaban sus besos, eso sí. Pero no me provocaba estremecimientos entre las piernas. En exceso nice y pulcro. Controlado, sin arranques, sin fierezas, sin eso que también mis amigas de la prepa y yo llamábamos la «marranada», el deseo de explorar el cuerpo, de beberlo, besarlo, penetrarlo. Si alguien me preguntara por qué me casé con él las respuestas serían: porque me complementaba; porque era divertido y me hacía reír; porque era noble y dulce; porque era trabajador y responsable. En palabras de mi madre: «El hombre ideal para casarte». Según ella, yo necesitaba a alguien que no tuviera la cabeza tan enredada como la mía. Requería de alguien con certezas, sin bruscos claroscuros. Me casé a sabiendas de que tendríamos poco en común, que nuestras conversaciones de sobremesa se agotarían con rapidez, que yo no entendería la pasión que despierta una copa Champions y que él nunca se acercaría a una obra de Shakespeare. Debí acostumbrarme a escuchar la anticuada música de Luis Miguel, a ver películas de acción, a cenar en restaurantes carísimos con ambiente rancio, a compartir con su familia conservadora y tan preocupada por los qué dirán. Fue mi pacto faustiano. Troqué borrascas por estabilidad, un valor que aprecié en un principio, y que poco a poco comenzó a erosionarse. Ello no significó que lo dejara de querer. Al contrario, cada vez lo quería más, convencida de que había elegido el mejor padre para mis hijos. Pero, carajo, cómo me aburría. No me emocionaba ni tantito salir con él y sus amigos. Me quedaba dormida en el cine cuando veíamos las películas que él escogía. No disfrutaba de los rimbombantes y pretenciosos platillos de los afrancesados restaurantes a los que me llevaba. Cómo paladearlos en medio de hombres y mujeres a punto de convertirse en momias a los treinta y ocho años de edad. Lo mismo debía sucederle a él. Detestaba los restaurantes de comida fusión —mis preferidos— o peor aún, los mercados típicos que yo gozaba recorrer. Abominaba los hoteles rústicos que a mí me encantaban y yo los hoteles masivos y mamones de veinte mil estrellas. Si mencionara afinidades, diría que ambos amábamos el chocolate, ver series de televisión en la cama, dormirnos hasta tarde los fines de semana y que salivábamos al unísono frente a un mall gringo. Disfrutábamos la playa, hacer ejercicio juntos y jugar con nuestros hijos. Nos gustaba viajar a España (con parada obligada en el Bernabéu), comer tapas y el ardiente verano mediterráneo.

Terminamos de cenar y nos fuimos a la cama. Claudio se fue a lavar los dientes y entrecerró la puerta. Para él, los actos de limpieza y sanitarios debían ser privados. Jamás me permitió verlo orinar, ni rasurarse, ni acicalarse. Es más, nunca tomamos una ducha juntos. Nunca. Lo que a mí me parecía un acto amoroso, él lo tomaba como una invasión de privacidad. Acostumbrada a pasar largas sesiones besándome con mis exnovios bajo el chorro de agua caliente o sumergidos en una tina, me llevó tiempo entender su renuencia. Al principio, sus pruritos me parecieron divertidos. Luego comencé a exasperarme. Se llevaba horas arreglándose cuando yo necesitaba usar el baño. Los pleitos no se hicieron esperar y no terminaron hasta que nos mudamos de casa y al remodelarla llegamos al colmo de construir dos baños y dos closets de las mismas dimensiones para cada uno. En su favor, se puede alegar que así fue educado. Su padre y su madre, de raigambre ultraconservadora y con falsa prosapia de alta alcurnia, descendientes de católicos extremos de los Altos de Jalisco, consideraban la higiene una actividad personal, no susceptible de ser compartida con nadie. Podría entender las reticencias sobre defecar y orinar, pero, ¿ducharse?, ¿cepillarse el pelo?, ¿rasurarse? Cuando alguna vez le pedí a mi suegra me explicara tan exagerada pudibundez, su contestación fue digna de enmarcar: «La vanidad es pecado, hijita».

Esa noche, por el resquicio de la puerta entreabierta, pude ver a mi marido lavarse los dientes. Lo hacía con conciencia, mirándose al espejo. Se había quitado la camisa de la piyama. Su torso, trabajado en el gimnasio, empezaba a ajarse. Unos rollitos de grasa asomaban por encima de sus caderas. Miré su cuerpo con ganas de excitarme. Hacer el amor pensando en él y solo en él. Disfrutar de la intimidad a la que se llega después de años de compartir la misma cama.

Lo vi ponerse la camisa y actuar expresiones faciales frente al espejo. Alzaba la ceja y luego se miraba de lado, buscando el gesto que más le favorecía. Casi suelto una carcajada. Si el infierno existiera, nuestro castigo sería que los demás vieran las caras que hacemos a solas frente al espejo. Terminó de abotonarse la camisa y corrí a tumbarme sobre la cama. A propósito, me quedé desnuda. Él salió del baño y me miró. «¿Qué mosco te picó?» Con la mano le hice la seña de que se sentara a mi lado. «Quiero que me pique este mosco», le dije y apunté el dedo hacia sus genitales. Me acerqué a él y lo besé. Me devolvió uno de esos besos que tan bien sabía dar. Le acaricié la espalda y lo despojé de su camisa. Claudio se desnudó y se acostó sobre mí mientras me besaba los senos. Quise concentrarme en su olor, en sus manos sobre mi cuerpo. En él, solo en él. Me penetró y luego de un par de minutos se vino. Lejos de molestarme, me dio ternura. Mi marido y su incontinencia sexual. Para justificarse decía que yo le gustaba tanto que no podía aguantarse. Que con otras novias duraba más, pero que yo lo excitaba sin medida. Por el bien de la relación, di como fehacientes sus palabras. En una ocasión me topé con Sandra, una novia suya con la que duró tres años y con quien perdió su virginidad. Estuve a nada de preguntarle cómo había sido Claudio con ella en la cama. Por fortuna prevaleció en mí el decoro y platiqué con ella de nimiedades y de hijos.

Claudio se durmió de inmediato, los orgasmos lo noqueaban, y empezó a hacer pequeños ruiditos con los labios. Apagué la luz, lo tapé con las cobijas y mantuve los ojos abiertos en la oscuridad. Había hecho el amor con él con la intención de mitigar el deseo por José Cuauhtémoc. Por el contrario, se avivó más.

Desnuda, me levanté de la cama. En silencio tomé mi celular y salí al pasillo. Bajé a la cocina y a oscuras caminé hacia la sala. Me senté en el sofá. Desbloqueé el celular y busqué a José Cuauhtémoc entre mis contactos. Pasé mis dedos sobre el teclado virtual. Oprimir o no oprimir el pequeño símbolo de teléfono para marcar su número. Si contestaba le colgaría. Si entraba el buzón de voz, pronunciaría un «hola» y cortaría la llamada. No tomé valor. Temía que de pronto bajara Claudio a buscarme y me encontrara desnuda celular en mano.

Me levanté dispuesta a irme a la cama. Era una locura llamarle. Empecé a subir la escalera y me detuve. José Cuauhtémoc. José Cuauhtémoc. José Cuauhtémoc. Me devolví y fui directo al baño de visitas. Cerré con llave y llamé. Sonó el timbre tres veces y cuando me disponía a colgar, entró el buzón de voz. Esta vez José Cuauhtémoc había dejado un mensaje. «Si escuchas esto, es que me llamaste, Marina. Solo tú tienes este número. Podré hablar mañana miércoles de diez a once a. m. Si no llamas, consideraré que el hilo de oro se ha roto por siempre.» Colgué asustada. Miré el

celular como si se tratara de un objeto punzocortante capaz de traspasar mi cerebro. Nunca una llamada me había quitado el aliento
y menos sin hablar con la persona al otro lado de la línea. Salí del
baño convulsa, inquieta. Apenas pude subir las escaleras de tan aca-
lambradas las piernas. Inhalé y exhalé antes de entrar a la recámara.
No pretendía despertar a Claudio con mi agitación.

Me puse la piyama, me deslicé bajo las sábanas y me abracé a
la almohada. ¡Carajo! ¿Qué me estaba pasando?

Sombra

Una tarde salí al patio, di unas vueltas a solas
y algo me distrajo. Cuando volví la mirada mi
sombra ya no estaba. La busqué por todas partes.
Nada. Pregunté a otros si la habían visto. No. Se
venía la noche y por más rondas por la prisión no
logré encontrarla. Si oscurecía, nunca más volvería. Se haría parte de la noche y se perdería
entre otras sombras. Desesperado la llamé. "Sombra, vuelve." No respondió. Me agaché debajo de
las bancas. Nada. A lo mejor jugaba. No fue así.
Había pasado mucho tiempo para tratarse de una
broma. Me fijé en la sombra de mis amigos. Quizás
alguno se la había robado. Tampoco. Su sombra era
su sombra. Empecé a angustiarme. Vivir sin sombra es vivir sin la mitad de uno. Se metió el
sol. En los últimos rayos crepusculares recorrí
los pasillos. Subí y bajé las escaleras. Exploré
bajo las mesas, las sillas. Nada. Intenté volver
al patio a buscarla. Los custodios me impidieron
el paso. "Ya sabes las reglas", me dijeron. A las
ocho era obligatorio estar en la celda, prestos
a dormir. Media hora después se apagaban las luces. No, no podían apagarlas. Eran mi última esperanza. Se lo dije al jefe de custodios. "No
encuentro mi sombra. Por favor no apaguen la luz
de mi celda." Él me miró de arriba abajo. "Eso le
pasa por no cuidarla. Es su culpa, no la mía." Le imploré. No cedió. Era un tipo amargado. Veinte
años trabajando en reclusorios. Tan preso él
como nosotros. Un custodio escuchó la conversación y se me acercó sigiloso. "Si me da cien varos le consigo un encendedor." Por cien pesos
debía conseguirme al menos una linterna. "No

puedo, cada una está seriada y controlada", advirtió "y si me descubren puedo perder el empleo". Al verme tan acongojado, me prestó gratis el encendedor.

Llegó la hora de dormir y les expuse a mis compañeros de celda mi problema. Hicieron un esfuerzo por hallarla. Fue inútil. Se escuchó la chicharra indicando el toque de queda y encendí el mechero. Se apagaron las luces. Oscuridad. La luz de la flama onduló en el cuarto. Puse mi mano en su halo para ver si de casualidad reaparecía mi sombra. Nada. El encendedor contaba con poco gas y la llama comenzó a desvanecerse. Se me hizo un nudo en la garganta. A mi cuerpo se le moría la sombra. Cuando estaba a punto de darme por vencido, descubrí un ligero movimiento. Me aproximé a la tenue luz y mi corazón se volcó. Ahí, en una esquina de la celda, se hallaba agazapada mi sombra. Temblorosa, asustada. La llamé con un susurro. Se quedó arrinconada, sin atreverse a salir. Algo terrible debió atemorizarla. La flama comenzó a parpadear. El fuego estaba a segundos de extinguirse y con él, mi sombra. Me arrodillé junto a ella y le imploré que volviera. Mi sombra se quedó quieta, sin moverse un ápice. Acerqué mis dedos hasta tocarla. Se retrajo, como un animal acosado. La llama comenzó a titilar, pronto se apagaría. "Por favor, ven", le supliqué en un ruego final. La sombra se mantuvo esquinada. Quise atraparla con la mano, pero me eludió con facilidad. El encendedor dio una bocanada final. En el destello alcancé a verla por última vez antes de disiparse en la negrura.

Me senté sobre mi litera, abatido. Unos segundos más y la habría recuperado. Ahora había desaparecido por siempre. Sentí una opresión en el pecho.

Me apreté la comisura de los párpados para no llorar. Suspiré hondo y cerré los ojos. Mañana sería
otro día.

José Cuauhtémoc Huiztlic
Reo 29846-8
Sentencia: cincuenta años por homicidio múltiple

Que sí, que no, que el jefe dijo, que la subsecretaría no contestó el oficio, que yo lo veo, que puede ser, que la semana entrante, que no se preocupen, de que esto va, va. Largas y más largas. La Fundación Encuentro dispuesta a financiar mejoras sustanciales en el Reclusorio Oriente y los funcionarios penales preocupados por quién sabe qué. Es que si los narcos hacen, que si los asesinos deshacen, que la cárcel no era centro vacacional, que en qué beneficiaba a los presos. En el fondo todo se reducía a una sola pregunta: ¿van a repartir moches?

A Pedro no le quedó de otra. Pidió una cita con el subsecretario de Gobernación saltándose al director general de reclusorios. Para qué hablar con los animales si podía hablar con el dueño del circo. El subsecretario se echó un rollo mareador. «Mire, Pedro, es obvio que el proyecto nos interesa, pero debe tomar en cuenta la grave situación que se vive dentro de los centros penitenciarios y estoy seguro que entenderá las vicisitudes de una decisión como esta.» Virtud de los políticos los alambiques verbales para no decir pinchemente nada. Pedro se limitó a decir: «Tengo disponibles cuarenta y cinco millones de pesos para invertir en una biblioteca, aulas, un auditorio y pagar a los maestros correspondientes. Si no me da una respuesta positiva en los próximos treinta segundos, retiro mi oferta, le cuento a la prensa lo sucedido y aquí se rompió una taza…». El subsecretario se quedó tolondro. A él nadie le hablaba así de golpeado. A él, considerado el negociador *par excellence* del gobierno, no podían tratarlo como si fuera un chofer de taxi. «Mire, don Pedro, no estoy habituado a responder bajo amenazas. Me gusta meditar y analizar las consecuencias de cada decisión.» Pedro meneó la cabeza. Si este tipo era el campeón de los negociadores, cómo estarían los últimos lugares. Por eso el país era una retahíla de marchas de protesta y de desmadres por un titipuchal de lados: por culpa de políticos cuya inacción era su modus transandi. Terminó su frase anterior: «… y cada quien para su casa. Muchas gracias por recibirme señor subsecretario». Se dispuso a irse. El subsecretario, ducho en las tácticas duras de los líderes sindicales, lo tomó como un amago más. Error. Ni Pedro, ni Héctor, ni la Fundación Encuentro requerían construir bibliotecas para los malandros que se dedicaban a secuestrar, extorsionar, robar y asesinar a los de su clase social. Pedro dijo chayito les dicen a las Rosarios y ahí nos vidrios. El subsecretario se quedó sentado, seguro de que el millonetas volvería a rogarle. Nanay, se pintó directo a su camioneta blindada y a sus escoltas.

En cuanto salió, le echó un ring a Julián: no biblioteca, no auditorio, no talleres, no cultura en las prisiones. Julián se quedó de a six pack. «¿Queeee?», preguntó. Pedro le explicó que estaba hasta el gorro del jueguito de los putérrimos funcionarios gubernamentales. «Por culpa de ellos no podemos detenernos», dijo Julián. No se trataba de construir una biblioteca o un auditorio, sino de darles un salvavidas a los convictos. Los había visto resecarse como uvas pasas y no podía permitir que se resecaran aún más. No se iban a echar pa atrás por la desidia y estupidez de los liliputienses de la burocracia. «No nos podemos rajar», repitió Julián. Pedro se mantuvo firme. Dudaba ya del esfuerzo de redimir a los irredimibles. ¿Para qué gastar energías si la mitad de los presos languidecerían en la cárcel hasta convertirse en lonche para los gusanos? ¿Para qué salvar a la casta de los ilotas, los parias, los podridos, los que ya tenían el alma cariada y purulenta?

Julián no se arredró. Manoteó como plomero napolitano mientras hablaba por celular. Cuarenta y cinco millones eran nada para la Fundación Encuentro, lo eran todo para el Reclusorio Oriente. La cultura. En la guerra de los Balcanes, los ejércitos destruían las bibliotecas de sus enemigos, sus museos, sus sitios arqueológicos, para arrancarles identidad y sentido. Sin cultura un pueblo es nada, nothing, niente. Era posible que a los presos les latiera más si con esos cuarenta y cinco millones edificaran un ala extra de celdas para no vivir hacinados como gallinas ponedoras o que lo destinaran a comidas más sabrosas y abundantes. No se trataba de eso, sino de generar un cambio para recuperar lo humano, lo solidario y la esperanza que aún subyacían en los convictos. Y, ladies and gentlemen, Julián no se daría por vencido.

Sufrí insomnio, inquieta por José Cuauhtémoc. Lo imaginaba en su celda, acostado. El día anterior había entrado al país un frente frío y las temperaturas en la ciudad se habían desplomado. ¿Dormiría José Cuauhtémoc sobre un colchón o sobre una cama de cemento? ¿Tendría cobijas suficientes? ¿Dormiría en piyama, en ropa interior o con el mismo uniforme que vestían durante el día? ¿Le proveerían de almohadas o retacaba ropa dentro de una camiseta para usarla como tal? ¿Los dotarían de abrigos o suéteres? ¿Cómo eran sus noches? El submundo carcelario estaba vedado para la mayoría de nosotros. Un cosmos inasequible, impenetrable.

Seis de la mañana. Faltaban aún cuatro horas para llamarle a José Cuauhtémoc. Un largo lapso que debía llenar de actividades para no volverme loca. Bordeaba ya en una obsesión insana. Claudio bajó a desayunar. El traje combinado de manera impecable, los zapatos lustrosos, afeitado, oloroso a loción fina. Su desayuno variaba poco: omelette de claras y aguacate, gajos de toronja y dos vasos con agua. Nada que pudiese mancharle la ropa. Mientras apresuraba un bocado me contó que tendría un «power lunch» con un grupo de empresarios. Le encantaba decirlo en inglés. «Power lunch.» Comida con hombres pudientes y soberbios en uno de esos restaurantes «clásicos», rebosantes de trufas y ajos. Terminó de desayunar, me dio un beso y salió deprisa.

Al quince para las diez ya estaba lista para nuestra cita telefónica. Podría parecer tonto, pero me vestí para él. Ahí estaba sentada en mi cama ataviada con un vestido ligero de seda negro con estampado de flores y descalza. Hasta me puse dos gotas de perfume en el cuello y dos en el nacimiento de los senos. Las relaciones se construyen con momentos invisibles para el otro y de los cuales jamás se enterará.

A las diez con ocho (no deseé llamar a las diez en punto, no debía mostrar interés excesivo), marqué su número. Sonó varias veces, no contestó. Colgué y esperé dieciocho minutos más —el dieciocho era mi número de la suerte—. Marqué de nuevo. El celular llamó cinco veces y colgué antes de que entrara la contestadora. Me empezó a indignar su falta de respuesta. Debía ser una revancha, el modo de advertirme que también podía jugar conmigo, que el hilo de oro podría reventarse de allá para acá. Quise ser optimista. Un contratiempo, falta de señal y hasta un posible decomiso de su celular. Faltando seis para las once volví a marcar. Siete timbrazos y no apareció. Horas de insomnio preparándome para esa llamada y él no la tomó.

Frustrada, me dirigí hacia Danzamantes. Me reuní a solas con Alberto para diseñar las nuevas coreografías. Me fue imposible concentrarme. José Cuauhtémoc ahora ocupaba el 99,9 % de mis pensamientos. ¿Quién se creía para no contestarme? ¿Estaría bien o esta era la manera más directa de mandarme a volar? En uno de mis momentos de babia, Alberto aplaudió para sacarme del trance. «¿Qué te pasa?» «Nada, estoy bien», respondí. «Estarás bien quién sabe en qué planeta, porque en este desde hace rato que no estás», dijo.

Continuamos con los trazos y de nuevo empecé a distraerme. Alberto me detuvo a la mitad de una evolución. «Marina, ¿te puedo hacer una pregunta?» Sonreí. «Claro.» Alberto me miró a los ojos. «Te estás enamorando de otro, ¿verdad? Es lo único que puede explicar tu cara de mensa.» Debí decirle: sí, bien mensa. Un asesino encarcelado me está volviendo loca, no dejo de pensar en él y no tengo idea de qué hacer con lo que siento. En vez de ello, le dije: «No he dormido bien, es todo».

A las cinco nos reunimos con el grupo para ensayar. Mientras calentábamos, sonó mi celular. Había olvidado quitar el volumen. Fui a colgar y al levantarlo vi en la pantalla el número de José Cuauhtémoc. «Un momento, por favor», les dije, «es una llamada urgente». Nerviosa, me retiré a una esquina a contestar. Nunca imaginé que me marcaría. Me había advertido que su teléfono carecía de saldo para hacer llamadas y que solo podía recibirlas. «Hola, Marina, ¿cómo estás?», me saludó. Respiré hondo. No podía hacerle notar mi nerviosismo. «Bien. Muy bien», le respondí. José Cuauhtémoc se quedó un momento en silencio. «Perdóname por no poder contestarte por la mañana, pero hubo revisión de celdas y tuve que esconder mi celular.» Por suerte él había ocultado el suyo detrás de una de las patas de su litera. Contaba con saldo porque el familiar de un custodio le había hecho el favor de depositarle cincuenta pesos. Por fin pude respirar.

Me pidió que le marcara para no agotar su saldo y hablamos diez minutos más, mientras el grupo me aguardaba para iniciar el ensayo. Me preguntó cómo iba vestida. «Traigo un vestido negro con estampado de flores», le respondí mientras miraba mis pants y mi camiseta sin tirantes. Desde lejos, Alberto me hizo señas de apurarme. Nos despedimos y me pidió que no faltara al taller al día siguiente.

Colgué y regresé al salón. Alberto se me acercó y me susurró al oído: «Lo bueno es que no te estás enamorando de otro».


No paró de escribir. Rellenó los márgenes de las páginas y cuando se le acabaron, empezó a escribir entre las frases. Un libro dentro de otro libro y mientras más escribía, más cercano se sentía a su padre. Empezó a dimensionar el tamaño de sus logros, la fuerza de sus discursos, la importancia de sus ideas. Ceferino consagrado a la palabra: «Cada palabra ostenta un peso único. No hay ninguna que la sustituya. Los sinónimos no expresan lo mismo. Son aproximaciones, no son esa palabra».

Le llegó el momento de escribir una historia sobre el más prohibido de sus tabúes: el asesinato de su padre. Narrar el momento en que le prendió fuego. Rememoró los balbuceos de esa iguana lisiada y maldita que él tomó como insultos. ¿De verdad lo había insultado? Cuando él llegó de la universidad, se acercó a olerlo. Apestaba a caca. Había que cambiarle el pañal. «Hueles a madres», le espetó. Su padre lo miró desde su mudez de tronco y masculló alfabetos de cacatúas. Quizás pidió «tráeme un vaso de agua» o «tengo frío», pero esos masculleos a JC le sonaron a «cállate puto». Una marea negra se apoderó de él. Bajó a la cochera, tomó el bidón de gasolina y en tres patadas subió las escaleras. Roció a su padre, encendió un cerillo y se lo arrojó. Brotó un flamazo y estalagmitas de fuego se alzaron hasta el techo. Los aullidos de coyote de Ceferino alertaron al resto de la familia. Los tres subieron de volada y se detuvieron en el quicio de la puerta, deshojados por el incendio. El viejón ardía y ninguno de los tres intentó apagarlo sino hasta que los chillidos cedieron. Francisco Cuitláhuac le arrojó una cubeta de agua sobre lo que ya era un reptil braseado.

JC pasó meses apenas recordando gotitas de lo sucedido. Flashazos relampagueaban intermitentes en su memoria. Imágenes dispersas de lumbre, olor a quemado, alaridos, piel carbonizada.

Retazos sucios y desordenados que no pegaban unos con otros. Lo escribió, de ladito, pero lo escribió. En la playa de su naufragio refulgieron los recuerdos como trozos de vidrio que, de tan pulidos por el oleaje, ya no cortan. El pasado ya no lo hería. Por fin llegaba la luz. La luz.

A JC le anunciaron que Julián y otro bato lo esperaban en la zona de visitas. Julián había llevado a Pedro a la cárcel a deglutir la médula de la prisión. Impregnarlo del sudor, de las miradas, de las voces de los presos. A que viera, palpara, inhalara una raya de su realidad. A ver si así se motivaba a continuar con el proyecto pese a la putería de burócratas anodinos y acomplejados.

El cielo apizarrado presagiaba tormenta. Julián y José Cuauhtémoc contaron a Pedro del friego de goteras que caían sobre las literas con los aguaceros y cómo debían torear los hilos de agua para dormir más o menos en paz. Para las pulgas de Pedro, solo imaginar compartir un cuarto con desconocidos y aparte con humedad, moho y pestilencia, no, no y no. Mejor pegarse un tiro.

Después del repaso de la sección de sociales carcelaria, José Cuauhtémoc contó que por leerles en voz alta sus textos a los compas le habían confiscado sus escritos, las plumas, los lápices, las hojas en blanco y el derecho a usar las máquinas de escribir. «¿Por?», preguntó Pedro con curiosidad. «Porque estos maricones se culean más con las palabras que con los cuchillos», contestó JC.

A falta de hojas, JC les comentó que escribía compulsivamente en los libros, en los bordes de cada página, entre las frases, en las páginas en blanco que antecedían y cerraban una edición. «Si también me quitan esto se me encarroña el cerebro», dijo. Pedro pidió que le mostrara uno de esos libros. Al hojearlo, descubrió cientos de líneas garrapateadas. Cuentos, reflexiones, epígrafes, poesías, memorias. La literatura en su versión más radical. Literatura tiburón.

Terminó la hora de visita y tocó despedirse. «No seas ojete y tráeme más libros», le pidió JC a Julián. «Te vamos a traer más que eso», intervino Pedro. «Te vamos a traer una biblioteca entera y lo que necesites para escribir.» Cruzó una mirada con Julián. Ya nada, ni nadie, pararía el proyecto cultural.

*Cuando vino por primera vez a México mi bisabuelo Florencio, me impresionaron el tamaño de sus manos y los profundos surcos en su rostro requemado. Un pescador de antebrazos anchos, sus piernas pilotes de muelle, barba blanca, cuello de tigre. Un Hemingway tamaño extra grande, más feroz y primitivo (y tú que pensabas que la natación —no los genes de mi madre— había sido lo que nos «estiró»). Su rostro, tan distinto del tuyo, denotaba mar y sal, olas y frío. Mamá nos contó que en su pueblo era famoso por matar cerdos con un puñetazo en la cabeza. ¡Pum! Y la bestia caía despatarrada. Cuando fui a San Vicente de la Barquera, pude confirmar su reputación de hombre de descomunal fuerza. «Cargaba atunes de ciento cincuenta kilos como si fueran dos plumas de gallina», me narró un viejecillo de su edad que se ostentó como su «compañero de trabajo».*

*No sé por qué lo repudiabas tanto si provenía de un entorno tan pobre como el tuyo. Cuán desesperado debió estar por su situación económica que montó a mi abuelo en un barco mercante rumbo a Veracruz. De solo doce años, mi abuelo tuvo que abrirse paso en un país desconocido. Tú demeritabas su hazaña como cualquier cosa. «Era blanco y españolito, eso le facilitó las cosas.» ¿De verdad, Ceferino? Era un niño que llegó sin un centavo a abrirse paso sin ningún conocido en México. Al menos, debías valorar sus agallas.*

*Jamás tuviste paciencia para escuchar a mi bisabuelo. A ese gigantón lo despreciabas por sus obsesiones conservadoras y su catolicismo a ultranza. A pesar de la diferencia de estatura, lograbas dominarlo. Su condición de analfabeto y sus precarios razonamientos lo convertían en pan comido. Cada vez que hablaba de Dios o de las virtudes cristianas, lo revolcabas con argumentos que él se sabía incapaz de rebatir. Gozabas pulverizando su lógica rupestre.*

*El grandulón te sobrevivió, papi. Murió casi por cumplir ciento cuatro años. Todavía a los cien seguía saliendo a pescar, esta vez en el bote que le regaló mi abuelo. Aunque ya no podía cargar los inmensos atunes, sí guardaba fuerzas suficientes para pescarlos con caña. Un par de años después de tu muerte, fui a visitarlo a San Vicente de la Barquera. No imaginas la belleza de ese pueblo. Las casas son de piedra, milenarias. Ahí se asentaron los romanos y desde ese puerto zarparon hacia los territorios de Britania. Detrás del pueblo se alzan gigantescos picos nevados de donde descendieron los antepasados de mi bisabuelo. Vivían remontados en terrenos tan escabrosos que no se mezclaron con los romanos. Tribus rebeldes que no se dejaron conquistar por el imperio y que se mantuvieron autónomas en la impenetrable orografía cantábrica. ¿Escuchaste, Ceferino? No-se-dejaron-conquistar.*

*Los ascendientes maternos de mi madre eran ovejeros, gente pobre, serrana, iletrada, con una voluntad de hierro, aptos para resistir inviernos crudísimos, hambrunas, aislamiento, enfermedades. Sin tus burdos prejuicios sobre los «españoles» habrías logrado captar las sutilezas de una cultura rica y compleja. No todos eran conquistadores, ni tuvieron la intención de saquear a tu pueblo y masacrarlo.*

*Conocí la modestísima casa de mi bisabuelo, sus arreos de pesca, los remos labrados a mano, las redes tejidas con técnicas antiquísimas. En su quehacer se concentraba sabiduría de siglos. Sabía los nombres de cada pez, de cada molusco, de cada crustáceo. A las olas las nombraba de distintas maneras de acuerdo a su tamaño e intensidad. Dominaba el mapa de las estrellas. Podía guiarse a ciegas en alta mar en medio de una neblina impenetrable. Y, te sorprenderá, a los ochenta años aprendió a pintar. Con sus manazas de gorila dibujaba acuarelas marinas que bien podían rivalizar con las de artistas más doctos. Pasado el pasmo de saber que su nieta se había casado con un indio mejicano (ya sé, le habrías escupido en la cara por escribirlo con j), nos aceptó, amoroso. Con orgullo me presentó a sus amigos. «Miren, este es mi bisnieto. Es del color de las piedras.» Admira la belleza de su descripción: del color de las piedras.*

*Si por un momento hubieses puesto al lado tus prejuicios, quizás habrías disfrutado de una tarde charlando con él. O que él te acompañara a tu sierra y tú a su mar. Estoy seguro que habrían compartido más de lo que imaginaste.*

En un documental me enteré de que cerca de doscientos cadáveres yacían en las faldas del Everest. Algunos murieron al desplomarse desde cientos de metros de altura. Otros no soportaron los rigores físicos de la escalada o sucumbieron al frío y a la falta de oxígeno. Estos cuerpos fue imposible recobrarlos, ya sea porque permanecían en lugares inaccesibles o porque su rescate significaba un riesgo mortal. La mayoría conservaba aún la ropa y las botas con las que escalaron. Los alpinistas llegaron al colmo de ponerles apodos o tomarlos como punto de referencia.

Pensé utilizar el tema de los cadáveres en el Everest para una coreografía. Un pretexto para reflexionar sobre la libertad, el abandono, el aislamiento y el acto de morir. En el fondo, era un truco para evadir la cuestión que en realidad me preocupaba: la existencia solitaria de los presos condenados de por vida.

Por la mañana fue Julián quien pasó a recogerme en su modesto y pequeño auto. Pedro había comido en un restaurante de mariscos y se había intoxicado. Mandó disculparse, como si yo fuese la anfitriona, y envió una caja de chocolates orgánicos creados por Juan Carlos Ramírez, un famoso chocolatier. Julián y yo nos dirigimos solos al reclusorio en su auto.

A pesar de su fama de rudo y, por supuesto, de su legendaria estancia en la cárcel, Julián era un tipo agradable. Su conversación era amena y gozaba de un sano —y retorcido— sentido del humor. Por eso era exitoso con las mujeres. Les atraía su agudeza y su simpatía, aunque después de un tiempo, su personalidad iracunda terminaba por alejarlas.

Empecé a ponerme nerviosa cuando nos aproximamos al cinturón perimetral del reclusorio. Sin la seguridad y protección de las camionetas blindadas y de los guardaespaldas, el vecindario me pareció más amenazante. Las miradas más aviesas, los gestos más hoscos. Las calles, repletas de topes innecesarios, nos hacían detenernos a menudo. Como el chasis del carro rozaba los bordos, era indispensable que Julián los franqueara despacio. Esto nos ponía en una situación frágil. Alguien podía alcanzarnos y amenazarnos con una pistola. Tratar de huir sería imposible. Una docena de topes cubrían las próximas tres cuadras, condición ideal para los asaltantes.

Por primera vez sentí verdadero miedo de cruzar por esa franja de miseria. Le compartí a Julián mis temores. Hizo una de sus bromas siniestras: «No te preocupes, dejaría que me violaran primero que a ti». Si no fuera porque José Cuauhtémoc me esperaba, le hubiese exigido que diera vuelta y regresáramos. «Tranquila, no va a pasar nada. He pasado cincuenta veces por aquí», me dijo Julián para calmarme. «Para la próxima», le advertí, «si no venimos en una de las camionetas de Pedro, nomás no vengo». Julián me miró con reprobación. «Nunca imaginé que fueras una mirreinita», dijo. Me dolió. «Mirreinas» y «mirreyes» eran los epítetos que se le endilgaban a la clase social más detestable del país, a los hijos rémora de millonarios o políticos encumbrados, juniors fresas cuyo único mérito radicaba en la condición privilegiada de sus padres, que se comportaban arrogantes y prepotentes y se creían con derechos de realeza y humillaban a quienes consideraban seres inferiores: empleadas domésticas, choferes, recepcionistas, edecanes, barrenderos. Me enfurecí. «Tú no sabes ni quién soy», le respondí. «Perdóname. Fue un mal chiste», se disculpó. «Pues ahórrate tus chistes», le reviré molesta. «Aquí hay gente buena, trabajadora, decente. No te dejes guiar por las apariencias», dijo con ánimo de suavizar las cosas. Podría ser cierto, aunque saberlo no disminuyó un ápice mis miedos.

Ingresamos al reclusorio. Percibí más pesado el ambiente. Los presos, sin ser insolentes ni gritar improperios, cuchicheaban entre sí al vernos pasar y noté miradas lujuriosas. Una sensación incómoda que no había experimentado en las visitas anteriores. El aparato de seguridad de Pedro intimidaba a los reos. Ahora éramos presas fáciles. «Tú camina sin detenerte», ordenó Julián, «y no los veas a los ojos».

Empecé a entrar en pánico cuando de soslayo percibí una sombra que a mis espaldas se nos acercaba con rapidez. Le pedí a Julián que aceleráramos el paso, pero quien nos seguía se nos emparejó. «Quiubo», escuché. Volteé asustada, era José Cuauhtémoc. Me sonrió. «Quiubo», devolví el saludo, nerviosa. Me tomó del brazo y me colocó en medio de él y Julián. «Nosotros te cuidamos», dijo. Avanzamos entre los grupos de presos que nos observaban con curiosidad. En ningún momento, José Cuauhtémoc me soltó del brazo. Sus dedos rodeaban por completo mi bíceps. Las venas se abultaban sobre el dorso de su manaza y continuaban gruesas hacia los antebrazos. Su cabello tiraba más al castaño claro que al rubio. Los ojos azulados, la barba de una semana.

Llegamos a un pasillo estrecho y tuvimos que apretujarnos para poder pasar. Por fin pude olerlo. Ahí perdí, por siempre. Su olor, carajo, su olor. Su piel exhalaba un aroma fuerte, atrayente. Nada repulsivo. Nadita. Sin lociones o afeites que lo encubrieran. Hacía años que no percibía un olor tan puro, sin enmascarar. ¿Por qué los hombres de mi clase social se empeñan en disimular el suyo? ¿Por qué su afán de impregnarse con toques de «tabaco» o «maderas» o «cuero»? José Cuauhtémoc olía a él y solo a él. Un aroma único, intenso. Se detectaban en él vestigios de jabón barato, no suficiente para disfrazar sus emanaciones corporales. Tuve deseos de pegar mi nariz a su cuello para olfatearlo.

Entramos al aula. Los demás presos apenas llegaban. Julián se distrajo con un recluso a quien yo no había visto antes y se saludaron con afecto. Me quedé a solas con José Cuauhtémoc. «Qué bueno que viniste», me dijo. «Es en lo que habíamos quedado», le respondí. Su olor y su mano oprimiendo mi brazo provocaron una revolución. Mi nerviosismo debió ser visible. «¿Quieres un poco de agua?», preguntó. Negué con la cabeza. Lo que en realidad deseaba era que volviera a agarrarme del brazo, que se acercara más y más para poder olerlo por horas.

Antes de sentarnos en los pupitres, José Cuauhtémoc me entregó un libro. Era un ejemplar de *El corazón de las tinieblas,* de Joseph Conrad. «Me gustaría que lo leyeras si puedes y lo comentamos.» Quedé en empezar a leerlo esa misma noche. No volvería a la cárcel sino hasta la próxima sesión del taller el martes siguiente. Pasaría ciento veinte horas sin verlo.

Quedé en llamarle a las diez a. m. del día siguiente. Juré cumplir. «Se hace irrespirable el aire aquí adentro si no llamas», me dijo. Si supiera que también afuera se hacía irrespirable el aire sin él. Me agaché a ver donde me iba a sentar y un mechón de pelo cubrió mi cara. Con delicadeza lo apartó. Su mirada azul daba la impresión de atravesarlo todo. La mirada de un cazador o, por qué mejor no decirlo de una vez, la de un asesino.

Julián pidió que nos sentáramos para comenzar y con un ademán me señaló un lugar junto a él. Antes de separarme de José Cuauhtémoc, le susurré al oído «mañana» y me dirigí a mi sitio.


Pedro necesitó ir a tocar a las puertas del Olimpo para que el proyecto cultural de la Fundación Encuentro en el Reclusorio Oriente fuese aprobado de manera expedita. Un amigo de un amigo que conocía a un amigo de otro amigo le consiguió la cita. La virtud de vivir en el radio del círculo rojo del poder, o sea, el Olimpo. Quince minutos bastaron con el preciso (le president, the president, el presidente, el mero mero) para presentarle un esbozo del plan y los recursos que pensaban invertir. Al finalizar la exposición, el presidente se volvió hacia sus colaboradores: «¿Quién fue el inútil que trabó la autorización para este programa?». Pedro no osó mencionar a los sucesivos funcionarios que se encargaron de boicotearlo, rechazarlo, estancarlo, postergarlo, estorbarlo. Cuarenta y cinco millones de pesos, contantes y sonantes, detenidos por personajes timoratos y segundones. Uno de esos inútiles corucos se atrevió a levantar la mano. «Señor presidente, estábamos evaluando los posibles riesgos que conllevaría ejecutar un proyecto de esa magnitud dadas las circunstancias de seguridad que rigen al interior de los penales», blablablá. El preciso lo miró con cara de no-mames-¿de-verdad-estás-hablando-en-serio?-se-trata-de-construir-una-biblioteca-y-un-auditorio-¿qué-no-ves-que-podemos-hacer-felices-a-los-jodones-de-derechos-humanos-y-de-paso-dar-un-campanazo-de-relaciones-públicas-internacionales-y-decir-que-tenemos-prisiones-modelo-casi-suecas-so-pendejo? El tipo de abro-la-boca-para-decir-estupideces-y-no-me-doy-cuenta-ni-cuando-la-cierro fue de inmediato descalificado para participar en el concurso del «empleado del mes». No iba a ser despedido, ni mucho menos. Los amigos del preciso podían cometer pendejada y media y mantenerse incólumes en su puesto gracias a que estudiaron la primaria con el mandamás. En cuanto el presidente dijo «adelante con el proyecto», ya estaban los funcionarios medios llamando con urgencia al director del reclusorio para decirle: «Mañana mismo queremos que los albañiles entren a trabajar. A ver cómo le haces para que les autorices la entrada y no se mezclen con la racilla de narcos y malandros». De refilón, Julián le comentó al presidente que las autoridades penitenciarias le habían impedido a los reos escribir y leer sus textos en voz alta. El presidente lo escuchó con un pie fuera de la oficina, pero se retachó. «¿Pues qué escriben?» Pedro terció: «Cuentos y poesía, señor presidente». Al preciso, las palabras *cuentos* y *poesía* le parecían tan complejas como física cuántica y bioquímica molecular, porque eso de la leída no era, lo que se dice, lo suyo. «¿Y qué dicen sus cuentos?», preguntó intrigado. «Historias de su vida», respondió Julián, «nada del otro mundo». El presidente se giró hacia uno de sus tantos achichincles. «Llamen ahora mismo al director del reclusorio y díganle que digo yo que deje escribir y leer en voz alta a los presos.»

El ayudante se cuadró. «Sí señor, le avisamos.» El presidente y su comitiva siguieron hacia otro salón donde los esperaban otros solicitantes de favores.

A las diez con cuarenta y dos minutos de ese mismo lunes, dos custodios se presentaron en la celda de José Cuauhtémoc Huiztlic con un legajo entre las manos. «Te manda esto el señor director», le dijo uno de los custodios. JC abrió el folder: eran sus escritos. «Y te manda decir que puedes escribir lo que se te hinche un huevo y leérselos a quien se te hinche el otro.» JC revisó sus textos. Estaban completos e intactos. No había tachaduras, ni líneas enmendadas, ni comentarios o notas al margen efectuados por un censor. Además, por órdenes presidenciales, le regalaron veinte cuadernos de doble raya de doscientas hojas cada uno y veinte bolígrafos Bic. José Cuauhtémoc los recibió en onda Reyes Magos mood. Esos cuadernos equivalían a un viaje a donde se le pegara la gana ir. Escribiría, escribiría, escribiría. Nunca más detenerse. Nunca. Llenaría esos veinte cuadernos en menos de un mes y luego le haría saber al presidente que se le habían acabado para que le enviara más y luego más y más. Sería innecesario: al día siguiente llegaron a visitarlo Pedro y Julián con una máquina de escribir portátil y una caja con diez paquetes de quinientas hojas bond tamaño carta. Emoji de carita feliz.

Le contaron del proyecto, de cómo pensaban que a través de la creación artística los presos podrían mejorar su calidad de vida e impactar positivamente a la comunidad. A JC le parecieron unos bobolones. Qué carajos iban esas liendres a «impactar positivamente una comunidad», ni que fueran canción de Los Beatles. No señor, se escribía para borbotar la corrosión, la asfixia, la desesperanza, el sonido y la furia. Para escupir, vomitar, excretar. Para devorar, beber, deglutir la vida. Eso pensó, nomás no se los dijo. Ellos jugaban a San Francisco de Asís y no les iba a romper la piñata de sus ilusas ilusiones. Además, cinco mil hojas en blanco era el mejor regalo que podían hacerle. Cinco mil hojas para recrear mundos o inventarlos o confrontarlos o sublevarlos. Los cientos de historias acumuladas por fin encontrarían su lugar. La casa de las palabras.

Apenas se fueron y JC se apresuró a estrenar su máquina de escribir. Se sentó sobre su litera, sacó una hoja de papel, la metió en el rodillo y comenzó a teclear. Pasaron frente a él varios custodios, bien envidiositos ellos porque no podían hacer nada para confiscársela. Las máquinas de escribir estaban prohibidas en las celdas, pero no se iban a meter con Sansón a las patadas, en otras palabras: no era apropiado contravenir el pronunciamiento presidencial.

JC no paró de escribir en toda la noche, aun con los «ya cállate» de sus compas de celda. Aporreaba las teclas como si la vida se le fuera en ello. Terminaba un escrito y sin corregirlo, continuaba con el otro. No se detuvo ni para ir a desayunar. Una tras otra saltaban las cuartillas mecanografiadas. Apreció la pinche necedad de su padre por enseñarles a escribir con los cinco dedos. La velocidad de tecleo adquirida por años de frustración, sobre todo el uso de los meñiques para teclear la a y la ñ, pagaba ahora sus dividendos. La figura de Ceferino se acrecentaba en cada palabra escrita. El ogro había tenido un punto a favor: obligarlos a la perfección.

Escoltados por los guardaespaldas de Pedro, Francisco Javier Ugarza y Rolando Serrano, los arquitectos, se presentaron en la prisión al mediodía. Gayones ambos y sin empacho en mostrarse afeminados, habían fundado el despacho arquitectónico más vanguardista de América Latina y solo ellos se atreverían a diseñar una biblioteca en la cárcel con un aire retro. «Las vanguardias se nutren de los clásicos», afirmó Serrano.

Por indicación de Pedro, los arquitectos pidieron hablar con José Cuauhtémoc. No solo era el inspirador del proyecto, sino un individuo culto cuyo «amazing input» (palabrejas de Ugarza) podía enriquecer el proyecto. A JC la interrupción lo molestó. ¿Qué chingados iba a decirles a estos dos sobre cómo construir una biblioteca? Los guardias lo condujeron hasta ellos. Ambos, que no eran pareja entre sí, se alborotaron al verlo venir: era un ejemplar bastante comestible. José Cuauhtémoc no les tuvo mucha paciencia. Le picaba el escozor por volver a la máquina y los dos periquines, en total explosión feromónica, no dejaron de graznar.

JC sugirió no erigir los nuevos edificios en los terrenos de la cancha de futbol. «Si le quitan el futbol a la raza va a haber muertos», les advirtió. Más chido y más safe, en el patio. A los presos les daba igual que fuera más chico o más grande. Servía para lagartijearse un poco al sol, para cotorrear con los compas, para hacer un chirris de ejercicio o para echarse a ver las nubes.

Los arquitectos faramallearon su agradecimiento. «Nos llenaste de luz, maestro», le dijo Ugarza, «sin ti estaríamos perdidos». Sus abrazos de despedida lo incomodaron. No por gayecitos, eso le daba lo mismo. Sino porque ambos apestaban a lociones florales. No había nada peor en el reclusorio que un olor fuera de lugar y nada más fuera de lugar que los aromas a rosas y canela.

Partió olisqueando su camisola para asegurarse de no llevar sobre sí el tufo rosacanelado. Por suerte la tela siguió oliendo a detergente y sudor. Llegó a la celda, aliviado por no tener que lidiar más con las patochadas de los arquitectos, y se arrancó a escribir de nuevo.

Mi historia de amor

Cuando te conocí
Te pregunté
Que de dónde eras
Contestaste que de Villa Coapa
Yo te dije
Más bien serás de Villa Guapa y sonreíste
Te pregunté que si eras de Niñahermosa
Y entendiste Villahermosa
No, de Niñahermosa y sonreíste
Luego te pregunté si eras de Cuerpo Rico
Y entendiste Puerto Rico,
No, que si eras cuerporriqueña de Cuerpo Rico
Y sonreíste
Te pregunté que si eras berrinchula
Y entendiste berrinchuda
Y te dije, no berrinchula y sonreíste
Tengo tus fotos pegadas en la pared
Cuando me voy a dormir
Te beso
Cuando me despierto
Te beso
Y pienso ¿Qué estará haciendo?
Y entonces suavecito susurro
Que te amo
Y en la foto
Sonríes
Y no me importa lo que pase en el día
Yo me acuerdo de ti y sonrío.

Jairo Norberto Lacón
Reo 32178-4
Sentencia: doce años y cuatro meses por estupro y
violación

La emoción por haber visto a José Cuauhtémoc atemperó mi miedo de volver a atravesar la zona de guerra que eran las orillas de Ixtapalapa. Debía acostumbrarme al trayecto. No siempre contaría con el aparato de seguridad de Pedro. Lo más probable era que la mayor parte de las veces transitara hacia el reclusorio a solas con Julián en su modesto auto. Me preguntaba cómo hacían las mujeres de esas colonias para recorrer sus calles sin temor. ¿Las dejarían en paz por ser conocidas? ¿Habría algún código tácito para no meterse con ellas? ¿Las respetarían? ¿Las violarían? ¿Las asaltarían?

Cuando por fin entramos a Río Churubusco me sentí aliviada. Avanzamos a ochenta kilómetros por hora hacia la región linda y protegida donde se hallaba mi casa. La burbuja impenetrable para el hampa, donde un individuo mal vestido y de aspecto sospechoso de inmediato era abordado por los policías privados que la comunidad de vecinos habíamos contratado. ¿Quién eres? ¿Dónde vives? ¿A quién vienes a ver? El pobre individuo tartamudeaba sus respuestas: «Soy yesero, vine a aplanar una pared» o «mi hermana trabaja de sirvienta y vine a visitarla». No importaba qué contestara, se le pedía nombre, dirección, se le tomaba una foto y se le vigilaba de cerca. Ellos debían sentirse desamparados en mis terrenos como yo en los suyos. La presencia de uno u otro en el barrio equivocado significaba una amenaza o una provocación.

Así como a mujeres de mi clase social les aterraría ver un convoy de carros destartalados con los vidrios oscurecidos cruzar por las calles de nuestras colonias, así debían sentirse las mujeres de Ixtapalapa al ver el convoy de camionetas blindadas de los guardaespaldas de Pedro. En ambos podían viajar sujetos armados. En ambos se ignoraba el propósito de esas caravanas. Nadie en Ixtapalapa podía adivinar que dentro de esas camionetas viajaba un empresario gay rumbo al reclusorio a gestionar obras de caridad. Podían pensar que se trataba de un narco fuereño en busca de venganza o de un político corrupto investigando terrenos para apropiárselos por la mala. Al interior de los carros destartalados, cuya presencia en nuestros rumbos tanto resquemor provocaba a mis amigas, bien podía transportarse un conjunto de mariachis camino a una serenata, o un equipo de futbol llanero que decidió buscar atajos por nuestras calles y no un grupo de facinerosos sondeando a quién secuestrar o robar. En este país vivimos escindidos, suspicaces unos de los otros.

Llegué a casa, exhausta. Las veces anteriores, al regresar de la prisión, me bañaba de inmediato y la ropa la ponía a lavar. Temía los gérmenes de los presos. En esta ocasión, no. Contraviniendo la regla de jamás meterme a la cama con ropa de calle, me escurrí entre las sábanas para recostarme un rato. Aunque me sentí extraña por las prendas «contaminadas», me gustó la sensación de sublevarme contra mis rígidos preceptos higiénicos. Quizás Alberto Almeida tenía razón: mi vida aséptica y ordenada me estaba asfixiando y requería reorientarla, como cuando los ortopedistas fracturan un hueso mal soldado para realinearlo.

Tomé el libro de Conrad y me puse a hojearlo. Nunca imaginé lo que encontraría. En todas las páginas, intercaladas con las frases del marinero polaco, venían líneas escritas por José Cuauhtémoc. Leer ambas de manera simultánea hizo de la novela una experiencia alucinante.

Tan pronto llegué a la orilla vi un rastro…, un rastro amplio *Esperé a que la rata saliera de su escondite. Tarde o* entre la hierba. Recuerdo la emoción con que me dije: «No *temprano el hambre la llevaría a arriesgarse. Me acosté* puede andar, se está arrastrando en cuatro patas. Pronto lo *boca abajo con el rostro apenas a unos centímetros* tendré». La hierba estaba húmeda por el rocío. Yo caminaba *de su madriguera. En mi mano derecha un ladrillo. En* rápido con los puños cerrados. Imagino que tenía la vaga idea *cuanto saliera pagaría con su vida el haber mordis-* de pegarle una golpiza cuando lo encontrara. No lo sé. *queado mi único alimento de esa noche…*

Leí varios capítulos hasta quedarme dormida. Estaba súpita cuando sonó mi celular. Manoteando cogí el aparato y contesté. «Bueno.» La persona al otro lado del auricular se quedó en silencio. «Bueno», repetí amodorrada. «¿Estás ocupada?», preguntó una voz masculina que no reconocí. «¿Quién habla?», inquirí. «Soy yo, José Cuauhtémoc.» Apenas logré articular un «hola». «¿Te interrumpo?», preguntó. «No, estoy sola», le aclaré. Me pidió marcarle para no agotar su saldo. Le llamé. Le conté cuánto me gustaba leer sus líneas entretejidas entre las páginas de Conrad. «Solo buscaba donde escribir», dijo, «y no tenía papel», y yo pensando que lo suyo era un sofisticado experimento formal.

Hablamos por media hora. «Quiero pedirte algo», me dijo antes de despedirnos. Le respondí con sequedad. «Dime.» Pensé en un chantaje o que me pediría dinero. «Mañana es mi día de visita. El horario es de once a doce. Me gustaría que vinieras a verme.» Su petición me desconcertó. Había pensado en todas las posibilidades menos esa. «No sé si pueda, tengo cosas que hacer, pero nos vemos sin falta en el taller», le respondí. «Ven mañana. Quiero verte a solas.» Estuve a punto de decirle: «Yo también quiero, necesito, deseo, muero por verte a solas». No me atreví más que a pronunciar un «lo voy a intentar». José Cuauhtémoc se disponía a decirme algo más cuando se cortó la comunicación.


Las obras se realizaron a hiperbólica velocidad. En menos de dos semanas los arquitectos presentaron los planos y el diseño interior. No centavearon en materiales ni en tecnología de vanguardia. En la biblioteca, acero inoxidable, vidrios templados, ductos de aire lavado, duelas de maderas tropicales. En el teatro, butacas reclinables, acústica diseñada por Rudolph Lein, el papá de los pollitos de la arquitectura sonora. El gud teist de Pedro inyectado con hormonas de crecimiento. La *crème de la crème*. Lincoln Center, quítate que ahí te voy.

Hicieron casting entre los reos para contratar a los que tuvieran experiencia en construcción: albañiles, electricistas, carpinteros, plomeros. Make Reclusorio Oriente Great Again fue el lema de Ugarza y Serrano. Qué mejor que la mano de obra malandra, baras y sin necesidad de andar tramitando autorizaciones para obreros de fuera.

Aprovecharon el cascarón de un bloque de dormitorios en desuso, por lo que no fue necesario cimentar ni quitarles espacio a los patios. Los trabajos iban de volada cuando sobrevino el primer chazcuas. Habían obtenido permiso de las autoridades penitenciarias, pero no de la autoridad real: los capos que controlaban el reclusorio. Aunque eran mandos medianones, amedrentaban, vendían protección, controlaban el flujo de cash, mota, coca, cristal y celulares al interior de la prisión y pagaban cuotas a los funcionarios penales para poder actuar con absoluta impunidad. Los capitos recibían el dinero producto de la ordeña y era su obligación depositarlo en las arcas del cartel.

Al enterarse de la construcción de las obras, se reemputaron. ¿Quiénes se creían esos guajolotes haciendo negocios sin consultarlos? Mandaron un mensaje no a las autoridades del penal, que daba lo mismo si eran unas u otras, sino a los ingenieros de la obra. «O nos dan moche o les matamos a sus albañiles.» Los ingenieros entraron en pánico. Uno de ellos había trabajado en la edificación de una planta industrial en Tamaulipas y cuando no cedieron al chantaje de los narcos, les decapitaron a cinco de sus supervisores. Con los capos solo quedaban tres opciones: pagar, pagar o pagar.

Le pasaron el pitazo a Serrano. «Don, los malos nos piden veinte melones en efectivo, si no les dan carnitas a los trabajadores.» Serrano no tuvo idea de qué le hablaba el maestro albañil. Tuvo que intervenir uno de los ingenieros pasmado por el susto. «Que si no pagamos veinte millones de pesos de comisión, nos matan a la gente.» De inmediato Serrano se contagió del pasmo y tartamudo le transmitió a Pedro la atenta donación solicitada por los ugli guans.

«Nomás eso nos faltaba», le dijo a Julián por teléfono, «que debamos pagar moches por beneficiar a los presos». Quizás los burócratas que le dieron tantas vueltas al asunto tenían razón. Había en México un país paralelo que regía bajo otras leyes. «Yo creo que aquí le paramos», sentenció Pedro. No, no podían rajarse. De ninguna manera. «Yo lo arreglo», aseguró Julián. «¿De verdad?», lo cuestionó Pedro. «De verdad. No canceles las obras. Yo hablo con ellos.» Apenas terminó la conversación, Julián sintió una serpiente bajando por su espalda. ¿De qué pinche fantasía sacó que podía arreglarlo? Sentarse con un capo a negociar era jugar ruleta rusa con seis balas colocadas dentro del cilindro de un revólver. «Soy un estúpido, un verdadero estúpido.»

Al día siguiente, le contó a JC sobre la solicitud del «donativo» que había hecho don Pepe, el capo. En las prisiones, los capos siempre eran «don» o «el señor». Nadie los llamaba por su apodo. A don Pepe le decían la Rata. Y era una rata, no solo porque era un experto en trasegar cargamentos de droga por los sistemas de drenaje, sino porque, pues, parecía una rata. Cuidadito y alguien lo llamara así. Hacerlo era, de facto, una sentencia de muerte.

A los reclusorios enviaban a los capos chiquitos, puro cascajo. Los chidos, los chingonazos, los padrinos, los bosses bosses, los picudos eran encerrados en prisiones de alta seguridad o de plano, los extraditaban a los iunaited. Don Pepe era poderoso porque operaba para los jefazos. De apenas treinta años, había forjado su fama a través del asesinato. A quienes se interponían entre el negocio y los bosses bosses o los mataba él mismo o decretaba su eliminación. Con su cara afilada y sus dientes pronunciados, farfullaba órdenes a los sicarios bajo su mando: «A ese cabrón dale piso» o «enférmalo de plomo». Era preciso pactar con él. Tal era el control que ejercía en el reclusorio que para verlo, Julián requirió pedir cita a la secretaria de la dirección general. Untado de billete por el narquillo y sin el menor deseo de complicarse la existencia, el director del penal decidió hacerse el sueco. La cita quedó para el lunes. JC quedó en acompañarlo.

Julián se sintió idiota. Por hocicón se veía obligado a transar con el más malora de los capos. Don Pepe gozaba de aura de megaojete y una palabra fuera de lugar bastaba para provocar su saña asesina. ¿Cómo debía regatear con él? ¿Cómo evitar que ahí mismo le zambutieran una Corona por el culo hasta matarlo? Para quitarse la angustia se dedicó a beber sotol y al tiretire con antiguas novias. Se sentó frente a la computadora y no pudo escribir ni un mísero renglón. Cómo escribir con el culito apretado por el susto.

Llegó el lunes, día de la reunión con el execrable Rata. Julián arribó temprano al reclusorio. El procedimiento para encontrarse con don Pepe era por completo distinto al de las visitas a los presos comunes. Se entraba por otra puerta, se traspasaban otros filtros de seguridad, se llenaban otros formularios. El cacheo se ejercía en cuatro distintos puntos del penal. En los dos primeros lo realizaban custodios mal pagados y mal nutridos. En los otros dos, los áscares narcos. Babuinos fornidos y mal encarados, de estirpe norteña.

Julián se encontró con JC después de la segunda aduana oficial. Luego cruzaron juntos los registros impuestos por los narcos. Ni esperanza de meter un pedazo de vidrio o una punta para destripar al narcorroedor. Imposible también que José Cuauhtémoc lo matara ahorcándolo con las manos. El mísero capito era resguardado por seis gigantones. Los seis tan altos o más que JC.

Franquearon los retenes y uno de los narcoguaruras los guio hacia la suite de don Pepe. Lo hallaron jugando billar con un par de sus tapires. La Rata ni siquiera volteó a verlos, concentrado en ejecutar una carambola a una banda. Tomó el taco, dio vueltas alrededor de la mesa para calcular la triangulación de la bola, se agachó un par de veces para obtener una mejor perspectiva, talló la punta del taco con tiza y ejecutó su golpe. Un tiro chocolato. La bola blanca pegó cuatro veces en las bandas y no se acercó ni a un ala de colibrí de la bola roja. La Rata volteó a ver a los intrusos. «Don Pepe», le dijo el cuadrumano, «ya llegaron los del negocio». No dijo visitas, no dijo amigos, ni compas, ni batos, ni valedores, dijo «los del negocio». «Que me esperen en el despacho», respondió la esmirriada rata tiñosa.

Fueron a parar a una oficina de cien metros cuadrados. Pedro hubiera vuelto el estómago del mal gusto que ahí babucheaba, aunque ni Julián ni JC estaban ahí para dárselas de estetas. El grandulón que los escoltó, que a decir verdad se veía buena gente (se escuchaban rumores de que lloraba de tristeza cuando estrangulaba a sus víctimas), les ofreció asiento en unos equipales color rosa. «El jefe no se tarda. En lo que llega, ¿no quieren ver una telenovela o una serie?» Ambos asintieron y el monote encendió una pantalla de chorrocientas pulgadas. Les dejó el control remoto y partió. En cuanto lo vio salir, Julián se acercó a JC para comentarle algo, pero este le hizo la seña de chitón y señaló hacia varios sitios. Un par de cámaras los vigilaban desde las esquinas del lugar y sobre las mesas descansaban adornos que eran obvias cuevitas para micrófonos. Julián entendió y se puso a oprimir los botones del control remoto. Se detuvo en un programa sobre montañeses en Alaska que trampeaban linces en la nieve.

Por fin, una hora después, se apareció don Pepe. Cruzó la oficina y se sentó en un escritorio de acrílico con víboras de cascabel

y alacranes plastificados dentro de las columnas. Algún artista pue-
blerino debió estar al tanto de las obras de Damien Hirst y creó su
versión ranchera. Sacó un control remoto de uno de los cajones de
su escritorio y apagó la tele. «¿De a cómo va a estar el negocio?»,
preguntó sin pronunciar un buenos días, o un quiubo. Se fue derecho, sin vaselina. José Cuauhtémoc se levantó del equipal, se
aproximó al escritorio y se inclinó hacia la Rata. Los seis monotes
se pusieron en guardia. «De acero es el negocio», dijo. Julián quedó
confundido. «¿De acero?» El roedor sonrió. «O eres muy cabrón,
o estás muy pendejo.» En ese momento, Julián comprendió y tragó
gordo. Era de acero: de a cero, de nada, de niente, ni mais, nones,
ni un quinto. Cero. De acero.

*Sería injusto no considerar momentos felices que vivimos a tu lado.
Como aquel domingo en que nos montaste a los tres en tu auto y le
dijiste a mamá que volvíamos a la hora de la comida. Te preguntamos
adónde nos llevabas y respondiste que era una sorpresa. Llegamos a una
casona en el Pedregal. ¿Lo recuerdas? Timbraste y nos abrió un tipo
fornido ataviado con traje y corbata. «Vengo a buscar al profesor Carvajal», dijiste. «¿Quién lo busca?», preguntó. En su cintura pude vislumbrar una pistola. «El profesor Ceferino Huiztlic», respondiste orondo. El otro pidió que esperáramos y cerró la puerta. «¿Quién vive
aquí?», te preguntó Citlalli con curiosidad. «Un amigo», contestaste.
El grandulón abrió y pidió que pasáramos. La propiedad me dejó bo-
quiabierto. Otros hombres, vestidos con traje y corbata, deambulaban
entre una decena de autos. Empleadas domésticas vestidas con uniforme nos observaron a la distancia. Tomé tu mano. Me intimidó el lugar
y la cantidad de guardias. Caminamos hacia el interior y al fondo
atisbé un enorme jardín con alberca. Del segmento de un acueducto
colonial escurría un chorro de agua que caía en el centro de la piscina
(años después me enteré que ese había sido un tramo de un acueducto
del siglo XVI que atravesaba por el pueblo de «tu amigo», y que «tu
amigo» saqueó para llevárselo a su casa). Un hombrecillo también de
traje y corbata, extraño en un domingo, se acercó sonriente hacia nosotros y te extendió la mano. «Profesor Huiztlic, mucho gusto.» Se la es-
trechaste y él la sacudió con entusiasmo, como si tu presencia le fuera en*

extremo grata. «*Soy Rosendo López, asistente del profesor Carvajal.*» *Quién sabe dónde impartiría clases el tal profesor Carvajal, porque vaya mansión se había construido.*

*Rosendo nos condujo al límite de la propiedad. Aparecieron unos hermosos cachorros Weimaraner y atrás sus padres, perros que cumplían con los estándares de la raza: musculosos, pelambre corto y gris, ojos azules. Pedigrí del más alto nivel. «El profesor Carvajal nos va a regalar un cachorro», nos dijiste con una sonrisa. Nos emocionamos. Un Weimaraner de raza pura provocaría la envidia de nuestros amigos en el barrio. Nos acercamos a la camada y entre los perritos emergió uno de pelo negro y ojos amarillos. Rosendo lo cargó y se volvió hacia nosotros. «Este es el que elegimos para ustedes, ¿no está lindo?» No, nada lindo. Era feísimo. Le acariciaste la cabeza. «Hay que pensarle un nombre.»*

*Durante años me pregunté por qué a un profesor como tú lo habían recibido en una casona donde abundaban guardaespaldas, servidumbre y asistentes. La duda persistió hasta que tiempo después descubrí una foto del «profesor» Carvajal en un periódico. Era el líder del sindicato de maestros. Tú, tan enemigo de la corrupción, tan proclive a la honestidad, aceptando cachorros bastardos de un ser tan asqueroso. ¿Qué virtudes podría encerrar este individuo para merecer tu atención? Si algo me enorgullecía de ti era tu impertérrita vocación ética. Me decepcionaría saber que te apartaste de tu estricta brújula moral solo para escalar posiciones gracias a él.*

*Al cachorro lo llamamos Tito. Lo adorábamos. Era un perro retozón y noble. Apenas llegar de la escuela nos apresurábamos a salir al patio a jugar con él. Algún resorte de tu infancia activó en ti, porque era notorio que lo querías. Tan adverso a la cursilería, le prodigabas caricias y palabras dulces y hasta permitías que durmiera a tus pies en tu despacho. Cuando Tito se contagió de moquillo sentí una angustia honda. Nuestro compañero se apagó rápidamente. A los nueve años me enfrenté al inmenso dolor de la pérdida. No lloramos porque nos lo tenías prohibido. No sé cómo aguantamos el llanto, porque a los tres su muerte nos devastó.*

*Otro de los momentos felices a tu lado fue cuando me enseñaste a andar en bicicleta. Desde que llegaste a la casa con ella no pude caber de la emoción. Significaba transitar a otra etapa. Dejar el triciclo y convertirme en un niño grande. Le quitaste las pequeñas ruedas de*

217

apoyo. «Si pedaleas duro no te vas a caer y si te caes, te levantas y sigues.» Me entró susto. No por caerme, sino por decepcionarte.

Me llevaste a los senderos que cruzaban el parque de Chapultepec. Caminamos un largo trecho hasta hallar uno sin gente. En cuanto monté la bicicleta, mi corazón empezó a latir. Me explicaste cómo apretar las palancas en el manubrio para frenar. Memoricé tus pasos: pedalear, no detenerme, oprimir el freno, avanzar de nuevo, no caer. Empecé a pedalear. Tú corriste a mi lado deteniéndome del asiento para que no me fuera de lado. Una vez encarrilado me dejaste solo. Recorrí sesenta metros. Ni yo mismo lo creía. Solo que se me acabó el camino y no supe qué hacer. Di de lleno contra un ahuehuete. Me golpeé la frente y quedé tumbado sobre las raíces. Giré la cabeza para buscarte con la mirada. Te dirigías a mí con paso calmo y con una gran sonrisa. «Muy bien», me dijiste al llegar. Levantaste la bicicleta y me ordenaste: «De nuevo, pero ahora no choques».

Volví a montarme aún molido por el golpe. Me llevé la mano a la frente. No me había descalabrado, pero sentí un raspón arriba de mi ojo derecho. Pedaleé con rapidez. Avancé sin contratiempos y cuando me aproximaba a una curva, apreté los frenos. La bici se detuvo de golpe y caí de bruces. Al golpear contra la tierra se rompió mi pantalón. Aguardé tu furia. «Carajo, ¿crees que nos regalan la ropa?» Arribaste sonriente. «¿Estás bien?» Asentí, aunque era mentira. Me dolía muchísimo la rodilla. «Aprendes rápido», dijiste. Me advertiste que los frenos debían oprimirse con suavidad y solo hacerlo con fuerza en caso de emergencia.

Monté de nuevo. Recorrí el sendero de punta a punta sin chocar ni caerme. Al parar, logré bajar ambos pies al mismo tiempo impidiendo que la bicicleta se ladeara. Llegaste a mí con expresión de orgullo. «Así mero», proclamaste. No sabes lo dichoso que me hicieron tus palabras. Ni un solo regaño, ni uno solo. Esa noche dormí con punzadas en el chichón en mi frente y ardores en la rodilla, aunque contento. Muy contento.

Un tercer momento de felicidad fue cuando nos llevaste a comer helado por primera vez a la Siberiana. Tú mismo te encargaste de pedir los sabores: chocolate y café. Una delicia. Nos sentamos en una banca en la plaza a comerlos. Nos pediste pasar la lengua por el paladar. «Sientan cómo se les pega la grasa en la parte de arriba de la boca.» Los tres obedecimos y sí, una delgada capa cubría nuestra bóve-

218

*da superior. «Eso demuestra que son fabricados con crema de leche, no como los helados industriales hechos con grasa vegetal.» Guardamos silencio. Solo en ocasiones nos limpiabas con la servilleta las gotas que escurrían por el cono. Esos nimios minutos, callados, mirando a la gente pasar, constituyeron una de las experiencias que más me unieron a ti.*

*Lo curioso es que en los episodios felices de mi vida, en ninguno, aparece mi madre. Un espectro apenas visible en mi infancia y adolescencia. A pesar de que pasábamos gran parte del día a su lado, nunca viví con ella un capítulo memorable. Dicen que en Lima el cielo es permanentemente gris, mas nunca llueve. Así rememoro los días al lado de mamá, encapotados, neblinosos, sin relámpagos, sin vendavales. Contigo la vida era borrascosa, en tempestad perpetua, pero con inesperados atisbos de luz. Cumpliste con uno de los requisitos de ser padre: brindar instantes.*

Debía decidir si lo visitaría o no a la mañana siguiente. Aspiraba a verlo a solas, si «a solas» significaba estar rodeado de otros presos, otros visitantes y múltiples custodios rondándonos. Al menos podría hablar con él en calma y sin ser estorbados por Julián, Pedro o alguno de los compañeros del taller. Hacerlo suponía complicaciones. No iba a visitar a algún antiguo amor de la secundaria que nunca cuajó y que veinte años después nos dábamos la oportunidad. José Cuauhtémoc, me quedaba clarísimo, era un asesino. No podía hacerme la tonta al respecto. La probabilidad de que me atacara, aun vigilados, era real, aunque, con ingenuidad, la desechaba. Confiaba en él a pesar de lo brutal de sus crímenes. Me justificaba a mí misma diciéndome que mi intuición no podía equivocarse. Con certeza las circunstancias lo habían empujado a matar. Quizás él podía aclarármelas. Llegué a creer que él incluso me protegería de sí mismo. Si iba, era sola y bajo mi propio riesgo. Nadie sabría de mi excursión al reclusorio. Si algo me pasaba, nadie se enteraría hasta que fuera demasiado tarde.

Por la tarde, me reuní con el grupo. Les planteé mi deseo de montar una coreografía sobre los cadáveres en el Everest como una metáfora del hombre derrotado por la naturaleza. Los cadáveres integrados al paisaje. La montaña como lección. A mis compañeros les pareció interesante, aunque difícil de ejecutar. ¿Cómo represen tar la nieve, los riscos, la muerte? Les pedí ideas. Lucien me había instruido en la noción de que la jerarquía en la danza es vertical; a mí me gustaba ser inclusiva. Si bien el coreógrafo concibe en solitario la geografía de la pieza, nada perdía escuchando las aportaciones de mis compañeros.

El ejercicio fue estimulante y me ayudó a captar sutilezas. Sí, hablar de los muertos en el Everest sería una tarea compleja. Para un creador, un evento, una imagen pueden convertirse en punto de partida y de ahí avanzar hacia el armado de la obra. En el flujo de asociación libre, un tema conduce a otro que a su vez conduce a otro y así hasta construir el montaje. Por eso no me cerré a las ideas más descabelladas.

Salí de Danzamantes alrededor de las diez de la noche. Claudio me había mandado un par de WhatsApps: «Niños bañados, cenados y dormidos. Estoy muerto. Me zzzz. Buenas noches. Te amo». Con Alberto y un pequeño contingente de bailarinas, decidimos ir a cenar a un restaurante vegano. Un par de ellas no soportaban el «maltrato a los animales por cuenta de los comecadáveres». Añoré unos buenos tacos de gaonera y de costilla. Pese a las retahílas moralinas de mis amigas veganas, me negué a desertar de la carne. Héctor, siempre controversial, aseguraba que en el futuro la humanidad se dividiría en dos: los «dominantes», cuya vivacidad y agudeza se mantendrían incólumes gracias a alimentarse con carne, y los «blandos», veganos que por su dieta acabarían fláccidos y débiles, sin temple y sin vigor. José Cuauhtémoc debía coincidir. En un poema escribió: *«Me nutro de sangre y vida. En mis entrañas galopan animales. Oigo dentro de mí el trotar de sus pezuñas. Soy ellos también. Quienes solo rumian vegetales no perciben dentro de sí el fragor de las estampidas».*

Luego de una sopa de lentejas, un cous-cous de vegetales y un café con leche de almendras endulzado con piloncillo, volví a casa. Me quité los zapatos para que no se escucharan mis pisadas. Rechinaba la duela al caminar sobre ella. Ni Claudio ni yo soportábamos la idea de vivir en un sitio alfombrado. La cantidad de microbios que podían poblarlo nos provocaba repele.

Me metí a la cama. Claudio era de sueño pesado y no despertó al sentirme. Me acosté y me giré hacia el hombre de respiración acompasada que dormía a mi lado. Mi esposo. El padre de mis hijos. Mi compañero. Mi amigo. ¿Valía la pena traicionarlo? En realidad, mis infidelidades, tanto con Pedro como la posible con José Cuauhtémoc, estaban «acotadas». Pedro se había acostado conmigo solo para demostrarse que el sexo con mujeres no iba con él. Para mí, nuestros revolcones habían satisfecho mi necesidad de aventura y hasta ahí. Y no había modo, ni circunstancias propicias, en que la infidelidad con José Cuauhtémoc progresara.

Decidí que sí iría a la prisión a la mañana siguiente. Me abracé de la almohada y me dispuse a dormir.


JC no se inmutó ante las amenazas de la Rata. El capo pinchurriento no le provocó ni un temblorcito. Era un cuentachiles barato y abusivo. En la jerarquía narca era solo un subgerente de sucursal, no un CEO. El ladilla dispuesto a asesinar sin resabios de culpa. El tontito buleador de pueblo magnificado por las circunstancias. En otra etapa histórica, no hubiese pasado de ser un recogepelotas. Para su fortuna, le tocó el auge de la coca y de la mota, del fentanilo y de la heroína, del éxtasis y del cristal. La anaconda gringa con la boca abierta, siempre dispuesta a consumir.

El jugoso biznes de la obra en el reclusorio era la carta fuerte de la Rata. Otorgarles dividendos a los bosses bosses lo salvaría de morir al menos por los próximos cinco años. Eso, si no mataban antes al boss de bosses. Porque así era la rueda de la fortuna del negocio. Ido el jefe, venían las purgas. La chamacada se daba con todo tratando de cubrir el puesto. Y a los ojetes era a los primeros que se cargaban. Don Pepe, alias la Rata, requería de cash para tener contento al patrón y ahora se le plantaba este gonorreico a decirle que su negocio era de acero. «Mira pendejo», le dijo a JC, «te la voy a poner fácil. Si para mañana no tengo el dinero en billetes limpios, tú y tu novio (se refería a Julián) van a amanecer cortados en cachitos».

Julián tragó gordo, pero José Cuauhtémoc se mantuvo inmutable. «Mira», le dijo a la Rata, «lo único que vas a lograr es que paren la obra. No la hace el gobierno. La construyen privados para beneficiarnos a nosotros, los presos». La Rata se volvió a ver a sus changos y luego regresó la mirada a JC. «Me vale madres si paga el gobierno o quien chingados sea. A mí, o me dan una lana ya o a ustedes se los va a cargar la calaca.» El rubio, de nuevo impasible. «No valemos tanto, carnal. No creo que nadie vaya a pagar por nosotros ni diez pesos. Y si quieres matar albañiles, pues mátalos y cómetelos en salsa verde.» Julián se asombró de su sangre fría. JC hablaba como si se tratara de alinear o no a un jugador en un equipo llanero. Don Pepe se inclinó hacia él para escrutarlo con la mirada. «¿Y qué vamos a ganar nosotros?», preguntó. «Mira, carnal» —José Cuauhtémoc se negaba a llamarle don Pepe a ese sociópata imbécil—, «si sigues con tus amenazas, lo único que vas a lograr es que no construyan nada». A la Rata no le pareció nadita el tono altanero. «Nomás por mis huevos los voy a matar», advirtió. JC se mantuvo hielo. Sabía bien que no era choro. Fácil podían matarlos en ese mismo instante. Y, pues ese no era el plan. «El presidente fue el que autorizó el proyecto», aclaró JC, «y hay gente muy pesada detrás». A la Rata qué podía importarle el presidente. En dos años dejaría de serlo y habría uno nuevo con quien negociar. «Me vale madres», espetó. «A ti puede que te valga, no a los jefes», replicó JC. La Rata se disponía a contestar cuando Julián interrumpió. «Podríamos pedirle al presidente que detenga los procesos de extradición.» En los periódicos era nota recurrente la negativa de los narcos a ser extraditados a los Estados Unidos. Una cosa era ser enjuiciado y procesado en México, donde con suerte rifaban algunas prebendas: tele por cable, entrada libre a nenorras, tacos al pastor, cama suavecita, y otra muy distinta, acabar en una prisión de alta seguridad gringa, sin contacto con nadie, vigilado las veinticuatro horas, sin una mísera cobijita para taparse del frío. Era casi un hecho que a los bosses bosses encarcelados los embalaran para Gringolandia. Por razones políticas, mandarle dos bosses pesados al nuevo presidente americano era un bonito adelanto navideño. Nadie podía echar para atrás la decisión y eso lo sabía don Pepe. «A los jefes los van a mandar sí o sí al gabacho. No les creo ni tantito que puedan evitarlo.» Por su-

222

puesto que no podían hacer nada. De la manga Julián sacó la carta ganadora. «Por los jefes no podemos hacer nada, pero sí por usted, don Pepe.» La Rata era una nada para los americanos. Un matón burdo y chafa sin conocimiento real de los ires y venires de los moches a políticos, del trasiego del talco y de los pontelokos, de los empresarios lavadores de ropa ajena, de las cuentas en los paraísos fiscales de Panamá e Islas Caimán. ¿Para qué extraditar a un sifiloso cuyo único mérito era su capacidad homicida? «A mí no me quieren los gringos. Yo no tengo bronca», aseguró la Rata. En sus palabras se dibujó un filo de angustia. José Cuauhtémoc entendió de bote pronto la intención de Julián y agregó: «No tenías. Ahora, sí». Don Pepe miró a ambos. ¿Hablarían a sabiendas o sería puro cuento? Extraditarlo sería lo peor de lo peor. Peor incluso que la muerte. En esas malditas prisiones no los dejaban ni siquiera suicidarse. Apenas empezaban a hacer un nudo con la camisola para colgarse y ya tenían a diez custodios entrando a la celda para evitarlo. Don Pepe había escuchado de los horrores de la prisión en Colorado. Un frío de tundra siberiana y comida peor que la de McDonald's.

«¿Cómo saben que los gabachos me tienen en la lista?», interrogó. «Traigo los pelos de la burra en la mano», le dijo el güero. «¿Tú crees que voy a venir a proponerte un trato de acero así nomás? Y a estos seis se los llevan contigo si sigues con tus chingaderas.» Los seis cuadrumanos se vieron entre sí. ¿Por qué ellos? Solo eran obreros del crimen, mano de obra barata. Ni en sus peores pesadillas pensaron que ellos estuvieran en la mira. «Y desde ahora te digo, carnal. No te conviene que nos toques», le advirtió. Don Pepe dudó en atorárselos. Quién sabía qué se traían entre manos para hablarle así de gacho.

Llegaron a un acuerdo. No pediría moches por la obra. El trato sería de acero. En buena onda pidió cien mil pesos para repartir (veinte mil para él, cincuenta mil para los bosses, dos mil para cada uno de los monotes y los restantes para gastos de «operación») y la promesa de no extraditarlo. Sellaron el pacto con un apretón de manos. «Creí que íbamos a valer gorro», dijo Julián al salir. «Yo no creí, estaba seguro», reviró José Cuauhtémoc.

Los cien mil bolardos fueron entregados al día siguiente. Para Pedro esa cantidad equivalía a un viaje de fin de semana a Avándaro. Fue innecesario el gasto. El mero boss de bosses, harto de las babosadas de la Rata, mandó «destituirlo». El cadáver de don Pepe apareció en la lavandería del reclusorio con más de cincuenta cuchilladas. Y sí, fueron los seis monotes quienes lo apuñalaron.

La mera posibilidad de ver a solas a José Cuauhtémoc me hizo revolverme sobre la cama una y otra vez. Cuando por fin logré conciliar el sueño, sonó el despertador de Claudio. Como todas las mañanas, me besó en la frente, se levantó y se metió a bañar. De nuevo su rutina de embellecimiento y arreglo. Lo vi caminar hacia la ducha. Iba a envejecer al lado de ese hombre, de eso no me quedaba la menor duda. Con los problemas inherentes a la relación, con lo alejados que eran nuestros mundos, con lo desesperante que era en ocasiones, no veía mi futuro sin él. Era ligero y sin las dudas existenciales que me agobiaban. Alguna vez, le comenté a mi madre que Claudio me parecía simplón. Con sabiduría, ella me respondió: «Es sencillo, no simple». Distinción fundamental si se le mira de cerca. Concluí que él era ambos: simple y sencillo. Simple porque se conformaba con horizontes muy estrechos. No procuraba ensanchar su visión del mundo o arriesgar cambios radicales. Era sencillo porque se conformaba con pocas cosas. No demandaba atención en exceso, no era un ser tóxico, ni drenaba mis energías. Maridos de amigas mías eran una pesadilla. Complicados, celosos, posesivos, controladores, misóginos, mediocres, huevones, vulgares, ausentes, desleales, depresivos, sucios, desarreglados, tontos. Claudio al menos me hacía la vida fácil. Ayudaba con los niños, se reía mucho, no enrarecía el ambiente, no insultaba, no alzaba la voz y sabía pedir perdón. Si le había sido infiel, y me encontraba en vías de volver a serlo, no era porque él valiera poco o porque no lo quisiera. Era una cosa mía, una necesidad de experimentar, de encontrar estimulación e ímpetus. Sé que hay quienes creen necesario terminar una relación antes de ser infiel. Y yo no deseaba terminar con la mía. Yo no me hallaba entre la disyuntiva de uno u otro, sino de uno más el otro. En términos racionales, la atracción fortísima que José Cuauhtémoc ejercía sobre mí era absurda. Si mi vida requería de una sacudida, qué mejor que vincularme con un hombre completamente prohibido, proveniente de la estratosfera de mi realidad.

No lo pensé más. Tomé las llaves de mi auto. Anoté la dirección en Waze y encomendándome a todos los dioses habidos y por haber, me encaminé hacia mi cita.

Tú

Tú puedes ser la que no llega, la que se me olvidó
que no hay manera de que se vaya todo. Tú buscas
cuando ya fue cierto que no hubo de eso. Tú no sabes porque saber es cuando nada fue. Tú perdiste
el camino de lo que no sabías que iba. Tú preguntas y preguntas cuando ya se vino lo que era de a
montones. Tú que reclamas las cosas de lo que fue
pura mentira. Tú que ya no te resbalas cuando te
caes sino que todo es así. Tú que te arrepientes
de lo que cuando vino ya no llegó porque estaba
cerca. Tú que sientes que eso no es ni cuando tú
pensabas que iba a pedir perdón. Tú que querías
todo de lo que ya no había porque nunca iba a volver. Tú y solo tú me pides que haga lo que ya no se
retira porque va muy lejos. Así que tú vas a terminar haciendo lo que se perdona porque es lo que
quiero y es lo que tú necesitas.

Brayan Francis Badillo Martínez
Reo 53487-1
Sentencia: veintidós años y ocho meses por homici-
dio calificado

Después de siete meses las obras quedaron al tiro. Muy monos estuvieron en la inauguración aquellos funcionarios que no se cansaron de meter el pic. Nomás por llevar la contra, Julián y Pedro invitaron al rubio a cortar el listón. Berrinchazo de las autoridades, que pidieron que ningún malandro figurara en la foto. Y click, click, click de los tres tijerita en mano. El director del reclusorio se sulfuró. «Le estamos dando portada a un delincuente», alegó. Inútil pataleta, la foto apareció borrosa en la última página de la sección «Ciudad» del periódico *Reforma* y apenas un par de líneas en *Excélsior, El Universal* y *La Jornada:* «Estrena Reclusorio Oriente nuevas instalaciones». Tan tan. ¡Ah! Pero por redes sociales la Fundación Encuentro echó toda la carne al asador. Fotos en Instagram, reseñas en Facebook, avalancha de tuits y emeils a toda su base de datos. Liliana Torres, la afamada «Lilly», la superchic PR de la fundación, se ufanaba de «cacarear el huevo» y pos la cacariza estuvo a full. Valía madres si el público se enteraba o no, ¿a quién de verdad le importaba que lo supiera un ama de casa de la Del Valle o un oficinista del centro? No *signori,* había que llegar a la *crème de la crème,* a los trescientos chipocludos que manejaban el país, a los el-mismísimo-presidente-me-toma-la-llamada-y-chatea-conmigo-en-whatsapp. A Pedro lo felicitaron cineastas, empresarios, gobernadores, intelectuales, escritores y hasta su primer novio (ahora casado con una matrona de Cholula, con nueve chilpayates —los que nos mande Dios— y devoto católico que le hacía fuchi al matrimonio gay. Eso no le quitó el vicio de irse a meter a antros piteros a buscar verga obrera).

A Julián también le convino la difusión del numerito. Creció su reputación dual de hombre de letras erudito y talentoso, y rudo-piénsensela-bien-críticos-culeros-antes-de-meterse-conmigo-que-les-parto-su-mandarina-en-gajos (si supieran esos críticos cómo se le aguó la canoa cuando la Rata los amenazó). Julián quedó como impulsor *sine qua non* de la cultura y hasta sonó para candidato a senador por un partido político patito.

Foking sorprais: se inscribieron más participantes en las actividades culturales que en las deportivas. Menos box y más spring. Hasta necesitaron abrir mayores cupos y duplicar el número de clases. Por los puros chones de Pedro, los maestros ganaban el cuádruple de lo que les pagaban en las universidades privadas. El que quiere azul celeste que lo cueste, y a billete gordo, corazón contento.

Desde el mero principio, JC ruleó. Jefe máximo de las letras carcelarias. Convenció a varios de sus caimanes de inscribirse en el taller de escritura creativa. Algunos se chivearon, cinchos de que escribían al nivel de un chavito de preprimaria. «No se achiquen mis reptiles», les dijo JC, «vale Bergman si escriben bien o no, de lo que se trata es de sacar lo que traen adentro de las tripas».

A JC le prendió leer de nuevo sus textos en voz alta. Cumplía así con los propósitos de la escritura: escribir para compartir, para confrontar, para provocar. Escribir para rebelarse. Escribir para reafirmarse. Escribir para no enloquecer. Escribir para apuñar. Para apuntalar. Para apurar. Escribir para no morir tanto. Escribir para aullar, para ladrar, para tirar tarascadas, para gruñir. Escribir para provocar heridas. Escribir para sanar. Escribir para expulsar, para depurar. Escribir como antiséptico, como antibiótico, como antígeno. Escribir como veneno, como ponzoña, como toxina. Escribir para acercarse. Escribir para alejarse. Escribir para descubrir. Escribir para perderse. Escribir para encontrarse. Escribir para luchar. Escribir para rendirse. Escribir para vencer. Escribir para sumergirse. Escribir para salir a flote. Escribir para no naufragar. Escribir para el naufragio. Escribir para el náufrago. Escribir, escribir, escribir.

La banda empezó a rolar los textos de mano en mano. Los leían en corros. Un grupo y luego otro y otro. Los mandriles pudieron verse más clarito a sí mismos. Qué foking les dolía, a qué foking le temían, qué babita de esperanza aún les escurría.

No hubo ni un solo problema con la franja narca. El jefe que sustituyó a la Rata más o menos le cultivaba. Había estudiado hasta el cuarto semestre de la licenciatura en Comunicación en una universidad privada de Tijuana y hasta había leído dos que tres libros de Julián. No le entró a ninguna de las actividades culturales, pero no estorbó ni amenazó. Don Julio, a quien apodaban el

Tequila, era un cuarentón clasemediero nacido en Ensenada y que se enroló al narco cuando a él y a sus amigos de la universidad les pareció chistosín trabajar de sicarios al servicio de los capos. Deseaban rush y euforia, fastidiados del achatado mundo del six de cervezas, de las morras fresas, del antro de siempre, del churrito de mota y del shopping en San Diego. Don Julio fue el único de ese grupo que no acabó en el six feet under. Los nueve compañeros de universidad que entraron con él al desmadre acabaron intoxicados de plomo antes de los veintiséis años. Habilidoso, navegó entre los diversos carteles hasta que terminó chambeando con el cartel dominante: los Aquellos. El Tequila llegó al Reclusorio Oriente a purgar solo seis años de condena por narcotráfico a pesar de haberles dado piso de propia mano a más de cuarenta batos. Era uno de los sicarios más temidos, aunque su novia lo describía como «el hombre más dulce y atento del mundo». En un negocio donde los «pinche puto» o «ya valiste madre, pendejo» eran lo común, él jamás profirió maldiciones. Muy educadito él, les explicaba a quienes iba a ejecutar las razones por las cuales lo hacía y luego les sorrajaba un fogonazo entre los ojos. Su calma y su trato de lord inglés provocaban terror inclusive entre homicidas tan brutales como él.

El proyecto cultural se fue de jonrón. En el cineclub proyectaron películas de todo género, desde las ganadoras en Cannes (of course my horse programaron las de Héctor, faltaba más), hasta las who is who de la cinematografía carcelaria (con curaduría del mismo Héctor): *Expreso de medianoche (Midnight Express), El apando, Golpe bajo (The Longest Yard), Papillon, Fuga de Alcatraz (Escape from Alcatraz), Sueño de fuga (The Shawshank Redemption), Les valseuses, Cadena perpetua, Un profeta (Un prophète), Carandiru, El indomable (Cool Hand Luke), Brubaker, El tren del escape (Runaway Train)*. Los presos abarrotaban el auditorio cuando las exhibían y era puro chacoteo. «Ese güey se parece al Penis», «ya cógetelo cabrón», «rómpele su madre», chicharroneaban a grito pelado.

Acabada la función, Pedro y Julián moderaban un diálogo sobre los temas expuestos en los filmes. Un oreja del director del reclusorio chivateaba sobre lo discutido. «Van a querer mejoras en el comedor, porque de eso se trató la película» o «van a salir con la mamada de que quieren armar un equipo de futbol americano». Los nalgaguadas funcionarios varias veces intentaron censurar películas, libros, obras de teatro, pero Pedro se movilizaba de volón con sus influencias y no tardaba en llegar la llamada del asistente del coordinador de asistentes del secretario particular del secretario privado de la presidencia. Y en el mundo darwiniano de la política, la rifaba más el que olía a oficina presidencial que el que apestaba a reclusorio.

No olvido aquella mañana de domingo en que nos llevaste a casa del que llamaste un «buen amigo mío». Te preguntamos a qué íbamos y respondiste: «A una fiesta infantil». Entramos y nos topamos con decenas de niños güeritos. Un hombre se acercó a saludarte. «Bienvenido, Ceferino.» Nos lo presentaste: «Simón Abramovich». El tipo hizo algo que el resto de tus amigos no hacía. Se inclinó para colocar su rostro a nuestra altura. «Mucho gusto», nos dijo, estrechando nuestras manos.

Esa mañana, he de confesarte, me la pasé muy bien. Al principio, José Cuauhtémoc y yo nos sentimos aislados. Los chiquillos parecían conocerse de hacía tiempo y nos miraban con resquemor. Pero, a instancias de su padre, los niños Abramovich nos incorporaron a sus juegos. Sus nombres eran diferentes a los de nuestros compañeros de la escuela: Jacobo, Daniel, Abraham, David. Jugamos con ellos escondidillas, futbol y rompimos una piñata. Para cuando fue la hora de irnos, a varios de ellos ya los considerábamos nuestros amigos y te rogamos que los invitaras a la casa una próxima vez.

En el camino de regreso, nos aclaraste que ellos eran judíos y que pertenecían a un pueblo admirable. «Deben ser nuestro ejemplo», sentenciaste. Nos explicaste que por sus costumbres y por su religión, habían sido sometidos por siglos a una persecución implacable, pero que habían alcanzado la expresión suprema de logros e intelectualidad. «El mundo ha cambiado gracias a los judíos», aseveraste.

A esa edad no entendimos bien a bien quiénes eran, pero con el tiempo nos fuimos dando cuenta de su importancia en la generación de conocimientos y en la construcción del pensamiento crítico. Las lecturas obligatorias de Marx, Freud y Einstein confirmaron lo trascendental de sus aportes.

Insistías en que debían ser modelo para los pueblos indígenas, también perseguidos y aniquilados. «A nosotros nos falta confianza en *nosotros mismos. Necesitamos aprender del carácter resiliente de los judíos.»*

*Según me contó mamá, durante años te dedicaste a cultivar su amistad, aunque al principio te fue difícil. Milenios de agresiones los habían tornado cautos. Les hiciste ver que tú también eras descendiente de un pueblo acosado y poco a poco te aceptaron en su círculo. Recuerdo cuando alguno de ellos llegaba a ir a cenar a la casa, los ametrallabas con preguntas, ávido por hallar respuestas a problemas semejantes a los de los tuyos. ¿Cómo defienden sus tradiciones? ¿Cómo estimulan las ideas? ¿Cómo mantienen la unidad si provienen de sitios tan diversos? Con ellos fue con los únicos con quienes te sentí humilde y dispuesto a escuchar.*

*Ahora entiendo por qué privilegiabas contratar a un abogado judío, consultar a un médico judío, invertir con un financiero judío. Poseían mayor rigor, mayor probidad y superior capacidad de discernir. Apuesto que si no hubieses sido un ateo tan recalcitrante te habrías convertido al judaísmo.*

*Heredé tus contactos en la comunidad judía. Sus conexiones, su munificencia, su sentido de la lealtad me permitieron realizar con ellos negocios de alto calado. Con varios me asocié en diversas compañías. Generosos, no dejaron de invitar a la familia a sus eventos sociales. Esos lazos fueron para nosotros, sin duda alguna, uno de tus más importantes legados.*

Ignoro cuáles son los momentos decisivos para otras mujeres que las hacen percibir un dominio total sobre sí mismas. La certeza del «sí pude». A mí, el acto que me hizo sentir valiente y segura de mí misma, no fue estrenar mi primera coreografía, ni parir a Claudia sin anestesia, fue —por ridículo que suene— cuando me atreví a manejar sola hasta el reclusorio. Representó vencer no solo miedos personales, sino añejos prejuicios de clase. Treparme a mi camioneta Acura MDX y llegar a mi destino sin más guía que Waze me pareció heroico. Waze es una aplicación listísima para evitar el tráfico, pero en ciudades como la nuestra es tonta para determinar si la calle por la que nos conduce es o no peligrosa. Recorrí solitarias callejuelas de Ixtapalapa convencida de que terminaría violada y descuartizada. Algunas de plano eran de tierra, anegadas por charcos nauseabundos. El auto podía atascarse y convertirme en presa fácil para las bandas de muchachos tatuados.

Para colmo no hallé estacionamiento cercano a la prisión y tuve que dejar la camioneta a varias cuadras de distancia. Debí cruzar por entre callejones y una avenida en la cual abundaban puestos ambulantes y paraderos de autobuses. A pesar de ir vestida lo más discreta posible, y de caminar decidida con la vista al frente, era obvio que no encajaba.

Fuera de unos piropos ofensivos y de un tipo que intentó nalguearme, llegué a las puertas del reclusorio sin mayores contratiempos. Esta vez el trámite de entrada fue un gorro. «¿A qué viene? ¿Es abogada? ¿Qué relación mantiene con el recluso?» Varios de los guardias ya me habían visto entrar antes, pero era obvio que deseaban ejercer su minúscula autoridad. Al ingreso una celadora intentó esculcarme. Indignada, me rehusé. «Para eso están los detectores de metales», alegué. Ella rio con ganas. «Doña Blanca está cubierta de pilares de oro y plata…», cantó la popular melodía infantil. No entendí. Al preguntarle, su risa fue aún más sardónica. «Güerita, o se hace pendeja o es bien pendeja.» Se me habían escapado las sutilezas del caló, de la sagacidad callejera y carcelaria. Doña Blanca era la cocaína. Las «amigas» que solicitaban ver a los presos eran quienes los proveían de drogas. Las ocultaban en la vagina, en el ano, en el peinado, en los calcetines. Mi condición de «amiga», sin relación conyugal o sanguínea, activó las alarmas. Por suerte, un custodio me reconoció y me creyó cuando le aseguré no llevar conmigo ningún tipo de droga. Ello me salvó de que me desnudaran, me llevaran a un cuarto y la celadora hurgara entre mis genitales.

A solas atravesé el patio. Otra mujer se dirigía también al área de visitas y me uní a ella. «¿Va a visitar a alguien?», le pregunté con ánimo de hallar una cómplice solidaria. Ella me miró con desdén. Era chaparrita y gorda, de rasgos indígenas, vestida con un faldón autóctono. Debía ser oaxaqueña, del Istmo. «¿Qué le importa?», contestó. Su respuesta me dejó ofuscada. Intenté superar la desconfianza que le provocaba. «Soy Marina», me presenté, «y también vengo de visita». Ella ni siquiera me miró. Continuó su andar, impávida. Caminar con ella me hizo sentir menos vulnerable. De algo sirvió, porque los presos no intentaron molestarme. Ella debía ser esposa o hermana de algún convicto respetado, porque ni siquiera se atrevían a mirarla de frente. Avanzamos en silencio el tramo restante. Las telas de su faldón rozaban entre sí creando un ruido áspero. A pesar del día nublado y frío, la mujer sudaba. De soslayo vi cómo un par de gotas resbalaban por su frente. Cuando llegamos a la puerta, se volvió hacia mí. «¿A quién vienes a ver?», indagó. «A José Cuauhtémoc Huiztlic», le respondí. Me escrutó durante unos segundos y me barrió de arriba abajo. «¿Ya habías venido antes?», preguntó. «Sí», le respondí, «a las aulas donde imparten el taller de literatura». Me miró con fijeza. «¿Tú sabes quién soy?» Negué con la cabeza, ni idea. «Si supieras no habrías caminado a mi lado», dijo. Se dio vuelta e ingresó al galerón donde se recibía a los visitantes.

Éramos pocos ese día. Por lo general, la gente acudía en fin de semana. Julián ya me había advertido del ambiente de verbena popular los domingos. Ahora, apenas éramos cinco o seis. La mujer se sentó con un tipo también gordo y con el rostro picado de viruela. Debía rondar los setenta años. El pelo negro y abundante revelaba su genética indígena. También de tipo mixteco, al igual que ella. Tres custodios los velaban. Debían ser gente de cuidado.

Revisé el lugar en busca de José Cuauhtémoc. Nada más faltaba que hubiera olvidado nuestra cita. Cuando le había llamado por la mañana para confirmarle que iba, entró el buzón de mensajes. «Sí voy a ir hoy a verte. Llego a las diez. Saludos.»

Me senté en la mesa más alejada, en la esquina contraria a la puerta. Luego de diez minutos, José Cuauhtémoc no aparecía. Un custodio notó mi presencia solitaria y se acercó. «¿Qué pasó güerita? ¿No bajó su familiar?», preguntó con amabilidad. «Quizás se le olvidó que venía», le respondí. «¡Uy, güerita! Usted no está para que la olviden.» Después de escuchar tantos improperios, su flor me pareció elegante. Se lo agradecí. Preguntó el nombre de mi «familiar». «José Cuauhtémoc Huiztlic», le respondí. El custodio sonrió. «La güera viene a ver al güero», dijo. En verdad, era un tipo simpático, de esos que uno no se espera en la cárcel. «¿Quiere que lo vaya a buscar?», se ofreció. Asentí. «Voy y vengo», dijo. Le pidió a otro oficial que me echara un ojo. «Cuida a esta muñequita, no vayan a querer llevársela a otro aparador.» Me hizo reír. Al menos, había encontrado un resquicio de amabilidad. El otro custodio, un muchacho más serio y circunspecto, se adelantó hacia mí. «A sus órdenes, señorita», dijo. Me descubrió mirando a la mujer y al tipo con el rostro cacarizo. «¿Quiénes son?», pregunté. El custodio los contempló. «Gente que usted no va a querer de amiga.»

Después de unos minutos, reapareció el otro custodio. A lo lejos me sonrió y con el pulgar señaló detrás de él. José Cuauhtémoc lo seguía a unos pasos.


Entre los inscritos al taller de Julián, había presos que escribían bien, ninguno con el martilleo demoledor de José Cuauhtémoc. Julián comenzó a admirarlo y, por qué no decirlo, hasta a envidiarlo. JC escribía con furia imparable. Nada ni nadie lo detenía. Cada sesión llevaba un texto nuevo. Sus escritos salpicaban sudor, sangre, semen, vida, muerte. Sus frases mordían, arañaban, rasgaban. Es la literatura que debe prevalecer, pensó Julián. Ya bastaba de niños bien queriendo escribir como simbolistas franceses. Ni eran simbolistas y mucho menos, franceses. *«Los lenguaraces labios entre tus piernas emanan efluvios hechiceros, verbos se descifran entre tus vellos públicos, el susurro de tus adjetivos se desliza sobre mi piel»*, había escrito H. S. Martín (Humberto Gelasio Santos Martínez), uno de los «prosistas más delicados y decisivos de los últimos tiempos. Sus líneas revelan poesía pura», había afirmado el mismo crítico al que Julián le había reacomodado los dientes. Detestaba a los críticos que se las daban de implacables y su lenguaje era de nenes ñoños. «A esta novela le falta el ineludible salto de la magia poética, el temblor del verbo» o «carece del pálpito musical de…» y mencionaban a un oscuro escritor de Europa central. Por eso no estaba nada mal cuadricularles el hocico. Aun con toda la imagen de tough guy que Julián anhelaba proyectar, apenitas llegaba a la fuerza de los textos redactados por los reos. «Rezuman verdad», le dijo Julián a su editor, quien no siempre compartía su entusiasmo. A él sí le gustaban esos escritores rococós cuyo lenguaje parecía extraído de una dulcería y no de la vida misma. Frases inocuas, sin aristas, sin filo. Obras inanes, exánimes, sin repercusión, sin consecuencias. Bomboncitos rellenos de aire. Julián añoraba a su anterior editor, que decía preferir la novela imperfecta de un escritor con talento, que la novela perfecta de un escritor mediocre. Julián le pidió explicarse. «En la obra de un escritor con talento puedes hallar una frase, una sola, que te cambie la vida. En un escritor mediocre lo más que podrás encontrar es corrección gramatical.»

En Julián reverberaron las palabras de su exeditor: «Una frase, una sola, que te cambie la vida». No se trataba de pergeñar una de esas frases «poéticas» (y por tanto histéricamente cursis) que terminaban adornando calendarios con florecitas. Sino de esas cuyo punch le saque el aire al lector y lo obliguen a detenerse a mitad de página para inhalar hondo. Frases cuya construcción puede ser olvidada, pero no su efecto. Frases que nadie cita, pero que todos recuerdan. Frases que parecen escritas sin mayor esfuerzo, pero que pesan, gravitan. Eso mero: frases con fuerza gravitacional, hoyos negros que devoran cuanto se halla a su alrededor.

A Julián le repateaban los escritores más preocupados por la aliteración que por las entrañas. Escritores de «la-la-la». Así mismo, le iguaneaban los autores «onanistas» («enanistas», les decía también, o de plano: chaqueteros), aquellos que escribían sobre el medio literario como si fuera la mar de interesante. Novelas sobre las intrigas de las becas gubernamentales, ferias del libro, envidias, presentaciones de libros. «Es puritita mamada», confrontó a su nuevo editor. «Me divierte ver cómo se apuñalan unos a otros», le respondió el otro. Pues debía divertir solo a los que estaban pendientes de los chismes en el *Hola!* cultural, porque al resto de la gente les valía para pura madre.

Julián había apostado por el «cuente, no cante», como exigía Juan Rulfo a sus alumnos en el Centro Mexicano de Escritores. Historias de tal humanidad que el andamiaje se hiciera invisible. Por eso le gustaba de a madre escuchar a sus pupilos en el taller de la cárcel. Textos escritos con garras, colmillos, zarpas, puños.

Las funciones de teatro se llenaban a tope. Los actores debieron acostumbrarse a las intervenciones a grito pelado de la raza. «Órale, pinche pelos de elote, no te pases de verga» o «el pendejo ese la mató». Qué cuarta pared ni qué cuarta pared, parecía más un partido de fut del Zacatepec contra el Irapuato. Los actores más jóvenes nomás no agarraban el patín, bien teleles a media escena sin saber qué hacer. Entraban al quite los veteranos que habían trabajado en las extintas carpas. «O te los albureas o sigues, nomás no te quedes en la pendeja.»

A meses de lanzado el proyecto, Pedro y Julián decidieron jugársela con propuestas artísticas más arriesgadas. Trajeron a maestros de pintura menos figurativos y más abstractos. Montaron obras de vanguardia. Abrieron el abanico y se impartieron clases de actuación, de filosofía, de historia, de ajedrez. Fue en ese contexto que Pedro sugirió invitar a Danzamantes. A Julián no le latió nadita. Las obras de Marina las tachaba de pretenciosas y peor aún, soporíferas (la neta dijo «mamonas y de hueva»). Coreografías donde bailarinas semidesnudas iban de un lado a otro seguidas por tipos tan prescindibles que daba lo mismo si los ponían disfrazados de palmeras al fondo del escenario. Pedro disentía. «Danzamantes es la opción i-de-al», dijo con entusiasmo de foca. Era necesario el contacto de los presos con la «sustancia femenina». En ninguna de las obras de teatro habían aparecido actrices (solo seleccionaron obras con intérpretes masculinos). La única mujer participante del proyecto era Rebeca Ortiz, una matrona cercana a los ochenta años que enseñaba escultura.

«A lo mejor vienen a presentarse acá unas bailarinas», le comentó Julián a JC, que frente a la noticia puso cara de póquer. «¿No te gustan las guapas o ya solo piensas meter el carro de reversa?», le preguntó. A otro, JC ya le hubiera arrancado los huevos por pasado de tueste, pero sonrió. Guapas o juatever dat mins mins problems. No quería nada que lo distrajera de su maremágnum creador. No, monsieur. Por fin le había dado RIP al deseo carnal y lo tenía bien enterradito en el cementerio de lo inútil. De lo único que servía el deseo en el bote era justamente para manejar de reversa y medir aceite no era lo que se dice lo suyo. No quería pensar en mujeres. No quería imaginarlas desnudas. No quería soñar con ellas, trastornarse con ellas. No le hacía falta el sexo, le hacían falta ellas. Todo de ellas: su voz, su sensibilidad, su visión del mundo, su mirada, sus manos, sus dedos, sus labios, su calma, su tormenta. Y ahora el muslo de pollo de Julián venía a decirle que un grupo de morritas irrumpiría en la prisión así, sin más. A invadir, a vulnerar. Otra vez el azufroso aleteo de su aroma.

236

Otra vez la obsesión con sus pieles y sus caricias y su humedad y el calor emanado de su cuerpo y las palabras que solo ellas podían pronunciar. ¡Carajo! Que pinchísimamente mala idea eso de traerlas a la cárcel.

Sentada en el área de visitas, mientras José Cuauhtémoc venía, tuve suficiente tiempo para arrepentirme, agradecerle su invitación a visitarlo y huir de vuelta a mi territorio. Me mantuve en mi sitio, paralizada. Sentí en mi cuerpo el borboteo de la adrenalina. Mi mano derecha temblaba. Manchas me cubrieron los brazos y con seguridad el cuello y el pecho. Se disparó la gama entera de indicadores de peligro y mi cerebro nomás no registró ninguno.

«Quiubo», me dijo José Cuauhtémoc mientras se acercaba sonriente. Saludó a los custodios con un «¿qué onda carnales?», que el celador coqueto respondió con un «aquí cuidando que a tu angelito no se le ensucien las alas.» José Cuauhtémoc se sentó a mi lado. La luz que entraba por un ventanal iluminó su rostro. No había caído en cuenta de cuán claros eran sus ojos, de un azul turquesa que fulguraba. La nariz aguileña, los pómulos salientes, el cuello ancho y musculoso. Sus manos grandes y nudosas. Sus labios mostraban un par de cicatrices. Sus facciones no eran particularmente agraciadas. Bastante toscas, a decir verdad, aunque recias y definidas. Para un hombre con tantos años de encierro, su dentadura no se mostraba amarillenta ni parecía estar cariada. No dejó de sonreír mientras me escrutaba. «No puedo creer que hayas venido», dijo. «Ya ves», le respondí. Me costaba articular. Su presencia imponía, destilaba autoridad.

«¿Estás nerviosa?» Asentí. Para qué negar lo obvio. Igual que la vez pasada, con su manaza quitó el cabello que se me había deslizado sobre los ojos y lo acomodó detrás de mi oreja. Cada gesto suyo parecía sugerir intimidad. Para camuflar mi sobreexcitación, señalé hacia la gorda y el tipo con cicatrices de viruela «¿Quiénes son?», inquirí. José Cuauhtémoc se giró para observarlos. «El hombre es Ruperto González. Le apodan la Marrana. Rosalinda del Rosal es su mujer y te juro que así se llama.» Sus nombres resonaron en mí. Algo debí leer sobre ellos, no recordé qué. «Él y sus hermanos secuestraron chavitas de Las Lomas y del Pedregal. Adolescentes ricas y malcriadas. Ella y sus primas se encargaban de cuidarlas en casas de seguridad. Ruperto negociaba los rescates y no se andaba por las ramas. Si no obtenía respuesta satisfactoria a sus demandas, daba la orden de mutilarlas y entonces Rosalinda, apodada la Machetes, les cortaba dedos u orejas para enviarlos como forma de presión. Mataron a varias aun cuando les pagaron lo exigido. Eran unos malditos. Hace veinte años los agarraron. A ella la sentenciaron a dieciocho años y a él, a cincuenta. Los dos hermanos de Ruperto no tuvieron tanta suerte. Al huir en una camioneta, volcaron y murieron. Las dos primas de Rosalinda fueron capturadas en una redada. Una se suicidó en la cárcel y la otra falleció de cáncer apenas salió libre.» La descripción de los horrores de la pareja comenzó a marearme. Le pedí a José Cuauhtémoc que parara. Con razón la mujer me había advertido que no era conveniente caminar a su lado. Me sentí asqueada, con ganas de salir de ahí y no volver jamás.

José Cuauhtémoc oprimió mi antebrazo para tranquilizarme. «¿Estás bien?» Negué con la cabeza. Odiaba a las mujeres lloronas. Las odiaba por manipuladoras y chantajistas, pero ahí estaba al borde del llanto, asustada. «No debí ser tan gráfico», dijo José Cuauhtémoc. «Prometo nunca más decir algo que te perturbe.»

A decir verdad, su mano sobre mi antebrazo causó un efecto calmante. Aunque hubiese sido solo un pretexto para tocarme, disfruté su proximidad y su… olor. ¿Por qué demonios tenía que oler así? «¿Puedo confesarte algo?», preguntó. Me volví a mirarlo. Ya no solo tomaba mi brazo, ahora pasaba con delicadeza la yema de sus dedos por mi piel. Deseaba devolverle la caricia, aceptar el nexo. Asumir que sí, que moría por un beso suyo, que daría lo que fuera por que siguiera acariciando mi brazo y luego pasara a mi hombro, a mi cuello, a mis senos. «Dime.» Sin dejar de rozarme con suavidad, respondió. «No pude dormir solo de pensar que vinieras hoy.» La suya no sonaba a confesión fútil de galancete de tercera. Alguien encerrado de por vida no podía darse el lujo de usar frases manidas para seducir. Si a golpe de confesiones fuéramos, yo debía revelarle que desde el primer día que lo conocí no logré sacármelo de la cabeza, que me había masturbado decenas de veces imaginando su cuerpo desnudo, que su mero aroma me excitaba más que el de todos aquellos con quienes me había acostado, incluido —doloroso aceptarlo— el de mi esposo. «¿De verdad?», pregunté simulando sorpresa. Su contestación no pudo hacerme más feliz. «Los presos solo le mentimos a los abogados y a los jueces. Nunca a quienes de verdad nos importan.» Cada palabra parecía calibrarla para ejercer el mayor efecto. O era sincero o era un seductor sofisticado. En ambos casos, me fascinaba. No llevaba ni diez minutos con él y ya me había quedado claro por qué me había atrevido a desplazarme sola hasta el territorio comanche de Ixtapalapa.

Quité mi brazo y su mano quedó sobre la mesa. Me hice hacia atrás para alejarme de él. Años adoctrinada en la escuela de monjas me llevaron a restablecer los límites de mi espacio vital. «¿Cuál es tu autor favorito?» La jiribilla de la pregunta era tan obvia, tan recatada, que José Cuauhtémoc hizo caso omiso. «Pon tu brazo otra vez aquí», ordenó. Yo me jactaba de nunca ceder a las órdenes de un hombre, por buenas que fueran sus intenciones. Me rebelaba de inmediato. Si bien dentro de mí habitaba una mojigata de clóset, también coexistía una mujer liberada y decidida. José Cuauhtémoc gozaba del poder de anular mi voluntad. «¿Para?», interrogué fingiendo candidez. «Tú ponlo», volvió a decretar. Obedecí y puse el brazo sobre la mesa. Acarició la palma de mi mano, luego subió por la muñeca hacia mi antebrazo y de ahí a la parte interna de mi brazo. Subió y bajó los dedos. Estaba excitada, muy excitada. Decidí no permitir que fuera él quien controlara nuestra cercanía. Tomé su rostro con ambas manos y lo besé en la boca.

Su padre solía citar a Nietzsche: «*El espíritu del león dice: lo haré*». Le requeteemputaba que algunos traductores la interpretaran con un equívoco «*yo quiero*». Insistía en lo tarado del error y recitaba en alemán la frase original: «*Aber der Geist des Löwen sagt "ich will"*». «*Will* en alemán significa voluntad», afirmaba. «No es lo mismo "yo quiero" a "yo puedo" o el más contundente "lo haré."» José Cuauhtémoc casi había olvidado la frase favorita de su padre, pero ahora que escribía sin cesar, la utilizaba para motivarse. «Lo haré…, lo haré…» No era un «yo quiero». «Querer» no era consustancial al espíritu de un ser tan cabronamente fiero como el león. Eso era de blanditos. Porque una cosa es querer y otra muy distinta, hacer. «Lo haré» le sonaba a resolución tomada, a que nada ni nadie se interpondría en su tarea. En otras palabras: a que por mis huevos lo hago.

Se había impuesto escribir al menos cinco cuartillas al día. Y no pensaba frenarse. Cada línea escrita subrayaba vida por encima de la pérdida de libertad. «El espíritu del león dice: lo haré.» Solo que ahora su voluntad estaría sometida. Las bailarinas que vendrían, esas sí que debían estar chulonas, con cuerpo de tentación y cara de enamoramiento (muy distintas de las rechonchas morras de sus colegas, nutridas con fritangas y chescos). Tan feliz que se había sentido libre de la tiranía del sexo. Porque eso sí, no hay peor tirano para un hombre que el sexo. Concentra milenios de evolución. Busca, seduce, ataca, da vuelta, pelea, agazapa, salta. El sexo, el gran autócrata girando órdenes. «Hay escritores que escriben con el cerebro», decía Julián, «otros con el corazón, unos más con las entrañas, y los más chingones, esos le dan al teclado con la verga» y justo de esos era JC.

Llegó el día de la presentación. Esa tarde, JC se encerró a escribir. Ya le había cuenteado Pedro de una morra de la que él con seguridad se iba a prender. «Apréndete su nombre: Marina.» Y se la describió: «Es así y asá. Te va a encantar». ¿Para qué chingados lo cucaba el cabrón de Pedro? ¿Qué ganaba el bato retacándole su nombre? La probabilidad de que esa mujer le hiciera caso era del ,000000000000001 %. De verdad, ¿pa qué?

Solo una mujer con una vida entumecida y aburrida hasta las nalgas podría interesarse en un asesino convicto. La tal Marina no sonaba a esas. «Está casada y con hijos y es la jefa jefa, pero de que se van a gustar, se van a gustar.» Pinche Pedro ¿por qué carajo le decía eso? ¿Qué le diría? «Hola Marina, te invito un café, ¿te late tomártelo en la crujía o en el patio?»

Corrió la voz en los pasillos: «Vienen al reclusorio unas bailarinas que dicen que están bien guapísimas y unos bailarines que a güilson son putos». Así que en la troupe había surtido para las variadas preferencias sexuales (uno de los más sanguinarios criminales, el Sin dedos —llamado así por perder el pulgar, el índice y el anular al estallarle una granada que no lanzó a tiempo—, era, pues, gay. Claro, nadie podía decirle que era gay y mucho menos puto, pero traía un mega rocanrol amoroso con otro preso. El Sin dedos no se creía puto. «Yo soy el que se la mete y él a mí me la chupa. El joto es él, no yo.»).

Pedro y Julián imploraron a los asistentes a no comportarse como macacos hambrientos frente a un racimo de plátanos. Que no intentaran pegarles un arrimón, que no les gritaran «mamacitas», ni trataran de picarles el culo. Si había saldo blanco, bien podrían venir otras compañías de danza o incluir mujeres en obras de teatro. Entre Julián, Pedro y JC hicieron la selección de los privilegiados. «Ese sí, es tranquis» o «nones, ese güey va a querer perrearlas» o «ese bato se va a ir de hocico tras los bailarines». Más de mil presos se anotaron. Eligieron a doscientos cincuenta.

A las seis de la tarde corrió la voz: «Ya llegaron» y unos minutos después el regadero de pólvora de quienes alcanzaron a verlas: «No mames, están buenísimas». José Cuauhtémoc se quedó en su celda. Julián le había pedido que lo acompañara a recibirlas, pero ni madres. Eso de tener pieles cerquita era equivalente a castigo de la Inquisición.

Cuando llegó la hora, salió de la celda, cruzó los pasillos, se escurrió a oscuras en el auditorio y se sentó en un costado de la última fila. No necesitó que Pedro le señalara quién era la mentada Marina. Ella encajaba cañón en su prototipo de mujer: piernas larguísimas, músculos definidos, carita de no rompo un plato, y un jenosequa de su puta madre. Apenas la vio y empezó la babeadera. No le quitó la mirada de encima, concentrado en sus expresiones, en cada uno de sus movimientos. El efecto grillete había comenzado.

Lejos de echar desmadre, los reclusos parecieron apreciar la obra o al menos se notaban pendientes de lo que acontecía frente a sus ojos. Nadie cabeceó ni bostezó ni salió al baño. Algunos cursilones derramaron lágrimas. A otros, clarines que sí, se les paró la palanca de velocidades.

Al terminar la función atronaron los aplausos. A diferencia de los programas matinales de televisión a los que estaban habituados, donde las conductoras parlotean como papagayos y todo son gritos y sombrerazos, la combinación de silencio y música, de evoluciones gráciles, de cuerpos femeninos que se desplazaban con brío animal, de contemplar sangre escurrir entre sus piernas los dejó aturullados. Iban listos a ver viejotas bien sabrosas y quedaron conmovidos.

JC había dicho nanay a la oferta de incorporarse al comité «artístico» que le entregaría un ramo de flores a la coreógrafa. No señor, no se iba a poner de pechito al mandato de su pene y mucho menos de su corazón (¿qué tal si la morra le despertaba su lado Hello Kitty?). Creyó más conveniente que Rubén, el secretario del comité, les echara un discursito. Ya que el tal Rubén escribía como tlacuache borracho, JC se apresuró a garrapatear unas líneas sobre un papel: *«Marina, en nombre de los presos quiero agradecerle a usted y a su compañía que hayan venido a animar nuestra gris cotidianeidad. Estamos presos en un cuadrángulo de cemento y hierro y nuestros días transcurren en el sopor y la aburrición. Aletargados o endurecidos, tendemos a perder la esperanza. Pero esta noche su espectáculo nos vino a recordar que la verdadera libertad habita dentro de nosotros. Hoy, ustedes nos hicieron más libres».* En chinga bajó al frente del escenario y se lo entregó a Rubén, quien lo guardó en el bolsillo de su camisa. «Lo lees en voz alta», le mandó, «y cuidadito se te sale que yo lo escribí».

Rubén leyó el texto y Marina se notó emocionada. Desde las butacas JC no cesó de observarla. Ella. Ella. Ella. Cuando estaban por pintarse, bajó de volada hasta el proscenio y se le acercó. «Un acierto la música de Christian Jost.» Ella se volvió a verlo. «Gracias», le respondió. «Bartók no hubiera quedado mal tampoco.» Marina lo escrutó con cara de «¿y este antropoide de dónde sabe tanto?». Buscó medirle la temperatura al caldo. «¿Cuál pieza de Bartók?», preguntó. «Música para cuerda, percusión y celesta», contestó JC, nomás para darle un atorón de cultura. De cerca ella le gustó más, mucho más. Sus facciones eran salvajes, nada parecidas a las de las demás muñequitas de porcelana. Y sus hombros, fuertes, marcados, besables, mordibles, lamibles. José Cuauhtémoc no la dejaría escapar así de fácil. En un pedazo de papel le apuntó el número de celular que había conseguido dentro de la prisión. «Ojalá me puedas llamar un día. Me encantaría hablar contigo.» Ella respondió con un «claro, haré lo posible». Para sellar el trato, JC extendió su mano. Ella se la estrechó con un apretón. JC sintió su piel. Carajo. Su piel. El maldito despotismo femenino estaba de regreso. Una mujer como eje del mundo, como eje de su vida, como eje del universo entero. Ella se despidió y se encaminó hacia la salida. En ese momento JC odió ser un preso más. Detestó no poder ir tras ella y decirle «quédate».

Ella partió con su séquito sin voltear a verlo. Ella.


*Cómo olvidar las disertaciones políticas que nos endilgabas a la hora de la comida o de la cena. «Los socialistas deben entender que el problema de fondo no es económico, sino racial.» A tu juicio aplicar las teorías de Marx en el México contemporáneo era erróneo porque solo eran válidas para la Europa decimonónica. Nos hiciste ver que la injusticia no solo derivaba de un conflicto de clases, sino también de razas. «La democracia real», sostenías, «solo podrá obtenerse cuando los pueblos originarios alcancen el poder político. La revolución socialista será ineficaz en los países colonizados por los blancos si no se garantiza el acceso a gobernar a quienes les arrebataron sus tierras». No única mente te referías a México. «Estados Unidos será otro cuando un sioux o un apache sea presidente, cuando un inuit o un cree sea primer ministro canadiense, cuando un aborigen rija los destinos de Australia.» De nada serviría una revolución proletaria si los burócratas que dominan el aparato de Estado niegan la llegada al poder a políticos indígenas. «¿Dónde, en el régimen castrista, se hallan indios taínos o caney que tomen decisiones políticas?», cuestionabas con ferocidad que incomodaba a tus correligionarios socialistas. «Son los hijos de gallegos los que mandan, y que se jodan los negros y los indios.» Déjame decirte, papá, que después de tu muerte no llegó el Juárez que esperabas, seguimos gobernados por una casta de blancos. Tu gente, por más buenas intenciones de los políticos, continuó relegada al ostracismo y la marginación. En palabras tuyas: condenados a la invisibilidad.*

*He de aceptar, Ceferino, cuán impresionado quedaba al escucharte en tus conferencias públicas. Asegurabas que los dirigentes indígenas podían gobernar con más eficiencia el país. Habían heredado sabiduría milenaria y dominaban los secretos más recónditos de la tierra donde habían crecido. La sapiencia sobre los suelos permitiría elegir los cultivos más adecuados, lo que llevaría a conjurar el hambre de millones. «Los blancos creen saberlo todo y lo único que han logrado es arruinar la fertilidad de los labrantíos. No saben sembrar, no entienden los ritmos* de la naturaleza. Dejan los terrenos yermos.» Ponías de ejemplo el desastre agrícola estadounidense de los años treinta por su desconocimiento de la rotación de los cultivos. «Los indios no asolamos la naturaleza. No devastamos selvas y bosques. Lo que tocan los blancos lo destruyen.»

Hubo entre tus colegas quien afirmó que en México los indios gozaron de mejor fortuna que en Estados Unidos o Argentina, donde fueron arrasados hasta el borde de la extinción. Tú contraatacaste: «No hay diferencia entre genocidio rápido y genocidio lento. Ambos son exterminio. Lo único que cambia es la velocidad a la que lo ejecutan». Respuesta apabullante, Ceferino. Bravo.

Me marca aún la tarde en que nos llamaste a tu despacho y nos extendiste una serie de fotografías. Un aborigen tirado borracho en una calle de tierra roja en una aldea australiana; un joven navajo recargado en una pared con una botella de bourbon en las manos, observando al vacío con una mirada ausente; una mujer otomí con un bebé de brazos contempla a su marido, que ebrio vomita el contenido de la botella de vodka barato a su lado. Nos hiciste ver que frente al vasallaje y a una vida destinada a la miseria y al oprobio, los nativos se refugiaban en el alcohol y en la delicuencia. Y no solo eso: sin cultura, sin identidad, sin una tierra a la cual llamar hogar, no les quedaba más que adoptar una actitud servil. Reconocer que no había más salida que agachar la cabeza, obedecer órdenes y aceptar la iniquidad. Pueblos enteros derrotados.

No fue así para ti, Ceferino. Con denuedo peleaste para revertir la capitulación. No lo hiciste desde la perspectiva de víctima, que considerabas el peor error estratégico que podía cometerse. No. Había que propulsar posiciones de poder. Me las aprendí de memoria, escucha: El primer paso consistía en rescatar la dignidad. Desechar cualquier velo de abnegación y asumirse como herederos de una civilización potente. El segundo paso: cooptar los espacios públicos para controlar el mensaje. El tercero: reemplazar los modelos educativos que respaldaran la discriminación racial. El cuarto: proponer nuevos contenidos en todos los niveles escolares e incluir lenguas indígenas como materia obligatoria. El quinto: propugnar la eliminación de símbolos y festividades nacionales que degradaran a la población indígena. El sexto: implementar una campaña que rescatara valores propios de los pueblos originarios. El séptimo: fomentar el activismo de los jóvenes indígenas y prepararlos para contender por puestos políticos al más alto *nivel. Y octavo: como última alternativa, recurrir a la transformación por la vía de la violencia.*

*Vaya, vaya, Ceferino. Articulado, puntual, lúcido. Tu plan de acción traducido en una ruta crítica definida y posible. Solo que me corroe una duda: ¿por qué no aplicaste ninguna de estas tácticas en casa? Eras un defensor a ultranza de las minorías étnicas pero, ¿las mujeres estaban excluidas de esa defensa? Si anotáramos «mujer» en tus propuestas en vez de «indígena», ¿se leería igual? Si pugnabas por la igualdad, entonces explícame, ¿por qué trataste a mamá como una muñeca inflable cuya obligación prioritaria era conducirse como el vertedero de tu semen? No concuerda tu imagen de intelectual comprometido con las de esposo y padre abusivo. Mi hermano debió tomarse muy a pecho el octavo punto de tu proclama: «Recurrir a la transformación por la vía de la violencia». En casa te convertiste en metáfora del Estado autoritario y tiránico que tanto te repelía. Mandaste con puño de hierro hasta que llegó un anarquista radical a poner un alto a tu régimen de terror. Tu presencia apestaba a dictadura y José Cuauhtémoc decidió apagarla con fuego.*

Nos besamos como si esa fuese la última vez que nos veíamos. Hasta ese momento había sido una mujer pudorosa. Las muestras públicas de afecto no eran lo mío. Nunca besos en la calle o en un parque, ni con Claudio ni con ninguno de mis novios anteriores. Me parecía vulgar, de mal gusto. Y ahora estaba besándome con prácticamente un desconocido dentro del área de visitas de un reclusorio.

Me sentí aliviada de que no me toqueteara. No por él, sino por mí. Yo estaba resuelta a hacer el amor ahí mismo, sin recato. Lejos de mi entorno social, sin el temor de ser escudriñada, me consideré más libre que nunca.

No cesamos de besarnos hasta que sonó la chicharra que indicaba el fin de la hora de visitas. Nos separamos y José Cuauhtémoc tomó mi rostro con ambas manos. «Te veo en la clase», dijo. Me besó en los labios, se incorporó y se enfiló hacia la salida. Antes de llegar a la puerta se volvió, hizo con la mano un gesto de despedida y se perdió entre los pasillos que conducían a las celdas.

No sé si fueron los besos o las sensaciones experimentadas, pero salí a la calle envalentonada. La zona seguía siendo peligrosa. Ni un gramo más, ni un gramo menos. Pero me percibí más preparada para responder a una amenaza real. Un error de percepción sin duda. Mientras avanzaba hacia mi auto cometí un montón de errores. Saqué el celular para anotar mi dirección en Waze. Desde varios metros antes accioné el botón para abrir los seguros de las puertas. No estudié los alrededores ni a la gente que me rodeaba. Acciones estúpidas en un ambiente que no perdona.

En mi condición de Wonder Woman en modo hormonal turbo, arranqué hacia mi casa. Vaya que Waze eludió zonas de tráfico. Me libró de un paradero de combis y de un atestado mercado sobre ruedas que ocasionó un tapón bestial, aunque me llevó de nuevo por rumbos cada vez más lúgubres y apartados. Por suerte no sufrí ningún percance. Salí avante de Ixtapalapa con la confianza por todo lo alto. Hubiese sido un trayecto triunfal si no fuera porque un agente de tránsito me detuvo por rebasar el límite de velocidad de cuarenta kilómetros por hora en una «vía secundaria», límite ridículo impuesto para facilitar la extorsión, legal e ilegal. Me pidió mi licencia y la tarjeta de circulación. Me advirtió que iba a perder no sé cuántos puntos y arriesgaba a que se derogara mi derecho a conducir. Le pedí que me infraccionara. El policía me miró con condescendencia. «Ay güerita, ¿sabe cuánto la puedo afectar si la multo? Pierde usted seis puntos y solo tiene derecho a doce.» Le respondí que no me importaba. «¿Por qué mejor no llegamos a un arreglo?», propuso. Enfervorizada como venía, saqué mi celular y empecé a grabarlo. «¿Puede repetir lo que me dijo?» Eso encendió al policía. Empezó a llamar por radio. «Tengo un cuatro-cuatro, repito, un cuatro-cuatro.» El barato truco intimidatorio de pedir ayuda a otras unidades. Un arsenal de artimañas para «arreglarse». Después de quince minutos de faroleo con el cuatro-cuatro, el policía se dio por vencido y me devolvió mis documentos. «Ya váyase y a la próxima con cuidado», dijo y, molesto, partió.

El incidente me provocó un pésimo sabor de boca, si bien me ayudó a devolverme a mi realidad. Ya no era Jane de la selva, sino una simple burguesita a quien había tratado de extorsionar un agente de tránsito. La vuelta a la realidad comenzó a incubar en mí un sentimiento de culpa. Los devaneos con Pedro habían sido, por

246

llamarlos de algún modo, juguetones, inocuos. Tan inocuos que la amistad entre los cuatro se mantuvo inalterable y Pedro y yo nos hicimos más cercanos sin la mínima intención de repetirlo. Lo de José Cuauhtémoc me adentraba en otra división. Era ingresar a un terreno prohibido mucho más allá de la infidelidad. Era rozar los extremos del crimen, acercarme a la muerte. No figurada, sino literal. Sí, José Cuauhtémoc olía delicioso, besaba increíble y me atraía como nadie lo había hecho antes. Pero, ignoraba hasta su higiene sexual. ¿Cuántos virus o bacterias debían pulular en sus arterias? ¿Con cuántas personas se había metido en el pasado? ¿Cumpliría con el cliché de que los reos desfogan sus deseos sexuales con otros presos? ¿Tendría VIH o herpes genital o hepatitis C o clamidia o gonorrea? Y qué decir de su salud mental. ¿Sería siempre caballeroso, centrado o brotaría de improviso un monstruo sanguinario fuera de control? ¿Padecería algún tipo de locura? ¿Sería un psicópata que mimetizaba un estado de normalidad?

A mí me daba la impresión de un hombre tranquilo, aunque amenazante. Se le notaba en la mirada, en su tamaño, en su musculatura, hasta en sus escritos. Nunca entreví que se violentara contra mí. Incluso estaba convencida de que me cuidaría. Era probable que me equivocara y que por mi causa no solo yo terminara lastimada, sino también mi familia. ¿Qué tal si me contagiaba de una enfermedad sexual incurable y yo a mi vez infectara a Claudio? El solo pensarlo me provocó náuseas. Pero ¿no sería también Pedro un probable portador de gérmenes mortíferos? Antes de formalizar su relación con Héctor, había sido muy promiscuo. «De a cinco o seis por semana», se jactaba. Y Héctor también gozaba de un pasado bastante convulso. Sin embargo, con Pedro había cogido sin condón, sin dudar si se encontraba saludable o no. José Cuauhtémoc llevaba la mitad de su vida en la cárcel. Difícil que en los pocos años que disfrutó de libertad fuese igual de promiscuo que ellos.

Cuando llegué a casa y comí con Claudio y los niños, lo único en que pensaba era en sus besos. Paladeaba aún su sabor, su aliento. Obsesionada con recordar cada detalle, llegué a pensar si no era mi salud mental la que no se hallaba bien.

Por la tarde le ayudé a Daniela con la tarea. Mientras ella resolvía sumas y restas, le tomé la mano y le pedí perdón. La niña me miró confundida. «¿Perdón de qué, mami?» «De lo que les pueda hacer», le respondí, como si ella pudiese captar la dimensión de lo que le planteaba. «¿Qué nos puedes hacer?», interrogó ansiosa. Me percaté de inmediato que mi estúpida culpa solo lograría confundirla. Le piqué la panza. «Hacerte cosquillas.» Nos reímos las dos y ella continuó con sus quehaceres. No soporté más. Me levanté, me encerré en el baño y me solté a llorar.

El vecino


Cuando yo era niño me gané cuatro pollitos en una
kermesse. Dos estaban pintados de naranja y dos de
verde. Los guardé en una caja de cartón. Les ponía
bolitas de pan para que comieran y les daba de tomar agua de un gotero. Por las noches cerraba la
caja y la ponía junto a mi cama. Apagaba las luces
y los pollitos piaban un rato y luego se quedaban
callados. Cuando ya no hacían ruido, yo abría la
tapa y con una linterna, me asomaba. Los pollitos
dormían parados sin abrir los ojos. Yo les acariciaba la cabeza porque los quería mucho.

Apenas salía el sol y volvían al pío pío. No había
quien los callara. No sé cómo le hacían para saber
que había luz porque la caja estaba cerrada. Pero
ahí estaban los pollitos sin callarse. Mi hermano
se enojaba porque no lo dejaban dormir. Le pidió a
mi mamá que los sacara del cuarto y mi mamá los
puso en el pasillo. Como a mí me gustaba estar con
mis pollitos, pues me llevé unas cobijas y me dormía a su lado.

Uno se me murió. Me puse muy triste. Le dije a mi
mamá que si lo enterrábamos y me dijo que me dejara
de tonterías. Aventó al pollito al escusado y le
jaló a la palanca. No quiso tirarlo a la basura
porque dijo que yo era capaz de sacarlo para ir a
enterrarlo. Mi mamá me dijo que era sacrilegio eso
de darles sepultura a los animales, quesque porque
los poníamos al mismo nivel del alma de los humanos
y en misa el padre había dicho que no éramos animales. A mí en la escuela las maestras me dijeron
que descendíamos de los monos y cuando se lo dije a
mi mamá me puso chico cachetadón y me amenazó que si

volvía a decir estupideces como esa me sacaba de la
escuela.

Los pollitos crecieron. Eran dos gallitos y una
gallinita. Andaban por la casa y la verdad, ensu-
ciaban mucho con su cagadero. Mi mamá por eso decidió mandarlos a vivir a la azotea. Un tío me
ayudó a hacerles un gallinero con tablas y tela de
alambre. Mi papá no, porque lo habían asesinado.
Yo en cuanto llegaba de la escuela me subía a verlos. Les abría la puerta y jugaba a corretearlos.
Dejé de jugar con ellos cuando uno de los gallos
trató de volar y casi se cae de la azotea.

Cuando crecieron, los gallos empezaron a cantar en
la madrugada. Era rebonito oírlos. Quiquiriquí.
Hagan de cuenta que estábamos en el mero campo.
A mí me encantaba, aunque a uno de los vecinos no.
Una tarde tocó a la puerta y habló con mi mamá. Le
dijo que los pinches gallos no lo dejaban dormir.
Me dio coraje. Mis gallos no eran nada pinches. Mi
mamá se la reviró, dijo que a ella los que no la
dejaban dormir eran sus pinches perros que ladra-
ban toda la noche. El vecino dijo que no la armara
de tos, porque gracias a sus perros el vecindario
estaba cuidado y para muestra estaba que porque
sus perros ladraron habían agarrado a unos rateros
que se metieron a casa de doña Melro. Pura mentira, los agarraron porque la señora se puso a dar
de gritos y una vecina llamó a la policía.

El caso es que ni los perros del señor dejaron de
ladrar, ni mis gallos dejaron de cantar. Nos empezó
a mirar feo. Cuando salía por las mañanas nos decía:
vean nomás las ojeras que traigo por culpa de sus
pinches gallos. Y mi mamá le decía: pues mire el mal
humor que traigo por culpa de sus pinches perros.
Y así. Una tarde subí a ver a mis animalitos y que me
los encuentro degollados. Ahí estaban tirados en un

charco de sangre. Alcancé a ver al vecino saltarse
la azotea. Me entró la mohína. Maricón que los mató
a escondidas. Por suerte llegué justo cuando acababa de cortarles el pescuezo. Mi mamá me dijo que no
estábamos como para desperdiciar y los hizo caldo.
Yo no dejé de llorar por una semana.

Juré que iba a envenenar a sus perros. Cuando le
dije a mi mamá lo que quería hacer se enojó conmigo, no porque quisiera matarlos, sino por querer
dispendiar dinero. Además, me dijo, ninguna culpa
tenían los pobres perros. "En todo caso, mátalo a
él." No me lo hubiera dicho, porque desde ese día
solo estuve cazando la oportunidad de chingármelo.
Yo tenía doce años y pues matarlo con un cuchillo
iba a estar difícil. Un valedor de la cuadra me
dijo que para matarlo necesitaba meter el filo
bien adentro y sacudirlo dentro de las tripas. El
móndrigo ya se había notificado a un par de cabrones y sabía cómo estaba la cosa. Me recomendó que
no lo picara porque yo estaba muy charalo y no iba
a tener fuerzas para empalmarlo.

Se me ocurrió una cosa mejor. Como mi azotea daba
al patio de su casa, pues esperaría a que saliera
a lavar su coche y desde arriba aventarle una maceta. Como sus perros ya me conocían no me iban a
ladrar. Yo sabía que a él le gustaba lavarlo todas
las tardes al regresar de chambear y no sé por qué
quería tenerlo tan lavadito si el suyo era un carro pitero, un Dodge Dart del año de la canica.
Pues un martes me escondí en la azotea con una maceta de geranios. Ahí de las seis el ñor salió a
lavar su carro. Como era bien codo no lo lavaba con
manguera, sino con cubeta. Hagan de cuenta que el
carro era una mujer. Lo sobaba, lo tallaba. Cuando
más concentrado estaba, me paré en la orilla de la
azotea y le aventé la maceta a la cabeza. Y que sí
le doy. El ñor se estrelló primero contra el carro

y luego se cayó al suelo. Le empezó a salir un montón de sangre. Se quejaba y se revoloaba llevándose las manos al coco descalabrado. Como no estaba muerto me fui a buscar otra maceta. Mi mamá tenía como diez macetas con geranios. Así como yo quería a mis animalitos, ella quería a sus plantas. Ya me imaginaba la regañiza que me iba a poner por usar sus macetas como bombas. El señor ya estaba queriéndose levantar. Le aventé la otra maceta y no le di. Le pegué al carro y eso hizo un montón de ruido. Le dejé el techo bien abollado. Si no lo mataba, sí que le iba a dar coraje que jodiera su coche. El tipo alzó la mirada y me vio y se trató de meter adentro del carro, pero la verdad estaba bien atarantado. Corrí por otra maceta para que no se me escapara. Justo cuando abría la puerta que se la aviento. Le pegué re bien, otra vez en la mera choya. No saben el regadero de sangre. Si no se moría seguro que se iba a quedar mongolito. Yo estaba viendo cómo se retorcía el desgraciado cuando oí a una señora gritar. Era una vecina bien chismosa. Me gritó, "yo te vi, yo te vi". Como no quería que me acusara, corrí por las azoteas donde estaba ella para aventarla desde arriba. La méndiga se metió a su casa y cerró con llave. Como pensé que se había asustado, pues creí que ya no rajaría, solo que la muy estúpida llamó a la policía. Vieja argüendera, qué le costaba quedarse callada.

El caso es que acabé en el reformatorio para menores. Ahí me tuvieron encerrado un ratote y quesque ahí mismo estudiaba. Puro cuento, porque los profesores nos tenían un montón de miedo y no iban. Ahí en el reformatorio me hice de sangre más caliente. Como había mucho gandalla y yo era de los más chicos, pues me traían de bajada. Luego crecí y aprendí a defenderme. Había uno flaco y alto, megagandul, que se pasaba de lanza conmigo. Todo el tiempo me daba de zapes. Como ya había aprendido a darle en la madre a gente desde las azoteas, pues una tarde me subí al techo del comedor y junté cinco ladrillos sueltos. Nadie me vio treparme porque yo sabía por dónde subirme sin que me vieran. Me esperé a que fuera la hora de la merienda. Cuando iban a entrar me puse pegadito a la orilla y en cuanto pasó el móndrigo le lancé el ladrillo en la mera calabaza. Yo creo que debí ser pitcher de béisbol porque le di justo en la frente. Su cuate se sacó de onda cuando lo vio desplomarse. Volteó para arriba y me señaló. Como me dio coraje, le aventé un ladrillo. No le di, pero sí hice que se pelara. Al gandul tirado en el suelo le aventé los tres ladrillos que me quedaban. Los tres le dieron en la cabeza. No les digo que debí ser pitcher. A este sí no lo maté, pero quedó bien turulato. Dicen que quedó en silla de ruedas babeando como animalito. Se lo merecía el ojete.

Y pues de ahí me seguí. Para mis pulgas, al que se metía conmigo lo trataba de matar. Cuando cumplí veintidós ya me había escabechado como a seis, digo seis porque uno no sé si sí o si no y al que dejé lelo, pues ese no sé si contarlo.

Me pongo a pensar cómo hubiese sido mi vida si el tipo ese no hubiera matado mis gallos y mi gallinita. O más aún, ¿qué hubiera pasado si ese día no fuera a la kermesse y no me ganara ningún pollito? Pues yo creo que habría sido un chavo normal, tranquilo. Quería ser de esos sastres que hacen zurcidos invisibles. Pero, pues me mataron a mis animalitos y una cosa lleva a la otra, y por eso estoy aquí.

Bulmaro Reza Léon
Reo 45288-9
Sentencia: cincuenta años por homicidio múltiple

Era verdad: la peor cárcel es la mujer que deambula allá afuera. Saberla con vida propia, en libertad, lejos del alcance se convierte en una monserga. ¿Qué estupidez le hizo prenderse de Marina? Ojalá que ella nunca volviera. Ojalá que nunca le llamara. Ojalá que su marido le prohibiera volver a la prisión. Ojalá que se la tragara la tierra. Ojalá que me llame. Ojalá que vuelva. Ojalá que quiera besarme. Ojalá que nunca se vaya. No, que sí se vaya. Lejos. Que se vaya bien pinchemente lejos. Al planeta del nunca jamás. La cárcel indiscutible: ella.

JC tenía claro que saldría del reclusorio con las patas por delante directo a la sala de disecciones de la UNAM y de ahí a la fosa común. Un bonche de carne tasajeada listo a convertirse en fertilizarte orgánico. ¿Qué carajos hacer frente a ese barranco existencial? O se engarrotaba o enloquecía o se ponía a estudiar o... a crear. JC eligió crear e iba a todísima madre hasta que se le atravesó una mona de uno setenta y seis de estatura y ojos color miel.

Decidió conseguir un celular al día siguiente que Pedro le calentó la cabeza con tanto «te va a encantar esa mujer...». Obtenerlo fue un brete. Dentro del botellón hasta el más pinchurriento celular era un artículo de lujo. Celulares sin más monería que la capacidad de recibir y hacer llamadas y mandar mensajes de texto. Los contrabandeaban los custodios y los vendían como si vinieran engarzados con diamantes. Valían una fortuna, o lo que para un preso era una fortuna. Veinte mil bolas por un producto de plástico made in China para consumo en países del Sexto Mundo. Celulares para campesinos, obreros, albañiles y aquellos situados en el escalón más bajo del invisible sistema de castas ideado por el neoliberalismo. ¿Sabrían los manufactureros chinos cuán valiosos se tornaban sus aparatitos dentro de los reclusorios? Celulares que no costaban más del equivalente a quince dólares eran vendidos a cincuenta veces más. JC lo quería como walkie-talkie exclusivo para comunicarse con ella, porque de plano no tenía a nadie más a quien llamarle. Si ella no se interesaba en él, pues a revenderlo que compradores no faltarían y colorín colorado váyanse a chingar a otro lado.

Comprar el chunche fue la primera parte de la ecuación. La segunda era usarlo en las horas exactas en que las autoridades del penal desconectaban el bloqueador de llamadas. Para saberlas era necesario pagar otra lanilla. Con maña y para sacar dinerito extra, los directivos del penal manipulaban los horarios para que fueran disparejos: a veces desbloqueaban de once a doce de la mañana, otras de tres a cuatro de la tarde, unas más de ocho a nueve de la mañana. A jugar al gato y al ratón para mantener en ascuas a los llamadores.

JC tuvo billeye para el celular porque había ganado un dinerito labrando artesanías en el taller de carpintería que luego eran vendidas en las tiendas de FONART. Se lo compró a un custodio a sabiendas de que debía esconderlo, porque el mismo custodio no tardaría en hacer una «revisión» y si se lo encontraba se lo decomisaría y frente a sus superiores haría cara de «¿de dónde sacaste esto?». Los absurdos toma y daca de la cárcel. Yo te vendo, yo te quito y si te quito, te lo vuelvo a vender.

Por caliente, por debilucho, por enamoradizo, José Cuauhtémoc iba a estar esclavizado al dichoso aparatito para ver si por acaso ella se dignaba a llamarlo. Carajo, nomás eso le faltaba: un grillete más.


Al día siguiente regresé a la prisión, esta vez acompañada por el ostentoso protocolo de seguridad de Pedro. Me mantuve en silencio la mayor parte del viaje. Después de los largos y deliciosos besos del día anterior, temí enamorarme de José Cuauhtémoc, lo que pareció tan ridículo como creer en el Diablo. Bloquearía cualquier viso de romance con él. La relación sería intensa, pasional, aunque sin ataduras de ningún tipo. La libertad regiría nuestros encuentros y me hallaba lista para abandonarlo en el momento en que las cosas se salieran de control. No perdería de vista que buscaba emociones, no sentimientos.

Tomé una decisión. Iría a verlo a las clases de Julián y en los días de visita. Moría por hacerle el amor, sentir su enorme humanidad sobre mí. Por años había visto cuerpos de bailarines. No creo que entre los hombres haya morfología más perfecta que la de ellos:

musculatura definida, potencia, agilidad, flexibilidad. Algunos, incluso, eran más altos que José Cuauhtémoc. Pero él exhumaba virilidad, un aura de jefe de manada. Su masividad imponía. Y poseía algo de lo que mis compañeros bailarines carecían: mirada. Esa mirada capaz de traspasar cráneos, neuronas, secretos, resistencias. Al hablar no quitaba los ojos de su interlocutor. Clavaba sus ojos y los mantenía fijos. Nadie que había conocido superaba su erotismo. Ni de lejos.

En la entrada del reclusorio no sufrí las trabas ni las revisiones de mi ida a solas. Tampoco los presos me miraron con el mismo morbo. Sin duda, el poder cambia la percepción. Los guaruras de Pedro nos abrieron paso hasta llegar al salón. Ahí nos aguardaban los reclusos. José Cuauhtémoc me saludó con calidez. Se lo agradecí, porque calmó mi nerviosismo.

El taller transcurrió con normalidad. No sé si la palabra es la indicada, pero José Cuauhtémoc se portó ecuánime. Después de la ringlera de besos que nos habíamos dado, imaginé que trataría de robarme otro o, al menos, acariciarme la mano. Nada de eso. Se mantuvo cordial, y distante.

Al terminar la clase se me acercó con discreción. «¿Mañana?», preguntó. Asentí. Nos despedimos estrechando las manos unos segundos más y salimos del aula. Por más que creí haber actuado con reserva, Pedro me cuestionó, «te estás enamorando, ¿verdad?». ¿Qué había hecho para que pensara algo así? ¿Qué parte de mi cuerpo, de mi mirada, de mi respiración me había traicionado? «No, para nada. El que creo que se va a enamorar de él eres tú», le respondí burlona, fingiendo no darle importancia. Sin embargo, a los pocos pasos me traicionó el subconsciente y volteé hacia el salón, buscándolo. Pedro sonrió al descubrirme haciéndolo. «Qué digo enamorada, enamoradísima», dijo. Y sí, para qué negarme, estaba en vías de encularme como nunca lo había estado en mi vida.


Son toneladas lo que pierde un hombre cuando pierde a una mujer. Chingos. Big time. En una morra un bato halla la calma, el arrebato, la pasión, el sosiego, la aventura, la estabilidad, la locura, la cordura, la vida y a veces halla el amor y con el amor el sentido y con el sentido el propósito y con el propósito el bato se topa de nuevo con la mujer y va de nuez el merrigoround y ellas no tienen ni la foking idea de cuánto pesan en la vida de ellos, ni cuán cabrón es el deseo de sumergirse en el mundo cálido y suave y dulce que es el cuerpo y el corazón de una morra. Por eso las rolitas de amor hablan de nadar, de bucear, de zambullirse, de empaparse. Las morras como peceras, como albercas, como mares, como ríos, como océanos y hasta como charcos.

Para JC lo mejor sería decirle a Marina: «Mira chamaca, me encantas, me enloqueces, me fascinas, me traes como huevo friéndose en un sartén sin teflón. No se te ocurra volver a aparecer por aquí y si por terca reapareces, entiende que si quedas en llamar, llames y no juegues al te llamo y luego no llames o llames o cuelgues o peor aún el hoy-sí-te-llamo-mañana-quién-sabe, porque ya debes saber a estas alturas del partido que los presos sobrevivimos aferrados a hilos delgaditos, muy delgaditos, que si se rompen nos desintegran en moléculas tan microscópicas que ya no nos podemos volver a pegar. ¿Sabes qué, Marina?, deberían fusilar en retroactivo al cabrón que inventó la cárcel. Eso de expulsarlo a uno de la vida es lo más cruel del mundo. Una cosa es una cosa y otra cosa es otra cosa y eso del exilio tras los barrotes es de las cosas más cosificantes que hay entre las cosas y que terminan por hacerlo a uno algo menos que una cosa. Porque una cosa es una cosa y otra ser una cosa y solo una cosa. Y uno puede salir de la cárcel, pero la cárcel no se sale nunca de dentro de uno y lo peor es que tampoco se les sale a los demás, a los de afuera. Vas para el bote, para la sombra, para la jaula y aunque estés ahí solo un par de semanas, ahí va la cárcel contigo para todos lados. Si en Nueva Inglaterra a las mujeres adúlteras les tatuaban una A en la frente, a los presos les tatúan el alma para que nunca olviden su condición de reos perpetuos. La cárcel no la saca uno de uno ni tallándola con agua y jabón. No sale ni aunque te declaren inocente. No sale ni aunque te brinden terapia cuarenta psicoanalistas. No sale aunque tu familia te reciba con un pastel y con globos y te canten "porque es un buen compañero, porque es un buen compañero…". La cárcel no se sale de uno jamás. La condena es para siempre. ¿O creen que a uno se le salen los olores, los ruidos, los miedos, las dudas, la incertidumbre, las palizas, el frío, el calor, las vueltas al patio, las amenazas, las advertencias, las miradas de reojo, las botellas de plástico afiladas como cuchillos, los pasos a tu espalda, los gritos, las órdenes, las burlas, las humillaciones, el óxido de los barrotes, las paredes descascaradas, el verde pistache de los muros, la peste a mierda, la comida que apesta a mierda? Señoras y señores, damas y caballeros, niñas y niños: UNO SALE DE LA CÁRCEL, PERO LA CÁRCEL NUNCA SALE DE UNO. Punto y aparte. No les crean ni a abogados, ni a sacerdotes, ni a jueces, ni a psicólogos, ni a trabajadoras sociales, ni a mamás abnegadas, ni a hijos felices, ni a padres comprensivos, ni a empleadores de buena fe. La cárcel nunca, nunca, nunca, nunca sale. Se queda ahí incrustada, un quiste imposible de extirpar. ¿Eso puedes o podrás entenderlo en algún momento, Marina? ¿Serías tan amable de hacer un esfuerzo y en un ejercicio sináptico de empatía sinérgica ponerte en mis zapatos y reflexionar sobre lo que estás haciendo conmigo? Y mira señora de Las Lomas o de San Ángel o del Pedregal o de Santa Fe o de donde chingados seas, ten un poco de conmiseración y no vuelvas a plantarte aquí. Si te vas ahora me va a doler y al irte se me van a cariar estas ganas locas de tenerte a mi lado, se evaporará la posibilidad de estar juntos y se extraviará esa desnudez tuya que tanto anhelo, pero prefiero que se escurran en una breve hemorragia de desilusión a resecarme tiempo después cuando mi existencia entera esté vinculada a ti y de pronto ya no aparezcas. Déjame quieto. Es más, déjanos quietos a todos los presos de esta prisión. No vuelvas a venir con tu troupe de bailarinas guapas y de hombres andróginos a confundirnos más de lo que estamos. Sí, tus coreografías y tus todos y tus todas traen viento liberación respiro desahogo, pero el aire que aquí se queda se pudre día a día. No tienes idea, Marina, cuán fétido se torna. Entra en nuestra sangre y la fermenta hasta convertirla en una horchata espesa y agria. Tú y tu gentecita nos asfixian. No vuelvan más por estos lares.

»No arriesgues tu vidita cómoda y placentera. No apuestes a un par de dos cuando entre manos tienes un póquer de ases. Esa que tienes ahí es la mano ganadora. No vengas a perderla aquí, no juegues a la heroína de telenovela que por amor o por deseo de aventura o por deseo a secas abandona su universo cerrado construido con uno de esos amores tranquilos y sólidos que todo hombre y toda mujer anhelan. Toma aire y cuenta hasta diez o hasta cien o hasta un millón antes de venir acá. Reflexiona, medita. Y aun cuando hayas decidido subirte a tu auto para venir acá, gira tu cabecita hacia atrás y mira lo que vas a dejar. Te lo digo yo que sé lo que es dejar algo atrás. No hay nada, créeme, que supere la libertad. Nada, lo que se dice nada.

»Marina, si estás dispuesta a perder tu libertad o tu vida, si quieres entrar al fuego, ven. Aquí te espero, aquí abriré un espacio para ti, un espacio para nosotros, un espacio para lo posible, un espacio para lo imposible, un espacio para los espacios. Te mostraré el filo que te rebanará para que emerjas en tu forma más cruda y verdadera. Yo me rebanaré para entregarte mi forma más cruda y verdadera y te daré todo lo que tengo y besaré tus manos y agradeceré tu amor y por las noches pensaré en ti y sonreiré porque sé que regresarás y me verás sonreír al verte y te abrazaré y brindaré lo mejor de mí. Y si me lo pides, reventaré a puñetazos los muros y saldré de esta pestífera cárcel a estar contigo. Ven aquí. Hoy. Aquí.»


La masa José Cuauhtémoc Huiztlic ocupó el total de mi cerebro como si se tratara de una tumoración invasiva. Me distrajo de mis actividades cotidianas. Mi capacidad de respuesta se hizo nula. Dejé en manos de nanas y de choferes el cuidado de mis hijos. Fue tal mi desprendimiento de Danzamantes que las finanzas comenzaron a tambalearse. No en balde reza el dicho «el ojo del amo engorda el caballo». Sin mi supervisión, el pago de maestros se retrasó. Los bailarines se quejaron de inactividad. Para resolverlo, le pedí a Alberto hacerse cargo.

A Claudio le molestó mi desatención a la familia. Alegué estar comprometida con el proyecto de Pedro y Julián. «Es temporal», aseguré. Lo convencí de la importancia de ayudar a los reos a expresarse artísticamente. «Si vinieras conmigo verías que es una labor loable.» Propuso acompañarme un día. Me quedé helada. Hasta el momento no parecía maliciar los motivos de mis continuas visitas a la cárcel. Acostumbrado a que me apasionara por diversas causas, debió pensar que esta sería una más. Si iba conmigo, se percataría de inmediato de mi amorío con José Cuauhtémoc, no porque

Claudio poseyera una intuición fuera de serie, sino porque era más que obvio.

Pedro y Julián estaban al tanto de mis encuentros clandestinos. Pedro me ofreció camioneta blindada, chofer y un par de guardaespaldas, pero me negué. Aunque el miedo me embargaba, prefería manejar sola hasta el reclusorio y mantener un bajo perfil. Predecía que tarde o temprano sufriría un incidente tan terrorífico que pararía en seco mis visitas a José Cuauhtémoc. Wishful thinking. Ya que era incapaz de parar mis boberías adolescentes, las circunstancias se encargarían de hacerlo. Una violación, un asalto a mano armada, un intento de secuestro me devolverían el sentido común.

Lo acontecido a Biyou debía alentarme. Era una de las artistas africanas más veneradas, estuvo a punto de echar por la borda su carrera por una relación adúltera con un hombre blanco. Estaba casada con Pierre Cissoko, el bailarín más connotado de Senegal y con quien había procreado cuatro hijas. A los ojos de los demás, su matrimonio era ejemplar y a menudo eran invitados de honor en diversos países africanos como ejemplo de la creatividad y aptitud artística del continente. Nadie imaginaba que sostenía un romance furtivo con Luigi Zíngaro, galerista romano que con frecuencia la acompañaba a sus giras.

Biyou decidió separarse y Pierre quedó muy dolido. En África era tan reverenciado como ella y de inmediato gozó de la simpatía de la opinión pública. A Biyou se le acusó no solo de traicionar a su familia, sino también a su raza. En Senegal, donde antes la aplaudían a su paso por la calle, comenzaron a insultarla y perdió la custodia de las niñas.

La pareja decidió mudarse a Tanzania, donde supusieron que los ataques menguarían. Al contrario, se incrementaron. La infidelidad de Biyou había atentado contra toda la negritud africana, no solo senegalesa. Otra vez improperios e injurias. Deprimida, se encerró en su casa y no salía más que a visitar a sus hijas. Luigi la impelió a tomar una decisión radical y se mudaron a Río de Janeiro. Desde ahí Biyou recompuso su carrera. Se dio a la tarea de buscar participantes para una nueva compañía. Las bailarinas negras brasileñas de prestigio fueron reticentes. El mundillo de la danza es muy cerrado y trabajar con ella podía significar que en el futuro se les cerraran las puertas.

Biyou tomó entonces una determinación arriesgada: se dedicó a viajar por Brasil para descubrir nuevos talentos. Entre los practicantes de la capoeira encontró a los danzantes ideales. En esas mujeres y en esos hombres sudorosos de piel azabache se adivinaban las raíces negras más puras. Parecían recién bajados de los barcos esclavistas. La africanidad intacta.

Biyou les enseñó técnicas de danza y diseñó una compleja coreografía, sin duda su obra más arriesgada. Luego de dos años de ensayos se presentaron en el Teatro Municipal de Río de Janeiro. Fue un éxito de público y de crítica. No tardaron en llegar invitaciones de Londres, París, Nueva York, Roma. Recuperó su posición y a los cinco años regresó a Senegal, donde fue recibida de nuevo como la diosa africana de la danza. Y lo hizo tomada de la mano del hombre que amaba: Luigi. Tres de sus hijas, ya adolescentes, resolvieron irse a vivir con ella. Pierre y ella se tornaron buenos amigos. Al poco tiempo, él también decidió residir en Río con la más pequeña de sus hijas y participó como maestro de los nuevos integrantes de la compañía.

La experiencia de Biyou me esperanzó. Vería a José Cuauhtémoc hasta donde lo permitieran las circunstancias y como vampiro chuparía de su sangre y de las vivencias a su lado. Tanta hormona, tanta adrenalina, tantos temblores, tantos miedos debían estimular mi creatividad. Me ilusionaba que el encuentro con él me revitalizara al grado de que mi obra diera un giro radical y alcanzara por fin el punto al que siempre deseé llegar. Pero, también deseaba enamorarme. Renovar sentimientos que creía apagados. Besar a alguien con el anhelo de perderme en él. Cerrar los ojos y silenciar el mundanal ruido. Escuchar solo nuestras respiraciones. Sentir sus caricias, el calor de cuerpo. Luego salir a la calle, lista para afrontar la vida.

Besé a José Cuauhtémoc como si no existiera nadie ni nada a mi alrededor. No me importaron ni las miradas de los custodios, ni los cuchicheos de los demás presos. En cada una de mis visitas nos sentábamos en la mesa del fondo y ahí me abrazaba y me acariciaba. Me perdía en su inmenso torso. Y la hora entera de la visita nos besábamos sin cesar.

Los días del taller aprovechábamos para hablar. Pedro y Julián, dignos cómplices, aguardaban quince o veinte minutos al finalizar la clase para permitirnos estar juntos. Nos sentábamos en los pupitres para platicar sobre arte, política, economía. De lo que más tratábamos era sobre literatura. Le obsesionaban el uso del lenguaje, las estructuras narrativas, la creación de personajes.

En muy contadas ocasiones me habló de su familia. La mencionaba con vaguedad. Me contó anécdotas vividas con sus hermanos, a quienes, me aclaró, no había vuelto a ver. De su padre habló poco, con una mezcla entre admiración y odio. Una sola vez aludió a los asesinatos. «¿Sabes que maté a mi padre?» Asentí. «¿Sabes que lo quemé vivo?» Asentí. «¿Sabes que también maté a otros dos?» Asentí. Se hizo un silencio. «¿Tienes miedo a que te haga daño?» Negué con la cabeza. «Confía en mí», afirmó.

Le conté a Pedro de mis visitas. «Sé precavida», advirtió, «con un asesino nunca se sabe. Trata de no verlo a solas». Fue una advertencia que no logré seguir. A los pocos días, José Cuauhtémoc me dijo que creía necesario vernos en un espacio más privado. Las palabras de Pedro repicaron dentro de mí. «Trata de no verlo a solas.» «¿Para?», le pregunté. Me tomó del mentón y me miró a los ojos. «¿Quieres hacer el amor conmigo?» Claro que lo deseaba. Lo deseaba más que nada en el mundo. «¿Y adónde iríamos?», inquirí. Me reveló la existencia de cuartos destinados a visitas conyugales. Pedí tiempo para pensarlo. Me dijo que me tomara el que requiriera y reiteró: «Confía en mí».

*Amaba que nos llevaras a visitar a mis abuelos. Aunque era una travesía interminable por las sinuosas brechas de la sierra poblana, disfrutaba el viaje. Inmensos bosques recortados en un cielo límpido de un azul imposible. Difícil creer que en esa tierra fecunda germinara tanta pobreza. Mis hermanos y yo jugábamos a ver quién distinguía primero el pequeño jacal de enjarre donde creciste. Aparecía como un punto diminuto al dar vuelta en un recodo del camino. «Ahí está», gritábamos emocionados al verlo.*

*Era terrible el frío en los inviernos. Insoportable. No sé cómo podían resistirlo. Cuando la neblina descendía sobre el valle, nos apiñábamos para darnos calor. Hasta las cabras metíamos para dormir abrazados a ellas. Podía sentirlas tiritar a ellas también. Era común* que los niños menores de cuatro años murieran por esos virulentos fríos, ya fuera por neumonía o por hipotermia. Solo sobrevivían los más fuertes. El poder de la selección natural. Tú te quedas, tú te vas. Tú te quedaste papá, lo cual dadas las condiciones en las que creciste fue un gran mérito. Y más mérito el de mis abuelos, que a sus noventa y pico años aún resistían las heladas y la miseria absoluta.

En verano las lluvias no cesaban. Como decía mi abuelo, «buenas para las cosechas, malas para la vida». El techo deficiente de la choza resistía apenas los embates de las tormentas. Las goteras proliferaban. Las juntas de las láminas de zinc se vencían y un pequeño torrente se vaciaba sobre nosotros mientras dormíamos. Así como tú tuviste que hacerlo de niño decenas de veces, nos obligabas a levantarnos en mitad de la noche a taponar la fuga con barro y raíces.

Nos contaste que una vez un alud de lodo se deslizó desde lo alto de la sierra y pasó al lado de su casa arrasando los corrales y llevándose las vacas, las cabras y su único burro. Sus animales quedaron sepultados bajo metros de fango. Necesitaron excavar por horas. Encontraron a sus tres vacas muertas y, de milagro, vivas a dos de sus cabras. Se salvaron atrapadas en un hueco formado por las postas del redil.

En una de nuestras visitas a los abuelos, por la tarde descendió una neblina espesa. José Cuauhtémoc, mis primos y yo nos encontrábamos lejos de la casa. Habíamos atravesado varias barrancas y desfiladeros, y retornar sin ver nada en la niebla me aterró. Mis primos rieron. Se habían acostumbrado a deambular por el monte prácticamente a ciegas. Emprendimos el regreso. José Cuauhtémoc caminaba detrás de mis primos, que avanzaban a paso veloz. Precavido, yo tanteaba con un palo, temeroso de toparme con un desbarrancadero. Se adelantaron y dejé de oír sus voces. Les grité para que me esperaran. Nada. Silencio. Solo escuchaba mi propia respiración. Niño de ciudad, sería incapaz de sobrevivir en el campo mojado y con frío. Pensé que mi fin estaba cercano. Si me quedaba quieto, anochecería y nadie me encontraría. Moriría de hipotermia. Si continuaba, era probable que no pudiese ver el filo de un precipicio y cayera al vacío. En la oscuridad blanca, de cuando en cuando oía el aletear de huilotas que cruzaban por arriba de mí. Me enredé con las ramas de un arbusto.

Me costó trabajo zafarme y al lograrlo, me desorienté. Di vueltas sin saber dónde me hallaba. Estaba perdido por completo y me solté a llorar. De pronto, escuché unas risillas. Mi hermano y mis primos se *había escondido unos metros adelante, divertidos con mi periplo. Fantasmales, surgieron de la cortina de niebla. Les grité enojado. «¿Nos la vas a armar de bronca? Pues te vuelves a quedar solo», dijo José Cuauhtémoc, y de nuevo los tres se esfumaron en el muro blanco. Gimoteé implorando su regreso. Nada. Otra vez silencio y el ocasional silbido de las huilotas. Empecé a andar hacia la derecha, adonde supuse podía hallarse la casa, cuando un grito me hizo parar en seco. «No te muevas.» Mi primo Ranulfo apareció de entre la niebla y me tomó del brazo. «Hazte para acá.» Mi peor miedo estaba a punto de cumplirse. Me encontraba apenas a unos centímetros de despeñarme hacia el fondo del barranco. Ya no se escucharon risas, ni burlas. Mis primos y mi hermano estaban igual de asustados que yo. Emprendimos el regreso. Con los cinturones nos amarramos unos a los otros para no volver a separarnos. Dos horas después, llegamos a la casa.*

A José Cuauhtémoc no le importó si Marina había vuelto a la cárcel bajo el pretexto de asistir al taller de Julián, el caso es que ahí estaba, en cinemascope y a todo color. Se veía más linda así, normalita, con pantalón de mezclilla y una camiseta. Sin estar embadurnada de maquillaje, ni lápiz labial rojo como cuando la vio arriba del escenario. Ella le había llamado y él no pudo contestarle. Volvieron a verse y él le pidió que le llamara pa atrás. Y lo llamó. Hablaron y hablaron y hablaron. José Cuauhtémoc le contó lo que significaba ser huésped en el Hotel Reclusorio Oriente y le detalló su día a día. Le describió su madriguera y cómo estaba organizado el diminuto espacio que compartía con otros tres malucos. Le habló del tiempo apelmazado en la cárcel, de las tardes sentado observando las nubes y los pájaros que cruzaban el cielo, de quedarse en el patio a mojarse cuando llovía nomás por sentir que todavía existía la naturaleza. Mientras conversaban la notó trajinada. A veces distraída. Marina tapaba la bocina para hablar con alguien y luego regresaba con mhhs y ajás sin saber ni qué le había dicho el güerever. Ella en su existencia casera, dando órdenes a empleadas domésticas, choferes y nanas, organizando niños y cenas y clases y sube y baja y entra y sal y el JC sentado en su litera, escuchándola, él en las heladas estepas de Alaska, Marina en los boscosos páramos de Moravia.

La morra se le metió hasta la hipófisis. Tan encharcado estaba de Marina que empezó a escribir por y para ella. Antes escribía por escribir. Ahora a ella. A ella y nadie más que ella. En el taller leyó su «Manifiesto». Deseaba que conociera más de él. Que supiera que existía un cosmos subterráneo y violento, que debajo de una gran costra bullían el hambre, el crimen, la desesperanza. Quería mostrarle las tortuosas avenidas que conducen a la chirona, abrirle de tajo las vísceras de la realidad y al mismo tiempo asomarla a la humanidad y la solidaridad de los presos. Deseaba contarle que entre custodios y convictos había chanza de convertirse en carnales y que reos habían hecho compadres a sus torturadores. Pasados los encontronazos, quedaba el sedimento de lo humano, como quedan pepitas de oro en las arenas de los ríos revueltos. Ahí en el cieno, también habitaban la lealtad y el perdón.

Quien no ha pisado tambo no comprende el terror a la reclusión. Uno no entra a la cárcel, es engullido. La negra boca de la gran serpiente se abre de par en par para recibir su alimento. Ahí va a dar la raza malandra y hasta una buena carretada de inocentes que tuvieron la jodida suerte de estar en el lugar equivocado a la hora equivocada y con el abogado equivocado. El miedo a la cárcel le hormiguea tanto al capo más picudo como al que uña espejos de carros. La cárcel es la cárcel es la cárcel. No hay quien no se acalambre ante la posibilidad de ser encerrado. Son puro cuento los que presumen que aguantan. Eso dicen al principio, pero después de dos piturrientas semanas hasta el más chilero se quiebra. No hay quien no desee escapar. Varios dibujan planos de los reclusorios. Desde su entrada guardan detalle de cada lugar: barandilla, comedor, enfermería, canchas, talleres, lavandería, cocina. Los custodios saben que por lo menos uno de cada tres presos está trazando croquis con quesque rutas pa pintarse. Ternuritas. Si vieran qué tan inútil es andar garrapateando servilletas o tallar sus mapas en ladrillos. Quien desea pelarse tiene de tres sopas: o pagas una muy buena lana y los custodios se hacen pendejos y te dejan escapar por la zona de tribunales o cuentas con palancas muuuuuy pesadas o eres un chingonazo con talento de ingeniero capaz de detectar las fisuras del sistema de vigilancia y te fugas limpiecito, sin matar a nadie, sin sobornar a nadie, sin necesitar de nadie. En el argot carcelario los llaman los «cirujanos». No hacen borlote, no revelan sus planes a otros reos, no untan a los custodios. Así, sencillito, desaparecen de un día para otro. «Fugas quirúrgicas», las denominaban los expertos.

A la mayoría de los fugados se los reagendaban en menos de seis meses. Bastaba seguirles la pista a amigos y parentela para dar con ellos. Los más inteligentes ni siquiera avisaban a sus conocidos que se habían pelado. Se escabullían sin dejar ni una migajita. No llamaban por teléfono, no visitaban, no pedían posada, no lo cacareaban. Chitones, tumbas. Discretos caminaban hacia despoblado y en cuanto podían se desafanaban de la piel carcelaria para disfrazarse de paisanos. A esos rara vez los atrapaban. ¡Ah!, cómo cambiaba la cosa cuando estaba en juego una mujer. Entonces sí metían la pata. *«Follow the money»,* decían los policías gringos. Ni madres decían los policías mexicanos. «Follow las hembras.» Cual animalitos, los fugados se apresuraban a buscar a la vieja que los volvía lokitos. Claro que JC había pensado en bicharse. Si hasta dibujitos hizo con su propia versión de rutas de escape. Con el tiempo desechó el plan. ¿Pa qué tanto arguende si afuera no había nadita que lo motivara a fugarse? Hasta que apareció la monserga llamada Marina.

Ella era sin lugar a dudas una huerca chula, chulísima. Y era una suerte que se hubiese fijado en él. Se preguntó si sería promiscua. No le parecía, pero «caras vemos, panochitas no sabemos». Esa era la joda. Saber que ella andaba como china libre por el mundo y que podía acostarse con este y aquel y el otro y el de más allá. Solo imaginarla en cueros en manos de otros le licuaba el cerebro y el corazón y el páncreas y el estómago y los testículos y la vesícula. No debía de hacerse ni la más chiquitita ilusión, aunque ahí estaba, babeando por ella.

Marina había quedado en llamarle y no le llamó. Estúpida, pensó JC, aunque luego rectificó. Estúpido yo. ¿Quién chingados le dijo que ella en verdad lo iba a pelar? ¿En serio se había creído el cuento de ella y yo, una simple fórmula, la flor y la fábula, el nido de un águila? Marina NO-LE-LLAMÓ. Sintió ganas de guacarear nomás del llegue. Por eso, jamás de los jamases un preso debe esperar nada de los de afuera. Jamaica. Noruega.

No le llamó y JC quiso topetearse contra los barrotes. Le pegó de puñetazos a la pared. Le sangraron los nudillos. Luego trató de apaciguarse. Quizás ella no pudo o no tuvo tiempo o llamó y no hubo señal o su marido la tuvo cortita o quizás la muy cabrona nomás no le dio la gana llamarlo. Para cucarlo o para aguijonearlo o solo por joder. «Mira mi rey, tú te podrás sentir Chanoc, solo que yo controlo mis deditos y decido cuándo marcan en el teclado de mi celular. Así que estimado y apreciado amigo José Cuauhtémoc Huiztlic, reo número 29846-8, sentenciado a medio siglo de prisión por homicidio múltiple, yo mando aquí y si mi loca cabecita ordena que no te marque, pues mis deditos no te marcan y chan chan, dijo la changa.»

JC dejó en manos de la morra los botones de play, fast forward, rewind, pause y stop. Y ahí estaba Marinita jugando: play, rewind, play, stop, fast forward, pause. Y el video llamado José Cuauhtémoc dando brinquitos para aquí y para allá. Por su culpa, por ponerse de pechito. Ni modo de quejarse. Casi casi se había desabotonado la camisa. «Marina, dispara aquí en el mero cucharón.» Cálmate ya José Cuauhtémoc. Espérate a que ella explique por qué no llamó. ¿Y si no vuelve? Carajo, carajo, carajo. Sin pensarlo más se sentó a escribir:

*El tiempo aquí es gelatinoso. Lo tratas de asir y se deshace entre las manos. Queda en tus palmas un hueco, aire. Nada cambia. Flota el tedio y la muerte. ¿Estamos muertos? Un día descubres un delgado hilo que proviene del exterior. Lo observas con detenimiento. Puede ser una trampa. Te acercas. Es un hilo de oro, de platino, de una aleación extraña. Lo palpas con la yema de los dedos. Lo haces con prisa, pronto será jalado hacia fuera. Regresará a su destino, a la limpia tierra de la libertad. Te aferras a él como la soga que te rescatará de este hálito oleaginoso. Aunque lo apretujas, el hilo se escurre entre tus manos. Te corta, te sangra. Se pierde por el portón de entrada. Miras tus heridas. Refulge en ellas el oro, el platino, la valiosa aleación extraña. Te sientas a esperar su vuelta. El hilo no vuelve, y, aun a la distancia, sigue cortado.*

«El infierno es una verdad conocida demasiado tarde», sentenció Héctor. De la nada me había llamado por teléfono el día anterior. «Necesito hablar contigo», me dijo. Me invitó a comer. Pensé que deseaba compartirme algún proyecto de cine. Ya en otra ocasión me había contado sobre una película en la que requería de una bailarina y fui con la creencia de que ese sería el punto a tratar.

Llegué al San Ángel Inn quince minutos más tarde de la hora pactada. Héctor era bastante impuntual y no quería estar sola esperándolo. Para mi sorpresa, ya había llegado. Me senté y pedí un tequila para relajarme. Héctor me escrutó con la mirada. «Y ahora ¿este milagro?», le pregunté sonriente. Con Héctor nunca se sabía. Bien podía hacer gala de su carácter confrontacional o ser dulce y generoso. Siguió mirándome con fijeza. «No entiendo qué es lo que buscas», me dijo. «¿De qué hablas?», inquirí confundida. «Tú sabes de qué hablo», dijo tajante. «¿A qué quieres llegar?», le pregunté. «A veces creo conocerte, otras no», dijo. Empecé a ponerme nerviosa. Pensé que se había enterado de mi breve affaire con Pedro y venía a reclamarme. O lo sospechaba y me ponía cuatros para ver si caía en el garlito. «Tú me conoces a la perfección», le respondí. «Eso creía», dijo, «pero por lo visto, no». Su semblante era serio. ¿De qué se trataba este juego? Por suerte apareció el mesero con nuestras bebidas. Apenas colocó el tequila sobre la mesa y me lo chuté de un trago. «Tráeme otro», le pedí. «¿O sabes qué? Mejor de una vez trae dos.» Si Héctor me iba a descuartizar, que lo hiciera medio borracha.

«Mira, Marina, creo que estás cometiendo una estupidez.» De nuevo la turbación. «¿Cuál de todas?», le pregunté. Se inclinó hacia mí. «Me contó Pedro de tus escarceos con el preso.» Con lo contestatario que era, a veces utilizaba un lenguaje de señorito decimonónico. Escarceos en lugar de fajes. Respiré con alivio. La conversación no giraría en torno a mis escapadas con Pedro. «¿Sabes del daño que puedes hacerle a tu matrimonio? ¿A tu familia?», me cuestionó. «¿Crees que no he pensado en las consecuencias?», le respondí. Héctor negó con la cabeza. «Sabes qué es lo peor: que vas a embarrar a Pedro, y por lo tanto a mí, con tus idioteces.» ¿Cómo podía afectarlos mi relación con José Cuauhtémoc, que además tenía fecha de caducidad? Un par de visitas conyugales me quitarían las urgencias del deseo y estaba segura de que el lugar donde nos acostaríamos sería tan deprimente y lóbrego que no repetiría. «Es algo pasajero», le esclarecí. Sonrió con sorna. «De lo que creo conocerte, estoy seguro de que no vas a poder terminar con él», señaló. «No va a durar y él lo sabe», aseguré. «Un hombre que quema vivo a su padre no debe ser muy de fiar», asentó. «José Cuauhtémoc me da lo que nadie me ha dado nunca», afirmó. Me sorprendí de haber pronunciado su nombre. «¡Ah! ¿José Cuauhtémoc? Pedro ni siquiera me había dicho cómo se llamaba y déjame decirte que tiene nombre de escritor de libros de autoayuda. Solo eso debería bastar para alejarte de él.» «¿No eres tú quien propone romper lo establecido, jugarse la vida por la pasión?», impugné. «El mundo es más complejo que eso querida. Claudio se moriría de tristeza si se entera.» «No tiene por qué enterarse», le dije. «El infierno es una verdad conocida demasiado tarde», aseveró. Debió ser un dicho de su escuela de curas que lo impresionó a tal grado para soltarlo con tal contundencia.

Antes de irnos me advirtió. «Estás en un momento bisagra de tu vida. Sé cuidadosa con qué puertas abres. Nunca sabes lo que puedes hallar al otro lado.» Le agradecí sus consejos. En verdad había sido dulce y su preocupación por mí genuina.

Me quedó dando vueltas lo dicho por Héctor. «Sé cuidadosa con qué puertas abres. Nunca sabes lo que puedes encontrar al otro lado.» Tenía razón: debía estar alerta. Pero, no pensaba regresar sobre mis pasos. Quizás era necesario aguardar un poco antes de decidirme a la visita conyugal. Esa debía ser la puerta de la cual Héctor quería ponerme sobre aviso. Mi momento bisagra se acercaba y con este un amasijo de decisiones cuyas secuelas era necesario determinar. La intimidad total con José Cuauhtémoc debía posponerla lo más posible para estar segura de que las puertas abiertas no me llevaran a lugares de los cuales ya no me fuera posible regresar.

«Tienes que presentarte en las oficinas», le ordenó un celador. A JC le extrañó. «¿Para qué?» El bato se alzó de hombros. «No sé, ya te dirán.» Seis monos llegaron para escoltarlo hasta el despacho del subdirector del penal. «Quiubo», lo saludó el matango apenas entró. «Quiubas», contestó José Cuauhtémoc. «Mi Cuau», dijo el subdirector con familiaridad, «en cinco minutos vas a recibir la llamada de alguien muy importante». A JC, el «Cuau» le rinquiabronó. ¿Quién se creía el baboso para andarlo cuauhtemeando? «¿Quién me va a llamar?», inquirió. El subdirector sonrió. En sus dientes sobresalían unos brackets. Parecía un puberto recién salido del ortodoncista. «El coronel Jaramillo, el jefe de la zona militar en Acuña.»

Por lo visto habían ascendido a Jaramillo. Bien por él, lo merecía. A JC le había caído de poca madre. «¿Sobre qué quiere hablar conmigo?» El tuboso volvió a sonreír con su sonrisa de caballo. «¡Ay mi Cuau! ¿Pos cómo chingados lo voy a saber?» Lo de Cuau ya empezaba a calarle. No le zambutió un putazo en medio de los bridas nomás por no meterse en una bronca.

El cara de equino señaló un teléfono sobre uno de los escritorios. «El coronel va a llamarte por esa línea, mi Cuau.» Otro Cuau más y en definitiva le cruzaría un derechazo en plena jeta. El chistecito le costaría seis meses en confinación solitaria. Además, le agregarían un par de años más a su condena y una buena dosis de macanazos. Pero bueno, nadie le iba a quitar el placer de sumirle la dentadura hasta la garganta al baboso subdirector.

Después de un minuto repicó el teléfono. Contestó el payasín. «Buenas tardes coronel, un gusto saludarlo, soy el licenciado Martínez a sus órdenes… Sí, coronel… Sí, aquí lo tengo, se lo paso… Que tenga un lindo día.» No, pues este tipo de a tiro estaba jodido. Eso de «tenga un lindo día» no se le dice a un coronel que se ha rifado la vida a balazos y que ha perdido compañeros rafagueados por cuernos de chivo. José Cuauhtémoc imaginó la cara de juatdafok de Jaramillo. «Lindo tu culo, so estúpido.» Tomó la bocina. «Buenas, coronel», lo saludó. «Buenas», le respondió Jaramillo. Como buen militar, no se anduvo por las ramas. «¿Conociste a María Esmeralda Interial?» A JC el «conociste» le sonó a que ella ya no pertenecía a este mundo. «Sí, ¿por?» «La encontramos muerta, desnuda, encajada en un palo, decapitada.» Por más duro y rudo que uno sea, una descripción así, sin prefacios, sin advertencias de prepárate-para-lo-que-te-voy-a-decir-porque-está-regacho, duele, corta, hiere, marea.

«¿Quién la mató, coronel?», interrogó José Cuauhtémoc intentando mantener la compostura mientras el fantoche subdirector le miraba sonriente con cara de «¿qué onda, mi Cuau?». «No, no sabemos quién la mató y menos con tanta saña. Te llamaba para ver si tenías idea de quién pudo hacerlo.» No, JC no tenía ni la más remota idea. Habían cambiado tanto las cosas desde su partida que de ser uno de los estados más peligrosos, Coahuila se había transformado en uno de los más seguros del país. «No coronel, no sé», respondió. «Lo de Esmeralda», agregó Jaramillo, «es un hecho insólito en este momento. Hace meses que no se presentaba un caso así». Se quedaron unos segundos callados. «¿Sabías que apenas te fuiste le cortaron la lengua?» Tampoco lo sabía. Tragó gordo. A la hermosa y dulce Esmeralda la habían transformado en un espantapájaros empalado en medio de un llano. «Coronel, ¿puedo pedirle un favor?» «Depende del favor», respondió Jaramillo. «Si encuentran al que lo hizo, córtele los huevos y haga que se los trague.» Jaramillo se tomó su tiempo en responder. «Se hará justicia, José Cuauhtémoc. De eso debes estar seguro», contestó con ambigüedad. Eso de hacer justicia sonaba a que podía ser que sí, podía ser que no. Las palabras de Jaramillo denotaron un mensaje inequívoco: vamos con todo por el puto asesino.

Por la expresión grave de José Cuauhtémoc al colgar, el fantoche subdirector debió adivinar que algo andaba muy mal porque suprimió los «Cuau». Ordenó a los custodios: «Acompáñenlo de regreso». Lo retacharon hasta la entrada del bloque de celdas. Apenas se retiraron y JC se sentó en los escalones. Esmeralda había sido la última mujer con la que había hecho el amor y, a menos que pegara un jonrón con Marina, no habría otra más en su vida. Recordó la textura de su piel, su olor, el sabor de sus pezones, su sonrisa, la manera en que lo abrazó, cómo engarrañutaba las manos al llegar al orgasmo. Ahora era un bodoque hinchándose de gases en una morgue mientras un médico le practicaba la necropsia de ley. Esmeralda rota. Esmeralda humillada. Esmeralda mujer sin lengua. Esmeralda pasado. Esmeralda cadáver. Le escoció el recuerdo de Esmeralda. ¿Quién la había asesinado y por qué? JC no había vuelto a escuchar del Máquinas. Lo más probable era que lo hubiesen matado en el monte. La masacre en el ejido debió extenderse hasta el más remoto de los confines. «Limpieza», le llamaban los bosses. «Vamos a limpiar la plaza de mugrosos», sentenciaban. Traducción: liquidar a cada uno de los del otro bando. Y en una de cada cuatro limpiaditas se llevaban entre las patas a un inocente. Aunque para los narcos nadie era inocente. Si en una plaza había narcos del otro cartel, era porque en esa plaza la gente los toleraba. Los bosses no tomaban en cuenta que a la mayoría de la población no le quedaba de otra que aceptarlos. Estaba cabrón resistirse cuando a uno le apuntaban con una Beretta directito a la chirimoya. En medio de balaceras, secuestros, cadáveres colgando de puentes peatonales, policías corruptos, extorsiones, qué ciudadano con dos dedos de frente tenía los tanates para confrontarlos. El remedio: ajo y agua. A joderse y a aguantarse. Eso a los bosses les valía madres. En la guerra de los narcos cualquiera que caminara en dos patas era un objetivo bélico. Y en esa guerra, Esmeralda no se hallaba libre de culpa. El mero hecho de ser la morra de un sicario de los Quinos la tornó en enemiga y tan enemiga fue que ahí estaba de muestra su cuerpo decapitado.

Con torpeza ñoña intenté explicarle a José Cuauhtémoc mi negativa a acostarme con él. Le hablé de las puertas que se podían abrir y que más tarde no se pudieran cerrar. Me clavó la mirada. Unos minutos antes, al igual que en las visitas anteriores, nos habíamos besado con largueza y toqueteado sin sobrepasarnos para que no lo sancionaran por faltas a la moral. «Marina», me dijo con gravedad y luego se quedó en silencio. Varias semanas de fajar como adolescentes y yo aún titubeando si debía o no mantener relaciones sexuales con él. Pensé que me refregaría mi actitud infantiloide. No fue así. Escrutó los lejanos patios y luego se volvió hacia mí. «Creo que no te has dado cuenta ni de con quién andas ni en dónde», dijo. «Por supuesto que lo sé», respondí de inmediato. «¿Entonces estás consciente de que este puede ser el último día que te vea?» Bajo los estrechos esquemas de mi realidad pensé que, cansado de mis temores y mis dudas, había decidido terminar conmigo. «¿Por qué lo dices?», pregunté con ingenuidad. «Vivo encerrado en una cárcel y creo que eso se te olvida.» Cómo se me iba a olvidar si cuatro veces a la semana cruzaba Ixtapalapa solo para verlo. «Lo tengo en cuenta cada día», le señalé. «Me quieren matar, Marina», me dijo con calma. «¿Qué?», inquirí con sorpresa. «Tarde o temprano, a todo aquel que está en una cárcel van a intentar asesinarlo y esta vez me tocó.»

Apenas me lo dijo y el aire se hizo más denso, los sonidos más sordos, la luz más oblicua. «¿Estás seguro?» Asintió sin quitarme la mirada de encima. «¿Y cómo lo sabes?», le pregunté. «Porque quien me quiere matar ya mandó las señales.» De nuevo entraron en acción los mecanismos de mi limitada visión del mundo de colegiala de escuela católica. ¿Qué tal si lo suyo era solo un chantaje para presionar a que me acostara con él? «¿No estás armando un cuento?», le dije con una desfachatez que rayaba en lo grosero. Un hombre de mi medio social se hubiese ofendido por llamarlo mentiroso y se levantaría de la mesa para partir, esperando que yo corriera tras él para disculparme por mi insolencia. José Cuauhtémoc no se inmutó. Su respuesta me dejó helada. «Si quieres ya no nos vemos para que no temas que pueda pasarte algo a ti también.» No había cruzado por mi mente tal posibilidad: que en el intento por ejecutarlo me llevaran por delante. Volteé atrás de mí (José Cuauhtémoc se sentaba mirando hacia el área de visitas y yo de espaldas. Así él vigilaba y yo me exponía lo menos posible a miradas indiscretas). Vi en los custodios y en los reos que convivían con sus visitantes a posibles homicidas. ¿Qué tal si de pronto un tipo nos rociaba con una metralleta o que varios hombres llegaran a acuchillarlo y de paso me tasajeaban a mí también? Pude decirle: «Lo siento, me cago del miedo y lo prudente es dejar de vernos hasta que resuelvas tus asuntos». En cambio le solté un rotundo «no pienso separarme de ti». Se giró hacia mí y me besó. Esta vez su beso fue más hondo, más íntimo, más amoroso. Cerré los ojos y perdí la noción del espacio y del tiempo. Hormona mata neurona, beso mata hormona.

Terminó la hora de visita. José Cuauhtémoc me acompañó hasta la puerta de salida. El trayecto lo recorrimos tomados de la mano, como si fuésemos una pareja joven y enamorada que planea su luna de miel. En qué instante me convertí en una chamaquita embobada, no lo sé, pero ahí estaba feliz de caminar en medio de reos y custodios de la mano del hombre al que, por extraño que pueda sonar, amaba por completo ajena a la amenaza de muerte que se cernía sobre él o, por qué no decirlo, sobre nosotros.


Esmeralda se convirtió en un fardo imposible de soportar. Hay muertos que pesan más y Esmeralda equivalía a cien costales de cadáveres. Cuánta muerte había padecido José Cuauhtémoc y era ella quien venía a aplastarlo. Él no se deprimía, era un tractor que siempre iba pa lante. Un John Deere emocional. Salió avante de las ciénagas más pútridas: la culpa, el hambre, el encierro, el calor, el frío, masacres, polvo, sol, heridas, sangre. Él podía sobrepasar eso y más. ¿Por qué ahora la muerte de una morra con la cual apenas se había relacionado le sacaba el aire como un gancho en el plexo solar?

Esmeralda reapareció como solo los buenos fantasmas suelen hacerlo: en los momentos más inesperados. Aparecía cuando JC estaba sentado en la letrina. Aparecía entre el vapor de la regadera. Aparecía en el fondo de la sopa de fideos, en las esquinas caliginosas de la celda, entre las sábanas. Esmeralda fantasma sin cabeza, clavada en una estaca tremolando como una bandera a media asta. Esmeralda fantasma que se infiltraba entre sus huesos como una humedad nociva y tóxica. Esmeralda recuerdo, cortadura, grieta, precipicio: fantasma.

En su imaginación comenzaron a traslaparse los rostros y los cuerpos de ella y de Marina. Semejaba a la diosa Hel, la deidad vikinga que habitaba en las oscuras cavernas del subsuelo, mitad cadáver, mitad ser vivo. Así se representaban ambas en sus pesadillas. Esmeralda sonriente, Marina decapitada. Hablaba Esmeralda con la voz de Marina, Marina miraba con los ojos de Esmeralda. Marina fantasma. Esmeralda viva. Marina. Marina. ¿Dónde se encontraba Marina?

Marina retornó al taller de Julián. JC se hizo el que la virgen le hablaba. Trató de no pelarla. Imposible. La traía encajada en el mero Uti Wa Mgongo. Tuvo ganas de jalarla hacia un rincón del aula y decirle: «Mira grandísima estúpida, detesto cuán indispensable te hiciste y deploro mi burda necesidad de ti. En el instante en que te pienso me arrepiento, en cuanto sueño contigo, borro lo soñado. En cuanto menciono tu nombre, callo para no volver a pronunciarlo. Pero heme aquí, volcado hacia ti. Torpe, atontado. No serás la primera mujer en mi vida. Sí serás la última. No hay más allá de ti. No quiero palabras de otra mujer que no sean las tuyas. No quiero derramar mi semen en otra vagina que no sea la tuya. Cuando vengas a la cárcel mira a tu alrededor. Observa los muros, las torres, las alambradas. Verás que no hay escapatoria. Entiéndelo de una buena vez, no tengo adonde ir más que a ti. Así que, Marina, si me vas a abandonar, hazlo de una buena vez o quédate y nunca más vuelvas a irte».

Esa mañana le aplicó la ley del iceberg. Ni una palabrita. Salió del aula y se pintó deprisa. De reojo notó cómo ella observaba y de inmediato supo que ella no se alejaría de nuevo. Lo cachó en su mirada. Estaba seguro que Marina regresaría.

La noche siguiente descubrió en su celular una llamada perdida. Solo ella tenía su número. El hechizo iba de allá para acá y viceversa. No se había roto el hilo. Seguía tendido entre ambos. Era un hilo fuerte y resistente. Ella había vuelto.

*Te enterramos en el Panteón Jardín. Mi madre quiso mantenerte cerca, para venir a verte a tu tumba. Imaginarás cuánto malestar causó esa decisión en mis abuelos. Ellos anhelaban llevarte de vuelta a tu tierra, darte sepultura en el pequeño cementerio a espaldas del caserío donde vivían. Ahí yacían los restos de tus tatarabuelos, de tus bisabuelos, de tus abuelos, de tus tíos, de tus hermanos. Con montículos de piedras marcaban cada tumba. No había inscripciones con nombres, ni lápidas. No era necesario. En la memoria de los tuyos se guardaba el lugar exacto donde estaba enterrado cada quien. Fuiste el primero no sepultado ahí. Tus padres lo sufrieron como una mutilación.*

*La congoja se les notaba en sus rostros de granito. En su español trunco no supieron explicarle a mi madre lo importante que era para ellos inhumarte en su camposanto. Ella no concedió. Era tu mujer y ella resolvía. Para mis abuelos eso era una barbaridad. Las esposas no debían decidir por encima de los padres. Ellos te habían traído al mundo, te habían alimentado y cuidado. ¿Quién se creía esa mujer para contradecirlos?*

*Mi abuela le propuso a mi madre una solución: que ellos se llevaran parte de tu ropa y tus pertenencias. «Las cosas de uno», le dijo en su mezcla de español y náhuatl, «guardan nuestros olores, nuestras alegrías, nuestras tristezas, nuestra vida.» Mamá accedió. Tus padres fueron a la casa y nos pidieron a mí y a mi hermana que los ayudáramos. Exigieron a mi madre esperar afuera mientras las escogían. Tardamos horas. Prenda por prenda, objeto por objeto, nos preguntaron de dónde habían salido, qué edad tenías cuando las adquiriste, el número de veces que las usaste.*

En una maleta guardaron tu rastrillo, tu cepillo de dientes, tu peine, tu loción, dos pares de zapatos, dos pantalones, tres camisas, tres calzones, cuatro pares de calcetines, dos camisetas, dos cinturones, dos sombreros, dos corbatas, tus lentes para leer, uno de tus relojes, alguno de tus diplomas, copias fotostáticas de tus conferencias, tu anillo de graduación de la Normal.

Citlalli y yo los acompañamos de vuelta a tu tierra natal. Rentamos una furgoneta para que cupiera tu familia. Fue un largo peregrinar hasta la sierra. Le pregunté a mi abuelo por qué habían decidido vivir tan en lo alto de la sierra. Me contestó en náhuatl que él había nacido ahí y su abuelo había nacido ahí y el abuelo de su abuelo. «Imagino que mis ancestros quisieron tocar el cielo», dijo en el dulce tono de tu lengua.

Seguimos hacia la cima y las nubes quedaron debajo de nosotros. Un águila entraba y salía por entre el manto blanco. El ave sagrada de los aztecas que inspiró nuestros nombres: Cuitláhuac, «águila en el agua», y Cuauhtémoc, «águila que desciende». Comenzó a llover. Se formaron varios lodazales y el trayecto se hizo peligroso. Las llantas de la camioneta, no fabricadas para ese tipo de terreno, derrapaban en el fango, y en varias ocasiones resbalamos hacia los despeñaderos. Citlalli y yo nerviosos, mis abuelos, mis tíos y mis primos, en calma.

Arribamos por fin a la medianoche, después de quince horas de remontar la serranía. Pernoctamos en la choza, apretujados. Me fue imposible dormir con el traqueteo de la lluvia contra el techo de lámina. El insomnio me duró hasta las cuatro de la madrugada, cuando por fin cesó la tormenta.

A la mañana siguiente me despertó un sonido de martilleo. Me incorporé atolondrado y con sueño. No había nadie dentro de la casa. Salí. Tu padre construía una caja con unas rústicas tablas de madera de pino. Le pregunté qué era. Sin voltear a verme me contestó en náhuatl: «El ataúd para enterrar a tu papá». No entendí. Volteé hacia el cementerio. Mis primos y mis tíos excavaban una fosa. ¿Qué iban a sepultar?

Enterraron tus pertenencias, Ceferino. Amorosamente mi abuela colocó tu ropa dentro del improvisado féretro con la forma de una figura humana. Un pantalón tuyo, una camisa, un par de zapatos. Donde debía ir tu cabeza, colocó los lentes y bajo la manga de la camisa derecha, tu anillo. Al atardecer se reunió la familia para la despedida.

*Bajaron tu ataúd a la fosa y elevaron una plegaria en náhuatl. En el entierro de tu cuerpo en México contuve el llanto. En este funeral alegórico solté a llorar apenas cayó la primera paletada. Lo que habíamos sepultado en el Panteón Jardín había sido un mazacote chamuscado de carne, tela y plástico. En el cementerio de los tuyos enterramos lo más cercano a un ser humano. Ropa impregnada de ti. Ropa que elegiste, que te definió. Ropa que respiraste, que sudaste, que habitaste.*

*No llovió esa noche, ni la siguiente, como si el agua decidiera respetar tu tumba. Al tercer día partimos. Justo cuando nos íbamos, se nubló el cielo. No tardaba en caer una tromba. A lo lejos se adivinaban los relámpagos. Abracé a mis abuelos y en náhuatl les dije cuánto los quería.*

Tantos años pasaban algunos batos en la sombra que al salir se arrimichaban frente al vasto mundo. Al caminar por la calle les entraba el telele nomás de ver venir sobre ellos una horda de antropoides anónimos. En la cárcel, más o menos, todos se conocían. La calle hervía en desconocidos. Una sopa de rostros sin nombre. Llevarse con la gente de afuera tomaba su tiempo. Los psicólogos calculaban tres meses de adaptación por cada año de encierro. Sí cómo no. A veces eran necesarias tres vidas por cada día de cárcel.

Para otros, el cabrón instinto criminal les julía con tal fuerza que no tardaban en regresar al bote. Un maleficio que los que no lo padecían nomás no entendían. Los manduletes se lo achacaban al botellón: «Las cárceles son las escuelas del crimen». Ni madres. Un criminal es criminal porque es criminal y lo era desde antes de que lo encerraran y a la mayoría ni en las prisiones finlandesas se lo pueden quitar. Lo traen en la sangre, pues.

Eso bien que lo sabía José Cuauhtémoc. Nadie le entregó un manual de cómo matar a Galicia. Nadie en la cárcel le explicó con círculos y palitos cómo debía chingárselo. Se las ingenió para matarlo y punto. Un autodidacta del asesinato. Y tómala panzón, de vuelta al tambo. Maldito el virus que lo hizo jalar el gatillo.

En la cárcel, a presos embotellados con largas sentencias los llamaban los «tanques estacionarios». Así decían «¿eres tanque estacionario o vas y vienes?». Tanques estacionarios: los incorregibles, los permanentes, los duracell, los perpetuos, los ladrillos, los habituales, los crónicos, los incurables, los yate chin gaste, los patas frías, los arraigados, los de casa, los mobiliarios. Se necesitaba calma chicha para no ahorcarse a sabiendas de que la salida de chirona sería al finalizar ese periodo llamado vida.

JC dejó de fantasear con la libertad. El encierro la borró. «La única manera de soportar la cárcel es ir día por día», le sugirió don Chucho cuando lo metieron a la jaula por primera ocasión. «Búscate algo que hacer porque el cerebro es canijo y te juega pasadas bien gachas». Don Chucho sabía de qué hablaba. Sin nada que hacer, los presos se enredaban en espirales obsesivas. Varios se volvían hipocondriacos. Tanto pinche tiempo libre los hacía clavarse en el mínimo dolorcito. Un cólico: cáncer terminal. Tos prolongada: sida. Migraña: derrame cerebral. Bien jamaqueados, los reos se creían a un pasito de la muerte. Pedían un médico a gritos. Los custodios nomás no los pelaban. Los drama-reinitos amenazaban con demandas y quejas a Derechos Humanos. «Ya deja de chillar y duérmete», les respondían los custodios. Un porcentaje de los hipocondriacos no aguantaba más y boom. Unos se suicidaban y otros acababan en los pabellones para loquitos gruñendo como marmotas. La mayoría se «curaban», nomás esperando la próxima enfermedad mortal imaginaria. «El reinito ya va a empezar otra vez», se burlaban los celadores, y sí, el reinito se tiraba al piso y pataleaba de dolor convencido de que sufría cáncer de huesos.

A otros, tanto ocio los giraba paranoicos. Los batos empezaban a «descubrir» enemigos. Se armaban piradísimas teorías persecutorias y aseguraban estar rodeados de guachilosos que se los querían atorar. Vivían temerosos de ser asesinados hasta que decidían darle matarile al gandalla antes de que el gandalla les diera matarile. Y así, por sus huevitos, el paranoico le rebanaba el cuello a un bato que no tenía ni la menor idea de por qué el fileteo. El morro se sentía aliviado, solo para que su mentecita involucionara hacia un nuevo enemigo.

Don Chucho tenía la boca llena de razón. JC lo captó de una. Desde el inicio se buscó quehaceres, los necesarios para no estarse mirando el ombligo, porque del ombligo era de donde brotaban las malas ideas. Se salvó de la hipocondría y de la paranoia. Solo que no contó con la última trampa del pensamiento obsesivo: encularse. No de las mujeres, sino de LA MUJER.

El tornado Marina arrasó con su cerebro. ¿Qué estará haciendo? ¿Hará el amor con su marido? ¿Tendrá un amante? ¿Pensará en mí? Por suerte, por chiripa o por quién sabe, ella parecía estar en el mismo track que él. El chanchulleo empezó a jalar: más llamadas, más miraditas, más toquecitos, más de aquí para allá y de allá para acá. Una suerte que ella jugara el mismo juego. Una suerte que ella decidiera no faltar al taller. Una suerte que a ella le latiera lo que él escribía. Una suerte esa recabrona suerte.

Por una ceja de liebre, JC esquivó la bala de la obsesión.


El proceso para ingresar a la visita conyugal fue bastante desagradable. Por primera vez, entendí a cabalidad la expresión «la trataron como a una suripanta». Cuando escuché por primera vez «suripanta» no sabía qué significaba. Ese día descubrí lo que es ser tratada como una. Se me sometió a un severo interrogatorio en el que cada una de mis respuestas fue cuestionada. A pesar de que ya contaban con mis datos, de estar al tanto de mis visitas, de mi labor en el taller de Julián y de ingresar con Pedro y su séquito de guardaespaldas, fui sujeta a una humillación tras otra. No hay duda de que aún prevalece una cultura machista. Una mujer en visita conyugal que no es la esposa o la manceba del preso es para las autoridades carcelarias, literalmente, una suripanta, una puta baratera. Alguien a quien vejar y degradar.

Trataron de extorsionarme, me amenazaron. Tuve que embarrarlos con el dinero que traía encima y «donarles» mi reloj para que me autorizaran el paso y me eximieran del «examen» médico. Para demostrar su poder sobre mí, un imbécil directivo del reclusorio mandó atentos saludos a Claudio. Me sentí en extremo vulnerable. Contaban con información suficiente para evidenciarme frente a mi familia y mis amigos. Así funcionaba el chantaje: o cooperas o te reventamos. Un paso en falso y Claudio sería enterado de mis aventuras sexuales con José Cuauhtémoc. Pensé en dar media vuelta y largarme. Me negué a hacerlo. No había llegado hasta ese punto para flaquear y debía asumir las consecuencias.

A pesar de mi discreción y mi bajo perfil, había dejado un ancho rastro de pruebas de mi infidelidad. Una más no cambiaría el rumbo. Si deseaban joderme, debían contar con innumerables videos míos besuqueándome con José Cuauhtémoc en el área de visitas. Mi única alternativa era no doblegarme y plantarme frente a ellos.

Resolví entrar. Una celadora y un custodio me condujeron por pasillos desconocidos hacia un ala remota del reclusorio. Un ala cuya existencia nunca sospeché y que no se advertía desde las aulas donde Julián impartía el taller. Los corredores eran lóbregos. No había llovido y estaban llenos de charcos. Luego descubrí que el agua provenía del desagüe de la lavandería. Por eso eran jabonosos y se esparcían de manera irregular. Por entre los ventanales, pude avistar las lavadoras automáticas. Un grupo de presos doblaban los uniformes y las sábanas, y los colocaban dentro de carritos de lona.

Llegamos al área de visitas conyugales. Como si no me hubieran vejado lo suficiente, antes de ingresar, la custodio volvió a cachearme. Pasó sus manos por mi entrepierna, mis nalgas y mis senos. Parecía más una abuela dulce que a una celadora. Eso no evitó que me pidiera bajarme los pantalones y abrir las piernas. «¿Para qué?», cuestioné. «¿No te guardaste droga o billetes en la panocha?» Negué con la cabeza. «¿Estás segura?» Asentí. «Más te vale muñeca, porque si te reviso y te encuentro algo, no te la vas a acabar.» Su forma de hablar chocaba con su apariencia de Sara García. «Pues revísame si quieres», la reté. La tipa me miró con enojo. «¿Quién te autorizó a hablarme de tú?» No pensé achicarme. «Le hablo de tú a quien me tutea. Yo te respeto, si tú me respetas.» Ya no dijo nada más. Se giró hacia el custodio. «Está limpia, déjala pasar.»

El custodio me guio a través de unos cuartos con puerta de lámina, cada uno numerado. Me llevó al tres y abrió con una llave. «Pásale, güerita», me dijo. «Tu galán llega en un rato más.» Entré y me dispuse a cerrar la puerta. Él lo impidió. «Nel, güerita, no puedes cerrarla antes de que llegue el machín. Es por tu seguridá», dijo. «Está bien», le dije.

En el cuarto había un colchón tirado en el piso. Un foco pelón colgaba del techo moteado de mierda de moscas y había una pequeña ventana tapada con un raído pedazo de tela. Sobre el colchón se hallaban un par de cobijas, una amarilla con estampado de leones y la otra azul con figuras de Walt Disney. El cuarto se sentía húmedo y frío. Debía estar loca para irme a meter a un lugar como ese. Loca de remate.

Me senté sobre el colchón a esperar. No llevaba mi celular para al menos distraerme jugando Solitario Spider. Me lo habían requisado al ingreso. Me puse encima una de las cobijas para protegerme del frío. Era extraño tener a Mickey y a Mimí observándome. He de reconocer la limpieza del lugar. Bastante más pulcro que la mayoría de las habitaciones de moteles de paso que frecuentaba. Las cobijas olían a Suavitel y por uno de esos rocambolescos trucos de la memoria, me recordaron a mi infancia. Linda combinación: Disney y Suavitel a minutos de coger con un homicida confeso.

Vi llegar a otras dos mujeres. Una chaparrita redonda con el cabello teñido de naranja y una flaca, muy alta y musculosa, tan musculosa que estuve convencida que se trataba de un transexual. Llevaba una minifalda, poco apropiada para el frío, y largos vellos recorrían sus muslos. Entraron a los cuartos frente al mío y al igual que yo, se sentaron sobre los colchones en el piso. La chaparrita me sonrió y le devolví la sonrisa. La mujer —u hombre— musculosa sacó un pequeño espejo y comenzó a retocarse el maquillaje. Era bastante femenina en sus ademanes y gestos. No amanerada, aunque sí sutil y delicada.

La presencia de las otras dos mujeres me reconfortó. Con seguridad, las tres saldríamos al mismo tiempo. Las visitas conyugales duraban una hora, de once a doce de la mañana, aunque ya llevábamos casi media hora de retraso. A decir verdad, me hallaba emocionada. Tan solo conocer las entrañas de la cárcel hacía valer la experiencia. Nada en la vida me había preparado para un colchón en el piso, cobijas estampadas y compañeras como ellas dos.

La mujer musculosa me preguntó de puerta a puerta «¿quién es tu machín?». Le di el nombre. Ella abrió la boca con sorpresa. «Ay manita, te llevaste la lotería. Tu galán —lo digo con todo respeto— me encanta. Es tan macho, tan todo». Bastó oírla hablar para comprobar que sí, que era una trans. Le reviré la pregunta. «¿Quién es el tuyo?» Nombró a un tal Paco de la Fuente. Le dije que no lo conocía. «No es guapo como el tuyo, pero es hombre de verdad. No sabes qué fuertote es.» Sonreí. ¿Qué tipo de hombre se acostaría con ella? «Me llamo Micaela ¿y tú manita?» Le dije mi nombre. «¡Ay! Una estrellita marinera. Qué emoción.» Me reí de la ocurrencia. La simpatía de Micaela era natural y contagiosa. Debía medir al menos uno ochenta y cinco. Correosa. Brazos poderosos. Mandíbula pronunciada. Los cuádriceps marcados. El pelo ensortijado hasta los hombros.

Se escucharon voces masculinas. La chaparrita se puso de pie para recibir a su esposo, el primero en arribar. También de baja estatura, regordete. Entró y cerraron la puerta. Luego llegó Paco. Y sí, era muy fuerte. Un ropero, dirían las abuelas. Un poco más bajo que Micaela. Moreno, de espaldas anchas, cuello de toro. Luego me enteraría de que Paco había sido uno de los sicarios más despiadados del narco. Eran famosos los videos donde decapitaba a miembros de bandas rivales. Micaela era en realidad Miguel Santibáñez, otro sicario al que nunca pudieron demostrarle un crimen, por tanto, jamás pisó cárcel. Dos sicarios homosexuales dando rienda a su amor. Paco entró directo al cuarto y azotó la puerta al cerrarla. El sonido metálico retumbó por entre los pasillos.

José Cuauhtémoc llegó un poco después que ellos. Salí a recibirlo. Sonrió al verme. «Por fin», dijo y me abrazó. Sentirlo apaciguó mis inquietudes y mis dudas. Me tomó de la mano, me condujo hacia el interior del cuarto y cerró la puerta.


Cuando la vida pinta de maravilla, cuando las cosas van de poca abuela, llega la canija suerte, o como quieran llamarla —circunstancias, mala vibra, ojetez, karma—, a romper la madre. Si a quienes viven en libertad la suerte les renglea tremendas machincuepas, a los presos les pone unas revolcadas de antología. Detrás de las rejas no puede darse nada, pero lo que se dice nada, por sentado. La felicidad es una ilusión pasajera. No se puede olvidar que la mayoría de los reos son gachos, sarnosos, clamidiáticos, culeros, puñales, intrigantes, felones, cabrones hijos de su pinche madre. Tarde o temprano, la gandulería aparece.

Si bien los reclusorios no eran una escuela de crimen, sí propiciaban un greet and meet entre malandros de variado tonelaje.

En prisiones segundonas como el Oriente, a veces caían tipejos que le sabían al trutrú de las movidas grandes: a quién secuestrar, con qué empresas lavar la lana, los bancos más facilitos de robar, los lugares más porosos de la frontera para pasar merca, los gun shows texanos donde se conseguían las armas más baras, con qué colombianos o bolivianos hacer biznes, quiénes regenteaban las mejores putas rusas, eslovacas y ucranianas, qué político le cubría a uno las espaldas y demás linduras.

Cuando algunos facinerosos egresaban de la sombra, quesque rehabilitados, no perdían el tiempo y aprovechaban la red Linked-In del who is who del submundo delincuencial para conseguir chamba con una enorme ventaja: adentro del reclusorio quedaban compas para lo que se ofreciera y ese lo que se ofreciera, la mayoría de las veces, consistía en enfriar a alguien que también estaba adentro. «Oye bróder, mi jefe necesita que le des piso a uno» y por una lanita los batos iban muy obedientes a cumplir el encargo.

A JC le estaba yendo de maravilla. La relación con Marina medio atrabancada, jalando chido. Él enculado, ella enculada. Su relación montada en la cresta de la ola, pero no contaban con las sabandijas. Si JC hubiese estado más atento se habría percatado de que lo estaban cazando. Día a día, minuto a minuto, un par de ojetes lo guacheaban para buscar el momento justo para ensartarle una punta. Estudiaban sus horarios, la mesa que elegía en el comedor, los rincones del patio que frecuentaba, la regadera donde elegía ducharse. No actuaban por motu proprio. Apenas y sabían quién era él. Ellos habitaban en otro bloque de celdas, encerrados por crímenes repulsivos: la violación y asesinato de niñas y adolescentes. En el argot carcelario eran hienas, carroñeros, gusanos, buitres: la mierda. En cuanto ingresaron a la cárcel los recibieron con un palo de escoba en el culo. «Para que sientan lo que ellas sintieron.» Incluso entre malandros hay categorías morales. Los asesinos y violadores de niñas se van directo al hediondo pozo de la cuarta división criminal. Son escoria. En eso estriba su valor: si son capaces de ultrajar, torturar y desmembrar a una niña de nueve años son capaces de cualquier cosa. Homicidas burdos, psicópatas con un precario sentimiento de culpa, van contra quien se les cruce. Les vale madre todo y todos.

Los dos tipos, el «Carnes», llamado así porque antes trabajaba de carnicero y el «Camotito», cuyo apodo se debía a su diminuto órgano sexual («las chavas que este cabrón violó pensaron que les estaba metiendo el dedo meñique», dijo un reportero que entrevistó a varias de las víctimas sobrevivientes y que los valedores comprobaron cuando descubrieron su minúsculo pito al ensartarle el palo por Detroit), eran rastreros y se dedicaban a hacerle trabajillos domésticos a los presos fifís por una propina pichicata. «Carnes, limpia esta vomitada que ayer se me pasaron los bacachos» o «Camotito, ve por unos cigarros al estanquillo» y ahí corrían los dos presurosos a cumplir los mandados.

Su disposición y obediencia era bien conocida. Bobolones e implacables, dóciles e hijos de la chingada. El «Rólex», nombrado así porque antes de ser encerrado le brillaba en la muñeca uno de oro rosa, les ofreció un deal. «Les doy cinco mil pesos a cada uno si le dan cuello a José Cuauhtémoc Huiztlic.» Los baloncitos no tenían idea de quién se trataba. «El güero grandote, con pelo largo», explico el reloj de oro. Lo ubicaron: era el pinche gorila descolorido. Matarlo no iba a estar fácil, ni atacándolo con cuchillos. Un guamazo del rubio y los mandaba directo a Fantasilandia. «Es muy poca lana», alegó el Camotito «nos jugamos el pellejo y en una de esas los muertos somos nosotros.» El Rólex rio de buena gana. «No sean sacones ¿o a poco le tienen miedo?» El Carnes terció: «Nel, miedo no, solo precaución.» «Les ofrezco ocho mil pesos y no más.» Los dos rufianes aceptaron. Ocho mil pesos no era un madral de dinero, aunque si lo mataban limpio iban a ganar prestigio y cotizar por lo alto en la bolsa de trabajo de monos contratados para matar otros monos dentro del reclusorio.

Se pusieron manos a la obra. Al principio siguieron al JC los dos juntos. El Rólex les advirtió que hacían mucho bulto y que mejor era hacerlo separados. «Tú, los lunes y los miércoles, y tú, los martes y jueves, y no diario para no prender los semáforos.» Establecidas las rutinas, a esperarlo Nicanor que por aquí se venadea mejor. «¿Por qué lo quieres matar?», le preguntó el Carnes. El Rólex sonrió. «A mí me da igual, pero gente pesada me encargó darle mate.» El Carnes, como buen carnicero que se la pasaba chorcheando con las marchantas, continuó interrogando. «¿Y quién es esa gente pesada?» El Rólex esbozó una sonrisa. «Eso, mi estimado, no lo vas a saber nunca.»

Es triste que nuestro cerebro no sea capaz de almacenar los recuerdos de cada segundo de nuestra vida. En la memoria solo queda pedacería. Además, la percepción nos juega trucos. Superponemos hechos reales con imaginarios y lo que dábamos como sucedido no es más que una invención. El recuerdo de nuestro pasado queda a mitad de camino entre lo ficticio y lo verídico.

Las facciones de mi padre a menudo se me olvidan. Me angustio y trato de reconstruirlas, no siempre lo logro. Su imagen me elude, se torna vaporosa. ¿Dónde tenía ese lunar? ¿A qué olía? ¿Era zurdo o derecho? ¿Cómo era su voz? Años junto a él quedaron reducidos al relámpago de veinte, treinta instantes. La mayoría vagos, confusos, que no permiten armar el rompecabezas completo. Los primeros recuerdos de él giran en torno a mi fiesta de cumpleaños a los cuatro años. Surgen imágenes de piñatas, caras de amiguitas, un payaso aterrador. A mi papá apenas lo distingo en esa masa amorfa.

Hacia los once años lo evoco con más claridad. Me vienen a la mente reminiscencias de una tarde que me llevó con mis amigas a patinar en hielo. Se agacha a atarme las agujetas de los patines. Lo apresuro. Las demás ya están en la pista y deseo alcanzarlas. Él demora asegurando el nudo. «No quiero que se aflojen y te caigas.» Esa frase sobresale entre cientos que me dijo a lo largo de mi vida. Lo retrata como un padre cariñoso y protector. Apenas termina de anudarme, brinco a la capa de hielo y me deslizo hacia mis amigas. Mi padre se incorpora y me mira con una sonrisa.

A su muerte me obsesioné con acopiar «momentos». Sabedora de que tienden a derramarse por el drenaje del olvido, intentaba recoger los más puntuales: aromas, colores, texturas, sonidos, voces, rostros, espacios. Descubrí que la memoria puede remembrar con mayor precisión si se encadenan los detalles. Uno enlaza a otro y este a otro hasta reconstruir una imagen más diáfana. Empecé a practicar esta técnica el mismo día del entierro de mi padre. Con culpa por no haber estado con él en sus últimos meses, quise recobrar, hasta donde fuera posible, cada minucia de ese pasaje final. Me concentré en el olor de la tierra, en la hora exacta de la primera paletada, en los zapatos de mi madre, en el ritmo de mis exhalaciones, en la luz sesgada de las cinco de la tarde. Si tuviera talento para la pintura, podría representar con exactitud su funeral.

Así como la muerte de mi padre fue un parteaguas en mi vida, estaba convencida de que hacer el amor con José Cuauhtémoc sería otro. Al entrar al cuchitril no quise perder ni un detalle. Registré la peste a humedad, el distante aroma a caño, el gemir de las parejas en las habitaciones contiguas, el chirriar metálico de las puertas, el ruido de los motores de aviones que surcaban por encima, el deslavado verde pistache de las paredes, el azul y rojo de la cobija con figuritas de Disney, el café y amarillo de la de los leones, el gris del piso.

Todo se trastornó cuando apareció él. En cuanto se acostó a mi lado, su olor prevaleció. Su olor, su maldito olor a monte. No recuerdo ni cómo, ni cuándo nos desnudamos. Había palpado su torso a través de la ropa en las visitas previas, aunque desnudo me pareció gigantesco, una mole en la que podía perderme. Pensé que, tras años de encierro, sería brusco y torpe. Al contrario, me trató con más suavidad de la que me había tratado Pedro. No se apresuró a penetrarme. Me abrazó hasta que me tranquilicé. Luego, con calma, me acarició la espalda y me besó la boca, el cuello, los senos hasta llegar a la entrepierna. Fui yo quien, abrasada por el deseo y la desesperación, me monté sobre él. No sé si exista un concepto equivalente a la eyaculación precoz en las mujeres, pero entró su glande y a los dos minutos tuve un orgasmo mayúsculo. Excitada, quise seguir, pero José Cuauhtémoc me tomó la cabeza con ambas manos y me miró a los ojos. Nos quedamos en silencio, sin movernos. Me acarició la cara. Nunca antes al hacer el amor con otros hombres había intercambiado miradas. «Despacio», dijo. Empecé a menearme de atrás hacia delante con lentitud. Cuando traté de acelerar, él lo impidió deteniéndome con sus manazas. «Despacio», repitió. Continué sin dejar de vernos a los ojos. A medio orgasmo, José Cuauhtémoc se salió y me tiró hacia su pecho. «Puja», ordenó. En medio de los tremores no supe cómo reaccionar, pero apenas pujé un chorro caliente salió expulsado. No sabía qué era, si orina u otra cosa, pero no cesó de brotar. Lo empapé. Hilos de flujo se deslizaron por sus pectorales. Me cogió de las nalgas y una vez más entró en mí. Otro orgasmo. De nuevo la sacó y rocié su torso. Cada que apretaba una sensación de placer. El orgasmo se hizo interminable y terminó siendo doloroso. No pude más. Me dejé caer sobre la cobija de leones que había quedado completamente mojada. Sobre el abdomen de José Cuauhtémoc quedó un charco. Olí mis dedos. No, no era orina. El famoso mito del *squirt* no era tan mito. «El dorado néctar de las diosas», como lo denominaban los antiguos griegos, había borbotado en el momento y en el lugar más inesperados. ¿Por qué ahora? ¿Por qué con él?

Me recosté a su lado y no permití que me tocara más. Mi piel se había tornado hipersensible. Me recuperé poco a poco. Me percaté de que no habíamos usado condón. Yo había llevado un par en la bolsa trasera de mis jeans, pero en la calentura, olvidé sacarlos. Entré en pánico. Crecí en una generación aterrada por el sida y por variaciones genéticas de la gonorrea y la sífilis resistentes a los antibióticos. «¿Estás sano?», le pregunté. José Cuauhtémoc me miró, confundido. «¿De qué hablas?» Indagué si había padecido o padecía alguna enfermedad venérea. Mis preocupaciones le valieron gorro. Sin más, me tomó de la cintura y me jaló hacia él. Con un solo movimiento me puso boca abajo y me mordisqueó el cuello. Me penetró con delicadeza, y gradualmente empezó a meterla y sacarla con mayor intensidad. Cuando sentí que me iba a venir de nuevo, se arqueó, empujó su verga hasta el fondo de mi vagina y se quedó quieto. Intenté moverme, pero me detuvo con las manos. Sentir su pene en la base de mi útero me excitó aún más. Una corriente subterránea que subía y bajaba a lo largo de mi cuerpo. Mordí una de las cobijas para amortiguar mis gritos (tan pudorosa cuando hacía el amor con Claudio. Procuraba no hacer el más mínimo ruido para que los niños no nos escucharan. Aquí mis alaridos debieron oírse hasta la calle). Mi cuerpo empezó a temblar de forma incontrolable. Nunca antes me había sentido tan fuera de mí. Prendido, José Cuauhtémoc comenzó a azotar su pelvis contra mis nalgas hasta que se vino. No gimió como acostumbraban aquellos con quienes me había acostado antes. De su garganta brotó un rugido hondo y rasposo que terminó por calentarme todavía más.

Acabamos batidos de flujos, de semen, de sudor y de algunas lágrimas que derramé sin darme cuenta. Él se quedó acostado sobre mí. Aunque su peso me impedía respirar, me agradó la sensación de pequeñez bajo su corpulencia. Nos mantuvimos unos minutos así hasta que sonaron unos golpes en la puerta metálica. «Se acabó el tiempo», gritó una voz. José Cuauhtémoc se incorporó y yo me quedé acostada sobre el colchón observándolo mientras se vestía. «Estás preciosa», me dijo y sonrió. El celador volvió a tocar la puerta. «Para afuera.» José Cuauhtémoc le respondió, molesto: «Ya voy, ¡carajo!». Abrochó sus pantalones y se agachó para darme un beso. «Envuélvete con las cobijas, no quiero que este tipo te vea desnuda.» Obedecí y me enredé con la manta de leones. José Cuauhtémoc me dio otro beso y se levantó. Abrió la puerta, se volvió a verme, pronunció un «gracias» y cerró tras de sí.

Me quedé sola y aturdida. Toda yo olía a él. Me incorporé. Su semen escurrió por mi pierna derecha. Tomé con el índice una de las gotas que resbalaba por mis muslos. La acerqué a la nariz. Su aroma concentrado en esa gota. Nuestra relación en esa gota. Me la llevé a la lengua y la paladeé. Como un mantra empecé a repetir: «No te vayas a enamorar, no te vayas a enamorar…». Obvio, cuando alguien dice algo así, es que ya está enamorada hasta las chanclas.

No había abandonado aún el lugar y ya empezaba a sufrir nostalgia por dejarlo. Haría cuanto estuviera en mi poder para regresar lo más pronto posible.

La muerte no llega así de repente, llega por acumulación. Años de fumar atestan el cuerpo de sustancias nocivas hasta que una célula dice ya estuvo bueno y se transfigura en enemiga mortal de las demás. Años de atiborrarse de alimentos grasos taponean de a poquito las arterias hasta dejarlas como Periférico con lluvia a las siete de la noche. Años de beber alcohol abotagan el hígado y lo dejan cual mechudo enlodado. Puede alegarse que los accidentes automovilísticos no son efecto de la acumulación, pues error: el tráiler que te va a matar lleva diez horas circulando por la carretera. Cargamos día y noche con nuestra muerte. Es nuestra segunda piel.

La sentencia de muerte de José Cuauhtémoc se debió también a la acumulación. Inició en el momento en que se dirigió a la casa de Esmeralda y tocó el timbre. Revisó la calle en busca de miradas indiscretas: nadie. Ningún testigo potencial a la vista. No pizcó ojos que lo veían desde el segundo piso de una casa a sesenta me-

288

tros de distancia. Si hubiera sido moreno y chaparro, igual que muchos de los morros de la zona, hubiese sido imposible dar con él. Pero alto, mamado y güero, pues su identidad estaba envuelta para regalo con todo y moño.

Durante meses el Máquinas deambuló por el desierto. Sobrevivió chupando agua de los nopales, y comiendo chorchas y raíces. Con mañas atrapó ratones de campo y un par de orejonas. Los comía crudos para no prender una hoguera y llamar la atención de los Otros-Otros, que andaban aferrados en llenarle el cuero de plomoxidina. Él y otro camarada que libró la matazón se remontaron en la sierra. Hasta allá fueron los ojetes a perseguirlos. La orden del boss de los Otros-Otros fue: o me los traen muertos o me traen sus cadáveres, escojan. Y pues los batos escogieron.

El Máquinas y su compa se escondieron en cuevas, se enterraron en madrigueras de coyotes, cortaron ramas de cenizos y las entretejieron con la ropa para camuflarse. Estuvieron a dos babas de gorrión de matarlo. Una madrugada él y su secuaz se quedaron jetones y no se levantaron al amanecer. Sus perseguidores los distinguieron a lo lejos cuando los rayos del sol rebotaron en la hebilla del cinturón del otro bato. Supieron de volada que eran ellos: nada refleja así en el monte. Les disparon a mansalva. Ambos despertaron entre un chaparrón de balas. El Máquinas se arrastró a un macizo de piedras y logró eludir los fregadazos. No tuvo lucky luck el otro. Dos plomos le agujeraron la panza. Empezó a pegar de gritos. «Ayúdame, ayúdame...» El Máquinas nomás se asomó tantito y el balerío le silbó por arriba de la cabeza. «Si me muevo me chingan a mí también, carnal.» Y sí, serían dos los muertos si trataba de auxiliarlo. Hizo un intento por estirar la mano y jalarlo hacia las rocas, pero un tiro en la maceta terminó de rematar al compa.

El Máquinas reculó. Los proyectiles pegaban a su lado, reventando esquirlas en las piedras. Por entre unos peñones vio la vía de píntate-ya-mismo-por-ahí. Debía cruzar treinta metros en campo abierto, no le quedaba de otra. Serpenteó entre los arbustos. Los disparos arreciaron, parecían redoble de tambor. Sintió que no la libraba, y decidió arriesgarse. Se levantó y empezó a correr como gallina sin cabeza. Alcanzó los peñones y sin detenerse, siguió y siguió hasta que el bofe ya no le dio para más y cuando eso pasó, ya estaba entre tercera y home.

289

Por meses roló por las serranías hasta que llegó el invierno. La cosa se puso buena. Durante el día la temperatura subía a veintiocho grados y por la noche el bajón llegaba a menos siete. Había huido en pleno verano, a cuarenta y cuatro grados a la sombra y su ropita de lanchero acapulqueño nomás no le sirvió para los friazos. Se enfermó de los pulmones. Parecían incendiados por dentro, como si le hubiesen inyectado diésel y luego le prendieran fuego. La fiebre lo hizo delirar. Alucinaba engendros que lo acosaban. Sonámbulo, corría por entre el monte a oscuras para huir de ellos. Por las mañanas despertaba arañado y con la ropa desgarrada como si un puma se lo hubiera tratado de coger.

Tosía sangre. Dejaba las nopaleras cubiertas de escupitajos escarlatas. Sangre rojísima, fresca. Cuando por fin superaba las pulmonías, lo aguaban las diarreas. La tifoidea y la disentería le devoraron las paredes intestinales. Defecaba medusas sanguinolentas. No se dio por vencido. Debía retornar con su fatilicious. Recostarse en su regazo y permitir que ella lo acariciara y le curara sus heridas. Ella era su luz. Su único motivo para meterle un cohetón a eso que se llamaba sobrevivir.

A veces bajaba de la sierra a los ejidos. Se esperaba a que anocheciera. Robaba comida a gente que casi no tenía comida. Un par de tortillas, quesillo de cabra, huevos. Los tomaba y, como el animal en que se había convertido, volvía al monte, donde se atragantaba para guachilear el hambre. No se dejó ver por la gente. Si los Otros-Otros lo pepenaban lo iban a matar en fa. Bastante lo conocían los mantecosos. Carajo, por qué no se la había llevado más leve cuando trabajó con los Quinos. Ni madres. Quiso ser el man de confianza de don Joaquín, el que le hacía los trabajos sucios, el que mataba sin pensársela, el que dejaba las trocas bien afinaditas. Maldijo sus deseos por ser el employeeoftheyear. Si hubiera volado bajo, ahorita estaría a toda madre repantigado en un sillón con una cerveza en la mano mirando un partido del América. Ni madres. Eso de ser estrella narca se sintió bonito hasta que le tocó la corredera. Bastaba que alguien en un ejido, en un rancho o en una brecha dijera: «Vimos a un tipo así y así», para que sus cazadores concluyeran: «Ese debe ser el cabrón del Máquinas, ¿por dónde lo vieron?» y una vez que les dieran las señas, los Otros-Otros no descansarían hasta darle baje.

Pinches roñosos. Cuando ellos eran lavacoches y limpiaparabrisas, los Quinos les dieron chamba y los sacaron de jodidos. La cosa iba bien. Los soldados distraídos ayudando a la población con las inundaciones. Los de la migra gabacha, alineados con el cartel. Todo en paz, alivianado. Megacool. Pero tuvieron que llegar los castrosos de los Otros-Otros. Compraron a la Policía, distrajeron al Ejército y les doblaron el moche a los de la border patrol. Los peladitos mugrientos se les voltearon a los Quinos y se enrolaron con los otros culeros. Los bosses de los Otros-Otros les dieron trabajos más chiroliros. Los mugrositos se bravearon con el poder recién adquirido. Como venían de abajo, les cogieron tirria a los Quinos de arriba. Envidiaban sus trocas, sus cuernos de chivo, sus viejorrones. Puesto que el Máquinas era de los que se hallaban por encima de la media tabla, pues los peladitos le agarraron ojeriza. «Ese cabrón nos gritaba refeo», recordaban. Los pulgosos no lo iban a dejar tranquilo. Lo hostigarían hasta tenerlo bien plomeado y luego colgarían su cadáver de un mezquite para tomarle una foto con el celular y mandársela por Juatsapp a los patrones con un mensaje: «Ya nos los chingamos al puto».

El Máquinas anduvo huyendo de allá pa acá. Cualquier ruido lo ciscaba. Hasta el silbido de las cotuchas lo hacía tumbarse boca abajo. Todo le sonaba a enemigo. Le juriaban las ganas de sentarse a comer en una mesa para parecerse de nuevo a un ser humano. Después de jiribiarle en el monte por unos meses más, arribó al río Bravo, allá por el rumbo de Boquillas del Carmen. Cruzó el río, que en invierno acarreaba apenas un hilito de agua, y se internó en territorio texano. Supo darles vuelta a las patrullas fronterizas y a las hordas de turistas que visitaban el Big Bend. Aterido y hambriento, con la ropa papaloteando en jirones, las botas con la suela desprendida y caminando solo de noche, llegó a Alpine. Tan acostumbrado a ser animal, solo se alimentó de lo que rescataba de los zafacones. Tamales mordisqueados, paquetes de jamón putrefacto, plátanos ennegrecidos, tomates aplastados, barras de chocolate enmohecidas. Aunque se sabía en el gabacho, siguió finto. Con los Otros-Otros no había que hacer confianza, eran capaces de ir por él hasta allá.

Una noche logró treparse en un tren de carga rumbo al este y gateó por los techos de los vagones hasta llegar a uno que transportaba sacos de maíz. Arrulladito por el vaivén, por fin, después de meses, consiguió jetearse más de doce horas seguidas. Sintió el tren frenarse y despertó apendejado sin saber dónde se hallaba. El Máquinas leyó en un letrero: Rocksprings. Ahí sí conocía bien. Cuando de chavalo había cruzado de ilegal trabajó en el Baker Ranch arreando cuernos largos.

En cuanto el tren aminoró la velocidad, el Máquinas saltó. Los foking cabrones de la migra, batos mexicanos cuyo único mérito para poseer la ciudadanía gringa había sido nacer en pinchurrientos hospitales del lado americano, sabían que en los trenes los ilegales viajaban de mosca. Manojos de los border patrol, el Máquinas lo sabía, cobraban quincena pagados por los narcos y si lo agarraban, segurito lo entregaban a los Otros-Otros.

Pegó el brinco y se escondió entre el chaparral. Agazapado, vio cómo de los vagones saltaban a destiempo los mojados. No menos de diez rodaron por el polvo. Los brutos no sabían que había que correr en la dirección en que iba el tren. Espinados y puteados, los migrantes huyeron hacia el monte. Error. Los border ya se la sabían y los esperaban con perros, trocas y toda la faramalla.

El Máquinas no se movió hasta que pardeó. Cuando estuvo cincho de que la migra se había pintado, echó a andar al pueblo. Recordó una tienda donde trabajaba un bróder suyo. Ahí seguía el bato, ahora canoso y panzón, detrás del mostrador. Se reconocieron y se dieron un abrazo. El gordo no sabía de las andanzas narcas del Máquinas. Cuando se dejaron de ver, el Máquinas todavía la giraba de vaquero. El gordo, llamado Segismundo, quedó en conseguirle jale en uno de los ranchos de la región. Ahí en los ranchos, la migra no jodía y podía andar tranquilo.

El Máquinas le pidió prestado el celular. Le ansiaba saber de su gran amor, Esmeralda. Temía que la hubiesen tronado en represalia. El teléfono sonó varias veces hasta que contestó una voz femenina. El Máquinas preguntó por su esposa. La doña le explicó que a Esmeralda se le dificultaba hablar porque le habían mochado la lengua. «Le va a entender poquito», le advirtió la morra. Puro nervios, el Máquinas caminó de un lado a otro mientras la riquibubi le contestaba. Escuchó balbuceos de primate al otro lado de la línea. Se quedó en silencio escuchándola sin entender una chingada. Cada tartajeo de Esemeralda alimentó su rabia. Descuartizaría vivos a todos aquellos que la habían lastimado. «Pronto voy a verte», le dijo. Le contó dónde había estado y juró nunca más dejarla sola. Colgaron y por primera vez desde que era niño, quizás por el cansancio, quizás por su condición de animal de monte, se soltó a llorar.

Fauna africana me habita
Dentro de mí
Oigo sus estampidas
Sus rugidos
Sus aleteos
Sus trotes
Siento su hambre
Su instinto
Su furia
Es indomable esta fauna
No recula
No se acobarda
Ataca
Pelea
Hiere
Y no haré
Ningún esfuerzo
Por
Detenerla

José Cuauhtémoc Huiztlic
Reo 29846-8
Sentencia: cincuenta años por homicidio múltiple

Me vestí y me quedé un rato en el cuartucho, hasta que un celador vino a buscarme. «Se acabó la visita, señora.» Eché un vistazo final al lugar, quizás esa sería mi última vez ahí. Salí y el custodio cerró la puerta con llave. Me disponía a partir, cuando me detuvo. «Señorita, mi jefe quiere hablar con usted.» Era increíble cómo en la prisión se pasaba indistintamente de señora a señorita en unos cuantos segundos. «¿Para?» Sospeché un nuevo intento de extorsión. «No sé, no le adivino el pensamiento a mi jefe.» Se veía de extracción humilde. Sus gestos, su mirada revelaban sumisión. Se notaba que provenía de generaciones de individuos acostumbrados a acatar órdenes y someterse a los designios de quienes estaban en las clases superiores. México dividido en dos: ellos y nosotros.

Me condujo por nuevos intestinos de la prisión. No cesaba de sorprenderme la intrincada arquitectura carcelaria, como si los espacios los hubiesen diseñado para deshumanizar a los presos. Pasillos estrechos, cloacas malolientes, paredes agrietadas, patios desolados. Avanzamos por los laberintos hasta llegar a una explanada. Al fondo, se alzaba un bloque de celdas cuya existencia desconocía. Una sorpresa más. Un gordo enorme, de casi dos metros de altura, se acercó a mí. «Señora, gracias por aceptar mi invitación.» Extendió su mano para estrechar la mía. Una manopla de béisbol. «Juan Carmona, a sus órdenes.» Esperé el sablazo. No fue así. El tipo mostró falsa cordialidad. «Señora, usted se ve de más categoría, más clase, más como totalmente Palacio.» Nomás eso me faltaba, que me describieran como prototipo de una campaña publicitaria para una tienda departamental. «Si me hace favor de venir conmigo, quiero mostrarle algo.»

Cruzamos la explanada. Por razones que luego entendí, esta se hallaba bien pintada, con el pasto cortado. Sin duda se respiraba otro aire. Me lo confirmó toparme con Amador Rentería, el multimillonario acusado por fraude y condenado a siete años de prisión. Con él paseaba Miguel Naranjo, el Ingeniero, famoso constructor de carreteras a quien se le achacaron maniobras de lavado de dinero para un cartel. Los procesos de ambos habían sido muy sonados en la prensa mexicana y entre los corrillos de nuestra clase social. Cruzaron frente a nosotros y se sentaron en una banca a conversar mientras tomaban el sol. El gordo sonrió al ver que los había reconocido. «Acá puro pesado», dijo. Este bloque de celdas carecía de la sordidez de los otros. No había malos olores, ni hierros oxidados, ni miradas siniestras.

Carmona me condujo hacia las celdas. El lugar se encontraba pulcro, incluso reluciente. Subimos unas escaleras. En el primer piso topamos con un pequeño restaurante que bien podía pasar como una trattoria en la colonia Roma. Lo atendían reos en uniforme recién lavado y planchado. No los astrosos y deshilachados del resto de la población carcelaria. En una de las mesas almorzaba Martín Molina, el conocido actor de telenovelas que en un arranque de celos había asesinado a su prometida. Aunque un poco pasado de peso, aún se veía galán y seductor. Se volvió a verme y me sonrió con la sonrisa que lo había hecho famoso. Martín debía ser la fantasía sexual de al menos la mitad de mis amigas y ahí estaba él, tan tranquilo, degustando un espagueti a la boloñesa.

El gordo me mostró algunas de las celdas, en realidad apartamentos de lujo. La de Amador Rentería consistía en cinco de ellas unidas. Contaba con sala, comedor, cuarto de tv, cocina, salón de juegos y dos habitaciones, incluida una para visitas. No había barrotes y lo único que remitía a una prisión eran las puertas de metal blindadas. Otro de los aposentos tenía jacuzzi, billar y un bar tallado en madera de caoba. El lujo a tope. En el camino, el gordo abrió una puerta y me mostró un amplio cuarto con cama king size, edredón y almohadas de pluma de ganso, baño con una tina en mármol de Carrara. Una suite bastante parecida a la de los hoteles Westin. «Señorita, usted merece lo mejor. Por dos mil quinientos pesos, usted puede rentar esta habitación para sus visitas conyugales. No tiene por qué usar la pocilga esa. Quién sabe cuántas enfermedades se queden ahí embarradas. Aquí le garantizamos la más absoluta limpieza y además contamos con servicio de bar y menús a la carta. Por quinientos pesos más podemos ingresarla por otra entrada del reclusorio y así no tendrá que mezclarse con la chusma.» Quedé anonadada. Las leyendas urbanas sobre presos privilegiados, encarcelados en instalaciones de primer nivel, eran ciertas.

Había escuchado sobre chefs y meseros y mucamos y comida gourmet, para políticos, millonarios y celebridades. Creí que eran patrañas. Ahora lo comprobaba y lejos de sentirme complacida por la oferta de Carmona, sentí asco. Asqueada por la corrupción, por la desigualdad, por la desfachatez. Hacer el amor en esa habitación pirruris me haría sentirme una puta de lo más bajo. Vernos en el cuartucho pestilente me parecía más honesto y, sonará a contradicción, más amoroso. Estaba convencida de que si llevaba a José Cuauhtémoc a esa habitación de cinco estrellas, lo humillaría. Yo misma me habría sentido indigna, sucia, barata.

No quise mostrarle al gordo mi rechazo y mi repugnancia. De lo poco que había aprendido en la cárcel era a no transparentar mis intenciones. «Lo voy a pensar», le dije. El gordo no cedió. «Anímese jefa y se la aparto desde ahora. Le incluyo una botella de vino, ¿cómo la ve?» Alegué que me parecía muy alto el precio y que carecía del dinero para pagarla. «Mire jefecita (no sé en qué momento pasé de señora a señorita, de señorita a jefa y de jefa a jefecita), para que le convenga, se la dejamos en dieciocho mil mensuales y queda para uso exclusivo de ustedes. Es más, si quiere puede traerse otros novios, aunque no estén en la cárcel, los atendemos como dios manda. Y si le gustan las cositas exóticas, tríos o látigos o lo sado, no se preocupe, no la vamos a juzgar. Eso sí, discreción absoluta. Aquí nadie va a andar de chismoso.» En lugar de dedicarse a jefe de custodios, el gordo Carmona debería estar vendiendo tiempos compartidos en Cancún.

Me mantuve firme. «Déjeme pensarlo. No sé si la relación con mi novio (¡Wepa! Le había dicho «novio» a José Cuauhtémoc) vaya a continuar. Ahí vemos cómo va la cosa.» El gordo sonrió. «La entiendo doña, el amor tiene sus subidas y sus bajadas, aunque yo los he visto y la mera verdad, se notan requetenamorados. No pierda la oportunidad, porque en una de esas llega otra damita de su caché y va a querer la suite.» Sin duda, el gordo sería la estrella vendedora en varias empresas de telemarketing. Le reiteré que deseaba tomar un tiempo antes de decidir. El gordo se alzó de hombros. «Ay patrona, no se me vaya a arrepentir.»

Para mi mala suerte, el gordo me acompañó hasta la salida del reclusorio. En el camino, insistió en las virtudes de la suite y cuán afortunada era de que hubiese una libre justo ahora, porque la demanda era fuerte y no deseaba que una «dama de sociedad» como yo tuviese que andarse revolcando en los chiqueros de la visita conyugal. No logré zafarme de él hasta que traspuse la puerta.

Me recargué en una de las paredes a la entrada del reclusorio. Lo más prudente era irme pronto, pero deseaba reflexionar sobre lo recién vivido con José Cuauhtémoc. El trance con el mercachifle había sido muy desagradable y había empañado mi encuentro con él. Poco a poco retornaron a mí los olores, la sensación de su cuerpo sobre mí, la textura de su piel, su mirada, nuestros orgasmos. Apenas había pasado una hora y ya lo extrañaba brutalmente. Incluso con dolor. Me hallaba imantada a él y su ausencia me lastimaba. ¿Qué había sucedido para sufrir tal urgencia? Estaba convencida de que José Cuauhtémoc debía estar igual de apesadumbrado que yo. Nadie hace el amor con tal intensidad sin estar enamorado. Nadie. No nos dijimos «te amo» con palabras, sí con besos, con caricias, con abrazos. Su abrazo. Carajo, su abrazo que parecía abarcarlo todo. Todo, todo, todo.

Al Máquinas lo contrataron en un rancho cinegético. Su jale consistía en rellenar con maíz los barriles de los comedores automáticos. Eran ciento seis esparcidos en una extensión de veinte mil hectáreas. Además, debía checar la carga de las baterías solares y que los motores corrieran al centavo. El dueño del rancho era un empresario de Monterrey. Lo había comprado para tener donde cazar. Circundó la propiedad con cerca alta, introdujo especies africanas y empezó a cobrar a otros por el abatimiento de las piezas. Fue un negocio bomba, un Walmart para cazadores abierto las veinticuatro horas los trescientos sesenta y cinco días del año. Cuando no era temporada de una especie, lo era de otra. El Máquinas se emocionaba al ver los animales exóticos: cebras, avestruces, órix de cimitarra, búfalos, jirafas, así como los endémicos: venado cola blanca, pecaríes, guajolotes silvestres.

Cada tarde, sin falta, le echaba un ring a Esmeralda. Poco a poco, empezó a entender sus gruñidos. Él, con inusitada vocación poética, le describía el paisaje de sabana del centro oeste texano y las nubes blanquísimas suspendidas sobre el horizonte: «haz de cuenta que son tenis colgados en los alambres y el monte está lleno de animales igualitos a los de *El Rey León*».

Un viejo camarada, un antiguo jefe de policía de Del Río ya retirado en Uvalde, lo puso al tanto de lo que sucedía en Acuña. Los Otros-Otros, ambiciosos de a madre, se habían expandido hacia otros territorios dejando a su paso una franja creciente de matanzas, de presidentes municipales rafagueados, de decapitaciones, de pueblos arrasados. Crecieron como termitas hasta que el boss de bosses cometió la peor de las estupideces: sobrestimó su poder. Amohinado con el gobernador por un decomiso de cien kilos de polvitos para el septum nasal, se le hizo fácil mandar a atorarse a la esposa. La secuestró un comando de cuarenta tipos y masacraron a los seis guaruras que la custodiaban. Tres días después apareció encuerada en una avenida de Saltillo, con signos de tortura y de abuso sexual, y con cinco agujeros en pleno rostro provocados por material plúmbeo. Un cartel clavado en su ombligo advertía al gobernador: «Los pactos se cumplen, cerdo. A la otra les toca a tus hijos».

Puesto que no hay crimen sin colusión, los Otros-Otros padecieron el embate frontal del Estado. En menos de cuarenta y ocho horas los bosses bosses estaban muertos. Aparecieron con sus trapos Polo y sus papos Ferragamo tumbados sobre aceras con más de cien balazos cada uno. Se desató una cacería aún peor a la que ellos sometieron a los Quinos y las autoridades se fueron recio tras sus huesitos. «*Take no prisoners*» fue la orden. Malandro atrapado, malandro muerto. Si hallaban a alguien con un fierro, una granada, una metralleta, ahí mismo le daban cran. Los Otros-Otros se pelaron pal monte, tal y como antes se habían pelado los Quinos. Las fuerzas estatales no descansaron hasta exterminarlos. Localizados con drones, los pelotearon con helicópteros Apache por cañones, arroyos y pastas.

En dos semanas la estructura del cartel había sido espumizada. Desbalagados, sin jefes, sin armas, los Otros-Otros intentaron pintarse a otros estados. El gobernador mandó a sus saurios a las zonas limítrofes para evitar que escaparan. La carnicería fue atroz. A los malandros los ejecutaron aun cuando se habían rendido. Fogonearon uno a uno con cinco tiros en la feis, los mismos que había recibido la amada cónyuge del gober.

Las autoridades estatales hicieron una advertencia. En adelante, al que se salga del redil nos lo echamos. Olvídense de juicios, cárcel preventiva o derechos humanos. Los vamos a corretear hasta darles en su madre. Entiendan, o se cuadran o se cuadran. Y se cuadraron. A los que quisieron entrarle al biznes del narcotráfico no les quedó de otra que hacerlo escondidos en lo más recóndito de la sierra. Que entre osos y tlacoyotes hicieran su desmadre, nada de convoyes de Suburbans y Cheyennes y Escalades blindadas cruzando a la James Bond por ciudades y pueblos. Nada de extorsiones a negocios y a particulares, nada de andarse balaceando con las bandas rivales en las plazas públicas, nada de cadáveres colgando de puentes peatonales. Los malandros obedecieron cual niños de kínder.

El Máquinas celebró la purga de sus enemigos. Ya no necesitó vengarse de quienes habían torturado y mochado la lengua a Esmeralda. Los sorchos y la Policía Estatal le habían ahorrado la molestia. Los mataron en el monte y ahí dejaron sus cuerpos para que se los comieran los zopilotes. Los mugrosos terminaron como lo que siempre fueron: carroña.

El Máquinas pudo por fin retachar a México, feliz de arrejuntarse de nuevo con su amada. Al principio, sintió raro besar su boca deslenguada. Le juró que le conseguiría una lengua para que se la trasplantaran. «Si a unos les ponen el corazón o el hígado de otro, una lengua debe ser pan comido.» Su romance fue con madre hasta que unas semanas después, una vecina liosa y maldiciente le fue a chismear que había visto entrar a su casa a un rubio, alto, de pelo largo y que se había chutado toda la noche en su cantón. El veneno de la duda le entró de golpe en el torrente sanguíneo como una densa turba de renacuajos. Se puso a indagar por ahí y por allá y se enteró que a Esmeralda le habían rebanado la lengua por espiar para JC. Los celos, los celos, los celos. La rabia, la furia, el coraje, los celos, los celos.

Una tarde interrogó a Esmeralda. En su lenguaje de chimpancé ella negó todo. Los ojos acuosos evidenciaron su mentira. El Máquinas fingió creerle. Una semana después le pidió que lo acompañara a un rancho. Manejaron por kilómetros de brechas seguidos a lo lejos por otra troca. Se detuvieron en un paraje solitario. Ahí el Máquinas la desnudó, la martirizó cortándola con una navaja por varios lados y luego la encajó en un palo empotrado en la pradera y cuyo extremo había afilado. Ella gritó de dolor por quince minutos mientras agitaba los brazos en un esfuerzo por librarse de la estaca que la destrozaba por dentro. En un vano intento por detener la tortura, Esmeralda aceptó la infidelidad y aun sin lengua pronunció «perdón, perdón, perdón». El Máquinas se mantuvo inmutable. Pidió a sus esbirros que la jalaran de los pies hacia abajo para que la punta tallada le tajara las entrañas. Aún no moría cuando el Máquinas la decapitó con un machete.

La suerte de José Cuauhtémoc estaba echada. El Máquinas juró no solo matarlo a él, sino a cualquier mujer que se relacionara con él. La masacre incubada por el odio, por los celos, por la furia incontenible, por la tristeza colérica, por la locura. Esmeralda, amor mío, ¿por qué tuviste que hacerlo? Esmeralda, mi casa, mi caverna, mi infierno, mi cielo, mi maldición, mi dueña, mi esclava, mi verdugo, mi oscuridad.

El nuevo Otelo dictó la orden: maten a José Cuauhtémoc. Mátenlo despacio si pueden. Mátenlo mirándolo a los ojos. Mátenlo dos, tres, cien veces. Mátenlo como él me mató a mí. Mátenlo de frente, por la espalda, por un costado. Mátenlo y luego vuélvanlo a matar y luego lo matan una vez más. Mátenlo en esta vida y en las que le quedan y luego vuelvan a matarlo. Mátenlo para que yo deje de morirme tanto. Mátenlo, mátenlo, mátenlo.

¿Se puede ser la misma después de una experiencia radical e intensa? Tenía amigas que habían sido infieles y seguían tan campantes. *«No big deal»*, me dijo una de ellas. «Un amante es la felicidad del hogar», sentenció otra. Igual me sucedió con mi pasajero affaire con Pedro. *«No big deal.»* No hubo cambios sustanciales en mi vida. Solo fue el breve abrir y cerrar de una puerta. Por el contrario mi relación con José Cuauhtémoc se convirtió en un alud de lodo y piedras que arrasó con quien yo era previo a nuestro encuentro. Un alud formado por la cárcel, por su pasado criminal, por las calles de Ixtapalapa, por el constante miedo a la muerte, por la zozobra, por el amor, por el deseo, por la desesperación, por la ternura. Un coctel difícil de digerir y al mismo tiempo, terriblemente adictivo.

Al lado de José Cuauhtémoc, me sentía protegida y cuidada, nunca amenazada o en riesgo. Es triste reconocerlo, pero en una situación de vida o muerte, habría preferido a José Cuauhtémoc por encima de Claudio. José Cuauhtémoc mantendría la calma. Imposible pensar que huyera o me dejara desamparada. Seré justa, Claudio no se arredraría. De ninguna manera era un cobarde, pero lo percibía frágil, poco preparado para una crisis severa. No era cuestión de estatura o músculos, sino de actitud. La calle y la cárcel endurecen, avispan, y José Cuauhtémoc no solo sabría confrontar el peligro, sino leerlo con anticipación.

Según me contó Julián, en la cárcel bastaba una mínima ofensa o una mirada equívoca para ser asesinado. «Lo primero que debes hacer al llegar a la cárcel es aprender los códigos.» Describió un intrincado sistema de señales y símbolos que permitían identificar desde quién era quién en la pirámide jerárquica hasta los matices de los agravios. Las interpretaciones variaban de acuerdo al grupo criminal. Lo que era una broma para un sicario podía ser una ofensa para un violador.

Como «pareja» de un interno, debía educarme en la sutil gramática carcelaria y entender cómo mi presencia ahí adentro trastocaba endebles equilibrios. Debía asumir que una burguesa alta, de piel clara, olorosa a jabón caro y con ropa fina desentonaba en el feroz hábitat del reclusorio y que tarde o temprano provocaría un conflicto. Era ahí donde más confiaba en José Cuauhtémoc, en su agilidad para afrontarlo y resolverlo.

Al salir de la cárcel después de acostarme con él, me dirigí a Danzamantes con la intención de aprovechar mis novísimas emociones y usarlas en el diseño de una nueva obra. En vano: eran intraducibles. Fui incapaz de articularlas al grupo y mientras más trataba, más me percataba de que recurría a frases crípticas para encubrir mi noviazgo secreto.

Al terminar el ensayo, Alberto me confrontó. «Parecías Cantinflas. Los dejaste aturdidos con tanto rollo, ¿en qué andas metida?» «En nada», le respondí. «Vas a terminar muy mal si es lo que creo», espetó. «¿Y qué es lo que crees?», reviré. Se limitó a reprocharme entornando los ojos. Eso es lo malo de que los amigos nos conozcan tanto: nos adivinan desde lejos.

Estuve a punto de invitarle un café. Anhelaba desahogarme, narrarle paso a paso mi tránsito de mujercita encerrada en una caja de cristal a amante de un homicida. Preví los regaños de buena fe, aunque cansinos y moralistas. No me encontraba con ánimos para detallarle a Alberto, ni a nadie más, la potencia vital que José Cuauhtémoc me despertaba. ¿Podía esto salirse de control? Sí. ¿Podría dañar a mi familia? Sí. ¿Podía resultar lastimada y humillada? Sí. Estaba a tiempo de deshacer el entuerto y refugiarme en la guarida de mi hogar. Bajarme de la enloquecida locomotora al borde de descarrilarse. Pero no quería y, más importante aún, no debía. Mis entrañas me pedían que no cediera. Y mi corazón, mi cerebro, mi sangre. No podría ser una buena madre si mis hijos presintieran dentro de mí a una pusilánime. Y, sonará a paradoja, hasta el mismo Claudio dejaría de respetarme.

¿Cómo explicarle esta asonada de la sinrazón a Alberto o a Julián o a Pedro? Aun contando con su complicidad, Pedro se esforzaría por centrarme. «Ve, chapotea un rato con tu amiguito y bye bye», me diría, como si la condición de un amorío debiera ser la fugacidad. Alguna vez leí en un poema: *«El vuelo de un pájaro es efímero. Solo va de una rama a otra, pero desde esa otra rama, descubre un mundo nuevo»*. Sí, se me presentó un mundo nuevo, drásticamente nuevo. No el más luminoso, sí el más fascinante. Un mundo de vértigo. El poder de los abismos, diría Nietzsche.

*Ceferino, cuéntame, ¿de qué hablaban cuando tú y mi mamá se quedaban a solas? Porque pocas veces te vi dirigirle la palabra si no era para pedirle la sal, que te arreglara el nudo de la corbata o avisarle de «regreso por la tarde». Era obvio que le sacabas la vuelta cuando intentaba charlar contigo. «No estoy para fruslerías», le advertías. Y es que sí, la verdad, qué flojera escuchar que el del gas no había surtido, que la cerradura de su cuarto no funcionaba, que la vecina se estaba quedando calva con las quimioterapias. Tú, que venías de polemizar con las mentes más brillantes del país, no deseabas aterrizar en el soporífero planeta de la vida cotidiana de tu mujer. Debatías con rectores de universidad, con científicos, con escritores, con artistas, con políticos del más alto nivel para luego pasar de la escala del cien al*

303

*cero. Preferías hablar con nosotros, a quienes habías educado para leer, aprender, argumentar. Pequeñas copias tuyas (que, hemos visto, te salieron fallidas) capaces de mantener un diálogo más o menos coherente.*

*No comprendo cómo un hombre culto, cosmopolita, ducho en la discusión pública, que se erigió como uno de los mayores pensadores del país, se casara con una nieta de españoles, ignorante, limitada, sin horizontes, sin que latiera dentro de ella una pulsión, un anhelo, una búsqueda propia. Mamá asumía su papel de comparsa silenciosa y obediente y consentía tu abuso emocional y físico. A este comportamiento ahora los psicólogos lo denominan «codependencia». Con ese término explican la hidra de abusos que infecta a una pareja. Sus tentáculos alcanzan lo más hondo de la psique a tal grado que para una mujer es imposible cortarlos. Acepta su condición degradada como algo natural. Las feministas lucharon contra este despotismo de machos y hoy el abuso es castigado incluso con cárcel. Pegarle a una mujer, insultarla, rebajarla, está penado. Conociéndote, sé que pugnarías por contemplar el abuso inverso, el de la mujer que disminuye a su marido, que lo abruma, que lo denigra y hasta le pega, y sé que propondrías una ley que juzgara por igual a cónyuges abusivos, sin importar el género. El contraataque para desviar la atención.*

*Era linda mi madre. Preciosa. Tres embarazos y aún poseía el cuerpo de concursante de certamen de belleza. El suyo era un metabolismo privilegiado, porque la forma le duró hasta pasados los sesenta años. Mis amigos no cesaban de comentar lo guapa que era. Con el pretexto de hacer las tareas conmigo, iban a la casa solo a verla.*

*En alguna ocasión, y creo que me tundirías a golpes si te hubieses enterado, la espié por la mirilla de la cerradura cuando entró a su cuarto después de bañarse. Me avergüenza decirlo, papá, y aún hoy me tortura la excitación que me provocó ver sus nalgas. Tanto que esa noche me masturbé pensando en ella. Y no perdí oportunidad para espiarla de nuevo. Vigilaba que mis hermanos no anduvieran por ahí y pegaba el ojo a la cerradura. Llegué a venirme mientras la observaba. Así, sin tocarme, solo por la emoción de verla desnuda. He tratado de hacer un pacto con ese pasado perverso y retorcido para liquidar de una buena vez la culpa sexual que me carcome. Me justifico a mí mismo concluyendo que apenas era un niño de doce años, que el complejo de*

*Edipo se manifiesta incluso en etapas tardías, que con seguridad otros niños y adolescentes hacían lo mismo. La verdad, papi, es que no logro superarlo.*

*José Cuauhtémoc aborrecía cuando ustedes fornicaban y tus gemidos atravesaban las delgadas paredes de nuestro cuarto, contiguo al suyo. «Que se callen», decía y se tapaba los oídos. Yo me calentaba apenas cerraban con llave la puerta de su recámara. A oscuras, por las noches, te imaginaba manoseando sus nalgas redondas y blanquísimas y mi pene se erguía. Mientras mi hermano refunfuñaba, yo bajo las sábanas me la jalaba hasta llegar al orgasmo.*

*En retrospectiva, creo que esa fue la razón por la cual fui un desastre con las mujeres. Entre que renegaba de ella por ser cómplice pasiva de tus abusos y la culpabilidad que me arrollaba por fisgarla, mi imagen de la mujer quedó arruinada. Me pesa, Ceferino. Todavía hoy, y me revuelve el estómago aceptarlo: tengo sueños eróticos con esa madre joven y desnuda. No los controlo. Si pudiera, juro que los erradicaría de mi cabeza para siempre. Sin embargo, brotan del inconsciente sin aviso y por días quedo deprimido.*

*Estoy seguro de que si no hubiese escuchado sus gimoteos sexuales con tal frecuencia, nunca se hubiese despertado en mí tal apetencia por verla desnuda. Tanto la sexualizaste que flotaba en la casa el aroma de tu semen y de sus flujos vaginales. Porque te la cogías en todos lados, papá. No dejaste rincón sin sexo. Ni la cocina, ni la sala, ni tu estudio, ni nuestro cuarto, ni los baños. Cuando te veíamos tomarla del codo y apartarla de nosotros, ya sabíamos a qué iban. En serio, ¿cómo eludir mi torrencial deseo por ella?*

*Dejé de abrazar a mamá. Temía que al hacerlo mi cuerpo me traicionara y sintiera mi pene erecto. Tomé una distancia que hasta la fecha me duele. Lo que más me martiriza, lo que de verdad me rompe en pedazos, es creer que ella SABÍA que la espiaba. Solo pensarlo me desbarata. Nunca tapó la mirilla. En cuanto salía del baño, se despojaba de la bata y morosa se untaba crema por todo el cuerpo. Su demora me permitía contemplar a placer sus senos, sus nalgas, su pubis con escasísimo vello. Tanto se dilataba que eso me lleva ahora a sospechar que estaba al tanto de mis miradas.*

*Te he confesado el más recóndito de mis secretos. Una náusea ácida regurgita en mi garganta. Ya no sé qué es más fácil de sobrellevar, el parricidio de mi hermano o la profusión de fantasías eróticas*

305

*incitadas por la desnudez de mi madre. ¿Cómo hago, padre, para*
*salvarme de mí mismo? Anda, despabílate de la muerte y háblame*
*diez segundos. Tú, el ojete mayor, debes tener una respuesta. Anda,*
*Ceferino, ayúdame.*


Todo maloso sabía distinguir entre «adversario» y «enemigo». La chota, los sorchos, los marinos eran adversarios, no enemigos. Incluso algunos de los carteles rivales eran solo adversarios. Se entendía que el adversario hacía lo suyo porque tenía que hacerlo y que por ello pisaba callos. Pero no eran enemigos. Un general, un comandante, no iba contra los narcos porque sí. Era su chamba y ni modo, a apechugar y a pegarles hasta con la cubeta. No por esto se les agarraba tirria ni daban ganas de asesinarles a la parentela entera. Los peloteaban para que pararan de joder, como cuando se aplasta un mosquito para que deje de picar. Igual sucedía con miembros de otros carteles. Se luchaba a la buena, por territorio, por pasadas, por clientes. Se acababa el negocio y acababa la inquina. Años después, se encontraban en la calle: Quiubo,¿comoestás?biencarnal,¿enqué-andasahora?,noposmecambiéderubroyahorasoycomerciante, y así. Pero hay rayas que al cruzarlas convierten al adversario en enemigo. Matar a un ser querido: enemigo. Insultar y burlarse: enemigo. Humillar un cadáver: enemigo. Romper acuerdos: enemigo. Traicionar: enemigo. Meterse con la morra de tu mejor amigo, de tu compa del alma, de tu valedor: enemigo, enemigo, enemigo. Enemigo a la puta nonagésima chingada al cuadrado.

El Máquinas sabía que para tupir a José Cuauhtémoc debía aliarse con antiguos adversarios. Sin Quinos sobrevivientes a quien recurrir, armó un pequeño grupo de sicarios, pero eran huercos medio balines: chalanes que trabajaban de cerillos en los supermercados embolsando la compra y que aceptaron de volada cuando les ofreció diez mil canicas al mes si se iban a trabajar con él. En una semana ya contaba con cuatro adolescentes tarugos armados con cuernos de chivo. Se dio cuenta de que valían pa pura madre cuando dos de ellos vomitaron después de encajar a Esmeralda en la estaca y ver cómo la sangre le borbotaba por la boca y la nariz. Ni de chiste podía encargarles que se metieran al rubio. Se cagarían en los calzones del puro susto. Servían nomás para hacer bulto. Muy a su pesar, necesitaba contactar a gente del estercolero del desaparecido cartel del Centro, con quienes los Quinos pelearon a muerte las rutas de Torreón y Monterrey. Fue una noble guerra, sin decapitados, ni asesinatos de familiares, ni puñaladas traperas. Al viejo estilo: nos damos con todo cuando se trata del biznes, fuera de eso, quedamos cinchos.

Para pactar con ellos, el Máquinas necesitaba conseguir billuyo. Mientras trabajó con los Quinos logró guachar dónde los bosses escondieron las maletas llenas de dólares: entre los muros de las casas de seguridad, en las alcantarillas, en los techos, enterrados bajo mezquites, metidos en bolsas de plástico dentro de los aljibes. Mientras los ocultaban, él se hacía güey, pero rabillando cebolleó donde mero los zambutían. Sabía en aquel entonces que agenciarse uno solo de esos dolarucos le costaría la vida. Ya no importaba. Habían extinguido a los Quinos sobre la faz de la tierra. Esos fajines le pertenecían.

Se dio a la tarea de hurgar rincón por rincón. En muchos lares olvidó el sitio exacto. Eso no lo detuvo a escarbar en panteones, romper paredes, meter la mano entre los caños de aguas negras, desenterrar las postas de los corrales. Donde sí se acordó o no halló nada o algún culero se le había adelantado. No se agüitó. Siguió duro que duro hasta que una noche encontró un maletín hinchado, desbordado de billete. Se cansó de contar cueros de rana verde cuando llevaba doscientos cincuenta mil. Y aún faltaba otro bonche más bonchoso. Una fortuna, suficiente para ni acordarse quién era Esmeralda. Con ese tumbao de grínes podía conseguirse cien morras buenérrimas y darse vida de rockstar por los siglos de los siglos. Ni matracas. Los celos no transigen. Los celos son celosos de los celos. Utilizaría cada pinche centavo de esa lana en pavimentar su camino a la venganza.

El Máquinas se lanzó a buscar al Manita Corta a Cerritos, San Luis Potosí. Manita Corta había sido un boss despiadado, pero buena ley. Lo apodaban así por haber nacido con un bracito como de muñeca de plástico. Su madre había ingerido talidomida para lidiar con las náuseas del embarazo y al igual que muchos de los chamacos nacidos a finales de los cincuenta, en lugar del brazo izquierdo le colgaba un apéndice con una mano diminuta. Tanto lo bulearon que terminó convirtiéndose en un bato sanguinario. Se recetó al primer jodón a los once años sorrajándole una puñalada en el pecho en pleno salón de clases. A los doce mató a otro sotajeándole una piedra en la cabeza hasta botarle los sesos. A los trece le clavó a otro una varilla en el cuello y así se siguió de largo hasta liderar el cartel del Centro. Su puro nombre inspiraba terror. Era cabrón el ruco, del mismo talante que el Tequila, oséase: no mataba porque sí y cuando era necesario con serenidad le exponía al futuro muerto las razones por las cuales lo mandaba al otro Laredo (al otro lado, a calacalandia, al panteón, al piso, a la tumba). «Tevoyamatarporquetúylostuyosnoentendieronqueestaplazalamanejamosnosotros,peronoesnadapersonal,tevoyadejarveintemilpesosenlabolsa detupantalónparaquetuviudatengaalguitoynosemalpaseporlomenosenloqueseencuentraaotro.» Y cumplía. En los cadáveres iban los billeyes dobladitos y una nota firmada por él, disculpándose con la familia por el desaguisado. Y así como era temido, el Manita Corta inspiraba respeto del bueno.

Luego de que los carteles se juitearon por años, con un chingamadral de muertos entre en medio, don Joaco y don Manita Corta acordaron bajarle la temperatura al boiler. Se repartieron los territorios, las rutas de trasiego y las pasadas por el río. Se fumaron la pipa de la paz y aquí se rompió una taza y cada quien para su plaza. Hasta que se aparecieron los Otros-Otros y puesto que iban en contubernio con los federales, a los del Centro también les dieron santa macarroniza.

Cuando los Otros-Otros prendieron al Manita Corta, no lo ejecutaron. Demasiado respeto infundía. Le dieron pase libre bajo la promesa de que solo bailaría las calmadas. Y solo bailó las calmadas. Se retachó a Cerritos, de donde era originario, a sembrar sorgo, a criar chivas y a poner un restaurante de cabrito condimentado con chile de monte y cocinado en horno de adobe. Un exitazo el negocito.

Allá fue a verlo el Máquinas. Se saludaron hasta con afecto. Se brindaron pésame mutuo por los compas ajusticiados por los Otros-Otros y con nostalgia recordaron los buenos tiempos. El Máquinas le contó de la ojeada de Esmeralda con el JC y le pidió su ayuda. El Manita Corta accedió de inmediato. «Esas chingaderas no se hacen», sentenció. Prometió resolverle la bronca. «Unos cuantos de los míos están embotados en el Oriente. Con cien mil pesos arreglamos el asunto.» El Máquinas ni chistó. Cien kilos eran pocos para hacer moronga al rubio. Ahí mismo le entregó los billetes. «En un mes ese culero va a quedar tieso», prometió Manita Corta. Sellaron el deal con un abrazo (bueno, medio abrazo, al Manita Corta no le alcanzó su bracito). El Máquinas le dejó el número de su celular para que le avisara cuando la sangre del traidor la limpiaran a cubetazos.

Dos días después, un estafeta enviado por Manita Corta viajó en autobús a la capirucha con setenta mil pesos en efectivo (Manita Corta se quedó con treinta de la comisión). De la estación de autobuses se fue directo al reclusorio. Soltó diez mil pesos entre los custodios de la entrada para poder ingresar los otros sesenta mil. Le facilitaron un apartado para reunirse con el Rólex, antiguo lugarteniente de Manita Corta. El estafeta le entregó una nota escrita por su antiguo boss: «Mi estimado Rólex, necesito que antes de un mes enfríes a un caballero llamado José Cuauhtémoc Huiztlic Ramírez. El gallo pisó gallina ajena. Te mando sesenta mil varos para el trabajo. Repártelos como creas conveniente. Un gran abrazo, Laureano». El Rólex le aseguró al estafeta que él se hacía cargo y, generoso como había aprendido del Manita Corta, le dio una propina de tres mil bolas.

El Rólex investigó quién era el susodicho. No tardó en caer en cuenta de que se trataba del güero grandote que se había tronado a Galicia. Era un bato cabrón y para emboscarlo no podía contratar matones al uso. Esos semejaban villanos de telenovela a los que desde lejos se les notan las malas intenciones. Debía buscar ojetes con cara de tontines.

Después de hacer un casting mental, se decidió por el Carnes y el Camotito, desalmados con cara de cucurrucú paloma. Los citó, les expuso el plan y negoció con ellos. Les advirtió que no podían fallar y que contaban con treinta días para cumplir. De lo contrario, su jefe podía encabronarse y ellos tres serían quienes acabaran en las planchas metálicas de la morgue.

Vestido de novia


El padre colgó en el armario el vestido de novia
de su hija, aún ensangrentado y con dos orificios
de bala.

José Cuauhtémoc Huiztlic
Reo 29846-8
Sentencia: cincuenta años por homicidio múltiple

Llegué a la casa por la noche. Claudio y los niños cenaban. En cuanto me vieron, mis hijos corrieron a llenarme de besos y yo a ellos. Claudio sonrió, contento. Aún olorosa a sexo y a prisión, a cobijas de Disney y a paredes húmedas, me mantuve ecuánime, sin aletazos de culpa. «¿Qué hacen despiertos a estas horas?», les pregunté. «Fuimos al cine con mi papá y nos va a dejar dormir hasta tarde porque mañana no vamos a la escuela», respondió Claudia. El día siguiente no era feriado. «¿Por qué no?», pregunté. Claudio sonrió. «Queremos proponerte que los cinco nos tomemos el día.» Su plan arruinaba mi ida al taller de Julián. Tenía urgencia de volver a ver a José Cuauhtémoc. «No puedo, quedé en acompañar a Pedro mañana al reclusorio.» Claudio me miró con incredulidad. «¿Y?», cuestionó. «Me comprometí a ir cada martes y jueves». «¿Y Pedro te paga por ir o qué?», preguntó con su mentalidad de financiero. «Me gusta ir y ese es mi pago», respondí cortante. «¿Y no te da más gusto estar con tu familia?» El punto de Claudio era imbatible. «Claro que sí, pero me comprometí con Pedro y no puedo cancelar de un día para otro.» El plan, me explicaron, era ir al zoológico y luego a comer. Si esa mañana no me hubiese acostado con José Cuauhtémoc y no me quemaran las ganas de volver a verlo, habría accedido de inmediato. «Voy un ratito a lo que tengo que hacer y luego los alcanzo en el zoológico», propuse. Los niños soltaron un «síííí».

Dormí a Mariano y mientras le contaba un cuento nos quedamos súpitos. Su respiración acompasada y el calorcito de su cuerpo me arrullaron. Media hora después, sentí una mano sobre mi hombro. Desperté sobresaltada. «Amor, te quedaste dormida», susurró Claudio.

Al llegar a nuestro cuarto noté una botella de champaña sobre mi mesa de noche. Claudio esbozó una sonrisa. «Hoy cerramos el trato», dijo. Había conseguido la gestión de un gigantesco fondo de capital alemán que rondaba los mil millones de euros. Durante meses había perseguido a los inversores y era un logro que catapultaba su prestigio entre el gremio y lo posicionaba para contratar fondos aún más cuantiosos. «Felicidades», le dije. «Por eso me tomé el día, para celebrar con ustedes.» Sonreí apenas. «¿Brindamos?», preguntó. Lo único que me faltaba. Yo, temerosa de que mi piel aún destilara el néctar de fluidos de la mañana, y él con evidentes intenciones de una noche romántica para festejar su éxito.

«Me voy a dar un regaderazo antes», le dije. Necesitaba borrar cualquier vestigio de olor de José Cuauhtémoc. Por lo general no asegurábamos las puertas de nuestros baños. El acuerdo era que ninguno de los dos entraría al baño del otro bajo ninguna circunstancia, pero no quise arriesgar y me encerré. No deseaba que me viera desnuda y que por pura casualidad se hubiesen marcado los dedos de José Cuauhtémoc sobre mis nalgas o que sus besos en mis senos hubieran dejado chupetones. Prendí la ducha y mientras se calentaba el agua, me revisé en el espejo por delante y por detrás. No, no había moretones ni huellas visibles.

Entré a la regadera. Con zacate me tallé el cuerpo, lo hice con tal vehemencia que mi piel quedó enrojecida. Me lavé para eliminar cualquier residuo del semen de José Cuauhtémoc. Cerré los ojos bajo el chorro de agua caliente. ¿Por qué había involucrado a tanta gente en lo que debía ser un secreto hermético? ¿Por qué mi estupidez en habérselo contado a Julián y a Pedro y ellos a Héctor? Si seguía «regando el tepache», como decía mi abuela, pronto llegaría el runrún a Claudio y a mis hijos. Debía ser cuidadosa, infinitamente más cuidadosa.

Claudio tocó a la puerta. «Amor, ¿por qué te tardas tanto?», preguntó. «Voy», le grité. Salí de la ducha y me puse la bata de baño. Abrí la puerta. Sobre la cama se hallaba sentado Claudio, también en bata. Había servido la champaña en dos copas de cristal cortado de Bavaria que sus abuelos nos habían regalado de bodas y que usábamos solo en ocasiones especiales. En cuanto me vio, alzó la copa. «Salud.» Me senté a su lado y choqué mi copa con la suya. «Salud, estoy muy orgullosa de ti.» Me narró la odisea de llamadas y juntas y la adrenalina que había sido el cierre de la operación, una de las mayores de su tipo en el ámbito financiero. Me encantaba su entrega, su constancia. Sabía cuán compleja había sido la negociación, y de la paciencia y poder de convencimiento necesarios para llevarla a buen puerto.

Luego de relatarme sus avatares, me preguntó: «¿Qué tanto te llama la atención en la cárcel que nunca faltas?». Sentí que podía leer en mi cara el mapa completo de mis viajes por Ixtapalapa y, peor aún, el diagrama de pasos que recorrí esa mañana hasta el cuartucho de la visita conyugal. «Me parecen interesantes las historias de vida de los presos y creo que pueden servirme para mis coreografías», le respondí tratando de mostrarme segura. «¿No habrá por ahí un tipo que te guste?», preguntó. Si algo apreciaba de Claudio era su absoluta falta de celos y de posesividad, pero mi rostro debía gritar: «Sí, hay uno que me encanta, que me trae loca y con el que acabo de hacer el amor». Tratando de mantener la compostura, le solté un comentario lo más displicente posible, «pues ve a conocerlos, son feísimos, y...» me detuve justo antes de pronunciar un comentario clasista y peyorativo: «chaparros, prietos y jodidos». El subconsciente labrado durante años por prejuicios sociales, siempre dispuesto a traicionarnos. «Según sé, Martín Molina está encarcelado en ese reclusorio y no es feo que digamos», señaló Claudio. Me volteé a verlo fingiendo candidez. «En primera, nunca lo he visto por allá. En segunda, no me gustan los actorcitos de telenovela. Y en tercera, ese tipo parece muñequita», respondí. «Entonces, ¿quiénes son los que sí te gustan?», sondeó. «Me gustas tú y nada más que tú», le contesté. Claudio sonrió. «Eso es lo que quería escuchar.» Le dio un sorbo a su copa y se aproximó a mí. En mis adentros recité: «Que no trate de darme un beso, que no trate de darme un beso, que no trate...».


Diez series de diez dominadas, diez series de lagartijas, diez series de abdominales, diez series de sentadillas y finalizar con una hora de trote alrededor de la cancha de futbol. «Esparta-Atenas», instruía su padre. Cerebro-músculo. «Cuando se agoten los recursos del diálogo, podrán contar con la fuerza física.» JC estaba decidido a seguir la lección el resto de su vida sin importarle ni el encierro ni la cadena perpetua. Haría igual que los foking leones en los zoológicos que no cesan de ejercitarse en sus pichicatas jaulas. Dan vueltas una y otra vez, concentrados, imparables. La fiera pugnando por mantenerse fiera.

Junto con el veneno del amor, Marina le trajo el veneno de la fuga. Fugarse por amor. La combinación más tóxica posible para un mortal vigilado las veinticuatro horas, en una cárcel con muros de seis metros de altura, circundada por alambradas con navajas, con perros entrenados para perseguir fugitivos y con francotiradores apostados en torres. Veneno de cobra mezclado con cianuro y ponzoña de alacrán.

Para eso le serviría estar mamey. A pura fuerza treparía los muros, a pura fuerza arrancaría las alambradas, a pura fuerza dislocaría la mandíbula de los perros, a pura fuerza correría en zigzag para eludir las balas de los francotiradores. Fugarse para dormir junto a ella, para amanecer junto a ella, para hacerle el amor solo a ella.

Empezó a escribir con más furia, con más deseos de perfección, nomás para impresionarla. Las opiniones de Julián y los presos le valían reverendo pito, solo contaban las de ella. Acordaron verse a solas en un día de visitas. Ella le juró que sí, pero él no le hizo confianza. ¿Se aventaría a cruzar a solas el campo minado llamado Ixtapalapa? No, no lo creía. Marina no pintaba para una Caperucita Roja dispuesta a atravesar el bosque a citarse con el lobo. Las mujeres sensatas no hacían eso y Marina parecía una. Segurito no tardaba en llegar el mensaje de texto: «Lo siento, no pude ir». Mejor hacerse la idea de que no iba a llegar. Se puso a hacer sus cosas.

Mientras escribía llegó un custodio a interrumpirlo. Cómo le reemputaba que lo hicieran. Le costaba un huevo entrar a la zona y cuando por fin estaba ahí, no faltaba el idiota que lo distraía. «¿Para qué le pides a una angelita que baje del cielo si no vas a recibirla?», le dijo el magro. ¿De qué carajos hablaba el tipo? Al verlo tolondro, el bato sonrió. «Te está esperando tu princesa. Apúrale antes de que su hada madrina se la pase a otro.»

Marina había ido. Sí, sí y sí. De cuatro brincos bajó las escaleras y como tráiler sin frenos se dirigió a la zona de visitas. Se detuvo antes de entrar para tomar resuello. Eso de que lo viera así de puppy duppy no era correcto. La descubrió a lo lejos. Ella, distraída, miraba hacia un punto indefinido: una quetzal entre cuervos. Se acercó paso a paso. Deseaba observarla desprevenida, así, naturalita, sin expresión de ¡oh, ya llegaste! JC caminó hacia ella con una sonrisa. Cómo no sonreír cuando frente a él estaba ni más ni menos que ella. Pronto se le quitó la carita de ensueño. Había olvidado la máxima de la cárcel: buzo, siempre buzo. Estar alerta, estudiar el terreno, analizar. De un vistazo registró el lugar: quiénes estaban ahí, con cuántos acompañantes, sentados dónde, en qué franja. «Buzo», se repitió, «siempre buzo».

Marina saludó con un entrecortado ho-la. JC percibió cómo le templequeaban las manos. Se sentó a su lado. Ahora al que le empezaron a tamborilear las manos fue a él. Estaban parejos en eso de la nerviosidad. «¿Estás bien?», preguntó JC. Ella asintió. A Marina le temblaba el labio y una vena en el cuello no dejaba de saltarle. No, ella estaba más descorchada, pero mucho más.

Se soltaron poco a poco. Con curiosidad ella le preguntó quiénes eran el gordo y la mujer con enaguas que se hallaban en la otra mesa. JC le contó la infame historia de la Marrana y de su esposa, Rosalinda del Rosal. Ella rio al escuchar el nombre. «Me cae que así se llama», aclaró él. Rosa linda del rosal. Bonito juego de palabras que los padres le endilgaron a su hijita sin adivinar el macabro destino de su retoño.

JC pensó que se limitarían al smol tok. Después de diez minutos de: ¿qué clima tan loco?, ¿hiciste mucho tiempo para acá?, ¿te la armaron de jamón en la entrada? y otras profundidades, ella lo tomó de la cabeza con ambas manos y lo besó. No un beso de piquito. Para nada. Fue un besote. Un besotote. En cuestión de segundos ya se habían acoplado. Los labios de ella eran carnositos, ricos. De esos labios entre gruesos y delgados. Parecía que hubiera chupado un hielo justo antes de besarlo. Su aliento ligero, fresco. Un bosque de cedros venía con ella. El olor de su pelo: cedros. El olor de su nuca: cedros.

Se besaron y se besaron. Un beso llamó a otro beso y ese otro beso a otros besos y esos besos a muchos besos más. Él tan bragado, tan yo las puedo y tan perdido en esos besos. Perdido en el bosque de cedros que eran sus besos. Todos los ruidos, todo el cemento, todo el óxido, todos los gritos, toda la desesperanza, toda la muerte, todo el sopor, silenciados por esos besos. Tan perdido estaba en esos besos que no se percató que dos manes los espiaban a lo lejos. El Carnes y el Camotito descubrieron cuán náufragos eran JC y la morra en esos besos. Tan fácil que sería ensartarlos mientras se besuqueaban como personajes de Corín Tellado. No aún, ya llegaría el momento.

*Ceferino, al cerrarse tu féretro se clausuró tu pasado. Fue necesario hurgar en tu rastro para descubrir los veneros que irrigaron tu fuerza sobrenatural. Me di a la tarea de revisar tus cajones, tus documentos, tus pertenencias. Me asombró lo meticuloso de tu orden. Las mancuernillas dispuestas en hileras simétricas. Las corbatas arregladas de acuerdo al color. Los zapatos lustrosos, colocados en fila. Tu estudio, un dechado de pulcritud. Nada sobraba. A tu muerte, lo dejamos intacto. Sobre tu escritorio, la máquina de escribir y una pluma fuente con su receptáculo de tinta (con la cual trazabas tu hermosísima caligrafía). En una mesa contigua, el diccionario de María Moliner, los tomos completos del diccionario etimológico de Joan Coromines y el de Fernando Corripio de sinónimos (y que me han sido la mar de útiles). En las paredes, una foto de los cinco tomada en un estudio por el maestro Sergio Yazbek y un retrato de tus padres en un parque de Puebla. Dentro de una vitrina una caja laqueada de Olinalá, Guerrero, un alebrije oaxaqueño, el cráneo de un coyote adornado con chaquiras por indios otomíes y un plato de cerámica mayólica fabricado a mano por uno de tus tíos.*

*En las gavetas del escritorio venían ordenados tus documentos por fecha. Para mí fue un acontecimiento descubrir que anotabas el día y la hora en que comenzabas a escribirlos y el día y la hora en que los terminabas, y que guardabas cada texto acompañado de los sucesivos borradores. Fue fascinante seguir tus procesos mentales: cómo tachonabas palabras hasta veinte veces para dar con la más puntual; cómo desmontabas una frase para brindarle sentido; cómo ajustabas los párrafos. Una faena de relojero. En cartulinas de 15 × 7 centímetros dejaste notas y reflexiones sobre los textos años después de haberlos redactado. La crítica del hombre que eras a los cincuenta al joven que eras a los veintiocho. Debiste pensar que algún estudioso revisaría tu obra. Solo quien piensa en la posteridad organiza sus archivos con tal escrúpulo.*

*Paso a paso descifré la forma de trabajar de tu cerebro. Empezabas por un cúmulo de ideas inconexas y las limabas hasta conseguir la máxima claridad. Aun después de repetidas correcciones tus textos mantenían intacta la efervescencia inicial. Vaya que en tus líneas trepidaba fuego. Imposible no conmoverse frente a tus ensayos. Tu ímpetu volcánico se traslucía palabra a palabra. ¿Cómo demonios lo hacías?*

Ese magma oscuro y ardiente —motor de tus más brillantes obras— debió ser el mismo que te condujo a la inquina contra nosotros. Demasiado llameaba dentro de ti, papá. Por eso tu hervor sexual, tu manía por controlar, tu explosividad. Eras lava en ebullición permanente.

Cuando nos llevaste en un viaje por carretera por las inmensas planicies de Dakota del Norte a reunirte con miembros de las tribus sioux, crow y lakota, aprovechamos para visitar Yellowstone. Nos dejaste ahí un fin de semana con mamá en lo que tú ibas a una sesión privada con activistas indígenas. Recuerdo praderas donde corrían ríos de agua hirviente. A un turista imbécil le pareció fácil brincarse la cerca y caminar hacia el centro de la llanura donde brotaba vapor. En cuanto pisó la ciénaga, sus pies se quemaron. Intentó salir deprisa, solo para tropezar y acabar escaldado en menos de un minuto. Recogieron su cadáver cuando ya la carne se desprendía de los huesos. Por suerte, no lo atestiguamos. Acababa de pasar un par de días antes y los guardias forestales aprovecharon el incidente para advertir a quienes estuvieran tentados a infringir las normas. Así eras tú, padre: un manantial que borbotaba agua caliente, quien se acercaba a ti terminaba abrasado.

En ese viaje al norte de los Estados Unidos, se nos reveló el lado sombrío de la conquista blanca. No solo en los museos donde explicaban el genocidio, el robo de tierras y la dominación desde la perspectiva de los nativos, sino en los problemas de alcoholismo, drogadicción, asesinatos y suicidios que sufrían los pobladores actuales de las reservas. Pueblos antaño orgullosos y combativos, en sintonía con la naturaleza y sus ritmos, habían acabado presos de los peores vicios a los que conduce la marginación. Sin horizontes, reducidos a una vida sin oportunidades, desconectados de la tierra y de la sabiduría ancestral, generaciones de jóvenes sioux y lakota deambulaban por sus aldeas sin trabajo, sin recursos, sin dignidad; sus hermosos rostros y sus macizos cuerpos broncíneos abotagados por el whisky y la desesperanza. Uno de los ancianos de la tribu, amigo tuyo con quien por años habías intercambiado correspondencia, nos platicó sobre la debacle de los suyos. Descendiente directo de los guerreros que montaron la última resistencia frente a Custer y sus huestes, se lamentaba del destino de su raza. «¿Qué mal hicimos, no solo para ser masacrados, sino para que nos sigan oprimiendo día a día? Se empeñan en extinguir nuestra cultura, nuestras costumbres, nuestras lenguas, nuestros rituales, nuestras creencias.»

*A la pregunta del viejo lakota, «¿qué hicimos?», respondiste con
ánimo revanchista: «No importa qué hicimos, sino qué vamos a hacer.
Es hora de actuar». Recuerdo que él te miró con ojos derrotados.
«¿Y con qué, si nos quitaron todo?» Te llevaste la mano al pecho y con
el índice apuntaste hacia tu corazón. «Con lo que traemos dentro»,
respondiste. El anciano te miró con cierta condescendencia. Cuántas
batallas perdidas debieron condensarse en su mirada. «Eso fue lo primero que nos quitaron.»*

Llegué al zoológico antes que Claudio y los niños. Eran las doce y
aún no salían de casa. Claudio, agotado por la tensión del día anterior y adormecido por la champaña, se levantó entrada la mañana.
Los niños, sin necesidad de ir a la escuela, durmieron hasta que su
padre los despertó.

A solas recorrí el zoológico. Había poca gente y pude pasear a
mis anchas. Me dirigí a la sección de felinos. En una de las jaulas,
un león con espléndida melena oscura trotaba de un lado a otro.
Me acerqué a observarlo. Al verme, el león se aproximó al cristal
divisorio. Se relamió mientras me examinaba. Nos quedamos viendo con fijeza y lo reté a ver quién de los dos aguantaba más la mirada. Nos contemplamos uno al otro durante varios minutos. No
quise imaginar lo que sucedería sin el vidrio de por medio. Sus ojos
amarillos denotaban su anhelo por devorarme. Abrió el hocico. Sus
colmillos eran del tamaño de mis dedos. Tensó los músculos y emi-
tió un gruñido. Debió frustrarle la barrera transparente entre él y
yo. Se dio vuelta y partió. En mi mente, lo había vencido. Un reto
tramposo, por supuesto. Sin cristal habría sido un tentempié de
mediodía.

Esa mañana había pasado por mí el chofer de Pedro para llevarme a la cárcel. Durante la clase, José Cuauhtémoc y yo no cesamos de intercambiar brevísimas miradas. En cuanto terminó me
apresuré a salir para ir al zoológico, pero logré hablar con él un par
de minutos. «Te quiero ver pronto», me susurró al oído. Me estre-
meció sentir su aliento en mi oreja. «Yo también», musité.

La noche anterior no dormí. En el ánimo de la celebración,
Claudio quiso hacerme el amor. Por más que intenté resistirme a

sus besos fue imposible. Comenzó por besarme el hombro y luego el cuello. Yo alegué cosquilleo y me hice a un lado. Él sonrió con una sonrisa beoda. «¿Te dejé de gustar, amor?», preguntó y me lamió el cuello. Era agradable y guapo mi marido. Me enlazó con los brazos y me jaló hacia sí. Deseé zafarme. No podía besar y hacerle el amor a un hombre por la mañana y a otro por la noche. No, no y no.

Por más intentos que hice por eludirlo, Claudio no cejó. La excitación de su logro y el alcohol lo alentaron. No pude rechazarlo más. Estaba convencida de que hacerlo transparentaría mi culpabilidad y me aterraba ser sometida a un interrogatorio. Aunque recién bañada, aún percibía el aroma de José Cuauhtémoc sobre mi piel. Temía que Claudio lo distinguiera. En su afán por complacerme, y a sabiendas de cuánto me gustaba, empezó a recorrer mi cuerpo a besos. Para evitarlo, lo tomé de la cabeza y lo atraje hacia mí. Nos besamos en la boca y mientras lo hacíamos, me penetró. A los dos minutos se vino y en un instante se quedó dormido dándome la espalda.

Son extraños los mecanismos de la culpa. En vez de atormentarme por haberle sido infiel a Claudio, me sentí desleal a José Cuauhtémoc. Tanto pesó la deslealtad que tomé el celular y calladamente me metí al baño para llamarle y dejarle un mensaje de voz. Cerré con seguro y sin prender la luz, me senté sobre el taburete frente al espejo. Me disponía a marcar el número de José Cuauhtémoc cuando descubrí una notificación de llamada perdida. Era de él a las once dieciocho p. m., justo en el momento en que hacía el amor con Claudio. No sonó porque acostumbraba mantener el aparato en silencio. Odiaba la sensación de que debía estar disponible para cualquiera que llamara.

Me había dejado un mensaje de voz. «Gracias por tanto.» Lo escuché veinte veces. Marqué su número a sabiendas de que no me contestaría. Deseaba agradecerle también y asegurarle que siempre haría lo posible por verlo. Colgué en cuanto entró la grabadora. No pude pronunciar palabra atragantada por la culpa, la confusión, el desconcierto.

Volví al cuarto. Claudio dormía profundo. Me senté en la cama. Observé sus brazos macizos, sus deltoides redondos, sus pectorales anchos, trabajados a diario en el gimnasio. Acaricié su frente mientras resoplaba con la boca abierta. Pasara lo que pasara, no pensaba separarme de él. Me sentiría a la deriva. Si me atreví a la aventura con José Cuauhtémoc, fue por la certeza de a dónde y a quién regresar.

Más o menos capoteé el temporal. Mi miedo era desgajarme en pleno zoológico frente a mis hijos. Sería no solo terrible, sino cursilísimo, soltarme a llorar sin aparente motivo o abismarme al grado de la catatonia. Malditas las monjas que me inyectaron el sentimiento de culpa y la noción del pecado. Me bamboleaba de un lado a otro: culpa con Claudio, culpa con José Cuauhtémoc, culpa con los niños. ¿Por qué el que un pene entre en una vagina ocasiona tanto revuelo, tanto escándalo, tanto dolor, tanta soledad, tanta envidia, tanta alegría, tanto tsunami, tanta censura, tanta intensidad?

La actividad familiar me salvó. Cómo pensar en un amante encerrado en una celda cuando había que cargar a una niña sobre los hombros para que viera mejor a los lobos; cuando había que explicarles a tres niños curiosos por qué los canguros crecen en la bolsa de su madre; cuando había que echar carreritas con ellos para ver quién llegaba primero al carrito de los helados. Para cuando llegué a la casa, agotada física y emocionalmente, José Cuauhtémoc ya era parte del remotísimo ayer. Mañana sería otro día.

No


No puedes llegar así nomás y decirme
que tienes cáncer.
Si es necesario sorberé tus tumores y
devoraré tus células malignas
hasta destruirlas.
Recuerdo cuando te tuve
entre mis brazos al nacer.
Solo con verte supe que por ti
pelearía contra todo
y contra todos.
No me importa
que tus médicos
aseguren tu fin,
meteré mis dedos entre tu carne
y extirparé el mal.
Solo te pido hija
que juntos demos la batalla.
No puedo permitir que dejes
de existir en este mundo.
De verdad no puedo.
Resiste. Vence. Peleemos juntos.
Y cuando esta guerra termine,
nos sentaremos a ver el mar
o solo a tomarnos
unas cervezas.

José de las Marías Pino Hernández
Reo 37587-9
Sentencia: treinta y tres años por homicidio cali-
ficado

En el submundo malandrín andar de indiscreto era la vía más rápida para acabar reventado. Los bocones, los faroles, los que cacareaban, los que restregaban cuanto billete les sobraba tendían a valer madres. Los bosses truchas se mantenían fuera del radar. No rayaban llanta en trocas chingonzotas, no se vestían como guacamayas, ni andaban pidiendo corridos en su honor a piteros grupitos musicales. Chitones y cautos refilaban negocios de millones sin fanfarrias. Los que se dejaban ver, los que a sus reventones invitaban a actricillas famosas de telenovelas, los que se coludían con políticos cochinones, los que se sentían los Brad Pitts del narco terminaban aguaitados por los milicos o por sus enemigos, durmiendo en catres en jacales jodidos, tragando sardinas enlatadas con galletas Ritz y moviéndose de una casa a otra cada tercer día cagados del miedo con cualquier pinche ruidito. Los meros meros, los que de verdad la rifaban, eran reservados, vivían sin excesos, se refugiaban en lo más alto de la sierra y si salían era a caballo. Nada de ir arriba abajo por las brechas en convoyes de muebles blindados.

El Rólex más o menos se las sabía. Había rolado lo suficiente entre las fosas sépticas del crimen para ser capaz de adivinar en cuáles sí y en cuáles no uno acababa embarrado de caca. Al Carnes y al Camotito les advirtió no soltarse de la lengua, que si se les salía la sopa los colgarían como chorizos. Así acababan los hocicones en prisión cuando se les quemaban los frijoles. Juraron que de ellos no saldría ni una mirruñita del plan para asesinar al güero. Hubo quien se enteró.

Las jerarquías delincuenciales se ramificaban en subcategorías que a su vez se dividían en subcategorías que a su vez se dividían en subcategorías hasta llegar al subsuelo lodoso y agusanado del crimen. En este subsuelo es en donde la chiquillada era más propensa a aflojar el pico. Los babosos que filtraron el ataque a JC fueron dos de los cerillos que el Máquinas improvisó como sicarios. En sus cabecitas de tuza nunca imaginaron que lo dicho en un bar de quinta en Ciudad Acuña recorrería los mil trescientos cuarenta y dos kilómetros que mediaban hasta el Reclusorio Oriente. Los dos tlacuaches le contaron a un par de prostitutas que habían viajado con su jefe a una ciudad llamada Cerritos donde se reunieron con un viejo boss a ordenar la ejecución de un tal Juan Cuauhtémoc o Jorge Cuauhtémoc en el CERESO de Ixtapalapa. Las prostitutas fingieron nomás ser prostitutas y se hicieron como que no oían ladrar los perros. Deslizadito, como quien no quiere la cosa, fueron extrayendo hebra por hebra el bordado del asesinato. Y sí, las doñas eran prostitutas. Cobraban por montar y por ser montadas, por abrir y cerrar las piernas. Eran también halconas del lejano cartel de los Aquellos, procedente de Baja California y que se había convertido en el cartel dominante en el país.

A la caída del cartel de los Otros-Otros, el de los Aquellos vio la chanza de llenar el vacío de poder. Para eso diseminaron gente suya en bares, restaurantes, puteros, garitas aduanales, comandancias y hasta entre la migra y la policía gringa. La mayoría de sus orejas eran morras. No muy guapas, no muy pinches, no muy gordas, no muy flacas. Lo más anodinas posible. Ellas no estaban en Acuña para armarla de tos ni ocasionar desmanes, solo para callar y escuchar. Los Aquellos les pagaban una iguala mensual y había un puñado de batos prestos a madrearse al que se pasara de lanza con ellas. Tipos entrenados por los kaibiles en Guatemala. Asesinos instruidos en las técnicas de defensa propia más letales, pero con cara de solo-soy-un-mesero-jodidón-aquí-jalando-para-juntar-centavitos-para-mi-mamá-que-vive-muy-enferma.

Los tarados sicarios-antes-cerillos boconearon y las putas Mata Hari le pasaron el pitazo al morro que las regenteaba y este le pasó el pitazo a su jefe y este a su jefe. En menos de seis horas los líderes de los Aquellos ya sabían que alguien se quería fundir a un bato llamado José Cuauhtémoc Huiztlic encerrado en el Reclusorio Oriente. Los bosses le echaron un ring a don Julio, su regidor en el Oriente. «Quiubas carnal. ¿Sabes quién es un güey llamado así y así?» El Tequila afirmó conocerlo. «Un buen animal. Fama de lokito. Muy metido en la escribida. No es enemigo ni jala con nadie, ¿por?» Le explicaron que el Manita Corta lo había mandado matar. Ignoraban las razones pero sabían que el paquete ya estaba en el buzón.

A don Julio el rubio le caía bien. Hasta había leído algunos de sus cuentos. Si querían matarlo debía ser porque seguro tostó de más el pan. Lo investigó. Se enteró del parricidio, de que don Joaquín le había pagado los gastos de hospitalización, de que era amigo de algunos Quinos y de que había enfriado al Patotas y a Galicia. Supo también de las visitas de una tal Marina Longines. Le rascó a la morra. Casada, tres hijos, mucho billete, coreógrafa y esposa de un financiero que al parecer no le lavaba el dinero a nadie. Cruzó información para ver si era el cornudo quien quería asar a José Cuauhtémoc. Niente. El marido debía ser un tipo noble y manso, semejante a la mayoría de los burgueses que había conocido en su pasado burgués. Y por si acaso había cachado la infidelidad de Marina, no mascaba como uno de esos que ordenan matar a la mujer y al amante. Eran oscuritos los motivos para que Manita Corta, o quien estuviera detrás, deseara asesinarlo.

Al Tequila lo habían enviado los bosses a manejar los negocios del cartel al interior del reclusorio, no a salvar vidas. Su tarea era mantener abiertas las rutas para que el talco, el cristalito, la mota y el chupe llegaran a los presos. Si el gramo de la blanca costaba afuera doscientos pesos la grapa, adentro podían venderla en cinco milanesas. También debía echarles un ojo a los narquillos de grupos rivales entambados en el Oriente. Ninguna amenaza seria, a decir verdad. Pelusa, desechables, infantería. Don Julio no estaba para cuidarle las espaldas a José Cuauhtémoc ni a ningún preso que no fuera de los suyos. Sin embargo, el cartel de los Aquellos había establecido comunicación directa con los big shots del gobierno y estaban llegando a acuerdos cruciales. Negocios grandototes se avecinaban y no convenía que se desatara un despelote nomás porque a un bato novio de una millonaria, amigo de otro millonario y carnal de un escritor famoso, le querían rebanar el pescuezo por quién sabe qué razones. Ya decidiría el Tequila qué hacer.

A mi abuela materna le encantaba expresarse con refranes. Con gracia enunciaba uno para cada ocasión. Cuando me vio emperifollarme para una fiesta de la prepa, obsesionada con que me mantuviera virgen hasta el matrimonio y preocupada por las tentaciones que mi minifalda podía despertar, sentenció: «El pudor de la doncella la hace ver más bella». A veces sus dichos eran crípticos: «El que no tiene hechas no tiene sospechas». Y si nos veía a mis hermanas y a mí discutir, soltaba un «cada changa a su mecate».

Si algún dicho inventara para mis nietas sería: «Quien encuentra hace rato que está buscando, aunque no lo sepa». Aunque no sería un proverbio ocurrente como los de mi abuela, sí cumpliría una intención didáctica. Mis amigas infieles, que he de confesar eran numerosas, justificaban sus amoríos con «no es que yo buscara andar con alguien, simplemente se dio». Después de mi experiencia con José Cuauhtémoc, podía asegurar que las cosas no se «dan», se propician. Pulsiones inconscientes me empujaron a buscar la relación con José Cuauhtémoc. Cuáles eran, las ignoro, pero «quien encuentra hace rato que está buscando, aunque no lo sepa». Aun cuando al final del laberinto me esperaba un Minotauro volátil y amenazante, decidí arriesgar. Si había encontrado es porque había buscado y esa era la única certeza que necesitaba.

Regresé a verlo al área de visitas. Esta vez fui más inquieta que de costumbre. Después de hacer el amor, la relación había adquirido otra gravedad. Para ciertas amigas, la intimidad sexual no revestía gran importancia. «Se trata solo de pitos y chichis», dijo una de ellas. No para mí. Me era imposible salir indemne después de un encuentro íntimo. Me resultaba incomprensible que un hombre y una mujer, casi desconocidos, llegaran al culmen de la intimidad y luego se separaran con un «estuvo rico, ahí nos vemos». Quizás mis pruritos derivaron de mi formación en escuela de monjas, donde el sexo era el camino directo al infierno. Aun así, compañeras mías del colegio nunca le hicieron el feo al *one night stand.* «Son divertidísimos», alegó una de ellas, «disfrutas sin compromisos, sin tonterías, sin amarres». Puede que tuviera razón, sin embargo a mí los filtros conservadores me impidieron gozar de los acostones de pisa y corre. Aunque también contribuyó el temor de toparme con un tipo al que le apestara la boca, que sufriera de acné en las nalgas o padeciera de herpes genital.

Apenas estuvimos frente a frente, José Cuauhtémoc me abrazó. Un abrazo largo, reconfortante, como si hubiese adivinado cuánto lo necesitaba. Me quedé recargada en la inmensidad de su pecho. Una cueva donde refugiarme de mí misma. Había temido su sequedad o, incluso, su rechazo. Nunca se sabe adónde van a parar las relaciones después del sexo.

Nos sentamos en la mesa de siempre. «¿Cómo estás?», le pregunté. «Lo mejor que puedo sin verte», respondió. «¿Y tú?» Dudé en si debía contarle o no lo sucedido con Claudio. Deseaba que supiera todo de mí, no obstante temía que luego fuera usado en mi contra. Suele suceder. Se sincera uno y no se sabe cómo va a responder el otro. «También lo mejor que puedo sin verte», le contesté. José Cuauhtémoc acarició el dorso de mi mano. «¿Por qué estás aquí?», inquirió. Lo miré a los ojos. «¿Por qué lo preguntas?» «Tú podrías estar con quien quisieras», aseveró. «Estoy con el que quiero», le dije. Apretó mi mano y me jaló para besarme. Nos separamos y se volvió hacia mí. «Sabes que serás la última mujer en mi vida, ¿verdad?»

Sus palabras me asustaron a la vez que me conmovieron. Sí, en definitiva, la relación se había tornado más grave. La última mujer. Me sentí mareada. Debí palidecer porque me cogió del brazo. «¿Estás bien?» No, no estaba bien. Minotauro al final del laberinto. Vueltas y más vueltas para topar con una bestia jadeante lista a devorarme. La bestia: la certidumbre de que no había vuelta atrás. Me embargó una profunda melancolía. No tuve ninguna duda: José Cuauhtémoc debía ser el último hombre de mi vida.

Si se controlaba la cocina se controlaba el penal. La joya de la corona. La red carpet para introducir drogas, celulares, efectivo, condones, computadoras, iPads, CD y DVD piratas, viagras, armas de fuego, navajas y demás chucherías. El cristal podían esconderlo en bolsas de detergente, el chemo dentro de envases de leche, los billetes disimulados entre servilletas. En el fondo de un tazón de sopa un reo podía encontrar un vial con heroína. Debajo de la ensalada, unos carrujos de mota. Entre las verdolagas, unas grapas de caspita celestial.

La concesión de las cocinas de los reclusorios implicó negociaciones perras. No solo eran puerta trasera para decenas de productos clandestinos, sino que en sí generaban un montón de plata. Las empresas cobraban veinticinco pesos por cada desayuno, cuarenta por comida y treinta por cena. Como se utilizaban ingredientes de pésima calidad, muchos de ellos ya caducos o al borde de la putrefacción, los costos se abatían hasta un setenta por ciento. Multiplicado ese ahorro por doce mil reos, las ganancias diarias calificaban en el top ten de los biznes chuecos y, obvio, los funcionarios deseaban su rebanada.

Por ley la gestión de las cocinas debía decidirse por concurso público. En teoría diversas empresas presupuestaban y las autoridades elegían la alternativa más eficiente. Esta versión de cuento de hadas no se la creían ni las hadas. La empresa no se elegía por concurso, sino por lo bultoso de los moches. Recién habían vencido las concesiones en varios reclusorios y los Aquellos estaban a un pellizco de pulga de un its a deal con el Olimpo para administrarlas, parte de un acuerdo de proporciones muchísimo, lo que se dice muchísimo, mayores.

El Tequila no logró averiguar por qué querían darle piso al güero. Lo extraño era que la sentencia viniera de Manita Corta, que ya estaba más retirado que el pispirrín de un Papa. Mandó llamar a José Cuauhtémoc. Al rubio lo destanteó la citación. Si el Tequila lo buscaba o era para buzoncarle información, o para pedirle un favor, o para avisarle que su nueva morada se hallaría a dos metros bajo tierra. Un capo de ese calado no lo convocaba nomás porque sí. No atendió de inmediato. Quiso calibrar con cuánta urgencia era requerido. Los estafetas le dieron segunda llamada. «No mames, ya sabes que al boss no le gusta que lo hagan esperar.» Estaban, lo que se dice, en lo cierto. Ultimadamente, ¿para qué crear un problema donde no lo había?

Al llegar a los cuarteles del Tequila, los guaruras le revisaron hasta las uñas de los pies. Nada, limpiecito. «Pásale, el jefe te espera», le dijo uno de los mapaches. Don Julio lo recibió con amabilidad y lo invitó a sentarse en unos equipales. Al menos la cosa empezaba bien. Un capo que quiere rebanarlo a uno en pedacitos no se anda con cortesías. Con talante campechano le ofreció de tomar. Lo chido es que don Julio servía tequila Don Julio. «No gracias, no bebo alcohol», contestó JC. Despreciarle un trago a un narco podía significar un inmediato kaput. «¿Estás jurado?», le preguntó el narco. Tan sencillo que era responderle «sí, le juré a la virgencita de Guadalupe no beber en veinte años». ¡Ah, no!, había que jugarle al macho. «No me late el chupe.» OMG. Otro capito más sensible se hubiera puesto loco, nomás que don Julio era de otro material.

Más resistente, más dúctil. Inoxidable, pues. «Te lo pierdes, este es un añejo que te mueres.»

Sin más preámbulos el Tequila le advirtió que querían matarlo. «No sé quiénes, pero de que te quieren tronar, quieren. Al parecer Manita Corta está detrás del tinglado, aunque la neta nada es hasta que es.» JC no tenía ni idea de qué le hablaba. ¿Quién chingados era Manita Corta? El Tequila continuó. «No te preocupes carnal, te voy a poner unos tabiques.» Don Julio mandó llamar a la Hiena, al Topaz, al Chanclas, al Maceta, a la Taza y al Chanoc. Llegaron seis tipos de diverso calado, desde el fortachón Chanoc, hasta el flacucho Chanclas, pasando por la Taza, un bato al que le faltaba una oreja. «Quiero que cuiden a este cabrón como si fuera el culo de su hermana. ¿Entendido?»

«¿De qué privilegios gozo para que me protejan los Tigres del Norte?», le preguntó JC una vez que salieron los seis monos. «Porque vales más vivo que muerto», le respondió el Tequila. «¿Ya me van a caducar?» Don Julio negó con la cabeza. «No mientras yo ande por aquí, pero ya sabes que nada en esta vida está firmado en piedra.» Era cierto. Si algo caracterizaba a la cárcel era el no pos sí. Un día sí, al otro no. Un día eres hermano del alma, al otro te voy a cortar los huevos hijo de puta. Tantito roce y pal carajo la paz. «¿Estamos cinchos?», le preguntó JC al despedirse. «Estamos», le respondió el Tequila.

José Cuauhtémoc partió hacia su celda. De reojo notó que dos de los diablitos de la guarda lo velaban a lo lejos. No había hablado el capo por hablar. Echó un ojo para ver si distinguía a algún bato con cara de querer atornillárselo. Imposible. Decenas de reos se apiñaban por los pasillos. Mejor andar avispa y, la prioridad, cuidar a Marina. Cuidarla hasta con su vida.

*En tu biblioteca de ocho mil volúmenes abundaban temas variopintos. En la mayoría de los libros encontré dentro de sus páginas decenas de anotaciones. «Usar cita para ensayo sobre…» o «importante». En cada párrafo subrayabas líneas que te llamaban la atención. «En la condición humana habitan aún hordas de simios», recalcaste con plumón en un libro de John Harris, el notable naturalista del siglo XIX, y que luego usaste para hablar del sentimiento de clan en los genocidios. «Antes que civilización, el hombre es naturaleza. Si no nos reconciliamos con nuestra animalidad estamos destinados al fracaso como especie», también de Harris. O de Ralph Waldo Emerson:* «The end of the human race will be that it will eventually die of civilization». *«El fin de la raza humana será que —eventualmente— morirá de civilización.»*

*Al igual que con tus escritos, fechabas el inicio y el final de tus lecturas. Al parecer el tiempo era una medida primordial para ti. No extraña, dado el peso que le brindabas a la historia. La densidad del tiempo, sus ritmos, sus péndulos te obsesionaban. Azoraba tu rapidez para leer. Por ejemplo,* El sonido y la furia, *de Faulkner, comenzaste a leerlo el sábado 18 de noviembre de 1972 a las 15:15 horas y lo terminaste el martes 21 de noviembre del mismo año a las 4:14 a. m. Dos datos a considerar: la velocidad con que leíste un texto tan complejo como el del buen William; la hora de la madrugada en que concluiste la lectura.*

*En infinidad de libros hallé tu propensión a leer a altas horas de la noche y tú que te despertabas a las ocho sin importar cuán tarde te habías dormido. Debiste acumular un severo déficit de sueño y colocarte al borde del colapso. Nunca mostraste señas de extenuación. Desplegabas energía militar día con día. Con seguridad tu derrame cerebral devino de esos estragos nocturnos. Tu glotonería por la cultura terminó por devastarte. Las arterias de tu cerebro no dieron para más y acabaron reventadas. Tus neuronas se ahogaron en charcos de coágulos.*

*Qué pena fue ver tu debacle. Tu físico de soldadito de plomo declinó hacia un cuerpo lánguido y escurrido. Adquiriste la fisonomía de un aguilucho esperpéntico. Abrías tu boca de polluelo para que mi madre colocara en ella papillas de frutas y vegetales. Tu manera de expresarte se rebajó a un idioma gutural y desesperado. Braceabas para intentar comunicarte. Convencida de que dentro de ti aún habitabas, mi madre te leía en voz alta. Vestigios de ti debían quedar porque dejabas de gesticular y escuchabas en silencio. ¿Cuánto resonaba dentro de las paredes de tu cráneo? Algunos de tus médicos nos pedían estimularte, convencidos de que el cerebro emprende misteriosas interconexiones que milímetro a milímetro reconstruyen lo perdido. Otros aseguraban que no había nada que hacer, que tu cerebro se* había convertido en un pantanal sanguinolento donde solo sobrevivían las células necesarias para mantenerte vivo. Yo creía en los primeros. Tu mirada me bastaba para saber que no te habías dado por vencido, que desde lo hondo de tu calabozo aún pulsaba en ti la rabia por vivir.

Confieso, Ceferino, que la revisión de tus escritos, de tus libros y de tus objetos estaba tamizada por el morbo. Deseaba toparme con otro tú, más divertido, más alborozado. Tan sexual eras que pensé encontrar misivas íntimas a amantes o revelaciones sobre tus visitas a puteros de baja monta o, al menos, una descripción detallada de tus retorcidos apetitos eróticos. Creí dar con un tesoro cuando al fondo de tus cajones hallé un paquete de cartas (maniático, copiabas una por una). Las leí anhelante de hallar la madriguera de tus secretos. Nada. Casi la totalidad estaban dirigidas a tus colegas. Terminé decepcionado. No exponían a un Ceferino más jovial o perverso, sino a uno aburrido y moralino. Lejos de develar encuentros con putas en mansiones en la colonia Juárez, escribías diatribas contra la prostitución, a la que considerabas un abaratamiento de los valores más altos del ser humano: el amor y la solidaridad. Casi suelto la carcajada al leer esto último. ¿De dónde sacaste esas ideas, tú, el culmen del maltrato?

Extendí el morbo a mi mamacita santa. Tanta abnegación hacia ti debía esconder sentimientos de culpa. Casi puedo asegurar que anclados en un amor furtivo. Aunque no eras celoso, sí controlador y posesivo. Imprevisible, te daba por aparecerte en los horarios menos pensados. Aseverabas que el poder se obtenía cuando los demás eran incapaces de anticipar tu próxima movida. «Nunca permitas que los demás sepan cuál va a ser tu decisión. Confúndelos.» Este jueguito de ajedrez lo llevabas a nosotros para experimentar tus teorías sobre el poder. Si funcionaban, las aplicabas a otros ámbitos de tu vida. Si no, continuabas practicando en el microcosmos familiar hasta hallar las más efectivas. (He de reconocer lo útil de tus consejos. Los empleé en mis relaciones de negocios. Fui impredecible y resultó. Los otros no supieron manejar la volubilidad de mis posiciones. Un día ofrecía una cifra, a la semana otra y luego otra. Mis rivales se volvían locos y terminaban por ceder con tal de terminar con ese vaivén confuso. Cuando eso sucedía yo ya controlaba precio, formas de pago y candados para evitar que recularan.Gracias, Ceferino.)

En mi madre descargaste tu abanico de tácticas de control. No la creíste capaz de ser infiel y sabías que era nula su posibilidad de eludir tu órbita. Gravitabas con intermitencia en los sitios menos pensados: casa de las amigas de mamá o de mi abuela. En el supermercado, la farmacia. Gozabas avasallarla con tus sorpresas y tu vigilancia constante.

A falta de empleada doméstica, mamá hacía las compras y debía hacerse cargo de los quehaceres de la casa. Cargar las bolsas con los víveres debía serle una tarea pesada. Tu afición a los frijoles (remanente de tu crianza en la miseria), al arroz y a la leche la obligaban a cargar al menos quince kilos en cada incursión bisemanal al supermercado (y agrega el peso de lentejas, quesos, refrescos, azúcar, pollo, carne, lechugas, brócolis, etc.). Aunque en ocasiones la acompañábamos, era ella quien la mayoría de las veces traía el mandado hasta la casa (era una suerte que ella poseyera tal tamaño y fortaleza, porque ni de chiste le permitías pagar un taxi que trasladara las compras el kilómetro y doscientos metros que mediaban entre el Gigante y la casa. Tampoco que comprara en el estanquillo de la esquina que te parecía extremadamente caro. Todo por ahorrarte unos miserables pesos).

Mi madre se apuraba. Salía con rapidez y volvía tan pronto podía para evitar que la hallaras fuera. Me preguntaba si en esas aceleradas salidas había sido capaz de construir una infidelidad. Debía poseer destrezas de escapista para sortear tu emboscada permanente. Conocedora de tu carácter explosivo, sabía bien cuán capaz eras de asesinarla a ella y al tipo. ¿Corrió el riesgo mamá?

Con curiosidad mayor aún que hurgar en lo tuyo, escudriñé sus cajones. No encontré más que postales enviadas desde España por su parentela y cartas de sus padres. Ni un solo indicio, ya no se diga de un amante, sino de un vil admirador. Estaba convencido que bajo su docilidad ella escondía pasiones encendidas al más puro estilo de Ana Karenina. No hallé nada por más que revolví sus gavetas.

Una vez bromeé en la oficina con una de mis socias. «¿Dónde esconden las mujeres las cartas de sus amantes?» Ella me miró y sonrió. Era una mujer casada y en su sonrisa adiviné su infidelidad. «En las cajas de zapatos. Poseemos tantos que ningún hombre sabría por dónde empezar.» Mi madre contaba con decenas de ellos. (Al parecer compensabas tus abusos comprándole zapatos. Suena a cliché, pero ambos lo cumplían a cabalidad. Vaya manera de lavar tus culpas, don Tacón.)

*Pues me di a la tarea de registrar caja por caja en el clóset de mi madre. Pensé que perdería mi tiempo. No fue así, mi amiga había tenido razón: al fondo de unas botas, retacadas en un calcetín, venían seis cartas de amor.*

De nuevo el vejatorio trato al ingreso a la visita conyugal. Revisiones injustificadas, extorsión, provocaciones. Al parecer, una estrategia para obligarme a arrendar la suite Westin. Pagar hubiese sido lo más sencillo, resolví no ceder. No me iban a subyugar ni con sus amenazas de revisarme la vagina en busca de droga, ni con el chantaje de videos grabados por las cámaras de seguridad donde se hacía patente mi infidelidad. Eran solo bravatas con el ánimo de amedrentarme. Ingenua, creí que si no claudicaba, a la tercera o cuarta vez terminarían por dejarme en paz. Me equivoqué. En las cárceles escala la intimidación, no decrece.

Esa vez tardé más de hora y media en cruzar los filtros de seguridad. Huellas dactilares, fotos, esperas en oficinas grises atiborradas de legajos polvosos, miradas despectivas, comentarios soeces, burlas. La niña bien intentando jugar a ser ruda, pues más rudos serían ellos. Buscaron quebrar mi paciencia, exasperarme. Traía el signo de pesos marcado en la frente y no cejarían hasta exprimirme. Cuando por fin me condujeron a los cuartuchos de la visita conyugal, lo hicieron a través de los pasillos más atestados. Docenas de presos me comieron con los ojos al pasar frente a ellos. Avancé con decisión, tratando de mantenerme incólume a sus piropos vulgares y a sus intentos de toquetearme. Al llegar al cuchitril, los custodios que me guiaron fueron más que obvios. «¡Ay güerita! Lo que puede evitarse si coopera.»

Partieron y me quedé en la puerta del mismo cuarto de la vez anterior. Por la larga demora, ya no me tocó el turno de las once, sino el de las doce. Mis compañeras fueron otras. Una de ellas, una jovencísima mujer acompañada de dos niños, uno de un año y el otro, alrededor de dos y medio. Ella no debía sobrepasar los dieciocho. Bonita, de rostro ovalado y ojos color ámbar. Me saludó con amabilidad. «Buenas, seño, ¿cómo está?», preguntó. «Bien», le respondí y crucé el pasillo para hablar con ella. «¿Cómo te llamas?», le pregunté. «Dayan», respondió. En mi cabecita burguesa entendí «Diane». «¿Como la princesa?» Ella rio y negó con la cabeza. «Siempre me preguntan lo mismo», dijo. Me deletreó su nombre: «D-a-y-a-n». Sonreí. Sus hijos se llamaban Moris (que por supuesto, entendí como Maurice) y Pyer (pensé Pierre). Lo inferí por los nombres que llevaba tatuados en los antebrazos. Iba a ver a su esposo, apresado por asalto a mano armada. «¿Es culpable?», la cuestioné. «La neta, sí. Lo agarraron chingándole el reloj a un ruco en un semáforo. Había que darles de comer a los chamacos.» Lo descubrió venir a lo lejos. «Ese es mi marido», señaló. Era tan joven como ella. Esmirriado, moreno, de cabello lacio. Me saludó cordial. «Buenas.» Me presenté con él. «Marina, mucho gusto.» Extendió su mano y estrechó la mía. «Yon Carlos, mucho gusto señora.» Entraron al cuarto con los niños y cerraron la puerta. Tres minutos más tarde, empecé a escuchar los gemidos de Dayan.

Yon Carlos pertenecía a esa horda de asaltantes desarrapados que aprovechaban el tráfico congestionado para robar y a los que mis excompañeras de la escuela de monjas pensaban que era indispensable darles muerte. «Deberían eliminar a esa caterva de ladrones, asesinos y violadores. Es la única manera en que este país puede salir adelante», dijo una de ellas en uno de los desayunos de generación. La mayoría asintió, convencida, a excepción de mí y de otras dos. Las «rebeldes izquierdistas», como nos tildaban. Me avergüenza admitirlo, pero cuando intentaron despojar a mi madre de su bolsa, concordé con el «matarlos en caliente». Sin juicio, sin defensa, sin consideración. Ejecutarlos con las manos en la masa. Tolerancia cero. Me arrepentí de tan solo pensarlo. El fascismo nos habita pese a nosotros.

Llegaron otras cuatro mujeres de apariencia humilde. Dos se introdujeron con rapidez al cuarto. Mi presencia debió cohibirlas. Una me saludó con un ligero movimiento de cabeza y la cuarta me miró retadora. En sus ojos brilló un filo de odio. «Buenas», la saludé. No me hizo el menor caso. Entró en la habitación y cerró con un portazo.

José Cuauhtémoc llegó unos segundos más tarde. Había visto a la mujer azotar la puerta. «No le hagas caso. Se la han de haber puesto difícil en la entrada», dijo. Si supiera cuán arduo había sido para mí ingresar. Entramos al cuartucho. A pesar de las cobijas de Disney y de leones, de las paredes descascaradas, de las colchonetas en el piso, lo prefería mil veces por encima de la suite Westin.

Nos acostamos. Esta vez no llevé condones, ni padecí la paranoia a contagiarme de enfermedades venéreas. Confiaba en él. Punto. Nos desnudamos con rapidez. José Cuauhtémoc se concentró en besar mis senos. Lengüeteaba mis pezones en círculo y luego los succionaba con delicadeza. Tanto me calenté que estuve a punto de gozar un orgasmo. Nunca me había sucedido. No era de chichis sensibles. Sí, me gustaba el chupeteo y la sobadera, aunque no al grado de venirme. ¿Qué era lo que me provocaba tal excitación? ¿Las circunstancias? ¿La adrenalina? ¿O de plano, las técnicas amatorias de José Cuauhtémoc?

Dejó mis senos y bajó hacia el vientre. Continuó hacia mi pubis y se detuvo en mi entrepierna. Claudio no era proclive a practicarme sexo oral y sentí extraño. Cerré los muslos para evitar que continuara. Era una sensación muy fuerte, difícil de soportar. Él abrió mis piernas y prosiguió con más suavidad. Su lengua tibia subía y bajaba alrededor de mi clítoris. Metió su índice en mi vagina y con el dedo medio empezó a acariciar mi ano. Traté de detenerlo. «Ahí no, por favor.» No me hizo caso y continuó. No había permitido a ninguno de mis novios, ni a Claudio, que me lo tocaran. Me parecía un lugar privado no sujeto a jugueteos sexuales. Insistí. «De verdad, no.» Puse mi mano para cubrirlo. En lugar de tomárselo a mal, José Cuauhtémoc deslizó su lengua entre mis dedos y empezó a lamer mi ano. Me cimbré de placer. Poco a poco, quité la mano y él introdujo su lengua. Literal, exploté. Tuve un orgasmo radicalmente distinto a los demás que había gozado. Nunca imaginé el ano como zona erógena. Madre de tres niños, ocho hombres en mi vida, encaminada a los cuarenta y venía a descubrirlo en un mugriento cuchitril.

José Cuauhtémoc no paró. Continuó lamiendo y con cada lamida, un raudal de placer. Hubo momentos en que fue tan intenso que comencé a darle golpecitos en la cabeza. No con ánimo de lastimarlo, sino de incitarlo a que siguiera y siguiera. Metió su pulgar en mi vagina y su índice en el ano. Me estremecí al sentir su dedo entrar por atrás. Creí que sería doloroso, y lo fue, pero se combinaba con más y más deleite.

Mientras yo me retorcía y sin decir agua va, se montó sobre mí y comenzó a penetrarme por el culo. Mi última virginidad, la que siempre tuve intención de brindárle a Claudio, estaba a punto de perderla. Puse las manos sobre su pecho. «Nunca lo he hecho por ahí», le advertí. Se contuvo por un momento y me miró a los ojos. «¿Quieres que pare?» Había asimilado serle infiel a Claudio, pero me pesaba serle desleal y ese sería el signo más cristalino de mi deslealtad. Acaricié su rostro. «Sigue», le pedí en un susurro. José Cuauhtémoc ensalivó mi ano y con delicadeza resbaló la cabeza de su pene dentro de mí. Cerré los ojos. «Relájate», me dijo mientras con los dedos sobaba mi clítoris. Respiré y exhalé. En cada exhalación, su pito se introdujo más y más, hasta que estuvo por completo dentro. Empezó a ondularse sobre mí. Me sorprendió la facilidad con la que su verga entraba y salía. Me vine una y otra y otra vez hasta que eyaculó. Pude sentir cómo su glande hinchado expelía el semen dentro de lo más hondo de mí. Lo abracé y nos vinimos juntos. Exhaló un bramido primitivo y furioso, las venas de su cuello saltadas. Tentáculos que emergían de su clavícula y subían a su quijada palpitando al borde de reventarse.

Se quedó adentro varios minutos recostado sobre mi pecho. Su pene mermó hasta salirse de mi ano. Contemplé el techo, el foco pringado de excremento de moscas, un enjambre de jejenes revoloteando en una de las esquinas del cuarto, figuras caprichosas dibujadas en las paredes por la filtración cálcica. Metí las manos entre su cabellera y lo acaricié. Había creído que, para hacerlo por atrás, era necesario ponerme de perrito. Pero no, me penetró de frente. «¿Te dolió?», preguntó. «Un poco al principio, luego ya no», le respondí. «Nos faltan muchas cosas por hacer», dijo con convicción. Creí que no habría muchas más que experimentar. Me equivoqué. Esa sería la primera de una infinidad de virginidades que perdería con él.

¿Cuántos querían matarlo? ¿Dos, tres, cuatro? ¿Más? Don Julio le había puesto muro. ¿Por qué razón lo protegía? Quién sabe, pero podía notar la constante presencia de los mastines asignados a su cuidado. Eso no garantizaba nada. Un descuido y una mano anónima le clavaría un filo en la garganta. Si lo iban a matar, más le valía que la calaca lo sorprendiera escribiendo.

Escribió con más enjundia que nunca. Ocho, diez cuartillas por día. Luego corregía, quitaba grasa, dejaba las líneas pulidas, tensas como la cuerda de un arco a punto de disparar. Apuntar a las entrañas. Disparar y esperar que la frase desgarrara, rompiera, cortara.

La cosa con la guapa iba en plan Fórmula 1. Se besaban y se besaban en el área de visitas. Podía decirse que era su novia. Eso, su novia. Una novia casada con otro, pero su novia. Mientras se besaban, JC picaba cebolla. Quiénes se hallaban en el lugar, cuándo entraban y por dónde. Rápido debía discernir quién se notaba fuera de lugar y quién no. Cinco segundos de apendejamiento bastaban para que un bato le metiera un piquetazo en la nuca. Besos riquérrimos los de ella y él tanteando si venían a matarlo o no.

En una de esas vio cruzar a dos gandules desconocidos. Pasaron de volada y no peló. Debió calarlos con más cuidado, porque esos dos eran sus preasesinos. Se veían medio babosos, por eso no les dio mayor importancia. De esos que de un solo madrazo caen a la huevo estrellado. Se equivocaba. Esos eran cabrones arteros, de los que atacaban por la espalda. Y más ahora que el Rólex los presionaba: «¿Lo van a matar o contrato a güeyes menos vaquetones?». ¿Vaquetones? Como si darle matarile a alguien fuera cosa de echarle ganitas. No era lo mismo secuestrar adolescentes púberes, violarlas, cortarles la garganta y luego botarlas en un canal de aguas negras, que encajarle una punta a un tipo veinte centímetros más alto y correoso como un jaguar.

Don Julio investigó. ¿Quiénes del cartel de Manita Corta se hallaban enjaulados en el reclusorio? Había más de quince de ellos. Colegir quién sería el sicario elegido para refilarse al güero estavaca-bronca. Si de algo se preciaba Manita Corta era de su bajo perfil y de mantener anónimos a sus lugartenientes. «Como avioneta de contrabando, vuelen al ras», les advertía a sus cuchiflanes.

El Tequila dejó de lado el de tin-marín-de-don-pingüe-quién-hijo-de-su-puta-madre-fue y decidió contactar directamente al capo. Al fin y al cabo, ambos eran de la misma escuela: cabales, respetuosos y cabrones solo por apremio. Redactó una misiva y envió a un estafeta a Cerritos: «*Apreciado don Laureano. Me da gusto saludarlo y espero que se encuentre bien. Me enteré por ahí que mandó asesinar al señor José Cuauhtémoc Huiztlic, que cumple sentencia en el Reclusorio Oriente, de donde le escribo con afecto. Ignoro las razones que, seguro, deben ser poderosas. Por motivos igual de poderosos, le pido con respeto que retire la orden de matarlo. Será un favor que retribuiremos con creces. Un abrazo, Julio Yazpik».*

Don Manita Corta recibió al enviado y antes de abrir la carta, le dio de comer. Pasados eran los tiempos que había que matar al mensajero. El pobre chamaco se trasladó hasta Cerritos pensando que ese sería el último viaje de su vida. En tono melodramático de telenovela venezolana se despidió entre lágrimas de sus padres, de sus hermanos y de su novia. Nunca imaginó el opíparo platón de cabrito, con tortillas recién hechas, arroz blanco con elote, frijoles de olla y cervezas heladas. Mientras el muchacho comía, don Laureano leyó la carta, tomó un bolígrafo y respondió: *«Estimado amigo: recibí su petición. Quiero que sepa que solo soy intermediario. El que lo quiere matar es otro y nos pagó por hacerlo. Usted sabe que, en estos menesteres, los compromisos se cumplen y yo empeñé mi palabra. Lo siento si les causo inconvenientes y espero que no sea motivo de pleito entre nosotros. Abrazo de vuelta, Laureano Belasoagoitia».*

Don Julio leyó la respuesta, contrariado. En otro contexto, la carta de Manita Corta hubiese sido motivo para mandar a diez sicarios a plomearlo. ¿Quién se sentía el viejón para andar negando favores? Por otra parte, le sobraba razón: si ya había quedado, ya había quedado. Y desatar una guerra por un bato al que quién sabía por qué lo querían despedir del mundo era muy riesgoso. Los narcos piolas no abren frentes a lo tonto. Pelean cuando vale la pena pelear. ¿Pero con el líder de un cartel extinto? Nel. Además, si le daban piso al viejón no sabrían quién había pagado por matar a JC y seguiría la mata dando. A bailar las calmadas.

*Don Laureano: por supuesto que no habrá pleito entre nosotros. Entendemos su compromiso. Le pido entonces que, si no queda de otra, lo maten hasta dentro de dos meses. Estamos en tratos delicados con el gobierno y no queremos que nada nos los eche a perder. Sé que comprenderá y que nos dará tiempo para resolver nuestros asuntos. Abrazo, Julio Yazpik*

El bracito de muñeco terminó de leer y se volvió al emisario: «Dile que está bien, que nos aguantamos dos meses». Luego mandó llamar a uno de sus chalanes. «Vete a ver al Rólex al bote y le dices que vamos a cumplir el trabajo hasta el 3 de mayo. Que obedezca y no haga preguntas. ¿Entendido?»

La enemiga


Temen. Los hombres temen. No son cobardes. Han peleado en guerras infinitas. No tiemblan frente a
la muerte. Tarde o temprano esa llegará, lo saben.
Le temen al aire pútrido, a los males traídos por
la ventisca arenosa repleta de ponzoña: la ceguera
de sí mismos, correr en círculos sin llegar a ningún lado, no reconocer ni a la mujer, ni a los hijos, sacrificar a quienes decían ser sus padres,
sacarles el corazón a los amigos, violar a la
abuela. La demencia, la sinrazón.

El ejército de hombres se estremece. La corriente
hedionda ondula por encima de sus cabezas. Pueden percibir sus primeros estragos. Los vellos
se erizan. Los ojos lagrimean. Escozor en la nariz. Músculos engarrotados. Inútil huir, no hay
donde ocultarse. Las ráfagas vuelan las tiendas
de campaña. Las banderas son arrancadas de los
mástiles. Los valientes desean emprender la batalla. Correr espada en mano a degollar al pueblo
enemigo resguardado detrás de los muros de la
ciudad. Imposible. El viento fétido sopla ya en
la planicie.

Los soldados contienen la respiración. Prefieren
morir decapitados antes que caer en el extravío.
El general nota los rostros desencajados. Se planta delante de sus tropas. Desea alentarlos a acometer al adversario. "Si van a enloquecer, enlo-
quezcan peleando. Acuchillen las entrañas de los
impíos antes de acuchillarse entre ustedes. Si van
a morir, mueran matando." Ninguno de los suyos le
presta atención, el céfiro maldito ya les ha penetrado. Se les nota en la mirada perdida, en la boca

contrahecha, en los temblores de sus dedos. Vomitan sangre. Sus oídos estallan. Sus huesos crujen. Deambulan desorientados. Barbotan palabras incomprensibles. Los tigres invisibles han comenzado a devorarlos.

El enemigo, al otro lado del río, espera en la ciudad sitiada. Incrédulos divisan el desastre. Sus frenéticos rivales se asesinan unos a otros. Levantan la vista y ven la nube venir hacia ellos. Desean evitar el **pánico**. De nada les servirá desertar en tropel. El viento llegará y arrasará con ellos. Deciden esperar. Un milagro podría aún suceder. Un cambio súbito de dirección, el soplo de un dios misericordioso.

Las ventoleras son implacables. Los soldados ahora son trapos balbuceantes, títeres. Los caballos no quedan ilesos. En estampida galopan en vueltas sin fin. Pisotean los cadáveres tirados en el campo, les estallan los intestinos, les deforman los rostros. Sus belfos espumean. Relinchan exhaustos, mas no se detienen. Se desbocan hasta caer con el corazón reventado.

El general, por extraña razón intocado por las toxinas, contempla a su ejército delirante. Tan cerca del honor, del triunfo final. Algún demonio debió estar enojado con ellos o fueron alcanzados por el hálito mefítico de un dragón lleno de rencor por viejas heridas.

El general no implora a ningún dios. No se merecen sus ruegos. Los dioses son seres resentidos y violentos. Toma su espada y la yergue al sol. El filo brilla en el horizonte. Él solo peleará contra la guarnición de los miserables. Temerario, esquiva cuerpos diseminados en las tierras baldías. Los supervivientes lo miran, enajenados. En sus desvaríos, no saben si quien cruza frente a ellos es un animal o un ser humano, tan fiera es la determinación de quien blande la hoja. El general atraviesa el sagrado río en cuyas aguas flotan capas de hielo enrojecidas por la sangre de sus hombres. Morirá, lleva en sí esa certeza. Preferible a escupir insensateces y bilis negra.

Prosigue hacia el portón de la ciudad maldita. Sin detenerse, esgrime su espada y a golpes lo despedaza. Se abre un hueco y entra. No se topa con nadie. Las calles de la ciudad amurallada se hallan vacías. Voltea hacia las atalayas. No hay arqueros, ni arcabuceros. Silencio. El general avanza. Siente detrás suyo las primeras brisas del aire maligno. Los enemigos deben estar ocultos en preparación de la emboscada.

Con paso firme transita las calles. Nadie le sale al paso. Ni un valiente lo confronta. Elige una casa al azar. Tumba la puerta y la franquea. Recorre las habitaciones. Nadie. Ni una sola persona. Va hacia la cocina. En el fogón aún refulgen brasas. En la hornilla, hierve un caldo. De seguro es una trampa. Los habitantes de la casa deben estar cerca. Examina a su alrededor. Ni un pálpito.

El viento arrecia. Las ventanas golpetean. El general voltea de un lado a otro. ¿Dónde está el enemigo? Emerge de la casa y se planta en medio de la calle. "Salgan a pelear ratas o ¿no pueden todos contra mí?" Solo escucha el rumor de las borrascas. ¿Dónde están sus enemigos? ¿Dónde? ¿Habrían abandonado la ciudad? Precaución inútil. Nada impedirá que sean alcanzados por el aire venenoso. Como les sucedió a sus huestes, se retorcerán en el suelo, babeantes, estultos, mascullando disparates en un idioma de aves.

El general marcha hacia los límites de la ciudad. Los enemigos deben hallarse arrinconados en las oquedades de los muros o habrán dispuesto un sistema subterráneo de pasadizos donde refugiarse. Explora. Nada indica tales posibilidades. No halla entradas falsas, ni corredores oscuros. La ciudad está vacía.

Se detiene a mirar el cielo. La nube tóxica está a nada de envolverlo. Cierra los ojos en espera de su sino fatal. Antes de abrirlos un mazazo le golpea la cabeza. Cae de bruces. El enemigo matrero lo ha burlado. Por una rendija de sus párpados, divisa a varios rodeándolo. Visten de blanco y llevan tapabocas. Quiere insultarlos, gritarles cuán cobardes son, pero su boca solo prorrumpe en berridos. "Tranquilo, vas a estar bien", le dice uno de los villanos. Intenta levantar la mano para estrangularlo. No lo logra. En algún momento, se las amarraron. Por eso odia a esos felones. Por alevosos y traicioneros. Uno de ellos se acerca. Le acaricia la frente. ¿Quién se siente ese estúpido para hacerlo? El enemigo se quita el tapabocas. Es una mujer. "Mi amor, vas a salir adelante." Uno de los otros la reprende. "Señora, cúbrase, por favor." Ella no obedece y se vuelve hacia los demás. "¿Me puede entender?" El enemigo de mayor edad le responde. "Es un cuadro de rabia avanzado, señora. No sabemos cuán dañado se halle su cerebro." El general los observa. Un vestigio, un resabio del distante pasado le hace recordar el rostro de la mujer. Una enemiga. Una enemiga.

José Cuauhtémoc Huiztlic
Reo 29846-8
Sentencia: cincuenta años por homicidio múltiple

Al salir del reclusorio, me encaminé hacia la camioneta a unas cuadras de distancia. Me rehusaba a aparcarla en el estacionamiento público del penal, que me parecía más peligroso que dejarla en la calle. Ya había visto cómo les robaban los espejos o las luces traseras a varios autos bajo la complacencia de los vigilantes. Con rapidez, los ladrones desvalijaban los vehículos y no era raro encontrar algunos montados sobre ladrillos sin las llantas. En la calle me había agenciado la amistad de una tendera. Estacionaba la camioneta frente a su estanquillo y le daba unos pesos para agradecerle que le echara un ojo.

Antes de continuar hacia mi auto, revisé mi celular. Se hallaban registradas doce llamadas perdidas de Claudio y veinticinco mensajes de WhatsApp, que empezaban desde «amor, necesito hablar contigo» a «¿dónde chingados estás?». Traté de no entrar en pánico. Debía llamarle pronto, aunque antes requería recomponerme y armar una historia creíble. Le marqué. Contestó de inmediato. «¿Dónde estás?», preguntó iracundo. «En la cárcel», respondí. «No es cierto, les llamé a Julián y a Pedro y me dijeron que hoy no había clase. ¿Dónde te metiste?» Respiré hondo. «Vine a impartir un taller de movimiento corporal.» «¿Y cuánto dura la clase que llevas ahí metida toda la mañana?» El arranque de Claudio era inusual. Cero celoso, cero posesivo. «Cuando vengo sin Pedro, se tardan años en dejarme pasar», pretexté tratando de simular la mayor calma del mundo. «¿Te vas sola?» En alguna de las preguntas iba a caer en contradicciones. Debía enfocarme y no chapurrear respuestas. «Solo por esta vez, siempre Pedro me manda uno de sus choferes.» «¿Estás loca? ¿Vas hasta allá sin nadie que te acompañe?»

Con tranquilidad contesté a cada uno de sus cuestionamientos. Le dije que desde que arribaba al reclusorio hasta el aula, estaba resguardada por varios celadores. «No me dejan sola ni un minuto, me cuidan desde que llego en mi coche hasta que me voy», le mentí. Terminó por creerme y volvió a él su talante despreocupado.

La insistencia de sus llamadas se debía a que necesitaba viajar con premura a Houston a la firma de unos contratos. Me avisaba porque esa tarde le tocaba recoger a los niños de sus clases vespertinas y así pudiera organizarme para hacerlo. «No te preocupes», le dije. «¿Quieres alcanzarme con los niños? Podemos llevarlos a Seaworld», propuso. Hablar de mis hijos minutos después de haber sido penetrada por el culo me provocó náuseas. «Lo hablamos por la noche», le dije. Colgó. Por WhatsApp me mandó los datos de su vuelo y el hotel donde se hospedaría. Me tomé una selfie con el reclusorio atrás y se la envié. «Para que conozcas la cárcel y veas que estoy bien.» Me respondió con un emoji de carita feliz. Suspiré hondo. La había librado de milagro.

Le llamé a Pedro y a Julián, enojadísima. «No pueden balconearme de esa manera», les reclamé a cada uno. «Inventen cualquier cosa, pero no digan que no hubo taller.» A Pedro le pedí que, por las próximas dos semanas, me prestara uno de sus choferesguardaespaldas. «No quiero que Claudio sospeche.» Apenas colgué, me sentí mal con ellos. Los había tratado como si fuera su obligación encubrirme. Empleados a mi servicio dedicados a mentir para proteger mi affaire. Les llamé de vuelta a cada uno para disculparme y muertos de la risa accedieron a ser cómplices más eficaces.

Lo de Houston me cayó de perlas. Claudio debía estar allá por seis días. Eso me daría la posibilidad de volver a la visita conyugal dos veces sin tener que darle explicaciones. Le diría que era muy apresurado ir con los niños solo el fin de semana y que sería mejor planear el viaje con anticipación.

Embebida, crucé Ixtapalapa sin la zozobra de siempre. Mi recto pulsaba al ritmo de los latidos cardiacos y no podía desprenderme de la sensación de tener su pene aún adentro. No sabría cómo describirla. Sin duda extraña, mas no desagradable. Era tan presente que a menudo disminuía la velocidad para reacomodarme en el asiento. Podía decirse que llevaba a José Cuauhtémoc lo más adentro de mí.

Llegué a la casa un poco antes de que regresaran los niños de la escuela. Le di instrucciones a la cocinera sobre lo que debía preparar para comer y subí a mi cuarto. Entré al baño y de inmediato me bajé los pantalones. Deseaba ver si había quedado huella de mi virginidad anal perdida. Y sí, sí la había. Una mezcla de sangre y semen, e imagino algunas trazas de excremento, manchaban las sexis pantis de encaje que me había puesto para intentar gustarle más. Me acerqué a olerlas. El aroma de José Cuauhtémoc se hallaba concentrado en la tela. Me la acerqué a la nariz para impregnarme de su olor. Su olor, su olor.

Podría parecer ridículo, pero guardé los calzones manchados en una bolsa al vacío y los escondí en uno de mis cajones bajo un cúmulo de suéteres y blusas. Eran la muestra patente de mi entrega total a José Cuauhtémoc. No los lavaría nunca y al asegurarme de sellar la bolsa sin aire, podría recuperar su aroma una y otra vez.

Empecé a preocuparme, daba la impresión de que mi ano no volvería a su dimensión original. ¿Me habría hecho daño permanente? No, no podía ser. Los homosexuales son penetrados innumerables veces por sus parejas y no muestran inquietud por el estado de sus esfínteres, o al menos, eso pensaba. Estuve a un tris de llamarle a Pedro o a Héctor y preguntarles: «Oye, cuando te la metieron por atrás la primera vez, ¿se te quedó el ano abierto como tubo de PVC? ¿Sentías que hasta las lágrimas se te podían escurrir por ahí?». Eran interrogantes bobaliconas, lo sé, pero en ese momento me angustiaban sobremanera. Imaginé lo peor: infecciones, incontinencia, desgarres internos, hemorroides incurables, fisuras anales. Por suerte, ganó mi pudibundez y no mi histeria hipocondriaca, no les llamé.

Decidida a aliviar las molestas palpitaciones en el ano, me senté sobre el bidet a lavarme. En el chorro de agua se deslizaron hilos de sangre. Alarmada, los miré desaparecer por el desagüe. Seguí elucubrando lo peor; mi recto destrozado por el enorme pene de José Cuauhtémoc, lo que requeriría de una operación reconstructiva embarazosa de explicarle a Claudio. «Amor, estuve tan estreñida que se me reventó el recto.» ¡Ajá! Y él tan bruto que me iba a creer (aunque pensándolo bien, era tan bonachón que resultaba probable).

Me enjaboné bien y me enjuagué con agua fría. *Voilà!* Dio resultado. Las contracciones rectales cesaron y mi ano retornó a su tamaño normal. Creo que nunca me lo había manoseado tanto y me alegré de que su circunferencia volviera a ser semejante a la de un nickel. No quedaría un boquete de arcabuz en mi trasero.

Del minibar de Claudio en nuestra recámara saqué una botella de vino tinto y me serví una copa. Necesitaba cambiar de ánimo antes de que llegaran los niños. Aflojar el cuerpo, restañar las emociones. Puse a Mozart en el iPad y cerré los ojos. No podía sentarme a comer con mis hijos con el alboroto hormonal aún a tope. Dos copas de vino y la música surtieron sus efectos y poco a poco activé mi modo «mamá» y me dispuse a recibir a mi prole.

*El enigma de mi madre se hallaba en esas seis cartas, Ceferino. Cuando las abrí, mi morbo se desbordaba. Después de haberla visto desnuda tantas veces, imaginé descripciones de cogidas apasionadas, líneas rebosantes de lujuria o de sentimientos férvidos. Un chasco. Nada de erotismo o de un amor desbocado. Más bien era un catálogo de lugares comunes derivados de los parlamentos más cursis de las telenovelas. El tipo que se las escribió había sido compañero de mamá en la secundaria. Al parecer, de adolescentes se atraían uno al otro. Nunca rebasaron la etapa de las palabras tímidas y de unas cuantas miraditas. Años después se reencontraron en el pasillo de frutas y verduras de un supermercado. Imagino la cara de mi mamá cuando vio a su* crush *de pubertad sopesando la calidad de las toronjas. Él, ya calvo y medio panzón, porque él mismo así se describía en las cartas, se sorprendió de que ella, tan guapa y con «cuerpo de miedo», le prestara atención. «Te vi a lo lejos», rezaba la carta del tipo, cuyo nombre era Roberto Blanco (¿te suena, papá? ¿Lo conociste?), «y casi me voy de espaldas». Las cartas de Roberto rayaban en una edulcorada nostalgia. Se lamentaba del «tiempo perdido», de los «besos no dados» y el «me encantabas».*

*Mamá debió hacerle caso a ese cuarentón rechoncho y alopécico como un escape al maltrato al cual la sometías. De que se dieron sus besos, se los dieron. No creo que muchos, el nerviosismo de mamá debió paralizarla. Sé que se besaron porque en una de sus cartas Roberto redacta «ese beso tembloroso y fugaz me supo a un pedacito de cielo». Un asco la poesía inflamada de ese pobretón. Nada que ver con el incendio de tu prosa. Esas gotitas edulcoradas con sacarina sentimental debieron ser la dosis idónea para contrarrestar tu machismo a ultranza.*

*Me pregunto si ella conservó intacto su deseo sexual después de las bacanales libidinosas contigo. ¿Desearía ser penetrada por Beto (con ese mote firmaba sus cartas) cuando varias veces al día tú te la tirabas con ahínco? Además, ella, guapa y con cuerpazo, bien pudo ligarse a los tipos que quisiera. Pero fue a meterse con «el más feo de todos», según él mismo se pintaba.*

*Se citaban a horas «muertas» en la sección de artículos de limpieza del supermercado donde pocos consumidores atendían y la posibilidad de ser sorprendidos por vecinos era mínima. Imagino a mamá ansiosa, mirando sin cesar hacia ambos lados del pasillo. Si la hubieras descubierto, fin de la historia, y probablemente de su vida.*

*En Google busqué su nombre. Aparecieron doscientos Roberto Blanco, desde nicaragüenses hasta brasileños. De esos, la mitad eran regordetes y pelones. Para darme idea de cómo era, examiné las fotos de secundaria de mamá. Ahí lo descubrí. Un tipo de cabello castaño, ojos de color indescifrable, un poco cachetón y sin expresión en el rostro. Mamá aparece arriba de él en la foto, risueña. Linda, rubia, delgada. Yo no la recuerdo sonriente. Le arrebataste pedazo a pedazo la alegría. En los retratos familiares aparece seria, mirando a un punto situado entre el obturador de la cámara y la nada.*

*No encontré más cartas ni más referencias a otros hombres. La relación de mamá y Beto, si a ese affaire de supermercado se le puede llamar relación, duró alrededor de un año. Su última carta está escrita de manera incoherente y con un tono de ahogo. Al parecer Roberto se la entregó en el supermercado después de hablar con ella y ya no le escribió más. «Nunca creí que me sucediera algo así. Espero, amor, que entiendas que no puedo quedarme en México. Sobreviene una crisis espantosa. Trataré de cruzar la frontera lo más pronto posible y desde ahí te haré llegar datos donde localizarme. Las cosas no son lo que aparentan. Algún día te las explicaré con calma. Esta vez las estrellas nos traicionaron. Más bien, me traicionaron. Maldita suerte. Tan cerca de estar juntos y me viene a pasar esto. No voy a desaparecer, mi terroncito. Solo necesito tiempo para aclarar las cosas con las autoridades. Sabrás entender, ¿verdad? Te amo.»*

*No hubo más cartas. No llegó el jinete en el caballo blanco a rescatar a mi madre y ella se quedó entrampada con su marido abusivo e hipersexualizado. Ni aun después de enviudar, Roberto Blanco la buscó. Son oscuras las razones por las cuales desapareció. Un fraude, un asesinato. O quizás le aburrió mi madre y se dio cuenta de que no valía la pena tanto circo para robársela. O te temió. Me gustaría saber qué aconteció con él. Ya sabes, para un morboso no hay nada peor que una historia inconclusa.*

El Máquinas azotó el celular contra el piso en cuanto colgó con Manita Corta. Le había ofrecido resajar a JC en un mes y ahora, tardarían dos meses más. «Una promesa es una promesa», le restregó al capo. «La promesa se va a cumplir, eso te lo garantizo, solo que va a tardar un poco más.» Para el Máquinas, no había «poco más». Dos meses eran un chingamadral de eternidad. Uno de los rasgos de la venganza es el sentido de urgencia. Mientras más rápida, mejor. El dicho de «la venganza debe servirse en un plato frío» lo escribió uno con sangre de atole. Se anhela destruir al ofensor porque la sangre hierve. Se puede escuchar su burbujeo. Basta pensar en el agravio para que borboten mil, dos mil, diez mil deseos de matar. Aunque lo prudente era esperar, al Máquinas le picaron las nalgas los gorgojos de la venganza y se lanzó a chilangolandia con el ánimo de colarse en la selva criminal y conseguir un cuervo dentro del Reclusorio Oriente dispuesto a darle cran a JC.

Sin explicarles por qué, el Rólex les puso un estate-quieto al Carnes y al Camotito y les informó que el trabajo se posponía como si se tratara de resanar una pared para lueguito. Los totolates se desilusionaron. El microbito del instinto asesino se les había activado y clamaba sangre. La adrenalina la traían al tope y ya se habían mentalizado para meterle un fierro al rubio. En dos meses las ganas se les enfriarían y ya no sería lo mismo.

Pendejos con iniciativa, decidieron proseguir por su cuenta. Nada ni nadie les bajaría la calentura por matar. Así les había sucedido con las chamaquitas. Una vez que arrancaban era imposible detenerse. Salivaban frente al inmenso poder que les brindaba disponer de su vida. Pocas cosas les prendía tanto como las dulce vocecitas clamando compasión. «Por favor no…, por favor no…» Un efecto más cabrón que veinte mil miligramos de Viagra. La excitación a tope.

Con José Cuauhtémoc el rush trepaba al Himalaya. Les cabrioleaba la pituitaria nomás de imaginar al gigante batido en sangre. Si las niñitas eran Viagra, esto sería cocaína pura sin efectos secundarios. Un golpe arterial de esos que lo dejan a uno eufórico por meses. ¿Cómo carajos querían privarlos de la droga de matar? No jovenazo, debían alimentar al hambriento chancho de la adicción homicida.

Regla uno de los malandros: no confiar en otro malandro. Y a pesar de la palabra de Manita Corta, el Tequila no confió. «Pónganse águilas para detectar a los chivos que contrató el Manita Corta para matar al güero y una vez que sepamos, los inutilizamos» («inutilizar»: elegante vocablo usado para evitar el prosaico «dejarlos como brócolis», esto se traducía en: cerebro floreado, brazos y piernas partidos en cachitos, columna vertebral estrellada y facciones tumefactas de feto de ornitorrinco). Don Julio protegería a JC hasta que se concretaran los tratos con el gobierno y a partir de ahí, lo dejaría a sus expensas. He was rooting for him, pero fuera del rooting, no había mucho más que hacer.

JC estaba consciente de que se había inaugurado la temporada de caza. Su temporada de caza. Sin veda y sin límite de posesión. No sabía si eran dos o veinte los cazadores. Una chinga eso de ser venadeado. También chinga para el venadero. JC estaba dispuesto a llevarse con él al que se lo llevara.

Entre que lo mandaban o no al otro Laredo, se dedicó a lo suyo: a Marina, a escribir y a leer. Leía hasta empacharse. Le bastaban unas cuantas palabras para considerar que un libro valía la pena. La frase «cicatriz rencorosa» de Borges lo dejó turulo por días. Al ver en los pasillos los rostros cruzados por cuchilladas, pensaba en Borges. Cuánto rencor debía esconder cada uno de esos surcos. Cuánto rencor acumulado entre los muros del reclusorio. Una central eléctrica de rencor.

Igual le removían las tripas las líneas de Edmund Duvignac, el malandrísimo poeta francés decimonónico, otrora preso por homicidio. «*La vida, ese difuso vapor, sólida como la roca en una estepa helada, pronta a volver difuso vapor*» o «*águilas picotean los ojos de los ciegos hasta obligarlos a ver*». Frases sin aparente sentido para un hombre libre, un preso las captaba en dos patadas. «*Con lentas cucharadas devoro los minutos transformados en ratas*» o «*el azul de mis ojos es gris, mi piel es gris, mi melena es gris, pero mi sangre se mantiene roja*».

Nada podía darse por sentado. Un nuevo director del recluso-rio podía ver con malos ojos los talleres literarios, o hasta la biblio-teca. Y por mucho que le dijeran que si el presidente esto, que sı el presidente lo otro, el gandalla podía retarlos: «Pues entonces ven-gan ustedes a lidiar con doce mil criminales» y tenga su piñata gato panzón: libros, prohibidos; escribir, prohibido; talleres literarios, prohibidos.

En un batidillo de esos podía embarrarse su relación con Ma-rina. Un funcionario ojete podía suprimir las visitas. Sobraban pre-textos para hacerlo: insurrecciones, planeación de fugas, tentativas de motín. Ya lo habían hecho en ocasiones anteriores. Seis meses de visitas canceladas en lo que «averiguaban» los rumores. Seis meses sin verla y su amor se destrozaría. Por otro lado, ahí estaban los Tamagochi de Marina: hijos, marido, etc. En cualquier momento ella podía sentirse culpable y cortar la relación. O el marido descu-brirlos y amenazarla con divorcio. O también el cornudo podía formarse en la cola de los te-queremos-matar-hijo-de-tu-pinche-madre.

*«Águilas picotean los ojos de los ciegos hasta obligarlos a ver.»* Y él estaba obligado a ver.

Me preguntaba si la forma de afrontar el sexo estaba de alguna manera vinculada a la clase social. Lo que descubrí con José Cuauh-témoc rebasó por completo mi sentido de lo íntimo. Claudio y mis anteriores novios pertenecían a mi nivel social y económico, la mayoría formados en escuelas católicas, al igual que yo. Sí, con ellos hice travesuras, hasta intenté algunas posiciones del Kama Sutra. Pero, con José Cuauhtémoc, la sexualidad adquirió una di-mensión impensable. Una sexualidad atávica, libre, potentísima.

La siguiente visita conyugal podría decirse que se desarrolló con normalidad. Nos besamos, hicimos el amor en tres o cuatro posiciones, y hasta nos dio tiempo de dormir media hora abrazados de cucharita. Nos despertaron los golpes del custodio en la puerta metálica. «Se acabó la visita. Necesitan desalojar en cinco minu-tos.» Somnoliento, José Cuauhtémoc me dio unos besos más y al intentar levantarse lo retuve. «Oye, si consigo que se pueda, ¿el sábado te gustaría pasar la noche conmigo?» Aún faltaban cuatro días para que volviera Claudio de Houston. Era el momento ideal para intentarlo. José Cuauhtémoc sonrió. «Esas cosas no las autorizan aquí», dijo. «Si logro que lo autoricen, ¿quieres?» Me miró con extrañeza. «Claro que quiero», dijo. «Entonces voy a tratar de arreglarlo», le dije. Se despidió con otro beso y cerró la puerta.

Al salir le pedí al guardia que me llevara con Carmona. «¿Tiene cita con él?», preguntó como si se tratara de un funcionario de alto rango. «No, pero quisiera verlo.» Se comunicó por radio con claves que parecían una parodia de Chespirito. Al terminar me informó que «el jefe puede verla en veinte minutos». Le pregunté si podía aguardar en el cuarto. «No patrona. Necesitan limpiarlo porque viene otra tanda de visitas», respondió. «¿Y en cuánto tiempo viene?», pregunté. «Pos en unos cinco minutos. Aguántese aquí y ahorita regreso por usté.» En cuanto partió con los demás ocupantes de los cuartos, llegaron seis reos con enseres de aseo. En parejas limpiaron los cuartuchos. Mientras uno trapeaba el piso, otro pasaba una jerga húmeda por encima de las cobijas. Y yo de ilusa pensando que eran lavadas después de cada cogida.

Los encargados de la limpieza finalizaron su labor y se retiraron. Llegaron cinco mujeres escoltadas por el custodio y fueron distribuidas en sendos cuartos. Más tarde se presentaron sus parejas y luego de unos minutos, empezaron a escucharse gemidos de placer. Uno de quienes habían realizado el aseo regresó y se puso a espiar por entre las rendijas de la puerta de metal de uno de los cuartos y, sin importarle que el custodio y yo lo viéramos, se la sacó y comenzó a masturbarse. Me quedé en shock mientras el custodio reía divertido. Me volteé para no verlo. Me horrorizó pensar que hiciese lo mismo con nosotros, ser el show porno de un pervertido.

Por las respiraciones agitadas del tipo, a quien teníamos apenas a unos metros, supuse que se había venido. De reojo alcancé a mirar cómo al retirarse le entregaba un billete de veinte pesos al custodio, quien, sin el menor empacho, lo guardó dentro de su pantalón. ¿Cuántas veces uno de esos debió mirarme las nalgas mientras cogía con José Cuauhtémoc y todo por míseros veinte pesos? Debía bloquearlo de mi mente, si no nunca más tendría arrestos para volver a la visita conyugal.

El custodio volvió a comunicarse por radio con claves ridículas. «Campanita XX4 Mastodonte 2R», dijo. La respuesta fue igual de absurda. «Da verde a Campanita.» El custodio se volvió hacia mí. «Listo, el jefe la espera.» Me condujo hasta una oficina en la planta baja del bloque VIP de celdas. Más cliché no podía ser la decoración del lugar. Las paredes cubiertas con posters de vedettes desnudas. Entre las fotos de encueradas, se hallaban encabezados de nota roja. «Le comió el corazón a su rival», «Jugaron futbol con su cabeza», «Por coscolina su novio le metió una botella por atrás». El gordo Carmona se hallaba sentado con los pies arriba del escritorio. Los bajó en cuanto me vio entrar. «Doña Marina, pásele», dijo mientras se incorporaba. Me saludó con un apretón de manos. Me sorprendió mirando los recortes de periódicos. «Todas esas cosas feas las hicieron muchachos que ahora están presos aquí», explicó. Se me erizó la piel, no solo por las explícitas fotografías de los pasquines, sino porque Carmona se refería a los asesinos como «muchachos».

Carmona debió notar mi contrariedad, porque de inmediato cambió el tema. «Qué gusto verla por acá. Me imagino que viene a ver lo de la suite.» Le respondí que no, que deseaba saber cuánto me costaría rentar el cuartucho por una noche y si podía quedarme hasta la mañana siguiente con mi «pareja». Cometí uno de los más graves errores que podía cometer en la prisión: mostrar interés en algo y estar dispuesta a pagarlo. «¿Cómo que el cuarto, doña Marina? Eso no está a la altura de su catego», arguyó. «Usted no tiene idea del frío que hace aquí por la noche. No sé para qué se la quiere malpasar si la suite está disponible. Tiene calentador para que no se me congelen y, además, podemos organizarle una bonita cena romántica.» De verdad, Carmona se hallaba en el trabajo equivocado. Desperdiciaba su enorme talento para las ventas. Reiteré mi interés en el cuartucho. Carmona me dirigió una mirada aviesa. Adelantó y se irguió para imponer su enorme figura. «Usted no escucha, jefa. Y eso no está bien, es hasta grosero y, para que aprenda a ser un poquito más humilde, la suite por noche le va a costar diez mil pesos, más siete mil pesos del permiso para su novio, más diez mil de la cena, más cinco mil por el mal rato que me hizo pasar. Si quiere el cuarto, ese le va a costar cincuenta mil, más veinte mil del permiso para el señor Huiztlic.» Me reí. Me parecieron cantidades absurdas y se lo hice saber. «Mire doña», dijo en tono amenazante, «no se haga la tonta que aquí todos sabemos el modelo y el año de la camioneta en que llega a la prisión cuando viene sola. Sabemos su dirección y sabemos lo millonarios que son usted, su amiguito puto y su marido. Dinero no le hace falta y ya sabe el dicho: el que quiere azul celeste, que le cueste». Le dije que no me interesaba y molesta me dispuse a largarme. El gordo suavizó la mirada, dejó atrás su rol de jefe de custodios ojete y volvió a su papel de entusiasta vendedor de seguros. «Mire, para qué nos enojamos. Ninguno de los dos va a salir ganando. ¿Cuánto ofrece por el cuarto y cuánto por el permiso?» La trampa estaba tendida. Si proponía una cifra baja, se haría el ofendido y, para darme una lección de humildad, me denegaría futuras visitas conyugales. Si era una cifra alta, abría la puerta para abusos posteriores. ¿Por qué carajo no me podía conformar con el tiempo restringido de las visitas conyugales? ¿De dónde me había surgido el estúpido romanticismo de pasar la noche con José Cuauhtémoc?

Mentalmente hice cuentas de cuánto costaría una noche en el Westin real y calculé que andaría por doscientos cincuenta dólares en Expedia, al tipo de cambio de 18.50, resultaban en cuatro mil seiscientos veinticinco. Después de ver que el depravado le untó un billete de veinte al custodio para fisgonear las parejas por cinco minutos, hice una reconversión de cuánto costaría una hora y concluí que doscientos cuarenta pesos. Si pasaba seis horas con José Cuauhtémoc, arrojaba mil cuatrocientos cuarenta pesos. Mi oferta, dos mil pesos por el cuarto, mil pesos por el permiso. El gordo rio burlón. «En serio, señito, ¿eso ofrece?, ¿quiere romance o no quiere romance?» No había duda de por qué Breton había dicho que México era el país más surrealista. «Mejor dígame usted cuánto quiere.» El gordo me miró con condescendencia. «Patrona, le estoy poniendo la mesa para que usted se sienta a todo dar y ofrezca lo que crea justo, nomás no ofenda.» ¡Carajo! ¿Por qué en la Ciudad de México las cosas se tienen que decir tan soslayadas y no de frente? «No creo que lo que le ofrecí ofenda.» Carmona negó con la cabeza. «Señora, ¿por qué ustedes nunca aprenden?» La brutal dicotomía de este país en una sola frase. Sin buscarlo, el gordo me estaba dando una lección sobre mi cortedad de miras, sobre mi arrogancia, sobre mi condición de extranjera en mi propia tierra.

Debía retraerme a mis territorios, darle las gracias por el doctorado en pueblo y desandar mis pasos hasta llegar a la puerta de la prisión y salir para nunca volver. «Aprenderé si me enseña», le respondí. «Dígame cuánto quiere.» Carmona se rascó la cabeza, como si con las uñas pudiese desenterrar una cantidad razonable para «ellos». «Mire, mi estimada. Le voy a hacer una oferta que no va a poder rechazar. Rénteme la suite por seis meses. Pague por adelantado y yo me encargo de que su novio tenga permiso para pasar la noche con usted cuando quieran. Además, por mi cuenta corren seis cenas románticas y como cortesía, le alargamos las visitas conyugales diurnas de una hora a una hora cuarenta y cinco minutos y le garantizamos el acceso por una puerta privada, sin el rollo de las revisiones y esas tonterías, ¿cómo ve?» Solo faltaba que una voz en off dijera: «Y si llama en la próxima hora le agregamos a nuestra extraordinaria oferta un paquete de juguetes sexuales, incluido un termovibrador recargable y un juego de colchas con figuritas de Disney». Carmona estaba más que pintado para trabajar de merolico en programas promocionales de televisión por cable.

Medité su oferta. Quizás sí, aceptar me haría verme a mí misma como una puta, me daría asco y me reprocharía a diario mi decisión, aunque, a decir verdad, me facilitaba las cosas o al menos, así lo creía. «¿Cuánto pide?», le pregunté. «Le había dicho que dieciocho mil mensuales, ¿recuerda? Pues, por seis meses, se la dejo en noventa mil.» Acepté. Noventa mil pesos me garantizaban tranquilidad y un sitio más privado. Imaginé que vedado a voyeurs, aunque, lo había aprendido ya, en la prisión nunca podía saberse.

Acordamos en que usaría la suite a partir del sábado y en que le llevaría los noventa mil pesos el viernes. Sellamos el pacto con un apretón de manos y me pidió que le apuntara las placas de mi carro «para que pueda entrar al estacionamiento de empleados». Le pregunté qué pasaría si lo removían de su cargo. «Pues son los riesgos que uno toma, seño. Pero, no se preocupe, que aquí ya soy parte del mobiliario.» Ya no le di más vueltas y me despedí. Un custodio me acompañó hacia la salida. Cuando me disponía a tomar el camino hacia la puerta principal, me señaló otra ruta. «Por ahí no, le voy a enseñar por dónde va a entrar de ahora en adelante.» Me guio hacia la salida que daba hacia las calles lindantes con la puerta trasera de la prisión. Los celadores me saludaron con amabilidad y cuando estaba por preguntarle por mis objetos personales, uno de ellos abrió una gaveta y en una bolsa de plástico me los entregó. Ahí venían mi celular, las llaves de mi auto, mi cartera y hasta el reloj que me habían birlado antes. Carmona se había movido rápido. No solo era un gran vendedor, sino también poseía eficiencia gerencial.

Recordé uno de los tantos dichos de mi abuela: «Con dinero baila el perro». Y sí, en este país, toda una jauría estaba dispuesta a bailar.


*«Lobos rondan tu cama en espera de que sueñes con ovejas»*, escribió Duvignac. Solo a un bato que ha dormido en una celda se le podía ocurrir una línea con ese punch, porque así mero se sentía JC. En cualquier momento su sueño de amor sería devorado. En la cárcel solo debían soñarse lobos. Los sueños dulces y esperanzadores eran corderitos prestos a ser descuartizados.

JC sabía que matojos de presos lo envidiaban. La güerita estaba más que apetecible. Cuerpos semejantes al de ella no existían ni en la cárcel, ni tampoco fuera de ella. Ni las morras de las revistas estaban tan deleitosas. No solo había lobos queriendo asesinarlo, había manadas deseando moncharse a la linda burguesa.

Debía cuidarse de madame Paranoia. Imaginar potenciales asesinos o violadores en cada chango lo llevaría en picada a la locura. Una vez cruzada la frontera del delirio de persecución, entraría en un frenesí maníaco y a todos les vería cara de chamuco. Había conocido compas paranoicos. Se encerraban en sus celdas, no comían por temor a que los envenenaran, no se bañaban por el puto miedo de que se los atoraran en las regaderas. Hombres con mirada de animal disecado, flaquicientos, apestosos: cagarrutas andantes. Cualquier ruido los ponía heavy metal. Engarruñados de suspicacia, morían telecos mentando madres contra enemigos mortales que jamás llegaron.

Él no se perdería en los lodazales de la paranoia. La aparición de Marina en su vida era una anormalidad casi extraterrestre. Una posibilidad entre millones y no iba a desperdiciar ese amor de película en manías ratoniles. No sir. No delirios, no obsesiones, no ansiedad. Disfrutar, gozar, amar. Eso: amar y luego amar y después: amar.

But, una cosa era no caer en la paranoia y otra muy distinta ser capaz de detener el fast track de su asesinato. No sir. La intención de atornillárselo no iba a desaparecer por un zakaboom a voluntad. La maquinaria de su muerte estaba en marcha y solo faltaba el momento en que lo tajaran. El Otelo del desierto había bajado hasta los cubiles del crimen chilango en busca de esbirros. Cargaba tremenda billetiza para destinarla al único viaje que lo haría feliz: el sin escalas a Puerto Venganza. No gastaría su dinero en otra cosa. No tendría hijos, no compraría propiedades y ni en foking drogas amaría a otra morra para que de nuevo aventara su corazón a un charco de agua puerca.

A lo serpiente se escurrió por callejones, tiraderos de basura, deshuesaderos, barrancas, para contactar a las bandas más aguerridas. A la Comunidad de Tepito; a los Pitufos de la Unidad Vicente Guerrero; a los Lakras de la Rojo Gómez; a los Viborones de Chimalhuacán; a los Aztecas de Neza; a los Calaveras de las cuevas de Santa Fe; a los Bergas de la Candelaria; los Rokos de San Andrés Tetepilco, los Kalibres de La Araña y hasta la banda de las Kastras del Pedregal de Santo Domingo, formada por puras morras (si los batos violaban a las chavas, ellas castraban a los batos). La zoología completa de los bajos fondos.

Su presencia en las madrigueras levantó suspicacias. Lo encañonaron, lo amenazaron. Se mantuvo sereno el moreno. Matarlo sería matar a la gallina de los huevos de oro. Por robarle dos mil bolas se perdían la oportunidad de ganar veinte mil. Los bichos lo escucharon. Su oferta: «Consigan quien dentro del reclusorio mate a ese hijo de la chingada y yo pongo en sus mismísimas manitas la lana prometida». Algunos no le creyeron. Debía ser un federal encubierto. ¿Y si no era? ¿Se iban a perder la chanza de ganarse un buen varo? Nel, nones, Noruega: NO.

Las redes subterráneas se activaron: necesitamos un mae dentro del Oriente para una chamba. Surgieron nombres de malosos que estaban ahí metidos presos: el Caníbal (no es necesario explicar el porqué del apodo), el Meticuloso (llamado así por su gusto por metérsela a otros por el culo), el Rabia (carácter de perro rabioso), el Chiquis (dos metros de estatura), el Bombón (oscuro por fuera, suavecito por dentro), el Ken (guapón, igualito al de la Barbie), el Ampollas (porque le salió una de tanto jalar el gatillo de su R-15 después de una balacera de horas contra los milicos) y el Puerco Espín (por erizo).

Como si fuera un dedicado gerente de recursos humanos, el Máquinas pidió referencias. No iba a soltar el billete nomás porque se los recomendaban. Quería asegurarse de que cumplieran a machete el encargo. No aceptó a menores de treinta años. Esos se aceleraban gacho. Tampoco los obesos, ni los que medían menos de uno setenta y cinco. José Cuauhtémoc podía recetárselos con una mano amarrada. Debían contar con experiencia homicida para que no les temblara el pulso. Depuró la lista y la limitó a cuatro: el Caníbal, el Rabia, el Chiquis y el Ampolla. Cada uno perteneciente a una banda distinta. Para el Máquinas no había nada más ineficiente que sicarios en tándem, inclinados a pelearse por la paga y la repartición del crédito. Sí, el crédito. Oiga usted, los malandros también tienen su corazoncito y la sobada al ego es sabrosa.

Cuatro asesinos contratados, cada uno sin saber del otro, le pareció la mar de efectivo al Máquinas para darle en la móder al güero. Como en un realiti chou, el primero que cumpliera con el objetivo trazado se llevaría el premio mayor. El tintineo de veinte mil pesos debía inyectarles motivación y la presión de que otro se les adelantara los motivaría a picar al rubio cuanto antes.

Para que vieran que era cosa seria, el Máquinas adelantó mil morlacos a cada uno de los casteados y los entregó a los cabecillas de sus bandas. Prometieron cumplir. Cuarenta billetes con la cara de Diego Rivera al término de la chamba no los despreciaba nadie. Además, el acento norteño y la facilidad con la que salpicaba efectivo indicaban que el valedor debía ser un narco pesado. Solo un cabrón bien cabrón tenía los tanates para irse a meter adonde se metió: andadores, escalinatas que descendían hacia ciudades perdidas, vecindades preñadas de facinerosos, chozas a las orillas de los canales de aguas negras. Solo un cabrón bien cabrón se atrevía a llevar cash sin más activo que dos escuadras 9 mm y un buen de labia. En los barrios, a quienes se metían así, a la brava, los malandros o se hacían a un lado para dejarlos pasar o los mataban por andar pendejeando donde no debían. Al Máquinas le abrieron paso. Los lidercillos sabían reconocer a un padrino con huevototes.

357

Por su falta de cancha en las trochas chilangas, el Máquinas cometió un error de novato. Creyó que en una metrópoli de veintitrés millones de habitantes pasaría inadvertido. Pues no mi jovenazo. Un hombre que va de aquí para allá con un bonche de efectivo y que a billetazos cree que puede aliviar su furia de cornudo se convierte de inmediato en un anuncio luminoso. La vasta red de vasos comunicantes establecida por el cartel de los Aquellos lo detectó de inmediato. Los bosses pusieron en alerta a las corporaciones policiacas a su servicio. Exigieron investigar quién era y qué quería.

Con ingenuidad, el Máquinas contrató un celular en plan amigo y les dio su número a los jefecillos de las bandas para que le avisaran cuando hubiesen enfriado al rubio. Debió ser a la inversa. Era él quien debió pedírselos y decidir cuándo, cómo y a quién llamar. Ahora bastaba un poco de tecnología para cuadrangular sus coordenadas y localizarlo. La Policía o el cartel mismo podían encontrarlo, darle baje a su caudal de efectivo, ordeñarlo o, por qué no, matarlo de una vez.

Al Máquinas le valía madres si lo asesinaban, si le robaban, si lo descuartizaban vivo, nada superaría el dolor de que su mejor amigo se había cogido a su amada fatilicious. Ni muerto lo detendrían. Arreglaría el tinglado para que aun desde el panteón cumplieran con el objetivo de asesinar a su gran enemigo. Los celos mandaban y seguirían mandando.

*Ceferino, ¿te das cuenta de la ironía? Vamos, acéptalo, es hasta divertido: mi madre se buscó un amante que se apellidaba Blanco. Tu némesis racial: blanco, blanco, blanco. Mr. Brown reemplazado por Mr. White. No deja de ser chistoso, ¿no crees? Pobre de mamá. Ella tan decidida y su enamorado tan correlón. Don Blanquito se esfumó. Arrivederci futuro, hasta la vista esperanza. Mamá se quedó en casita, atada a ti y a nosotros. Dolida. Crucificada. Imagino cuán idiota debió sentirse. Yo creo que por eso mi hermana salió tan puta, perdón, tan casquivana. Mi madre debió impregnarla de su frustración y Citlalli decidió no seguir su ruta de mujer pasiva y abusada. ¿Le habría contado mamá su secreto? «Hijita, estuve tentada a abandonar a tu padre, pero a la mera hora el galán se me rajó.»*

¡Ay, mi madre! Tan hermosa, tan pendeja, tan poca cosa. Tú, un ciclón categoría cinco. Ella, una diminuta isla en el Caribe. La arrasaste, papá. La quebraste. Ella en su fantasía con un tipo huidizo y tú el muro de viento huracanado contra el que se estrelló. Roberto Blanco se convirtió en la última paletada sobre su tumba en vida.

Me pregunto qué cruzó por la mente de mi madre al envejecer. En qué momento perdió a quien pudo ser y nunca fue. Imagino que ninguna mujer se forja ilusiones al casarse con un hombre como tú. Su príncipe azteca no le entregó un castillo ni fueron felices para siempre. Al contrario, fue directo a la pirámide de los sacrificios. Sus tres hijos resultaron un desastre. ¿Qué sentiría de ser la madre de un asesino, de una alcohólica promiscua y de un discapacitado emocional? De los tres, yo era su favorito. Porque la cuidé, porque la protegí, porque le brindé una vida alejada de penurias económicas. Me costó poco mantenerla. Se alimentaba apenas con puñados de comida. Una pieza de pan dulce y café en el desayuno y la cena y un caldo de pollo con vegetales y una gelatina a mediodía.

También vi por mi hermana. Aunque su marido tolerara sus infidelidades, sus borracheras y su negligente estilo de criar a sus hijas, era imposible saber hasta cuándo la aguantaría. Si la botaba, Citlalli, a pesar de su brillantez y preparación, estaba tan encadenada al alcohol y al sexo que no veía manera de que saliera avante. Sin marido quedaría a la deriva. Habré sido un eunuco emocional, pero eso no me impidió ser generoso. Abrí un fideicomiso para mamá, para ella y para mis sobrinas. Ellas quedaron a salvo de por vida.

Igual vi por tus padres y tus hermanos. No les envié dinero para no ofenderlos, sin embargo les hice favores sin que lo supieran. Ellos pensaron que por un programa estatal les instalaron un papalote para extraer agua. Creyeron que la atención veterinaria a sus vacas y cabras derivó de apoyos de la Secretaría de Agricultura y que el tendido eléctrico provino de la CFE. Yo lo pagué. Mi satisfacción secreta es que hoy los tuyos viven mucho mejor.

Puedo decir que te comprendo. Tus motivaciones me parecían prístinas. Las de mi madre, un misterio. Puede alegarse que se consagró a sus hijos. Una madre abnegada y buena. Pero, ¿qué había bajo su carapacho? Mi madre perdió su belleza. Se tornó en una anciana macilenta y arrugada, sin más refugio que una iglesia y rezos a un dios inexistente, al dios que deplorabas, al dios victimario disfrazado

359

*de víctima. Mamá suplicaba a un ser que jamás la iba a escuchar.*
*Aun si existiese dios, ¿por qué debería escuchar a una mujer acobar-*
*dada? ¿Atendería Dios a los blandengues, a los atormentados, a los*
*inútiles?*

*De mi madre quedó un saco de carne y huesos. No hacía más que*
*apoltronarse a mirar la televisión. Exigía a la servidumbre, bastante*
*numerosa y proveniente de tu familia extendida, que le prepararan la*
*comida, barrieran, sacudieran, plancharan. Salía de casa solo a misa*
*y muy esporádicamente al supermercado. Debió perder la esperanza de*
*tropezarse con Roberto Blanco y casi siempre mandaba a uno de los*
*choferes a efectuar la compra.*

*Vegetó en su mecedora aplastada por la mole de la depresión. La*
*animaba a acompañarme a cenar, a tomar el sol, a ir con las niñas a*
*los juegos mecánicos. Rara vez aceptó. Al enfermarse se rehusaba a tras-*
*ladarse al consultorio de los doctores. Requerí desembolsar miles de*
*pesos para que los mejores especialistas abandonaran sus lucrativas con-*
*sultas para viajar hasta la casa a verla. Intenté consentirla, Ceferino.*
*Compensar tus años de maltratos y abandono. Lo menos que pude*
*hacer por ella. Lo menos.*

Organicé un convivio en Danzamantes para el sábado y así justificar mi arribo a casa de madrugada. Cité a la compañía a las siete de
la noche con la idea de escaparme al reclusorio a las diez. Pensé en
pedirle a Pedro uno de sus choferes, pero decidí irme sola. No debía dejar cabos sueltos y que el chofer se enterara de mi hora de
entrada y mi hora de salida. Ciscada por las extorsiones carcelarias,
decidí no confiar en nadie. Descarté también Uber, ¿para qué dejar
un rastro más?

Acordé con José Cuauhtémoc no visitarlo el viernes en la visita
conyugal para dedicarme a concretar los detalles de nuestro encuentro del día siguiente. Cuando le conté que rentaría una suite
se mostró incrédulo. «Creí que era una leyenda urbana», dijo, emocionado de por fin pasar una noche juntos.

Para ir a pagarle a Carmona, ingresé al reclusorio por el acceso
VIP. Tal y como lo había prometido el gordo, mi entrada fue expedita y sin contratiempos. Un custodio me condujo a la oficina

de Carmona. En cuanto me saludó le extendí siete cheques girados al portador desde la cuenta de Danzamantes y con distintas cantidades que sumaban los noventa mil pesos. Carmona sonrió al recibirlos. «Pensé que se iba a rajar jefecita y mírela, salió cumplidora.» Le pedí que los cheques los cobraran diferentes personas en diferentes sucursales para evitar sospechas. El gordo rio de buena gana. «No se preocupe patrona, ya nos sabemos el numerito.» Confirmó el permiso para José Cuauhtémoc y me avisó que desde las ocho me esperaría en la habitación. «Y para que no se ponga nerviosa viniendo hasta acá de noche, le voy a mandar dos de mis custodios adonde usted me indique para que la cuiden.» Pidió una simbólica compensación de tres mil pesos para cada uno de «los muchachos» (al parecer, todos en la cárcel eran «muchachos»). ¿Con cuántas mujeres de mi condición social debió negociar antes el cabrón de Carmona para anticipar mis miedos y vacilaciones? «Debería estar incluido en el precio ¿no cree?», le reclamé. El gordo negó con la cabeza. «Los muchachos tienen sus necesidades económicas, patrona. Van a ir armados, bien pendientes de que no le pase nada. ¿O su vida no vale seis mil pesos?» Maldito hijo de su madre, era el mejor vendedor sobre el planeta, un vástago putativo de Og Mandino y Stephen Covey. Debería impartir clases en el MBA de Stanford. Acepté su propuesta. Bien valía la pena pagar los seis mil.

Carmona me entregó una tarjeta con su número de celular: «Voy a estar atento para que todo salga a pedir de boca. Basta una llamadita suya para que yo ponga a su servicio a esta bola de móndrigos». Debía aceptar que me agradaba. Sufría debilidad por las personas profesionales y él me parecía una. Me disponía a partir y me detuvo. «Doña Marina, no me ha dicho qué quieren de cenar.» Había olvidado la «cena romántica». «Lo que sea está bien», le respondí. «Entonces le daremos una sorpresa. Le pediré al chef que le prepare algo especial.» Luego me enteraría que se trataba de un chef top: José María Lagunes, famoso chef gallego, dueño de Casa Coruña, encarcelado por narcotráfico. El muy idiota había usado su exitosísimo restaurante como pantalla para la venta de heroína y cocaína. Le habían endilgado veinte años de prisión. Para agenciarse un dinero extra, Lagunes cocinaba para los millonarios encerrados en el penal. Carmona intentó pegarme un último sablazo.

«Doñita, la cena incluye un vinito, pero es medio pinchón. Por dos mil pesitos más le mando uno francés, bien chido, ¿qué dice?» Le agradecí la oferta, pero me conformaba con el vinito jodido. Carmona no insistió, ya bastante me había exprimido.

Al salir me dirigí a Danzamantes a organizar el convivio del sábado. Había convencido al grupo de que era necesario orear nuestras diferencias entre copas de vino y caballitos de tequila y así fortalecer nuestra unión. Laura y Rebeca me ayudaron entusiasmadas sin idea de que se trataba de una vulgar tapadera para mi escapada romántica. Alberto, viejo zorro, no se tragó el cuento. «Me parece muy raro el numerito que estás armando», me dijo. Por segunda vez en el día escuchaba la palabra «numerito». Algo en el universo debía conjurar o a favor o en contra mía. «Alberto, por favor, ¿qué puede haber detrás de mis intenciones?», le repliqué con mi pésima calidad actoral. «No lo sé, pero seguro pronto se va a saber.» Si Carmona era el non plus ultra de las ventas, Alberto debía serlo de la psicología de la mujer infiel. No me explicaba cómo podía develar mis secretos con solo escuchar una frase. Debía agradecer que Claudio no poseyera la sensibilidad paranormal de Alberto.

De Danzamantes me dirigí a casa. En el camino, le llamé a Claudio. Se escuchaba eufórico. Standard & Poor's había elevado el rating de México esa misma mañana, razón por la cual los financieros que había ido a ver a Houston estaban dispuestos a doblar la cantidad a invertir en el fondo que manejaba. Obtendría grandes dividendos y aún mayor reconocimiento en el medio financiero. Otro extraordinario logro de mi marido. En sus palabras, se estaba convirtiendo en un *international player* y había sido contactado por varias casas de bolsa de Wall Street. «Si se concreta, el año que entra podríamos irnos a vivir a Nueva York, ¿cómo ves?» Me quedé helada. Tartamudeé al responder. «No puedo dejar Danzamantes», le respondí. Él rio. «Se lo encargas a Alberto o abres Dancelovers en Nueva York.» En otro momento, la posibilidad de irnos me habría sonado fabulosa. Nueva York me fascinaba. Presenciar las mejores compañías de danza contemporánea del mundo, asistir a los innumerables museos, charlar con los más renombrados artistas, críticos, editores, escritores me hacía salivar, pero, romper con José Cuauhtémoc, en definitiva, no lo contemplaba. No, no y no. «Prepara las maletas pronto», dijo de buen humor y colgamos. Me quedé con un extraño sabor de boca. Por supuesto, me alegraba su crecimiento profesional, pero no a costa de sacrificar mi relación con José Cuauhtémoc.

Exhausta llegué a casa y me encaminé a darme una ducha. Mientras me desvestía, descubrí con horror que mis calzones estaban manchados de sangre. Carajo, me estaba empezando la regla. Según mis cuentas, debía bajarme hasta el miércoles. Los dioses conspiraban en mi contra. Mi menstruación tendía a ser aparatosa. Literal, una regadera. No había Kotex ni tampón que lograra contener el aluvión sanguinolento. Una paradoja. Había conocido a José Cuauhtémoc presentando *El Nacimiento de los muertos* y ahora el sangrado me echaría a perder la romántica noche que con tanto ahínco había preparado. Ni modo. No podríamos hacer el amor. Cenaríamos, platicaríamos, luego nos desnudaríamos, nos besaríamos y nos abrazaríamos para dormir juntos. Nos levantaríamos temprano para que él llegara a tiempo a su pase de lista y yo me escurriera furtiva de regreso a mi hogar antes de que los niños y las nanas despertaran.

Un viejo dicho mexicano reza: «Si quieres hacer reír a Dios, cuéntale tus planes». La calle enseña que no es Dios quien se ríe, sino el Diablo. El Máquinas diseñó su plan y le metió centaviza para cincharlo. Si los cuatro verdugos contratados no mataban a JC, en dos meses lo enfriarían los batos del Manita Corta. La estrategia perfecta. No contó con las labores de contrainteligencia del cartel de los Aquellos y su extensa colmena de chivatos.

Los Aquellos se habían convertido en los mandamases por alambicados pactos con el gobierno. Los bosses prometieron pacificar los territorios que regían a cambio de que lo dejaran elaborar, distribuir y vender farmacia de todos los colores y sabores y sin límite de tiempo, más la administración de las cocinas de cada uno de los reclusorios en las zonas que dominaban, incluidos, no faltaba más, los de Mexicalpan de las Garnachas, oséase: Mexico City. Se comprometieron a no pedir derecho de piso a empresarios, comerciantes y agricultores, ni entrarle a negocios paralelos al narcotráfico: no burdeles, no contrabando, no trata de blancas, no jaripeo de migrantes, no huachicoleo, no secuestros. Las altas autoridades sabían que para que el país rechinara de limpieza, los Aquellos debían lavarlo con sangre. Habría muertitos, miles, pura escoria, pero sus cadáveres no aparecerían en las avenidas ni sus cabezas serían arrojadas en fiestas de quince años. Con discreción los disolverían en ácido y nada por aquí, nada por allá.

No importaba si la prensa evidenciaba los cochambrosos acuerdos entre criminales y gobierno. El país clamaba por paz y paz se le daría. Convenía más tratar con narcos sosegados y profesionales, que con macacos furibundos e indomables. La única condición: demostrar control férreo en las plazas y en los reclusorios que dominaban. Cualquier viso de que las cosas se les salían del huacal, se anulaban las alianzas y se volvía al punto cero.

A don Julio le pasaron el pitazo de que un norteño faramalloso desparramaba billuyos a quien estuviera dispuesto a reajustar a José Cuauhtémoc Huiztlic y que para ello había contratado a un póquer de asesinos. El Tequila se preguntó qué carajos había hecho el rubio para que se lo quisieran echar con tantas ganas. A) se robó un cargamento de coca; B) se agandalló lana ajena; C) mató a un compa muy querido; D) se metió con la galana de otro; E) notorias diferencias de opinión; F) traicionó a los suyos; G) nomás querer matarlo por roñoso. Se inclinó por las opciones A, B y D. Solo broncas de droga, de dinero y de rorras podían causar tal tonelaje de ojetiza.

Don Julio no permitiría tongos en el reclusorio hasta que se concluyeran los tratos para obtener las concesiones de las cocinas de los CERESOS y vía libre para transportar merca rumbo al país de Rico Mac Pato. Una vez amarrados los acuerdos, abriría las llaves para que se liberara el gas de los odios, de las rencillas acumuladas y de demás alimañas emocionales prohijadas por la tregua. Reo que le quisiera dar en la madre a otro reo, no problem. Tundas masivas, no problem. Hasta orgías si querían. No problem. ¿Querían tapizar al rubio? No problem. Les daría quince días para que se hicieran sus desmadres y una vez pasado el carnaval, se retornaría a la pax romana y quien la vulnerara pagaría con la cancelación de su hospedaje en esta Tierra.

Tan eficaz era la red de radio bemba estructurada por el cartel, que el Tequila supo en dos patadas las identidades de los sicarios alquilados para matar a José Cuauhtémoc: el Caníbal, el Rabia, el Chiquis y el Ampolla. Variadito el comando. Batos feos de a madre. «Con esa cara quién no se renta de matón», chisteó el capo cuando le mostraron las fotos. Nadie sabía el nombre del norteño que los había contratado, pero la descripción dada por los jefecillos de las bandas ayudó a que un dibujante forense realizara su retrato hablado. Don Julio lo miró y no reconoció al viejo como un narco jevigüeit, ni como un gallón de la política. Máximo debía ser un peso welter. Uno de esos mandos medianones que de pronto les da vuelta la fortuna y terminan arriba sin ni siquiera intentarlo. De que el bato era billetudo, lo era. De que era bragado, lo era. «Ese man es tenaz.»

Los bosses le pidieron a don Julio darle caja al asunto. Tanto pinche sistema de espionaje para que no supieran quién era el chaca. «A estas alturas Julio, ya era para que ese cabrón estuviera flotando en el canal de aguas negras con un palo encajado en el culo.» Y mientras lo hallaban, a quienes les encajaron un palo en el culo fue a los cuatro sicarios. Los pitbulls del Tequila les bajaron los pantalones y en su delicado floripondio les insertaron una dosis masiva de macana. «Tú tocas al JC y a la próxima te metemos una combi, hijo de la chingada.» Los cuatro acabaron en la enfermería de la prisión y requirieron cirugía reconstructiva en la coliflor. El complot estaba semidesarticulado.

En otro momento, el desflorecimiento del tunelito de los cuatro habría provocado un baño de sangre. Maltratar a un miembro de una banda brava era imperdonable y los cabecillas clamarían ojo-por-ojo-y-mato-a-tu-chava-y-te-aviento-su-cabeza-en-la-puerta-de-tu-casa-por-haberte-pasado-de-tueste-con-uno-de-los-nuestros. Los jefecitos se refrenaron cuando supieron de quién había venido la orden. El boss de bosses encabezaba un cartel muy superior en pertrechos de guerra, hombres e infraestructura. Darle en la madre a uno solo de los Aquellos significaría el exterminio total de cualquier banda en menos de veinticuatro horas. El boss de bosses era un caimán tranquilo y negociador. En plan guerra era don cabrón. Sus replicantes entrarían en escuadrones a los barrios a sacarlos de sus casas para matarlos con la familia entera. Y cuando se decía entera, era entera. Desde la abuelita a los bebés, pasando por el perro y los canarios. Además lo harían con la absoluta venia de las autoridades. Pa qué menearle al chocolate. ¿Se chingaron a los nuestros? Pues ni modo, estaba de Dios.

El Tequila mandó llamar a JC. De verdad que le estaba agarrando cariño. «Cabrón, ¿qué hiciste que tantos te quieren matar?» JC no tenía ni idea, pero sobraban quiénes: o la familia del Galicia o los compinches del Patotas o uno de los presos que se madreó o el esposo de la morra. Hasta llegó a pensar que su hermano quería chingárselo. La lista era infinitesimal.

Don Julio lo llevó a ver a los cuatro sicarios desvirgados. JC no conocía a ninguno de ellos. «Grábate su cara porque les prometieron una buena lana por rajarte el nenepil.» JC memorizó sus nombres y sus jetas. «Si te veo a menos de cincuenta metros de mí», le dijo a cada uno, «te juro que te arranco los ojos y me los moncho con sal». Con la calma con que se los dijo, por el modo en que los miró, a los cuatro les quedó claro que sí, que por supuesto que sería capaz de comérselos vivos y escupir sus huesitos. Hasta el Caníbal, afamado por devorar los senos de las mujeres que asesinaba, sintió arañas recorrerle la espalda.

Don Julio le advirtió que aún andaban por ahí otros ojetes contratados para darle matarile, que no sabían quiénes, solo que Manita Corta los había contratado. «El don nos aceptó una veda de dos meses en lo que planchamos unos negocios gordos. En esos dos meses nadie te va a poder chingar. Pasados esos dos meses, ya no vamos a cuidarte, a menos que le entres a trabajar con nosotros.» JC le agradeció tanto la protección como la chamba, pero prefería seguirle por su cuenta y riesgo. «Bueno, carnal. Pues es tu decisión. Si cambias de parecer, nomás me avisas.»

De su escritorio, el Tequila tomó la hoja con el retrato hablado y se la pasó a José Cuauhtémoc. «Este es el güey que te mandó matar. ¿Lo conoces?» En menos de un segundo JC armó el rompecabezas, desde la culerísima muerte de Esmeralda hasta el montón de sicarios contratados para asesinarlo. «Sí, sí lo conozco», respondió. «¿Quién es el bato?», inquirió don Julio. JC se la pensó unos segundos antes de soltar el nombre. «Es una bronca entre él y yo», respondió. «Era entre ustedes dos, ahora también es de nosotros», reviró el Tequila. Mejor soltar el nombre y no darle más vueltas. «Se llama Jesús Ponciano Robles de la Fuente y le dicen el Máquinas, era gente de don Joaquín.» El Tequila puso cara de

juatdafokariutokinabaut. «¿Y era conocido tuyo?» José Cuauhtémoc asintió. «Sí, era mi mejor amigo.» Al Tequila ya no le quedó
duda: el güero se había cogido a su vieja. Solo eso podía explicar
tanto pinche y recabrón encono. «Despreocúpate, los vamos a cuidar a ti y a tu morra.»

*A mamá el universo indígena le era incomprensible. No captaba las
peculiaridades propias de tu cultura. Ni el humor cáustico, ni el modo
de priorizar las cosas, ni el mutismo selectivo. Cuando éramos niños y
deseábamos que ella no se enterara de lo que decíamos, hablábamos en
náhuatl. Ella se molestaba. «¿Qué me quieren ocultar?» Sonreíamos.
En realidad, nada de interés. Mamá jamás logró interpretarte y, por
tanto, a nosotros tampoco.*

    *Nunca empleaste el náhuatl para regañarnos. Quizás deseabas ser
noble con tu lengua o acaso encerraba demasiado del mundo en el que
te criaste y no deseabas ensuciarlo. En cambio con el castellano vaya
que nos atizabas. Extraías de tu barroco arsenal de arcaísmos palabras
hirientes cuyo significado ignorábamos: badulaque, jorro, majareta,
pánfilo, sandio, lerdo, caraculo, cenutrio. Explícame por qué un hombre que a menudo se pronunciaba contra la colonización usaba con
tan profusa habilidad el idioma de los vencedores para humillar a los
demás.*

    *Ya no te tocó atestiguarlo, Ceferino, pero miles de jóvenes que ha-
bitaban en la sierra de Puebla emigraron ilegalmente a Estados Unidos. La mayoría eligió Nueva York al grado que la llamaban Puebla-
York. Quien volara en avión a la Gran Manzana se toparía con una
veintena de paisanos tuyos, sobre todo en clase business. Transportaban
productos autóctonos: mole, queso, nopales y además correo, ropa, regalos, todo por completo legal. Declaraban a la aduana americana
cada producto y pagaban los impuestos correspondientes. Me lo explicó
una mujer vestida a la usanza tradicional mientras yo volaba a un
congreso en Manhattan. Estos mercantes realizaban hasta cuatro viajes
a la semana. Poseían las tarjetas de viajero frecuente de categoría más
alta, razón por la cual obtenían upgrades con facilidad. Eran el puente
entre los migrantes y sus familias. De regreso a México llevaban regalos,
comida, dinero, también declarados ante las autoridades mexicanas.*

*Como era de esperarse, la intensa combinación de olores a comida y aroma a sudor campesino importunaba a varios pasajeros que volaban en primera. Ya sabes, el racismo y el clasismo empieza por el olfato. Los pasajeros fifís se quejaban con las azafatas: «Señorita, pagué dos mil dólares para viajar con comodidad y no para soportar esta pestilencia». Las pobres sobrecargos trataban de torear al trajeado ejecutivo. «Lo siento, pero ellos también pagaron su boleto.» «Sí señorita, pero deberían ser más cuidadosos a quien se lo venden.» Y así la interminable perorata de los quejosos. Amenazaban con cambiar de aerolínea. Inútil. Todas las aerolíneas que volaban a Nueva York transportaban ese tianguis ambulante de tintes casi prehispánicos. A mí no me disgustaba la parafernalia de bultos y tufos, al contrario, me remitía a los felices días en casa de mis abuelos, a los quesos frescos que elaboraban mis tías con leche de cabra, a los aromas de su cocina, al olor a arado y a corrales.*

*Cuando me enteré que la mujer en el asiento contiguo provenía de un villorrio cercano al tuyo, le hablé en náhuatl. Ella sonrió y me contestó en español. «¡Ay patrón! Quién iba imaginar que usté habla nuestra lengua.» El «¡Ay patrón!» me sonó autodenigrante. ¿En qué sentido yo era «patrón»? Ella vestía los faldones típicos, yo iba ataviado con un saco sport de tweed y un pantalón de pana, nada que justificara su inmediata jerarquización social. En náhuatl le revelé que mi padre también provenía de la sierra. Ella soltó una risilla. «Usté me va a perdonar, pero apenas entiendo lo que dice. A nosotros ya no nos gusta hablar la lengua mexicana.» ¿Cuánto se perdió en el camino para que esa mujer se haya alienado de su idioma y por tanto, de su identidad? Tú la hubieras reprendido. La lengua es el último baluarte de la resistencia.*

*Dada esta terrible declinación, decidí financiar la enseñanza del náhuatl en escuelas primarias situadas en los poblados serranos. Quizás no haya sido más que la manera de rescatar momentos de mi infancia o una forma velada de recuperarte. De algún modo, el náhuatl definía una parte de mí y me resistí a perderlo. Cuando miles de niños hablen nuestra lengua y sí, la llamo nuestra, consideraré que tu batalla, que también es la mía, cobró sentido.*

No logré dormir revolcada por las emociones. Por un lado, la excitación por pasar la noche al lado de José Cuauhtémoc. Por el otro, pensamientos en cascada sobre los peores escenarios posibles. Desde el hecho de que José Cuauhtémoc no llegara a la cita, hasta que los muchachos de Carmona me secuestraran. Ninguno de mis amigos sabía que me escaparía la noche siguiente. Bien podían matarme en un callejón y abandonar mi cadáver para que lo devoraran las ratas. Y la peor de mis pesadillas: que Claudio se enterara.

Di vueltas en la cama. A momentos, semidormida, acariciaba la almohada, como si se tratara de José Cuauhtémoc. En otros, me despertaba con miniataques de pánico. Respiraba agitada y era necesario beber un vaso con agua para tranquilizarme. Para colmo, el torrente de sangre entre mis piernas no cesaba. Requerí cambiarme el tampón al menos cuatro veces. Mi menstruación era abundante en grados ridículos. Por suerte, mi carácter se mantenía estable. No sufría de los volubles cambios de personalidad que afectaban a otras mujeres. No me tornaba ni irascible, ni chillona, ni hipersentimental. Eso sí, padecía cólicos categoría gancho al hígado. Ni diez buscapinas aplacaban el dolor. Afortunadamente, eran esporádicos. Rogué que a la noche siguiente no me taladraran el vientre. Era tal el sufrimiento que quedaba impedida hasta para hablar. Me encogía en posición fetal, abrazada a mis piernas, en espera de que pasaran. Cuando por fin cedían, quedaba tan exánime que solo anhelaba dormirme. No noté los síntomas previos a los cólicos y me sentí un poco más tranquila. No se presentaban de improviso, sino que progresaban poco a poco durante horas hasta alcanzar su máxima furia.

Para cuando despertaron mis hijos, ya había terminado de cocinarles hot cakes. Los sábados era el único día en que contaban con permiso para comer porquerías. Brunché con ellos, luego nos fuimos a andar en bicicleta, les invité un helado de yogurt y les compré unos rompecabezas vintage que armamos al regresar a casa. Al terminar nos sentamos a ver una película. Bien apretujados los cuatro. Nada me gustaba más que tener a mis cachorritos pegados a mí.

A las cinco llegó la «hora de retiro», un tiempo que todos en la casa debíamos dedicar a leer. Habíamos acordado que cada quien leyera al menos dos libros al mes. Quien no cumpliera debía pagar con ser esclavo de los demás por un día. Los menos aplicados eran

Claudio y Daniela. Su penitencia: los domingos prepararnos el desayuno, lavar los platos sucios y tender las camas.

Nos retiramos a nuestros respectivos cuartos. No pude concentrarme. Se acercaba la hora de partir y me consumía la ansiedad. A las seis no aguanté más. Me despedí de mis hijos llenándolos de besos y con la culpa a tope. Si me pasaba algo esa noche, bien podría ser la última vez que los viera. Ellos me devolvieron los besos, cariñosos. Y se pusieron felices cuando les dije que podían cenar viendo la televisión.

Salí hacia Danzamantes y me detuve tres cuadras más adelante. En el celular le mandé un mensaje de WhatsApp a Carmona. «Por favor, que sus muchachos me vean en la esquina de Reforma y Reina en San Ángel a las 21:45.» Me quedé mirando la pantalla del celular por diez largos minutos hasta que obtuve una respuesta. «Claro que sí, patrona. Ahí estarán. Que pase una buena noche.» No logré adivinar si la línea final era en son de burla o un sincero deseo. Me incliné por la segunda. No podía andar por la vida sospechando dobles intenciones.

Arribé a Danzamantes justo cuando llegaba el servicio de catering. Había pedido al restaurante Nobu que nos hiciera una selección de sus mejores platillos. Conocía bien al gerente de la sucursal de la Ciudad de México y por eso aceptó brindarme servicio a domicilio. En los convivios, procuraba no escatimar en gastos. Tener a la gente contenta era fundamental. Los conflictos se suavizan frente a buena comida y a excelsos vinos, y las personas se sienten valoradas.

La reunión fue un éxito. Malentendidos, rencillas, resentimientos fueron zanjados con humor y camaradería. Prevaleció la afabilidad y se suscitaron abrazos espontáneos y pedidos de disculpas. No dejaron de agradecerme la «gran idea» de juntarnos y por la deliciosa comida. Mientras mis colegas se divertían, yo no cesaba de mirar el reloj. Aunque me la estaba pasando bien, mi mente se encontraba en un sitio a 24.3 kilómetros de distancia. Sonreía en automático y no me concentraba en lo que me decían mis interlocutores. A lo lejos, Alberto me observaba. Real o imaginada, su mirada la sentía reprobatoria. De tal tamaño era mi culpa.

Se acercaban las diez y no veía cómo escapar cuando sobrevino un golpe de suerte: Laura propuso que fuéramos a seguirla al California Dancing Club. De inmediato el grupo accedió. «Sí, sí al

Califa.» Se armó el alboroto y empezaron a llamar a los Ubers. Yo pretexté mi cólico menstrual, del que varias habían atestiguado su inclemencia.

Cuando me dirigía a la salida, Alberto me interceptó. «¿No vas a venir?» Me llevé las manos al vientre. «No, no me siento bien. Problemas de mujer», le respondí. Alberto me miró con desaprobación. «Conozco perfecto tus problemas de mujer y si de verdad los sufrieras, ya estarías en el piso revolcándote del dolor.» Estuve tentada a decirle «¿y a ti qué chingados te importa?», pero Alberto era lo más cercano a una figura paterna y era incapaz de ofenderlo. «Los siento venir, por eso prefiero irme a casa y no que me dé el patatús en pleno bailoteo.» Sonrió con suspicacia. «Espero que de verdad te vayas directo a casita.»

En cuanto se dio vuelta, le mandé un mensaje a Carmona. «Voy quince minutos tarde, que me esperen por favor.» Su respuesta llegó de inmediato. «No se preocupe patrona, ellos la esperan.» Llegaron las Yukón y las Suburbans de Uber a recoger al grupo. Sofía y Rebeca hicieron un último esfuerzo por convencerme. «Si me siento bien, al rato les caigo», les dije. Me hubiera encantado montarme en la camioneta con ellas. Nada disfrutaba más que bailar salsa y cumbias.

A las diez con catorce llegué a la esquina de Reforma y Reina. Ambas eran calles empedradas y poco transitadas, aunque con extrema vigilancia. Me estacioné y miré a mi alrededor. No había nadie a la vista. Aguardé unos minutos y le escribí a Carmona. «No están aquí», le advertí. «Fueron a dar una vuelta porque los de una patrulla les preguntaron que a quién buscaban. No tardan.» Bueno, al menos el pago de cuotas por seguridad que hacíamos los residentes de San Ángel funcionaba.

Al rato arribaron los «muchachos» y eso eran: muchachos. Dos adolescentes flacuchos que no debían rebasar los diecinueve años. Bien podían pasar por chavos banda, de esos que asaltaban en Avenida Observatorio. «¿Nos podemos subir?» En mi cabecita había pensado en dos roperos que me escoltarían en una patrulla, no en dos chamaquitos trepados en mi camioneta.

Les abrí las portezuelas. Al subir saludaron con cortesía. «Estamos a sus órdenes, señora.» El gesto me cayó bien. El que se sentó en el asiento del copiloto era el más agradable. «¿Sabe cómo irse señora o nosotros le decimos por dónde? Crecimos por esos lares.» Les pedí que me guiaran para conocer una nueva ruta. «Dele para Churubusco y de ahí le vamos dando indicaciones.» El muchacho se alzó la playera y mostró una pistola escuadra guardada en la cintura. Por un breve instante pensé que me asaltarían. Se me fue el corazón a la garganta. «Nosotros la vamos a cuidar rebién seño.» Respiré con alivio. Encendí la camioneta y arranqué.

Conduje hasta Ermita y luego de unos kilómetros, entramos a un laberinto de callejuelas. «¿Está seguro por aquí?», les pregunté cuando vi cuán desolados y oscuros eran los barrios. «Somos de acá, seño. No se preocupe. Nos conocen y si no nos conocen, pues les presentamos a nuestra amiga», dijo y de nuevo volvió a mostrarme el arma.

Eran primos. Me platicaron que de chavos se habían metido en malos pasos. «Nos dio por el chemo y por andar de cábulas, seño.» Un tío cristiano renacido, comenzó a llevarlos a reuniones en el templo y ahí se enderezaron. «Éramos gandules porque no conocíamos a Cristo, ahora que sabemos de su amor por nosotros, ni modo que sigamos de gachos y pos ahora chambeamos en el reclusorio.» Decidieron trabajar como custodios porque varios familiares y amigos suyos estaban ahí presos. Ellos querían mostrarse como ejemplo y ayudarlos a recobrar el camino del bien. En ningún momento pronunciaron una mala palabra o una vulgaridad. Al contrario, fueron en extremo amables y decentes.

Arribamos al reclusorio a las once. Entramos por la puerta lateral y me permitieron aparcar en el estacionamiento de empleados. A pesar de ser tan noche, ingresé sin dificultad. Los guardias solo me pidieron dejar con ellos el celular, las llaves de la camioneta y la gruesa hebilla de mi cinturón, estos dos últimos objetos metálicos que los reos bien podrían transformar en armas mortales.

Me acompañaron hasta el bloque de celdas. «Hasta aquí podemos llegar, seño», dijo uno de ellos. Saqué los seis mil pesos para dárselos. «No seño, esos déselos al oficial Carmona, él luego nos paga.» Insistí, pero de vuelta se negaron. Un custodio se acercó a nosotros. «Señora, me sigue por favor.» Los muchachos se despidieron. Me percaté de que no les había preguntado sus nombres y cuando intenté hacerlo, ya no estaban a la vista. Se los había tragado la cárcel.

Si algo te admiraba Ceferino, eran tus agallas. Qué pantalones los tuyos para presentarte en foros internacionales y confrontar a las audiencias con diatribas descomunales. Nuestro tercer y último viaje familiar a los Estados Unidos casi se convirtió en una historia de terror. Estoy seguro que te da risa, pero a nosotros nos hiciste pasar varios ratos amargos. Esa conferencia tuya en Dallas, el centro mismo del conservadurismo texano, nos dejó estupefactos. Yo no podía creer tus palabras frente a un público, en su mayoría, blanco. «Estados Unidos afirma ser el país de la libertad, pero en realidad es el país de la represión y las leyes a conveniencia. Es el país más hipócrita del mundo. Se la dan de puritanos pero no tuvieron empacho en masacrar a los pueblos nativos y en arruinar la vida de miles de africanos traídos como esclavos y a cuyos descendientes siguen hostigando con brutalidad. No se conformaron con robar más de la mitad del territorio a México, siguen despojándonos con sus políticas depredadoras e imperialistas. Les parece de lo más normal apoyar a tiranos y golpes de estado, como si los gobernantes de otras naciones fueran meras piezas de sus jueguitos geopolíticos. El comportamiento de sus policías es más propio de un estado dictatorial que de un país que cacarea la libertad como su valor más preciado. Sus políticas llevan a la proliferación del caos, del odio, de la intolerancia. Tienen las manos y el espíritu manchados de sangre. Los invito a reconsiderar su agresividad y sus decisiones impulsivas y perniciosas. Los demás países no tardamos en voltearnos en su contra. Terminarán mal y habrán hecho tanto daño que nadie en el mundo les tenderá la mano. México y Canadá, mark my words, se convertirán en países más poderosos y ustedes se arrepentirán de las ofensas acumuladas a lo largo de las décadas.»

José Cuauhtémoc te escuchó con una sonrisa. Él poseía el mismo talante provocador que tú. Yo me hundí en mi silla, aterrado y más cuando se empezaron a escuchar insultos en tu contra. Temí que quisieran lincharnos. Mi madre, con su nulo inglés, solo volteaba sorprendida de un lado a otro sin entender nada de lo que sucedía. Los organizadores del evento te sacaron por una puerta trasera y nosotros nos quedamos en medio de esa tribu hostil y furiosa. Salimos del auditorio entre empujones e injurias.

Un hombre alto y robusto, que se ostentó como senador por el «gran estado de Texas», nos señaló con el dedo en la puerta. «Me voy a encargar de que los expulsen del país y les revoquen la visa, frijoleros de mierda.» Mi mamá y Citlalli avanzaron asustadas entre el gentío. Solo mi hermano se mantuvo con calma, divertido del barullo que habías ocasionado.

Nos salvó uno de los organizadores, que nos llevó hasta una avenida y nos montó en un taxi. Le preguntamos por ti y nos dijo que pronto nos alcanzarías. Llegamos al hotel y no apareciste sino hasta la noche. Venías feliz. Inentendible para mí tu alegría. «Se lo merecían esos estultos», dijiste.

Creí que las amenazas y la furiosa reacción de tus escuchas haría que cancelaras el resto de tu gira, pero no. «Nos toca Mobile, Alabama», dijiste. Solo imaginar ir a un lugar aún más conservador me espeluznó. Ahí sí seguro nos linchaban. Cuando hice un vago intento de convencerte de regresarnos a México, no sé si lo recuerdes, me volteaste una bofetada. «Lárgate tú, si tanto miedo tienes, maricón.»

Ahí fuimos detrás de ti en tu gira de pastor proselitista, en tu tarea de denostar a los Estados Unidos en los territorios más reaccionarios: Jackson, Little Rock, Savannah, Casper, Helena. «La gira de los Holiday Inn», como la denominaste. Mientras más conservador el público, más disfrutaste en agredirlo. Más que confrontarlos deseabas enardecerlos. Te abuchearon. Te lanzaron objetos. Te corrieron a la mitad de tus discursos. No te importó un solo minuto ponernos en riesgo. Nosotros, que habíamos ido pensando en un viaje de placer, terminamos presas del pánico y la angustia.

Nos salvó que los directivos de la universidad que había patrocinado tu viaje terminaron por verte como un pendenciero showman y cortaron los fondos. Para nuestra fortuna, tu tour americano finalizó no sin antes promulgar en un último evento que tu intención era «suscitar diálogos que hagan entrar en razón a las autoridades americanas y suspendan sus políticas imperialistas y perniciosas».

Partiste de los Estados Unidos para ya no volver, pero dejaste una estela controversial celebrada en los círculos latinoamericanos y europeos de la izquierda radical. No solo creció tu prestigio como polemista y como un hombre con muchos pantalones para enfrentar a solas a públicos hostiles, sino que te convertiste en el nigromante que con años de anticipación pronosticó el cataclismo del sistema americano.

*Yo, deberías adivinarlo, tuve serios problemas para en adelante en-*
*trar a los Estados Unidos. Te parecerá la mar de divertido, pero para un*
*financiero como yo, era de vital importancia viajar allá. Me costó años*
*demostrarles que, pese a ser tu hijo, no compartía ni de lejos tus posicio-*
*nes radicales. Mi visa fue condicionada a no participar en foros públicos.*
*Al final, te saliste con la tuya. Los provocaste hasta después de tu muerte.*

José Cuauhtémoc no le vio caso alarmar a Marina. Don Julio le había prometido protección para ambos. Cumpliría. Era don de honor. JC notó que, en lugar de seis, lo custodiaban diez cocodrilos. Marina no lo sabría, pero adonde ella rondara dentro de la cárcel, ahí iría un hato de ardillones cuidándola.

Marina se notaba enculada, a la vez que cagada del susto. Sí, muchos ovarios para ir sola al reclusorio a verlo. Poquitos ovarios para dar el salto al colchón. Besos y más besos, fajoteos y más fajoteos y hasta ahí. JC no tenía la menor intención de apresurarla. Ya bastante regalo de Reyes Magos era que ella lo visitara y lo quisiera y leyera sus textos y hablaran y lo besara. La inminencia de la muerte tumbó su propósito. Terrible ser un zombie en estado embrionario sin hacerle el amor a la mujer que más había amado y que amaría en esta y en las próximas vidas.

JC aguantó por varios días revelarle a Marina los planes del Otelo norteño para asesinarlo. Temía que ella se culeara y nunca más volviera. ¿Qué haría sin ella? El encierro se tornaría más espeso aún, una masa viscosa de horas largas y huecas. Ni siquiera la escritura podría sustituir su ausencia. La droga Marina y sus efectos colaterales mientras la espada de Damocles colgaba sobre sus cabezas, lista a caer y perforarles el cráneo.

«Me quieren matar, Marina», le dijo por fin. Ella lo miró con cara de juatdafok. Era evidente que la palabra «matar» no venía contemplada en su pequeño diccionario ilustrado. «Tarde o temprano, a todo aquel que está en la cárcel van a intentar matarlo y esta vez me tocó.» Marina no supo si JC se la cabuleaba o nomás era un pretexto baratón para convencerla del mete-saca. Si Marina hubiese volteado hacia arriba, habría descubierto la espada de Damocles balanceándose encima de ambos. Pensaba que era puro

375

cotorreo hasta que terminó por darse cuenta de que la cosa iba en serio.

Cuando se despidieron esa mañana, ella era pura temblorina. Cara color papel bond, ojos acuosos, labios secos. JC notó, raro en ella, que sus manos no dejaban de sudar. «Si la muerte es canija», le dieron ganas de decirle, «y con esa pinche muerte a diario tengo que lidiar. Tú con un pedacito ya te me andas desbaratando».

Ella se alejó. JC intentó retener su figura de espaldas. Creyó perderla para siempre. ¿Por qué volvería Marina a un lugar donde pendía una amenaza de muerte? Una larga sombra se proyectó entre los muros de la cárcel. Una gran ave de rapiña revoloteó sobre ellos. José Cuauhtémoc miró hacia el cielo y vio con claridad cómo un cernícalo descendía veloz a vaciarle los ojos. *«Águilas picotean los ojos de los ciegos hasta obligarlos a ver.»*

Un ansia se apoderó de su cuerpo. En sus pies bulló un mercurial deseo de correr tras ella. Acelerar, tomar impulso, cruzar los patios, sortear las alambradas, esquivar las balas, eludir los perros, trepar los muros, caer al otro lado, salvar más alambradas, continuar la carrera, salir a la calle, zigzaguear entre los autos, traspasar la barda de una casa, subir hacia las azoteas, avanzar entre los techos, bajar hacia la avenida, proseguir la huida, evitar el ataque del cernícalo, correr y correr hasta llegar a ella, agarrarla de la mano y llevársela consigo lejos, muy lejos, a una planicie verde en un país remoto junto a un lago enmarcado por montañas nevadas y un cielo azul prístino, reinventarse con una nueva identidad y convertirse en la señora y el señor Green o Rose o cualquiera de los coloridos apellidos anglosajones y estar en paz ellos dos solos. Solos.


Empecé a ver en «tubo» conforme nos acercábamos a la suite. Bloqueé lo que veía a mi alrededor, pero los sonidos se hicieron más y más presentes. Me sorprendió el silencio en los pasillos de este bloque de celdas. Solo escuchaba nuestros pasos y muy a lo lejos, apenas perceptible, música clásica, Dvorak, creo. Inesperada selección para el reclusorio. Por fin llegamos. El celador tocó a la puerta y sin esperar respuesta, abrió. Ahí se encontraba José Cuauhtémoc sentado sobre la cama, esperándome. En cuanto me vio se puso de pie y me saludó con un rápido beso en la mejilla. «Ahora les traemos la cena», anunció el guardia y salió.

La habitación estaba tenuemente iluminada por dos lámparas de mesa. Un suave aroma de Oudh perfumaba la cama. Edredón de plumón de ganso. Quizás mis reservas por alquilar la suite Westin habían sido exageradas. Sí había valido la pena rentarla. Contrario al cuartucho, no se colaba el aire por las ventanas rotas, ni había rendijas por las que los pervertidos pudieran espiarnos. Aun así, revisé para cerciorarme que no hubiese cámaras infrarrojas que grabaran nuestro encuentro. No encontré indicios de estas, pero imposible tener absoluta certeza de que no se hallaran ocultas en algún lado.

Llegó la cena en un carrito de ruedas empujado por un recluso vestido de blanco. Al más puro estilo de los restaurantes de caché, los platillos venían cubiertos por tapaderas metálicas. El reo-disfrazado-de-mesero las levantó y describió cada uno de los platos. «Bisque de langosta con crema ligera, navajas aderezadas con aceite de oliva trufado, pulpitos al pimentón, filete de lenguado en salsa de nuez y de postre, filloas gallegas con chocolate derretido y vainilla de Papantla.» El surrealismo en otra de sus muy mexicanas expresiones. El chef Lagunes había puesto su mayor empeño en nuestra cena. «¿Alguna pregunta sobre sus alimentos?», preguntó el reo-disfrazado-de-mesero. «No, ninguna», me apuré a responder. Deseaba que se fuera ya y nos dejara en paz. «Señora», dijo el tipo con elaboradísima cortesía, «aquí hay dos sobres para las propinas. Una para el servicio y otra para la cocina. El oficial Carmona sugiere quinientos pesos por sobre». José Cuauhtémoc se volvió hacia mí con un gesto de absoluta incredulidad. «Robo en despoblado», bromeó. Propinas de quinientos pesos, un saqueo ideado por el talante empresarial del gordo. Saqué cuatrocientos pesos de mi cartera y se los extendí. «Es todo lo que traigo.» El tipo tomó los billetes y diligente los acomodó dentro de los sobres. «¿Desean que les retire la charola al rato o prefieren privacidad?», preguntó pomposo. Empalagaba su servilismo. José Cuauhtémoc le respondió a bote pronto. «Vete a la chingada y no regreses hasta dentro de tres días.» El reo-disfrazado-de-mesero rio forzadamente y cerró la puerta tras de sí.

Semejaba a un ejercicio de escuela de turismo suiza. Igualito me lo había descrito una amiga de Katy, mi hermana, que había estudiado hotelería en Lausana. La suite era en extremo pulcra. Las almohadas, también de pluma de ganso. Sábanas de lino egipcio. Alfombras mullidas y recién lavadas. Me hallaba dentro de un reclusorio para varones en una de las zonas más peligrosas de la ciudad y un chef con aspiraciones Michelin nos había preparado la cena y fuimos atendidos por un mesero que parecía salido del Bellinghausen. El absurdo sobre el absurdo del más total de los absurdos. Ignoraba si este tipo de «servicios» se ofrecían en todas las prisiones o esta era una innovación exclusiva del Reclusorio Oriente ideada por Carmona.

La cena estuvo deliciosa. El chef Lagunes era más que merecedor de tres estrellas Michelin. Increíble cómo en la limitada cocina de una prisión había sido capaz de elaborar tales manjares. Al terminar, le pedí a José Cuauhtémoc unos minutos para entrar al baño. Cerré la puerta. Carecía de seguro, como también la puerta de la suite. Dentro de la prisión la privacidad es de las primeras libertades que se pierden. Otros eran quienes decidían qué puertas se cerraban con seguro. Mármol, jaboncitos y champús de Bulgari. Jacuzzi, toallas de algodón, batas de baño. ¿A qué arquitecto y a qué diseñador de interiores habían contratado? Luego me enteraría de que esa ala había sido remodelada bajo las órdenes de Luis Capistrán, un capo sanguinario y, al parecer, con impecable gusto. Ese bloque de celdas lo usaba como hotel para los familiares y amigos que lo iban a visitar. Había muerto dos años atrás y las suites habían quedado libres.

Me lavé los dientes e hice gárgaras con un enjuague bucal dispuesto al lado de los jabones Bulgari. Me cambié el tampón, cuya capacidad estaba al borde de ser rebasada por el flujo menstrual. Mis calzones se hallaban manchados de sangre. Me estaba bajando en cataratas. Una mierda la regla. Me lavé a conciencia en el bidet (sí, el baño contaba con bidet) y me restregué dentro de la vagina para deshacerme de los residuos ensangrentados. Me introduje un nuevo tampón y salí.

José Cuauhtémoc me esperaba de pie, desnudo. Nos miramos por unos segundos y estiró su mano hacia mí. «Ven», pidió. Se la tomé y me atrajo hacia sí. Mientras me besaba, comenzó a desabotonar mi blusa. Lo detuve. «Antes quiero hablar contigo de algo. Me está bajando a chorros y no vamos a poder hacer nada», le expliqué. «Desnúdate», ordenó. «Ok, pero de verdad, no podemos más que besarnos y abrazarnos.»

Me quité la ropa, dejándome puestos los calzones. La piel se me erizó, parte frío, parte excitación. Me besó el cuello, mi punto débil. Me estremecí. Muy despacio, bajó hacia mi pecho y luego hacia mis pezones. Los succionó y sentí cómo se erigían. Metí mis manos por entre su pelo. Cuán enamorada estaba de él.

Me tumbó sobre la cama y siguió besándome. Recorrió las costillas, luego mi vientre y de ahí saltó a la entrepierna. Empezaron a temblar mis muslos. Los mordió con suavidad y luego empezó a besar mi pubis a través de las bragas. Tomé su cabeza y lo quité. Temí despedir un aroma maloliente. «No, ahí no», le advertí. No le importó y continuó haciéndolo. Esa parecía ser su característica primordial: hacer lo que se le pegaba la gana. «Por favor, no», insistí. En respuesta, cogió los extremos de mis pantis y empezó a bajármelas. Lo contuve con las manos. «No.» Con habilidad, metió la lengua entre la tela y comenzó a lamer mi clítoris. «En serio, no.» Con delicadeza, jaló los calzones hacia abajo y los desprendió de mis dedos. Era inútil pelear con él y terminé por quitármelos.

Siguió besando mi clítoris. «Vamos a abrazarnos ¿sí?», le dije y de nuevo tomé su cabeza en un intento por quitarlo de ahí. Su reacción: cogió el hilo del tampón y tiró de él. Lo sentí deslizarse hacia fuera. «No, eso no.» Me abrió las piernas y sin más empezó a meter la lengua. «Por favor no. Por favor. En serio», repetí sin cesar. Por fin, se detuvo. Se irguió y sin dejar de mirarme, metió su índice en mi vagina. Dio vueltas dentro con el dedo y lo sacó empapado de sangre. Me lo mostró y luego comenzó a pintarse rayas en el rostro, como si se tratara de un rito tribal y primitivo. Al terminar, se lo metió a la boca para chupar la sangre.

Lo observé absorta. Lejos de repulsarme, me calentó en grado extremo. Ningún hombre, jamás, me había practicado sexo oral mientras me bajaba y solo una vez intenté hacer el amor menstruando, aquella fallida vez con Claudio en que apenas entró se quitó, asqueado. Sí, debía ser la clase social, o quizás su condición de preso, pero José Cuauhtémoc no pareció darle la menor importancia al batidero de coágulos entre mis piernas.

Volvió a lamerme, introduciendo la lengua de vez en vez, hasta que me vine. Al igual que los orgasmos anales, este fue diferente a los demás que había experimentado en mi vida. Mientras aún me venía, montó sobre mí y me la metió. Quién sabe qué efectos debía provocar la menstruación allá dentro que suscitó un orgasmo de larguísima duración.

Sin sacarla, me volteó para que quedara arriba de él. Con horror vi formarse un charco de sangre y fluidos sobre su abdomen que escurría hacia el blanquísimo edredón de plumas de ganso, pero estaba muy encendida para detenerme. Él continuó empujando hasta el fondo y mientras más hondo llegaba, más chorreadero rojo. De pronto, paró. La sacó y me recostó a su lado. «Chúpamela», ordenó. Pensé que bromeaba. Reí y negué con la cabeza. «Chúpamela», reiteró. Vi su verga con grumos sanguinolentos. «No», le respondí con firmeza. «Puedes dejar de decir "no" y empezar a decir "sí".» Una filosofía de vida comprimida en una frase en medio de un cogidón de locos. Tenía razón: debía empezar a decir «sí». Me agaché sobre su pene. Quise limpiarlo un poco, pero él lo impidió. «Chúpalo así como está.» Cerré los ojos y lo metí dentro de mi boca. Para mi sorpresa, el olor a menstruación no me repulsó. La sangre poseía un sabor ferroso, que tampoco me desagradó.

Subí y bajé sobre su pito auxiliándome con la mano. Nadie se había venido dentro de mi boca. Siempre me quitaba en el último momento. Me repugnaba pensar en el sabor y en la consistencia pegajosa del semen. Con José Cuauhtémoc sucedió lo contrario: anhelaba que explotara en mi lengua. Después de unos minutos, sentí que su glande se expandía. Aceleré con la mano y eyaculó borbotones. Sentí su esperma sobre mi lengua y cómo luego resbalaba hacia mi garganta. Cerré los ojos. Mayor prueba de entrega hacia él no podía haber.

Quedamos los dos tendidos boca arriba. Pasó su brazo sobre mi espalda y me arrimó a su hombro. Descansé la cabeza en su pecho. Sus latidos se escuchaban con fuerza. Apagó las luces y quedamos a oscuras. Besé sus pectorales y él acarició mi cabello. Me acerqué a su oído y le susurré lo que jamás pensé susurrarle: «Te amo».

Das la puñalada y veo el filo penetrar mi pecho. Volteo a mirarte. Tus ojos brillan. Sonríes. Observo el cuchillo. Solo asoma el mango. El resto encajado dentro de mí. Un hilo de sangre chorrea por mi camisola. Gotas escarlatas caen al piso. Soy yo en rojo. Remueves el acero para cortarme adentro. Las fibras de mi cuerpo se desgajan. Músculos, bronquios, arterias, cartílagos. Sonríes.

Tomo tu mano y la empujo hacia atrás. No cedes. Te inclinas hacia delante para presionar el puñal. Arde, caray, cómo arde. Sigues clavándolo hasta incrustarlo entre mis vértebras. Tus ojos fijos en los míos. En vano intento zafarme. ¿De dónde sacas tantas fuerzas? Se forma un charco de sangre. Escurren mis leucocitos, mis glóbulos rojos, mis plaquetas: la vida. El primer temblor de la muerte se adueña de mi cuerpo. Trato de articular palabra. No logro pronunciar ni un sonido.

Por fin, extraes el puñal. Dejas un hueco dentro de mí. El corazón palpita en mi herida. No tratas de acuchillarme otra vez. Te limitas a contemplarme. Percibo la vibración del segundo temblor de la muerte. Sus ondas nublan mi vista, adormecen mi lengua. Me falta aire.

Dejas de sonreír. Tu expresión cambia. Algo cruza por tu mente. "¿Estás bien, amor?", me preguntas cuando llega el tercer y definitivo temblor de la muerte. Ahora quien sonríe soy yo. Una lágrima escurre por tu mejilla. Me desplomo hacia el piso. Cierro los ojos.

José Cuauhtémoc Huiztlic
Reo 29846-8
Sentencia: cincuenta años por homicidio múltiple

Si quería seguir vivo, JC debía estar víbora y no solo confiar en los cacomixtles asignados por el Tequila. Cincuenta pichicatos pesos bastaban para que uno de sus guardianes se quitara del camino y les permitiera a los matarifes entrar por detrás. Si quería sobrevivir, JC debía tener ojos en la nuca. El Máquinas no se estaría sosiego hasta que viera su cadáver bañado en sangre.

A él no lo iban a agarrar en la baba. Al ducharse elegía la regadera al final del pasillo, desde donde tenía a la vista a todo aquel que entraba y salía. En los corredores caminaba pegado a la pared para que no lo atagullaran por el costado y en el comedor nunca daba la espalda. Al pasear por el patio lo hacía acompañado por al menos con dos compas fiables, aunque «fiable» no era un vocablo aceptado por el Diccionario de la Real Academia de la Lengua Carcelaria. Al caminar volteaba atrás cada diez metros y escaneaba los rostros. A un asesino siempre se le notan las ganas o los nervios o la voracidad o la prisa. Alguito en el cuerpo delataba. Lo sabía él que se había tumbado a dos.

El Tequila le chingó para mantener el penal en paz. Si firmaba la concesión de las cocinas, el boss de bosses lo premiaría con un ascenso. En el mundo narco eso marcaba la diferencia entre meterse quinientos mil dólares al año a embolsarse tres millones de verdes por mes. Por mes. Bastaba que lo nombraran jefe de una plaza en el top five y venga nuestro reino: billetes a raudales, codearse con famosos, guapas por toneladas, más billetes, más guapas. Una plaza onda Cancún era su megadream. Vivir en un condo junto a la playa, administrar el ingreso de la droga en docenas de hoteles, bares y restaurantes donde miles y miles de gringos, canadienses, franceses, españoles y los consabidos springbreakers comprarían coca y tachas y cristal como si el mundo se fuera a acabar.

Mantener a raya a doce mil reos no le fue fácil. Era un trabajo 60/60/24/7/31/365. En un lugar donde cientos de seres humanos viven amontonados cual puercos en tráiler, las rencillas por chiquiteces se pueden transformar en odios crónicos y en perpetuos deseos de romperle la madre al otro. Que si el muy gandalla se acostó en mi cama, que si a ese güey le sirvieron más sopa, que si me dicen que dijo, que si me habla golpeado, que si me miró las nalgas, etc. Para don Julio el primer paso para deshinchar enfados era el diálogo. Juntar al ofendido con el ofensor y sacar un «chale, pos perdón» y «un ta güeno, pues te perdono». Si eso no funcionaba, la lana resolvía el problema. «Ya hombre, tú perdónalo y te paso cien varos para que se te baje más rápido el coraje.» Ora que si el billete no jalaba, una emulsión de madrazodyl bastaba para ponerlos en paz.

Para el Tequila lo del JC era una bomba de tiempo y no podía explotarle en las manos. Pronto la tendría que desarticular. No podía darse el lujo de tener a un loquito queriendo matar a un preso de alto perfil como el JC. Soltó a los lobos a buscarlo.

Al Máquinas, un par de lidercillos de las bandas le advirtieron que se escondiera a la de ya. El cartel de los Aquellos había descubierto la trama del asesinato del rubio y habían dejado a sus compas como trapeadores de rastro. Quién sabía qué vara alta tenía el grandote entre los bosses, pero iban a full tras el autor intelectual del plan para asesinarlo. «Ya saben tu nombre», le avisó uno de los valedores. «Hasta rolaron un dibujo con tu cara y la neta que sales igualito. Tu jeta ya está en todos lados, carnal. Pidieron que si te veíamos les chitáramos de volada. Ofrecen un chingo de lana por ponerte. Somos ley y no nos gusta jugar chueco. Tú te la rifaste con nosotros y nosotros nos la rifamos contigo. Pero no podemos cubrirte carnal. Entró con todo el cartel nuevo y quién sabe qué pinches tratos tengan con los cuicos, pero están haciendo limpia. Hasta al pobre pendejo que se roba el espejo de un carro se lo están cargando. No perdonan nada estos cabrones. Si quieres mi consejo, carnal, píntate de colores antes de que te hallen.»

El Máquinas supo que lo buscarían hasta detrás de los mosaicos y que Mexico City iba a estar en modo baño turco. En lo que se enfriaba el boiler se peló al sitio donde menos podrían encontrarlo: un monasterio en el estado de Hidalgo. Lo eligió porque uno de los Quinos, al retirarse del cartel, se ordenó como monje con la esperanza de que si amaba a Dios dejarían de retumbar en su cabeza los gritos de las decenas de tipos que había asesinado. La paz y la serenidad del monasterio no acallaron la vocinglería. Ya que

Dios no la silenció, decidió colgarse de una viga para así aplacar el zumbido de ese hatajo de muertos.

Los monjes recibieron al Máquinas sin hacerle preguntas. A quien buscaba refugio se le otorgaba. Dios, y no ellos, era quien debía juzgarlos. Las reglas del monasterio estipulaban brindar comida y abrigo. La única condición era mantener voto de silencio. El Máquinas aceptó. Al igual que su antiguo compa, él también estaba lleno de ruido y de furia. Le haría bien quedarse chitón un rato.

Los Aquellos empezaron a cumplir con lo prometido al gobierno: cero tolerancia. Se dedicaron a perseguir al crimen a lo Godzilla. Con el sigilo de una pitón, se deshicieron de ladrones, de violadores, de extorsionadores, de asaltantes, de secuestradores, de padrotes y del resto de la fauna malandrina. Los tipos desaparecían sin decir pío y con viaje directo al infierno sin necesidad de visa.

Las autoridades vieron con buenos ojos el cepillado, medio fascistoide y ojete, pero con inmejorables resultados. Los dejarían hacer y se concentrarían en atacar al cartel de psicópatas de los Otros-Otros Otros-Otros, que dominaban una acotada región en el noreste del país. Era un cartel ruin y sanguinario, una grey de hienas, más interesados en destruir y asolar que en hacer negocios. El gobierno apostó por el fortalecimiento de los Aquellos con la idea de que pronto también lijaran al cartel de los Otros-Otros Otros-Otros.

El Carnes y el Camotito no atendieron las señales y decidieron irse por la suya. Deseaban ya el resto de la plata y el complejo concepto de una tregua de dos meses nomás no fue asimilado por sus pendejas mentecitas. Lo de ellos era el aquí y el ahora y no iban a perder el tiempo en sutilezas. Ya tenían medidos los horarios, las rutas y los hábitos del rubio. Refinaron que los momentos ideales para darle cran eran: cuando en la zona de visitas se arremuescaba con su novia o cuando se daba un turbión en las duchas. Evaluaron ambas opciones. En la primera habría más vigilancia y si lo mataban, también tenían que meterse a la morra, lo que complicaba el asunto. Las morras pegaban de alaridos cuando se asustaban y eran un peinindaaz. Al escuchar la gritadera, los custodios se apresurarían a intervenir y perderían la ocasión de rebanar a JC como jamón de bellota. En la segunda, aunque el güey se bañaba en la última regadera, estaba más facilito. Encuerado y con el piso jabonoso el rubio no tendría manera de tejonearse. Atacando entre dos se darían tiempo para tajarle la yugular.

El Carnes y el Camotito le pusieron fecha: lo matarían el viernes siguiente.


Nos dormimos abrazados. Había puesto la alarma de mi reloj a las cinco de la mañana para alistarme y regresar a la casa antes de las seis. En domingo las nanas de mis hijos despertaban hasta las siete y media. Vibró el reloj y me llevó algunos minutos despabilarme. José Cuauhtémoc respiraba profundo, súpito. Intenté incorporarme con cuidado de no despertarlo. En cuanto me moví me tomó de la muñeca con tal rapidez que me asusté. Me jaló hacia él y me enlazó con sus brazos. «No te vayas», dijo. Quién sabía cuántas veces más podría dormir a su lado. «Te prometo que a la próxima me quedo más tiempo, ahora tengo que irme.»

Me quedé recostada sobre su pecho. Si por mí fuera, no saldría de esa cama en días. Noté ensimismado a José Cuauhtémoc. Varias veces intentó decirme algo, pero se refrenaba para quedarse callado. «¿Estás bien?», inquirí. Se volvió hacia mí. Percibí un ligero cambio en su respiración. «¿Por qué nunca me has preguntado sobre el asesinato de mi padre?» Su pregunta me sacó de balance. Era un tema que a propósito había evitado. «Porque no necesito saber», mentí, porque a decir verdad deseaba conocer todo de él. «¿Me tienes miedo?», preguntó. Completamente a oscuras me di cuenta de cuán vulnerable me hallaba ahí. No se me había ocurrido en ningún instante que José Cuauhtémoc pudiera atacarme, pero tampoco debía olvidar a quién tenía a mi lado. «Si te tuviera, no estaría aquí», le respondí. Me estrechó entre sus brazos y besó mi cara con suavidad. Pasó varias veces su manaza por mi espalda, recorriéndola desde mi nuca hasta mis nalgas. No era una caricia sexual y poco a poco me quedé dormida de nuevo.

Me desperté después de lo que pensé había sido solo una pestañada. Oprimí el botón que iluminaba la carátula de mi reloj: las cinco y cincuenta y ocho minutos. Me había quedado dormida casi una hora más. «Me tengo que ir», le dije sobresaltada. Encendí la luz y me levanté para meterme a bañar. La cama, las almohadas, el edredón estaban manchados con mi sangre menstrual. Igual su vientre, su rostro, sus manos, mi entrepierna, mi abdomen. Nuestros cuerpos rojos, como si fuéramos miembros de una tribu arcaica unidos por un ritual de sangre, mi sangre.

Nos bañamos juntos. De vuelta hicimos el amor y perdí la noción del tiempo. Cuando por fin salí de la suite, ya el sol despuntaba detrás de los volcanes. El reloj estaba por marcar las siete. Un custodio me aguardaba al final del pasillo. Me saludó con un escueto y desganado «buenos días». Debió celar durante horas en espera de mi partida. Me escoltó hacia la puerta. Se despidió con fastidio y se alejó hacia los bloques de celdas. Me entregaron mis objetos personales y una de las celadoras me guiñó el ojo. «Espero que haya pasado una buena noche.» Su estúpido comentario no me hizo la menor gracia. Tomé mis pertenencias y me apuré a salir.

Manejé a gran velocidad. No podía arribar a la casa después de que se levantaran las nanas. Eso evidenciaría mi ausencia nocturna. Con salir media hora antes, solo media hora, no habría necesidad de conducir como una energúmena. Por ser domingo, no había tráfico. Llegué a la casa rayando las siete y cuarenta. Para no hacer ruido, no metí la camioneta a la cochera. Entré sigilosa y no me topé con nadie ni en la cocina, ni en las escaleras.

Me escurrí hacia mi recámara. Cerré la puerta y puse el seguro. Respiré aliviada. Unos minutos después escuché pasos y voces. Apenas la había librado. Muy apenitas. Debía ser más disciplinada. No arriesgar, no cometer pendejadas, ajustarme a los horarios preestablecidos y pedirle a José Cuauhtémoc ayudarme a hacerlo. Era el único modo de mantener con vida nuestro amor.

Me puse la piyama y destendí la cama. Abrí la puerta como si recién me hubiera despertado. Aurora estaba en el pasillo frente a mi recámara. «Buenos días, Aurora», le dije, «¿ya se levantaron los niños?». «No Marina, todavía no.» Aurora había sido mi nana desde que yo era bebé. Rondaba los setenta años. Se había retirado, pero por cariño había accedido a trabajar con nosotros los fines de semana. Ella era de mi absoluta confianza. «Me duele la cabeza», me excusé, «voy a dormir otro rato. Por favor, no hagan ruido».

Cerré las cortinas y me acosté. No volví a abrir los ojos sino hasta las dos de la tarde. Un tren de carga me había arrollado, el tren José Cuauhtémoc Huiztlic. Me senté en la orilla de la cama a revisar mi celular. Solo un mensaje de WhatsApp de Claudio a las 8:05 a. m., apenas unos minutos después de que cayera rendida. Desde hacía tiempo había desactivado la función de «última hora de revisión» para evitar que registrara mis ires y venires en los chats. «Buenos días. Te extraño. Voy a jugar una ronda de golf con los clientes. Te busco terminando.» Le llamé. «Hola amor», me contestó campante. «No quise interrumpir tu juego», le dije con hipocresía. «Pues me hubieras interrumpido antes, porque estoy jugando de la patada.» En el fondo se oyeron risotadas de hombres. «Ciento veintiocho golpes», gritó en inglés Martín, uno de sus socios y amigos, «y apenas vamos en el hoyo quince». Se escucharon voces de americanos celebrando el chiste. «Voy a tener que pagarles a todos estos los chupes y la comida», dijo divertido. «Ya eres rico», le respondí. «Invítalos.» Se despidió amoroso y colgó.

Continué revisando el celular. Había nueve llamadas perdidas de Carmona. En mala hora le había dado mi número. La pantalla indicaba tres mensajes de voz. El primero, a las 9:27 a. m., solo decía: «Aquí el oficial Carmona, por favor devuelva la llamada». El segundo, a las 9:38 a. m., «patrona, écheme un ring si puede». El último, a las 10:18, decía: «Señora, con todo respeto, ¿qué hicieron en la suite? Si no fuera porque mi gente la vio salir, había tanta sangre que fácil hubiéramos pensado que su novio la había descuartizado. Dejaron un mugrero, patrona. No lo pensé de usted, la creía con más clase. ¿Sabe lo que va a costar lavar los edredones, las almohadas, las sábanas? De verdad, seño, eso no se hace, o al menos, a mí me educaron de otra manera. Si quiere volver a usar la suite va a tener que pagar doce mil pesos más para limpiar el cochinero y siete mil pesos a los muchachos que van a tener que sacar de contrabando la asquerosidad y así el director del penal no piense que asesinaron a alguien. Vaya bronquita en que nos fue a meter por no portarse con decoro. Tiene que prometerme que a la próxima no va a dejar la suite como matadero de cerdos. Si no, me veré en la penosa necesidad de prohibirle el acceso. Le ruego que se comporte como una damita. Buenos días».

¿Quién se creía el idiota ese? ¿Doce mil pesos por lavar un edredón que a lo máximo costaba cuatrocientos euros? Claudio y yo habíamos comprado nuestros juegos de cama Frette en El Corte Inglés de Madrid y ni por error la compra sumaba seiscientos euros, la cantidad que me quería ensartar el cabrón de Carmona. Encima, pagarles «a los muchachos». Los escoltas de Héctor, entrenados en Israel, cobraban veinte mil pesos mensuales y este imbécil, por mandar a dos chamaquitos a la tintorería, intentaba exigirme siete mil. Para colmo, el pendejo me humillaba: «Le ruego que se comporte como una damita». ¿Quién creía que era yo? ¿Una meretriz? Un repugnante corrupto de la calaña de Carmona no podía cuestionar ni mi educación, ni mis valores.

Empecé a marcarle cuando, por ventura, me detuve. Respiré hondo. «Disciplina, disciplina», me repetí a mí misma. Carmona tenía razón. Primera vez que usaba la suite y sí, la habíamos dejado como matadero de cerdos. Ni loca me habría atrevido a ensuciar así un cuarto en un Westin o en un Four Seasons. Nada me daba derecho a tratar una propiedad ajena como si fuese un muladar privado.

Comprendí que Carmona no me cobraba por la limpieza del lugar, sino por mantener bajo el agua mi encuentro clandestino. De querer, podía extorsionarme a diario. Pagar servicios cinco o seis veces su valor era barato en comparación con el divorcio, con las peleas por la custodia de los niños, con un probable escándalo mediático que bien podía llevarme al cierre de Danzamantes. Debí hacerme a la idea de que, si deseaba que mi relación con José Cuauhtémoc sobreviviera, no había más opción que soltar una carretada de dinero.

Tomé el celular y le escribí un mensaje de WhatsApp a Carmona. «Lo siento muchísimo oficial. No sabía que estaba a punto de menstruar y al tener relaciones se precipitó el sangrado. Estaba tan oscuro que no nos dimos cuenta de las manchas hasta que prendimos la luz, justo cuando ya tenía que irme. Le prometo que no se repetirá y con gusto pagaré los costos de los daños que ocasionamos. Gracias y buenas tardes.» La respuesta llegó de inmediato. «No se preocupe, señora. Esas cosas pasan. Estoy a sus órdenes y espero verla pronto. Que pase un lindo día.» Acompañaba al mensaje un gif de un osito abrazador. La cursilería, una sorpresa más de monsieur Carmona.

Le marqué a José Cuauhtémoc. Por la hora, anticipé que no podría contestarme. No me importó. Solo saber que más tarde él vería mi llamada perdida me emocionó. Sonó el timbre seis veces y entró el buzón de mensajes. «Te extraño, te extraño, te extraño», le dije y colgué. Y sí, caray, cuánto lo extrañaba.

*Valorabas el cine y la fotografía como artes fundamentales para expresar la condición humana. Por algún resabio atávico de tu origen indígena, te horrorizaba pensar que en las imágenes aparecieran personas ya muertas. Actrices de tu época, a quien tú y decenas de muchachos les dedicaron sesiones onanistas, ahora eran lodo, tubérculos. Verlas bellas y rozagantes en momentos suspendidos en la alquimia del nitrato de plata te provocaba vértigo. Contagiaste a mi hermano de tu angustia ontológica. «Retratan una milésima de segundo, pero perduran para siempre. Me fascina imaginar qué sucedió cinco minutos antes y qué cinco minutos después.»*

*Cuando le iban a tomar una foto, José Cuauhtémoc examinaba los alrededores. Deseaba ser consciente de cada detalle previo a la foto. Adónde iría después, en qué dirección soplaba el viento, quiénes nos rodeaban, qué vestíamos. Para él una fotografía era un rito serio, un instante que no debía pasar inadvertido.*

*Tenías razón, papá. Las fotografías deben ser tomadas con plena noción del contexto. No podemos solamente oprimir el disparador. Esa instantánea nos representará más allá de nuestras muertes. Revelará quiénes somos y en algunos casos, nuestra sustancia. Eso debe ser lo primero que se le enseñe a un fotógrafo: entender la gravedad de la imagen. Ponerle atención a aquello que la rodea, así se trate de un retrato inocuo. Si me dedicara a la fotografía, pondría tanto empeño en registrar por escrito las circunstancias como en determinar el encuadre.*

*Al hurgar en los cajones de tu escritorio, encontré cuatro fotos tuyas de niño y de adolescente. En la más antigua te hallas en un bosque. Debías rondar los seis años de edad. A la usanza de tu pueblo, vestías pantalón y camisola de manta. Huaraches y un sombrero. Atrás de ti un par de ovejas. Se nota que mi abuela te vistió con ropa nueva para que lucieras en la foto. El que te retrataran debió ser un acontecimiento para tus padres. Con seguridad debió tomarla uno de los tantos estudiantes de antropología que investigaban las comunidades serra-*

nas. A mi abuelo le parecía ofensivo. «*No somos animalitos para que nos examinen.*» *Esos tipos con sus cámaras, con sus libretas, con sus preguntas indiscretas, con sus modos empalagosos y su cortesía exacerbada no eran de fiar. Por eso es rara esa fotografía tuya, tan deliberada, tan simétrica y tú tan impecable y limpio. ¿Por qué tus padres permitieron que te fotografiaran?*

*En otra, estás al lado de tu hermana menor. Ella llora. A tus ocho años miras a la cámara con expresión compungida. Algo debió mortificarlos. Mis abuelos tampoco recuerdan quién la tomó ni cuándo. Atrás de ustedes dos se percibe una fila de casas desperdigadas en una llanura. Mi abuelo afirmó no conocer poblado semejante. He intentado localizar el sitio exacto y no he dado con él.*

*En la tercera, apareces sentado en el borde de un precipicio. Este sitio sí lo ubiqué a un kilómetro de tu casa. Debías contar con diez años y el despeñadero se adivina profundo. Un resbalón y morirías. Es como una metáfora de ti mismo, siempre en el límite. Mi abuelo afirma que la captó mi primo Jacinto con una cámara desechable.*

*En la cuarta, te hallas vestido con pantalón gris, camisa blanca y zapatos negros en el centro de la ciudad de Puebla. Rayarías los dieciséis años. Tu padre recordó con claridad los detalles. La hizo un tipo con una Polaroid y se sorprendieron de la rapidez con que apareció impresa la imagen. «Costó diez pesos», rememoró mi abuelo. Una fortuna para ustedes, pero había valido la pena: celebraban tu ingreso a la Normal Superior.*

*Por herméticas razones nunca nos mostraste esas fotos, los únicos registros de tus primeros años. Te confieso que me conmovió verte en tu ámbito de pobreza y desesperanza. Ansié compartirlas con mi hermano en la cárcel, pero desistí. Debía ser de mal gusto llevarle al asesino fotos del asesinado.*

*¿Cómo hubiesen sido las fotografías de José Cuauhtémoc cinco minutos antes de tu homicidio y cinco minutos después? ¿Qué habría cambiado en su expresión? ¿Qué indicios podrían descubrirse en sus gestos? ¿Qué tan radical fue su transformación? Lo que sí es un hecho, papá, es que el José Cuauhtémoc seductor y alegre que conocí fue a morirse en el mismo incendio que tú. Esa noche, tuve que enterrar a mis dos muertos.*

El Carnes y el Camotito determinaron que aguardarían en las proximidades de los baños y se lanzarían como piratas a atacar al rubio cuando se hallara bajo el agua. La bronca mayor consistía en entrar con armas. El Rólex les había proporcionado unas puntas filosísimas, capaces de cercenar tendones, desquijar músculos, trozar huesos y abrir al bato en canal. Forjadas con varillas de construcción, el mae que las fabricó se las sabía. Una chulada. Cabían en la palma de la mano, pero eran suficientemente largas para hundirse hasta el endocardio. Si merodeaban encuerados por las duchas, no despertarían sospechas. Pero ¿dónde guardar las puntas? Ni chanza de ocultarlas de antemano entre los azulejos. Tampoco disimularlas entre las toallas. Los custodios las revisaban y las sacudían precisamente para evitar que introdujeran filos en el área de regaderas. Por reglamento, los presos también debían entrar con las palmas de las manos abiertas y hacia arriba. Sobornar a un custodio para que los dejara pasarlas, ni que lo mandara Dios. Donde rajara ardía Troya. Ya les había advertido el Rólex: chitón o les damos chicharrón.

Al Camotito se le iluminó el coco. «¿Y si escondemos las puntas en el fundillo?» El Carnes soltó una risotada. «Métetela tú que estás acostumbrado, yo ni madres que me meto algo por detrás.» El Camotito se explicó: «las guardamos en unas fundas, nos las embutimos en el cubanito y caminamos a las regaderas apretando las nalgas para que no se nos salgan. Nadie se va a dar cuenta». Caminar como si tuvieran chorrillo a punto de explotar no le pareció ni tantito al Carnes. «¿Por qué mejor no te la guardas tú mientras yo lo agarro para que lo piques.» No, imposible. José Cuauhtémoc era un monote y él solo no podría contenerlo. Debían matarlo entre los dos. «Pues vamos pensándole otro modo porque ni loco pienso jotear con una pinche punta metida en el culo.»

A la mañana siguiente, el Carnes reconsideró. «Ya lo pensé y no es tan mala idea.» El Camotito sonrió. Él nunca tenía malas ideas. Había rumiado una y otra vez la manera perfecta de aproximarse a José Cuauhtémoc sin que nadie sospechara. ¿Quién podía maliciar de dos tipos en bolas en el área de regaderas?

Se dieron a la tarea de diseñar una funda que les protegiera el aniceto de las afiladísimas puntas. Poquito que se rompiera y arrivederci de por vida el acto de cagar sin gruñidos de jabalí. Solo

391

imaginar el filo rebanando la parte más sensible de sus entrañas les provocó escalofríos. Un punto muy delicado para los machos machos. El Carnes no se explicaba cómo un bato podía disfrutar que otro bato se la metiera. No, no, no y no. Not gud. A la fuerza, como cuando de bienvenida les ensartaron un palo, pos ni modo, pero ¿por gusto?

La funda debía resistir. Que las puntas no calaran su rectitud ni les rayaran el escape. No podían usar cualquier material pedorro. A huevo necesitaban cuero, nomás que cómo chingados conseguirlo. Los cinturones estaban prohibidos dentro de la prisión porque a los presos les daba por jugar ahorcado. Otra posibilidad eran los zapatos, pero no podían despedazar su único par. Los custodios recelarían de verlos descalzos. Podían robarse los cacles de otros, pero se armaría un borlote poliédrico. Habría revisiones celda por celda para ver quién jugaba a los Reyes Magos y si les hallaban las puntas, tehuacanazo por descontado para hacerlos piar y de ahí seis meses al deshuesadero.

El Camotito que, aun con sus limitaciones neuronales, era el pensante de los dos, se dio a la tarea de hallar el forrito apropiado. Intentó hasta con el plástico de una botella de agua que halló tirada. Ni madres. El filo seccionó el PET como bisturí en lonja liposuccionada. Siguió investigando y se le prendió el cacumen cuando vio un partido de fut. El balón. Sí, el pinche redondo balón. Ya no los hacían de cuero, pero al menos eran de material sintético más aguantador.

Al terminar el juego, se hizo el distraído y como quien piensa cuántos angelitos caben en la cabeza de un alfiler, se acercó a la bodega de deportes. ¡Lotería! No había ni un celador mosqueando. Se asomó. Amontonados había balones de básquet, de americano, de fut y manoplas de béisbol tamaño infantil (los presos eran tan zotacos que las de adultos se les zafaban). Un balón era impensable escamoteárselo, una manopla de ese tamaño a hueso que sí. Tomó una, la retacó entre los chones y se pintó de volada hacia su celda.

Por la noche la tanteó a oscuras. Era una de esas manoplas fabricadas en los años setenta, de cuero de marrano. Aunque bastante puteada, los dediles podían servirles como fundas. Eran gruesos y si insertaban las puntas con el mango por delante, pueque y no se les rajara el triperío.

Sin ver ni madres, cortó los dediles con las mismas puntas. Luego probó si se ajustaban. Ni mandadas a hacer. Nomás había que estrecharlas una babita de caracol para que quedaran al tiro. Dejó los dediles en el lavabo remojando para que encogieran. Al despertar probó las fundas. Metió las puntas y las zangoloteó. No se movieron ni un milímetro. Per-fec-tas. ¡Carajo!, era un puto genio. Ahora faltaba amoldarlas dentro del culo. Se las mostró al Carnes. «No mames, eso parece la verga de un enano», le dijo. No la del Camotito, por cierto, porque esa no alcanzaba ni la mitad del largo ni del grueso del dedil. «No me pienso meter eso ni en drogas», alegó el carnicero. «Shhh, no alces la voz», lo regañó el Camotito. Gracias a los adelantos hechos por el Rólex, habían pagado una lana para tener una celda para ellos dos solos. Los custodios pensaron que eran novios. Una parejita más, qué chingados importaba. Ellos habían pagado para poder discutir sus planes sin orejas alrededor. «Necesitamos un lubricante para que entre bien», dijo el Camotito sin reparar en las tribulaciones anales de su compañero. En la prisión no existía algo parecido a una farmacia donde uno podía comprar vaselina o un gel lubricante (que buena falta les hacía a varios). Así que debían inventarse uno.

El Carnes no dejó de protestar. «Nel, en serio que a esto no le entro.» Al Camotito le molestó que un coeficiente intelectual equivalente al de una musaraña cuestionara su extraordinaria solución. «Entonces tú piensa cómo matarlo y cuando sepas cómo, me dices.» Había concebido el plan ideal y el otro lo rechazaba por prejuicios machistas. Era nomás cosa de embutirse un supositorio dimensión salchicha. Y la recompensa era lana y prestigio. Matar un chango como el rubio les daría un caché de nomams.

Pasaron lista y bajaron a desayunar. Enfurecido, el Camotito no quiso ni dirigirle la palabra. Fue directo a la barra a servirse. La Comisión Nacional de Derechos Humanos había estipulado, con absoluta minuciosidad, los porcentajes nutricionales y el tamaño de las porciones para los presos. Los menús debían ajustarse de manera escrupulosa a estas directrices. Esa mañana tocaron huevos en salsa de chile guajillo con nopales asados, dos tortillas, atole de fresa y una rebanada de aguacate. Sonaba sabroso, en realidad era una mierdolaga. El revoltijo de huevos estaba hecho con huevo en polvo, la salsa de guajillo enlatada y caduca, los nopales eran descarte de los supermercados, el atole era una mescolanza de agua, grasa vegetal y saborizante de gelatina sabor fresa, y el aguacate era palta con los bordes ennegrecidos.

Mientras engullían sus nutritivos y saludables alimentos el Camotito se fijó en el taco de aguacate que con fruición se despachaba su cómplice. «No te lo comas», ordenó cuando el Carnes se prestaba a darle una segunda monchada. «¿Por?», interrogó el Carnes. «Porque ya sé qué vamos a usar como lubricante.»


Los negocios de Claudio empezaron a prosperar. Ya no solo viajaba a Estados Unidos, sino a Inglaterra, China, Francia. Su currículo le valió innumerables ofertas de trabajo. Goldman Sachs intentó piateárselo, pero a él no le convino. Ningún sueldo, ningún bono podían superar las ganancias que él obtenía con su propia empresa. Sus múltiples traslados supusieron un *impasse* en sus intenciones de mudarnos a Nueva York.

Sus ausencias me permitieron gozar de más noches con José Cuauhtémoc, aunque también surgieron nuevas ataduras. Por el supuesto bien mío y el de mis hijos, Claudio incrementó el personal doméstico. Más nanas, más cocineras, más choferes. Me sentía abrumada. Cuando Claudio no se hallaba en casa, su chofer se la pasaba preguntándome: «¿Y ahora qué hago, señora?». Me desesperaba que fuera tan servicial. Yo lo mandaba para su casa, pero no me hacía caso y se ponía a lavar los coches, a regar los jardines, a ejecutar trabajos de plomería. Me llegué a cuestionar si no lo había infiltrado Claudio para vigilarme. Era presa de un leve delirio de persecución.

Claudio, he de decirlo, se portó más cariñoso que nunca. Mientras más éxito alcanzaba, más amor destilaba a mí y a los niños. No era tacaño ni mezquino, al contrario, era espléndido y, siempre detallista. Me mandaba flores desde la ciudad donde se encontraba, al partir de viaje me dejaba una cartita sobre la almohada y organizaba cenas sorpresa y veladas con amigos. Cada uno de sus generosos y amorosos gestos incrementaba mi sentimiento de culpa. Tanto así, que varias veces me vi tentada a terminar con José Cuauhtémoc. No pude. Renunciar a él me parecía inconcebible. El contrapeso que ejercía sobre mi vida la tornaba más plena, más honda: más relevante. Mi día a día en mi hogar era increíblemente bueno, si bien a veces me daba la sensación de ser construido por alguien que no era yo, como si la corriente de los acontecimientos me hubiese llevado a ella. Una vida flotando a la deriva. La relación con José Cuauhtémoc estaba anclada en mí. Era la vida que yo había decidido, con sus riesgos y sus peligros, con potencia e intensidad. Más me valía asumir que, lo quisiera o no, mi romance con él era y sería inquebrantable.

Pasamos varias noches juntos. Con rigor militar, me atuve a los horarios previstos. Acrecenté mi arsenal de pretextos y me hice ducha en la elaboración de mentiras. Cual vil adolescente me escurría de la casa cuando ya todos dormían y volvía justo antes de que despertaran. Concentrado en sus múltiples negocios, Claudio carecía de tiempo y energía para someterme a interrogatorios. Nuestras conversaciones telefónicas eran amorosas y superficiales. Le pasaba a los niños y nos despedíamos con «besos amor, te quiero». Y una enorme ventaja cuando viajaba: los viernes y los sábados se iba a cenar con clientes y, afecto al alcohol y sin mucha resistencia, terminaba súpito en la habitación de su hotel. Crudo y con dolor de cabeza, no se reportaba sino hasta entrada la tarde.

Un dicho reza: «Sufre más el que pone el cuerno que al que se lo ponen». En mi caso, era por completo cierto. Vivía con un constante sobresalto y un imparable remordimiento. Mientras Claudio iba por el mundo tan tranquilo, yo sufría de una incapacitante angustia existencial. No lastimar se convirtió en mi mantra. No lastimar, no lastimar, no lastimar. Vivía con el miedo perenne del daño colateral, sin embargo no fue suficiente para detenerme.

La pirotecnia sexual con José Cuauhtémoc me condujo a lugares inimaginables. Me concebí más hembra que nunca. La intimidad in crescendo. El cuerpo como abandono, sin tabúes, sin límites, sin asco, sin reservas, sin contenciones. José Cuauhtémoc penetraba cualquier agujero mío penetrable hasta en ocho ocasiones por noche. Era una cogedera sin tregua que al salir me llevaba a caminar como si recién me hubiera bajado de montar un toro de rodeo. Quedaba tan sensible que hasta el roce de las pantis me ocasionaba dolor. Caminaba con las piernas abiertas para evitarlo. Lejos de molestarme, la consideraba una herida de guerra digna de una medalla al mérito amatorio.

A mí me quedaba claro por qué me había enamorado de José Cuauhtémoc, pero ¿por qué él de mí? Se lo pregunté a bocajarro en uno de esos momentos de inseguridad que me acometían de vez en cuando. «Por tu curiosidad vital y porque tienes un sentido urgente de la vida», respondió. Le pedí que abundara. «Vas hacia delante y no te detienes. No cualquiera tiene ni la fuerza, ni la voluntad para avanzar. Tú sigues y sigues, tan es así, que aquí estás conmigo.» Nadie me había definido en esos términos. Me gustaron: «curiosidad vital» y «sentido urgente de la vida». Y sí, caracterizaban a la mujer que desde niña había querido ser: una exploradora dispuesta a ir lo más lejos posible. «Y ¿qué defecto me ves?», pregunté, arriesgando a que su sinceridad arruinara lo recién dicho. «Ninguno», respondió juguetón. Tontamente, insistí. «Dime, uno.» Se volteó hacia mí y me miró a los ojos. «Te sobra mundo, pero te falta calle.» Me quedé fría. En una frase había diseccionado con exactitud el tipo de mujer que era.

Mi vida pre-José Cuauhtémoc la contemplé como un caldo nutritivo, aunque insípido. Mis coreografías eran muestra palpable de ello. Reflejaban mi medianía de miras. Repito, no me quejaba. Gozaba de una posición envidiable, pero todo encajaba menos yo. Una parte de mí se perdía en el mar de la estabilidad y la paz. El spleen baudeleriano derivado del bienestar y la complacencia. Tanta perfección terminó por sofocarme.

Aprendí a conjugar mi vida secreta con mi existencia rebosante de normalidad. Una vez que di por hecho lo inquebrantable de nuestra relación, logré ordenar las piezas. Puede sonar cínico, pero esparcí mi amor carcelario. Valoré más el tiempo que pasaba con los niños. Mi compromiso con Danzamantes se incrementó. Incluso, y esto redobla el descaro, mejoró mi sexualidad con Claudio. Dejé de mantener expectativas (esas las cumplía a cabalidad José Cuauhtémoc). Sus venidas rápidas e incontinentes dejaron de molestarme. Aprecié más su ternura y su calidez y cesó mi necesidad compulsiva por venirme. La intimidad se redujo a besos y abrazos, de una tibieza reconfortante y hasta placentera. Mientras mi relación con Claudio se tornó apacible, con José Cuauhtémoc experimenté un vendaval.

La visión sobre mi obra cambió. Vaya que cambió. Dejé de pensar en el público, en los críticos, hasta en mis propios compañeros. Sin la necesidad de expresar algo «importante», comencé a esbozar movimientos surgidos más de la improvisación que de un ejercicio racional. Sin ningún orden, sin ninguna coherencia. Yo, tan obsesionada por el «concepto», lo mandé a la goma. Nada de temas como el Everest o la maternidad. Dejé fluir la coreografía sin una idea central, sin dirección. Que mi trabajo fuera tan anárquico como mi amorío con José Cuauhtémoc. A la chingada la pulcritud y la corrección. Bienvenidos la torpeza, la fealdad, lo sucio, lo ingobernable.

Frente a mis ojos empezó a brotar el arte de un modo que jamás había visto. Lo humano, lo imperfecto, lo verdadero. Mientras más amorfos eran los ensayos, mientras más conflicto mi desorden provocaba a los bailarines y a las bailarinas, más poderoso el resultado. Mis modales de niña bien, siempre pendiente de no herir susceptibilidades, de no alzar la voz, de crear un ambiente democrático y agradable, los troqué por caos y ofuscación. Por agresividad, por pelea. Sin buscarlo, la coreografía comenzó por sí misma a hallar congruencia. Las piezas se unieron orgánicamente. Mis compañeros, tan renuentes a seguir este nuevo método, o más bien des-método, se sorprendieron por el parto de esta nueva obra. Almeida, tan flemático, tan calmo, tan imperturbable, lloró al ver el ensayo general. «Ahora sí», me dijo conmovido, «ahora sí».

Practicaron primero con unas velas. Las cortaron del mismo tamaño del dedil y probaron si podían caminar con ellas zambutidas en el culo. A los dos les dio cosita metérselas. A pesar de que era su idea, el Camotito era el más rejego. El eterno dilema del diseño ingenieril: el trecho entre proyecto y ejecución. Se la pensaron mientras ambos contemplaban el pedazo de cera untado con aguacate. «Vas tú primero», dijo el Carnes. El Camotito miró con aprehensión el pabilo encebado. Por más ridículo, tonto, peliculesco que pareciera, la única opción para entrar a las duchas a darle mate al JC era ocultar las puntas en sus delicados y viriles esfínteres.

El Camotito estaba obligado a dar el ejemplo. Eso le pasaba por andar discurriendo mamadas. Jaló aire para darse valor, se aseguró de que la vela estuviera bien lubricada, se metió debajo de las cobijas para no dar espectáculo, abrió las piernas y con lenta devoción la fue insertando en su recto. Sintió un poco lo que las niñas a las que violaron debieron sentir cuando las penetraron por atrás. Solo un poco. Soltó un «¡Ay cabrón!» cuando rozó los bordes de su orificio excretor. El Carnes observó la maniobra con atención. Si el Camotito se rajaba, él se rajaba. Pero al parecer, el Camotito había resuelto tomar el sinuoso camino del macho calado.

El Camotito controló el resuello para relajar los músculos rectales. Conforme la vela entró, el dolor trocó en la sensación de tener un pedazo de caca atorado. «Listo», dijo con orgullo. El peliagudo trance había sido solventado. El Carnes lo miró con desconfianza y alzó las cobijas para cerciorarse que la vela había desaparecido dentro del sacrosanto orificio de su compa. Y sí, había desaparecido.

Tocó su turno. Embadurnó la vela con el aguacate con tal amorosidad que el Camotito pensó que su compinche en el fondo era putañazo de corazón. Se equivocaba, solo era precavido. Terminó de prepararla. Se tapó también con las cobijas y procedió. No le casqueó tanto metérselo. De niño su madre le encajaba supositorios a la primera escamita de gripa y la sensación fue semejante.

Nada parecido al puto palo de escoba que le habían recetado en la novatada carcelaria. Exhaló e inhaló para aflojar el cubanito y en dos minutos ya estaba de pie. Su objetivo era caminar hasta las regaderas con la vela adentro, ducharse, secarse, vestirse y volver a la celda. Así podían comprobar si el plan a la Papillon funcionaba. Si se les escurría la velita en cualquiera de las etapas o les molestaba al grado de caminar igualito que un pato, abortarían la misión y elucubrarían otra alternativa.

La situación en el país se tornaba ultraspicy. Mientras el cartel de los Aquellos garantizaba la paz en los estados bajo su control, el otro cartel, que regía un territorio mucho más pequeño, había pateado al lagarto de la violencia y ahora soltaba mordiscos sin ton ni son. Al cartel de los Otros-Otros Otros-Otros, la táctica Gandhi del cartel de los Aquellos le parecía una soberana babosada. La única manera de sentar en una mesa de negociación a los gobiernos de México, Estados Unidos, Colombia, Bolivia y Argentina era con actos de terror extremos. Contrario a los demás carteles que se cuidaban de no calentar sus plazas, a estos les encantaba atraer a las abejitas del orden. Era un hit capturar soldados o federales, obligarlos a declarar frente a una cámara lo corrupto que era el gobierno, para luego grabar su ejecución y hacerla viral. Eso culearía lo suficiente a cuicos y milicos para que pidieran la baja o de plano desertaran. Si eso no bastaba, el secuestro y el descuartizamiento de las hijas adolescentes de los ricachones de los pueblos era una táctica tan eficiente o más que la anterior. Videos de las muchachitas desnudas y golpeadas, implorando por su vida a unos segundos de ser desmembradas con sierra eléctrica, causaban un impacto atroz. «¿Quieren que paremos? Entonces se van a poner guapos y van a conceder en cada punto que les exijamos.»

Las autoridades decidieron no someterse al burdo chantaje del cartel ojete y mucho menos traicionar a sus nuevos aliados. Pactar con el cartel de los Aquellos era la única posibilidad de pacificar al país. Era urgente que los gringos dieran su aprobación. La lucha contra las drogas estaba perdida desde el minuto en que se inició y más valía parar en seco las matazones que estaban desestabilizando al país.

El gobierno gabacho aprobó por lo bajito la estrategia. Emputecidos, los Otros-Otros Otros-Otros decidieron zambutirles un jarabe de chingamadryl para que aprendieran a no andar procurando acuerdos pendejos. Les dieron jaque mate a esposas de alcaldes, a estrellas de futbol americano, a niñitos rubios de una escuela en the middle of nowhere. Y nada de ensuciarse las manos, nada de culpar mexicanos. Los asesinatos los cometían rednecks yonkis hambrientos de dosis, a quienes los Otros-Otros Otros-Otros motivaban con una bonita dotación semanal de heroína por cinco años. Ahí iban los pelirrojos con cachucha a plomear señoras en los supermercados. Nada superaba tener insiders a su servicio.

El creador del cartel había comprendido una noción fundamental: no concentrar el poder en uno o dos changos. Los aztecas, por andarse con la jalada de tener tlatoanis, fueron conquistados en unos meses. Se chingaron a Cuauhtémoc y adiós imperio mexica. En cambio dominar a los apaches les llevó la friolera de trescientos años. I'ñor. Mataban a un jefe apache, surgían otros dos. Mataban esos dos, surgían seis y así hasta el infinito. La táctica de la DEA de descabezar carteles resultó tan fértil como un marrano capado. Por más que atraparan a los quesque líderes del cartel, el crimen seguía multiplicándose. Un cartel de células cancerosas con metástasis en todas las capas sociales. Un cartel sexy para las decenas de desharrapados que visualizaron por fin una vía para cobrarse siglos de chingaderas. La gran revolución que Marx teorizó no provino del proletariado, sino de la delincuencia organizada y de los políticos enmochados que permitían su crecimiento. Bien decía Ramos Frayjo: no hay crimen sin colusión.

El boss de bosses de los Aquellos sugirió al gobierno no desesperarse. «Esta gente se nutre de violencia. Déjenlos asesinar, violar, descuartizar cuanto quieran. No se metan. Al rato les va a pegar la canícula por dentro y van a terminar matándose entre ellos.» No le hicieron caso. El gobierno se fue a tope contra el cartel de los rabiosos. Mandaron tropas, tanques, helicópteros sin entender que esos moscardones se reproducían en el fuego. Los rabiosos se pusieron la mar de felices. Más muerte, más terror, más medios de exprimir a la población. El gobierno, terco en continuar con sus rudimentarias políticas basadas en el ojo por ojo, alimentó a la bestia. En algún momento, el cartel de los Aquellos debía entrar al quite y poner en orden a esas ladillas.

Una mañana, al llegar a la visita conyugal, el guardia de la entrada me pidió acompañarlo. «El señor director desea hablar con usted.» Lo interrogué para qué. «Una visita de cortesía.» No, en la cárcel no había cortesías de ningún tipo y toda solicitud de «hablar» implicaba una trampa. Seguro el susodicho director deseaba chantajearme o, al puro estilo de Carmona, rentarme una suite más grande y más cara. Llevaba poco en el puesto y debía empezar ya su despliegue de sobornos. «Le agradezco, no me interesa», le dije. El custodio me sonrió con una sonrisa afectada. «Señorita, le ruego entienda. No estoy en posición de desobedecer al director.» A decir verdad, yo tampoco estaba en posición de desobedecerlo.

El guardia me condujo hacia las oficinas. Fue necesario franquear varias rejas fuertemente aseguradas. Al final topamos con una puerta de acero. Cruzamos bajo la mirada de seis guardias armados con metralletas y entramos a una sala de estar amueblada con elegancia. Sillones tapizados en cuero, alfombra, litografías de Tamayo y al fondo, el escritorio de la secretaria. Al verme, la mujer se levantó y con decisión fue a estrechar mi mano. «Marina, un gusto conocerla. Pase por acá, por favor.» Me condujo a una pequeña antesala y me pidió tomar asiento. «¿Desea tomar algo?» Pedí un café. «¿Lo quiere con azúcar o con Stevia?» Vaya vaya, en la cárcel tenían Stevia. «Con dos sobres de Stevia, por favor.» Fue a prepararlo a una cocineta contigua, volvió y me lo entregó. «En un momento el licenciado la atiende», dijo con amabilidad.

Se sentó en su escritorio a trabajar frente a una computadora. No parecía pertenecer a ese lugar. Ropa de Zara, pero bien elegida y bien combinada. El cabello en tono natural, sin falsos tintes rubios y sin ocultar las primeras canas. Las uñas con manicura. ¿Qué hacía esa mujer de secretaria del director de una prisión?

Por la ventana con vidrios blindados se podía observar la cárcel. Custodios hacían su rondín. Algunos presos paseaban por el patio. Los centinelas desde las torres vigilaban con binoculares. Los perros de acoso echados dentro de sus jaulas. A lo lejos, la cancha de futbol, aún encharcada por las lluvias de los días anteriores.

Sonó el teléfono y la secretaria contestó. «En un momentito, licenciado.» Colgó y se volvió hacia mí. «Señora Longines, me sigue por favor.» Me condujo a un despacho. Abrió la puerta y me invitó a pasar. El director se hallaba de pie, esperándome. Se veía incluso más distinguido que su secretaria. Cincuentón, alto, delgado y un mechón de canas en el frente de su abundante cabellera. Traje cortado a la medida, de muy buen paño; corbata impecable. Nada de lo que podía esperar del director de un reclusorio. «Marina, muchas gracias por atender mi invitación», dijo. «Soy Francisco Morales, pero si gusta, puede llamarme Pancho.»

La secretaria salió y cerró la puerta tras de sí. El director me señaló una mesa donde descansaba una botella de Courvoisier XO Imperial. «¿Gusta un poco de coñac?» Negué con la cabeza. Al estilo de los más corruptos políticos mexicanos, una botella de coñac caro y vasos importados, era una minimuestra de su poder. Entre las maximuestras se hallaba el reloj Vacheron Constantin Patrimony de platino que ostentaba en la muñeca.

«Soy un gran admirador de su trabajo», me dijo de improviso. Me desconcerté. ¿Qué podría saber un funcionario de prisiones de mi quehacer dancístico? Creí que estaba bullshiteando «¿Conoce mis coreografías?», pregunté incrédula. El hombre sonrió. «Claro. Cuando fui embajador en Bélgica vi algo de lo que hizo con Lucien Remeau, usted era muy jovencita.» Me empezó a parecer absurda la situación. «¿Usted era embajador?» «Sí, Marina. Fui embajador en Bélgica y los Países Bajos, también lo fui en Portugal, Suecia e Israel. Además, dos veces fui senador de la República. También diputado federal y subsecretario.» Pancho debió notar mi desconcierto. «Se preguntará qué hace alguien con mi trayectoria aquí refundido. La respuesta es sencilla si usted sabe un poquito de política. Dije e hice cosas que no le gustaron al señor presidente y en lugar de castigarme con la embajada de Honduras, me exiliaron a este puesto menor. Pero, cómo usted sabe, la política da muchas vueltas.»

Entendí el coñac, el Vacheron Constantin de un millón de pesos, el traje a la medida, la corbata de seda. Era uno de los dinosaurios de la política. Debía nadar en dinero mal habido. Su labia edulcorada era típica de corruptos que intentaban disimular así su vergonzosa conducta. Por más que quisieran depurar sus modales, no dejaban de ser cerdos disfrazados de principios. «Usted tiene una carrera impresionante, licenciado», le dije, a sabiendas que los políticos aman las lisonjas. «Pancho, llámeme Pancho.» Su afabilidad empezó a confundirme. «Perdone Pancho, ¿para qué me pidió que viniera?» El tipo sonrió. «Tenemos amigos en común, querida Marina, incluido Lucien, a quien varias veces invité a cenar en la residencia de la embajada. Buen tipo, por cierto.» Me sentí incómoda. La idea de la extorsión volvió a rondar mi cabeza. «Aún no entiendo para qué quiere verme, Pancho», le dije, remarcando el «Pancho». Se sentó a mi lado. «Solicité verla para advertirla, Marina. Creo que usted no sabe ni en qué, ni con quién se está metiendo.» Estuve a punto de responderle con un «¿y a usted qué chingados le importa?». Me refrené. Pancho sabía demasiado sobre mí. «¿A qué se refiere?», inquirí afectando ingenuidad. «Marina, podemos hacernos locos y fingir que no sabemos de qué estamos hablando o mejor, tomamos el toro por los cuernos y hablamos con franqueza.» Me quedé callada. Sí, había un toro que domar, para qué negarlo. «Mire, usted está casada, con tres maravillosos hijos, su carrera es exitosa, su casa en San Ángel es linda, Claudio es un tipo respetado en el medio financiero. Si quiere una relación extramatrimonial, la entiendo. Pero ¿por qué con un tipejo como Huiztlic?»

En definitiva el señor embajador, castigado con un empleo en el culo del inframundo, sabía mucho de mí. Era presa fácil para cualesquiera que fueran sus intenciones. «Entiendo su punto, señor director», le dije, esta vez subrayando «el señor director.» Debía evitar el «Pancho» y cualquier confianza que diera pie a otras interpretaciones y agregué: «pero las decisiones en el amor son un misterio hasta para nosotros mismos». Sonrió con sorna. «Bonita forma de llamarle a su pendejez», dijo en tono paternal. «Marina ¿tiene idea de por qué está preso el señor Huiztlic?» Este imbécil debió creerme una niña o, como lo planteó antes, una pendeja. «Sí, lo sé», sostuve con firmeza. «Yo creo que no», continuó Pancho. «José Cuauhtémoc Huiztlic Ramírez quemó vivo a su padre mientras convalecía de una enfermedad incapacitante. Lo roció con gasolina en su silla de ruedas y le prendió fuego. Purgó quince años de cárcel por parricidio y salió libre. ¿Y sabe qué? Nunca debió salir. En cuanto estuvo libre este psicópata mató a un muchacho de diecinueve años y a un comandante de la Policía Federal. ¿Esto se lo contó su amiguito?» Asentí. El tipo me miró con asombro. «¿Y aun así viene usted a acostarse con él consciente de que es un asesino y que puede matarla a la menor provocación?» No iba a explicarle que confiaba en José Cuauhtémoc más que en nadie. «La decisión de acostarme o no con quien sea es solo mía», le respondí altanera. Me clavó la mirada. No tardaba en venir el latigazo. Imaginé que me pediría una cantidad exorbitante para no confesarle a Claudio mi romance clandestino. Ingenua hasta lo indecible, no pude prever lo que plantearía. Se inclinó hacia mí y almibarando la voz me dijo: «Yo puedo ofrecerte algo mucho mejor, Marina». La verdad, no la vi venir. Aun sin la certeza de qué en realidad deseaba, lo cuestioné. «¿A qué se refiere, licenciado?» Sonrió. «Marina, si vas a tener un amante, al menos que sea alguien de categoría, un hombre como yo.» ¿En qué momento el muy imbécil se consideró un «hombre de categoría»? Tuve ganas de vomitar. ¡Carajo! ¡Carajo! ¡Carajo! ¿Por qué nunca anticipé que esto podría suceder? Era obvio que tarde o temprano alguien lo haría. «Le agradezco, pero por el momento estoy bien.» Sonrió, esta vez con un gesto burlón. «Creo que no entiendes, Marina. No es lo mismo que te cachen en una infidelidad con una persona de tu clase social, que con un tipo en lo más bajo del escalafón.»

Traté de no perder la compostura. Estaba en sus manos. Videos, fotos, fichas de ingreso, testigos a su alcance. Podía joderme bien y bonito. Debía zafarme del modo más elegante posible. «No nos conocemos, licenciado. Es la primera vez que lo veo en mi vida. Necesitaría…» Me interrumpió colocando su mano sobre la mía. Instintivamente la retiré. «Mira, podemos vernos fuera de aquí, hablar, convivir. Ya verás que no soy el que piensas.» Mucho #MeToo en el mundo y yo ahí embarrada en el peor de los escenarios posibles. «Estoy enamorada de…», casi pronuncio el nombre de José Cuauhtémoc, «… de Claudio, mi marido». No se inmutó. «Te propongo algo. Vamos a darnos una oportunidad. Salgamos un par de veces y verás que nos vamos a entender. Llámale a Lucien. Él me conoció bien. Te dirá el tipo de persona que soy. Y mientras, para que tu amorío no nos estorbe, te cancelaré el ingreso a la prisión. Y si te niegas a que salgamos, confinaré a tu noviecito en encierro solitario. Así se les quitará a ambos la necesidad de seguir tonteando.»

Estuve a nada de pegarle una cachetada. Hubiera sido una estupidez. Una contestación mía fuera de lugar y no solo revelaría a Claudio mi amasiato, sino que sobre José Cuauhtémoc pendería una condena perpetua al aislamiento y a tandas diarias de golpizas. No había ruta de escape. «Vamos viendo», me limité a decirle. «Vamos viendo», repitió. Me entregó su tarjeta. «Ahí viene mi número de celular. Mándame un WhatsApp en cuanto salgas de la cárcel.»

Me acompañó a la puerta. Quiso despedirse con un beso. Con habilidad lo evité. Un custodio me guio a la salida. Alegué que aún corría tiempo de mi visita conyugal y deseaba ver a mi novio. «Lo siento señorita, no está autorizada.» Inútil regresar a la oficina de Pancho a mentarle la madre. No me quedó de otra que apechugar.

*Ceferino, ¿qué familia imaginaste fundar cuando saliste del rancho? ¿Pensabas en una familia feliz: esposa, hijitos, perro y casa propia? ¿Nos vislumbraste en Navidad abriendo regalos bajo el árbol, dándonos abrazos amorosos? ¿O tu visión estaba permeada por la pobreza brutal que enfrentaste de niño? Me ha dado curiosidad saber si los anuncios agringados con güeritos brindando alrededor de una chimenea trastocaron tu manera de enfocar el futuro. Aunque tu discurso político-social se oponía a esa forma de colonización perpetua que son los anuncios «aspiracionales», me pregunto si influyeron en ti los mensajes «subliminales» generados por los publicistas. Vamos, Ceferino, reconoce si esas imágenes idílicas diseñadas para crear «calidez», «empatía», y sobre todo, «conmover» no tocaron tu corazoncito. No me digas que los festejos navideños de familias blancas y burguesas no te hacían aguar la boca. Olvida por un momento tu discurso furibundo y dime si no pensaste en celebrar con niños corriendo alrededor de un árbol repleto de esferas, vistiendo suéteres de grecas, con papá y mamá mirando con satisfacción los logros obtenidos a base de trabajo y honradez, la estampa perfecta del capitalismo. No sé si el bombardeo de esas lindas representaciones de la felicidad mexicana fue lo que te llevó a casarte con una guapa españoleta de ojos azules. Me sé de memoria tu cantinela de revertir la violación a la Malinche, ¿no sería más bien tu anhelo de ser uno de esos rubiecitos radiantes y plenos?*

*¿Sabes cómo hubiese querido que fuera mi familia? La palabra indicada sería «ligera». Eso, ligera. Que tú fueras ligero. Sé que te resultaba imposible dominar tu carácter iracundo, pero ¿por qué las hu-*

405

*millaciones? Para disculparte tus amigos te describían como «indómito» «intenso», «apasionado». Claro, lo sostenían desde afuera, al margen de tus embates rabiosos. Ya me gustaría que quienes te excusaban te tuvieran un par de horas diarias en sus casas. No te hubiesen aguantado ni cinco minutos.*

*Pertenecí a la familia más disfuncional del país. Éramos pesos completos en eso del desastre familiar, los Mike Tyson del caos, de la infelicidad, de la carencia de afecto. Fundaste una estirpe de desadaptados, papá. La única esperanza reside en las hijas de Citlalli. Aunque, después de verlas crecer en el ambiente anómalo y estrambótico de nuestra casa y presenciar a su madre extraviada entre eructos y largos periodos de inconsciencia, dudo que en ellas germinen virtudes. Aún niñas, en su mirada aviesa y su carácter explosivo se trasluce tu linaje. Quizás en un hijo o en una hija de José Cuauhtémoc se encuentre la salvación de nuestra progenie. Nunca sabemos dónde saltará la liebre.*

Lejos de calmar sus ansias asesinas, el aplastante mutismo del monasterio le quintuplicó los celos al Máquinas. Gorgoritearon en su mente imágenes de Esmeralda desnuda en manos de José Cuauhtémoc. De perrito, 69, doblada, boca arriba, boca abajo, boca allá abajo, meneándole las nalgas, abriéndole las piernas. Una reverenda tortura. Antes de que le explotara el cerebro, el Máquinas decidió largarse. Entendió por qué se había suicidado su compa. Tanto pinche silencio provocaba un ruido bestial dentro de uno. Esmeralda, Esmeralda, Esmeralda. Puta madre. Puta madre. Puta madre.

Fue a dar a un blandito hotel de tres estrellas en Tlalnepantla, donde nadie imaginaría que un sicario se hospedara. Para no salir mandaba a los botones a comprarle hamburguesas, malteadas y comida chatarra, porque el menú del jodido room service le parecía una mariconada: pechuguita asada, ensalada del chef, consomé de pollo, club sándwich. Comida de Weight Watchers. Día y noche miraba los noticieros ansioso por detalles referentes a José Cuauhtémoc. Nada. Eso sí, el gobierno presumía ufano el descenso de la criminalidad en dieciséis entidades del país. Con el trasquile típico de los ladrones de crédito, los políticos aseguraban que ello se debía a «las acertadas estrategias implementadas en contra del lacerante flagelo de la delincuencia» y no por gracia delhijodeputa control que ejercía el cartel de los Aquellos.

El Máquinas, educado en la metalectura, la hermenéutica, la casuística y la heurística del crimen, dedujo que si el cartel de los Aquellos había reprimido con tal ferocidad la tentativa de asesinato de José Cuauhtémoc es que algún tirilili traían con el gobierno. Protegían al rubio para impedir marejadas. Era tan transparente como el aire que respiró Humboldt. La queja de las bandas chilangas de que varios de sus malandros se habían desvanecido igualito que Remedios la bella se debía a la eficaz barredera de los Aquellos.

El cartel se lo había advertido bien clarito: «Lárgate, porque donde te hallemos te cortamos en pedacitos». Pero el Máquinas no era pollito y no emprendería la graciosa huida. Buscaría aliarse al cartel de los Otros-Otros Otros-Otros. Les ofrecería ser punta de lanza en el centro del país. Lideraría las bandas inconformes con el dominio de los Aquellos y prometería recuperar el territorio y los negocios subsidiarios. Antes debía demostrarles su valía. El primer paso: reventar el equilibrio de paz y progreso. Meterle turbosina a la violencia. Provocar un desmadre kingkonesco para joder a los Aquellos. La filosofía kamikaze en su expresión más pura. De eso le había servido ver tantos noticieros: una escuela de técnicas avanzadas en crimen internacional.

En cuanto puse un pie fuera del reclusorio tomé el celular y le llamé a Pedro. «Me urge verte», le dije. Quedamos en un café cerca de su oficina. Cuando llegué, Pedro ya me esperaba. «¿Por qué tanta prisa?», preguntó. Le conté a grandes rasgos sobre mi cada vez más intensa relación con José Cuauhtémoc, de las visitas conyugales dos veces por semana, de las noches en la suite Westin, de las negociaciones con Carmona y de cómo sus «muchachos» me cuidaban. Pedro se asombró. «Oye, lo tuyo ya casi es un matrimonio. Tan bien escondidito lo tienen que ni Julián ni yo lo habíamos notado.»

Me reconvino por no haberle compartido mis andares. «Te has arriesgado muchísimo yendo a la cárcel por las noches cuidada por quién sabe quién. No es que vayas al Country Club a encontrarte con tu novio secreto.» Me aseguró que podía contar con él. Que si volvía a escaparme a ver a José Cuauhtémoc, le avisara para estar al pendiente. Le ordenaría a Rocco, su jefe de seguridad y de una discreción a prueba de fuego, que se hiciera cargo de ayudarme. Acepté su oferta. En Rocco sí podía confiar. Era un hombrón serio y reservado que coordinaba a los ocho escoltas de Pedro.

«Te he contado solo la mitad», le dije. «¿Falta más?», preguntó con asombro. Le platiqué de la «propuesta» de Francisco Morales. Pedro sabía perfectamente de quién se trataba. Un político de la vieja guardia priista, con una enorme cola que pisarle y que detrás de su fino trato, se ocultaba un tipo resentido y artero. «Ha ido a la galería a comprarnos cuadros. No escatima.» Eran conocidos sus negocios ilícitos y Pedro agregó que, según rumores en el medio político, en Israel estuvo a punto de ser expulsado como embajador y declarado persona non grata por sus corruptelas. No quedaban claras cuáles, pero encresparon al gobierno israelí. El presidente lo retiró del cargo de inmediato y así se conjuró el trance. Se evitó el escándalo diplomático y la lluvia de prensa negativa. Esa, y no otra, era la razón por la cual Pancho Morales ahora despachaba desde el Reclusorio Oriente y no por el cuento de haber «ofendido al presidente».

«Este tipo no se tienta el corazón», afirmó Pedro. Al detallarme su currículo, Morales no incluyó la dirección de inteligencia del gobierno federal, ni la subsecretaría de Gobernación especializada en el control político. Era un experto en las fístulas del régimen y su poder residía en la enorme información a su alcance. Tenía acceso a los datos más nimios de cualquier ciudadano común y corriente: cuánto había gastado por mes y en qué rubros, en qué banco guardaba su dinero, con quién estaba casado y cuántos hijos, adónde viajaba, a quién llamaba y con qué frecuencia, qué auto manejaba y cuántas infracciones había cometido, cuánto debía de impuestos, cuentas en el extranjero y hasta qué productos compraba en el supermercado. Lo que me contó Pedro me turbó. Jamás imaginé que el gobierno mexicano pudiese obtener esa cantidad de información sobre cualquiera. «Si te quiere joder, te jode. No se va a andar con contemplaciones.»

«¿No puedes hacer nada al respecto?», le pregunté. Pedro meditó su respuesta. Morales era un adversario mayor. Un alacrán enquistado en lo más profundo del sistema político mexicano. «Está muy desprestigiado dentro del círculo rojo», sentenció, «pero cuenta con el apoyo de varios políticos transas que están en deuda con él. Si el presidente lo protegió, es porque Morales sabe demasiado de demasiados». En mis adentros deseaba que Pedro me diera la certeza de que todo iba a estar bien. Nada más lejos de ello. «Vas a tener que seguirle el juego en lo que hallamos qué hacer», me dijo. «Luego te desafanas, mientras no lo provoques. Puedes pagarla carísimo.»

No había duda, estaba entrampada. Las quijadas del cepo bien prensadas alrededor de mi tobillo. Zafarme por la fuerza solo provocaría una hemorragia incontenible. Debía verlo, aunque la mera idea me asqueó. Impensable un roce suyo o un beso. Me revolvió el estómago solo imaginarlo. Vislumbrar a José Cuauhtémoc en encierro solitario, o sujeto a torturas, me incitaba náuseas aún más intolerables. Pagaría caro haberse involucrado con una burguesita casada y no sabría ni por dónde le llegaría el golpe.

Pedro prometió ayudarme. «Ay mija, en la que nos fuiste a meter.» Que hablara en plural me tranquilizó un poco. En cuanto se alejó entró un mensaje a mi celular. «Te pedí que me escribieras apenas salieras del reclusorio.» Le respondí con un escueto «hola licenciado, me comunico con usted más tarde». Apenas lo mandé y sentí un escalofrío.

Por la tarde fui a Danzamantes. Mi nueva y anárquica coreografía avanzaba con solidez. Era mi trabajo más excitante, realizado con un sentido de apremio del cual carecía mi obra anterior. Los trazos, la puesta en escena, las ejecuciones manifestaban no solo el inicio de una nueva etapa personal, sino una transformación de la compañía en su conjunto. Por primera vez sentí al grupo actuar en sintonía y con un profundo respeto a mi autoridad. No cuestionaron ni una sola vez mis decisiones. Obedientes, siguieron mis criterios sin chistar. Aunque aún prevalecía dentro de mí el espíritu igualitario, esta vez no abrí el proceso a digresiones de ningún tipo. Yo mandaba y punto.

Llegué a la casa a cenar. Aterrizar en el cálido núcleo familiar me costaba cada vez más trabajo. El mismo ambiente que me brindaba seguridad me causaba escozor. Mi esquizofrenia existencial en algún instante terminaría por partirme en cachitos. Solo mi profundísimo amor a mis hijos impedía que me desgajara. Sus vocecitas, sus besos, sus abrazos me permitían enderezarme y seguir adelante.

Esa noche hice el amor con Claudio. Fui yo quien lo buscó. Me desnudé y me arrimé a su lado. Tomé su pene, me lo metí a la boca y se lo chupeteé. Claudio se sorprendió por intentar lo que yo siempre me hallaba renuente a hacer. Una vez erecto, se montó sobre mí y me penetró. Me dolió, no estaba lubricada en lo absoluto, y sentí los tirones lesionarme el epitelio vaginal. Un alivio que se viniera rápido. No me quejé, lo que yo buscaba era cobijo, no excitación.

Fue un error. De nuevo la sensación de serle infiel a José Cuauhtémoc. De nuevo la intimidad sexual con mi marido abría una brecha entre nosotros. Mi vínculo con Claudio, trastocado por el hábito y por la patente diferencia de perspectivas de vida, lo sostenían los niños, el afecto, la coexistencia, la economía mancomunada, en definitiva, ya no el amor. Es más, me cuestioné si en verdad alguna vez estuve enamorada de él. De que lo quería, lo quería muchísimo, pero jamás despertó las pulsiones avivadas por José Cuauhtémoc. Cuando no veía a Claudio, incluso desde novios, me quedaba tranquila, sin alteraciones. La posibilidad de no ver a José Cuauhtémoc me angustiaba al punto del sofoco. Sufría una obsesión permanente por saber de él. Eso no significaba que deseara abandonar a mi esposo, o que hubiera dejado de quererlo o lo despreciara.

Esa fue la última vez que hice el amor con Claudio.


El Camotito y el Carnes cambiaron la fecha del asesinato varias veces, hasta que decidieron atornillarse a JC el segundo sábado del mes, sin saber que ese mismo día el rubio se relamería para verse con Marina por primera ocasión en la suite. Una fecha rily important para los cuatro. Dos cuchileándose para el amor, los otros para matar.

El Camotito remojó los dediles durante tres horas para suavizarlos. Luego les embarró el aguacate. Metérselos no fue tan espinoso como pensaron. Perturbadores de a madre, aunque luego de un rato de dar de vueltas con ellos, terminaron por acostumbrarse. En un periódico el Camotito se enteró que en un atentado suicida un terrorista islámico había matado a varios al detonar un explosivo oculto en el culo. Saberlo le hizo creer que era un innovador criminal a la altura de los mejores del mundo.

El sábado JC despertó con el ánimo de un hámster con rueda nueva. Esa noche era La Noche. Ya había descartado por el resto de su vida entrepiernarse con una morra y ahora, por la caprichosa geometría del destino, estaba en vías del remake. Haría el amor no con una prostituta, mucho menos con uno de esos efebos con quienes varios de sus compañeros se descremaban, sino con la mujer que amaba. Yes, míster, a-m-a-b-a. Se preguntó qué habría sucedido si se hubiesen topado en la calle como personas comunes y corrientes. ¿Se habría disparado el fogonazo o habrían pasado de largo uno del otro? Quizás en el ancho y ajeno mundo ella no se habría fijado en él. Un bato más con el que se cruzaba. Bendita cárcel, lo único bueno que le había traído.

El horario de las regaderas se dividía en dos turnos: el de las seis y media y el de las nueve. Esa mañana JC decidió bañarse después de desayunar. Era socio activo del agua y del jabón, no al estilo de otros compas a quienes la palabra baño nomás no les encajaba. Sin pena, los batos caldosos y grasientos deambulaban por los pasillos flameando al prójimo. Para JC, el aseo y el ejercicio impedían la degradación personal. La mayoría de los suicidas morían desaliñados y sucios, con costras de mugre en la espalda, los dientes cariados al extremo de la podredumbre, las uñas largas y sucias, hongos en la piel, lagañosos. La muerte arribaba a ellos mucho antes de colgarse de los barrotes o de rebanarse la carótida con un trozo de azulejo. Y no, JC no se vencería, menos ahora que una mujer le llenaba la existencia.

El Camotito y el Carnes se habían preparado para refilárselo en el primer turno. El rubio acostumbraba ducharse diario a las seis y media. Se aguachinaron cuando al asomarse a las regaderas no lo vieron. Tanto hornear el lechón para que el rubio no estuviera. Se vistieron y en chinga regresaron a la celda. El dedil empezó a cucarearles el viaducto y por más que lo apretaron nomás no se les quitó la piquiña.

Los extrajeron y se rascaron el anillito hasta hallar un poco de consuelo. Luego de diez minutos de rasca-huele bajaron al comedor. Descubrieron al gigantón tan campante monchando un taco de huevo aceitoso. Convivía con dos batos a los que no reconocieron. No lo sabían, pero eran de los mandriles que don Julio le había asignado para protegerlo. A las ocho y media, JC se levantó de la mesa y salió del comedor. El Carnes y el Camotito decidieron seguirlo. A uno de los babuinos le parecieron sospechosos. ¿Por qué se habían levantado al mismo tiempo que él? Alertó a los otros manes. «Aguas con esos.»

José Cuauhtémoc entró a su celda, tomó su toalla y se enfiló hacia las regaderas. El Carnes y el Camotito corrieron a insertarse el supositorio letal. Los manes repararon en su prisa. Uno de ellos le susurró a JC en el oído. «Ponte trucha carnal, que creo que te quieren chingar.» Y sí, debía ponerse trucha, bien trucha.

Se quitó el uniforme en los vestidores y lo dejó doblado sobre una banca. Bichi, se envolvió en la toalla y partió hacia las regaderas. En la entrada dos custodios lo revisaron. Nada. Ningún arma, ninguna punta, ningún pedazo de vidrio, ningún hueso de pollo afilado, ningún cepillo de dientes tallado para cortar. «Pásale», le ordenaron. Se fue derecho a la ducha al fondo. Desde ahí tenía pantalla panorámica para guachar a los demás. Abrió la llave en espera del milagro del agua tibia. Otros tres se bañaban más allá, muy empicados en lo suyo. No, esos no eran los malosos. Notó el arribo de dos fockers que no conocía. A lo lejos, uno de los manes se los señaló con el mentón.

Los dos tucanes se colocaron cada uno en una regadera diferente. Al igual que JC, abrieron la llave y simularon aguardar a que se entibiara el agua. Se miraron uno al otro como tortolitos en luna de miel hasta que el Carnes hizo un ligero gesto con la cabeza. En un movimiento sincrónico, ambos jalaron el cordón tampónico que sobresalía de su ano y extrajeron las puntas.

El Camotito y el Carnes disimularon los filos entre las manos y continuaron con la ficción del baño. Después de un rato, con una leve señal Camotito le indicó al Carnes que era el momento del guan-tu-tri. Y al tri, punta en mano, emprendieron la acometida.

412

Trescientas veces

Trescientas veces te pedí que no y trescientas te
valió. Trescientas veces te supliqué que pararas
tus coqueteos y te valió. Trescientas veces te
dije que no lo vieras y trescientas te valió.
Trescientas veces desapareciste con él y te valió. Trescientas veces y no escuchaste. Trescientas son muchas. De verdad que son muchas. Pero, te
valió.

Por eso tuve que darte trescientas puñaladas. Para
que entendieras de una buena vez lo que yo sentía
cuando no me hacías caso, cuando te rogaba que ya
no siguieras metiéndote con él, que me moría cada
vez que te veía hacer lo mismo. No hice más que
enterrarte el cuchillo las mismas veces que me
lo enterraste tú a mí.

Trescientas cuchilladas mi amor, que terminaron
por dolerme más a mí que a ti.

Juan de Dios Rebolledo Martínez
Reo 73456-9
Sentencia: treinta y cinco años por feminicidio

Al despertar me hallé con un mensaje de WhatsApp: «Te veo a las tres en Le Cuisine para comer». Morales me sabía tan en su poder que ni siquiera me preguntó si podía o no ir a verlo. Bien me lo había advertido Pedro: «Síguele el juego». Tarde o temprano hallaría una salida. O al menos, esa era mi esperanza.

Le Cuisine era uno de los restaurantes favoritos de Claudio. Cercano a su oficina, él y sus compañeros de trabajo lo frecuentaban a menudo. Panchito debía saberlo. Un tipo de su calaña no me citaba ahí por coincidencia. Le contesté con un «¿podríamos vernos en otro lugar?» que el otro reviró con un rotundo «No. Ahí te espero». Cabrón de cabrones. Bien dice el dicho: «Información es poder» y él poseía toneladas de información sobre mí.

Me resigné a ir. Ese día, temprano, Claudio había viajado a Monterrey y al menos, no me lo toparía. Cuando hablé con él más tarde le avisé que comería en Le Cuisine con Pedro, Julián y directivos del reclusorio. Buenazo como era, me recomendó pedir los *escargots* trufados. Ni siquiera me cuestionó quiénes más iban.

Iría a ver a Morales con un vestido lo más simplón y lo menos atractivo posible. Si pudiera, me disfrazaba de botarga del Pollo Loco. No practicaría ninguna higiene para convertirme en una mujer apestosa y repugnante. Después del desayuno, a propósito no me lavé los dientes con la esperanza de que las bacterias me brindaran una halitosis de miedo. Mi plática sería banal y chata, sin ninguna traza de seducción. Aunque eso poco debía importarle a Morales. Iba tras mis nalgas, no tras mi conversación.

Le Cuisine era un establecimiento ridículamente caro. Sitio de power lunchs y de afectación muy mamona, de esos que aún solicitan a los comensales vestir con traje y corbata, meseros uniformados, vajillas Limoges, cuchillería de Christofle, vasos de Saint-Louis, mantelería de lino importada de Brujas. Se hallaba ubicado en la zona financiera de Reforma y su dueño, se decía, era el líder del sindicato petrolero. La clase obrera al servicio de las mejores causas.

Estuve tentada a llamarle a Julián para contarle de la «invitación» de Morales. Estaba segura que, al contrario de Pedro, me diría «no vayas». No podía abrir una ventana a la cueva del lobo. Pancho olfatearía mi miedo y sin titubeo soltaría la primera de decenas de tarascadas. No soltaría hasta haberme exprimido sexual y quizás, económicamente. Porque estaba convencida de que nada lo satisfaría. Debía maniobrar lo mejor posible. Era tiempo de entrar en el México bronco disfrazado de restaurante de lujo.

Llegué a encontrarme con él con diez minutos de retraso. No quería llegar antes, sentarme sola y ser sometida al escrutinio de los presentes. A la recepcionista le anuncié que iba a la mesa del licenciado Morales. «¿Ah? Don Francisco. Por acá por favor.» Pésima señal.

Cruzamos el restaurante hasta una mesa al fondo. Avancé pendiente de no toparme con algún conocido de Claudio. Si alguno me interceptaba, debía ser lo más cortante posible. «Disculpa, me están esperando. Gusto en saludarte.» Al verme, Pancho se levantó para recibirme. «Aquí está su invitada, don Francisco, señaló la recepcionista.» Morales agradeció con una ligera inclinación de cabeza. Estiré mi mano a la distancia para estrechársela y así evitar cualquier tentativa de saludo de beso. Me ofreció sentarme a su lado, pero me coloqué frente a él de espaldas a los demás. La mesa se hallaba en una esquina, con perspectiva privilegiada del salón, pero no quería quedar a la vista y menos cuando estaba segura que Morales intentaría acariciarme la mano o, peor aún, amagar con besarme.

A un costado de la mesa se hallaba una botella de champaña dentro de una cubeta con hielos. «La tengo enfriando para celebrar nuestro encuentro», dijo. Qué baratos son los hombres cuando quieren demostrar el poderío de su billetera. «Me produce dolor de cabeza», le mentí, porque en realidad me encanta y más el Krug Vintage Brut 2000 que yacía sobre el hielo. Si quería beberlo, más me valía pagármelo cuando a mí me placiera y no caer en la artimaña del cabronazo de Morales para embriagarme.

«Un gusto que hayas aceptado venir», me dijo el cínico. Estuve a punto de responderle: «No creo que tuviera alternativa», pero respondí con una sonrisa lo más glacial posible. De mi sonrisa falsa y mi actitud hipócrita dependía mi futuro y el de José Cuauhtémoc.

Pero también debía ser lo más clara posible y resistir sus insinuaciones.

Cada movimiento de Morales se notaba artificial, simulado. Si a Héctor y a Pedro el buen gusto les era connatural por crianza y, por qué no decirlo, por engreimiento clasista, el de Morales era a todas luces una burda imitación. Así solía suceder con los políticos encumbrados. Sus modales se sentían fingidos, sus intereses culturales aprendidos solo para apantallar, no por un genuino apetito. Morales aparentaba ser un hombre de mundo, cultivado, cuando sus conocimientos más bien parecían obtenidos de Wikipedia.

No cesó de restregarme a «mi gran amigo Lucien». Estoy persuadida de que si le llamaba por teléfono, Lucien apenas lo recordaría. Morales, como buen político, gozaba de buena memoria. Lo demostró cuando un par de zalameros llegaron a la mesa a saludarlo. Les preguntó de nombre por sus esposa e hijos, y sabía con exactitud la última vez en que los había visto. Los tipos se retiraron felices de que alguien de su jerarquía recordara tantos detalles sobre ellos.

Después de un repaso sobre la cantidad de ballets que había presenciado a lo largo de su vida en los distintos países donde fue embajador, me atreví a preguntarle, aun a sabiendas de la respuesta, cuál era el objetivo de habernos reunido. «Quiero que me conozcas, Marina», dijo mientras atacaba un soufflé de chocolate. «Me interesa una relación contigo, lo sabes bien, y que te alejes de una vez por todas de ese animal.» ¿Animal? Estoy segura que José Cuauhtémoc recibiría el epíteto como una insignia de honor. «¿A qué se refiere con relación?», lo cuestioné. Durante la comida me había pedido reiteradas veces tutearlo. Lo evité. No podía abrirle el más mínimo resquicio. «Eres una muchacha de sociedad, de buena familia, con clase. Guapa, culta, ¿qué más puedo pedir?» A quemarropa le pregunté hasta dónde quería llegar conmigo. «Hasta donde se pueda», respondió, «pasar noches juntos, viajar, vernos a menudo. Una amistad íntima, sin complicaciones. Verás que soy mucho mejor que el homicida con el que te revuelcas en los cuchitriles de la prisión». Qué manera más edulcorada de decirme «quiero que seas mi puta y metértela cuando se me pegue la gana». «Va un poco deprisa ¿no cree?», le dije. Sonrió. «Aprovecha para cambiar tu vida, con o sin mí», sentenció. «Créeme que nos vamos a entender. This is meant to be.» Casi suelto una risotada. El inglés en su boca sonaba absurdo. Ni el traje de Savile Row, ni las mancuernillas de oro, ni el reloj de cientos de miles de dólares le compraban un milímetro de clase. «No le demos más vueltas al asunto, querida. La química entre nosotros es más que obvia. Tengo un departamento en este mismo edificio. ¿Por qué no vamos y platicamos más a gusto?» Lo único que atiné a preguntarle fue: «¿Está casado?». Sonrió de nuevo. «Igual que tú, Marina. Pero eso ¿en realidad importa?»

A sus ojos, una mujer de mi posición social que se acostaba con un reo debía ser una coscolina dispuesta a coger con quien se le cruzara. Y sí, de esa manera debía pensar él y cincuenta millones de tipos más. Yo misma no sé cómo juzgaría a una amiga en mi misma situación. Al menos de loca no la bajaría. Debía ir contra el estereotipo. «Todo en su momento», le dije para capotearlo.

Al despedirse, Pancho tomó mi mano y me miró a los ojos. «Nos va a ir de maravilla, verás.» Sonreí con la misma sonrisa falsa que fingí durante la comida. «Ya veremos», le respondí. «Espero que le haya ido muy bien a Claudio en Monterrey con los De los Santos. Increíble la suite que alquiló en el Quinta Real. La 102, la suite del Virrey. Me he hospedado ahí varias veces. Gran elección.» La rabia comenzó a bullirme por dentro. «Mire, licenciado. No me gusta la sensación de ser espiada y menos que meta a mi marido en esto.» La mirada de Morales se tornó dura. «Marina, mientras más rápido nos entendamos, mejor.» Las agencias de inteligencia de la nación al servicio de un acosador sexual. Decenas de capos del narcotráfico deambulando por el país y los espías gubernamentales ocupados en stalkearme. Me ahorré el comentario. «Por favor, tampoco involucre a José Cuauhtémoc», le pedí. «No te preocupes. Mañana cenamos en Di Paolo, a las veinte treinta. Y vente mejor vestida. Tus fachas no van con lugares de esta clase. Buenas tardes, querida.» Se dio vuelta y partió deprisa. En el camino un comensal se levantó a saludarlo. Aproveché para escabullirme detrás de él y salí del restaurante sin voltear atrás.

*Ceferino, cómo te gustaba despotricar contra los psicólogos y contra cualquier tipo de terapia psicológica. «Sin neurosis no avanzamos», nos decías, «nos cuesta años adaptarnos a las condiciones más desfavorables para que luego un mercachifle se encargue de quitarnos las herramientas con que lo logramos. Nunca caigan en la trampa». Nos placía ver cómo José Carrasco, tu amigo psicoanalista, te refutaba: «Deja de decir tonterías, Ceferino. Se trata de liberarte de los pesos que te impiden progresar». Negabas con vehemencia. «Eso solo les sucede a los débiles. Los fuertes usamos ese peso para jalar hacia delante.»*

*Formado en la escuela junguiana, a Carrasco lo respetabas. Lo recuerdo polemizando contigo en la sala por horas. Se notaba admiración mutua. Con otros perdías la paciencia rápido y eras intolerante con quienes considerabas «mentes menores», sin importar si se trataba de historiadores de renombre, escritores de éxito o políticos encumbrados. Ay, Ceferino, cómo gozaba la manera en que los demolías. En tribuna eras aún más feroz. Cuidado y una de esas mentes limitadas se atreviera a cuestionarte. Los hundías con contundencia y sin reparos. Tus imprecaciones eran tan brutales que destruiste la reputación intelectual de varios.*

*Para nosotros, Carrasco era como un tío cercano y querido. Bonachón, de risa contagiosa, bohemio y a la vez un intelectual riguroso. Implacable a la hora de confrontar puntos de vista. Cuando iba a la casa, yo gozaba de su presencia. Era apapachador y nos consentía. Sin falta, cuando viajaba, nos traía un regalo a cada uno de nosotros.*

*Me asombraba la combinación de razas y culturas de las cuales provenía. Una tarde, a José Cuauhtémoc y a mí nos detalló su árbol genealógico. Bisnieto de cantoneses que llegaron como obreros a construir el ferrocarril a finales del siglo XIX. Bisabuelo aragonés casado con una judía siria. Bisabuelo materno tarahumara casado con una negra americana a cuyo padre habían linchado en Alabama. Cuando fuimos una vez al Castillo de Chapultepec, nos mostraste los cuadros de castas pintados por artistas anónimos en el siglo XVII. «Estos son los antepasados de Carrasco», dijiste con sarcasmo. Términos como «lobo», «tornatrás», «tentenelaire» se aplicaban a lo largo de su linaje. Tú, el indígena descendiente directo de aquellos que cruzaron el estrecho de Bering, contra el champurrado étnico que era Carrasco. Cuando le revelamos lo que habías dicho de él, se burló de sí mismo. «Soy un perro callejero cruza de chihuahua con mastín, con un poco de dóberman salpicado* de maltés.» Y luego aprovechó para mofarse de ti. «En cambio su padre es igualito a un xoloitzcuintle. Pelón, feo con ganas y pocos pelos, pero parados».

Al igual que tú, era un obseso de la historia. Tú, un experto en los pueblos originarios; él, en las grandes migraciones. Tú estudiabas las razas que se mantenían imperturbables, él, los misterios que acarreaban los exilios de quienes huyeron empujados por la tragedia y la miseria. Él sacaba lo mejor de ti. Te impelía a ser más preciso en tus posiciones teóricas, a pulir tu enfoque. Era un hombre en perpetua calma. Sonreía a la menor provocación y tendía a la generosidad. No logró advertir el monstruo que fuiste. De haber conocido tus maltratos hacia nosotros te habría retirado el habla. Como aquella vez que descubrió el ojo morado de Citlalli, apenas una niña de diez años, a quien le propinaste un bofetón por haber dejado una muñeca en la escalera y que provocó que tropezaras por los escalones. En la versión oficial que le brindamos, Citlalli había sido quien había caído por la escalera y el moretón era producto de un golpe contra el barandal.

No era necesario que nos instruyeras sobre qué podíamos o no decir. Ya de forma natural negábamos lo sucedido. Poseíamos un botón automático que nos hacía cambiar el recuento de los hechos. Dentro de nosotros habitaba un pequeño Goebbels que nos dictaba la forma más apropiada de reelaborar la verdad para mantener incólume tu aureola de prohombre. Éramos tus publirrelacionistas. Tres niños y una mujer llenos de moretones promulgando tus virtudes y negando a la bestia que reaparecía en cuanto tus amigos partían de casa. Carrasco murió con la impresión errónea de que éramos una familia feliz y bien avenida.

A pesar de su doctorado en antropología y de haber sido alumna dilecta de Joseph Campbell, te confieso que la esposa de Carrasco me parecía un poco boba. Tú lo aducías a su mal español y a su precario inglés. Según él, se enamoró de ella porque era brillante y erudita. Más bien creo que le atrajo su mestizaje: hija de padre magiar y madre tunecina, porque nunca le escuché decir algo mínimamente interesante. Aún ahora pienso que se casó con ella para perpetuar la exótica mezcla de etnias de la cual él provenía.

Sus hijos lo demostraban. La hija mayor podía pasar por beduina; el hijo de en medio, por futbolista sueco y la menor, por mulata caribeña. Eran ruidosos y alegres, imagino que contagiados por la bonhomía de su padre. A nosotros tres nos sorprendía su personalidad abierta y dicharachera. No poseían el semblante taciturno de Citlalli, ni mi inseguridad, ni los ojos torvos de José Cuauhtémoc. Había un halo luminoso en ellos que contrastaba con nuestro carácter enrarecido. Ante una pregunta ellos respondían expeditos y con llaneza. Nosotros volteábamos a verte un par de veces antes de contestar. «Qué niños tan educados», comentó la idiota esposa de Carrasco. Si la tonta hubiese sido inteligente, como lo aseguraba su marido, se hubiese percatado que tú no nos habías educado, sino domesticado. Pequeñas mascotas adiestradas para complacer a su amo.

Con lo mucho que quise a Carrasco, no le perdono que no reparara en los magullones que cubrían nuestros cuerpos, en nuestros modos apocados, en nuestras miradas asustadizas, en nuestras respuestas monosilábicas. Él era la única esperanza de que alguien nos rescatara. O nunca lo advirtió, o si lo hizo, prefirió hacerse de la vista gorda. Opto por la primera. Bondadoso, careció de malicia para leer entre líneas. Fuimos náufragos en una isla perdida y remota que al ver pasar un barco a nuestra vera, saltamos y pedimos auxilio, pero nadie a bordo percibió nuestros gritos de ayuda.

Recuerdo con viveza ese domingo por la noche en que el teléfono sonó en la casa. Un amigo te avisó que Carrasco, su mujer y sus tres hijos habían muerto arrollados por un tráiler que no se detuvo en un semáforo. Por única vez en mi vida, te vi abatido y al borde de las lágrimas. Te sentaste sobre un sillón y meneaste la cabeza en descrédito. «No puede ser, no puede ser…», repetiste. Tu insólita amistad acabó de tajo por la distracción de un chofer de apenas diecinueve años de edad. Cuando nos anunciaste la muerte de Carrasco y su familia, a tus hijos nos quedó claro que se había extinguido nuestra última vía de escape.


Al día siguiente no asistí al taller literario. Le escribí una pequeña nota a José Cuauhtémoc y le pedí a Pedro que se la entregara.

El director de la cárcel me prohibió verte bajo la amenaza de que si lo hacía, te encerraría en aislamiento solitario y no pienso arriesgar por un segundo tu integridad física. Ya te explicaré cuando nos veamos. Te amo.

Durante la mañana no dejé de pensar en él. Rememoré sus besos, sus caricias, su olor, su maldito y fascinante olor. Su inteligencia, su pasión, su fortaleza. Impensable cambiarlo por alguien como Morales. Impensable por nadie más. Lo quería a él y solo a él. Deseaba a José Cuauhtémoc en mi vida hasta donde fuera posible.

Estuve pendiente de que Pedro y Julián salieran del taller para llamarles. Deseaba saber qué les había dicho José Cuauhtémoc de mi nota. Para distraerme, intenté bosquejar algunas evoluciones de la nueva coreografía. Inútil, me machacaba la imagen de José Cuauhtémoc. Por fin dieron las doce y llamé a Pedro. Nada. Entró su buzón. «Por favor llámame en cuanto escuches este mensaje.» A las 12:03 y a las 12:05, volví a marcar con el mismo resultado. Intenté de nuevo a las 12:06, 12:07, 12:09 y 12:13. Cada llamada no respondida me provocó aún mayor congoja. «No news, good news», suelen decir los ingleses. En este caso no news sonaba a que José Cuauhtémoc se había molestado conmigo.

Marqué al celular de Julián y al de Pedro a las 12:18, 12:21, 12:24, 12:27 y me di por vencida a las 12:55. ¿Dónde se habían metido? La clase terminaba a las 11:30. Por reglamento no nos permitían quedarnos más de quince minutos después de finalizada y estábamos obligados a abandonar la prisión a más tardar a las doce. ¿Por qué no habían salido ya?

Por fin sonó mi teléfono a las 13:58, casi dos horas después de su supuesto egreso. «¿Qué pasó? ¿Por qué no me llamabas?», increpé a Julián. «No le pude dar tu nota a José Cuauhtémoc», me dijo a bocajarro. «Se lo llevaron al apando.» El apando, me explicó, era una minúscula celda donde encerraban a los presos en aislamiento solitario. Tan diminuta que un tipo de uno treinta no cabría acostado, menos alguien del tamaño de José Cuauhtémoc. Espacios clandestinos, ocultos en las entrañas de las prisiones para no ser detectados por los visores de derechos humanos. Celdas de castigo inhumanas, capaces de enloquecer a alguien con tan solo dos días de encierro. «¿Por qué hicieron eso?», le pregunté. «Intentamos hablar con Morales, pero después de hacernos esperar hora y media, mandó a decirnos que tú sabías por qué.» Hijo de su puta madre Morales. Si me había portado bien con él. «Además, Morales asegura que tarde o temprano se lo vas a agradecer y que no te preocupes, que tu "noviecito" puede aguantar metido ahí un par de semanas.» Maldito Pancho, ya quisiera soportar un solo día de cárcel. No se diga la claustrofobia del apando.

Era ingenuo pensar que por rogarle, Pancho liberaría a José Cuauhtémoc. Su encierro compendiaba estrategias de secuestrador: retener a un ser humano a cambio de un beneficio económico o sexual. Así debía visualizar en adelante a Morales, como un secuestrador con quien había que negociar. Para colmo, contaba con un arsenal de pruebas de mi infidelidad. Si no le funcionaba una cosa, le funcionaba la otra.

Julián y Pedro quedaron de comer conmigo. Me harían compañía hasta las ocho y media de la noche en que estaba obligada a verme de nuevo con el imbécil de Francisco Morales. Para variar, nos reunimos en el San Ángel Inn. A grandes rasgos les conté cómo iban las cosas. Julián pidió no desesperarme. «No devalúes la capacidad de José Cuauhtémoc para resistir. Es más fuerte de lo que crees.» No se trataba de fortaleza. Metido en ese pozo diminuto se lesionaría las articulaciones, los huesos, los ligamentos. Y encima, el quebranto psicológico. Pasar noche y día en completa oscuridad debía ser aterrador, un camino inequívoco a la locura.

«Poco podemos hacer para liberarlo», aseguró Pedro cuando les hice partícipes de mi sentir. Pancho Morales era un hombre cercano a la camarilla del presidente y gozaba de la protección de la clase política. «¿Le ofrezco algo de dinero?», pregunté en una muestra más de mi estúpida ingenuidad. Julián meneó la cabeza en desaprobación: sí, era estúpida. «Tendrías que empeñar el total de tus bienes para ofrecerle algo que mínimamente lo tentara, y no bastaría. En un par de semanas te volvería a extorsionar. Tipos como él no tienen llenadera.»

«Conozco a alguien que quizás nos pueda ayudar», dijo Pedro. «Es alguien muy conectado. Si busco su auxilio, Marina, voy a necesitar contarle de ti y de José Cuauhtémoc.» A estas alturas del partido lo única que me interesaba era sacar a José Cuauhtémoc de ese jodido hoyo y librarme de la lacra de Morales. «Solo trata de no decirle mi apellido, por favor», le pedí.

A las seis, Pedro pagó la cuenta y se giró hacia Julián, «¿nos vamos? Tenemos junta en la galería». Julián no hizo el menor esfuerzo por levantarse. «Si no te importa, me gustaría quedarme a hablar con

Marina», dijo. «Ándale pues, nos vemos luego», se despidió y partió. Crucé los dedos para que Julián no me avasallara con un vendaval moralista. No lo soportaría. «Te admiro, ¿sabes?», dijo apenas Pedro se perdió entre las mesas. Me sorprendió. «Pues por el desmadre en el que estoy metida no creo que haya mucho que admirar», le respondí. «Pues por ese desmadre es que te admiro.» Hizo una pausa y llamó al mesero. «Maestro, tráete dos mezcales», le ordenó. Yo no quería beber. Deseaba llegar sobria a mi encuentro con Morales. Pero un mezcalito para aflojarme no caía mal.

Hablamos de mis hijos, de Claudio, del arquitecto que había remodelado Danzamantes. Me confesó su interés por las mariposas derivado de la admiración que Nabokov le suscitaba. Me contó que el ruso había sido un dedicado entomólogo, con una vasta colección de lepidópteros adquirida tras años de cazarlos con red. Nabokov se tomó tan en serio su afición que descubrió cerca de veinte especies y ayudó a clasificar una docena más. Fue tan apreciado por sus colegas que clasificaron con su apellido a dos especies recién halladas: la *eupithecia nabokovi* y la *nabokovia cuzquenha*. Julián había recolectado cerca de trescientas distintas y anhelaba que alguna especie llevara su nombre.

Me contó de un poeta francés poco conocido: Jean Follain. «Trabajaba como juez, aunque su vida era la poesía. Muy celebrado entre los círculos literarios. Murió atropellado en una callejuela. Una muerte poética, sin duda», dijo. Me recitó un poema suyo, que según él, bien podía reflejar mi relación con José Cuauhtémoc:

> *No siempre es fácil*
> *encarar al animal*
> *incluso cuando te mira*
> *sin miedo u odio,*
> *lo hace con tal fijeza*
> *que parece desdeñar*
> *el delicado secreto*
> *que lleva consigo.*

La conversación con Julián me relajó y más cuando nos chutamos tanda tras tanda de mezcales. Para el sexto mezcal ya estaba por completo ebria. Balbuceaba incoherencias y cuando quise levantarme para ir al baño, casi me voy de boca. Eso no me impidió meterme un séptimo, un octavo mezcal. Si no me quedé dormida sobre la mesa fue por lo ameno de la charla. «Así borracha», le dije, «el cabrón de Pancho me va a cazar como Nabokov cazaba mariposas». Julián sonrió. «Ven conmigo», dijo. Me condujo a los jardines traseros de la hacienda, que a esa hora se hallaban solitarios. Trastabillante por el alcohol, apenas pude seguirle el paso. Avanzamos hasta el fondo y nos colocamos detrás del tronco de un robusto árbol. Julián sacó una bolsita y esparció un polvo blanco sobre la palma de su mano. «Esto te va a ayudar a enfrentar a ese payaso», dijo. A lo largo de mi vida había evitado la cocaína. Temía engancharme. «No, yo no le entro», le dije entre las brumas de la embriaguez. «¿Nunca te has metido coca?» Negué con la cabeza. «Tienes de dos sopas: o le pegas un jalón o dejas plantado a Panchito.»

El Camotito y el Carnes se encarreraron hacia José Cuauhtémoc. Cruzaron frente a la mirada de otros pargos que se duchaban. Mojados y desnudos, atacaron por los flancos. El rubio los pescó con el rabillo y se pegó a la pared para protegerse las espaldas. El Camotito, más atrabancado, llegó primero y se lanzó a picarlo en el costillar izquierdo. Con un bending JC eludió la embestida por un pelito de ajolote.

Los esbirros tiraron puntazos, uno tras otro. JC manoteó para esquivarlos. El Carnes logró arponearlo en el abdomen. Manó sangre y se entintó el agua de la regadera. El Camotito se acercó para rematarlo, pero calculó mal la distancia y JC lo prendió con un derechazo. El Camotito se desplomó cual cartón de huevos sobre los azulejos. Al ver a su compa con el hocico borbotando rojo, el Carnes se lanzó aún más enjundioso. Tan concentrado se hallaba tirando filazos, que no se percató del tipo que armado con un tubo lo predaba por detrás. Un madrazo en la cabeza mandó al Carnes a cucharear con su abatido amigo. Se veían tan monos los dos desnuditos bajo el chorro de la ducha. El man se giró hacia a ellos y comenzó a pegarles de tubazos.

JC se llevó la mano a la panza. El piquete apenas penetró y chocó contra una costilla. Contempló a sus atacantes piñateados sobre las baldosas. Su guardián los había tundido recio y sabroso.

«¿Los conoces?», le preguntó al man. «Ni idea quiénes son», dijo el otro y le propinó una patada en plena feis al Camotito, que resoplaba asfixiándose con el mole que le barrullaba por la nariz. El garrotón se agachó sobre ellos. «Mucho gusto putitos, soy Terminator.»

Aparecieron los custodios con cara de juatdafok. Por lo general, ellos eran los primeros en enterarse de a quién se querían enfriar. Sin su complicidad era imposible darle esquina a alguien. Esta vez los habían rebasado por la derecha. «¿Qué pasó aquí?», preguntó uno muy balita. Terminator se volvió a mirarlo. «Más bien, dime tú.» El pobre custodio empezó a tartamudear cuando se dio cuenta con quién estaba hablando. Terminator era la fuerza bruta de don Julio, el encargado de poner orden en la prisión. «Señor, no sabíamos nada», balbuceó aterrado el cagón.

Se apersonó Carmona en las regaderas. El intento de asesinato de JC había sido onder jis guach y eso no estaba nadita bien. Identificó a los dos pelafustanes. «Ese con la verga chiquitititita es Edgardo Fuentes Peredo y lo apodan el Camotito y el otro con cara de chimpancé es Luis del Cristo Benavides Ortiz y le dicen el Carnes. Son cascajo, valen para pura madre.» A Terminator le caló lo despectivo. «¿Cómo que valen madres si casi se echan al güero? No te pagamos para que estos pinches cobres corran a sus anchas. A ver cómo le haces, pero tienen que soltar la sopa.»

Y soltaron la sopa. No fue necesario ni siquiera meterles la picana eléctrica por el culo. Bastó pegarles de batazos en los sitios que el Terminator ya les había fracturado. Al quinto macanazo, los nenes cantaron a lo Piolín. «El Rólex nos contrató», rajaron. En media hora el Terminator ya tenía al Rólex amarrado de brazos y piernas, colgando desnudo de cabeza.

El Rólex juró y perjuró que les había pedido respetar la tregua que le había exigido su jefe, el Manita Corta. «No les impusiste respeto a este par y como te faltaron huevos para manejarlos, de una vez te los quitamos», dictaminó el Tequila. El Rólex clamó lloriqueante para que no lo dejaran cual gato de doña de Polanco. Don Julio no le tuvo ni dos gramitos de compasión. Si no le daba un castigo ejemplar, cualquier molusco haría lo que se le hinchara los tanates. Y para demostrar que estaba decidido a cortar de raíz cualquier intento de rebelión, se los arrancó a mano limpia. El grito de dolor del Rólex llegó hasta Cerritos, donde Manita Corta recibió la noticia, pasmado. En otros tiempos, prevalecería el ojo por ojo. Habían capado a uno de sus charros más cercanos, pero él ya no quería entrarle al merequetengue y dejó pasar de largo la ofensa. Quizás el Rólex hasta se lo merecía. Si los potros se habían saltado las trancas, es porque no se atendieron los establos y como caballerango, el Rólex había sido una nulidad.

Por órdenes de don Julio se prohibió que al Carnes y al Camotito los llevaran al área de atención médica. Los dejó a merced de sus heridas y de sus múltiples fracturas. Si tan chacas habían sido para esconder la punta dentro de su culito, pues que le echaran seso para curarse sin auxilio médico. A ver si amarrando palitos podían soldar el peroné o si vendándose la quijada lograban mantenerla en su lugar.

JC salió ileso, mas no indemne. La herida en su costillar creó ramificaciones emocionales, como cuando un bloque de hielo se cuartea con el leve golpe de un mazo. Sí, era un chiste que un tipo con una verguita de ratón hubiese tratado de matarlo. Se prestaba para el chacoteo. No obstante, a JC la posibilidad de morir empezó a corroerlo. No solo debía lidiar con el foking temor a la muerte propia, sino también a la de Marina. En su ansia de revancha, bien podía el Máquinas cortarla en pedacitos. Ojo por ojo, mujer por mujer. Para el Máquinas, el culpable de la muerte de Esmeralda había sido José Cuauhtémoc. Si el rubio no se la hubiese cogido, el monstruo verde dormido y acurrucado dentro de él jamás se habría despertado. El Máquinas sintió que una fuerza superior se había apoderado de su alma y lo había arrastrado a mutilar con frenesí a su amada. En cuanto se enterara de la existencia de Marina, ese mismo demonio lo llevaría a desmembrarla. JC lo sabía y esa certidumbre lo estaba matando.

A veces

A veces olvido que existe un afuera. A veces olvido que tuve padres, esposa, hijos, amigos. A veces olvido que carros, autobuses y bicicletas circulan por las avenidas. A veces olvido que las mujeres huelen rico. A veces olvido la delicia de comer tacos de cabeza en un puesto callejero. A veces olvido lo que es correr para no mojarse con la lluvia. A veces olvido lo que es un paraguas y para qué sirve. A veces olvido que hay estadios de futbol y olvido la emoción de ver ganar a tu equipo. A veces olvido lo que significa cargar a tu hijo entre los brazos. A veces olvido lo que es tirarse en el pasto en un parque. A veces olvido lo que es ponerme hasta el gorro con los cuates. A veces olvido lo que es viajar en un auto con la ventana abierta y que el viento te pegue en el rostro. A veces olvido lo divertido que es jugar con un perro. A veces olvido lo que es comprar en un mercado. A veces olvido lo que es bañarse en tina. A veces olvido cómo debe cruzarse una calle. A veces olvido lo que es pasear por un bosque.

A veces olvido lo que es la vida.

Jonatán Pérez Narváez
Reo 18096-0
Sentencia: cincuenta años por homicidio múltiple

Llegué envalentonada media hora más tarde de lo acordado. «No te levantes», le dije a Morales, que al verme amagó con ponerse de pie. Jalé una silla y me despatarré frente a él. Pancho volteó a su alrededor para cerciorarse que nadie era testigo de mi espectáculo. «Buenas noches, Marina. Llegas un poquitín tarde.» Me le quedé mirando y solté una carcajada. «Vienes en estado inconveniente», soltó el muy imbécil. «No, Panchito, vengo en el estado ideal.» Volvió a girarse a ver si alguien nos observaba. El único que lo hacía era el capitán de meseros que me había conducido hasta la mesa, de nuevo al fondo y con vista panorámica. Sin duda, el miedo a que le metieran un balazo por la espalda debía guiar sus elecciones. En las esquinas y hasta atrás para no ser blanco fácil.

Pancho trató de tomar control de la situación y procuró cambiar el tema. «¿Cómo fue tu día, preciosa?», me preguntó. Otra risotada. Ahora tan en alto que un par de señoras en las mesas contiguas voltearon. «De la verga, Panchito. De la verga, ¿cómo quieres que esté si a mi hombre lo tienes metido en un puto hoyo?» Mi táctica de evitar el tuteo se fue al carajo en menos de dos minutos. «Te estoy salvando de ti misma», dijo en tono de curita de pueblo. «Pancho, en serio, ¿piensas que te puedes acostar conmigo?», le pregunté de sopetón. Pancho se enderezó en su asiento y me observó de arriba abajo. «Te pedí que te vistieras mejor.»

Los estudios científicos revelan que la cocaína incrementa el riego de dopamina en el cerebro y evita su absorción sináptica, lo cual produce un abundante caudal de la sustancia responsable de los estados mentales de bienestar y placer. Así mismo, dilata los vasos y permite una sustancial mejora en el flujo sanguíneo. Yo que estaba a punto de sucumbir a una borrachera incapacitante, en el momento en que aspiré la cocaína, un Drano en esteroides desatascó mis arterias. Dos jalones bastaron para que la neblina del alcohol se transformara en euforia y desatara un rush de energía. Me pensé valiente y audaz. Si después de ponerme una guarapeta igual a la que me puse esa tarde con Julián, me prometían un levantón como el que me brindó la coca, bienvenida la coca a mi vida diaria. Con razón Freud argumentaba que todo mundo, incluidos niños, debían utilizarla. «La droga de la felicidad», la catalogaba el viejito barbón mientras se sacudía de la nariz los restos del polvo blanco. Solo que Julián no me advirtió de las metidas de pata que la cocaína induce en cantidades industriales y del subsecuente bajón a las pocas horas que te hace creer que la muerte está a la vuelta de la esquina.

Egresé del San Ángel Inn sudorosa, confiada y con la efervescencia desbordándose por mis poros. Mi corazón pulsando sangre limpia y oxigenada a mi cerebro. Al dirigirme hacia la salida no di un solo paso en falso, ni caminé zigzagueante. Derechita y sin tropezar, mirando al frente cual finalista de Miss Universo.

Soliviantada, no le abrí espacio para justificar su bajeza. Mi velocidad turbo lo contrarió sobremanera. Estaba en uno de sus «sitios» y a mí nadie me paraba la boca. A esas alturas, ya medio restaurante se había percatado de mi impertinente tono de voz. Carajo, estaba de una deslenguada de antología. «No me gusta tu actitud», repeló. «Ni a mí la tuya», le espeté.

Empecé a ponerme aún más bravucona. Si quería destruirme la vida —al menos eso pensé en las horas que me duró a tope el efecto de la cocaína— le daría un tallón. Le dije que ni con cáncer terminal me acostaría con él, le aseguré que mi novio aguantaría encerrado el tiempo necesario y que me parecía de pubertos su jueguito. «Pareces niño de primaria molestando a la niña que le gusta.»

«A ver cuánto tiempo aguanta ese animal y a ver cuánto aguantas tú antes de que te explote la bomba en la cara», amenazó indignado. «Acabas de cometer la peor estupidez de tu vida, Marina.» Se levantó, se arregló el traje y se volvió hacia mí. «Con permiso. Que pases buenas noches.» Se retiró y me quedé sola en la mesa ante la mirada estupefacta de varios comensales.

El espíritu celebratorio fue disminuyendo conforme pasaron las horas. Repetí en mi cabeza la escena como si hubiese visto una película mal dirigida, mal escrita y peor actuada por alguien que, en definitiva, no era yo. Tantos años de escuela de monjas para atemperar mis impulsos de colegiala malcriada, y en dos horas un pasón de cocaína había destrozado mi yo más contenido y mesurado. No había hecho más que exacerbar a Morales. Para darme una lección bien podrían ponerle una golpiza brutal a José Cuauhtémoc, emascularlo, practicarle una lobotomía, matarlo o qué sé yo. Y, además, sumir a mi familia en un escándalo colosal.

Para las once de la noche la euforia había devenido en una gigantesca culpa. Estuve tentada a marcarle para pedirle disculpas. «Perdón por lo que te dije, pero me pasé de copas y se me soltó la lengua. Discúlpame.» Y poco faltaba para que lo hiciera cuando entró una llamada de Pedro. «Te tengo noticias», dijo, «creo que el amigo del que te conté nos puede ayudar».


Tochdaun para don Julio que había maniobrado con agilidad leopardesca para salvaguardar la paz entre doce mil monos plataneros. Ni con una lagrimita de bagre se podían rozar los acuerdos con el gobierno federal. Los Aquellos clamaban por el control de las terminales marítimas de Lázaro Cárdenas y de Manzanillo en la costa pacífica, por donde atracaban de China los ingredientes para fabricar cristal y fentanilo, y los puertos atlánticos de Coatzacoalcos, Veracruz y Tampico, para embarcar periquito hacia los mercados europeos. Exigía también mano libre sobre los principales ramales carreteros para el trasiego de narcóticos. A cambio: paz y prosperidad.

Si los Aquellos personificaban el capitalismo trasnacional de corte corporativo, las hordas indómitas de los Otros-Otros Otros-Otros simbolizaban la vena anárquica. Adam Smith versus Bakunin, Milton Friedman contra el Che Guevara. «La droga es de quien la trabaja», enunció Macedonio González, el fundador de los Otros-Otros Otros-Otros y que llevó la utopía anarquista al corazón del siglo XXI.

Al Máquinas le calaba que los Aquellos cuidaran al rubio como el french poodle de Paris Hilton. Nomás faltaba que le pusieran moños al hijo de la guayaba. ¿Qué hacer para joderles el tinglado a los jotitos de los Aquellos? Don Joaquín, tan dado a las estadísticas, calculaba que «con cincuenta batos pones de cabeza a un pueblo de diez mil habitantes. Para una ciudad chica, con trescientos malandros tienes y para una ciudad grande, con mil los vuelves locos».

Mil mugrosos bastaban para desquiciar una urbe del tamaño de la Ciudad de México. Muertitos al azar, asaltos, quema de comercios, balaceras en malls, cabezas dejadas en parques infantiles eran suficiente para crear patatuses en ramillete y sentar a negociar a quien fuera necesario.

Conseguir fedayines estaba cabrón: ya no había mañosos que reclutar. Los Aquellos los habían eliminado hasta de Google Maps. Ni una almita loca que contratar. Bueno, ni chamacas. El cartel no se puso tiquismiquis en eso de despacharse a los malos. También se chingó a las malas. Hembra metida al despapaye, hembra destinada al refine.

El Máquinas le dio vueltas al asunto. Los Otros-Otros Otros-Otros eran expertos en sacar bellacos hasta de las coladeras. Les tumbaban diez, conseguían veinte. Les mataban veinte, aparecían cien. ¿De dónde chingados reclutaban tanto cabrón? Concluyó que los batos más emputados, más rebeldes, con más ganas de reventar el mundo eran los hijos adolescentes de los malosos desaparecidos por los Aquellos. Los marginados más marginales de la marginalidad. Escoria pura, soldados perfectos. Este contingente de huérfanos andrajosos no necesitaba más que el incentivo de unos cuantos pesos para enrolarse en el ejército yihadista al servicio de un hombre resentido.

Ideó un plan. «Haz tal y tal chingadera y te doy una lana por anticipado. Vete a un centro comercial, de esos donde rola pura raza mamona, y métele un balazo a la primera ruca que tenga cara de huelepedos, o rómpele los cristales a cuanto carro veas estacionado», o «queman todas las tiendas que encuentres en Reforma». La chamacada no solo vengaría a sus jefesahoraalimentodegusanos, harían cosas mucho más chidas que jugar en las pinches máquinas de videojuegos de las farmacias.

Para los morros flacos y desnutridos, esta era una oportunidad de oro para despojarse de la etiqueta de excremento. Lo harían por la causa común de la orfandad. Muchos de ellos, de origen indígena, vengarían siglos de oprobio. Sus hazañas serían reportadas en televisión, sus fotos aparecerían en los periódicos. Se convertirían en leyendas vivas.

El Máquinas supo que una vez impregnados de las toxinas de la violencia, los huerquillos no se detendrían. La violencia es una droga más adictiva que la heroína. A ese grupo de segregados nada los haría sentir más vivos que la muerte. *«Live fast, die young.»* Sus tropas de adolescentes desaforados trastornarían la urbe macrocéfala y arrojarían a la población a la incertidumbre y el miedo. Miles de burguesitos se arrinconarían en sus casas, temerosos de salir a la calle. Arroyos de sangre, sesos burbujeantes, alaridos de pánico, el terror corroyendo el tejido social. La cólera de los olvidados concentrada en cuasiniños rabiosos y feroces. Los chamaquitos entrarían de lleno a la destrucción con furor lumpen e ira centenaria. El fast track para la gloria. Las nenas no querrían quedarse atrás. A ellas también les gustaría enrolarse a la manada. El feminismo exigía espacios laborales de igualdad y el crimen no podía ser la excepción. El machismo burdo no les impediría gozar de la adrenalina de la turba. En el siglo XXI la norma era la inclusión y ni modo de dejarlas fuera.

Nada disfrutarían más esos adolescentes que pertenecer a la estampida. Emocionante ver comercios incendiados, burguesitas violadas, asesinatos al de tin marín. Las elites con aspiraciones primermundistas arrojadas de golpe al horror de la miseria, de la sangre, de la peste a cadáver, del tufo a chemo de sus victimarios. El Máquinas no necesitaría más de cien mocosos en pie de guerra para inflamar la ciudad. Haría fluir una cascada de billetes. Subvencionaría el fuego y las navajas, las heridas y las balas, la virulencia inducida por el embotamiento de los solventes. Los cuasiniños actuarían con rapidez quirúrgica. Atacarían por tantos flancos que la policía no atinaría contra quién irse. Diminutos matones escurriéndose por los callejones, por los andadores, por las escaleras que bajaban hacia las ciudades perdidas.

El anarcocartel de los Otros-Otros Otros-Otros se apresuraría a acoger a esas huestes flacuchas y frenéticas. Los fedayines del desorden arrinconarían a los Aquellos a entrar en guerra. Y una vez entrando, José Cuauhtémoc quedaría desprotegido y el Máquinas podría por fin vengarse. El Otelo del desierto incendiaría la ciudad, el país, el mundo, el universo, en aras de cobrar la afrenta. Un pene entrando en la vagina equivocada era suficiente para provocar muerte y destrucción. La congoja de inocentes, el dolor, el sufrimiento de los habitantes de una de las ciudades más grandes del mundo, ofrendas a un amor traicionero. La tumba magnánima de los infieles.

Los siguientes días deambulé cual zombi, presa de la aprensión y el tremendo vacío que me provocaba la ausencia de José Cuauhtémoc. Mi vida paralela se hallaba en vías de colisionar contra mi entorno cotidiano. Cada vez que sonaba el teléfono en la casa, suponía que era Morales presto a amenazarme. Cada vez que me llegaba un mensaje de WhatsApp de Claudio pensaba «ya se enteró».

José Cuauhtémoc permaneció encerrado en el apando. Los presos que asistían al taller se mostraron temerosos de contarles a Pedro y a Julián sobre él. Los custodios les habían advertido: «De este tipo no se habla más». Morales intentaba matarlo en vida y eso me pesaba. Conmigo, José Cuauhtémoc se había portado como un caballero. Un asesino más íntegro que varios de mis conocidos y, por mucho, más culto que mis compañeras del colegio, cuya lectura favorita era el *Hola*.

Intenté disimularle mi angustia a Claudio con hiperactividad. Si me atiborraba de actividades fingiría estar ocupada y no necesitaría explicar nada. Ilusa, porque mi comportamiento cinético terminó por llamar la atención de mi marido. «Y ahora tú ¿qué te traes?» Sentí un hueco en el estómago. ¿Qué responderle? Pretexté que sus múltiples viajes me habían dejado infinidad de tiempo libre y que requería llenarlo de algún modo. Prometió no salir tanto de la ciudad para evitar dejarme sola. Le pedí que no se preocupara, que entendía su trabajo. «Debes estar muy presionado, yo me las arreglo.»

La nueva coreografía progresó a grandes saltos. Increíble que en uno de los momentos más pesarosos de mi vida, mi obra adquiriera tal gravedad. Por primera vez una coreografía mía hacía eco con lo que yo deseaba comunicar. Mi vida interior se comunicó con mi vida exterior. Mis trabajos anteriores obedecieron a una pretenciosa necesidad por decir algo importante. Este no. Mi aspiración fue expresar lo que aparecía en mi vida de bote pronto, trajera lo que trajera. Y sí, me sobraba mundo y me faltaba calle, pero empezaba a compensarlo con dosis masivas de cárcel y viajes por Ixtapalapa.

Cuando me hallaba a solas alternaba el llanto con la masturbación. El deseo entrelazado al dolor. Lloraba por la necesidad de tocar a José Cuauhtémoc, por pedirle perdón, por el inmenso anhelo de tenerlo dentro de mí. Mientras yo podía ir de un lugar a otro sin restricción, él apenas podía moverse dentro de un minúsculo calabozo. Maldito cobarde Morales. Mis padres me enseñaron a nunca desear la muerte de alguien por más que lo odiara. En este caso, rogué a los dioses habidos y por haber que lo desaparecieran del planeta.

Uno de esos dioses debió escucharme, porque a los pocos días me llamó Pedro. «Se comunicó mi amigo. Me dijo que dejáramos de preocuparnos por Francisco Morales, que pronto habrá noticias.» Se negó a darme su nombre y no abundó sobre lo que vendría a continuación. «Lo que sí pidió mi amigo es que jamás digamos que por nuestro conducto se lo jodieron.»

Al día siguiente estalló el escándalo. *Haaretz,* el diario israelí, publicó una exhaustiva investigación sobre los turbios manejos del exembajador de México en Israel, Francisco Morales. Había traficado antigüedades compradas a grupos terroristas islámicos. En Tel Aviv, Morales intentó vender a un coleccionista judío piezas de enorme valor arqueológico que habían pertenecido al museo de Mosul saqueado por ISIS. El coleccionista alertó a las autoridades israelíes y la conducta de corrupto de cuarta de Panchito estuvo a punto de ocasionar un conflicto diplomático de grandes dimensiones. Además, Morales regulaba el lavado de dinero de políticos corruptos en negocios en Israel. *Haaretz* acusaba al presidente mexicano de encubrirlo y de realizar componendas con el gobierno israelí para borrar todo rastro y dejar impune al bandido embajador. En pocas palabras, Morales había exportado la transa priista.

De inmediato los diarios y los medios mexicanos hicieron eco de la noticia. Así como Morales tenía compradas lealtades, también se había ganado a pulso decenas de enemigos que vieron la oportunidad de destruirlo, no solo a él, sino al presidente y su séquito.

Un terremoto sacudió al percudido sistema político mexicano y tambaleó a las elites en el poder. En cuestión de horas, una avalancha de reporteros acosó a Morales en su casa y en el reclusorio. Por sus nexos con el terrorismo yihadista, el gobierno de los Estados Unidos decretó el congelamiento de sus bienes y exigió al gobierno mexicano su extradición. También en Estados Unidos había quien deseaba cobrarle cuentas.

Pancho no esperó a que lo sacrificaran. Salió del reclusorio directo al aeropuerto y, sin avisar a su familia, se montó en un avión a Guatemala y ahí se perdió su rastro. Pedro me llamó entusiasmado. «Viste, te dije que mi amigo lo iba a arreglar.» Yo no cabía de la emoción. Me parecía que decir «mal karma» no era más que la actualización new age del antiguo «te va a castigar diosito». En este caso pensé: mal karma. Morales quedó exhibido como un criminal. Su caché no era más que la cortina para ocultar su mugre.

La clase política amparó a Morales, no por una amistad a prueba de fuego, sino porque el cabrón poseía información demoledora de cada uno de ellos. Hasta el presidente le temía por la monstruosa cantidad de datos sobre él y su familia. Se hizo la faramalla de su captura. Fotografías, policías enmascarados, helicópteros, prensa, discurso del procurador: «nadie escapa al peso de la ley», nueve meses de cárcel. Cuando se adivinaba su próxima liberación, en un movimiento sorpresivo, el presidente decidió extraditarlo a los Estados Unidos. Pancho era hierro candente y más valía mandarlo lejos.

En la vorágine de la aprehensión de Pancho, la cárcel suspendió los talleres y me quedé en ascuas sin saber si habían sacado del apando a José Cuauhtémoc. Le escribí por WhatsApp a Carmona para solicitarle su ayuda. «No se preocupe», fue su escueta contestación, lo cual me provocó aún mayor zozobra. Temía que el tiempo transcurriera y que José Cuauhtémoc sufriera trastornos irreversibles.

No me quedó más que aguantar. Por lo pronto, me había deshecho de la amenaza de Morales, aunque seguían vivas decenas de evidencias de mi infidelidad que otros podrían utilizar en mi contra.

*A veces me recostaba en tu lado de la cama y trataba de percibir el mundo como tú. Miraba el techo, la lámpara del buró, los libros que leías la noche antes de tu derrame cerebral y que mamá mantuvo intactos sobre tu mesa. Volteaba hacia donde dormía mi madre. Una vez que ella entraba a la habitación, cerrabas con llave, la obligabas a desnudarse y le impedías vestirse de nuevo. Tú en cambio permanecías con ropa. No por pudor, sino por poder. Nada te excitaba más que* tener a mamá encuerada, dispuesta a someterse a tu sexualidad inacabable. Rara vez ella disfrutó de un orgasmo. Mamá se lo contó a Citlalli y la chismosa a mí. Mamá le hizo un recuento de tus perversiones. No te juzgo, papi, la intimidad de cada pareja es un asunto privado. Pero vaya imaginación la tuya.

Una noche los espié por la mirilla (no sabes cómo agradecía ese tipo de cerraduras). Escuché tus gemidos y, morboso, no resistí la tentación. A mamá la tenías de espaldas, recargada en una silla y tú la penetrabas. Las manos de mamá se aferraban al respaldo. Tú empujabas para llegar más adentro. Me disponía a masturbarme viéndolos cuando sentí a alguien oprimir mi hombro. José Cuauhtémoc me había descubierto. «¿Qué haces?», inquirió. La pregunta era boba. Cómo que qué hacía. En respuesta señalé el orificio de la cerradura. José Cuauhtémoc se agachó a otear por unos segundos y luego se incorporó. Comenzó a golpear la puerta. Tú respondiste con un sonoro «¿Quién?» José Cuauhtémoc se mantuvo callado. Volvieron tus gemidos y de nuevo mi hermano tocó a la puerta. «¿Quién?», proferiste molesto. José Cuauhtémoc golpeó con más fuerza. «¿Qué quieren?», vociferaste. Con un gesto, José Cuauhtémoc me indicó que lo siguiera al desayunador. Bajamos y no pronunció palabra. Se limitó a servirse un vaso de agua y con parsimonia se sentó en la cabecera de la mesa. A los pocos minutos apareciste. Se te veía aún sudoroso por la actividad sexual. No podías disimular tu enojo. «¿Quién de ustedes aporreó la puerta?» José Cuauhtémoc no se notó intimidado. Se puso de pie. Te veías diminuto a su lado. «Yo», te contestó con calma. «¿Para?» José Cuauhtémoc te escrutó de arriba abajo. «Para que dejaras de gemir como gato de callejón.»

En tu semblante percibí la intención de acallarlo con una bofetada y recordarle quién mandaba. Te clavó la mirada y por primera vez vi miedo en tus ojos. En ese preciso momento fuiste destronado. En adelante fue mi hermano quien gobernó en la casa. No hubo mayor alharaca y te resignaste a perder el control sobre tu hijo menor. Yo, a decir verdad, nunca dejé de temerte. Tu personalidad me dominaba y aun muerto me sigues sojuzgando. En cambio, mi hermano exudaba superioridad. No solo podía destrozarte a madrazos. Se hizo impermeable a tus humillaciones y aprendió a someterte.

No se equivocaba Sigmund Freud en Tótem y tabú cuando aseveró que los hijos debían matar simbólica o literalmente al padre. El derrocamiento empezó con «para que dejaras de gemir como gato de callejón» y culminó con tu asesinato. El gran macho interrumpido en plena copulación por el menor de sus vástagos. En lugar de darle pelea, te achicaste. Diste media vuelta y saliste de la cocina. Todavía mi hermano te advirtió: «Y no hagan tanto ruido cuando cojan».

Te retiraste a tu cuarto. En el camino debiste mascullar una venganza. Le darías su merecido cuando menos se lo esperara. Era una táctica que aprendiste en la calle. Solo que mi hermano también tenía calle. Supo que tarde o temprano volverías por la revancha. No se descuidó ni un segundo. El nuevo rey no cesó de vigilar y ya no hubo manera de que recobrases el trono. Terminaron tus abusos, se extinguieron tus teatrales cogidas con mamá.

José Cuauhtémoc sentó sus reales. Lo envidiaba y al mismo tiempo deseaba que lo aniquilaras. Añoré el orden establecido donde tú predominabas y nosotros agachábamos la cabeza. Detesté que fuese mi hermano quien tuviera los huevos para enfrentarte y no yo. Y los dos terminaron por joderme la vida. Incapaz de confrontarte, extrapolé tu figura al mundo de los negocios. Aplastar a un rival o incluso a un socio representaba aplastarte a ti. Pisotearlos era pisotearte. Había una salvedad: ninguno de mis adversarios era culpable de nada. No entendían mi ansia por acabar con ellos, por secar sus empresas, por reventarlos. Encontré placer en despedazar, saquear, arrollar. No solo me hice de una cuantiosa fortuna, me gané una estela de enemigos. Creo que disfrutaba más de la animosidad en mi contra que de los fondos en la cuenta de banco. No necesité ir al psicólogo para comprender que ese era mi modo de encauzar mi odio hacia ti y hacia mí mismo, la estrategia para contrarrestar mi carácter amilanado.

Si hubieses vencido a José Cuauhtémoc no habría sido un hombre despiadado. No habría gozado en echar a la calle a familias enteras, ni en desmantelar negocios solo por el gusto de hacerlo. ¿Y sabes qué es lo peor, papi? Que nunca construí nada. Mi habilidad consistía en adueñarme de empresas sólidas, edificadas por generaciones de gente dedicada y trabajadora. Era semejante a uno de esos pájaros que invaden nidos de otra especie. No creas que por ello no obtuve reconocimiento. En las revistas financieras me consideraron «salvador» de empresas en peligro de desaparecer, «salvador» de empleos. Tonterías. Succionaba sangre a esos negocios tambaleantes, extraía lo extraíble y luego me *deshacía de ellos. Aproveché las virtudes expoliadoras del capitalismo para resarcir el daño que tú y mi hermano me infligieron. En mi interior siempre supe que fui un cobarde.*

*Apenas pude superar la animadversión por José Cuauhtémoc. Si lo verbalizara, diría que se debió a que su presencia aminoraba la mía. Envidié su seguridad, su suerte con las mujeres, su aire decidido. Mi titubeo emocional contrastaba con su energía inacabable. No es que lo aborreciera por ser él, sino por el que yo era en comparación con él. Esa es la más intransitable de las envidias, la que se coagula en el estrecho pasaje hacia la confianza en uno mismo.*

A JC le sorprendió ver por ahí errando al Camotito y el Carnes. Más fantasmas que seres vivos. Un pasito: dolor. Otro pasito: más dolor. Cuando ya no les daba para un pasito más, se arrastraban. Los califas los apodaron «las viboritas». Y tan puteada tenían la mandíbula, que no les quedaba más que sorber papillas y juguitos. Vejez anticipada cortesía de Terminator y camaradas.

El Carnes se la tomó contra el Camotito. «Nos lo habríamos escabechado facilito después de los dos meses que nos pidieron, pero andabas caliente por matarlo y te pusiste de pinche terco». El Camotito no se dejó. «Si fueras más hombrecito, lo habríamos matado, pero entraste a darle como perro pekinés.» El Carnes reviró «¿Hombrecito? ¿A ti que se te ocurrió meternos las puntas en el culo? Pues pinche hombrecito resultaste», y así se la pasaban puyándose uno al otro.

Aun jodidos y apaleados, consideraron la suya mejor fortuna que la del Rólex. Castrado, adolorido por días, sufriendo incesante comezón en los tanates perdidos y con nula posibilidad de rascárselos, el Rólex no pensó más que en matar a quien se le cruzara en su camino y el primero que se le cruzó fue él mismo. A las dos semanas corrió por uno de los pasillos del segundo piso y una vez que tomó vuelo, se lanzó al vacío. Cayó de cabeza a lo clavadista de la Quebrada y su chirimoya se abrió cual coco acapulqueño. El Rólex murió ahí mismo después de seis horas de borbotar rojo sin cesar. Ni siquiera taparon su cadáver. Lo dejaron ahí sazonándose hasta que dos días después se lo llevaron al dispensario.

JC decidió no contarle a Marina sobre Esmeralda. Por pasar unas horas con la fatilicious había estallado un terremoto. El Rólex muerto, el Camotito y el Carnes en vías de convertirse en huachinangos fritos, cuatro sicarios cuchos y él en el tiro al blanco. El Máquinas no cejaría. No madame. Los celos provocan un sufrimiento tan canijo que solo los alivian la devastación, la furia, la muerte. Los celos son bíblicos, gestacionales. Han causado guerras, la ruina de imperios, la desolación de reinos. Dan pie a batallas épicas, a epopeyas, a magnicidios. Marco Antonio y Cleopatra, Helena y Menelao, Zeus y Hera, Medea y Jasón. Los celos desde el comienzo de los tiempos.

JC entendía la rabia del Máquinas. La infidelidad de Esmeralda debía sentirla como cuchillada en el cogote. Con el amor bestial y mitológico que profesaba por Marina, si le sucediera algo semejante, incendiaría el mundo. Pero empatizar con el Máquinas no significaría que se echara panza arriba. Rifaba más el instinto de supervivencia. Mientras el Máquinas viviera él estaría en el top ten de los candidatos a moronga. Tarde o temprano un bato le cuadraría un reatazo. El Camotito y el Carnes habían fallado por inútiles. Tipos más cuerudos lo habrían cosido a puñaladas.

«No importa el tamaño del perro en la pelea, sino el tamaño de la pelea dentro del perro» reza el dicho, y vaya que a raíz de su amor por Marina la pelea había crecido dentro de él. Por ella no iba a permitir que lo mataran y, más cabrón aún, por ella volvería a matar.

El sábado que por fin logró dormir a su lado, estiró la mano en la oscuridad y tentó su hombro. Qué felicidad saberla ahí, tan cerquita. La jaló hacia sí, la abrazó y le hizo el amor de nuevo. Al terminar se acoplaron como camaroncitos en coctel y se dijo a sí mismo: aquí está, aquí está, aquí está.

Colocó el oído sobre la espalda de Marina. Escuchó una de las 446.760.000 respiraciones que ella espiraría durante su vida. Una cada seis segundos. Diez por minuto. Seiscientas por hora. Sí, la pelea crecía dentro de él. Ensanchándose en cada inhalación de Marina. Nada ni nadie lo iba a derrotar. Jamás. Pelearía milímetro a milímetro. Contra quien fuera y contra lo que fuera. No lo vencerían. No mientras lo amara la mujer que suspiraba al otro lado de la cama.

Lo peor que puede pasarte en la cárcel es enfermarte de chorrillo. Los custodios creen que estás fingiendo y no te llevan a la enfermería. Necesitas aguantarte los retortijones y vaciarte en los excusados a la vista de los demás. Uno explotando con gases y los valedores risa y risa. A veces se viene tan rápido que no alcanzo a llegar al baño y acabo todo cagado. Ya se imaginarán la peste. A mí me da harta vergüenza. De niño mi abuela me forzaba a cerrar la puerta del baño. "Son cosas privadas de uno y la gente no tiene por qué estarte viendo." Tanto me lo dijo que me traumó.

Yo no me meto con nadie ni me gusta que nadie se meta conmigo. Uno que se apellidaba Rosas nomás no dejaba de burlarse. Me apodó el "cacas" y "cacas" para allá y "cacas" para acá. Tanto me jurió que le clavé un pedazo de varilla. Tuvo suerte de que se la dejé ir en la barriga, porque tantito más arriba le pico el corazón. Le metí cuatro puntazos. Chaz, chaz, chaz, chaz. De haberlo querido matar lo mataba, pero solo quería quitarle lo payasito. Al Rosas se le infectó el mondongo. Todavía seis meses después de la picoteada apenas tragaba y tenía que correr a los baños. Los doctores dijeron que no fueron los piquetes los que le hicieron mal, sino que la varilla, que me la encontré arrumbada en la cancha de futbol, estaba bien lodosa y oxidada. Tan mal se puso que tuvieron que cortarle los intestinos y le colgaron una bolsita para cagar. Olía a madres el güey.

Se puso flaco y ojeroso. Los doctores decían que se iba a curar, que nomás hacía falta que los anti-

bióticos hicieran efecto, pero nunca jalaron. El
Rosas se empanzonó, como si estuviera embarazado
de nueve meses.

Se murió al año. Y mejor porque ya ni él soportaba
su pestilencia. Cuando se murió nadie fue a reclamar su cuerpo. Ya llevaba tanto tiempo en la cárcel que ninguno de su familia debió acordarse que
seguía vivo. Hasta me dio lástima que muriera de
a poquito. Al final, y eso me lo dijeron los doctores porque yo ya no lo vi, empezó a alucinar.
Decía puras maldiciones. También dijeron que antes de morirse estaba bien enfadado. Que no era
justo que yo anduviera por ahí y él por pelarse
para la loma. El caso es que se murió y qué bueno
porque eso sirvió de advertencia para que la banda dejara de burlarse cuando yo andaba malo de la
panza.

Con el tiempo los médicos descubrieron que tengo
una cosa que se llama celiaco y me dijeron que era
porque mi estómago no aguanta las harinas y que no
debía comer nada con trigo, pero pos a los de la
cocina les vale madre y todo lo hacen con el chingado trigo. Que si milanesas, que si tortas ahogadas, que si sopa de coditos y no sé cuánta madre
más. Y pos así cómo. Por eso tengo esos dolorazos
de panza y esos cólicos que parecen de vieja en
menstruación.

Los custodios me quitaron mi varilla. No importa,
tengo escondido un pedazo de botella. Al primero
que vuelva a burlarse de mí le voy a rajar el cuello. Yo me seguiré enfermando hasta que no me cam-
bien la dieta. Ya los doctores hablaron con el
cocinero para que no me sigan dando cosas con
"gluten" o como se llame la madre esa, porque me
podía morir. "Pues que se muera", dijo el cocinero. Me dan ganas de darle su merecido, nomás cor-

tarle las manos para que nunca más vuelva a cocinar. A ver si aprende a la mala, como aprendió el
Rosas.

Leopoldo Gómez Santoyo
Reo 29600-4
Sentencia: veintidós años por homicidio calificado
y asalto a mano armada.

Seguí sin saber de la suerte de José Cuauhtémoc. Temí lo peor: que la nueva administración no estuviera al tanto de su encierro y se quedara olvidado de por vida en ese hueco atroz. Obnubilada, dejé de prestarle atención a mi familia, convencida de que Claudio y mis hijos se hallaban bien, tranquilos y felices. Un error darlo por descontado. Un día me llamaron de la escuela para avisarme que Mariano, en su prisa por salir al recreo, había rodado por las escaleras. Fue necesario trasladarlo en ambulancia. «Es algo muy serio, señora. Al parecer tiene fractura de cráneo. Creo que es urgente que vaya de inmediato para allá», me dijo la angustiada maestra. Colgué y enseguida le marqué a Claudio. Quedamos en vernos en el hospital.

El chofer me condujo a toda prisa. Conocía a la perfección los vericuetos de la ciudad y zigzagueando cortó camino. La culpa comenzó a invadirme. Yo concentrada en un amorío imposible y mi hijo en terapia intensiva. La realidad halló la forma más brutal para ubicarme y obligarme a reaccionar. Si mi hijo se salvaba, juré cambiar mi vida y dedicarme por entero a mi familia.

Bajé del auto y corrí hacia la puerta de Urgencias. Por el sombrío tono de la voz de la maestra, llegué a pensar que quizás esa sería la última vez que vería a Mariano con vida. Imaginé a mi hijo entubado, bajo los efectos de la sedación, implorando con la mirada un abrazo final. Entré y exigí a la recepcionista informes sobre mi hijo. La mujer no tenía idea de qué le hablaba. «Aguarde un momento, por favor», pidió, «voy a llamarle al médico de guardia». Los cinco minutos de espera fueron interminables. Por fin apareció un imberbe residente enfundado en una bata blanca. «Su hijo se rompió una pierna», explicó. No le entendí. La maestra me había alertado de un cuadro catastrófico. «¿Y qué más?», pregunté inquietada. El joven médico se me quedó mirando sin responder. Temí lo peor. «¿Qué más?», insistí. «Bueno», dijo con calma, «tuvo una aparatosa descalabrada y sangró mucho. Fue una herida superficial que ya está bajo control».

No me tranquilicé hasta ver a Mariano. Lo hallé en una silla de ruedas con la pierna derecha enyesada y un vendolete en el parietal izquierdo. La caída había sido espeluznante. Mariano terminó semiinconsciente al final de la escalera en un charco de sangre. Durante unos minutos no logró responder a las preguntas que le formulaban, lo cual alarmó en extremo a las profesoras, entre ellas a aquella que me llamó. No era para menos. Su camisa blanca estaba completamente teñida de rojo y la herida en la cabeza se extendía diez centímetros por su cráneo. Por fortuna, la fractura de tibia no había sido expuesta y los ortopedistas auguraron una recuperación franca y total en menos de dos meses.

Claudio llegó, al igual que yo, al borde de quebrarse en pedazos. Se notaba visiblemente alterado y al avistar a su hijo se arrodilló para abrazarlo, llorando. Me conmovió ver así a mi marido, tan devoto de su familia. Mariano se mostró feliz por la atención atraída. Lo de la pierna rota y la larga cicatriz que cruzaría su testa serían motivo de conversación en la escuela. El médico recomendó mantenerlo internado un par de días para vigilar el golpe en la cabeza.

Claudio regresó a la casa a atender a las niñas y yo me quedé a cuidar a mi hijo en el hospital. Mariano cayó dormido de inmediato. El desgaste emocional del incidente lo drenó. Me acosté en la cama de visitas. Eran apenas las ocho y no tenía sueño. Encendí la televisión con el volumen bajo y alterné entre las noticias y la lectura de un libro. La novela era densa y más bien aburrida. Después de dos farragosas páginas resolví dejarla y me puse a mirar un rato las imágenes televisivas. De pronto, observé a Carmona parado junto al subsecretario de Gobernación. Era evidente que impartían un anuncio de mi interés. Busqué el control remoto y le subí al volumen, justo a tiempo para escuchar que al oficial Juan Carmona lo habían designado director interino del Reclusorio Oriente. Me alegré. El afanado vendedor de tiempos compartidos cumplía uno de sus sueños más preciados: dirigir la prisión en la cual había laborado desde los dieciocho años. Me tranquilizó su nombramiento. Estuve segura que él no se olvidaría de José Cuauhtémoc y que pronto lo liberaría.

Mariano pasó mala noche. Despertó en la madrugada por un intenso dolor de cabeza y los médicos mandaron a hacerle una tomografía de cerebro para descartar cualquier inflamación de las membranas aracnoides o, peor aún, que un coágulo estuviese presionando la masa encefálica. De nuevo el miedo, la incertidumbre, la culpa. La maldita culpa que penetra por las arterias y sofoca el corazón. Mi imaginación culposa elucubró que lo sucedido con Mariano había sido consecuencia de mi adulterio. El catolicismo, infiltrado por vía intravenosa, cobró en mí sus efectos más paranoicos y tóxicos.

Mantuvieron a Mariano en el aparato por media hora. Lo habían sedado para evitar que se moviera durante el estudio. Se me hizo un nudo en la garganta al verlo inmóvil en la plancha del tomógrafo, mientras los rayos X traspasaban sus tejidos neuronales para intentar descubrir la magnitud de los daños. Cuántas emociones, recuerdos, sentimientos toparían esos rayos. ¿Qué misterios anidaban dentro de su cráneo? Si su cerebro pudiese retratarse ¿cómo sería mi imagen ante él? ¿Una madre comprometida, benevolente, cariñosa, dedicada o una madre ausente, lejana, frívola?

Mis pesadillas: José Cuauhtémoc encerrado en una minúscula celda de castigo, mi hijo radiado dentro de una máquina claustrofóbica. Dos amores discordantes que me rajaban en canal. La posibilidad de que Mariano estuviera atrapado entre breñas de traumatismos neuronales o que José Cuauhtémoc sufriera daños psicológicos irremisibles, me provocó una brutal angustia que se transformó en un punzante dolor de estómago y una brutal jaqueca.

A las cuatro de la mañana llegó el doctor José Antonio Soriano, el neurocirujano más prestigioso del país, que se presentó por mera responsabilidad profesional a atender a mi hijo. Me saludó y entró a examinar las filminas. Se quedó más de diez minutos revisándolas. Conferenció con los médicos que habían tratado a Mariano y luego se dirigió a mí. Me aseguró que no presentaba lesiones neurológicas graves, ni hematomas internos. Que una vez que se recuperara de la sedación serían necesarias pruebas cognitivas y de capacidad motriz para confirmar el diagnóstico.

Llevaron de vuelta a Mariano a su habitación. Apenas lo vi en su cama le besé la cara y la herida en la cabeza. Aún sedado, no respondió a mis caricias. No me importó. Mi hijo continuaría saludable a pesar del espeluznante accidente que había sufrido. Tomé su mano y comencé a llorar. Lo abracé y humedecí la sábana con mis lágrimas. Lágrimas de tortuga vertidas por un anhelo de expiación.

Intestinos enredados. El corazón sin compás. El estómago repleto de aire de tanto hipar. La tráquea anudada. El esófago en llamas. La lengua un alambre de púas. La bilis anegando mi cerebro.

Sin haber pegado el ojo por horas, me quedé súpita sobre su abdomen. Me arrulló su respiración espaciada. Me despertó una enfermera apenas dos horas después. «Requerimos tomarle los signos vitales», dijo sin preámbulos en tono militar, sin importarle que Mariano y yo dormíamos profundo.

No logré volver a dormirme. La arremetida de emociones experimentadas por el accidente de Mariano me hizo reconsiderar mis prioridades. Debía centrarme en lo importante: Claudio y mis hijos. Por más que me doliera, y vaya que me iba a doler hasta la médula, era momento de terminar con José Cuauhtémoc. Había estirado la ilusión amorosa al límite y solo la proximidad de la muerte de uno de los míos me hizo recapacitar. Ya no volvería a la cárcel, ni hablaría de nuevo con él. José Cuauhtémoc entendería. Estaba convencida de ello.


El Máquinas salió a la calle a buscar a sus valedores. Quería organizar un ejército troyano de escuincles enfebrecidos capaces de demoler el mundo asgüinouit, explotar una bomba en las mismísimas narices de los bosses de los Aquellos. Una hiperbólica furia en manos de adolescentes cábulas, dispuestos a matar, violar, quemar, destruir. Venga el reino de los cuasiniños malandros. No contó con que a sus contactos en los pasadizos del crimen chilango o ya los habían matado o se largaron para que no los mataran. Como apestado, en cuanto lo veían, la banda se dispersaba. Zopilote de mal agüero, el Máquinas.

Por fin, en uno de los corredores de la Agrícola Oriental, dio con uno de los jefes. El bato se azorrilló apenas verlo. «Pélate carnal, que te están buscando hasta debajo de las piedras.» El jefecillo le dijo que día a día parvadas de los halcones de los Aquellos llegaban a preguntar por él. «Vienen por puños, carnal. No te creas que uno o dos. Te apuesto a que no tardan en aparecer y si me ven contigo, ya estuvo que me atornillaron.» En su interior, al Máquinas le alegró saberse tan cotizado. «En serio, carnaval, píntate de colores porque si no te van a virutear y de paso me dan tierra a mí también», le advirtió el flacucho.

Para quitarle el miedo, el Máquinas le enseñó un bonche de cueros de rana. El ñero vio los dólares y negó con la cabeza. «Nel carnal. Ahora sí ni con el billete ganador del gordo de la lotería le entro.» Agregó dos nombres a los cuatro batos tundidos en el reclusorio: Carnes y Camotito. «Estos dos trataron de picar a tu contrario, pero los Aquellos los cacharon y les pusieron una megaputiza. Lo tienen bien cuidado a ese cabrón.» El Máquinas le preguntó cuándo había sido eso. «Hace apenas unos días. Se han jodido a todos los que quisieron engargolarlo. A ese güey no lo tocas ni con la plumita de un colibrí.»

El Máquinas le contó su plan de organizar una tropa de huerquillos. El flaco lo miró con cara de quéchingadostraesenlacabeza. Al mecánico lo perseguían con afán los chacas de los Aquellos y ahora le hablaba de milicias de malandros de trece años. «Carnal, déjate de mafufadas. Entiende que te quieren reventar como globo. Mejor pélate ya.»

El flaquirriento vio a alguien cruzar a lo lejos. «Mira, ahí anda un halcón revoloteando.» Cuando Otelo volteó a ver de quién se trataba, el jefezuelo se arrancó por uno de los andadores y en unos segundos se perdió entre las casuchas. El Máquinas no quiso jugársela y después de tan fibrosas advertencias, se escurrió también. Su genial idea de armar muyahidines púberes terminó en el zafacón.

Aprendió la lección: no confiar en otros. Nadie tendría ni el temple ni la voluntad que a él le brotaban por cada uno de los poros. Tomaría en sus manos la decisión de matar al rubio. Se vio a sí mismo como un samurái con el noble objetivo de vengar la peor de las afrentas. Lo mataría, de eso no dudaba ni un segundo. Lo mataría.

*Por mera casualidad me enteré que dentro de la cárcel mi hermano se había vinculado con Pedro López Romero, heredero de una fortuna familiar provenida de los bienes raíces y novio de Héctor Camargo de la Garza, uno de los hombres más ricos de este país y por afición, prestigioso cineasta y* provocateur. *Héctor y yo nos conocíamos de antes.*

Los dos éramos miembros del consejo de administración de un par de empresas. Coincidimos en varias reuniones y forjamos una relación distante, aunque respetuosa, que a la larga derivó en la posibilidad de una sinergia entre una de sus empresas y otra que yo recién había adquirido. La industria de Héctor, la carbonífera, estaba anclada en el pasado y, dadas las tendencias energéticas, condenada a desaparecer. Yo había apostado por el futuro en energía solar, eólica, cinética y en coproeléctricas (sí, como lo oyes, electricidad generada por turbinas propulsadas por gas metano emanado del estiércol vacuno). Sufragué rentables proyectos de energías limpias no solo en México, sino en el oeste de Texas, en la Patagonia, en Andalucía y en la costa australiana.

Héctor me citó a comer. Deseaba que le ayudara a diversificar su portafolio de inversiones. Confiaba en mi olfato para recomendarle rubros para él inéditos. Yo quería plantearle un negocio. Un tipo había descubierto una manera de comprimir carbón en tambores de altísima presión para transformarlo en diamantes de baja calidad no susceptibles de ser utilizados en joyería. Estos diamantes eran tan resistentes a la abrasión que podían seccionar gruesas planchas de acero. Yo había comprado esta tecnología y requería vastos volúmenes de carbón. Quién mejor que Héctor para proporcionármelos.

Quedamos en almorzar en el Giacome. Unos minutos antes de nuestro encuentro, llamó para preguntarme si no había inconveniente en que se nos uniera Pedro, su novio. No heredé tu recalcitrante homofobia y aunque confieso que los arrumacos de los homosexuales me incomodan, acepté de buen grado.

Se presentaron puntuales en mi mesa. Una virtud de la clase empresarial mexicana, que aprendió que, en asuntos de negocios, la tardanza puede convertirse en un deal breaker. Héctor me saludó cordial, pero con reserva. Aunque yo era un exitoso empresario, mi aspecto moreno y mis facciones indígenas causaban dificencia en blanquitos como él. Si fuera rubiecito, hasta abrazo me tocaba. Debía serle extraño tratar con alguien parecido físicamente a sus choferes. Me presentó a Pedro, que me saludó con más soltura. «Mucho gusto», me dijo con una sonrisa, y me palmeó la espalda con afecto.

Después de las cortesías de rutina, Héctor entró directo al tema y me preguntó sobre cuáles eran las novísimas tecnologías energéticas. Le hablé de los avances en geotermia y de cómo investigadores valoraban el uso de la energía calórica que el magma irradiaba a cientos de me-

*tros de profundidad. Quedamos en invertir juntos en ese ramo y cerra-*
*mos el negocio de los diamantes de corte. Él proveería el carbón, yo lo*
*procesaría y nos iríamos a partes iguales.*

    *Al llegar a los postres, hablamos de literatura y cine. Les asombró*
*que, a diferencia de otros empresarios, yo sabía quiénes eran Husserl,*
*Kant, Faulkner, Baroja, y había visto decenas de películas competido-*
*ras en Venecia y Cannes. El tema de la cultura derivó en el proyecto*
*favorito de Pedro: la fundación. De la fundación pasó a hablar de su*
*labor en el Reclusorio Oriente y de ahí a los talleres de Julián Soto y la*
*originalidad de los textos escritos por los presos. Al escuchar Reclusorio*
*Oriente se prendieron mis antenas. «¿Alguno de esos escritores valdría*
*la pena ser publicado?», indagué. La respuesta debí adivinarla, papá.*
*«Sí, un tipo llamado José Cuauhtémoc Huiztlic. Un asesino que purga*
*cincuenta años de condena. Es talentoso, pero la verdad a mí me pro-*
*voca algo de miedo», explicó Pedro.*

    *Por la cabeza de ninguno de los dos debió cruzar la noción de que*
*yo era hermano de José Cuauhtémoc. Al igual que Gatsby, creé un per-*
*sonaje y reinventé mi pasado. Francisco Ramírez era uno muy distinto*
*a Francisco Cuitláhuac Huiztlic Ramírez (no era conveniente que en*
*el mundo empresarial me vincularan a tu figura; exceso de controversia*
*provocaba tu nombre). Le pedí leer los textos del autor que me había*
*mencionado. «Recién adquirí una casa editorial y quizás podamos pu-*
*blicarlos», le dije. (No compré la editorial por amor a la literatura,*
*papi, sino porque esas mismas editoriales también publicaban periódi-*
*cos y pasquines políticos. Los adinerados necesitamos cajas de resonan-*
*cia y controlar lo que se dice de uno.) Pedro cayó redondito. Al día si-*
*guiente uno de sus achichincles me llevó a la oficina una caja con los*
*escritos fotocopiados. Así cayó en mis manos la obra de tu hijo.*

    *Leí el manuscrito en casa. Quedé impresionado. Un narrador*
*puro como pocos había conocido. Dejé instrucciones para su publica-*
*ción. No va a ser un mal negocio. Ya sabes, cuando criminales escriben*
*bien, sus libros causan convulsión. Ahí tienes a ladronzuelos, Genet,*
*Duvignac y Neal Cassady, que además de ventas suscitaron devoción*
*entre los críticos. Estoy convencido de que mi hermano se convertirá en*
*una celebridad literaria. Se hará una extensa y machacante campaña*
*de publicidad. Los mejores mercadólogos de la industria editorial le*
*crearán una imagen de* enfant terrible, *de bestia negra. Se le promo-*
*verá como un Charles Manson con talento.*

*Y la gran sorpresa es que también mi firma publicará tu obra completa. Estaba diseminada entre editoriales de universidades públicas y de sociedades de geografía e historia y conseguí que expertos la compendiaran. El costo por traducirla a los principales idiomas ya está contemplado y se divulgará en varios países. Estarás en primera fila en los estantes de las librerías del mundo y serás objeto de estudio en escuelas y universidades. Verás la de ruido que tú y mi hermano harán.*

Tan revuelta había sido mi vida en los últimos meses que perdí de vista lo que acontecía a mi alrededor. Héctor filmó una película al vapor, en una sola locación, mientras yo entraba y salía de la cárcel. La que pudo ser una gran historia, Héctor la echó a perder con inexplicable cursilería. Trataba de un vigilante nocturno en el SEMEFO (Servicio Médico Forense), cuyas instalaciones se veían rebasadas por el número de cadáveres que recibían, la mayoría asesinados por la violencia descontrolada en el país. A solas con decenas de cuerpos, el hombre erraba entre ellos tratando de adivinar quiénes eran, de dónde venían, quiénes los habían matado. La película empezaba a conmover de verdad, pero la historia tomó un giro inesperado que provocó abucheos masivos. El vigilante se aproximaba a cada cuerpo a olerlo para determinar el aroma que emanaba. «Tú hueles a naranjal», le decía a uno. «Tú a toronjil», le decía a otro. Los muertos se incorporaban de su lecho metálico y le relataban una anécdota de su historia vinculada a un árbol frutal. Un desastre por donde se le viera. Lo que empezó como una reflexión sobre la violencia en un país devastado por la inútil guerra contra el narcotráfico terminó en remedo de mala telenovela.

Bravucón y pendenciero, Héctor confrontó a la audiencia que había asistido a la «función exclusiva» en el teatro Metropolitan (mil doscientas personas era su idea de exclusividad, cuidó de no estrenar el filme en pantallas comerciales para llegar a Cannes con bombo y platillo). «Vayan y chinguen a su madre», gritó a una audiencia en donde nos hallábamos la mayoría de sus amigos y familiares. La rechifla se intensificó. Ese era el clima ideal para Héctor: la controversia, la silbatina, la provocación.

Me di cuenta cuán mala era la película cuando Claudio me dijo que le había gustado. «Esta sí la entendí», aseveró orgulloso. De los trabajos de Héctor, este era el que más se asemejaba a un capítulo de *La Rosa de Guadalupe*. La primera hora del filme había sido inquietante, dura, una mirada incisiva sobre la impunidad y la desolación. La segunda, un licuado de *Hello Kitty* con *Fear the Walking Dead*. Y esa segunda hora fue la que le pareció atractiva a mi marido.

Esa noche cumplí veintiocho días de no ver a José Cuauhtémoc. Había intentado no pensar en «nosotros». Imposible. Mi organismo estaba anegado de su presencia. El mundo sin él empezó a parecerme soso, chato. Las conversaciones con mis amigos, desabridas. Héctor patético y peor aún, anodino. A la luz de mi experiencia en la cárcel, sus películas, que antes admiraba con fruición, me parecieron insulsas. Ya no me impactaban en lo más mínimo.

Intenté saturarme de quehaceres para llenar el vacío. Fui a cuanta fiesta infantil invitaron a mis hijos, fiestas que antes yo detestaba por causa de las intragables mamás empecé a apreciarlas. Me saltaba las charlas con las doñas y me ponía a jugar con mis hijos. Me quedaba a verlos en sus actividades vespertinas: equitación, karate, volibol, esgrima, lo que fuera. Estaba decidida a no perderme un minuto de su infancia. Empecé a salir al cine con Claudio y, cuando él no podía, con mis amigas. Me masturbaba pensando en José Cuauhtémoc y solo en él. Una compulsión orgásmica como mecanismo sustitutivo que no compensaba sus manos sobre mí, ni su aliento en mi nuca, ni su desesperación animal.

Por las mañanas me refugié en Danzamantes. Cambié los ensayos de nocturnos a matutinos. Así clausuré cualquier deseo de montarme en mi camioneta y dirigirme a la cárcel. La tentación era gigante. No lo hice porque había decidido cortar para siempre. Nuestra relación no me estaba haciendo bien y mucho menos a José Cuauhtémoc. Mi presencia podía exponerlo de nuevo contra abusos de las autoridades. Según me había contado Julián, apenas unas semanas atrás lo habían tratado de asesinar. José Cuauhtémoc no me dijo nada. Quizás para no asustarme, aunque me pareció injusto que no me compartiera un acto tan determinante. Por primera vez sentí que me había desprotegido.

La coreografía se tornó más desordenada e impredecible, un reflejo de mí misma. Para mi sorpresa, el grupo se comportó aún más respetuoso y dócil que cuando pedía su opinión. Pareciera que hubiesen esperado el momento en el cual yo tomara las decisiones y las impusiera sin miramientos. Como si fueran niños chiquitos esperando a que los padres les marcaran límites.

En la obra vislumbré algo vital y genuino. No, no había perfección y varias de las evoluciones eran sucias y hasta torpes. En una conferencia, Julián Herbert, uno de mis escritores favoritos, mencionó el concepto del wabi-sabi, la apreciación japonesa de la belleza basada en la imperfección. Contó la historia de Sen no Rikyu, un joven aprendiz cuyo maestro, Takeno Joo, lo mandó a arreglar el jardín. Rikyu se afanó por horas en embellecerlo y cuando hubo terminado, contempló su impecable trabajo. A pesar de la belleza, algo faltaba. Rikyu caminó hacia un árbol de cerezos y sacudió su tronco para que flores sueltas cayeran sobre el césped y así le otorgaran al paisaje sustancia e imperfección. Takeno Joo apreció el gesto de su discípulo: había entendido a cabalidad la importancia del wabi-sabi.

En ese entonces la consideré una idea sugestiva, aunque perteneciente a una cultura ajena. Ahora había captado su profundidad y extensión: «mi» wabi-sabi consistía en aceptar lo humano, con sus paradojas y contrasentidos. En mi afán de perfección había confundido rigor con cercenar. En mis trabajos previos había amputado, ni más ni menos, el palpitar tosco y silvestre de la vida, justo lo que José Cuauhtémoc vino a traer a mi existencia.

Trabajé la coreografía con obsesión, aplicándome en cada movimiento, sin cortar la fluidez, como cuando un pintor bosqueja con precisión un cuadro y al girarse para estudiarlo, chorrea el lienzo con la brocha. El pintor al principio se molesta por el accidente, pero decide tomar distancia y observa la tela. Entiende que la mancha no ha sido una casualidad, que de ella puede surgir un cuadro más vivo, más poderoso. En lugar de borrarla, el pintor crea alrededor de ella y aunque el resultado se aleja del bosquejo, arroja una obra más orgánica.

Mariano se recuperó con rapidez. Para anular mi culpabilidad lo llevé a revisión con diversos neurólogos. Aunque uno por uno me confirmaron la levedad de la lesión, yo me emperré en seguir buscando opiniones. Mariano se quejó. Era un gorro para él ir con la pierna enyesada de un consultorio a otro, solo para escuchar de nuevo el dictamen: su hijo se halla en excelentes condiciones neurológicas. Al sexto médico se rehusó a ir. «Ya ma, por favor, me siento bien.» De nada sirvieron mis amenazas. Solo cuando lo vi llorar angustiado, cedí. En ese instante me percaté de que solo lo estaba utilizando para lavar mi conciencia.

Tres días después de su designación, Carmona me llamó. «Ya liberamos a su galán del apando, mi estimada señora, y está sanito en su celda.» Le pregunté cómo se hallaba su estado psicológico. «El suyo es un hombre bragado, doñita. Creerá que al principio no quería salir del hoyo. Tuve que ir a convencerlo yo mismo.» Me asombró lo que me decía. «¿Y por qué no quería salir?», le pregunté. «Vaya usted a saber. Los presos luego hacen cosas muy raras y les entra querencia a los lugares.» Debía ser una extraña manifestación del síndrome de Estocolmo. Temí que sufriera un detrimento anímico severo. Ni siquiera contaba con la opción de llamarle por celular para constatar su estado. Morales se había encargado de decomisárselo y, dadas las dificultades para adquirir uno nuevo, no habría forma de comunicarnos en un largo tiempo. Carmona continuó con su perorata, su espíritu de vendedor de tiempos compartidos no se atenuaba ni con el nuevo puesto. «Su machito está en buen estado, seño. Lo que sí necesita es que venga a verlo y le dé amor bonito. Eso le hará bien.» Reiteró la disposición de la suite Westin que ya había pagado por anticipado y no aguantó resbalar el cobro extra «por mejoras que le van a encantar». Le aclaré que no pensaba volver a ver a José Cuauhtémoc. «Seño, eso sí me lo va a poner malo. Si se desvive por usted.» Le dije que por mi culpa él había terminado en el apando y que no soportaría que le impusieran un castigo más. «Seño, mientras yo esté aquí le prometo que no lo tocamos ni con la aleta de una sardina. Es más, por una lanita lo mudamos al ala VIP, con un cuarto de lujo para él solito ¿cómo ve?» Ahora Carmona se expresaba como el capitán de meseros de un antro nice de Polanco. «Le agradezco, pero ya no pienso seguir con él», sentencié. Me hizo saber que le era imposible devolverme el adelanto por la suite. «Es que ya la tiene apartada y con ese dinerito pagamos los cambios que le platiqué, mi doña.» Me comentó que él mantendría el acuerdo y no le alquilaría la suite a nadie. Le agradecí que respetara nuestro trato y lo felicité por su nombramiento.

Por decencia y por respeto a nuestro amor, debía participarle a José Cuauhtémoc las razones de mi decisión. En definitiva, no lo haría en persona. Solo verlo y olerlo me haría volver a él sin pensarlo. Le escribí una breve nota procurando ser lo más directa y honesta posible, y se la di a Julián para que se la entregara. Con Julián empecé a mantener mayor proximidad. En los días de «desintoxicación» de José Cuauhtémoc, solo con él me sentí en confianza para desahogarme. Sin él, hubiera enloquecido. O más bien, enloquecida ya estaba. Julián evitó que me tirara a un precipicio o estrellara mi camioneta contra las puertas de la prisión para liberar a José Cuauhtémoc. Además, solo él, por su condición de expresidiario, podía comprender lo que José Cuauhtémoc padecería por mi rompimiento unilateral.

Transcurrieron los días, las semanas. Cada día despertaba con la resolución de mandar todo a la chingada para ir a ver a José Cuauhtémoc pero conforme pasaban las horas, me tranquilizaba. Si el impulso era incontrolable, llamaba a Pedro o a Julián. Con paciencia ellos me desanimaban hasta retraerme al buen juicio. Resistí. En ocasiones, mis amigos me daban una que otra noticia sobre él. Según me contaron, había abandonado el taller y se guarecía en su celda.

Pensé que lo había superado por fin, cuando una tarde recibí una llamada de Pedro.

*La vida está llena de retruécanos, Ceferino, de inexplicables casualidades. Por intrincados giros del destino, me hallé en la disyuntiva de ayudar a José Cuauhtémoc. Así como con Héctor establecí un serio trato de negocios, con Pedro entablé una estrecha amistad. Cultivé la relación. Nos llamábamos por teléfono a menudo y acostumbramos a tomar un café o a cenar al menos una vez a la semana. Llegó a abrirse conmigo. Me contó de sus dificultades amorosas con Héctor y de la ilusión de casarse con él. A él no le hacían gracia las fanfarronadas de su novio. «En casa es tranquilo, nomás sale y le brotan las plumas de pavorreal», confesó. Era fehaciente su compromiso con los múltiples programas que apoyaba la fundación, aunque para él los talleres peni-*

*tenciarios eran la joya de la corona. Con entusiasmo me narró sobre los relatos de los presos y estaba convencido de que la creación era una vía óptima para rehabilitarlos.*

*Una mañana me invitó a desayunar para plantearme un conflicto. Una amiga suya, Marina Longines —no tuvo empacho en pronunciar su nombre y apellido—, se había enamorado de José Cuauhtémoc Huiztlic, el «escritor» del cual me había hablado. Fingí ignorancia, como si hablara de un desconocido. Ella y mi hermano llevaban meses involucrados en un adulterio cada vez más intenso. Según me contó Pedro, ella era una mujer muy casada y muy fresita. Había sido fiel a su marido hasta que en una visita a la prisión, conoció a José Cuauhtémoc. Al poco tiempo se enamoraron. «Esos dos nacieron el uno para el otro, por desgracia en el tiempo y el lugar equivocados», arguyó Pedro. En mis adentros disfruté el relato. Conocer esa arista romántica de mi hermano me emocionó como si de una novela de supermercado se tratara.*

*Estoy seguro de que esta coincidencia te parecería a la vez fascinante y divertida. ¿Por qué entre su decena de amigos poderosos Pedro recurrió a mí? Apenas unos meses atrás ni nos conocíamos. Bien decía Borges: «Todo encuentro casual era una cita». Francisco Morales, al que despreciaste por lo que era, un político rastrero e infecto, se tornó en el villano de esta historia. Nombrado director del reclusorio donde estaba internado José Cuauhtémoc, presionó a nuestra querida heroína para que se acostara con él y, para «persuadirla», encerró a mi hermano en un diminuto apando.*

*Cada hora de mi hermano estrujado en ese inmundo hueco debió regocijar a la hiena de Morales. Su córtex cerebral debió colmarse de dopamina. Porque tipitos así se sienten encumbrados cuando pisotean a quienes se hallan en situaciones vulnerables. «Agárralos por los huevos», fue la lección que le enseñó Güicho Barrientos, tu antípoda, el tétrico exdirector de la infame Dirección de Seguridad al que más tarde Morales sustituyó en el puesto. Y sí, agarró de los huevos a mi hermano y a mi linda cuñada.*

*Maquiné la estrategia para hundirlo. Los espías siempre se creen a salvo. Saben tanto de los demás que se creen inmunes. La mejor manera de contrarrestarlos es a través del antídoto a su veneno: información sobre ellos. Esa misma noche hice un par de llamadas a contactos en el gobierno. En media hora ya contaba con la llave del tesoro: las corrup-*

*telas de Morales en Israel mientras laboraba en la embajada. Bien nos*
*enseñaste las bondades de mantener relaciones entre la comunidad ju-*
*día. Lo que hice en un principio por admiración y genuino espíritu de*
*amistad terminó por brindar pingües beneficios. Al día siguiente le*
*expuse la situación a uno de nuestros viejos amigos. Me escuchó atento*
*y prometió discutirlo con uno de sus conocidos. Dos días después me*
*llamó. «Lo que hizo el pendejete en Israel fue muy grave. Dejemos el*
*asunto en manos de los camaradas israelíes.»*

*Ese mismo día me comunicó vía Skype con el subdirector de Haa-*
*retz, el diario de izquierda de Israel, al que los enjuagues de su primer*
*ministro derechista con el presidente mexicano para encubrir a un*
*truhan le caía de perlas para avanzar su agenda liberal. Se planteó la*
*estrategia a seguir. Se investigarían a fondo las truculentas operaciones*
*del exembajador Morales y, una vez recopilada la información, saca-*
*rían una nota de primera plana para patentizar la tapadera del go-*
*bierno conservador al claro apoyo financiero a terroristas enemigos del*
*pueblo de Israel. Dos jabs en uno: jodían a Morales y embarraban al*
*primer ministro en una trama internacional, vergonzosa y reprobable.*

*No pude anticipar mejor efecto. Los periodistas de Haaretz cum-*
*plieron con un espléndido trabajo y desnudaron las siniestras transac-*
*ciones de Panchito Morales en Israel. Como buen cobarde, huyó del*
*país. Lo aprehendieron y luego lo extraditaron. Una lástima que no lo*
*ingresaran al Reclusorio Oriente, para que ahí mi hermano le hiciera*
*pagar cara la osadía de tratar de meterse con la mujer que amaba.*

*De rebote, tus dos hijos acabamos unidos. Confieso que actué bajo*
*mi soterrado ánimo sentimental. Aun inmerso en el cinismo y mi obs-*
*ceno frenesí por el dinero, sonreí al ver triunfar el amor. Vaya que*
*sonreí.*


Encerrado, sin salir más que al Oxxo, al Máquinas la ardilla le giraba solo en un sentido: el de la venganza. Un poseso cuyo único
exorcismo sería la muerte de su rival. Solo con su sangre podría excretar la arena negra y colérica de los celos sedimentada en los ven-
trículos del corazón, expeler el escupitajo denso de la humillación
coagulándose entre las válvulas henchidas por el rabioso recuerdo
de los besos y las caricias de la mujer infiel. En otras palabras, que-

ría sacarse la méndiga y pinche bilis que lo tenía tan putamente encabronado.

Elaboró un plan tras otro. Pensó en drones con explosivos, en secuestrar un avión para estrellarlo contra la cárcel, en un incendio descomunal, en un caballo de Troya colmado de sicarios armados, en soltar ratas inoculadas con peste negra, en infiltrar una prostituta asesina. Puras mamadas irrealizables.

Don Joaco gozaba contar la historia de Enrique Berríos. Contratado por la simpática dictadura chilena, el gusano elaboraba gas sarín. Cuando Chile y Argentina se pusieron los guantes por un conflicto limítrofe, el delicado y siempre sutil Pinochet le ordenó hallar una solución. Al comedido Berríos se le ocurrió producir volúmenes colosales de gas sarín para verterlos en el sistema de agua potable de Buenos Aires y así llevarse entre las patas a millones de porteños, porteñas, porteñitos, porteñitas, perros, gatos y periquitos. «Este cabrón sí tenía tompiates», afirmaba don Joaco, «no lo frenaban unos cuantos muertitos» (la verdad, dos o tres millones no era una cifra para escandalizarse). De últimas, Berríos no salpimentó el agüita bonaerense, pero vaya que inspiró a don Otelo.

Si un frasquito de perfume era suficiente para echarse a treinta, con un frasco de mayonesa bien podría llevarse de corbata a mil cachalotes. Con que el vaporcito llegara a los dormitorios donde moraba el hijodesuputamadre, asunto resuelto. En dos patadas el pinche rubio estaría petateado. Solo que había una bronca a resolver: ¿dónde chingados se conseguía gas sarín? No era como ir a la farmacia y me-da-cuatro-litros-de-gas-sarín. Necesitaba encontrar a su Berríos y bioquímicos top of da lain no debían abundar en México. Tampoco podía buscar en internet «bioquímico experto en gas sarín» y llamarle «buenos días, lo requiero para refinarse a mil moros, ¿cuánto cobra por el trabajito?». No, pa qué arriesgarse a contratar a otro mamarracho y peor aún, a un pinche nenito que rajara con la policía. Decidió él solo hacerse cargo.

Berríos guas rait. La mejor opción para cargarse a alguien era envenenar el agua. Vaciar litros de ponzoña en las tuberías que conducían a la cárcel y esperar que el rubio fuera uno de los que cayeran al piso con la cara azul y la lengua de fuera. Si se morían otros, pos ni modo. A tomar la actitud triunfadora de Berríos: encarrerado el gato chinga su madre el ratón. Además, ni que fuera a matar niñitos de altar. Nadie dentro del reclusorio merecía su compasión. Estiércol humano. Bosta inservible.

Para cumplir con el plan debía cambiar de look. Al puro estilo del Far West, los Aquellos habían repartido carteles con su retrato hablado en todos los barrios lumpen y ofrecían una recompensa a quien les llevara su cabeza. Enflacó, se dejó crecer la pelambre y las barbas, se vistió con andrajos y dejó de bañarse. Apestoso y greñudo, recorrió la periferia de la cárcel. Para fintar a los halcones, durmió en las aceras. Se amistó de perros callejeros. Comió mendrugos sacados de la basura. Se convirtió en un auténtico teporocho ixtapalense.

Por las madrugadas abría los registros y exploraba los ductos de agua potable. El ramal era complejo y se extendía en un titipuchal de tubos para varios lados. Requería ser preciso para no despacharse a bebés, abuelitos y amas de casa. A falta de planos, le echó seso y determinó cuál era la tubería orientada hacia la cárcel. La intervendría para derramar el veneno con la esperanza de que llegara a la garganta de su ex compa del alma. Con que JC le diera un traguito al agua de la llave, bastaría para mandarlo a Chingadahuatlán.

Mucho preproducir y nada de acción. Le faltaba lo básico: el equivalente al gas sarín. En esas dudas chapoleteaba cuando una noche, mientras veía la televisión en su mugriento cuarto de azotea en la Rojo Gómez, escuchó una noticia feliz: «En Estados Unidos miles han muerto por sobredosis de fentanilo, una droga de fabricación sintética elaborada por los carteles mexicanos con sustancias clandestinas importadas de China. El fentanilo es cuarenta veces más potente que la morfina…». ¡Lotería! Ahí estaba la solución. Bien podía agenciarse un lotecito con los del cartel de Allá, que en Sinaloa controlaban el biznes con los chinos. Conocía a un midol man del cartel, un compa de cheves, rorras, líneas y jijí jajá con el que había arreglado negocios para don Joaquín. El bato podía venderle unos kilos. Luego iría a vaciarlos en la red de agua potable y a volar canarios que la jaula está abierta.

Y como si la babe de la tele le estuviera hablando a él y solo a él, presentó a continuación un reportaje sobre la toxicidad de algunos peces debido a la presencia del mercurio en sus tejidos. La ex segundo lugar en Miss Tlaxcala, ahora metida a conductora, afirmó: «Basta el contacto con este metal para sufrir daños neurológicos graves.» Doble lotería. Un venenín más al menú.

La antes segunda finalista de Miss Tlaxcala, siguió: «La ingesta de estos peces provoca acumulación de mercurio en el organismo, con secuelas irreversibles y en ocasiones, mortal». El Máquinas casi brinca de alegría. Nada le haría más feliz que JC quedara telele por el resto de su vida, confinado en una cama, escurriendo saliva, incapaz de moverse, de hablar, con dolores crónicos en riñones e hígado. Yes, yes, yes.

En el internet de su celular Plan Amigo con 1 GB de data y llamadas ilimitadas, investigó en Google cuál era la composición más letal del mercurio y encontró que era el cloruro mercúrico, usado para ciertos procesos industriales y fácil de encontrar. Adquirir el fentanilo y el cloruro mercúrico no debía ser a problem at ol. Su carnal sinaloense le facilitaría el shopping.

Haces          falta .

                                                  tu


                            ausencia


                                                        PESA


abro los OjOs                                          y
No


                              estás

¿Qué les hago

a estas ganas de besarte

                                        a estas caricias

                    a estas palabras

aquí

            (e/n/c/e/r/r/a/d/a/s )

            (C/o/n/m/i/g/o)?

\-

Mi barco encalló

              Está varado

En            la              inmensa           playa

Que eres

              Tú

                                Me

ahogo

en

                          este

.

              Vacío

                    ven



                    ayúdame                    a



R                         =              e              =
s..............................................
p = i = r = a = r



Que
Mi
Vida



Se
seca



                    Sin                    ti


José Cuauhtémoc Huiztlic
el tuyo

Me disponía a llevar a Daniela a su clase de equitación cuando sonó mi celular. Llevaba prisa, la clase iniciaba a las cuatro y faltaban apenas quince minutos. Contesté mientras me dirigía hacia la camioneta. Vi en la pantalla que se trataba de Pedro. «Hola», lo saludé. «Marina, prende la tele en canal 13, ahora», ordenó. Creí que bromeaba. «¿Te entrevistan o por qué la prisa?», chisteé. «Ve ahora antes de que quiten la noticia», advirtió. Su tono denotaba gravedad. Le pedí a Daniela que me esperara y corrí a la cocina, en donde las empleadas domésticas veían una telenovela en el pequeño televisor. «Con permiso», les dije y le cambié de canal. En la pantalla aparecieron imágenes desde un helicóptero sobrevolando el Reclusorio Oriente. Varios presos con el rostro cubierto alzaban los puños hacia la nave, retadores. Algunas alas de la prisión se hallaban en llamas. El reportero narraba desde las alturas. «Se cree que hasta el momento hay cerca de quince muertos. Las autoridades han establecido un cerco alrededor del reclusorio y se prevé que más tarde fuerzas policiales intenten ingresar para controlar a los presos amotinados.»

Me quedé paralizada frente a la televisión con ganas de volver el estómago. Decenas de veces había visto reportajes sobre motines en las cárceles. Tomas de los familiares agolpados en la entrada, reclamando a gritos informes sobre sus seres queridos. Sus rostros demudados por la angustia y la incertidumbre. Esa debió ser mi expresión, porque una de las nanas de mis hijos se apresuró a traerme una silla. «Siéntese, señora.» Pude reconocer los sitios donde había ido: los patios, la zona para visitantes, las aulas, la biblioteca, los cuartos para la visita conyugal. El fuego consumía varios de esos espacios.

Salí de la cocina. No deseaba que la servidumbre notara mi conmoción. Entré a mi estudio y cerré con llave. Marqué al número de Carmona. «El número que usted marcó se encuentra apagado o fuera del área de servicio.» Vaya broncón le había tocado. Apenas unos días de haber asumido el cargo y ya debía afrontar la peor pesadilla posible para el director de un presidio. Mi corazón latía aprisa. ¿Estaría bien José Cuauhtémoc? ¿Sería uno de los muertos? Por primera vez caí en cuenta de la banalización de las cifras por los noticieros. Se habla de seres humanos como números, como si la muerte fuese una simple estadística más. En esos «cerca de quince muertos» podían encontrarse conocidos míos de ambos bandos: presos y custodios. La violencia irrumpió en mi vida en el momento menos esperado.

No podía pasarle nada a José Cuauhtémoc. ¿Qué haría con mi vida si él fuera uno de los muertos? No me podría perdonar mi pusilanimidad. Ni siquiera podía recordar sus últimas palabras. ¿Qué me había dicho? Chingados, ¿qué? Uno da por sentada la vida y de pronto llega un relámpago que detona una a una nuestras certezas.

Le pedí al chofer y a una de las nanas que llevaran a Daniela a su clase. El chofer salió presto a cumplir con mis órdenes. Teresa, la nueva nana, se quedó parada en el quicio de la puerta. «¿Tiene usted algún familiar en el reclusorio? La vi muy afectada», dijo. «He acompañado a mis amigos Julián y Pedro a los talleres literarios que ahí imparten», le respondí tratando de ser lo más circunspecta posible. No deseaba trasminar el desasosiego que me carcomía. «Me imagino que conoce gente ahí dentro ¿verdad?», inquirió. No me gustó la dirección hacia la cual se encaminaba su interrogatorio. «Sí, conozco a varios. Por eso me preocupa lo que sucede ahí dentro.» Ella se quedó unos segundos en silencio. «¿De casualidad conoce a Eleuterio Rosas?» No, no lo conocía. «¿Por qué Teresa?», le pregunté. «Es el esposo de una prima mía. Lo sentenciaron por robo y pues es un hombre muy atrabancado. Tengo miedo de que le hayan hecho algo.» Me acerqué a ella y la abracé. Comenzó a llorar en mi hombro. Nunca imaginé tal cercanía con una empleada. Ambas ansiosas por conocer los nombres de los reos muertos en la asolada. Ambas sufriendo un dolor que nadie en mi círculo social podría entender.

Me puse a surfear los canales televisivos en busca de información. Ni una referencia más. En la programación aparecían telenovelas, programas de concurso, documentales históricos. En los noticieros exhibían desangeladas entrevistas a politólogos. Googleé la noticia en mi laptop. La mayoría de los sitios copiaban la reseña hecha tres horas antes por una agencia informativa. Nada nuevo con respecto a lo narrado por el reportero a bordo del helicóptero. Lo que sí descubrí fueron fotos. Los presos, la mayoría en camiseta o con el torso desnudo, los rostros cubiertos, se plantaban amenazantes en los techos de la prisión. Aun con telefoto se podían notar los dedos crispados, las miradas llenas de resentimiento, los gestos decididos. Topé con las imágenes de los cadáveres de cuatro custodios, entre ellos el amabilísimo oficial que me condujo con José Cuauhtémoc la primera vez. Estaba tumbado boca arriba sobre un círculo de sangre. Cerré los ojos, espeluznada. Ese muchacho bonachón y gentil, de las mejores personas que conocí en la cárcel, no merecía morir.

A pesar del horror y de la repulsión, continué repasando las fotografías. Necesitaba cerciorarme que en ninguna de ellas saliera el cuerpo inerte de José Cuauhtémoc. La mayoría eran imágenes borrosas tomadas en el fragor de la batalla campal. El recuento de los muertos debió estimarse sobre la base de esas instantáneas captadas con celular y subidas a la red por los mismos custodios. Podían adivinarse cuerpos mutilados o con el rostro desfigurado. Una matanza.

Me quedé prendida al internet por dos horas más. Entremedio llamé a Pedro y a Julián innumerables veces. Julián se notaba tan preocupado como yo. Decidieron ambos venir a mi casa. Me encerré con ellos en mi estudio a indagar en diferentes portales de internet. Poco a poco empezaron a saberse los pormenores de lo sucedido. Un grupo había iniciado una protesta a las seis de la mañana en los comedores de la prisión. Los guardias intentaron dispersarlos con gases lacrimógenos y fue ahí cuando se suscitó la conflagración. Armas de diversos calibres empezaron a circular entre los reos. Tres horas después ya habían tomado el penal. Un contingente logró quebrantar los filtros de seguridad y había invadido el área de la dirección general. No se sabía del destino de Carmona, ni de los demás funcionarios.

Escuchamos las voces de mis hijos que llegaban. Pedro cerró la laptop. «¿Qué haces?», le pregunté. «Nos estamos obsesionando con esto. Debemos descansar un rato», respondió. Me prendí. «Se trata del amor de mi vida», le dije sin pensar. Me sorprendí de mis palabras. «Amor de mi vida», una aseveración demasiado fuerte para digerirla. «Deja de decir estupideces», reaccionó Pedro, «tus hijos están allá afuera. Ve y atiéndelos. Nosotros te avisamos si sabemos algo». Tenía razón. Debía recibir a mis hijos, ayudarles con sus tareas y prepararlos para la cena.

Los tres me abrazaron, efusivos. Ellos considerándome la mejor mamá del mundo y yo una calamidad andante con el instinto maternal atrofiado. Los insté a ponerse la piyama. Rezongaron. «¿A las seis?», se sorprendió Claudia. Quería despacharlos y volver a mi estudio a seguir las novedades. Calma, calma, me dije a mí misma. No debía sacrificar el tiempo con mis hijos. Era injusto involucrarlos en un conflicto a distancia astral de sus vidas. Simulé estar bien y alegre, mientras por dentro me roían las ansias. Les auxilié a terminar sus tareas escolares. Desconcentrada, me tardaba en contestar sus dudas, sobre todo las de Daniela, que no lograba aprenderse las tablas de multiplicar.

Julián y Pedro partieron a las once. Pedro hizo un intento por animarme. «Va a estar bien. José Cuauhtémoc sabe cómo defenderse.» Crucé una mirada con Julián con la esperanza de que coincidiera con él. Hallé sus ojos clavados en el piso, como si se negara a contagiarme aún más sus tribulaciones. «Llámame si necesitas algo», me dijo Julián al despedirse. Lo abracé. Cada vez más fraterna nuestra relación.

En cuanto cerré la puerta, sentí a alguien detrás de mí. Era Teresa. «Señora, perdone que la moleste a estas horas, ¿averiguó algo?» Imaginé que ella esperaba una mentira piadosa que la tranquilizara. «La cosa está muy fea, Teresa. Esperemos que el esposo de tu prima esté bien.» Se quedó callada un largo rato. Los ojos se le comenzaron a anegar de lágrimas. «Señora, le tengo que confesar algo», dijo e hizo una pausa. «Eleuterio es mi novio.» Di dos pasos hacia ella. «¿No que era el esposo de tu prima?», le pregunté. «Sí señora, es su esposo. Yo soy su amante.» Bajó la cabeza. Algunas lágrimas escurrieron por sus mejillas. «Le quiero pedir permiso para que me deje ir mañana al reclusorio a ver qué está pasando. Ya no aguanto más sin saber nada.» Tragó saliva en cuanto terminó. La tomé del mentón y le levanté la cara. «Voy contigo. Yo tampoco aguanto más.»

El reclusorio estaba infestado por un totobal de insectos. Las queens eran las cucarachas. Amas y señoras de las esquinas, las despensas y los baños. Causaban guácalas hasta en los más rudos y muchos se ponían en plan nenito cuando al aplastarlas sus tripas explotaban en un puré color Gerber mango. Las camas estaban plagadas por las *cimex lecturalius,* mejor conocidas como las reverendas hijas de su chinche madre. Al despertar los reos aparecían sarampeados como si acabaran de salir de sesiones de acupuntura con clavos. Abundaban también pulgas, piojos, liendres y ladillas, el dream team de la comezón en la greña, en los huevos y en el anisete.

Los mosquitos jugaban en otra liga. En el reclusorio, construido sobre lechos de lagos desecados, bastaban un par de agüitas puercas para que depositaran sus huevecillos por costales. En verano masacraban al iluso que se atrevía a salir al atardecer y en las noches la jodienda de sus zumbidos por mucho superaba las roncaderas.

Era necesario que las infestaciones llegaran a niveles de estación Pino Suárez para que las autoridades se decidieran a fumigar. «Este no es colegio de señoritas», aducían los dilectos funcionarios y sopas, ahí iba el insecticida sin importar si los presos dormían o comían. Nada de refrenarse por pequeñeces como si esta o aquella sustancia era cancerígena o que causara daños irreversibles a los bronquios. A exterminar las alimañas. Las de seis, las de ocho y las de dos patas. Al fin y al cabo, alimañas todas.

Entre las móndrigas plagas, las que más detestaba JC eran las moscas. Ubicuas, omnipresentes. Cagaban focos y ventanas, agarraban de bar los excusados, chupeteaban la comida y muchas flotaban ahogadas en las jarras de limonada. Algunos presos se las bebían sin chistar por su «valor nutricional»: proteína con caquita, pasitas cubiertas con chocolate. A JC le repateaba verlas estirar sus trompas llenas de mierda para succionar su pan o su espagueti. Sobre la mesa regaba azúcar para atraerlas y cuando se juntaban varias, les pegaba un manotazo.

Las méndigas moscas abundaban en los cuchitriles de la visita conyugal. Muy mustias se quedaban quietecitas sobre las paredes hasta que iniciaba la cogedera. Alguito en las hormonas de quienes le tupían debía excitarlas porque sin dilación se dejaban ir sobre los cuerpos desnudos. Y eso de coger con moscas revoloteando sobre la espalda, la cara o las nalgas era de la verge.

Lo que trajo atravesado JC la primera vez en la visita conyugal fueron las aladas. Temía que Marina no soportara la sensación de sus patas enmierdadas sobre su piel. Una mañana, ella dormitó sobre su pecho. Él acarició su espalda hasta que se quedó profundamente dormida. Pero, OMG, atraídas por el olor de sus juguitos vaginales aderezados con semen, una veintena de moscas empezaron a posarse sobre su coliflor y sobre su amapola. JC se dedicó a espantarlas con las manos, pero los escuadrones daban vuelta y regresaban.

Ese le pareció el momento más humillante de sus años en la sombra: moscas chupeteando el ano de su amada. Él merecía las moscas y las chinches y las pulgas y las cucarachas y los mosquitos y las amibas y las bacterias y la intoxicación por fumigantes, pero ella no. Él quisiera guardarla en una caja de cristal, protegerla de los insectos, de la inmundicia, del aire pútrido, de los asesinos y hasta de sí mismo.

Le alivianó hasta lo indecible que se citaran en la suite Westin. Excusado con tapa, baño privado, agua caliente, preparación higiénica de los alimentos (nada de pasitas con chocolate flotando en las aguas frescas), pisos rechinando de limpios y, ¡aleluya!, cobijas sin dibujitos. Ni un rastro de moscas ni de ningún insecto maligno. Expulsados los bichos del paraíso de los presos ricos. Fuera del templo los fariseos alados. Sanidad comprada a billetazos. Sonrió cuando a Marina le entró nostalgia por el apestoso cuartucho. Típica actitud de los burgueses cuando visitan por unas horas los muladares de los jodidos. El Primer Mundo probando a cucharaditas los pozos del Tercer Mundo. A Marina debía parecerle la mar de simpático revolcarse sobre cobijas con motivos infantiles. Para él era una muestra más de la ojetez de las autoridades penitenciarias. A coger con un ratón grotesco mirándote las nalgas. El poder embarrado en plena jeta, o más bien, en el mero culo. Para Marina era una expresión de ingenuidad kitsch. Le rayaba venirse encima de los rostros deformes de Tribilín, Mickey y Mimí. Eso sí era contestatario, no las películas del mamón de Héctor.

José Cuauhtémoc apreciaba la fresez de Marina. Tan ingenua, tan cándida, tan Nesquik de vainilla. Su presencia le ayudaba a orearse, a abandonar, aunque fuera por unos minutos, la pasta de

468

los tiempos muertos en la cárcel. No solo estaba enamorado de ella, estaba agradecido. Y como enfermo terminal al que desde años atrás le han anunciado su fin, él aguardaba la hora en que ella nunca más volvería.

Al parecer, había sido una acción coordinada. No solo se habían amotinado en el Reclusorio Oriente, sino también en varios más: Reclusorios Norte, Sur y Santa Martha Acatitla, en la Ciudad de México; Cadereyta, Topo Chico y Apodaca en Nuevo León; los penales de Tepic, Colima, Piedras Negras, Saltillo, Zacatecas y otros. Los funcionarios de Gobernación se notaban desconcertados. «No vamos a permitir que un grupúsculo de criminales ponga al país y a las instituciones democráticas contra la pared», declaró a la prensa el secretario. ¿De qué hablaba? ¿A quién se refería con ese «grupúsculo»? ¿Quiénes habían organizado el levantamiento? En un año serían las elecciones presidenciales. ¿Eran pugnas de poder entre los miembros del gabinete? ¿Fuerzas externas? ¿Luchas partidistas? ¿El narco?

No escuché a Claudio entrar al cuarto y me descubrió mirando mi celular. Se acercó a mí sin hacer ruido y notó las imágenes de la cárcel. «¿Qué pasó, amor? ¿Problemas en el reclusorio?» Brinqué del susto. «No me vuelvas a espantar así», le reclamé. Claudio sonrió. «Es que te vi tan clavada.» Le expliqué la situación y le conté que algunos conocidos nuestros entre ellos amable custodio, habían muerto. Le expresé mi preocupación por la crisis rampante. «Es una señal para irnos a vivir a Nueva York. No tenemos nada que hacer aquí», dijo. En mi mundo pre José Cuauhtémoc, su propuesta habría tenido el mayor sentido. Enamorada y loca de angustia, me pareció un insulto. «No pienso dejar este país», fue mi lacónica respuesta, cuyo subtexto en realidad era: «Por nada en el mundo pienso dejar a José Cuauhtémoc».

Claudio se metió a bañar (su obsesión por la higiene lo hacía ducharse dos veces al día) y aproveché para llamarle a Pedro. «Necesito que me prestes una camioneta blindada y a un par de tus escoltas. Mañana pienso ir a la prisión», le dije. «No te voy a prestar ni madres», respondió molesto, «no voy a seguir tu jueguito de

Romeo y Julieta en medio de una matanza». Le advertí que iría al reclusorio con o sin su auxilio y que esta vez necesitaba apoyarme. Intentó hacerme desistir. No cejé. «Voy a ir con Teresa, la nueva nana, que también tiene un familiar preso en el reclusorio.» Acabó por ceder. «Es la última vez que me involucras en tus enjuagues», dijo.

Antes de acostarme llegó a mi celular un mensaje de Julián:

*Llega un momento en que es necesario abandonar las ropas usadas que ya tienen la forma de nuestro cuerpo y olvidar los caminos que nos llevan siempre a los mismos lugares. Es el momento de la travesía. Y, si no osamos emprenderla, nos habremos quedado para siempre al margen de nosotros mismos.*

*Fernando Pessoa*

No entendí el propósito de Julián al mandarme ese fragmento. ¿Hacia dónde sugería que hiciera esta travesía? ¿Hacia un amor quimérico e irrealizable? ¿O quería decirme que mi único camino era el regreso hacia la estabilidad matrimonial? Lo que me faltaba. Más preguntas. Más motivos para no dormir.

Pasé una noche de insomnio. No dejé de dar vueltas y a menudo veía el reloj despertador: una de la madrugada, dos con siete, tres y treinta y cinco, cuatro con cuarenta. Debí caer dormida alrededor de las cinco. No escuché la alarma de Claudio. Solo abrí los ojos cuando cerró la puerta del cuarto. Traté de dormir unos minutos más. Estaba exhausta. Pensar cansa y pensar obsesivamente, más. Llegó la hora de levantarme y organizar a los niños para la escuela. Cada mañana procuraba despertarlos con mimos. No tuve humor para ello. Les prendí la luz y les exigí estar vestidos y desayunados en media hora.

Despaché a mis hijos con el chofer y una de las nanas. «Nos vamos ya», le dije a Teresa. Salimos en la camioneta blindada de Pedro seguidos por otra con cuatro guardaespaldas. Cruzamos la ciudad y al llegar a las inmediaciones del reclusorio empecé a vislumbrar la gravedad del conflicto. Decenas de granaderos rodeaban el perímetro. No pudimos aproximarnos más allá de diez cuadras. Los policías desviaban el tránsito. Nuestro conductor trató de convencer al oficial de dejarnos pasar. «No joven, no está autorizado el paso a vehículos.» Preguntamos cómo podíamos llegar hasta la prisión. «A pie, pero no se lo recomiendo. La cosa allá está muy dura.» Decidimos estacionarnos lo más cerca posible y de ahí caminar hasta el reclusorio.

Mientras aparcábamos revisé en el celular las últimas noticias. El gobierno había decidido recuperar el penal después de horas de infructuosas negociaciones con los presos sublevados. Se preveía un encuentro encarnizado. Los reporteros advertían «no se dirija a la zona». Desde un helicóptero trasmitían en vivo. Los convictos rebeldes se concentraban en el patio central, aquel que tantas veces había atravesado. En medio de un círculo se hallaban amarrados y amordazados varios de los custodios. Se destacaba una línea de trincheras hecha con pupitres, colchones y algunas llantas. Los acercamientos de la cámara mostraban a los oficiales secuestrados con la cabeza gacha. Al paso del helicóptero uno de los reos alzó un cartel: «Respeto a los derechos humanos de los presos». Traté de identificar a José Cuauhtémoc entre las decenas de descamisados. Sería fácil distinguirlo por su estatura y su cabello rubio. Imposible, la cámara se meneaba de un lugar a otro.

A cambio de liberar a los rehenes, los rebeldes exigían el cumplimiento de varios puntos: preliberaciones de reos por condenas menores, acabar con el hacinamiento, alimentos más variados y nutritivos, horarios de visita más laxos, permiso para el ingreso de teléfonos celulares, entre otras demandas. El gobierno había enviado a un grupo de negociadores, pero los amotinados se rehusaron a recibirlos. Antes era necesaria la firma de un documento comprometiéndose a aceptar las condiciones del pliego petitorio en los penales sublevados. No quedaba duda que había sido una acción concertada. Solo faltaba dilucidar quién la había organizado.

Descendimos de la camioneta y escoltadas por seis guardaespaldas comandados por Rocco, Teresa y yo avanzamos entre el gentío. Pareciera que recorríamos el trayecto hacia un estadio de futbol. Mujeres humildes tomadas de la mano con sus hijos pequeños, viejos que caminaban con dificultad, jóvenes tatuados. Sus rostros reflejaban preocupación y enojo. La revuelta se había salido de control y hacían responsables a las autoridades de aquello que pudiese sucederles a sus familiares recluidos.

Nos aproximábamos a la prisión cuando empezaron a oírse detonaciones. A continuación se escuchó un estallido. La gente arrancó despavorida. Rocco me abrazó para protegerme con su cuerpo y en formación compacta con los demás escoltas, me alejaron del lugar. Más explosiones y tiroteos. Rocco me agachó la cabeza. «Le pueden pegar un balazo, señora.» Seguimos hacia las camionetas entre nubes de gases lacrimógenos. Llegamos a los vehículos. Los guardaespaldas abrieron las puertas y las cerraron en cuanto nos subimos. Por fin pude ver a mi alrededor. Una multitud huía despavorida. Pregunté por Teresa. «La perdimos, señora», respondió Rocco. «¿Cómo que la perdieron?», pregunté. Ya no me respondieron. Arrancamos. El conductor esquivó con habilidad a las decenas de personas que huían de la melé. Condujo hasta desembocar a una avenida y de ahí partimos de regreso a la casa.

El Máquinas se sienta frente al midol man del cartel de Allá. «¿Cuánto quieres por esto y esto?» El man le responde «pues tanto y tanto». El Máquinas hace cuentas mentales. «No pos no. Te pasas de lanza. Ni de foking milagro tengo pa pagarte eso.» El man se ríe. «Pos si no te estoy vendiendo canicas.» Empieza el regateo. Que sí, que no. No mames, me ofendes. Ofensa es que te chulee a tu hermana. Pos ¿cuánto ofreces? Pos tanto. Nel. Pos tanto más. Pos órale. Se dan la mano y cierran el trato. El Máquinas negocia suficiente cantidad de fentanilo para siete mil sobredosis. De pilón el man le regala el cloruro mercúrico. Cuatro cubetas selladas con estampas de calaveras: «Material peligroso. Manéjese con cuidado. Úsese máscara antigases».

Acuerdan un punto y una hora para la entrega del fentanilo. El Máquinas se lleva las cubetas de cloruro mercúrico, las mete en la cajuela de su coche, va a su hotel, recoge sus pertenencias y se apura a salir. Por cinco mil bolas contrata dos choferes de taxi que antes les habían hecho trabajos a los Quinos en la región y los envía a recoger la merca. Él no piensa ir. Desde hace años conoce al man del cartel de Allá y lo considera su compa aunque en el narco nunca se sabe cuándo se desacompa un compa.

Les pide a los choferes que por WhatsApp le envíen su ubicación en tiempo real y que le echen un ring al celular cuando lleguen al sitio convenido. Les ordena que en ningún momento los apaguen. Ellos se despiden y arrancan en el camión alquilado. El Máquinas recorre treinta kilómetros afuera de la ciudad y se oculta en el tejaban de un taller mecánico abandonado en la orilla de la carretera. El calor es un tabique hirviente y el Máquinas borbota sudor. El chirriar de las chicharras resuena entre la vegetación tropical.

El Máquinas dormita en una silla de madera carcomida por la polilla. Periódicos amarillentos están regados por el piso. Un sofá roto está arrumbado en una de las esquinas. Huele a mierda y meados. Es un lugar donde los traileros se meten a cagar y a orinar. El calor ha secado las cagarrutas. Eso no impide que un putanal de moscas se paren sobre ellas. En WhatsApp entra el mensaje con la ubicación de los choferes. Están por llegar al sitio donde harán el intercambio del maletín con la lana por los kilos de fentanilo. Si el Máquinas los mercara en el border se metería diez veces más de lo invertido. Foking negoción de miedo. No le interesa el billete. Él va a lo que va y a lo que va es a acurrucarle la paloma al cabrón del JC.

Uno de los choferes le marca. «Estamos llegando, jefe.» «No cuelgues», le ordena el Máquinas. «Guarda el celular de cabeza en la bolsa de la camisa y no lo foking apagues hasta que yo te diga.» Lo quiere de cabeza para que el micrófono no roce la tela y pueda escuchar lo que pasa. «Está güeno», le responde el chofer, un bodoque moreno de pelo chino.

El Máquinas deja el celular en el spiker sobre una cubeta de lámina oxidada. Escucha a los chafiretes bajarse del auto y saludar a los batos que los aguardan. «Güenas», dice uno. «Güenas», responde el otro. La conversación va bien hasta que uno de los lagartos pregunta. «¿On chingados está el Máquinas?» El chofer gordo responde «no va a venir». Una pausa. «¿Y la lana?» Se oyen puertas y luego el cierre de un maletín. «Aquí ta, completita.» Pasos se alejan sobre la brecha. Voces distantes. Pasos de nuevo sobre la grava. «Ahorita traen la mercancía», dice uno. «Gracias», responde el fatso. De pronto se escucha el tracataca de una metralleta. «No…, no…», alcanza a clamar el otro chafirete. Se escuchan jadeos y luego quejidos. Voces de los batos. «Remata a ese pendejo.» Disparos y luego risas. «Puta madre, este cabrón me salpicó de sesos», se lamenta uno. «Pos tú que le disparas de cerquitas», le replica el otro. Jijijí, jajajá. Dos tipos tumbados en el polvo como pericos desplumados y los otros risa y risa.

El Máquinas apaga el celular. Toma una piedra y lo rompe en pedazos. No puede dejar rastro de su ubicación. Debe pelarse de la zona cuanto antes. Sabe que en pocos minutos habrá retenes en todas las salidas del estado. En las autopistas de cuota, en las carreteras, en los caminos vecinales. Ni tantito se le ocurrió que el cartel de Allá fuera nalguita del cartel de los Aquellos. Su compa soltó el pitazo de que andaba de shopping y el boss de bosses mandó a que le dieran lapo.

El Máquinas trepa en la troca y le mete al fierro. Acelera a máxima velocidad. Evita el entronque con la autopista. Ahí los soldados acostumbran montar un punto de revisión y no faltará el sorcho culero que raje. Entra a una brecha y jala para el oeste. Zigzaguea por entre cultivos de caña de azúcar y terrenos barbechados a ciento cincuenta kilómetros por hora. Campesinos y vacas lo ven pasando vuelto madre.

Avanza setenta kilómetros yendo de aquí para allá hasta que descubre un atajo que lo lleva derecho a la carretera. No se detiene sino hasta llegar a los límites del Estado de México. Seiscientos kilómetros pisándole para que no lo alcancen. Por fin, arriba a su guarida y respira tranquilo. Pinche bato culero el chómpira de los de Allá. Lo puso gacho, a la malagueña salerosa. Pero él se las olió y por eso envió a los taxistas por la merca. Ya se las cobraría al cabrón, y a los Aquellos y a quien se atreviera a estorbarle en su faraónica venganza.

# Nacer

"Uno nace para algo", me dijo mi abuelo, "y en la vida hay que saber para qué". Desde niño él supo que había nacido para carpintero. Se le veía el gusto por su chamba. Él decía que trabajaba con árboles vivos, que la madera nunca se muere. Por las noches me pedía que pusiera atención. "Oye cómo respira, cómo se sacude." Y sí, los muebles de madera crujían, tronaban.

Yo no nací para carpintero. Eso de estar horas con el serrucho y el martillo no era lo mío. Y vaya que mi abuelo intentó convencerme. "Hijo, aprén- dele que a ti te quiero dejar el changarro, si no se lo va a agandallar cualquiera." Sí, daba tris- teza imaginar que las herramientas, los tornos, las prensas las aprovechara otro. A mí lo de car- pintero no se me daba. Me pegaba martillazos en los dedos, serruchar me daba hueva y a cada rato me encajaba espinas. Mi abuela se preocupaba por- que según ella, las espinas viajaban hasta el corazón, lo picaban y se desangraba uno por den- tro. Ella juraba que su primo, carpintero tam- bién, se había muerto por culpa de una espina. Mi abuelo decía que ni madres, que se le había re- ventado una úlcera. Yo por las dudas ya no lo quise hacer de carpintero, capaz que una espina se me iba al cerebro y me moría con los sesos agujereados.

"Cristo era carpintero", me decía mi abuelo, "y tie- nes que seguir su ejemplo". Pues a Jesús no le duró mucho la vocación porque acabó chambeando de hijo de Dios. Eso sí me hubiera gustado ser: hijo de Dios, pero si lo decía en voz alta seguro me encerraban en el manicomio. Uno no puede andar diciendo esas cosas. Cristo sí, uno no.

El caso es que no quise ser carpintero. "A ver si no nos sales virado como tu mamá", me dijo mi abuelo. Mi madre, según él, había nacido para güila. "Desde chiquita era muy coqueta con los señores." Y sí debió serlo porque a mí me tuvo a los trece. Decía mi abuelo que mi papá había sido un amigo suyo de su edad. "Uno bueno para nada." Yo no lo conocí. Lo encontraron muerto una madrugada en la calle con un trancazo en la cabeza. Tan duro le habían dado que dicen que quedó con los ojos de fuera, como si se los hubieran empujado desde adentro. Mi abuelo no lo dijo, pero para mí que él fue.

Nací yo y a mi mamá no se le quitó lo coscolina, por no decir lo puta. Le encantaba el güiri-güiri. No tenía ni tres meses de parida cuando la volvieron a empanzonar. Esta vez no fue un cuarentón, sino un chamaco baboso de su misma edad. Mi abuelo los quiso casar. No le importó que los dos tuvieran catorce. Según él que había que cuidar el honor y cuál honor si a mi mamá ya varios le habían dado su lechita. No hubo casadera porque el chavo se peló pal gabacho.

Ya que mi mamá no se casó, mi abuela la obligó a tomarse unos tés de expulsión. Así les llamaban: "de expulsión". Dicen que mi mamá después de tomárselos nomás se agarraba la panza del dolor y no expulsaba. Luego de una semana, me contó mi tía, mi mamá empezó a dar de gritos, se puso de aguilita y pujó hasta que salió una cosa más parecida a una rana que a un chamaco. Bueno, eso dijo mi tía. "Todavía se movía", me dijo. "Meneaba los bracitos igual que una rana." Dicen que mi mamá se puso a llorar y que guardó la rana en el congelador hasta que después mi abuela la tiró a la basura.

No se le quitó a mi mamá lo ponedora. Dicen sus primas que era tan caliente que hasta se cogía los palos de escoba. Era una minsómina o algo así, decía mi tía, "porque estaba enfermita de cogida". Y mi mamá no aprendía. La preñaban a cada rato. En cuanto al mes no le llegaban las cosas de mujer, se empezaba a tomar tés de expulsión, uno tras otro hasta que le daban ganas de ir al baño y ahí se le salían "los productos del pecado", como decía el cura. Según mi tía algunos también parecían ranas, otros renacuajos y otros nomás coágulos. Cinco veces se le puso panza de globo y cuando los tés no le funcionaban, se metía un gancho de colgar ropa para sacarse el mugrero.

Mi abuela le dijo a mi abuelo que si mamá ya había nacido para eso, que aprovechara la calentura para ganarse unos pesos y no nomás prestar la papayita de a gratis. A mi mamá le pareció buena idea y pos se puso a girarla de puta profesional. Ganaba seis veces más de lo que mi abuelo ganaba. Yo creo que a él eso le dio coraje porque la echó de la casa, aunque él dijo que era porque le daba rabia que la raza agarrara a su hija como buchaca de billar. Igual que mi papá, mi mamá amaneció muerta con un chingadazo en la cabeza. Mi abuelo no dijo que él la había matado. Yo sabía que sí. Mi abuelo era tranquilo y buena gente, pero cuando se ponía de bilioso, nadie lo controlaba. Decía mi abuela que bufaba, que por eso le decían el búfalo.

Le pregunté a mi tía si la policía investigó quién había matado a mi papá y a mi mamá. Dijo que no. "Tu papá era un pinche borrachito sin oficio ni beneficio y tu mamá, pos ya sabes lo que era. Y briagos y putas muertas nomás no le quitan el tiempo a la policía."

Más grandecito me di cuenta que yo había nacido para la inteligencia. Se me ocurrían cosas bien ingeniosas, nomás que las usaba para maldades. Les decía a mis camaradas: "Vamos a darle baje a las llantas de ese carro" y ellos hacían cara de juat, pero yo sabía cómo. Con un gato subíamos el carro, lo poníamos sobre unos ladrillos y de volada quitaba los birlos con la llave de cruz. En dos minutos ya teníamos llantas nuevas. También aprendí a abrir puertas de las casas con pasadores. Mis compas no se la creían cuando en diez segundos ya estábamos adentro. Me decían el "rápido". Nos chingábamos los nintendos, las computadoras, las ipads, los celulares. Puro electrónico, que son los que más en chinga se venden. Luego fuimos subiendo de caché y empezamos a meternos en casas de colonias fifirufas. Ahí nos robábamos electrónicos, billete y joyas. Como yo era el que le inteligía, era el jefe y me respetaban.

Cuando mi abuelo empezó a ver que yo traía tenis nuevos y celular con pantallota, empezó a sospechar. "¿De dónde sacas tanta chingadera?", me preguntó. "Me los regalan mis amigos", le dije. Mi abuelo me dijo que si sabía que andaba en malos pasos, él mismo se encargaba de llamarle a la policía. Porque una cosa sí no era mi abuelo: ladrón. Podía matar gente, como mató a mis papás, porque era bilioso, no por ojete. Él no era de andar procurándose lo ajeno.

Empezó jode que jode. Y pos, yo que lo quería un montón, me empecé a fastidiar. Que él se pusiera a lo suyo y yo a lo mío. No se aguantó. Una noche nos espió y nos vio meternos a una casa. El muy hijo de la chingada le llamó a la policía. Nos salvamos de chiripa porque nos pelamos por la azotea.

Me dio un chingo de rabia que anduviera de rajón. Y pos, debió heredármelo, porque yo también era bilioso. Y un día que andaba yo con la bilis al tope le pegué un palazo en la cabeza. Aunque fue un santo putazo, no se cayó. Se volteó y así lleno de sangre se empezó a pelear conmigo dando unos gritotes de diablo. "¿Así pagas? Dime, ¿así pagas todo lo que he hecho por ti?" Con tanto grito llegaron los vecinos. Algunos trataron de separarnos, nomás que nos estábamos dando con tanto afán que no pudieron. Mi abuelo estaba bien correoso y no estaba fácil ganarle. Me ahorcó y cuando creí que ya me iba a chingar vi un cincel sobre la mesa. Como pude me estiré para agarrarlo. Primero le di de cincelazos en el muslo. Mi abuelo me soltó y aproveché para darle de llegues en el cuello. Se agachó despacito echando sangre hasta que cayó muerto. Mi abuela y los vecinos me vieron con cara de espanto. Yo estaba salpicado de sangre y ni modo de decir "yo no fui". Los vecinos me rodearon y uno sacó una pistola y me dijo que si me movía me tronaba. No le hice caso. Traté de pelarme y el cabrón me puso un balazo en la pata y ahí sí valí madres.

Si me preguntan, pos sí, sí me arrepiento de haber matado a mi abuelo. Eso pasa por andarme heredando su carácter. Parte de culpa la tuvo él y parte la tuve yo. Como nací para la inteligencia, tarde o temprano le voy a echar seso para pelarme de esta pinche mazmorra.

Luis Milord Huesca Martínez
Reo 45938-9
Sentencia: treinta años por homicidio

Quizás fui frívola o insensible, pero después de huir de la trifulca le pedí a Rocco que me llevaran a Danzamantes. En el camino llamé a los miembros de la compañía para convocarlos a un ensayo. Varios pretextaron otras cosas que hacer. Mi advertencia fue tajante. «Hoy el ensayo es obligatorio. Si no te gusta puedes renunciar.» Sabía que era grosero exigirles su asistencia. «Imposible with such short notice», dijo una de ellas. Ni modo, si algo había aprendido en las últimas semanas era que el estilo dictatorial poseía sus virtudes y ejercerlo, sus goces.

Se presentó el grupo completo. Un par se quejó antes del inicio, lo cual me obligó a dar un discurso al grupo. «De ahora en adelante este será un trabajo de veinticuatro horas y exijo su disposición inmediata cuando la solicite. No habrá excusa para no asistir a los llamados a la hora que sea. A quien no le guste se puede ir ahora mismo. A quien acepte a partir de hoy duplico su sueldo. Solo aceptaré a quien esté comprometido a respirar, comer, beber y sudar danza. Los ensayos se harán cuando se me pegue la gana, a la hora que se me pegue la gana. Y si no les gusta, ni modo, es su problema, no el mío. Paguen niñeras, choferes, enfermeras que cuiden a sus hijos o a sus padres o sus casas, lo que crean necesario para poder contar con su absoluta disponibilidad. Para eso les voy a pagar el doble. Y si no están dispuestos a romperse el alma, mejor váyanse. A partir de hoy esto va a ser diferente. Les doy cinco minutos para que decidan.» Me sorprendí de mis palabras. Traía la adrenalina a tope y la pesadumbre de un romance cortado de tajo por mi cobardía.

Nadie renunció. En lo que el grupo fue a mudarse de ropa, Alberto me encaró. «¿Estás loca?» «No, no estoy loca», le respondí, «estoy harta de nuestra mediocridad. O damos un golpe de timón o esta compañía se va a ir al carajo». Alberto movió la cabeza en señal de reproche. «Estás equivocada, vamos por buen rumbo. La coreografía nueva está quedando increíble.» No me bastaba. Si iba a perder al hombre que amaba, al menos lo sustituiría con un trabajo por el cual fuera capaz de matar.

Alberto me hizo ver cuánto afectaba las finanzas de Danzamantes mi impulsiva alza de salarios. Si bien operábamos con números negros, la mayor parte de los ingresos procedían de las colegiaturas de la academia y de los apoyos de la Fundación Encuentro. Doblar los sueldos contradecía mi política de mantener finanzas sanas. No me importó. Claudio ganaba dinero a raudales y nuestras cuentas de banco se abultaban día con día. Además, le señalé a Alberto, si lográbamos una coreografía de calidad internacional, nuestros bonos subirían y podríamos alcanzar contratos más redituables. «Fue un acto irresponsable, Marina», me reprochó. «Lo sea o no lo sea, ya lo determiné y no hay más que hablar», le contesté con sequedad.

El ensayo duró siete horas. Jamás uno había durado tanto. Exprimí hasta la última gota de mis bailarines. Incorporé a la coreografía las emociones de lo que recién había experimentado: el miedo, la furia, el arrepentimiento, las ganas de luchar, la valentía, la decisión, la frustración. No quise desaprovechar el momentum, la tragedia humana que se había desarrollado fuera y dentro de mí.

Los bailarines quedaron reventados. Hice repetir las ejecuciones innumerables veces. A una de las bailarinas le comenzaron a sangrar los pies. «Ya no aguanto», se quejó. «Si no aguantas, mejor vete», la conminé. Prosiguió a pesar del dolor.

Al finalizar, advertí al grupo que en adelante los ensayos serían igual de maratónicos y cada vez más exigentes. Nadie chistó. El salón quedó impregnado de olores a sudor, a ampollas reventadas y a secreciones sanguinolentas. «Box en zapatillas», había definido Margot Fonteyn a la danza. Eso sería en adelante. Una pelea a muerte contra la medianía y la falta de agallas. Estaba resuelta a ir por todo.

«He de reconocer que tu estrategia funcionó», dijo Alberto. «La obra dio un salto cuántico. No sé qué pase por tu cabeza y menos por tu corazón, pero esa rabia que traes te está convirtiendo en mucho mejor coreógrafa», agregó, «en peor persona». Sonreí ante su ironía. «Durante muchos años actué bajo la estúpida pretensión de caerle bien a los demás y no llegué a ningún lado. Vamos a ver si así avanzo», reviré. «Avanzas, eso no lo dudes. A qué costo, no lo sé, pero de que avanzas, avanzas», finalizó Alberto.

Llamé a la casa. Teresa no había llegado aún. Según me informó Aurora, tampoco contestaba su celular. Me intranquilicé y más cuando busqué noticias en internet. La Policía Federal había intentado recuperar el control del reclusorio y habían sido rechazados después de un largo tiroteo. Se hablaba de personas fallecidas en las cercanías de la prisión. Temí que Teresa fuera una de ellas.

Por órdenes de Pedro, Rocco y los demás escoltas aguardaron por mí hasta terminar el ensayo. No habían ido a comer para estar prestos a llevarme a mi casa en cuanto saliera. Me dio pena tenerlos hambrientos y les invité a comer. Declinaron al principio, pero ante mi insistencia, aceptaron. Mientras comíamos les pregunté sobre si sabían sobre la suerte de Teresa. Negaron saberlo. Al desatarse el caos, se vio envuelta por la turba. Al ser chaparrita, fue imposible distinguirla entre la muchedumbre que corría aterrada y en su afán por protegerme la habían perdido de vista.

La mayoría de los guardaespaldas de Héctor y Pedro habían sido militares. Rodrigo, el más alto y fornido de ellos, tiempo atrás había sido asignado a inteligencia militar con la misión de infiltrarse al narco. Gracias a él habían aprehendido a un connotado capo en los años noventa. Pagó caro el hacerlo. Un comando atacó su casa y mató a su joven esposa. Rodrigo había experimentado en carne propia la mayor bajeza que un sistema podrido podía endilgarle a un hombre: matarle a un ser querido. Después de años de trabajar como agente de inteligencia aprendió a leer las señales. El motín le parecía montado. «La mayoría de la gente que vio por la mañana, señora, le apuesto que fueron acarreados.» No había previsto la posibilidad de que las mujeres con los niños tomados de las manos, los ancianos llorosos, los adolescentes furibundos, no fueran familiares de los reos, sino gente contratada para hacer bulto. Sí, sabía sobre los «acarreados», personas de extracción humilde a quienes los políticos les ofrecían tortas o camisetas con tal de llenar el aforo de sus actos electorales. De ahí a llevarlos como carne de cañón a una protesta haciéndolos pasar por parentela de los presos me pareció inconcebible. Rocco y los demás coincidieron con Rodrigo: gente alquilada para armar borlote.

Desde que había penetrado en el universo carcelario, mi perspectiva de las cosas cambiaba hora por hora. Un país paralelo se desplazaba a otra velocidad. Un país bronco que se regía bajo otras leyes y que progresaba en una dirección para mí por completo desconocida. Apenas había rozado las márgenes de ese país y mi vida se había trastocado de manera irreversible. Acontecimientos que en mi anterior vida pertenecían a las secciones de nota roja en el periódico me arrollaron uno tras otro. En mi existencia de capullo no había extorsiones, ni amenazas, ni asesinatos, ni represión, ni gases lacrimógenos, ni estampidas, ni muertos tirados en el pavimento. Ninguna de mis amigas, ni Claudio, ni su círculo de financieros egresados del ITAM, ni los bailarines de Danzamantes, ni las maestras de mis hijos imaginaban ese país indómito y feroz. La esquizofrenia nacional. México fue equivocadamente adjetivado como un país surrealista. Nada más lejos de ello. Es un país hiperrealista, donde hasta los mínimos detalles se magnifican. Un país con propensión a los extremos. Y mientras la mayoría de la población lidia con una lucha cotidiana por subsistir, mis hijos y sus compañeritos asistían a clases de música, de inglés, de francés y practicaban deportes elitistas. Mis niños crecían tan en la pendeja como había crecido yo, encapsulados para no contaminarnos de ese país paralelo teñido de miseria, impunidad, corrupción y abusos.

José Cuauhtémoc sabía que por enamorarse de Marina no tardaban en darle en la madre. No quedaría impune su chulicuqui con la esposa de un financiero poderoso y madre de tres hijos. Adivinaba el trancazo por venir. Carmona se lo cantó con anticipación: «Los jefes se quieren chingar a tu vieja, carnal, y tú la vas a pagar completita». Ya se habían tardado las fieras en ir por ella.

JC se preparó para el batacazo mortal. Eso implicaba el «la vas a pagar completita». Ya no solo el Máquinas iba tras él, sino también esos nebulosos seres llamados «los jefes». Se había convertido en un escollo y en la cárcel, los escollos se van directo al bote de la basura. Prison trash. Creyó que su hora final había llegado cuando Carmona apareció al amanecer con varios custodios a sacarlo de su celda. «Ven con nosotros», le ordenó el gordo. Obedeció. Para qué armarla de tos. Si le iban a meter un plomo, que se lo metieran de una. Estaba convencido que Carmona no lo haría. No era un tipo manchado. Lo más probable es que un simio condenado por asesinato, de esos que salivaban por volver a matar, fuera quien le diera mate.

Lo llevaron hacia el ala más remota de la prisión. Ya valí. Pensó en un balazo en la nuca. Se equivocó. Lo llevaban a una muerte aún peor: al apando. Rumores aseguraban que varios presos habían muerto de un ataque al corazón de puro culearse de la claustrofobia. Ser encajonado a oscuras, sin espacio para moverse, orinando y cagando ahí mismo, alimentado con las sobras de comida de los demás presos y contar solo con una hora fuera por cada cuarenta y ocho quebraba al más pintado.

JC creía que el apando era una leyenda urbana, un remanente fantasioso de otros tiempos donde las palabras «derechos» y «humanos» aún no eran caramelos en los discursos de los líderes políticos. Error. Ahí frente a sus ojos estaba el maldito hueco. Contempló el vacío negro donde lo encerrarían por unos días, si no es que por semanas o hasta meses. Carmona le susurró «voy a tratar de sacarte en cuanto pueda. Tú aguanta». El gordo se apiadó de él, le dejó un plátano medio podrido y le dio chance de pegarle un par de tragos a una botella de agua.

JC ingresó al tenebroso agujero. Apestaba a moho, a mierda, a muerto. Se acomodó lo mejor que pudo y Carmona cerró la puerta de acero reforzado. El funki metálico rebotó en el minipozo. Negrura total. JC no veía ni sus manos. Trató de estirar las piernas. Nada. Estaba apelotonado en un cajón de cemento del tamaño de un ataúd para niño. Esta sí que era la madre de todas las pruebas de su amor por Marina.

Las ojetas autoridades habían cavado el apando en medio de un terregal en el lindero norte del reclusorio. Lejecitos para que los jodones visitadores de la CNDH no estuvieran chingando. Los funcionarios penales lo usaban para romper a los presos más tsunami o para pegarles un revolcón a aquellos cuyos crímenes eran tan horripilantes que hasta las hienas se meaban de espanto. Las autoridades elegían al contentillo. Criminales como el Carnes y el Camotito, putarracos violadores y homicidas de niñas, ni siquiera fueron considerados en el hall of fame. En cambio, se atollaron a JC nomás por andar de casquivano.

Esa noche, o más bien cuando José Cuauhtémoc calculó que era de noche, cayó una tormenta. Escuchó el plop plop de las gotas contra la puerta. Un sonido sordo apenas perceptible, lo suficiente para recordar que afuera había un cielo, un sol, unas nubes, luz, lluvia, viento, vida, un amor. Pudo sentir hilos de agua escurrir por las paredes. Pegó los labios a la pared para humedecerlos. No bebió a pesar de la sed. Lo peor que podía ocurrirle era enfermarse de una infección intestinal y sufrir de chorrillo apestoso. Finalizó el golpeteo de la lluvia sobre la tapa de metal y un helor acuoso y cortante se coló al cubo de concreto. Frío de frigorífico industrial extremado por la humedad. Refundido en esa lata de conservas, no tuvo ni una foking chanza de entrar en calor.

Por la mañana abrieron una escotilla en la puerta de acero. Entró una cubetada de luz. José Cuauhtémoc cerró los ojos. Un custodio le entregó una botella con agua y un plato con arroz y carne deshebrada. «¿Estás bien?» A pesar de lo estúpida, hubo compasión en la pregunta. Tanteando entre la blancura que le picoteaba los ojos, JC tomó el plato y la botella. Cerraron la escotilla. Se bebió el agua de golpe y se zampó el arroz y la carne. ¿En cuánto tiempo más volvería a comer?

Para no enloquecer se dedicó a pensar historias. Crear ficciones como único rescate. Cual Borges ciego, escribió en su cabeza novelas y cuentos. Los aprendió de memoria y en su mente perfeccionó línea por línea. Cuando saliera del hoyo le bastaría sentarse frente a la máquina de escribir para metabolizar el torrente de páginas acumuladas. No descansaría hasta terminar. Esa sería su venganza. Una obra magna creada desde el agujero negro. Un monumento de amor construido con palabras. Un edificio erigido de la nada cuyos planos diseñaría en un braille cerebral. La literatura, una balsa salvadora en el gigantesco y oscuro océano de un metro treinta por un metro.

Se centró en narrar. El dolor, la peste, las posiciones incómodas, el hambre, la sed le pusieron fast forward a su creatividad. Un universo entero se dibujó ante sus ojos. Personajes, lugares, situaciones, diálogos. Al dormir soñaba con las historias y su inconsciente les agregaba una cosa aquí, otra cosa allá. Historias más historias más historias. La vida trocada en palabras.

Dos días después abrieron la bóveda para sacarlo a hacer ejercicio. JC se encabronó por la interrupción. Si cuarenta y ocho horas antes solo pensaba en volver a la superficie del planeta Tierra, ahora deseaba mantenerse en el universo Historias. Quiso negarse a salir, pero si no se movía aunque fuera un poco, la sangre se le asentaría y podían formársele embotellamientos de coágulos y triste sería quedar como maniquí de Roberts por culpa de un tapón en el cerebro.

Emergió del pútrido hoyo y se estiró. Los celadores lo llevaron a un patio apartado y solitario, lejos de miradas de chismosos, y le aplicaron la ley del hielo. Ni una palabrita. A los socavón boys no debía hablárseles bajo el riesgo de que les prescribieran una semana de la misma dosis. Así que silencio, que calladitos se ven más bonitos. «Tienes una hora, carnal», le advirtió uno de los babucos.

JC comenzó a correr alrededor del cuadrante. Variaba la velocidad. A todo lo que daba por cien metros, trotaba trescientos. Repetía. Debía hacer circular la sangre, oxigenarse. Hizo lagartijas y sentadillas. No podía permitir que se le atrofiaran los músculos. Los celadores lo miraron con cara de juatdamattagüitdismodafoker. Otros, al salir del apando, se quedaban cuachipatos con la luz solar o se les borlotaba el cerebro con un aluvión de brotes psicóticos. Otros trataban de pelarse dando de alaridos, aunque quedaban tan ñangos por el encierro, que facilito los custodios los alcanzaban y les pegaban de macanazos. «¿Adónde crees que vas pinche iguana?» Moretoneados los llevaban de vuelta al paradisiaco puerto de Oscurilandia. El rubio calaba distinto. Un Bruce Jenner antes de que Bruce Jenner dejara de ser Bruce Jenner. Un atleta top duro de roer.

Lo retacharon al agujero. Antes de entrar, JC se concentró en los rostros de sus guardias. Quería memorizar sus facciones para luego describir con ellas a sus personajes. Ninguno le aguantó la mirada. El rubio imponía. JC sonrió: todavía se culeaban con él.

Descendió hacia la penumbra y cerraron la puerta. Se apistonó en el cubo y retornó a sus historias.


Teresa arribó por la noche presa de una crisis nerviosa. «Señora», me dijo entre lágrimas, «creí que nos mataban». Los granaderos habían disparado balas de goma y cartuchos de gases lacrimógenos contra la multitud que intentaba acercarse hasta las puertas de la prisión. En la corredera, unos tipos la arrollaron. Ella cayó de bruces —razón por la cual desapareció de la vista de los guardaespaldas de Pedro— y una turba pasó sobre ella. Fue el momento en que Rocco me cubrió con su cuerpo y me llevó hasta la camioneta. Dos escoltas habían regresado en un intento por rescatarla y no la localizaron.

La pisoteada no la amilanó. Decidida a recibir noticias de Eleuterio, cargó contra los granaderos junto con un contingente de familiares igual de resueltos que ella. Los granaderos resistieron la embestida y decidieron dispersarlos a macanazos. Los hombres en el grupo presentaron resistencia y se liaron a golpes con los policías. La trifulca escalaba de tono cuando —relató Teresa— empezaron a sonar disparos. Esta vez no eran balas de goma, sino de plomo. «Cayó un señor al lado mío con un tiro en la cabeza, señora. Bien fea que se puso la cosa. No pudimos llevárnoslo porque los granaderos nos estaban tundiendo.»

La descripción de la escena me horripiló. Si no fuera por la decisiva actuación de Rocco, que a rastras me sacó del lugar, bien pude ser yo uno de las muertos. Nunca esperé que la policía disparara contra civiles. Sí balas de gomas. Sí usar métodos violentos de disuasión, no matar a gente desarmada.

Teresa ratificó lo que los noticieros habían informado: la Policía Federal no logró recuperar el control del reclusorio. Los presos amotinados, provistos con metralletas y rifles, recibieron con ráfagas a la primera línea del batallón policiaco que intentó entrar. Fue tal la intensidad de la balacera que las fuerzas del orden se tuvieron que replegar. No había modo de penetrar las posiciones fortificadas sin el riesgo de un cuantioso número de bajas. «Quién sabe quién armó a los de adentro, pero creo que están parejos», aseveró Teresa. Según reporteros, la táctica policial consistiría en estrangular el ingreso de víveres al reclusorio y cortar el abastecimiento de agua. Los sitiarían hasta vencerlos, sin desechar la posibilidad de un asalto sorpresa.

Aunque en las noticias contabilizaban tres muertos, Teresa los contradecía. «No es cierto, fácil vi cómo mataban a cuatro, más los policías que se tumbaron, más los presos baleados. ¿De dónde sacan que solo fueron tres?» Me costaba trabajo pensar que Teresa exagerara. Se notaba de verdad consternada. Su relato me provocó aún más desasosiego. ¿José Cuauhtémoc se hallaría entre los sublevados o se había mantenido al margen? ¿Estaría entre quienes dispararon contra las fuerzas policiales? Y, en medio de ese maremágnum, ¿pensaría en mí?, ¿me extrañaría?

Así como el accidente de Mariano me había devuelto a la sensatez familiar, la probabilidad de que José Cuauhtémoc acabara masacrado me condujo de nuevo al enloquecido arrebato que sentía por él. «¿Piensas volver mañana?», le pregunté a Teresa. Ella me miró, sorprendida. «¿Me daría permiso?» Asentí. «Entonces déjeme ir diario hasta que esto se arregle.» A Teresa no le amedrentaban los balazos, los muertos, las arremetidas policiales. Ella anhelaba volver al reclusorio a conocer de viva voz el estado de su hombre. Su ejemplo me avergonzó. Yo reculando cual ratoncita asustada y esta leona de uno cuarenta y tres de estatura peleando con las garras contra el aparato represor. «Voy contigo», le dije.

Le llamé a Pedro para solicitarle de nuevo a Rocco y los demás escoltas. Soltó una risotada. «¡Ay, niña! Tú no aprendes», dijo burlón. «Voy a ir todos los días hasta confirmar que José Cuauhtémoc esté bien», le aclaré. «¿Y qué te garantiza que yendo a pararte como chacha a la puerta de la cárcel vas a saberlo?», preguntó con sarcasmo. Odiaba la palabra «chacha», o, peor aún, «gata». «No digas chacha», le recriminé, «suena horrible». Más bien debí decirle: suena a clasismo racista, aunque estaba pidiéndole un favor y no debía parecer limosnera y con garrote. «Deja tu corrección política de niña bien con culpas de clase. Mañana a las ocho te recogen Rocco y los muchachos.»

Pedro tenía razón. ¿Qué ganaba con plantarme en la entrada de la cárcel a pedir información sobre José Cuauhtémoc? Arremolinada entre una masa de familiares afligidos y varios de ellos furiosos, podía estallar de nuevo una contienda con los granaderos. El riesgo de represión era alto. ¿Valía la pena irme a meter a los empujones, a los macanazos, a las balas de goma, a los gases pimienta, a las patadas y, muy probablemente, a los disparos? La pregunta la respondió Teresa al solicitarme permiso para volver. Sí, sí valía la pena. Ejercer presión para exigir negociaciones con los presos soliviantados. Los cuerpos policiacos podían reprimir una, dos veces a lo máximo. Una tercera sería un escándalo de proporciones mayúsculas.

Le marqué a Carmona. No contestó. Le había tocado la peor crisis penitenciaria en décadas y resolverla llevaría tiempo. Le dejé un mensaje de voz preguntando por la suerte de José Cuauhtémoc y, por no dejar, inquirí cómo se hallaba él. En medio de esa batahola, responderme debía ser la última de sus preocupaciones. Incendios, muertos, explosiones, tableteo de metralla, el marco perfecto para responderle a una mujer enamorada sobre el destino de su hombre. No sabía ni siquiera si Carmona seguía vivo, si era uno de los rehenes de los presos o si se hallaba en medio de tensas negociaciones. O quizás había huido del penal antes de la conflagración y se hallaba a kilómetros de la zona de batalla dando órdenes por teléfono.

Claudio y los niños llegaron a saludarme a mi estudio cuando me hallaba concentrada buscando noticias en el internet. Por costumbre, aseguraba la puerta para que no entraran de improviso y me asustaran. Tocaron a la puerta como si de bongós se tratara. Abrí. Los cuatro muertos de la risa. Gracias a lo que parecía un chiste privado entre ellos, Claudio dijo «pescados» y los niños soltaron una carcajada. «¿Qué significa *pescados*?», pregunté con ingenuidad. Más se rieron. «¡Ay, ma! Pues pescados», afirmó Mariano y los demás risa y risa. Debía alegrarme por su talante divertido y cómplice, pero en mi estado de ánimo solo musité un «Ya dejen de estar de payasos». Mi molestia no melló en mis hijos en lo absoluto. Picándose las costillas y gritando *pescados,* corrieron a lavarse las manos. «Luego te explico de qué se trata», dijo Claudio y dio vuelta a cambiarse de ropa. Abominaba cenar vestido de traje y corbata. La mera posibilidad de que se le manchara el saco o la camisa lo espeluznaba. La perfección, siempre. Nada fuera de su sitio. El orden por encima de lo demás.

Julián me llamó unos minutos antes de disponernos a cenar. «¿Puedo ir a tu casa a hablar contigo?», preguntó. «¿Para?» «Tú sabes para qué», dijo. «No puedo hablar ahora de ese tema en la casa», lo reconvine. Se quedó en silencio un momento. «¿Y si nos vemos en un café?», propuso. «Estoy a punto de cenar con mi familia.» Otra vez silencio. «Hay mano negra en lo del reclusorio», sentenció. «Necesito explicártelo en persona, no es seguro por aquí.» Ahora fui yo quien se quedó callada. «¿A qué te refieres con que no es seguro?», inquirí, nerviosa. «Pájaros en el alambre», respondió. Empecé a sentirme paranoica. Nunca había cruzado por mi mente la idea de que mi celular estuviese intervenido. «Hablemos en un café. Te veo en una hora», insistió. Salir después de la cena le parecería extraño a Claudio. Había capoteado con éxito sus sospechas como para incitarlas de nuevo. «No puedo, Julián. Nos vemos mañana», le dije. «No se te ocurra ir a la cárcel. Yo sé por qué te lo digo», sentenció.

A la mañana siguiente, Julián se presentó junto con Rocco y los guardaespaldas. «Vine a convencerte de que no vayas», me dijo después de que la noche anterior me montara en mi macho y le asegurara que iba a ir, pasara lo que pasara. Claudio había salido temprano a un desayuno y el chofer había llevado a los niños a la escuela. «¿Qué mosca te picó para venir a estas horas?», le pregunté en broma apenas entramos a mi estudio a hablar. Su semblante serio me hizo darme cuenta que no le había divertido el comentario. «¿Crees que levantarme a las seis para venir a tu casa es algo que me encante?» Era verdad y debía apreciar su esfuerzo. Escribía a diario hasta las cinco de la mañana. «Lo sé, perdón», me disculpé. «Marina, a veces no sé si eres infantil, boba o de plano estás loca de remate. ¿No te bastó lo de ayer? Hubo muertos afuera de la cárcel ¿o no te enteraste?» Me molesté. Yo había estado ahí en el inicio del asalto policial. «Mira, Marina, te lo digo porque lo sé. Los presos son los peones ideales para manipular en el ajedrez de la política. Uno de cada diez motines surge por causas reales. Los otros nueve son azuzados por gente poderosa que los usa para sacar tajada.»

La tesis de Julián era que Morales estaba detrás de ello. «Solo un tipo como él, que ha medrado del sistema, que por años manejó los hilos de la inteligencia en México, puede generar un desmadre de este tamaño en veinte reclusorios distintos.» Según él, Morales, furibundo por lo que consideraba una traición de gente al interior del gobierno o hasta del presidente mismo, había resuelto tronar a sus detractores. Me sonó a ciencia ficción. Masas de desarrapados conducidas a las prisiones por órdenes de Morales, para ser recibidas a tiros por la policía. Presos sublevados bajo la égida de un tenebroso ex director de inteligencia. La aberración al extremo. Una partida jugada en el tablero de la muerte y la desesperanza. Y José Cuauhtémoc embarrado en ese batidillo.

A Julián le preocupaba que Morales intentara dañarme. «Puede concluir que su caída estuvo vinculada con lo que pasó contigo y que te ayudó un aliado poderoso.» El enigmático amigo de Pedro debía ser ese aliado. Alguien con contactos en las más altas esferas para conseguir que *Haaretz* denunciara la corrupción de Morales, aunque me parecía inconcebible que un periódico de esa reputación se prestara para vendettas entre grupos de poder mexicanos, pero en el curso exprés de golpeteo político que me estaba brindando Julián —y la realidad misma—, ya cualquier cosa me parecía creíble.

Le pregunté si sabía con certeza que Morales se hallaba detrás de los motines o si eran solo elucubraciones. «No cuento con información de primera mano, pero puedo asegurarte que no estoy equivocado.» Su teoría no fue suficiente para impedir que fuera con Teresa a plantarme a las puertas de la prisión. «Estás zafada, me cae», profirió con molestia. «Morales es un adversario cruel. Baja el perfil, Marina.»

«Bajar el perfil», en otras palabras: acobardarme, recular, portarme como una mujercita prudente y dócil. No, no bajaría ningún perfil. Necesitaba cerciorarme de que José Cuauhtémoc se hallaba bien. Buscar verlo y decirle que lo amaba, que me asfixiaba sin él. Que Morales y sus huestes infames se fueran directito a chingar a su madre.

Caminé hacia la puerta y me giré hacia Julián. «Teresa y yo vamos al reclusorio. ¿Quieres venir con nosotras?»


En pagar el fentanilo se le fue un buen cacho de sus ahorros. Mal biznes ese. Debió prever la relación entre los de Allá y los Aquellos. De facto son los Aquellos quienes manejan el país. Al menos el lado B, el de los subterráneos donde de verdad se toman las decisiones políticas. Con excepción de los Otros-Otros Otros-Otros, los demás carteles se han plegado a la autoridad de los Aquellos.

Se creyó muy chicho. «Voy a comprar el fentanilo y el cloruro, regreso, mato al JC y ya estuvo.» Ahora es un prófugo. No solo los Aquellos lo buscarán hasta debajo de las alfombras, a esas alturas todas las corporaciones militares y policiacas deben contar con su retrato hablado. Un Otelo desbocado es un chivo en cristalería y los Aquellos no van a permitir que se rompa ni un vaso.

El Máquinas no piensa rendirse. No le importa entrar y salir de las ratoneras. Va a cumplir su venganza y no lo detendrán. Sabe leer las señales. Por eso mandó a los choferes de taxi a la compraventa del fentanilo, como quien en el pasado obligaba a sus sirvientes a probar los hongos para dilucidar si eran venenosos o no. Esta vez el hongo fue venenoso y a los chafiretes los chumbaron con champiñones de plomo.

Con el cargamento de cloruro mercúrico arriba a la capirucha. Decide mudar de guarida cada noche. Evita los hoteles piteros de los arrabales donde acostumbran refugiarse los malandros y que son los primeros lugares donde otros malos van a buscarlos. Elige anodinos hoteles de negocios. Hoteles genéricos de cadenas americanas que ofrecen desayunos de mierda y cuyos cuartos apestan a Pinol. Los huéspedes son de hueva: agentes de ventas, burócratas de bajo rango, representantes de farmacéuticas, vendedores de muebles y turistas europeos con escaso presupuesto y poca idea de la localización de estos hoteles, casi siempre enclavados en zonas industriales.

Ha conseguido identificaciones falsas. Tres credenciales para votar, cada una con distinto nombre y distinta dirección. Son a todas luces hechizas, pero a los aburridos recepcionistas de los aburridos hoteles les vale madres si entra la reina de Inglaterra o Pablo Escobar siempre y cuando paguen y salgan de sus habitaciones a las once a. m. Anotan el nombre, sacan una fotocopia ilegible de la credencial y, señor, su cuarto es el 718 o el 502.

Lo primero que hace el Máquinas al llegar al piso de su habitación es estudiar la salida más próxima a las escaleras de emergencia. Establece una ruta de huida y cuenta los pasos y los segundos para lograr escapar a la calle. Por la noche coloca una Uzi y dos escuadras Browning sobre el buró y bajo la almohada una escopeta recortada calibre doce.

No come ni en restaurantes ni fondas. Mantiene intacto su menú de burritos y de sándwiches empaquetados del Oxxo y se los pasa con Coca-Cola, jamás con una cerveza. Evita el alcohol. Los borrachos son siempre los primeros en caer balaceados. Tardan una eternidad en quitarle el seguro al arma. Por eso en la matazón de los Quinos tantos quedaron asados. En la bruma etílica se preguntaban juatsdamater cuando ya estaban fulminados con un plomazo en la maceta y con cara de «Qué pendejo soy, para que me chupé tantas cheves».

Días después, cuando supone que la banda las toca más calmadas, se resuelve a actuar. Por la madrugada arriba a las calles aledañas al reclusorio. Va disfrazado con overol naranja de barrendero chilango. Se parquea cerca de los registros de agua y desciende con las cubetas de cloruro mercúrico. Se sabe de memoria dónde está el registro madre y dónde los registros subsidiarios. Se pone guantes de látex y una máscara antigases. Basta aspirar el tufo o que le caigan dos gotitas para que a la cuenta de diez el referí cósmico le declare el nocaut. Y adiós Nicanor qué bonita que fue esta vida mía.

Va al registro principal y con unas pinzas de perico cierra la compuerta. El flujo del agua se detiene. El Máquinas luego se dirige a los registros secundarios y abre las escotillas. Se dispone a vaciar el veneno, cuando un débil resabio de conciencia moral lo hace detenerse. No sabe a ciencia cierta si la tubería va directa a la cárcel o también se desvía hacia las casas vecinas. Se puede llevar entre las patas a un barrachal de inocentes. Imagina niños espumeando por la boca, a mujeres embarazadas expulsando el feto mientras vociferan peladeces como pericos de cantina, a abuelas desplomándose como jarrones chinos, rompiéndose en pedazos al caer al piso. De inmediato piensa en Esmeralda cogiendo de perrito y gritando «más, más, más». Imagina a José Cuauhtémoc chupándole las chichis mientras la dedea y ella «más, más, más». Los imagina desnudos bajo la regadera, ella doblada mostrándole el culo para que se la meta por el chiquitín y él enjabonándola para que le entre más facilito y ella «más, más, más». Imagina a ambos empuercando el amor limpio y puro que sentía por ella. El vómito le gargarea en el esófago. Qué puede importarle si se piran cien mil si con ellos se va al infierno el cerdo tiñoso del JC.

No lo piensa más. Destapa las cuatro cubetas y vuelca su contenido en los diversos ramales. Luego abre la compuerta principal y el agua corre entre los ductos. Ahí va el revulsivo contra sus celos, el maná sagrado de la venganza.

Aprieta los tornillos y cierra los registros. Se incorpora, se quita la máscara antigases y mira hacia la prisión. Mañana será otro día.

Las mentiras que uno se dice


Son ciertas las mentiras que ha dicho el que dice
la verdad. No podemos confundirnos cuando es claro
que nadie sabe. La vida da muchas vueltas y ahí es
cuando nos mareamos. Mareados no sabemos si ir
para allá o venir para acá, y lo peor es que terminamos donde no deberíamos. Los que engañan saben
que el otro no puede ser engañado a pesar de enga-
ñarlo. Porque uno termina por saber de qué lado
masca la iguana. Y así vamos por la vida, sin decirles a los otros que van para el otro lado, hacia donde no vamos los que queremos ir, sino los
demás. No hay nada peor que hallarse uno mismo
donde no se sabía que estaba. Das vueltas y resulta
que no te moviste de donde estabas. Por eso no es
bueno correr para buscar. Mejor se queda uno quieto y así uno empieza a distinguir. Si te levantas
de tu lugar y te vas, te estrellas. Si te pierdes,
no preguntes, porque los demás no van a saber dónde te perdiste. Tu lugar es tu lugar y no hay nada
que pueda cambiarlo. Aunque creas que sí. Porque
tu lugar es ese y no otro. Y eso es lo único que necesitas entender.

Carmelo Santos Aguirre
Reo 467289-0
Sentencia: veintiocho años por homicidio califi-
cado

Durante el trayecto nadie habló. Cruzamos Ixtapalapa mirando en silencio por las ventanillas. Perros callejeros, jóvenes desnutridos, mujeres en la fila de la tortillería, mecánicos bajo la capota de los autos. ¿Cómo vería Teresa el submundo lumpen de Ixtapalapa —que debía ser muy similar a aquel del que ella provendría— desde la altura de una camioneta blindada? Y a la inversa, ¿qué hubiese pensado de ver pasar un convoy similar por su barrio?

Las calles alrededor del reclusorio estaban cerradas. Agentes de tránsito desviaban los autos hacia vías alternas. Un caos. «Creo que esto es lo más cerca que vamos a llegar», dijo Rodrigo y abrió la ventanilla para hablar con el oficial. «No se puede pasar, joven.» Rodrigo sacó una credencial y se la mostró. El policía la revisó, dio vuelta y fue a enseñársela a su superior. La examinaron durante unos minutos y luego quitaron la patrulla que obstruía el paso. El agente le devolvió el documento a Rodrigo. «Está muy caliente la cosa allá adelante, joven. Vayan con cuidado.»

Avanzamos. Nadie en las calles. Nos aproximamos a la franja de seguridad establecida por los granaderos. El panorama lucía por completo distinto al del día anterior. Solo un grupo reducido de protestantes rondaban la cárcel. La teoría de Rodrigo de las masas «acarreadas» empezaba a cobrar visos de realidad. El ambiente era tenso sin las demostraciones virulentas del día inicial.

Rocco se bajó a investigar. Se perdió entre la fila de granaderos y se dirigió a quien parecía el comandante a cargo. Conferenció con él unos minutos y luego regresó a hablar con nosotros. «Señora, el capitán de las fuerzas policiales sugiere no acercarnos más. Dice que en estos momentos están negociando con los líderes de la revuelta, pero que esto puede explotar de un momento a otro.» Teresa y yo cruzamos una mirada. No nos iríamos hasta no recibir noticias de nuestros amados, aunque ella se hallaba lejos de saber que dentro de la cárcel se encontraba el mío. «¿Me puede acompañar a hablar con él?», le pregunté a Rocco. «Como usted quiera señora.»

Rocco, Rodrigo, Julián y yo fuimos a reunirnos con el capitán. El comandante nos recibió con recelo. «Buenas», saludó con desdén. «Buenas», le contestó Julián con una sonrisa. Vaya que el cabrón sabía ser seductor en los momentos críticos. A lo lejos, el grupo de protesta inició una serie de cánticos. «Vivos los encerraron, vivos los queremos… Vivos los encerraron, vivos los queremos…» Con la barbilla, Julián me señaló hacia mi izquierda. Por una de las callejuelas apareció un contingente de jóvenes pelados a rape. Parecían todo menos familiares de los reos. Pintaban para grupo de choque enviado por el gobierno, al estilo de los famosos halcones del 68 o del Día de Corpus. Al parecer, las autoridades no arriesgarían a las tropas uniformadas a un papelazo. Si había represión, que la ejecutaran grupos paramilitares disfrazados de civiles. Paso a paso la tesis de Julián se confirmaba. Fuerzas oscuras manipulaban la rebelión carcelaria y yo, niña boba sin adivinar los motivos del lobo.

El capitán volteó hacia los jóvenes. La preocupación se reflejó en su rostro. Tomó el radio para impartir un par de órdenes. «Volcán, atiendan un cuatro a sus espaldas. Planeta, cierren acceso en dos.» Se giró hacia nosotros. Era obvio que éramos una contrariedad para él. «¿En qué les puedo servir?» Julián se disponía a responder cuando sucedió algo inesperado: el capitán lo reconoció. «¿Tú eres Julián Soto, el que estudiaba en la Secundaria 74?» Julián asintió, sorprendido. «Soy Víctor Vargas, el Linti.» Por la expresión de Julián pude notar que no tenía ni idea de quién era. «¿Qué onda, mi Linti? Qué gusto verte otra vez.» A partir de ahí la tesitura del encuentro con el capitán fue otra. «Te hiciste refamoso, Quico», le dijo, un apodo en referencia al personaje del Chavo del 8 que de manera notoria irritó a Julián. El Linti le pidió a otro policía que les tomara una foto. Bastante absurda la escena. Mientras el capitán alzaba el pulgar para la foto, por los costados del reclusorio arribaban más y más jóvenes armados con bates.

A pesar de la situación tan tirante, el capitán se veía entusiasmado hablando sobre los viejos tiempos. Rocco no cesaba de mirar de un lado a otro. Se acercó a susurrarme al oído. «Señora, creo que es momento de irnos.» Julián observó el gesto y cortó de golpe la perorata nostálgica de Víctor Vargas. «Carnal, ¿me ayudas a saber si dos amigos nuestros están bien? Se llaman Eleuterio Rosas y José

Cuauhtémoc Huiztlic. Están presos y no hemos tenido noticias de ellos.» Por el radio el capitán se comunicó con uno de sus subalternos. «Vázquez, ¿tienes la lista de los fallecidos dentro del penal?» Transcurrieron unos segundos. «Capitán Vargas, aquí la tengo en mis manos, pero solo de los cadáveres que pudimos recobrar», dijo el subordinado. «Chécame si hay un X5 de Eleuterio Rosas o de José Cuauhtémoc Huiztlic.» X5, extraña clave para designar a un muerto. «No mi capitán, no por el momento.» Una buena y una mala noticia. La buena: no estaban en la lista. La mala: no por el momento. Le pregunté si sabía sobre el destino del director Carmona. «A ese lo tienen secuestrado los amotinados», aseveró. «No lo van a soltar hasta que cumplan sus demandas.» Me mortificó escucharlo. Carmona me simpatizaba y era además el único que podía ayudar a José Cuauhtémoc dentro de la cárcel.

El capitán nos conminó a irnos. «Esto se va a poner muy feo», dijo. Más paramilitares aparecieron por las calles vecinas. El grupo de familiares que protestaban fueron rodeados. «Gracias, Linti», le dijo Julián. Se dieron un abrazo. Nos dimos vuelta para partir. A medio camino Julián ordenó «vámonos de regreso a la casa». Negué con la cabeza. «Teresa y yo nos quedamos.» Rocco me miró, incrédulo. «¿A qué se queda señora?» Ni yo misma sabía a qué. «No seas ridícula», soltó Julián. Y sí, era ridículo. Poco o nada podía hacer por José Cuauhtémoc, pero creí que era mi deber. Lo había abandonado y necesitaba compensarlo con mi solidaridad y mi presencia, aunque con ello arriesgara mi vida. «No lo podemos permitir, señora», advirtió Rocco. «El señor Pedro nos encargó cuidarla y para cumplirle me la tengo que llevar.» Me giré hacia él. «Rocco, ¿me estás amenazando con llevarme a la fuerza?» Julián intervino antes de que Rocco me contestara. «Sí Marina, a la fuerza. Es una estupidez quedarte y además obligas a Rocco y a los demás escoltas a permanecer contigo. Los arriesgas a ellos también.» Lejos de convencerme, las palabras de Julián me calaron. «Ellos pueden irse, no tienen por qué quedarse», respondí. Julián se mofó de mí. «Como quieras, Batichica.»

Los granaderos empezaron a desplazarse hacia la entrada de la prisión. Flotaba un aire de confrontación inminente. Sí, era una reverenda estupidez no salir de ahí. «Señora Marina, por favor, vámonos», imploró Rocco. Si un hombrón de ese tamaño, forjado en decenas de balaceras contra malandrines, me pedía irnos, era por motivos muy poderosos. «Váyanse ustedes», insistí. Julián tomó del hombro a Rocco. «Déjenla, si eso es lo que quiere.» Julián me protegía. Actuaba a favor de mis intereses, entre ellos mantenerme con vida. Sin embargo, no me gustaba nada su actitud condescendiente. «Sí, es lo que quiero», reiteré. Rocco hizo un intento más por hacerme entrar en razón. «Vea a su alrededor. Dígame qué va a conseguir si se queda.» El reducido grupo de familiares, circundado por granaderos y por las cuadrillas de los grupos paramilitares, se agolpaba a las puertas de la prisión. ¿Por qué ellos sí aguantaban al pie del cañón y yo no? «Estar con ellos», le respondí y le señalé a quienes se apiñaban en la entrada. Julián sonrió con sorna. «¿Ah sí? ¿Y que salgas en los noticieros alzando el puño y gritando consignas? ¿Qué le vas a decir a Claudio, a tus hijos, a tus amigos? ¿Soy una niña bien al lado de los jodidos de este país? Eres ilusa hasta la madre», me recriminó.

Columnas de humo empezaron a elevarse en los edificios del reclusorio. Se escucharon gritos de los reos sobre los techos. Rocco se volvió a ver hacia la prisión y luego hacia mí. «¿Nos vamos?» Negué con la cabeza. No, no me iría.


Oscuridad. Silencio. Respiración. Latidos. Lluvia deslizándose por las paredes. Frío. Dolor en las articulaciones. Imaginar. Crear. Resistir. Vencer. En su cabeza arma el andamiaje de mundos nuevos. Una palabra tras otra. Una línea tras otra. La negrura como marco para construir. El edificio de las historias. «Precisión en el lenguaje», machacaba su padre. Elegir el vocablo exacto. Decidir la perfecta combinación de sustantivos y verbos. Precaverse con los adjetivos. Aprender cada día cincuenta palabras nuevas. Disciplina militar al servicio de la expresión.

Oscuridad. Silencio. Respiración. Latidos. Estira su brazo en el negro vacío. Roza las paredes húmedas. Siente un insecto en la yema de sus dedos. Lo palpa. El insecto, quizás una tijerilla, trepa hacia su mano y avanza hacia su antebrazo. Percibe las pequeñas patas entre los vellos. El insecto sube a su bíceps. Ronda en círculos. Cosquillea. Con delicadeza lo quita y lo coloca de nuevo en el muro. El animalito se pierde en la dimensión desconocida de la oscuridad.

JC incorpora la tijerilla en una historia. Un hombre enterrado vivo despierta en el silencio de la tumba. Descubre el error. No ha muerto y lo han sepultado. Grita para llamar la atención. Golpea las paredes del ataúd. No hay respuesta. Empuja la tapa en un vano intento por salir. La angustia lo corroe. De los costados del féretro empiezan a emerger tijerillas. Miles. Recorren su cuerpo, su cara. Se introducen por entre las mangas de la camisa, por los pantalones. Pululan entre sus pliegues. El hombre profiere alaridos. Al abrir la boca, los ennegrecidos ríos de insectos penetran hacia su garganta. Traga patas, caparazones, antenas. Sufre arcadas, pero no logra vomitar. Las tijerillas descienden hacia sus entrañas. Está invadido por dentro y por fuera. Con sus diminutas quijadas empiezan a devorarlo. El hombre se retuerce de dolor. Minúsculas gotas de sangre cubren su cuerpo. Las tijerillas las beben, ávidas. Trepan a sus ojos. Los mastican. A manotazos trata de quitárselas. Mata una, diez, mil. Lo atacan dos mil, cinco mil, cien mil. El enjambre de tijerillas lo deja ciego. Consumen su lengua. Por las fosas nasales irrumpen en su cerebro. Engullen sus neuronas. El hombre empieza a perder la conciencia. Su cuerpo es un hervidero de tijerillas que entran y salen. En las tenazas llevan pedazos suyos. El hombre hace un último… Se abre la puerta. Un batacazo de luz. JC se tapa los ojos. No basta cerrarlos. Los rayos luminosos le sofríen los párpados. «Hora de recreo», le dice uno de los custodios. En JC aún cuece la historia de las tijerillas. Quijadas, maxilas, mordeduras. Retira la mano. Sus ojos se acostumbran poco a poco a la bola naranja. Ha perdido la noción del tiempo. El sol se encuentra en el cénit. Mediodía. Intenta incorporarse. Está atortugado. Se mueve como robot sin aceite. «Ándale que no tenemos todo el día.» Las coyunturas le punzan. Le rugen las tripas. Emerge del hoyo con dificultad. Se endereza. Las vértebras rechinan. Apesta a lodo y a humedad. A insecto. A tijerilla. A raíces. A lluvia.

El custodio lo conduce al cuadrángulo de cemento. No hay nadie más. José Cuauhtémoc gira su cuello de un lado a otro. Se toma la rodilla derecha y la jala hacia su pecho. Luego la izquierda. Rota los hombros. No puede permitir la artrosis ni la artritis. Inhala hondo. El aire limpio entra en los pulmones y se lleva unos mililitros de las toxinas del encierro. Levanta la cabeza y sonríe. Sonríe nomás pa joder, pa demostrar que con él se la pelan. Comienza a dar vueltas por el cercado. Primero camina, luego trota y al final explota en carreras cortas. Propulsar la sangre, oxigenar el cuerpo. Necesita estar fuerte. Marina debe aguardar su salida. Fuerte para ella. Ella.

Apenas salga del apando escribirá tres, cuatro libros. Las historias pareciera que afloran de su cuerpo. Un sembradío de historias. Historias construidas desde las células. JC abre y cierra las manos. Debe acerar los dedos para poder teclear sin detenerse por meses, por años, por lustros. Nada parará el flujo. Sus dedos no traicionarán la catarata de historias almacenadas en su cerebro.

El custodio le exige volver al hoyo. JC lo mide. Un putazo suyo le quitaría la sonrisita socarrona y el tufo de te-tenemos-agarrado-de-los-huevos-pendejo. Decide calmar la comezón de matarlo. Madrearse al tipo significaría más castigo, más apando, menos Marina. Y eso sí que no. Aguanta nomás porque ella lo espera.

Entra y el custodio cierra la tapa. De nuevo los sonidos amortiguados, la pestilencia a pantano, la ceguera, las tijerillas, las raíces. Retoma la historia donde la dejó. Las tijerillas se alimentan del hombre. Lo roen con sus mandíbulas serradas. Las hembras depositan huevecillos entre las heridas. Las larvas brotan y engullen a su alrededor. Requieren proteína para crear su exoesqueleto. Las tijerillas aceleran su frenético festín. Quieren pronto dar cuenta de su presa. El hombre deja de resistir. No hay salvación. Decide entrar en un estado de paz. Recordar la vida mientras muere. Falta poco. Jala aire. Sus últimos suspiros. Detecta una sacudida que se eleva desde la planta de sus pies. Sube por él como una serpiente. Las enardecidas tijerillas no cesan. Muerden, muerden. El hombre estira la cabeza hacia atrás y deja escapar una exhalación final. El cadáver empieza a perder calor. Las tijerillas se apresuran. No tardan en llegar los gusanos. Tragan lo más posible. Horas después se escurren hacia su guarida. Silencio.

José Cuauhtémoc termina su historia. La repite en voz alta varias veces para memorizarla. En cada repetición cambia palabras, recorta frases. Perfecciona. «No existen los sinónimos.» Necesita encontrar la precisión. Escribir es un trabajo de puntería. Reescribir. Corregir. Afinar. Le chirría el estómago. Muere por unos tacos o por unas tortas de jamón con queso. Decide no pensar en ello. El hambre puede volverlo loco. La sed puede volverlo loco. La No-Marina lo vuelve loco. Loco y más loco. Marina, Marina, Marina.

Cuando trata de dormir oye martillazos sobre la tapa de acero. Se sobresalta. ¿Quién toca así? Pone atención. Graniza. Ton, ton, ton, ton, ton. El puto granizo de verano. Bolas de billar cayendo del cielo. El sonido atronador. Casi una balacera. Otra vez: ton, ton, ton. Ahora sí puede volverse loco de verdad. Cómo escapar a ese traqueteo de hielo.

Necesita más historias para resistir. Contar. Contar. Contar. La locura comienza a acecharlo. Lo sabe. Más historias. Más. El rescate de las historias. Más historias. Más.


Para mi sorpresa, Teresa no quiso quedarse. Temió otra gresca con los granaderos y cuando supo que Eleuterio no se hallaba en la lista de los muertos, prefirió irse. Julián, a pesar de oponerse a mi decisión, resolvió permanecer a mi lado. «Eres una pinche loca de carretera, pero te quiero y no voy a dejarte sola en medio de este desmadre.» Rocco, Rodrigo y Adrián Leal, otro de los escoltas, siguieron con nosotros. Los demás partieron con Teresa. «No puedo arriesgar a los compañeros», aseveró Rocco, a quien mi idea de continuar en la protesta debió parecerle un berrinche de niña rica.

Los granaderos establecieron un impenetrable cerco alrededor del reclusorio. Los escudos al frente, los toletes listos para golpear, dispuestos los cañones de gases lacrimógenos. Policías montados rondaban por entre las filas. Resonaban los cascos de los caballos en el asfalto. Nunca había visto equinos tan grandes y musculosos. Los grupos de jóvenes vestidos de civil y cabello cortado a cepillo ponían marcadamente nerviosos tanto a los granaderos como a los familiares que protestaban a las puertas del penal.

Con su experiencia militar, Rocco y Rodrigo evaluaron la situación. «La única manera de aproximarse a la entrada es por aquel costado.» Enviaron a Adrián a aparcar la camioneta y nos encaminamos hacia la entrada del penal. Fornidos y a la vez ágiles, se desplazaron con grandes trancos hacia el estacionamiento contiguo al reclusorio. Los pocos automóviles estacionados tenían los cristales rotos, huellas de la batalla del día anterior.

Cruzamos entre los halcones vestidos de civil y nos abrieron paso en silencio. Ni un comentario soez, ni un piropo. Eran muy jóvenes, ninguno mayor a veinticuatro años. «Deben ser policías federales», me susurró Julián. El capitán Vargas, al vernos, se acercó a nosotros. «Yo no les recomendaría seguir. Pueden quedar en medio del fuego cruzado. Los presos no dudan en disparar hacia fuera.» Estábamos apenas a unos cuarenta metros de la puerta principal. Ahí seguro encontraría estafetas que bien podrían buscar a José Cuauhtémoc para pedirle que viniera a verme. Solo deseaba intercambiar unas palabras con él. Ponerle en claro que aún lo amaba y pedirle perdón por mi ausencia. Por ningún motivo retrocedería. «Vamos a seguir adelante», le dije al capitán. «Bajo su responsabilidad», sostuvo el policía y con un ademán ordenó que nos dejaran pasar.

Avanzamos hacia donde se hallaban rodeados los demás familiares. Eran alrededor de cincuenta. Gente de pueblo, humilde. En sus rostros curtidos por el sol y en sus cuerpos ajados se revelaba la pobreza. Bastantes agallas tenían para estar ahí al pie del cañón en espera de noticias o de vislumbrar, aunque fuera de lejos, a su ser querido. La misma ilusión que la mía.

Olía a orines y a mierda. Varios de ellos debieron dormir a las puertas de la prisión y habían improvisado un baño con plásticos azules. La peste era intolerable. Nos miraron de soslayo. Debimos intimidarlos. Dos roperos vestidos de traje, una mujer más alta que cualquiera de ellos y un tipo barbón y melenudo. Atravesamos entre la gente y llegamos al portón. Varios policías federales lo custodiaban. Eran tan grandes y tan sólidos como Rocco y Rodrigo. Por lo visto, habían enviado a la elite policial a la toma del reclusorio.

«¿Qué desean?», preguntó uno de los oficiales. «Cerciorarnos de que un amigo de la señora se encuentre bien», respondió Rocco. Nombrar a José Cuauhtémoc mi «amigo» hizo evidente el romance. «Ahí están las listas recientes de los muertos y de los heridos», dijo y señaló un cartel pegado en una de las paredes. En letra manuscrita con crayón venían los apodos de las víctimas. «El Pulga, el Chato, el Pancitas, el Pato, el Pillo, el Chanoc, el Oso.» Solo en algunos casos lo acompañaban del apellido: «el Tamal

Santibáñez, la Papita Sánchez». En total catorce bajas, de los cuales ocho habían fallecido. Me alivió no ver enlistados los sobrenombres con los cuales se le conocía a José Cuauhtémoc: «el Güero, el Grande, el Vikingo».

«Quisiera hablar con mi amigo», le dije al policía federal. Se volvió a verme con absoluto desprecio. «¿Algo más, señora?», preguntó con ironía. «No, solo eso», respondí con firmeza. El policía intercambió una mirada con otro a su lado y sonrió con una mueca. «Pásele a buscarlo si quiere», dijo. Se quitó de la puerta. Entre torniquetes y alambradas, pude atisbar el desastre. Decenas de presos con los rostros cubiertos por sus camisetas mantenían guardia en los patios. Piras encendidas. Los pupitres de las aulas y colchones usados como parapetos. Solo había visto esas imágenes en televisión o en el internet. Ahora se hallaba frente a mí el palpitar más violento de la revuelta.

«¿No hay un estafeta que pueda ir a llamar a mi amigo?», pregunté con absoluta ingenuidad. El policía soltó una carcajada. Julián me volteó a ver con gesto incrédulo. Mi petición estaba por completo fuera de lugar. «La señora está preocupada por nuestro amigo», dijo Julián en tono de excusa. El «nuestro» ayudó a quitar el aura de amante del «su» amigo. «Toda esta raza que está aquí también está preocupada y no vienen con nosotros a pedir pendejadas», espetó el policía. «Y si la señora no está dispuesta a entrar a buscar a su novio, entonces no estorben y váyanse adonde esperan los demás.»

Rocco me apartó hacia un lado. «Marina, su conocido», dijo evitando el «amigo», «no está en la lista de las bajas. Le pido que nos vayamos». A decir verdad, no había nada más que hacer. Podía quedarme el resto de la semana haciendo guardia y la información sobre José Cuauhtémoc llegaría a cuentagotas. Era una fantasía pensar que un mensajero fuera a buscarlo y le pidiera acercarse a verme. Aun lográndolo, nada garantizaba que él quisiera hablar conmigo.

Transitamos de nuevo por entre los familiares, los granaderos y los grupos de choque. La distante galaxia de la marginación y la violencia. Los policías en los caballos nos examinaron desde las alturas como si fuésemos unos bichos repugnantes e infectos. Éramos la anomalía, la excentricidad pura.

Adrián no consiguió estacionarse en las cercanías y para alcanzarlo era necesario dar una larga vuelta. Rocco no quiso que volviéramos a atravesar por enfrente del reclusorio y nos guio por atajos. En el camino topamos con una tortería. Llevábamos horas sin probar alimento y los invité a almorzar. Entre bocado y bocado cuestioné a Rocco y Rodrigo. «Ustedes me dijeron que la gente que vino a protestar el primer día eran acarreados. Si es así, ¿quién está detrás de ellos?» Se vieron entre sí unos segundos. La presencia de Julián debió cohibirlos. «Estamos en confianza», les dije para animarlos a hablar. Deseaba saber si compartían la versión de Julián de los tejemanejes de Morales o si, por su experiencia en la guerra contra el crimen, vislumbraban otros responsables. «Yo pienso», arriesgó Rodrigo con timidez, «que los gringos están metidos en esto». Esa sí que era una posibilidad para mí inesperada. «¿Por?», inquirí. Rodrigo volteó a ver a Rocco, su jefe, en busca de aprobación. Rocco asintió. «A los gringos les gusta meter ruido cuando se acercan las elecciones presidenciales. Si el país cae en desorden y anarquía, los gringos nos hacen ver como una madriguera de ratas a la que hay que poner en cintura. Puedo apostar que ellos financiaron la compra de las armas para los presos y que los chamacos esos que aparecieron de la nada son paramilitares pagados por la embajada americana.» No sonaba descabellada su idea. Rocco y Rodrigo, educados por militares que se instruyeron en la Escuela de las Américas, sabían de las tácticas de desestabilización contra gobiernos poco convenientes para los americanos. Así había sucedido con el gobierno socialista de Allende.

Volteé a ver a Julián para ver qué respondía. Su teoría de la venganza de Morales quedaba al otro extremo del espectro. No se iba a dar por vencido tan fácil y cuestionó a Rodrigo. «¿Y por qué crear conflicto en las prisiones y no, por ejemplo, en los sindicatos o las universidades?» Rodrigo sonrió. «En este país, el crimen es quien gobierna. Pegarle al crimen conduce al desgobierno. Y a río revuelto, ganancia de los gringos», aseguró.

Si la teoría de Julián me había debrayado, la de Rocco y Rodrigo me voló la cabeza. Según contaron, en diversas operaciones militares en las que habían participado, descubrieron agentes de inteligencia estadounidenses infiltrados en ambos bandos de la guerra contra el narco y afirmaron que no era la primera vez que la CIA azuzaba motines en las cárceles.

Julián y los dos exmilitares me impartían cátedra en desapendejol. Los entrecruzamientos perversos a los que se referían eran inconcebibles para mí. Desde políticos ávidos de revancha, hasta siniestros operadores americanos maquinando desde las cavernas de la clandestinidad. El mundo se desenvolvía ante mis ojos como objeto de una lucha sorda y artera al servicio de intereses oscuros.

Pedro me llamó para ver cómo íbamos. «Mis escoltas están ahí para cuidarte, cuídalos tú también», pidió. «Espero que se vayan pronto de ahí.» En mi contra, o quizás a mi favor, había enraizado en mí un profundo sentimiento de culpa. Además del amor, lo que me impulsaba a participar en las protestas era la culpa. Culpa por haber abandonado al hombre que amaba; culpa por carecer de las agallas suficientes para plantarme frente a la puerta de la cárcel y no moverme de ahí; culpa por ser una burguesa enclaustrada en una realidad más falsa que el decorado de una telenovela. Culpa por traicionarme a mí misma. Culpa católica torcida que me punzaba si no estaba pendiente de José Cuauhtémoc, culpa que luego me reventaba en la cara por desatender a mi familia. Marioneta de la culpa. Rebelde con culpa.

Y era la culpa la que me impedía alejarme del lugar. En mi fantasía rosa estaba convencida de que de alguna manera José Cuauhtémoc se enteraría de que me hallaba ahí, próxima a él. Uno de los presos me reconocería, le diría a otro preso que me había visto y este a otro hasta llegar a sus oídos. Era importante para mí que lo supiera. Por amor, por culpa, porque sí. «No tienen que quedarse conmigo», le respondí a Pedro. «Yo me las arreglo sola.» Si ancianas de ochenta años resistían la amenaza de que caballos gigantes las aplastaran o de que les partieran la cabeza a toletazos, por qué yo no. La diferencia entre ellas y yo, doloroso reconocerlo, es que ellas no estaban ahí por culpa, sino porque lo consideraban una obligación moral con sus seres queridos.

Con el ánimo de darme una lección o para presionarme para irme de ahí, Pedro le ordenó a Rocco dejarme a mis expensas. «Si ella quiere jugársela, perfecto, que se la juegue. Pero no ustedes, ni Julián. Se devuelven de inmediato.» Escuché cada una de sus palabras por más que Rocco intentó cubrir con la mano el auricular.

«Lo siento señora, tenemos que irnos», se disculpó. «Ojalá decida venir con nosotros.» Me giré hacia Julián para saber qué haría. «Me voy con ellos, no le encuentro ningún caso a quedarnos.» Me temblaron las piernas. Ahora sí debía demostrar de qué pasta estaba hecha.

Partieron y me quedé sola. Me dirigí de nuevo hacia las puertas de la prisión. De los techos ascendían más estelas de humo. A pesar de la incontable cantidad de personas, campeaba el silencio, solo roto por el ocasional relincho de alguno de los caballos. Atravesé el cerco establecido por los granaderos. Esta vez sí sentí miradas lascivas. Sin la protección de las dos torres que me custodiaban, me sentí frágil. No me arredré. Al cruzar entre dos granaderos, uno de ellos me manoseó. Me seguí de frente. Confrontarlo sería inútil y solo me colocaría en una posición aún más vulnerable.

A lo lejos divisé una figura conocida. Rosalinda del Rosal, la celebérrima cortadedos esposa de la Marrana. Avanzaba con decisión entre las decenas de policías. Iba vestida a la usanza mazahua, con enaguas de color rosa y una blusa bordada. Su fama debía precederla, porque los granaderos se apartaban para dejarla pasar. Me acerqué a ella. «Doña Rosalinda ¿se acuerda de mí? Nos conocimos en la zona de visitas.» La mujer me barrió con la mirada. «Sí, eres la nalguita del güero grandote, ¿qué quieres?», preguntó bronca. No me podía achicar, menos en esas circunstancias. «A usted la respetan y si le dan chance de entrar al reclusorio, quiero entrar con usted.» Me contempló durante unos segundos sin dejar de recorrer mi cuerpo de arriba abajo. «Vente, vamos a ver qué se puede hacer.» Rosalinda arrancó y entrona se coló entre la muchedumbre.

El cloruro mercúrico se mezcló con el agua potable. La muerte líquida desplazándose hacia grifos, mangueras, sifones. La muerte líquida agazapándose en vasos, botellas, recipientes, presta a derruir los órganos de quien la bebiera. $H_2O + HgCl_2$, la molécula ideal para asolar la hura de su enemigo y fulminarlo. El goce de imaginarlo retorciéndose entre cólicos y vómitos superó el apalancamiento moral de quebrarse a otros. Si Pablo Escobar había reventado en pleno vuelo un avión con doscientos y tantos pasajeros para despintar a un candidato presidencial de la faz de la tierra, ¿por qué él debía preocuparse por una bola de jodidos que no valían ni dos cacahuates?

El Máquinas se movió de escondite en escondite. En cada uno colocó radios y televisores para seguir las noticias. Hasta sidra se compró para celebrar el exacto momento en que la ex segundo lugar en Miss Tlaxcala anunciara la bola de muertos en el Reclusorio Oriente y nombrara a JC en la lista. Y si aparecía, a brindar se ha dicho.

Nada. Ni una nota sobre muertitos en el botellón o anexas. Noticiarios atiborrados de reportajes sobre las marchas de los maestros y el aumento del índice de criminalidad en el noreste del país por culpa de los malandrines de los Otros-Otros Otros-Otros. En las pantallas divulgaban las fotografías de Macedonio. Los mandos policiales ofrecían quinientos kilos de verdes por quien informara sus queandares. Macedonio, el príncipe maligno obstinado en devastar ciudades, pueblos, aldeas. El iconoclasta, el vándalo ubicuo. El Máquinas estaba sugestionado de que él era el heredero natural de Macedonio, el Gerónimo de los narquillos. Nomás le dieran baje, él tomaría el relevo.

No lo dijeron los medios, por lo que don Otelo no logró enterarse, pero de la nada decenas de presos habían enfermado. Las autoridades no daban pie con bola. Los análisis de alimentos no detectaron contaminación microbiana que justificara los síntomas: sudor chancho, retortijones, piel amarillo paludismo, riñones dinamitados, orina color Coca-Cola, neuropatías a la Tutankamon, teleles cerebrales, coma y punto final. La tensión a tope cuando familias en las zonas vecinas empezaron a sufrir charrerías semejantes. Un caso para la araña.

Rápido achacaron la intoxicación colectiva a la descarga de metales pesados y de residuos industriales de una fábrica de pinturas cercana. Cañerías corroídas habían ocasionado filtraciones a la red de agua potable. Con dedo flamígero los funcionarios se apresuraron a señalar a los dueños. «Por su culpa una multitud se hallaba condenada a sufrir secuelas graves e irreversibles o incluso la muerte, blablablá.» Los administradores de la fábrica no se quedaron callados. Ni madres, ellos no arrojaban ningún tipo de sustancia al drenaje. La procesaban en tambos y directo a los basureros de residuos peligrosos. Las autoridades «inspeccionaron» y pues nel, no eran ellos. Y, aun así, que los clausuran. No se trataba de encontrar responsables, sino culpables.

El subsecretario exigió discreción a sus subalternos. «Chin, chin el que cante una ranchera.» No valía la pena un escándalo mediático por la muerte de unos cuantos cachirulos. Prohibición absoluta para divulgar lo sucedido. El subsecretario ordenó que a los familiares de los muertos les contaran el cuento chino de la fábrica asesina. «Ninguno de esos empresarios rapaces se librará del peso de la ley», explicó. Cerraron la factoría homicida y «muerto el perro, se acabó la rabia», dijo con tacto sublime el subsecretario.

Los reos quedaron tranquilos. Había corrido el rumor de que se trataba de una epidemia de ébola traída por un inmigrante nigeriano. Un buen se culeó al grado de que ni la cabeza asomaron. Se quedaron quietos en sus jaulas. Suspiro colectivo cuando se supo la causa: unos industriales ojetes habían arrojado tóxicos a la red de agua potable.

Quienes sobrevivieron el ramalazo mercúrico nomás no lograron recuperarse. Es más, debieron preferir la muerte. Su salud se fue al sótano. Fallas orgánicas, pérdida de memoria, migrañas tipo batazo, punzadas cuchilleras, parestesias. Eso era morirse en cámara lenta. De eso tampoco se enteró don Otelo. Ni una rebabita en prensa, radio, internet o televisión, así de canijo era el control informativo del gobierno. Frustrado por la falta de noticias, comenzó a idear nuevas maneras de vengarse, sin saber que ya se había cargado a quince y lisiado de por vida a otros noventa y nueve, entre los cuales, para su mala, jodida y pinche fortuna, no se hallaba José Cuauhtémoc.

El rubio no estuvo entre los caídos por una sencilla razón: mientras los demás presos bebían agua de tamarindo mercurizada, él se hallaba en un cajón a oscuras musitando para sí una obra interminable. Recitaba las líneas en voz alta para no volverse loquito. De tanto repetirlas empezó a creer que era otro bato quien lo hacía. Se puso a platicar con ese otro. Le preguntaba que quién era y qué deseaba. Después de unos minutos, JC se daba cuenta de su pendejez. «Nadie me habla, no hay nadie aquí. Soy yo mismo hablando en voz alta.» Poco a poquito regresaba a la realidad y de vuelta a construir historias.

El vacío de luz le provocó un vacío de sentido. Sobrevivía a marchas forzadas. Solo por pura fuerza de voluntad no se puso a pegar de cabezazos contra las paredes de cemento hasta dejar los sesos embarrados. Suicidio a frentazos. JC no estaba para saberlo, pero tres morros así se habían quitado la vida. Dale y dale hasta dejar desparramada la masa encefálica. Él no se mataría. Demasiada obra y demasiada Marina lo esperaban afuera.

A tientas se sacaba el mástil y se chaqueteaba pensando en ella. Se venía y a ciegas levantaba la mano y lamía el semen que escurría entre sus dedos. Beberlo para recordarla, beberlo para alimentarse. A las pocas horas volvía a tira tira y de nuevo, a lo Cronos, devoraba sus mini José Cuauhtémocs.

Los orgasmos lo dejaban entre azul y buenas noches. Cerraba los ojos —previsión inútil en su condición de murciélago— y se jeteaba hasta que los pinchazos en las articulaciones lo despertaban. Apenas se despabilaba regresaba a encadenar palabras en voz alta. Después de un rato, se detenía a escuchar al bato invisible. «¿Quién eres? ¿Qué quieres?» Atento se concentraba en la respuesta. Nada, silencio. El roce de las tijerillas lo hacía brincar. Sí, ahí se hallaba alguien más. Manoteó para alejarlo. De pronto, la luz. Agujas solares le picotearon la retina. Se tapó los ojos con ambas manos. «Hora de recreo», le dijo un espectro. «¿Quién eres? ¿Qué quieres?», aún rebotaba en su cerebro. La tiniebla blanquecina lo aturdió. La oscuridad lavada con Clorox. Poco a poco, sus pupilas se acostumbraron al bombardeo de resplandor. Miró hacia abajo. Chingos de tijerillas huían por el hormigón. El bato de adentro se había roto en pedacitos rojos. «Ya sal», le ordenó la mancha blanquecina.

Salió como lagarto al sol. Los huesos, los ligamentos: cristales rotos. Se enderezó y apenas pudo mantenerse de pie. Empezó a perder el sentido del espacio. La realidad dejó de ser tridimensional para convertirse en una escenografía chata, aplanada. «Camina», le dijo el de al lado. JC estudió el piso. Cómo carajo dar un paso en esa nebulosa. La masa informe lo empujó. «Anda cabrón, camina.» Para no azotar cual res, JC dio dos baby steps. Un pequeño salto para un hombre, un gran paso para la humanidad. Un golpe de sangre subió de su plexo solar a su cerebro. Decenas de hormiguitas le devolvieron muy despacito la conciencia del mundo. La baba luminosa era un custodio. Al frente un patio. «Me llamo José

Cuauhtémoc Huiztlic y me encerraron en el puto apando. Según yo debe ser jueves y es junio. Tengo cuarenta y dos años. Nadie está conmigo ahí adentro. No puedo olvidar ni una sola de las historias que escribo en mi cabeza. Estoy enamorado de Marina y ella me espera.» Las preguntas que se había hecho no fueron para el güey invisible con quien compartía el pozo, sino para sí mismo. Había respondido la primera: ¿quién eres? Faltaba la segunda: ¿qué quieres?

¡Ay, La Vida! Así, con mayúsculas. Sin aviso te hace dar una maroma y de golpe acabas en un sitio por completo inesperado. Circunstancias aisladas de pronto se anudan y ¡rájale!, la barquita que eres tú termina arrastrada por una corriente subterránea hacia la dirección contraria a la que pensabas ir. Al volver de la cárcel en taxi, hallé mi celular plagado de mensajes. Decenas de Pedro y Julián instándome a largarme del lugar cuanto antes. Ninguno de los dos había creído que me quedaría en la protesta y se preocuparon al ver que no revisaba sus textos luego de varias horas. Uno de Julián decía: «Me arrepiento de haberte dejado sola». Pedro era más lapidario: «Te creí idiota, aunque no a estos grados superlativos. Llámame ya». Sonreí. Una vez más me había demostrado la capacidad de hacer las cosas a mi manera. Quizá sí, idiota en grado superlativo, pero bajo mis condiciones.

Entre los innumerables mensajes venía uno lacónico de Alberto: «Pasaron cosas. Ven lo antes posible a Danzamantes». Si Pedro y Julián sufrían de incontinencia verbal, Alberto padecía estreñimiento. Las palabras había que sacárselas con fórceps. Introducirlo al fondo de su garganta y de ahí extraer un par de míseras frases. Eso sí, había que atenerse a las consecuencias. Serían frases cáusticas, puntas de flecha saturadas de veneno de rana dorada. Inútil llamarle por celular. De antemano sabía su respuesta: «Ven, acá hablamos». Así que le pedí al taxi cambiar de ruta hacia Danzamantes.

El «pasaron cosas» de Alberto podía implicar desde un accidente grave hasta su preocupación por un fraude contable. Alberto no era alarmista por naturaleza. Considerado, solo me importunaría en un caso extraordinario y este debía serlo. En cuanto arribé a Danzamantes se me oprimió el corazón. Contraste brutal entre las sonrientes niñas que terminaban clases en la academia y las mujeres sofocándose en la explanada al exterior de la cárcel. Mi estado de ánimo no era el mejor para recibir malas noticias, aunque yo iba preparada para lo peor: una bailarina fracturada, un asalto a las instalaciones, casos de acoso sexual.

Nada en el ambiente de Danzamantes apuntaba hacia un desastre. Rostros cansados por horas de ensayo, mamás atareadas en recoger a sus hijas, bullicio, sonrisas. Me encaminé hacia la oficina de Alberto. Lo encontré revisando correos en la computadora. Al verme se levantó a recibirme con un beso. No era la mar de cariñoso, pero se le notaba contento. «¿Qué pasó?», le pregunté. «Una buena y una mala noticia», me dijo. «Primero la mala.» Alberto me pidió sentarnos. «¿Tan mala es?», le pregunté. Alberto sonrió. «¿Te acuerdas que Lety grabó con su celular uno de los ensayos?» Negué con la cabeza. No tenía idea de qué me hablaba. En los últimos días, Danzamantes se hallaba en mi cabeza a una distancia oceánica. «Pues Lety subió el video a Facebook.» Una de las reglas más estrictas en Danzamantes era la prohibición de subir en la red material grabado de los ensayos. Eran procesos íntimos, vulnerables, que no tenían por qué ser ventilados públicamente. Aun cuando Lety se disculpó, Alberto la expulsó de Danzamantes. Dado mi desapego a la compañía, él estaba autorizado a hacerlo sin aguardar mi aval. Lety partió contrita, entre lágrimas. «Hiciste bien», le dije. Lety no era nuestra mejor bailarina y echarla daba un mensaje a los demás.

«La buena noticia», continuó Alberto y he aquí la jugarreta de LA VIDA, «es que el video lo vio Ohad Naharin y le gustó muchísimo. Mandó un correo donde nos pregunta si estamos dispuestos a presentarnos en el Festival de Danza Contemporánea en Tel Aviv y luego en el Lincoln Center». Me quedé helada. Ohad era algo así como un semidiós para nosotros. Un genio, un innovador. Junto con Biyou uno de los coreógrafos más originales y arriesgados. Su invitación, un sueño. «¿Para cuándo?», inquirí. «Ese es el problema», explicó Alberto, «para dentro de tres semanas».

Tres semanas representaba encerrarnos día y noche en el estudio a perfeccionar los movimientos. Debía reincorporar a Lety, no había tiempo para sacar adelante la coreografía con otra bailarina.

Sería un trabajo agotador con una concentración absoluta. Sacrificar lo demás en aras de un triunfo profesional. Estaba segura de que Claudio me apoyaría. Sabía de mi admiración por Ohad y de los alcances de presentarnos en Tel Aviv. Mis hijos compartirían mi alegría y era una ocasión para que viajaran conmigo y experimentaran la danza en los más altos niveles.

Esta oportunidad de oro, con larqueza anhelada, también representaba abandonar a José Cuauhtémoc en una etapa crítica. No podría verlo, ni hablar con él, ni hacer el amor, ni estar a su lado. En otras palabras, cercenar la relación de tajo, algo que no tenía la menor intención de hacer.

Cortesía de Rosalinda del Rosal, esa mañana por fin había logrado encontrarme con él. Rosalinda era una figura mítica en algunos estratos sociales. Su crueldad con las víctimas que su marido secuestró, su temple para enfrentar a la prensa, sus respuestas ingeniosas, su bravuconería suscitaron admiración hasta en las autoridades. Los policías la trataron con respeto rayando lo servil, más digno de una primera dama que de una vulgar y sanguinaria secuestradora. Su mérito: encarnar la rabia social. Las muchachitas a quienes les había rebanado los dedos para enviarlos y así presionar el pago del rescate eran, en su mayoría, hijas de políticos corruptos o de empresarios trácalas. Ellas no debían pagar por los pecados de sus padres, a quienes, en algunos casos, incluso repudiaban. Niñas de papi al fin eran la carnada perfecta para embolsarse sumas astronómicas. Cuando la detuvieron y fue presentada a los medios, Rosalinda se plantó frente a las cámaras y no parpadeó. Nunca se mostró nerviosa. Al contrario, se comportó desdeñosa y altanera. A la pregunta de un reportero, Rosalinda contestó la frase que la hizo famosa: «Yo corté dedos, pero a mí y a mi gente, en este país de mierda, nos cortaron las alas y los pies». Lo decía una indígena de menos de uno cincuenta de estatura que miraba con fijeza a los fotógrafos sin intimidarse ni por el cerco de policías enmascarados, ni por los flashazos, ni por los padres de las muchachitas victimizadas que anhelaban desmembrarla viva y le gritaban insultos.

Su vena poética, aunque cursi, causó sorpresa. Una gran parte de la población se identificó con su dicho. Rosalinda continuó con su discurso: «Por jodida, por muerta de hambre, porque nunca a los míos les hicieron justicia, porque nuestros hijos mueren de diarrea, porque nuestros ancianos mueren de frío, porque nos arrebataron nuestras tierras y nuestros modos de vivir, es que me convertí en secuestradora. ¿Qué otra cosa puede hacer una mujer como yo en esta nación de ojetes? Y sí, fui una cabrona y una aprovechada y ¿saben qué? Métanse por el culo lo que piensen…».

Esa mañana recorrí la explanada de la prisión al lado de la Idi Amin indígena, de la representación misma del Mal. Nos abrimos paso entre las filas de granaderos. Nadie se atrevió a detenerla ni estorbarle el camino. Al intercambiar miradas con ella, los granaderos agachaban la cabeza, amedrentados. Rosalinda representaba la raíz retorcida y pútrida del crimen organizado y más valía no mirarla a los ojos. Llegamos hasta las puertas de la prisión y sin vacilar se dirigió al comandante de la Policía Federal. «Quiúbole», lo saludó. «Buenas», respondió el comandante. Ignoraba si se habían conocido antes, pero se percibía cierta familiaridad entre ellos. «Venimos a ver a nuestros machos», dijo ella. El policía señaló con la barbilla las barricadas en el patio, las fogatas humeantes, las decenas de presos con el torso desnudo y los rostros cubiertos. «Pues a ver si los reconocen.» Rosalinda examinó a los amotinados y se volvió al oficial. «Tú sabes que ni mi viejo ni el viejo de esta», dijo refiriéndose a mí, «se van a meter en esas mariconadas». Los desplantes de la chaparrita eran de verdad fieros. Hablaba con seguridad absoluta y sin temor de nada. Y sin temor se enfiló hacia los torniquetes de acceso a la prisión. «Vente güera, vamos a buscar a nuestros gallos capones», me dijo. El comandante no hizo el menor esfuerzo por atajarnos. Atravesamos frente a sus efectivos y antes de entrar, el comandante la llamó. «Rosalinda, nomás no hagan mucho borlote porque allá adentro está una comisión negociando con los presos. No vayan a regar el tepache, porque si lo riegan, entonces sí les metemos un tiro.» Rosalinda sonrió como si se tratara del chiste más gracioso del mundo y no una amenaza de muerte. «No le hagas caso a este pendejo, es puro jarabe de pico», me dijo y cruzó por el torniquete.

Si la prisión me imponía desde antes, verla en estado de guerra casi provocó que me traicionaran mis esfínteres. No era lo mismo ver el patio tomado desde afuera que tener frente a nosotras a un ejército de criminales resueltos a inmolarse. Rosalinda los contempló con desdén. «Estos se sienten Juan Camaney, nomás son puras marionetas de los otros.» No tuve idea a qué se refería, pero en ese momento, con el estómago engarrotado y los ovarios trepados hasta la nariz, no me encontraba en condiciones de preguntarle.

Adelantamos hacia las trincheras y nos detuvimos. Rosalinda escrutó a los reos con detenimiento y chifló colocándose el pulgar y el índice entre los dientes. Varios sublevados se voltearon hacia nosotras. «Vengan pa acá», les ordenó. Los presos se miraron entre sí. ¿Quién era el valiente que iba con esa vieja loca? Imposible que no supieran quién era. Luego de debatir entre varios, dos de los descamisados caminaron hasta nosotras. «¿Qué quiere, doña?», le preguntó el más alto de los dos. «Primero, que te quites esa camiseta de la cara que no te escucho bien», le exigió Rosalinda. El muchacho titubeó. La máscara le permitía mantenerse anónimo. Se despojó de la prenda. Su cara era la de un adolescente. Apenas un bozo cubría su labio superior. «Ve a buscar a mi marido y al galán de esta», le ordenó la chaparrita. El chamaco la miró con duda. «¿Quién es su marido?», preguntó. Quizás era muy joven para saber de la notoriedad pública de ella y de la Marrana. «A huevo que sabes quién es, deja de hacerte pendejo. Búscalo y trae también al pinche güero grandote, que es el macho de esta.» Antes de que partiera, lo detuve. «Dile a José Cuauhtémoc que lo busca Marina.» El muchacho asintió y junto con el otro chavo dieron vuelta y corrieron hacia el interior de la prisión.

Unos minutos después, los dos regresaron seguidos de la Marrana y de José Cuauhtémoc. Nada más verlo, un terremoto. Mis músculos sacudidos de pies a cabeza. Palpitaciones. Visión de túnel centrada en él. El resto se borró. Carajo, cómo estaba enamorada. Caminó hacia mí y se detuvo a unos centímetros. «Creí que ya nunca más te volvería a ver», dijo. Sin decir palabra, lo abracé y recargué mi cabeza contra su pecho. También su corazón latía acelerado. Besó mi frente. Lo estreché aún más. «Perdón», musité. ¿Cómo logré sobrevivir sin su olor, sin sus besos, sin sus caricias? ¿Qué chingados hacía lejos de él? Había perdido peso y musculatura. «Estás flaco», le dije. Se separó de mí y me tomó la cara con ambas manos. «Déjame verte», dijo. Nos miramos por unos segundos. «Te juro que nunca más volveré a dejarte», le dije. Él negó con la cabeza. «No vuelvas a jurar algo que no vas a cumplir.»

Estuvimos juntos un par de minutos más. Se escuchó un rumor creciente. Volvimos la vista atrás. Una columna de policías federales, ataviados con chalecos antibalas, cascos y metralletas, comenzó a formarse al otro extremo del patio. Del lado contrario, los presos empezaron a apostarse con armas en las trincheras. «Váyanse ya», ordenó la Marrana. Tomó del brazo a José Cuauhtémoc y sin decir palabra lo jaló para llevárselo con él. Dimos vuelta y partimos deprisa. Rosalinda era brava, no tonta. Sabía cuándo la cosa se iba a poner difícil. Intenté ver una vez más a José Cuauhtémoc, pero se perdió con rapidez entre las huestes rebeldes. Venteaban aires de batalla y nosotras a merced de un fuego cruzado. El miedo hizo que mis pies pesaran cada vez más. Me estaba paralizando. «Ándale niña que te van a dejar como coladera», dijo Rosalinda y me impelió a seguir. «No puedo mover las piernas», le advertí. «Claro que puedes», dijo y tiró de mi brazo. Era fuerte la diminuta mujer, porque a jalones me sacó de la prisión. Sin frenar, continuamos de frente hasta rebasar el cerco establecido por los granaderos.

Distantes ya del reclusorio, Rosalinda se volvió hacia mí. «Hija», me dijo en tono maternal, «tú no estás hecha para esto. Deja en paz a ese pobre cabrón que se ve clarito que lo estás volviendo loco y quédate tú en paz que te estás volviendo loca». Aún sentía las piernas rellenas de hormigón. El estómago enroscado. Los dientes a punto de tronar en pedazos. «Ya estoy loca», le contesté con firmeza. «No mi hija, tú no tienes idea de lo que estás diciendo. Yo sí sé qué es la locura y es un lugar al que no quieres ir. Estás a tiempo de zafarte. Hazme caso.» Me miró unos segundos más y, sin despedirse, se alejó por entre las calles.

«Lo voy a pensar», le dije a Alberto. «Pensar ¿qué?», preguntó incrédulo. «Si vamos a Tel Aviv.» Alberto suspiró. «Ohad Naharin nos buscó. ¿Te suena?» Unos meses antes habría celebrado con champaña por todo lo alto. Solo que unos meses antes no habría sido capaz de crear ni el dos por ciento de la coreografía que había diseñado ahora. Poseía el mismo cuerpo, lo habitaba otra Marina. Otra muy otra. «Claro que me suena Ohad», contesté. «Lo voy a pensar.»

Una parte de mí

Una parte de mí quiere quedarse, otra quiere irse.
Una parte de mí se perdió, otra la hallé.
Una parte de mí está en guerra, otra está en paz.
Una parte de mí murió, otra está por vivir.
Una parte de mí cree en el odio, otra cree en el amor.
Una parte de mí no cree en nada, otra cree en Dios.
Una parte de mí quiere golpear, otra quiere acariciar.
Una parte de mí cree en el cielo, otra cree en la
tierra.
Una parte de mí quiere venganza, otra quiere per-
donar.
Una parte de mí busca, otra encuentra.
Una parte de mí ya no desea mujer, otra la desea.
Una parte de mí se fue, otra parte llega.
Una parte de mí dejó de estar conmigo, otra perma-
nece.
Una parte de mí está prisionera, otra será libre.
Una parte de mí está podrida, otra está limpia.
Una parte de mí nunca volverá a ser mía, otra par-
te empezará a serlo.

Demetrio Jacinto Páez
Reo 22481-8
Sentencia: treinta y siete años y cuatro meses por
homicidio
Cumplida. Libertad obsequiada en dos semanas

Mientras Francisco Morales buscaba metérsela a Marina en vez de aplicarse a dirigir el penal, don Julio, el real mandamás, se abocó a resolver lo sucedido con los reos envenenados. Nada en una cárcel era casualidad y él se iba a encargar de saberlo. No se comió el cuento de la fábrica maldita y sus villanos a lo Élmer Gruñón. Datguasforestupids no para un banca como él. Mandó a traer médicos forenses expertos en toxicología a autopsiar los cadáveres. Los CSI diagnosticaron: contaminación por cloruro mercúrico. Ninguna de las sustancias utilizadas en la fábrica de pinturas provocaba fallas orgánicas y daño cerebral. Nomás escuchó «cloruro mercúrico» y don Julio supo que se trataba del chingado Otelo pocho. Ya los del cartel de Allá le habían pasado el tip de que el morroñuelo había ido a comprárselos.

El Tequila puso al tanto al boss de bosses sobre la gandulérrima acción del Máquinas. El boss se la tomó leve. En los negocios convenía ser pragmático y no andar de sentido. En el narco muchos se ofendían por cualquier pendejadita. No era para tanto. Al boss nada le parecía más puto que un buchón ataviado con botas de piel de culebra, hebilla de plata, cadenotas de oro, pistolón en la cadera y que anduviera de nenito nomás porque un bato le hizo cara de te apesta la boca. No señor. Lo de él era el entendimiento, la paz, el orden y el progreso. A él le gustaba mancharse las manos de caviar beluga, no de hemoglobina.

Se propuso buscar al Máquinas para preguntarle qué chingados quería. Mejor un mal arreglo que un buen pleito. Para qué desgastarse en guerritas absurdas. La bronca consistía en hallarlo. El Máquinas era un fantasma. La raza ya sabía hasta su fecha de cumpleaños y el color de sus ojos, pero de ahí a encontrarlo mediaba una carretera.

El Máquinas entendió que se enfrentaba a un cartel nada parecido a lo que había conocido antes. Por más dinero que repartiera, por más chalanes que reclutara, no podría contra ellos. Eran los alfa y omega de la cadena alimenticia. Ni siquiera asociándose con los Otros-Otros Otros-Otros podría vencerlos. Debía hallar otro método para enviar al JC a las heladas estepas del infierno.

Cuando se puso a investigar si hubo o no muertos en el Oriente, los valedores le rayaron noticia de que el boss de bosses lo buscaba para dialogar con él y llegar a un trato. El Máquinas escribió una nota en una bolsa de papel estraza y le pidió a uno de los jefecillos que se la pasara al boss. Luego volvió a perderse entre las sombras.

El boss de bosses leyó la nota: «Solo quiero muerto a José Cuauhtémoc Huiztlic. No pido más». El boss dio vuelta al papel para revisar si venía escrita otra cosa. Nada, solo eso. Ya le había dicho el Tequila que el desmadre se debía a una cuestión de celos. Confirmarlo lo encorajinó. Tanto en juego, tantos muertos, tanta pinche boruca, solo para vengarse de una metida de reata. Pinche malo de caricatura era ese Máquinas, ni pa coyote persiguiendo correcaminos servía.

Si el Máquinas quería al rubio cortado como longaniza, debía devolver algo a cambio. Gratis solo el aire que se respira. El boss pergeñó unas líneas en un papel y lo mandó al jefecillo para que se lo diera al Máquinas. «Entrégame muerto a Macedonio y yo te pongo a José Cuauhtémoc.» El flaco le entregó el papel. El Otelo repasó el mensaje con atención. Lo que le pedían era imposible. ¿Cómo llegar a Macedonio? Una cosa era que Macedonio fuera un anarquista selfmade y otra un baboso. Se decía que andaba rodeado de al menos cincuenta guarros. Ni manera de acercarse.

Las opciones del Máquinas se angostaron. Ahora que se había convertido en moneda de cambio, el rubio sería protegido aún más por el cartel. Sus alternativas se limitaron a dos: ir a matar a Macedonio, lo cual significaría que con seguridad se lo escabecharan a él primero, o buscar la manera de tronarse al JC, así fuera necesario bombardear el reclusorio. «Métanse a Macedonio por el culo», contestó. El mensaje pondría al cartel entero en su contra. Un enemigo mayúsculo lo acosaría hasta destruirlo. No le importó. Después de matar al hijodesuputamadre, que hicieran con él lo que se les pegara la gana.

El boss de bosses se requetemegaencabronó. Lo más sencillo sería degollar al rubio para aplacar al Otelo en esteroides. El boss no le daría gusto a ese gusano. Dispondría de cuanto recurso fuera necesario para encontrarlo y, a él sí, serrucharlo vivo. No con sierra eléctrica. No monsieur. Merecía que lo rebanaran a la antigüita, con segueta. A sufrir, compa. A sufrir en serio por andar de pinche arrogante.

Hansel y Gretel, empujados por el hambre, salen al bosque en busca de alimentos. Su familia carece de recursos y su estricta y abusiva madre les limita la comida a unos cuantos mendrugos de pan. En su camino dejan un rastro de migajas para guiarse a casa al volver. No cuentan con que los pajarillos las devorarán. Cuando intentan regresar, la pista ha desaparecido. Oscurece y ellos se encuentran perdidos en medio del bosque a merced de los lobos y bajo el riesgo de morir congelados por el intenso frío. Atemorizados, avanzan entre los pinos con la intención de hallar ayuda. Topan con una cabaña construida de pasteles, galletas y dulces. Debilitados y exhaustos, entran a la casa a resguardarse y a saciar su hambre. Tarde descubren que la casa no es más que una trampa tendida por una bruja caníbal y ciega para atraer niños y comérselos. La bruja los encierra en una jaula y los engorda. Días después, se dispone a meterlos en un horno para cocinarlos. En un acto desesperado por librarse de ella, Gretel empuja a la malvada mujer. Ella tropieza y cae dentro del fogón. Los chiquillos se apresuran a cerrar la puerta del horno y la harpía muere incinerada entre espantosos gritos de dolor. Hansel y Gretel retornan sanos y salvos, con un cofre de joyas que han hallado en casa de la bruja. Al llegar se enteran que su maltratadora madre ha muerto. Los hijos comparten las joyas con el padre y los tres viven felices para siempre.

En la versión contemporánea que esa noche le leí a Daniela, la historia había sido dulcificada. La bruja ya no era ni ciega ni caníbal. No había encierro, ni los niños eran puestos en engorda. Habían censurado la atroz muerte de la bruja y tampoco la madre había fallecido. No se narraba el descarado robo de las joyas. Una adaptación políticamente correcta acorde con los tiempos. Manía burguesa de colocar a los retoños entre algodones. Que nada los ensucie. Evitarles penurias, aflicciones, sinsabores. Indispensable consentirlos y amarlos sin condiciones. Así fuimos criadas mis hermanas y yo. Muy similar fue la formación de Claudio. La manera tradicional de educar a los hijos en las familias de «buena crianza».

En esa noche de insomnio vino a mi cabeza una y otra vez el maldito cuento de los niños rubitos extraviados en el bosque. ¿Qué rastro había dejado yo para regresar a casa? ¿Vendrían los lobos a despedazarme? ¿Habría una bruja ciega y caníbal deseando cenarme? Había penetrado en el fondo más umbrío del bosque sin una guía de migajas para ayudarme a volver. Quizás, como me había dicho Rosalinda, no estaba preparada para permanecer ahí, en medio de fieras y tinieblas. Su mensaje había sido claro: «Es hora de que vuelvas a casa, muchachita».

El destino me trajo a Ohad. Era reconocido por su ojo para detectar talento. Si por la mera reproducción de un video de mala calidad subido a Facebook nos había convocado a participar en el festival en Tel Aviv, es porque había descubierto en nosotros algo único y especial. Mi vida entera esperando una invitación de ese calibre y yo, enamorada hasta las manitas, dudaba en si aceptar o no.

Cuán desesperado debió sentirse Alberto por mi indecisión que le pidió a Lucien llamarme. Lucien me felicitó. «Muy bien, Marina. Vi el video y quiero decirte que has alcanzado cimas muy altas. Altísimas, diría yo. Creo que este trabajo te sitúa a la altura de Biyou y del mismo Ohad. Vas a romperla, cariño.» Lucien no regalaba elogios. Como buen flamenco, era contenido y si bien en el pasado me motivó con palabras de aliento, nunca lo hizo en términos laudatorios. Si me lo expresaba era porque lo creía de verdad.

Ohad era el rastro que bastaba seguir para llegar de nuevo a mí misma, a aquella que quise ser desde niña, cuando impresionada por la bailarina en la cajita de música resolví dedicarme a la danza. Aquella que soñó un día con rebasar la mediocridad y crear una obra con sustancia. Aquella que fue educada para formar una familia funcional y amorosa, donde sería el pilar de mis hijos. Aquella deseosa de demostrarle a la profesora Gabina cuán equivocada estuvo al descartarme de su academia de ballet. Aquella que anhelaba el triunfo, el reconocimiento y el prestigio. Aquella de la cual mi padre estaría orgulloso. Mi rastro de migajas había desaparecido, Ohad me tendía uno nuevo. Solo necesitaba enviar un correo aceptando la invitación.

Claudio despertó, animoso igual que todos los días. Debía sentirme feliz de contar con un marido con tal energía positiva. «No dormiste bien ¿verdad? Te noté inquieta», sostuvo. «Caí muerta», le contesté. Mis ojeras debieron delatarme, porque sonrió burlón. «Pues con esa carita no parece.» No le había contado aún de la oferta de Ohad. No habría modo de explicarle mi renuncia. Equivalía a que Cristiano Ronaldo lo invitara a ver una final de la copa Champions a nivel de cancha y él dudara en asistir. Impensable. «Estoy agotada, ensayamos por horas», mentí. Si supiera de mi presencia en las protestas carcelarias, se infartaría. Más allá de un arranque de celos, solo imaginarme en un lugar donde con facilidad podrían meterme un balazo sería suficiente para colapsarle el corazón. «Deberías quedarte a descansar», propuso. Tenía razón.

Una vez que partieron Claudio y los niños le llamé a Pedro. Me contestó alarmado. «Cabrona ¿dónde chingados estás?», preguntó con un innegable dejo de preocupación. No les había avisado ni a él ni a Julián que había llegado sana y salva a casa. Abandonarme a mi suerte en el reclusorio, si bien no ameritaba que les dejara de hablar, sí mantenerlos un rato en ascuas. Que se jodieran y no supieran de mí. «Estoy bien», le contesté. «Julián y yo te buscamos como locos.» En vez de seguir dándole vueltas al asunto, cambié de tema. «Invítame hoy a Tepoztlán», le planteé, «y si puede venir Julián, mejor. Necesito hablar con ustedes». Pedro hizo una pausa, «te recojo a las diez».

JC intentó no pensar en la pregunta «¿Qué quieres?». De querer quería montones de cosas, aunque para alguien entambado de por vida, el repertorio era mini. Había aprovechado lo que la prisión le ofrecía: el taller, la máquina de escribir, las pesas, las clases de carpintería, las cascaritas de fut y de básquet. No había más. Of course que quería ser libre, así lo deseaba el 92,7 % de los presos (el restante 7,3 prefería quedarse encerrado, la vida afuera les parecía agresiva y peligrosa), pero si sus probabilidades de escapar eran del ,000001 %, embutido en el inmundo hueco de concreto se reducía a ,000000000001 %. Para qué gastar energías en elaborar planes tan sólidos como creer en Santa Claus y, si de milagro llegaba a pelarse, lo más seguro era que lo reaprehendieran, igual que al 95,42 % de los fugados.

Marina llegó a ocupar el lugar del otro ser imaginario. Se mudó ahí, con él, en la oscuridad. JC le contaba las historias y ella le sugería cambios. Luego besadera y hacer el amor. Se venían juntos y ella se recargaba en su pecho y dormían abrazados, hasta que un custodio abría la escotilla. De volada, JC tapaba la sagrada desnudez de Marina.

Los guardias le siguieron el juego. Sabían que él les cantaría la bronca por andar guachando a su novia encuerada. Ellos se volteaban, no por respeto a esa Marina de mentiritas, sino por el tufo flameador de JC. Aderezado en sus jugos, su peste alcanzaba nivel de récord olímpico. Saberse hediondo lo angustiaba. Él tan limpiecito, tan me lavo el sobaco y la coliflagüer, tan me cepillo los dientes tres veces al día, no deseaba darle asquito a Marina. Parte del castigo era despojarlo de su condición humana, reducirlo a un animal. Apestar a animal era el primer paso. No y no. JC se resistió. Querían convertirlo, no en un animal chingón como un lobo o un tigre, sino en uno rastrero: una tuza, un ciempiés, un topo. Eso, en topo. Que oliera a topo, que viviera como topo, que se comportara como topo, que cuando tuviera hambre comiera lombrices, que rascara las paredes de cemento para tratar de cavar un túnel. Ni madres. Nada de topo.

La luz solar escurrió por la escotilla, de tan intensa era casi líquida. JC cerró los ojos y cuando los abrió ya estaba de nuez en la realidad. En el cubo no había ninguna Marina. Los custodios lo obligaron a salir. Trató de incorporarse y bolas, pal suelo. Ni de chiste pudo levantarse. No le quedó de otra que avanzar a rastras. «No, no puedo ser un topo.» Hizo un esfuerzo más por erguirse. La columna agarrotada se lo impidió.

Llegó al patio en estado semicatatónico. Alzó los brazos para reajustar los huesos, pero se quedó en estatus Quasimodo. Se forzó a caminar. Le craqueaban las rodillas, le chasqueaban las vértebras. Los suyos fueron pasos de orangután. Intentó trotar y se fue de hocico. Se quedó tumbado largo rato. Los custodios nanay de ayudarlo. No serían tan idiotas de contravenir órdenes y acabar apandados.

JC se levantó agarrándose de la alambrada. Creyó que de nuevo azotaría con los dientes por delante, aunque logró quedarse de pie. Midiendo cada milímetro y sin que se lo ordenaran, volvió al apando como las vacas vuelven a los corrales. Ahí en su cubil lo esperaban Marina y las historias.

Mientras cerraban la puerta pensó en las palabras de su padre: «Sé más fuerte que los demás». A güilson que sí. No se iba a doblar, no mi general. En la oscuridad sintió la mano de Marina haciéndole cariñitos en el rostro. «¿Estás bien?», le preguntó. «Sí», musitó él. Ella lo besó, se recostó en su regazo y ambos se quedaron dormidos.


Estuvimos tumbados en los camastros junto a la alberca por horas. A pesar del solazo, me quedé dormida. Pedro tuvo a bien cubrirme con una toalla y así evitó que se me achicharraran las piernas. No gocé de tanta suerte en la cara, el abdomen, los hombros y los brazos. Invariablemente preocupada por evitar el cáncer de piel en mis hijos y yo tendida a pleno sol sin haberme aplicado ningún tipo de bloqueador. Una irresponsabilidad. La adrenalina de los últimos días me había consumido y no atiné a tomar precauciones.

Me desperté tatemada y para colmo, con un lado de la cara más rojo que el otro. «No pude despertarte por más que te zarandeé», me dijo Julián. Pedro, previsor como era, ya tenía listo un menjurje de vinagre con no sé cuántas hierbas más, para untármelo en la piel y atenuar el ardor. «Vas a parecer ficha de dominó», se burló. Me embarré su líquido «milagroso», que apenas alivió la quemazón.

En el trayecto de ida me atosigaron con preguntas sobre lo ocurrido después de quedarme sola en el reclusorio. Al principio me mostré reticente a responderles. ¿Para qué, si me iban a juzgar con dureza? Juraron no hacerlo y luego de su insistencia, cedí. Les conté de cómo gracias a Rosalinda conseguí encontrarme con José Cuauhtémoc. «¿Qué se dijeron?», preguntó Pedro, interesado en los detalles. «¿Se besaron? ¿Le declaraste tu amor?» Sonreí. Pedro tan macharrán y tan varonil ahora se interesaba en mi vida amorosa como lo haría una peluquera. «Sí, le dije que lo amaba y le prometí nunca más abandonarlo.» Julián se enojó conmigo. «¿Para qué le mientes?» Esclarecí que no le había mentido, que lo amaba y haría lo necesario para estar juntos el mayor tiempo posible. «Estás sentada sobre una bomba que no tarda en explotar», sentenció.

Imposible explicarles la imantación que este amor ejercía sobre mí y que yo misma tampoco entendía. Les conté sobre la invitación de Ohad. Miembro del patronato de Danzamantes, Pedro sabía lo que ello significaba. «Marina, tienes en tus manos el billete ganador de la lotería», expresó jubiloso. «No sé si aceptar», les planteé. Me voltearon a ver, incrédulos. «No creas que la vida te va a regalar otra oportunidad igual», alegó Julián, «no la dejes ir». Les expliqué cuán inaguantable sería para mí dejar de ver a José Cuauhtémoc, aunque fuera solo por un mes. «¿Y qué harías si lo asesinan dentro de la cárcel?», preguntó Julián. Sí, era una posibilidad real. «Es invencible», dije en son de broma. «Claro, es invencible hasta que una bala le reviente la cabeza», rebatió Julián.

Se hizo un silencio. Pedro trató de aligerar el ambiente. «No sabemos cuánto va a durar el motín y mientras persista no podrás verlo. Ve a Tel Aviv, te la gozas y cuando regreses vuelves a encontrarte con él martes y jueves en el taller, con tus escapaditas de los miércoles y de los viernes y alguno que otro sábado por la noche y *voilà!* Estás set.» Cierto, no sabíamos cuánto duraría la sublevación y aun terminando, el penal tardaría semanas en recuperar la normalidad. Bien valía la pena aceptar la invitación de Ohad. Con seguridad, al volver de Tel Aviv ya se habrían calmado las cosas en la cárcel y podríamos reanudar la relación. «Está bien, ahora mismo mando el correo para confirmar nuestra asistencia.» Tomé el celular y en ese momento envié el mail a Alberto pidiéndole que les diera el sí.

La tarde era agradable. Aun cuando habían dejado de frecuentar la propiedad, Pedro y Héctor la mantenían impecable. La alberca limpia, sin una sola hoja seca flotando en el agua. El césped al ras, los arbustos recortados, cada rincón limpio. Para el almuerzo la cocinera preparó cecina de Yecapixtla, quesadillas rellenas de chapulines, taquitos de huitlacoche y agua de tamarindo. Un atasque que me hizo olvidarme de cárceles, danza, motines, amores y temores.

Regresamos a la ciudad a las ocho de la noche. Cuando llegué Claudio cenaba con los niños. Los cuatro se rieron de mi aspecto. «Pareces camarón», se burló Mariano. «Tomate», terció Daniela. Mal ejemplo para mis hijos haberme rostizado así. Apestaba aún al potingue de vinagres y hierbas de Pedro. «Me voy a dar un regaderazo rápido y vuelvo. Espérenme para cenar con ustedes.»

Entré al cuarto y me desnudé. Me miré en el espejo. Vaya tostada me había puesto. Mi cuerpo se veía grotescamente coloreado. Las piernas, las nalgas y la espalda, blancas. Mi abdomen, mi pecho, mis hombros, mis brazos y mi cara, tintadas de un bermejo encendido. Parecía turista gringa recién llegada de Cancún.

Encendí la regadera para aguardar el agua caliente y empezó a sonar mi celular. No reconocí el número y no contesté. Por lo general, evitaba tomar llamadas desconocidas. A los diez segundos volvió a repiquetear. Oprimí la tecla para rechazarla. Me disponía a meterme en la ducha, cuando sonó de nuevo. Contesté. Silencio. A punto de colgar escuché una voz masculina. «Marina, soy José Cuauhtémoc.» Me quedé helada. «Hola», le dije, «¿cómo conseguiste un teléfono?», inquirí sin capacidad para hacer una pregunta menos idiota. «Marina, ¿me amas?», preguntó sin más. Respondí de inmediato. «Sí, te amo muchísimo.» Silencio. «¿Vas a querer estar siempre conmigo?» «Sí», contesté decidida, «siempre». Otro silencio, esta vez más largo. «Me escapé de la cárcel para estar juntos», dijo. Esta vez fui yo quien se quedó sin habla. Empecé a temblar sin control. «No quiero vivir sin ti», agregó.

«Ten cuidado con lo que deseas», reza un proverbio árabe y mi deseo se había cumplido. «¿Cómo escapaste?», lo cuestioné con otra de mis preguntas idiotas. «Quiero verte ya», me dijo. «Mañana busquemos un momento», propuse. «No, ahora. Vámonos juntos.» Empecé a temblar aún más. Me vi en el espejo. Mi cara enrojecida había empalidecido. «No puedo, está mi familia aquí», le dije. «Estoy frente a tu casa. Sal y vámonos.» Desnuda caminé hacia la ventana. Corrí la cortina. Ahí, en la acera de enfrente, se hallaba José Cuauhtémoc.

Perdió la cuenta. No supo si habían sido días, semanas o meses, ni cuántas veces lo habían sacado a pasear al patio. Una mañana abrieron la puerta de metal. Entre la luz lechosa apenas distinguió a un bato canoso: «José Cuauhtémoc, puedes salir, se acabó». El gasparín le hablaba. Seguro otro de los monos invisibles que jodían dentro del cubo. Cerró los ojos. La luz era un sacacorchos en la retina. «Vete a la chingada», le dijo. Abrió los ojos para ver si el chango se había ido. No, ahí seguía. Debía ser una trampa. JC volteó hacia el hoyo en busca de Marina. Ella le confirmaría si el tipo era real o no, pero se empezó a desvanecer en la luz. JC estiró su mano para evitarlo y apenas la tocó, ella se deshizo. Furioso tiró un manotazo que tumbó al mono invisible. Un ser de verdad no se hubiera caído. Ese era un ser de aire. JC se deslizó en el hueco y esperó a que atrancaran la puerta. El otro no la cerró. Se levantó y se alejó mentando madres.

JC asomó la cabeza y un chiflón le pegó en la cara. El cielo negreaba. Una parvada de tordos voló por encima de él. Los siguió con la mirada hasta que salieron de la prisión. Pinches pájaros que van y vienen, pensó. Jaló la puerta para encerrarse. La luz era una jodienda. El bato había sido una alucinación. El aire, los nubarrones, los pájaros, otra. Puro imaginar cosas que no existían. Recargó la cabeza entre las rodillas y cerró los ojos.

Abrieron de nuevo. Qué rechingadas ganas de chingar. El brillo le rafagueó el nervio óptico. Agachó la cabeza para evitar la metralla luminosa. «José Cuauhtémoc, soy yo, Carmona.» La voz le sonó conocida. «Anda, dame la mano. Vamos a sacarte de aquí.» JC se negó. Tanta luz lo estaba volviendo loco. «Ven, ya no tienes de qué preocuparte. El ojete de Morales ya no está a cargo del reclusorio.» ¿Quién putas era Morales? Se quedó quieto hasta que entre varios lo prendieron de los brazos y lo jalaron pa fuera. Puso madrazos aquí y allá para que no lo sacaran de su cueva, pero los montoneros lo aplacaron. «Báñenlo, huele a perro muerto este cabrón.»

Abrió una rejita en los párpados para que las agujas de sol no lo picotearan. Un gordo le sonreía. «¿Ya no te acuerdas de mí, culero?» Acamellado, sin poder desdoblarse, JC estiró el índice y rozó su uniforme. Se sentía de a deveras. En un tracal de conciencia recordó a un panzón llamado Carmona. Sí, ese mero, el jefe de custodios. Volvió la vista atrás. Unos pasos más allá se encontraba la coladera maldita. «Estuviste ahí guardadito treinta y cuatro días», le dijo el tripudo.

JC no pudo caminar. Contrahecho, daba la sensación de un simio viejo y moribundo. Los custodios necesitaron llevárselo cual bulto. Su peste a lata de sardinas vencida borbotando botulismo aromatizó los pasillos por donde cruzaba.

Apenas llegaron, los batos lo aventaron sobre la cama. Jedía jediondo. Lo dejaron solapas. Débil, JC apenas logró cubrirse con las sábanas. Su cuerpo, una pila de astillas. Intentó estirar las piernas y un filazo en las rodillas le hizo retraerlas.

Durmió veintitrés horas seguidas. Carmona, recién estrenadito en su puesto de director, mandó a los celadores a no chingarlo. «Déjenlo en paz que ya pagó por adelantado sus malas obras.» A Carmona, Morales le había parecido un gandul gacho de a madre. Consideró imperdonable que encerrara a JC solo por antojo. Una de sus primeras medidas en la dirección fue tapiar el apando.

Después de dejarlo jetearse por un día entero, se lo llevaron a las regaderas. Los custodios lo encueraron, asqueados. Todo él era peste. Frágil como alita de mariposa, necesitaron sentarlo en una silla bajo la ducha. Una taza de té japonesa al borde del quebrarse.

Tan cubierto estaba de mugre que bien pudieron quitársela a cuchillo. Una plasta marrón olorosa a jabalí en celo. Necesitó restregarse varias veces para desbrozarse de la porquería. Su piel, su cerebro, su corazón estaban tiznados de negrura. ¿Cuántos años le llevaría quitársela de adentro?

Durante el día cerraba las persianas de los párpados y se quedaba asilenciado por horas. Qué ganas de retacharse a lo oscurito. Los ruidos lo encabronaban. Cada chirriar de rejas, cada grito le sacaban al Mr. Hyde y se levantaba con ganas de madrearse al mundo entero.

Apenas recuperó las fuerzas, comenzó a escribir la obra memorizada. Tecleaba en automático una página tras otra. Parecía impresora láser. Quería terminar antes de volver a ver a Marina. Entregarle en persona su Taj Mahal de tinta y cuartillas.

Sin celular y sin otra manera de comunicarse con ella, solo le quedó la ilusión de verla en el taller de Julián. Asistió el jueves. Los demás presos lo recibieron con cara de yallególázaroresucitado. El vikingo se veía mermado. De gorila espalda plateada había pasado a chimpancé. Se sentó en su lugar de siempre. En su ausencia nadie se había atrevido a ocuparlo. Era su trono y se respetaba.

Marina no llegó. N-O L-L-E-G-Ó. Quizás ella ni idea de que ya lo habían desempolvado. Deseaba que fuera la primera en escuchar sus historias y se negó a leer. Julián se emperró. Quería saber qué había salido de la cabecita de JC durante su all inclusive en el agujero negro.

Los textos de JC impresionaron. Quién sabe qué le había sucedido ahí dentro, pero su escritura dio un salto de canguro. Narraciones compactas, tensas, extrañas. Julián no daba crédito. ¿De dónde a ese chaca le había salido ese torbellino narrativo? ¿Ese misterio, esa animalidad, esa ternura, ese terror, esa locura, esa esperanza? ¿Por qué él no era capaz de escribir algo así? ¿Qué se necesitaba para ser más Amadeus y menos Salieri?

Al terminar, Julián se acercó a felicitarlo. JC le agradeció con sequedad. De qué le servía el qué-increíbles-historias-escribiste si la única destinataria de sus textos no había estado presente. Julián sacó un sobre de su chamarra y se lo entregó. «Te lo envía Marina.»

JC se apresuró a leerlo. Eran unas breves líneas para anunciarle el fin de la relación. «Sé que entenderás», remataba la chingadera. ¿Entender? En serio, ¿entender? Tanto amor, tanto que darse, tanto aguantar, para una despedida en una pinchurrienta nota manuscrita. Ni siquiera había tenido los estrógenos para decírselo cara a cara. Había visualizado un amor interminable, inevitable, inquebrantable. Eso: inquebrantable. Ellos dos podían contra todo y contra todos, ¿por qué se había rajado? Él no le había pedido divorciarse, solo quería amarla. Amarla con cada centímetro cuadrado de sus entrañas. ¿Cómo recuperarla? Escribir una nota como ella lo había hecho no resolvería nada. Debían mirarse a los ojos y que ella tuviera los tompiates para decirle «ya no te amo». Si ella pronunciaba esas palabras, hasta la vista baby. Pero ella había escrito: «Te amo y te amaré siempre». Si lo amaba, ¿por qué chingados se iba?, ¿por qué?, ¿por qué?, ¿por qué? Su amor era i-n-q-u-e-b-r-a-n-t-a-b-l-e. Nadie podía derrotarlos. Marina, por favor regresa. Ven y vamos a hablar de frente y verás que somos inquebrantables.

No supo si romper la nota de Marina o guardarla. La dobló con cuidado y la colocó en el bolsillo de su camisola. Ese pedazo de papel podría ser lo último que tendría de ella.


Me senté desnuda sobre la cama. El pie izquierdo me zangoloteaba sin control. Un hoyo en la panza. Mis senos bamboleándose. ¿Qué hacer?, ¿qué hacer?, ¿qué hacer? Afuera estaba el hombre que amaba, pero también un asesino a sangre fría. En la cárcel nunca temí que pudiera dañarme. Ahora que estaba fuera, me moría del susto. José Cuauhtémoc bien podía entrar a mi casa por la fuerza para llevarme con él y matar a Claudio. O, peor aún, a mis hijos. «Piensa Marina, piensa.» Volví a asomarme por la ventana. Ya no lo vi. Quizás una patrulla había pasado por ahí y al verla, huyó. O había sido producto de mi imaginación. Miré la pantalla del celular. Ahí aparecía el número del cual me había llamado. ¿Cómo supo dónde vivía? No se lo había dicho, ¿cómo chingados supo? «Piensa Marina, piensa. No te va a hacer daño. Él te ama. Piensa, piensa, piensa.» Volvió a sonar el teléfono. «Te espero en la esquina, sal hacia la izquierda de tu casa», ordenó, «y tráeme ropa para cambiarme que aún sigo con el uniforme de la prisión». Colgó. Respiré. Abajo mi familia cenaba. Con seguridad aún bromeaban del color de mi piel achicharrada. O hablaban de la escuela. O reían. Claudio debía instarlos a acabarse su plato. Era un pleito de cada noche. «No desperdicien comida. Hay mucha gente muriéndose de hambre», les decíamos haciendo gala de nuestra conciencia semiprogre. «Marina, concéntrate.» No más divagaciones. Era necesario tomar una decisión ¿Debía llamar a Pedro o a Julián y contarles? ¿Pedirles que se apresuraran a venir? ¿Avisar a la policía? «No te va a hacer daño, no te va a hacer daño…» Mis manos no paraban de sacudirse. La boca seca. El hoyo en el estómago haciéndose cada vez más y más grande. Aire, por favor, aire. «No te va a hacer daño.» Si lo ayudaba, yo podría ir a la cárcel. Estaba penado auxiliar a prófugos. No podía prestarle ropa de Claudio, sería desleal para ambos. Además, José Cuauhtémoc era más fornido y más alto. Aunque había adelgazado, le iba a quedar apretada. «Marina, no divagues. Concéntrate. Piensa, Marina, piensa.»

Di vueltas alrededor del cuarto. Apestaba a vinagre y a hierbas y a sudor y a cloro de la alberca. «Piensa, piensa, piensa.» Vi las fotos de mi familia sobre el buró. Claudio y yo el día de nuestra boda. Mi madre y mis hermanas. Mi padre cargándome de niña. Claudia en mis brazos, Mariano montado en un triciclo. Daniela disfrazada de hippie para una representación escolar. «Marina, piensa.» Caminé de un lado a otro. José Cuauhtémoc aguardaba afuera. «El que amo, el que me ama», repetí para convencerme de que nada me iba a pasar. Aire. Me faltaba el aire. El hueco en la panza oprimía mis intestinos. Estaba a punto de que mis esfínteres me traicionaran. Apreté las nalgas para no cagarme. Me asfixiaba, me sentía mareada. Vi negro. «No te desmayes, no te desmayes.» Mis dientes castañeaban. Así me sucedía cuando de niña nadaba en piscinas heladas. Di más vueltas en el cuarto. Mis dientes chocaban unos con otros. «Marina, carajo, piensa.» De nuevo ganas de cagarme. Me senté en el excusado. No salió nada. Debía respirar, me ahogaba. Caería muerta encima de un charco de diarrea, desnuda, con la piel violácea por las quemaduras del sol. «Concéntrate, Marina.»

Volví a sentarme en la cama. Un día antes no me había importado que me mataran al ir a buscarlo. Muy machita me planté sola frente a los granaderos y había entrado al campo de batalla con la posibilidad de que me cerrajearan un balazo en la cabeza. ¿Por qué ahora el puto miedo? José Cuauhtémoc era «mi hombre». A quien apenas unas horas antes le había confesado a Julián y a Pedro mi compromiso de amor con él. ¿Eran dos José Cuauhtémoc? En definitiva eran dos. El de adentro y el de afuera. Y el de afuera me aterraba.

Mi margen de acción era limitado. José Cuauhtémoc me esperaba en la calle. Si no iba con él, corría el riesgo de que entrara a patadas a sacarme de la casa, dispuesto a reventar a quien se le atravesara en el camino. Tampoco podía desertarlo. «Te juro no volver a dejarte», le había dicho el día anterior. ¿Tan pronto iba a recular de mi juramento? Muy distinto era prometérselo a un tipo del que no había visos de que saliera libre de la cárcel en casi cincuenta años, que hacerlo a otro que de pronto aparece frente a tu casa y te pide huir con él. No estaba preparada para ello. Ni remotamente. La probabilidad no la registró mi cerebro de aventurera burguesa. Claro, bienvenida la aventura, aunque acotada. Son lindos los leones cuando están detrás del cristal. Causan pánico cuando se escapan.

¿Llamarle a Pedro o no? ¿Pedir ayuda o no? ¿Bajar a la cocina, pedirles a los niños que se fueran a sus cuartos y confesarle a Claudio mi amasiato o no? ¿Fugarme con el hombre que amaba o no? Cruzó por mi mente la propuesta de Ohad. Danzamantes, mi carrera, mi pasión por la danza, las contemplé en un horizonte lejano y ahora inalcanzable. En la angustia de ese momento mi mundo se desdibujó. Se tornó borroso. Volví a ver negro. Ganas de cagarme otra vez. El maldito temblor convulsionándome de arriba abajo. Puta sacudida que me había traído LA VIDA.

Mis pensamientos se traslapaban. No lograba resolver. Abajo mi familia, afuera José Cuauhtémoc, dentro de mí un tigre devorándome las entrañas. No se había equivocado Rosalinda del Rosal al aleccionarme. «Yo sí sé lo que es la locura y es un lugar al que no quieres ir.» Y no, no quería ir. No podía. No sabía cómo.

Debía reaccionar pronto. Mi familia terminaría de cenar y subirían a buscarme. No podían encontrarme desnuda, presa de una paraplejia nerviosa. «Piensa, Marina. Carajo, piensa.» Extraños mecanismos mentales me conducían a pensar en mí misma en segunda persona. No había escapatoria. Debía encontrarme con él. Mejor salir yo y no que él entrara. Me levanté con trabajos. Los músculos agarrotados, mis piernas doblegándose bajo mi peso. Mi cuerpo ajeno, como si obedeciera a otro cerebro. Y la pinche peste a vinagre, sudor y cloro.

Avancé a trompicones hasta el baño y traté de ponerme la misma ropa. El Parkinson temporal tornó ardua la tarea. Con los brazos papaloteando tardé minutos en abotonarme la blusa y en subir el cierre de mis jeans. Me estaba demorando más de la cuenta. Escuché la algarabía de los niños en la sala. Debía apurarme.

Tomé una maleta de gimnasio y me metí al clóset de Claudio. A pesar de su vasto guardarropa, era en suma meticuloso y mantenía un inventario mental de cada prenda. Con sustraer una sola rompería el inmaculado orden. Elegí unos pants, una camiseta, una sudadera y una chamarra deportiva. Los guardé deprisa en la maleta, respiré hondo varias veces hasta aminorar la tembladera y salí.

Me topé con Claudio y con los niños en el quicio de la escalera. «Nunca bajaste, te estuvimos esperando para cenar», me reclamó mi marido. «Necesito ir a Danzamantes, es urgente», mentí. Claudio me miró con recelo. «¿A estas horas?», indagó. «Sí, una bronca. Más bien algo bueno. Luego te cuento, pero son grandes noticias», respondí y alcé la maleta. «Te tomé prestados unos pants y una chamarra para el ensayo», le dije. Me volteé hacia mis hijos. Sonrieron al verme. Me acuclillé y abracé a Mariano. «Te quiero mucho, hijito.» Al abrazo se unieron Claudia y Daniela, juguetonas. «Nosotras a ti.» Bromearon sobre mi color camarón. Daniela apachurró mi cuello. Sus dedos se marcaron sobre mi piel atirantada. Le dio risa. Los estreché más. No concebía mi vida sin ellos. Eran mi adoración. Estuve a punto de incorporarme y revelarle la verdad a Claudio. No podía dejar a mis hijos, imposible. En cambio, le pregunté: «¿Tú los duermes?». Temí por un momento que propusiera acompañarme, pero me respondió afable: «Sí, no te preocupes, yo los duermo».

Monté en la camioneta, abrí el portón y me apresuré a salir antes de que el chofer se ofreciera a llevarme. Avancé hacia la izquierda y me orillé para tomar aire de vuelta. Quizás esa había sido la última ocasión en que veía a mi familia. Sentí unas ganas inmensas de llorar, de arrepentirme y dar vuelta, pero me dominé. El temblor trocó en un atroz dolor de cabeza. El golpeteo de la adrenalina había dilatado mis arterias cerebrales.

Mi barrio era muy tranquilo. Vivíamos en una calle empedrada, con vigilancia continua las veinticuatro horas. Era improbable que José Cuauhtémoc pasara desapercibido. Por disposición del reglamento de la colonia, los policías privados debían interceptar a quien no les resultara conocido y conminarlo a retirarse del vecindario. Quizás debieron juzgar que José Cuauhtémoc, por ser alto y rubio, «pertenecía» a la zona sin reparar en su uniforme de presidiario. Las ventajas de la blancura en un país racista.

A lo lejos vi una persona cruzar por la acera y me dirigí hacia allá. No era José Cuauhtémoc. Una empleada doméstica había sacado a pasear a uno de esos perros feos y enanos. La iluminación en esa área de San Ángel era tenue para no romper con el aire provinciano que se le pretendía brindar. Entre la penumbra busqué a José Cuauhtémoc y no lo encontré. Quizás se había amoscado por las numerosas patrullas que recorrían el sector y resolvió irse.

Decidí estacionarme al final de la calle. Encendí las intermitentes para que José Cuauhtémoc supiera que se trataba de mí y activé en el celular la notificación de llamadas. Aguardé unos minutos. Para tranquilizarme, repasé los momentos junto a él. No había encontrado indicios de que me pudiese infligir daño o a mi familia, ni motivos para alarmarme o al menos, eso quise creer.

Por fin apareció. Su enorme figura dio vuelta en la esquina y se dirigió hacia mi camioneta. Se acercó con cautela y al cerciorarse de que se trataba de mí, abrió la portezuela. Se sentó en el asiento del copiloto y cerró. Se le notaba agitado. «Quiubo», dijo y sonrió. Le devolví la sonrisa y me acerqué a besarlo. Las luces de un auto que pasó por la calle transversal nos iluminaron y nos separamos. José Cuauhtémoc lo siguió con la mirada hasta que desapareció. «¿Estás bien?», le pregunté. Sin dejar de espiar por las ventanillas, asintió. «Vámonos. Hay más policías en esta cuadra que en todo el reclusorio.»

Encendí la camioneta. Me disponía a meter velocidad cuando se aproximó a mí de nuevo. Más besos, muchos besos, infinidad de besos. Y su olor. Su maldito olor. Lo amaba, vaya que lo amaba.


*Al nacer José Cuauhtémoc, yo rondaba los tres años, casi cuatro. Aborrecí que me destronara de la atención de mamá. Los apapachos a que me tenía acostumbrado cedieron para cuidar al bebé chillón y demandante. Sus lloriqueos me hartaron y decidí actuar como hacen los niños celosos que se sienten desplazados. Mientras mi hermano dormía en su cuna, yo lo pellizcaba hasta hacerlo llorar. Sus chillidos apuraban a mi madre, que corría a atenderlo. Lo cargaba entre brazos para consolarlo. Después lo depositaba de nuevo en la cuna y retornaba a sus faenas hogareñas. Yo aguardaba en mi cuarto, fingiendo jugar con mis muñecos. En cuanto mamá se ocupaba, volvía a pellizcarlo.*

*Lo agredí una y otra vez. Encontraba una extraña satisfacción en lastimarlo. Una noche, mientras tú y mamá se encerraban en su alcoba, lo apreté del cuello. El pobre bebé se retorció tratando de respirar. Luego de unos segundos lo solté y comenzó a berrear. Ambos salieron presurosos a medio vestir. Yo, escondido detrás de la puerta de mi recámara, intenté escuchar lo que decían. Le señalaste a mamá las pequeñas marcas sobre su cuello. Después de media hora de berridos, mi hermano se apaciguó y pensé que ustedes se habían enclaustrado de nuevo.*

*Salí sigiloso de mi habitación otra vez a joder a mi hermano. En la oscuridad me aproximé a su cuna y volví a estrangularlo. Pataleaba asfixiado cuando se encendió la luz. Te habías ocultado en el baño y me descubriste en pleno asalto. Presa del pánico, me quedé paralizado. «¿Quieres matar a tu hermano?», me preguntaste. Negué con la cabeza sin poder articular palabra. «¿Lo odias?» Volví a negar. «Ya sospechaba tu madre que eras tú quien le provocaba esos moretones en el cuello.» Te paraste frente a mí. «Te ordeno que mates a tu hermano.» No, yo no deseaba matarlo, papá. Solo demostrarle que quitarme el trono no le iba a ser fácil. Miles de niños hacen cosas semejantes. Es la manera de establecer jerarquías, de aplacar envidias y celos. Pero no matarlo. «Mátalo», decretaste. Quise huir por debajo de tus piernas, salir a la calle y correr hasta que la casa se convirtiera en una miniatura a la distancia. Me tomaste del brazo y me obligaste a meter las manos por entre los barrotes de la cuna. «Querías ahorcarlo, pues ahora lo ahorcas.» Abriste mis dedos y los colocaste alrededor de su cuello. Sin soltarme, empezaste a oprimir tus manos encima de las mías. José Cuauhtémoc comenzó a sofocarse. Por más esfuerzos que hacía para respirar, era inútil. «Anda, termina de matarlo», bramaste. Al escucharte, mamá entró al cuarto. «Ceferino, ¿qué haces?» Le ordenaste que se largara. «Por favor, detente», te suplicó. Seguiste enlazando tus dedos con los míos alrededor de la garganta del bebé. Cuando pensé que mi hermano no resistiría más, soltaste y me empujaste hacia atrás. «Cada vez que llore, te voy a hacer responsable y vas a pagarlas una por una.» Aún recuerdo tu puño volando hacia mí y golpeándome en el rostro. Caí de espaldas. No lloré, traía el llanto atragantado por el susto. Cargaste a mi hermano y, en un acto inusitado de ternura, lo abrazaste.*

*En ese momento sufrí la primera y definitiva derrota frente a José Cuauhtémoc. Aun sin que él tuviera conciencia de lo sucedido, se establecieron las bases para dominarme de por vida. Por mi estupidez quedé subordinado a cuidarlo y protegerlo. Él debió intuirlo porque, sin malicia, he de decirlo, se aprovechó de mis flaquezas. Supo someterme física y emocionalmente. Yo preocupado por evitar que me desalojara del trono al que me sentía con derecho como primogénito y terminé por entregárselo en bandeja.*

*Quizás por esa remota culpa, o por genuino amor de hermano, estuve a punto de contratar a Joaquín Sampietro, el mejor abogado penalista de México (debes recordarlo, el rubio manso y apocado que tanto despreciaste cuando laboraba de ayudante del licenciado Manizales), para atender el caso de José Cuauhtémoc. Su fama —o más bien su infamia— derivaba de su pericia para defender narcos, rufianes sindicales, políticos voraces, empresarios bribones. Siempre al servicio de las peores causas. Aquel que llamabas mamarracho se transformó en el cisne negro de la justicia mexicana. Hábil, bien conectado, marrullero. Su apellido sonaba a clase alta, aunque en realidad provenía del corazón de Neza. «Un güero naco», con un aire a galán de cine mexicano de los cuarenta.*

*Tarántula conocedora de las telarañas del sistema judicial, a Sampietro no le hubiese sido difícil sacar de la cárcel a José Cuauhtémoc. En todo código penal, hasta en los más afinados del Primer Mundo, hay lagunas, ambigüedades, sutilezas que un abogado astuto es capaz de explotar. Aunque la libertad de mi hermano estaba a mi alcance en ese entonces, decidí no ayudarlo. Temí que libre se volviera contra la familia. Los peores enemigos, afirmaban los antiguos griegos, surgen de la propia sangre. No quise arriesgarme a que matara a mi madre o a Citlalli (para asesinarme debía traspasar primero el círculo de seguridad de mis guardaespaldas, lo cual le sería prácticamente imposible). Quién sabe qué rencores hervían dentro de él.*

*Recuerdo su último día en la casa. Esa mañana se le veía alegre, de buen ánimo. Nada auguraba la tragedia. En el desayuno me habló sobre cómo la totalidad de las enfermedades se curarían cuando la ciencia médica entendiera la complejidad de los procesos citológicos. «Vamos a abatir el cáncer, la locura, la escoliosis, la depresión, la gastritis, las tendencias homicidas.» En retrospectiva, interpreto en sus palabras un anticipo de lo que ocurriría más tarde. Debió ser un pedido de ayuda que no supe leer. Fui incapaz de descifrar los jeroglíficos de su inestabilidad mental. Solo sé que una vez que bajó por el bidón de gasolina, la marcha de los acontecimientos ya no tuvo vuelta atrás.*

Don Julio les había advertido a los cuatro médicos forenses no revelar ni un rasguñito de los resultados de las autopsias. A naiden. Ni a su foking almohada. Si se enteraba de que uno de ellos había abierto el pico, ajusticiaría a los cuatro aunque los otros tres no hubieran dicho nada. No iba a perder el tiempo en dilucidar quién había sido el piolín cantador. Tres de los médicos, a sabiendas que el cartel no faroleaba, resolvieron quedarse momias. Al cuarto le picó las nalgas el secreto y le contó a su mujer. Ella prometió no decir ni pío, pero también le picó las nalgas y en cuanto pudo fue a contarle a una amiga, la amiga a una prima, la prima al novio, el novio a un cuate suyo que trabajaba en la ministerial, el de la ministerial a su jefe, el jefe a su jefe y este jefe al subsecretario de Gobernación. Con cada supiste-lo-que-pasó-en-el-Reclusorio-Oriente la posibilidad de una sentencia de muerte de tres inocentes y un chismoso se acrecentaba.

El subsecretario ya le había dado carpetazo al asunto. Unos cuantos muertitos por intoxicación no eran un tema de seguridad prioritario. Kaput, finito, next y a otra cosa mariposa hasta que le llegó el run run de que se había tratado de un acto deliberado y eso era muy otra cosa y muy otra mariposa.

Mandó desenterrar los cadáveres para efectuar nuevas autopsias. Se las solicitaron a cinco médicos forenses, entre los cuales se hallaban dos de los contratados con anterioridad por los Aquellos. Al llegar a la morgue, los dos médicos se miraron entre sí. «¿Tú rajaste?», «No, ni madres», «Se me hace que fue el cabrón de Pablo», «Es bien chismoso ese pendejo, ya valimos madres», «¿Y ahora qué hacemos?», «Pues cambiamos los resultados y decimos que se murieron de otra cosa», «¿Y cómo engañamos a los otros tres? El pinche nerd de Ramón es compadre del subsecretario y como perrito faldero va a querer averiguar qué pasó de verdad», «¿Y si le contamos a don Julio que nosotros no rajamos, sino el idiota de Pablo?», «No hombre, en menos de un segundo acabamos en la congeladora. Mejor vamos a manipular los resultados de las autopsias y tan tan».

Los médicos culeados contaban con una ventaja a su favor: los cadáveres llevaban varios días enterrados y se encontraban en fase post boñiga de gusanos, lo cual dificultaba disecciones, análisis de tejidos y demás chucherías. Encontrar trazas de cloruro mercúrico en cuerpos tan pinchemente degradados es tabaka bronce.

Los primeros resultados no ofrecieron datos concluyentes. El cloruro mercúrico tendía a vaporizarse y no hallaron concentraciones suficientes para asegurar que había sido la causa de la intoxicación. La etiología de la muerte era imprecisa y pudieron morirse de botulismo, de coccidioidomicosis, sida, clamidia, o cualquier otra chingadera. Nada de atentados. El culero del Ramoncito se negó a respaldar el dictamen. «Aún faltan pruebas», aseveró el pinche mediquillo nerd.

El muy mamón resolvió practicarles estudios fotoquímicos a los huesos. «En los tejidos óseos los tóxicos permanecen más tiempo», dijo con su pomposidad de soy el-que-siempre-me-saco-diez. Como quinceañera con chambelán, tres días después fue a anunciarles a los demás médicos que los cadáveres habían resultado positivos al cloruro mercúrico. «En definitiva, fue lo que provocó los decesos», dijo con su cara de corgi.

«Puto maricón de mierda», pensaron los dos galenos con el culo arremingado. Si el nerdcito llevaba el informe al subsecretario, el gobierno daría por buena la tesis del envenenamiento premeditado y entonces ardería más allá de París. Eso pondría al cartel de los Aquellos en posición de upsemepasó y se demostraría su incapacidad para mantener bajo control sus territorios. El trutú de los acuerdos se vendría abajo y meses de negociaciones valdrían madres.

Los dos culifruncidos médicos se supieron contra las cuerdas. Si el gobierno pensaba tan solo un poquito que había sido un asesinato masivo, el boss de bosses mandaría ipso facto a darles matarile. Le echaron cacumen. Opción uno: matar a Pablo y decirle a don Julio que le habían ahorrado el trabajo de descubrir al soplón. Dos, matar al mediquito soy-el-más-listo-de-la-clase que estaba chingue y chingue con lo del cloruro mercúrico. Tres, agarrar sus cosas, trepar a la familia a un avión y largarse a vivir a Zambia. Mientras más en casa de la chingada, mejor.

Se inclinaron por la opción dos. No tuvieron ni chance. Para la tarde, el kukiduki de Ramón le había mandado un mensaje de WhatsApp al subsecretario adelantando sus conclusiones. En ese mismo instante, el subsecretario le llamó a su contacto con los Aquellos y le dijo que a la voz de ya quería hablar con el boss de bosses.

Media hora después y a grito pelado, el subsecretario le reclamó al jefazo. «¿Por qué chingados alguien envenenó a un montón de cabrones? ¿No que tenían todo controlado bola de pendejos?» El boss de bosses lo escuchó con la paciencia de una salamandra. Él no era de alzar la voz ni de insultar. «Mire, licenciado, no sé de dónde sacó esa información, pero no fue un ataque a propósito. Según su propia gente fue una filtración de desechos tóxicos de una fábrica de pinturas.» El subsecretario continuó con el griterío. «Ahora me quieres hacer pendejo, pues de pendejo no tengo nada. Me llegó el pitazo de que vaciaron cloruro mercúrico en las tuberías del agua potable.» En esa última frase se sellaron seis ejecuciones. La de los cuatro médicos que realizaron las primeras autopsias, la del nerdcito y la del mismísimo subsecretario. Al boss de bosses no se le gritaba. Punto.

A los cuatro médicos de la primera autopsia los acribillaron esa misma tarde. Al nerdcito lo mataron los otros dos antes de que les dieran jaque mate a ellos. Eso se merecía por hablador y por rajón. Lo ahorcaron en el laboratorio y ya muerto todavía le pegaron de patadas. Por su estúpida culpa morirían, lo cual sucedió apenas tres minutos cuarenta segundos después cuando los balacearon al salir de la clínica.

Al subsecretario no le dieron cran de inmediato. Los Aquellos no se aventarían un tiro de ese tamaño. A los políticos de ese nivel se les ajuriaba de otro modo, no volándoles los sesos. Esperarían un par de semanas a que fuera al antro que frecuentaba, una puta le daría coca adulterada y hasta la vista bebé, nos vemos despuesito para tomarnos juntos un trago con el Diablo.

El presidente pidió pausar las negociaciones con los Aquellos. Debía aclararse el intento masivo de homicidio y las muertes de los cinco médicos forenses. El boss de bosses no perdió el enfoque. Reiteró su oferta: paz a cambio de poder operar con libertad. A los ojos del presidente y su equipo se presentó una ligera contrariedad: una ristra de muertos y docenas de entelelados por beber una deliciosa malteada de cloruro mercúrico. ¿Cómo podían los Aquellos garantizar paz si no podían ni con el territorio donde se suponía que ejercían mayor dominio: los reclusorios? Furioso, el boss de bosses quintuplicó la recompensa por la cabeza del Máquinas. Pinche astroso que le había echado a perder el numerito. Diez millones a quien le llevara su testa sangrante y la colocara a sus pies.

Al Máquinas también le llegó el rumor de los muertos por cloruro mercúrico y no pudo menos que celebrar con Coca-Cola light. La estrategia había funcionado. El veneno había penetrado hasta el capullo protector del cabrón de José Cuauhtémoc. Ignoraba si se hallaba en la lista de los idos de esta tierra. Tarde o temprano se enteraría. A güeb que se enteraría.

Me desconcerté cuando al abrazarnos sentí una sustancia viscosa en su costado: sangre. Retiré la mano horrorizada. En la oscuridad apenas iluminada por un farol distante, distinguí mis dedos humedecidos de rojo. Primero pensé que estaría herido. Él lo negó. «Es de otro», aseguró. De golpe la sangre me devolvió a la realidad de quién era el hombre que amaba. «¿Qué pasó?», le pregunté. «Cosas», respondió lacónico. Me sentí asqueada. Quise limpiarme la mano. No supe con qué. No quería tocar nada en el auto, ensuciarlo con la sangre de quién sabe quién. La brutalidad de la cárcel había llegado a vulnerar mis espacios más protegidos y seguros. José Cuauhtémoc miró por las ventanillas, nervioso. «Vámonos de aquí», dijo. ¿Cómo tomar el volante, meter velocidad y manejar con las manos manchadas de sangre? Las vestiduras del asiento del copiloto debían estar empapadas de sangre. Sangre y más sangre. Sangre, sangre, sangre. Quise vomitar. Bajar de la camioneta y correr hacia mi casa. Abrazar a mis hijos y a mi marido y encerrarme en mi cuarto con ellos. Esa posibilidad había quedado a cien millones de kilómetros de distancia. Volteé hacia mi casa. Un nudo me atenazó la garganta. Encendí la camioneta, puse la palanca de cambios en D y giré el volante.

Avanzamos unas cuadras. «¿Adónde quieres ir?», le pregunté. «No sé», respondió. «Ya no conozco la ciudad», dijo. Llevaba tantos años encerrado que ignoraba la existencia de segundos pisos, supervías, edificios y demás transformaciones que modificaron la fisonomía de la urbe. Decidimos buscar un lugar apartado y discreto donde pudiera cambiarse de ropa. Subimos hacia el poniente por Avenida Toluca y luego por Las Torres. En el camino descubrimos un desolado campo de futbol. Di vuelta en una brecha y me estacioné al fondo junto a una de las porterías. Las luces en el Cerro del Judío titilaban en la lejanía.

José Cuauhtémoc comenzó a desnudarse dentro de la camioneta. Su piel refulgió a la luz de la luna. Estiré mi mano y acaricié su hombro. Él inclinó la cabeza hacia mí y besó mis dedos aún pintados con sangre. Me abrazó. «Todo va a estar bien», me dijo. Era justo lo que necesitaba escuchar en ese momento. Pero, en vista de las circunstancias ¿qué significaba «estar bien»?

En el torso de José Cuauhtémoc no noté ninguna herida, al menos no evidente. Así sin camisa, nos besamos otra vez. Me estreché a él. Olí su nuca. Su olor me tranquilizó más que sus palabras. Me recargué en él. Por alguna razón metabólica su cuerpo siempre despedía calor. Mantenía una invariable temperatura cálida, muy diferente a la mía, a la de mis manos y mis pies perennemente helados.

Hicimos el amor en el asiento trasero. Sin desesperación, sin premura. Yo me desnudé a medias, solo lo indispensable para que lograra penetrarme. Sentirlo dentro me calmó aún más. Por un instante pensé en huir con él lejos, muy lejos. Hacer una vida juntos. Despertar por las mañanas abrazados. Quedarnos desnudos mientras desayunáramos y besarnos y acariciarnos sin cesar. Reinventarnos. Esperar a que la orden de recaptura prescribiera o que las autoridades se olvidaran de su existencia. Unos ladridos en las proximidades me sacaron de mi ensoñación. Nos separamos sin que ninguno de los dos llegara al orgasmo. José Cuauhtémoc se incorporó y revisó la cancha. Entre las sombras distinguimos una jauría que nos rodeaba. Los ladridos llamarían la atención de los vecinos. Una Acura MDX en la negrura de una cancha llanera debía parecerles poco común y corríamos el riesgo de que avisaran a la policía. Más valía apurarnos.

José Cuauhtémoc se vistió con la ropa de Claudio. Como era de esperarse, le quedó ajustada. De modo simbólico consumé así mi traición. Ahora vestía las prendas de marca de mi marido impregnadas de la loción carísima que compraba en Saks. La imagen me repelió y estuve a nada de pedirle que se despojara de ellas. No quería mancillar la figura subversiva y feral de José Cuauhtémoc con esa ropita de diseñador, pero no teníamos más alternativa.

Avanzamos unas cuadras y nos estacionamos en una callejuela oscura. José Cuauhtémoc rompió en tiras su uniforme y se bajó de la camioneta para arrojarlo en una barranca contigua. Mientras se alejaba, revisé mi celular. Entre los mensajes había varios de Julián y de Pedro. «Hubo una fuga multitudinaria en el reclusorio. Al parecer JC está entre los que escaparon», escribió Julián. La advertencia había llegado tarde. Con leerlo una hora antes me habría preparado para lo que vino. Claudio también me había escrito un mensaje. «Dormí a los niños, no llegues muy tarde. Me das un besito antes de dormirte, te amo.» Mi esposo, habitante de un planeta en ese momento lejanísimo. Dulce y amoroso. ¿Qué chingados hacía yo extraviada en una colonia remota junto a un fugitivo de alta peligrosidad?

Volvió y se sentó a mi lado. Se mantuvo en silencio mirando absorto por el parabrisas. «¿Quieres que le llame a Julián?», propuse. Me urgía compartir con él o con Pedro el desmadre en el que me había metido. No sabía qué hacer con José Cuauhtémoc. Que al menos ellos me ayudaran a decidir. «No le llames», mandó. «En algún momento tengo que volver a mi casa», aclaré. Me clavó la mirada. «¿Para?» Volví a sentir las piernas gelatinosas. Tuve miedo. Mucho miedo. «No puedo dejar a mi marido y a mis hijos así nomás.»

José Cuauhtémoc se quedó pensativo. Una vena en su sien no cesaba de palpitar. La tensión debía corroerlo por dentro. «Si no vas a quedarte conmigo prefiero volver a la cárcel», sentenció. «Me escapé por ti.» Varias veces habíamos fantaseado sobre nuestra relación fuera del encierro. Con él afuera no podíamos ni siquiera resolver dónde pasar la noche. Sin embargo, en un súbito latigazo de claridad, caí en cuenta que junto a ese hombre absurdamente vestido con ropa que le quedaba chica y con un pasado tenebroso, era más yo misma que con nadie más. Por él había cometido las locuras más osadas. Él me había revelado capas inimaginables de mi sexualidad, y con él había sentido el amor más radical y libre.

Permanecer a su lado heriría de manera irreversible a mi familia. Podría sobrellevar la ruptura con Claudio, aunque sería dolorosa e irremontable. Perder a mis hijos no era opción. Pasara lo que pasara lucharía por ellos. Nada ni nadie me los arrebataría, aunque jamás perdonaran mi abandono. Si retornaba a casa, me conocía lo suficiente, ya no saldría a reencontrarme con él. Me atrincheraría entre los míos. Brindaría a las autoridades coordenadas para que pudieran recapturarlo y le pediría a Pedro que usara sus influencias para que lo mudaran a un penal en otro estado.

Me giré hacia él y pronuncié las palabras que determinaron el rumbo del resto de mi vida: «Me quedo contigo».


Don Julio mandó llamar a JC. No estaba lo que se dice de buenas. Le relató lo sucedido mientras estuvo embotellado en el apando. «Tu amiguito, el puto del Máquinas, con el afán de atorarte, envenenó el agua que iba para la cárcel y se cargó a varios compas y a unos vecinos. Nos metió en un broncón el hijo de la chingada.» JC supuso que el Tequila lo había llamado para avisarle que lo iban a matar como parte de un trueque: te ofrendamos al rubio nomás ya párale a tu absurda y apocalíptica venganza. Se equivocó. Don Julio no tenía intención de hacerlo, mucho menos el boss de bosses. No le darían esa satisfacción al mostrenco del Máquinas. «Necesitamos que nos ayudes a encontrarlo. Cuando lo hallemos, le vamos a machacar las piernas en la trituradora de carne y se las vamos a echar a los perros.»

Dos semanas después el subsecretario se piró en el putero. Quedó recostado con los ojos abiertos y la boca torcida sobre el regazo de una damisela. Aunque se determinó muerte por sobredosis, el círculo del poder no se la tragó. Demasiada coincidencia. A decir verdad, a nadie le convenía un rompimiento. No solo el país entraría a una nueva espiral de violencia, sino que se perdería una oportunidad de campeonato mundial para revitalizar la economía. Un intercambio sano de merca propulsaría el producto interno bruto de mexicanos y gringos sin los innecesarios gastos de mantener ejércitos y policías persiguiendo mugrosos. Ese, y no el otro, era el verdadero tratado de libre comercio. Nadie quería volver al carrusel de balazos, decapitados y narcomensajes. Sin embargo, ningún narco debía retar a la autoridad federal y los Aquellos se habían pasado de lanza adelantando la fecha de vencimiento del subsecretario.

El gobierno devolvió el golpe. La concesión de las cocinas de varios reclusorios fue otorgada a una empresa patito. El cartel entendió el mensaje: si siguen jodiendo les vamos a quitar poquito a poquito las rebanadas del pastel hasta chingarles la fiesta completa. El control de las cocinas era un rubro chiquitero, pero fundamental para los Aquellos. Los reclusorios eran las unidades habitacionales de la clase obrera criminal y las cocinas, su puerta de entrada. El boss de bosses mandó a un emisario: se atienen a las consecuencias. El gobierno respondió: o se alinean o se alinean. Y para que les quedara más claro que un agua de horchata, les restregó de manera pública su decisión. Con boato anunciaron a la prensa las concesiones y hasta circularon fotos de la entrega al gerente general de la empresa cuac cuac.

El boss de bosses se reemputó. Si guerra querían, guerra tendrían. Ordenó a sus bases amotinarse en veinticuatro penales. Los

Aquellos acudieron a la prensa y a las redes sociales, y apelaron a la estratagema de la victimización. Se publicaron imágenes de presos desnutridos, de celdas atestadas hasta con cuarenta reclusos, caldos de pollo en los que flotaban cucarachas, esclavización laboral. Los perros de ataque al servicio del cartel escribieron editoriales en los principales diarios: «La deshumanización de nuestras cárceles», «Crisis humanitaria», «La enferma realidad de los llamados "Centros de Rehabilitación" en México». Frente a la opinión pública nacional e internacional el gobierno fue exhibido como gandalla y abusivo.

El presidente se mostró impaciente con el secretario de Gobernación. El tipo se había vendido como un hábil y experimentado surfeador político y por ello había accedido a nombrarlo para el puesto aun cuando no pertenecía a su grupo político. Ahora el desastre era absoluto. Artículos periodísticos golpeando a su gobierno, sensación de anarquía, nerviosismo en los mercados, pésima imagen pública. Él, el presidente del cambio, quien había prometido igualdad y progreso, justicia social y un respeto irrestricto a los derechos humanos, enfrentaba una bola de nieve por una reverenda estupidez.

A ojos de los indoctos políticos, una sublevación carcelaria era un asunto menor limitado a los presos y sus familiares. Error. De los motines partían fuerzas centrífugas capaces de derrocar a un régimen. Máxime cuando eran orquestados. El boss de bosses jugó sus piezas a lo pantera. Creó desorden dentro y fuera de la prisión. Logró movilizar a niños, mujeres y ancianos para crear un efecto más joligudense. El gobierno se las olió y mandó a reprimirlos. Nada de permitir manifestaciones de acarreados lumpen. Cayeron redonditos. Los granaderos empezaron a disparar balas de gomas y gases lacrimógenos y se vieron obligados a tirar a matar cuando entre la turba aparecieron manes armados. Cayeron unos cuantos. Los muertitos favorecieron al cartel, un hitazo de relaciones públicas. Nada contribuía más a la causa que ver en los noticieros imágenes de niños lloriqueantes frente a la madre que se desangra en el pavimento con un balazo en la maceta.

El gobierno perdió la primera partida. En la siguiente jugada, el boss de bosses cambió de táctica. Dejó de enviar ovejitas. Innecesarios los escuincles, las viejas y los rucos luego de la balacera del primer día. Solo asistieron al reclusorio unos cuantos familiares, que fueron rodeados por una goliatesca fuerza policiaca y por grupos de choque vestidos de civil enviados por Gobernación con decidido aire retro del movimiento del 68. Los narcos felices; la población civil amenazada por un gobierno represor. Los periodistas fascinados con la alegoría: los indefensos contra los ojetes.

La guerra no solo fue contra el gobierno. Las refriegas al interior de los penales terminaron por inclinar el balance de poder. En el desmadre, los Aquellos aprovecharon para aniquilar en las cárceles a bandas rivales. Se efectuó una limpia feroz. El boss de bosses, quien había recibido entrenamiento militar de elite en el Ejército, aplicó las máximas de Sun Tzu y de Von Clausewitz: aprovechar cualquier oportunidad para avanzar posiciones, y el gobierno se las había puesto en charola de plata. El cartel de los Aquellos enleonó su hegemonía en los reclusorios y se tornó en el Sansón de Sansón a las patadas.

El gobierno, en la lela. El secretario nunca imaginó que negar las concesiones de las cocinas provocaría esa reacción en cadena. Cometió entonces el más grave de los errores: intentó tomar por sorpresa y de manera simultánea los veinticuatro penales sublevados. Para ello mandó a numerosos contingentes de policías federales a aventarse un topón contra los presos rebeldes. Midió mal y azuzó el avispero.


Detuve la camioneta y me orillé. Decenas de pensamientos no dejaban de resonar en mi cabeza. Necesitaba ponerlos en orden. «¿Quieres que maneje?», preguntó José Cuauhtémoc al verme pasmada sobre el volante. «No», le respondí. Necesitaba que la ruidosa bandada de imágenes pasara de largo. José Cuauhtémoc estiró su mano y acarició mi nuca. Llevábamos dos horas dando vueltas sin decidir qué hacer. Nos hallábamos cansados y con sueño. A mí la quemadura de sol empezaba a escocerme la piel. Una comezón insoportable que no se me quitaba por más que me rascara. Varias veces le propuse llamar a Julián o a Pedro. José Cuauhtémoc se negó. Temía una indiscreción o, peor aún, que nos traicionaran. Apremiaba encontrar un lugar donde pernoctar y ocultarnos. La alternativa era dormir en la camioneta, pero podíamos ser asaltados o, peor aún, que una patrulla se detuviera a investigar.

A pesar de nuestra renuencia a ir a lugares donde pudiéramos dejar pistas, no quedó más opción que ir a un motel de paso. Enfilé hacia uno en la carretera a Cuernavaca en donde en ocasiones me había acostado con un antiguo novio. Ir a un lugar conocido me brindó cierta tranquilidad. Llegamos cerca de la media noche y pagué los trescientos pesos. El empleado que nos recibió, anotó el número de placas y reparé en dos cámaras situadas a la entrada del sitio. Mala señal. Entramos a la cochera y el tipo cerró una cortina para guarecer el auto de miradas indiscretas. En cuanto descendimos de la camioneta, José Cuauhtémoc me abrazó. Odié el aroma a la loción de mi marido mezclado con su olor. Me repudié a mí misma por haberle prestado ropa de Claudio.

El cuarto estaba helado. No era un espacio diseñado para dormir, sino para coger. Solo una colcha delgada y una sábana para cubrirnos. Nos metimos a bañar para entrar en calor y también para quitarme la maldita peste a vinagre y a sudor. José Cuauhtémoc, imagino, a desprenderse del tufo a sangre y a cárcel.

Nos acostamos desnudos. El frío nos obligó a dormir abrazados sin separarnos en ningún momento. En la duermevela vinieron a mí una y otra vez los rostros de mis hijos. Empecé a sentir una inmensa nostalgia por ellos. Habían pasado apenas unas horas desde que había partido y ya sentía un abismo irremontable. ¿En algún momento de su vida me entenderían? ¿Me odiarían por siempre? Claudio y yo, desde novios, pactamos que, de darse un divorcio, los niños se quedarían conmigo. Provenientes de familias conservadoras, no dudábamos de que eran las madres quienes debían mantener la custodia. Mis alocadas decisiones con certeza tumbarían ese antiguo acuerdo. Aun así, no me daría por vencida y haría hasta lo imposible por mantenerlos a mi lado.

Al amanecer la temperatura se desplomó aún más y el frío nos impidió seguir durmiendo. No habíamos comido desde el día anterior y me ofrecí a ir a comprar algo para desayunar. Descorrí la cortina del garage y cuando comencé a echarme en reversa, se acercó el encargado. «¿Ya va a dejar la habitación, seño?» Le respondí que no. «Ay seño, es que si sale el coche el administrador me toma como si la hubiese desalojado. Así cuenta él las entradas y salidas.»

Le comenté que solo pensaba ir a la tienda y que no tardaría. «Me va a meter en problemas. Mejor dígame qué quiere y yo se lo compro.» Le di doscientos pesos y quedó en traer tamales, atole y botellas de agua.

Volví a meter la camioneta en la cochera y aproveché para revisar mi teléfono. Había docenas de llamadas perdidas y de mensajes. Varias llamadas de Claudio, de Pedro y de Julián. En los mensajes de Claudio, al principio había preocupación, luego enojo. «No estás en Danzamantes, ¿dónde chingados estás?» Los tres últimos me pusieron la carne de gallina. «Vino la policía a buscarte. Preguntan por un tal José Cuauhtémoc Huiztlic. ¿Quién es ese cabrón?» «¿En qué chingados estás metida?» «¿Estás con él?» Sus mensajes de voz no eran menos angustiosos. «Por favor Marina, repórtate. No sé si te secuestraron, si te largaste de la casa o si estás involucrada con este tipo.» «Llámame.» «Puta madre, Marina. La policía me interroga sobre cosas de las que no tengo idea, ¿qué carajo hiciste?»

Apagué el celular y entré a la habitación deprisa. José Cuauhtémoc se disponía a meterse a la ducha. «Vístete, tenemos que irnos ya.»


Caminó hacia los comedores. El ambiente se sentía ralo. Cuchicheos, miradas de ladito. JC no había salido de la celda en varios días. Solo comía aquello que le llevaban sus compas. Un cacho de bolillo, un pedazo de gelatina, sobras de un guisado. La ausencia de Marina le había pegado chico reatazo y, para superarla, escribía. Dedicaba una hora a hacer ejercicio y luego regresaba a la máquina de escribir. Una tarde un bro le advirtió: «Esta noche creo que debes venir a cenar», le dijo. «¿Por?», tanteó José Cuauhtémoc. «Porque las cosas se van a poner color de hormiga.»

En los pasillos los presos avanzaban bien calladitos. JC notó que los sicarios del Tequila se habían apostado a lo largo del trayecto. Lo que fuera a suceder sonaba a algo gordo. En el comedor descubrió a don Julio y su plana mayor. Ellos jamás abandonaban su bloque de celdas. Que el capo se mezclara con la racilla era más raro de ver que un dodo. Si se encontraba ahí era porque pronto sería liberado y, magnánimo, deseaba despedirse de los demás o también porque, como le habían dicho, iba a hervir la cosa.

Los presos, como novicias recién entradas al convento, cenaron susurrando apenas las frases necesarias. «Pásame el pan.» «Me sirves agua, por favor.» Nada altisonante que pudiese molestar al jefe. Tan desmadrosos ellos y ahora tan modositos. Don Julio comió abstraído. Él, siempre vacilador y llevadón, presentaba semblante de muñeco de cera de Madame Tussauds.

Al terminar, se puso de pie. Con un gesto de la mano ordenó a la banda permanecer sentada. Los custodios, avisados de que el patrón dirigiría unas palabras a los compas, salieron del comedor. «Muchachos», comenzó su discurso, «ustedes saben que yo y mi grupo somos gente de paz. Pero las autoridades de este país nomás no aprenden a escuchar. Para ellos somos menos que una cubeta de lombrices. Esta noche, a quienes deseen entrarle de voluntarios, les entregaremos un arma y una ayuda económica y los invitaremos a unirse a un movimiento para protestar contra las pinches condiciones de esta cárcel. A las seis de la mañana nos sublevaremos en contra de quienes nos quieren ver la cara de pendejos. Quienes le quieran entrar apúntense en las listas que están en las mesas de atrás. Quienes no, respetaremos su decisión, aunque deben saber que aun así defenderemos sus derechos y pelearemos por ustedes. Ya si en plena boruca deciden entrarle, serán recibidos con los brazos abiertos. Vamos a estar en pie de guerra hasta que estos culeros nos den lo que pedimos y no va a haber calma si no cumplen los acuerdos con nosotros».

A JC le sorprendió lo articulado del Tequila. No en balde había sido estudiante universitario. En sus palabras pudo distinguir la mariscada con la que escondía objetivos nebulosos. «No va a haber calma si no cumplen los acuerdos con nosotros.» ¿En serio? Una pasada de bergantín. Algún pacto las autoridades no les habían respetado, tanto que se ponían a azuzar a los bobos presos. Aun a sabiendas de ser ficha en juego ajeno, se formó en la larga cola de quienes deseaban enlistarse. Desmarinado, ya le valía madres si lo mataban o no.

Aguardaba para apuntarse, cuando don Julio lo sacó de la fila. «No, tú no», le dijo. «Eres demasiado abusado para ser infantería. Te necesito para otros rocanroles.» El Tequila requería de «gente pensante» para auxiliarlo en cuestiones de estrategia. «Eres más útil de este lado que del otro», le dijo, sin explicarle dónde se encontraban los límites de cada uno. Le pidió que esa noche ayudara a recibir un cargamento en el área de bodegas y que por la mañana subiera al techo de la prisión a guachar la respuesta de las fuerzas policiales «opositoras al movimiento».

A las once de la noche, JC lo acompañó a los patios de los almacenes. Era el área más vigilada del penal, pero lucía despoblada de celadores. Las puertas se hallaban abiertas a full. Le picó la tentación por fugarse. Una portería sin portero. Don Julio le leyó el pensamiento. «Si quieres pelarte, dale. Yo te recomendaría que te peles después porque los culeros ya saben que viene la tormenta y tienen rodeada la zona.» A JC la ecuación le pareció extraña. Nadie cuidaba ahí, pero sí unas cuadras más allá. Ignoraba que para ese momento los chacas del Tequila ya habían secuestrado a Carmona y a los demás directivos de la cárcel y como aviso de que iban en serio se habían escabechado a tres custodios y sus cuerpos los habían arrojado a las puertas de la prisión. La guerra ya estaba declarada y el Tequila sabía que las autoridades comenzaban a sitiarlos.

Ocho furgonetas arribaron a los patios. Gracias a que el cartel actuó de volón, lograron adelantarse al cerco policial. Abrieron las portezuelas. En decenas de sacos de lona venía una ferretería completa: pistolas, metralletas, cuernos de chivo, escopetas, cuchillos, cartuchos, granadas, balas y bazucas. Los llevaron pa dentro y cerraron los portones. «Se va a poner bueno el reventón», decretó el Tequila.

A las seis de la mañana en punto, iniciaron las fogatas sobre las azoteas y con bengalas avisaron que ahora la prisión estaba bajo su control. A continuación, disparos al aire y una voz por los altavoces: «Los reos de este país nos hemos unido para rebelarnos contra las inhumanas condiciones a las que por años las autoridades de este país nos han sometido. Este es nuestro "hasta aquí" y no cederemos hasta que se nos trate como seres humanos y no como perros». El boss de bosses había enviado con anticipación a sus sicarios de los medios informativos. Periodistas, camarógrafos, reporteros afiliados a la nómina del cartel, comenzaron a notificar sobre las insurrecciones en las diversas cárceles.

Desde el palomar del bloque A de dormitorios, José Cuauhtémoc, al lado de los batos de confianza del Tequila, oteaba las calles y la explanada del estacionamiento. Desde ahí era posible divisar las formaciones policiales y sus tácticas. Su tarea consistía en prevenir los ataques. Dibujaba unos mapas bastante pedestres y con flechitas y circulitos marcaba los flujos de los policías federales, los cercos de los granaderos, por cuáles vías arribaban los acarreados y por cuáles los grupos de choque. Una chamba de güeva, pero era información top para la toma de decisiones en el búnker de don Julio.

Después de pasar seis horas trepado en la azotea elaborando croquis de niño de kínder, un esbirro le avisó que el jefe lo buscaba. Lo escoltó hasta el restaurante privado del bloque VIP. En la mesa se encontraban don Julio y sus allegados con Carmona y los otros subdirectores de la prisión. Cuando le dijeron que a Carmona lo habían secuestrado, JC lo imaginó maniatado y con vendas en los ojos, no en el chacoteo con sus raptores. «Siéntate», lo invitó el Tequila. Sobre la mesa se hallaban sus mapas garrapateados. «Estamos estudiando tus planos», le explicó. José Cuauhtémoc se sentó junto al gordo. «Te sigo guardando la suite del amor», lo cabuleó Carmona.

Mientras afuera detonaba una guerra, estos monchando valiéndoles madres los muertos y los heridos. Un mesero le entregó un menú. «Le recomiendo el magret de pato y la gallinita en salsa de uvas.» Don Julio agregó: «También hay barbacoa recién salida del horno». JC eligió la gallinita. Era patente la colusión entre los narcos y Carmona. El gordo sabía que era una valiosa pieza de intercambio y no mostraba el menor problema con ello. Para el secretario de Gobernación sostenerlo con vida era prioridad. No podía permitir que se lo escabecharan y su grasita se la almorzaran los gusanos. Eso lo desprestigiaría aún más. Carmona no tuvo empacho en presumirlo en la mesa. «Valgo cada uno de mis kilitos en oro», dijo entre carcajadas.

Se escucharon gritos y disparos. «Antes de venir para acá, vi que la policía estaba montando un operativo para entrar», explicó JC. Don Julio no se mostró ni tantito preocupado. «Que se atrevan», dijo y señaló un par de bazucas recargadas en la pared. «Chaquetas, llévatelas a las trincheras y suéltenles unos cuantos cañonazos.» Y el Chaquetas salió en chinga a cumplir con la orden.

Sonó un celular. Don Julio contestó y no se tomó la molestia de alejarse para que los demás no escucharan su conversación. En tono de aquí-Zeus-manda-los-truenos se dirigió al interlocutor al otro lado de la línea. «Que vengan a negociar acá, nomás que, si no nos cumplen, vamos a seguir de cabrones.» Colgó con aire de villano de Bollywood. «Esos jotos se van a rajar en tres días, ya verán.»

JC volvió a su puesto de vigía. Las humaredas se alzaban en varios puntos de la prisión. Quizás al grupo que convivía cual parisinos dentro del restaurante VIP le parecían chistosines los combates, pero quienes resistían en el frente se jugaban la del merenguero con la muerte. A pesar de tratarse de presos «contratados», se percibía en sus rostros enojo, frustración. Sangre hirviente, ojos desorbitados, gargajos, músculos morenos. Ganas de calcinar la tierra, de expulsar litros de bilis negra. Ganas de bastardear a los putos tiras, de extraer lava de sus vientres, de meterles una punta en el hocico, de inocularlos de mierda, de aplastarles los sesos, de zambutirles plomo por el culo.

Desde las alturas, la escaramuza parecía una batalla con solladitos de plástico. Una maqueta anárquica y desquiciada. Había descamisados tumbados en el patio, como turistas asoleándose en una playa artificial, solo que a estos les escurrían espesos hilos rojos. Trincheras en llamas, hombres en llamas, el cielo en llamas.

El hombre


Entra por la puerta el maldito, el infame. Va escoltado por guardias, las manos esposadas atrás.
En su rostro pétreo no se dibuja emoción. Apenas
aparece en la plaza, lo abuchean. El desprecio popular lo espolea. Levanta el rostro, altanero. Con
la mirada reta al populacho. El anonimato envalen-
tona a varios. "Maricón", "Animal", le gritan
quienes unos días antes le temían. Su puro nombre
les causaba terror. La masa desharrapada y venga-
tiva lanza escupitajos. Sus bocas contrahechas.
Los puños amenazantes. Ahí está El Enemigo. Dome-
ñado, mas no domesticado. La fiera intimida a
quienes clava los ojos. Parece aprenderse sus facciones. No olvidará a quienes lo agraviaron para
luego tomar revancha. Inútil previsión a unos minutos de su muerte. Cincuenta pasos más allá, en
el centro de la arena, esperan el hacha y el verdugo.

Nadie es capaz de aguantarle la mirada. Aun a la
distancia provoca vértigo. La valentía de sus detractores se apaga con la ventisca de su atisbo.
Durante años produjo zozobra a un pueblo entero.
Las familias se encerraban apenas caía el sol. Nadie deseaba topárselo, ni siquiera en grupo. Un
pacto demoníaco debió entablar, su ferocidad no era
de este mundo. No al menos en el de los humanos.
Una bestia. Un ser maligno. El líder solitario de
hordas invisibles. Detrás de él pareciese venían
mil ejércitos. Estruendos de armaduras se escuchaban a su paso. Tal era el fragor de su presencia.

Encubiertos entre el populacho, cientos claman su
muerte. Regocijo verlo tan próximo al tajo. Los

insultos crecen. Vocinglería de cobardes. Nada altera el garbo ni la arrogancia. El hombre, la bestia, avanza decidido hacia su sino. Debajo de la capucha, el verdugo suda. Náusea. Miedo. Ejecutarlo es lo más cercano a matar a una deidad. Su aura de leyenda ganada a pulso, por no decir a sangre y fuego. Él solo puso en jaque a una nación. Mitad lobo, mitad tigre. Fuego y aire, huracán e incendio. Mar bravío, terremoto. ¿De dónde sacar fuerzas para propinar el hachazo?

El hombre, la bestia, continúa hacia el templete. Ese circo de pusilánimes no envilecerá sus últimos momentos. No el bullicio de reses de esos cobardes. Bienvenidas las burlas, las injurias. Muestras de pequeñez, de nadería. A lo lejos percibe el temblor en las manos de su verdugo. Pobre tipo. Quizás un panadero metido a la fuerza en la piel de quien debe ser un valiente. O un sastre o un carnicero. Unas monedas para complementar el salario. Una experiencia para contar a los nietos. "Yo corté la cabeza del Minotauro." El pávido no contará sobre la reticencia del pueblo a entrar a buscarlo al laberinto. Su laberinto. Ni un ciento de voluntarios antorcha en mano y armados con espadas y arcabuces se hubiesen atrevido. Esas cuestas rocosas, esos acantilados solo podían ser trepados por cabras o por demonios. Más bien, por ese demonio. Decían se alimentaba de carne humana cruda y desde la cima de los farallones tiraba las sobras al mar. Un festín de tiburones aguardaba abajo, se percibía un remolino de aletas. Hay quienes aseguraban escuchar lamentos entre los tronidos óseos. Almas aún pervivas en cadáveres con días de muertos.

El hombre, la bestia se aproxima hacia el tocón donde deberá descansar su cabeza. Sabe cuán valiosas serán las partes de su cuerpo una vez eje-

cutado. Sus pulgares se los colgarán en el pecho
mujeres anhelantes de un cambio de fortuna. Con
sus cabellos elaborarán codiciadas pelotas. Su
pene será devorado por un tipo deseoso de poseer
sus virtudes sexuales. Sus ojos, secados al sol
y luego pulverizados para usarse en ungüentos
milagrosos. Su escroto, una bolsa de lujo colgada al cinto para guardar monedas. Su lengua, cocida con verduras para preparar un caldo con su
voz y sus palabras. Sus pies, embalsamados para
sostener portones reales. Las palmas de sus manos, colocadas debajo de almohadas de doncellas
vírgenes para protegerlas de posibles violadores. Su sangre, guardada en recipientes para
aderezar platillos. Con los huesos de sus antebrazos forjarán dagas. Su cráneo será lavado con
lejía para dejarlo blanco y liso, y colgarlo en
la entrada del castillo. Sus intestinos, cuerdas
para arcos certeros. Sus meñiques, guardados en
recipientes de oro, reliquias de un pasado nunca
más bienvenido.

El hombre, la bestia, y con cada paso un semidiós,
arriba al patíbulo. La turba sedienta calla. Han
deseado por años este momento y ahora temen perder
a su enemigo. Se extraviarán sin la fuerza oscura
proveniente de ese otro. Descubrirán entre sí a
nuevos adversarios. Algo hay de repugnante en
ellos, un hálito monstruoso ocultado por años bajo
el manto del enemigo común. No tardará en aparecer
de entre sus filas el heredero de la destrucción.
El hombre, la bestia, no intenta dilatar su muerte. No les dará jamás gusto. No habrá ni suspiros
ni arrepentimientos. Sonreirá. "Sin mí serán peores. Escoria. Hipócrita escoria. En el fondo, cada
uno de ustedes ambiciona ser como yo. Vamos, má-
tenme, démosle fin a la farsa." Se arrodilla sin
esperar la orden. Él decide, no ellos. Se vuelve

hacia el sudoroso hombrecillo. "No falles", le manda. Gotas escurren por el cuello del ejecutor. Tanta expectación por descargar la hoja afilada y ahora flaquea. El hacha bambolea con sus temblores. Frente a él, humillado, se halla el hombre tigre, el hombre dragón. ¿Cómo matar lo cuasidivino? "Apura el golpe", ruge la bestia, "no poseo paciencia para morir".

El timorato verdugo levanta la cara hacia el público. El silencio es una espesa masa. Busca anuencia, un sí definitivo. No es posible hallarlo. El aguijón de la duda recorre las gradas. La algarabía ha devenido en desconcierto. ¿Qué se hace cuando se pierde un enemigo? El ejecutor traga saliva. "Calma", se dice a sí mismo, "cumple con tu trabajo como tantas veces lo has hecho". Se miente. No es lo mismo decapitar ladronzuelos o mercenarios. A sus pies se encuentra el más grande mito. Matarlo puede conducirlo al ostracismo o a la gloria. El embozo cubre su identidad, pero no oculta su mirada estupefacta, su boca reseca, las manos convulsas.

No debe demorar más. Ha recibido un pago y en aprecio a su trabajo tendrá el honor de ser el primero en elegir un pedazo del cadáver. "Llévate los ojos", lo instarán algunos. "Extráele el corazón. Cómelo con arroz y absorbe su fortaleza", le sugerirán otros. Desde la rendija de la máscara observa el cuello nudoso de músculos y fibras. La bestia es también toro y búfalo.

El silencio se compacta aún más. Es un muro. El hombre, la bestia, brama. "Mata ya." El verdugo, acostumbrado a los lloriqueos, a los pedidos de clemencia, a la orina de los condenados salpicando sus botines, no sabe cómo responder. Gozaba en terminar de golpe con los quejicas. Es él quien ahora desea implorar y escurrir lágrimas. La cercanía de la muerte pareciera la suya y no la del otro.

Levanta el acero forjado por los herreros más célebres. El hacha ha sido fabricada con el único fin de escindirle la testa al hombre, a la bestia. No harán con ella más faenas. Una vez realizada la ejecución, será colocada en una vitrina. Se formarán colas para verla. No limpiarán la sangre sobre la hoja, será pedagogía histórica. Nunca más fecundar una bestia así.

El verdugo balancea el hacha. El filo refulge a pleno sol. Un sol quemante y triste. Aprieta sus bíceps. Requiere de toda su potencia para desprenderle la cabeza a la bestia. Aúlla y lanza el golpe fatal. La hoja apenas penetra. En el graderío la gente exclama. La sangre brota. Un chisguete. Enfebrecido, el verdugo ataca de nuevo el cuello. Un hachazo y otro y otro. No logra desprenderle la cabeza. El hombre, la bestia, no emite ni un gemido. Aguanta firme la torpeza de su ejecutor. Observa el charco escarlata formándose bajo sus ojos. "Mata ya", ruge. "Mata ya."

El verdugo pronuncia para sí las mismas palabras. "Mata ya", "mata ya". Su ineptitud dará pie a escarnios y burla. El pobre diablo inhábil para dar un tajo limpio y definitivo. No hay vuelta atrás. Será deplorado por el pópulo. "Mata ya", se dice mientras se bate en un torbellino de hachazos. Sus brazos comienzan a cansarse. El hacha pesa, es una mole cada vez más rebelde al acto de matar.

La nuca del hombre es un amasijo sanguinolento de vértebras, tendones. Un pozo de dolor excavado con impericia. El gentío se cubre los ojos. El espectáculo ha tornado en vergüenza. No es solo la vergüenza del incompetente, sino también del resto

del pueblo, incapaz de reconocer al magnánimo enemigo, al solitario y poderoso enemigo.

La fiera herida ruge. Esa muerte no es digna. Se
incorpora el gigante. La sangre: un collar, un
pectoral. Se planta frente al verdugo. Cuán pequeño se ve uno con respecto al otro. Cuán pequeño se
ve el pueblo frente a él. Con la tráquea deshecha,
le ordena despojarse de la capucha. "Deja ver
quién eres para esperarte en el infierno." El verdugo da dos pasos hacia atrás. No, de ninguna manera. No revelar su identidad es su prerrogativa.
Es parte del contrato. "Alza la tela, déjame verte", le grita. El eco rebota hasta el último con-
fín de la plaza. Su vozarrón estremece. Hay lágrimas en la muchedumbre ávida. La venganza colectiva
troca en turbación. ¿Qué hemos hecho?, se preguntan.

El verdugo niega con la cabeza. No se quitará la
capucha. Su víctima debe ir sola al infierno. No
le regalará un último deseo. Al hombre, a la bestia, le cuesta trabajo mantener el cuello erguido.
Apenas lo sostienen dos tiras. Coágulos resbalan
por su garganta. Lo ahogan. El colmo, morir ahoga-
do. "Mata ya", bufa enfurecido. Se arrodilla de
nuevo en el cadalso. "Mata ya", repite estentóreo.
El verdugo acopia fuerzas y suelta por fin la ta-
jadura final. La cabeza de la bestia rueda por los
suelos y se detiene unos metros más allá. Quedan
los ojos de ambos frente a frente aún con tiempo
para cruzar una última mirada.

El cadáver es arrastrado por percherones. Los colosales caballos han olido la muerte y en un inicio se han negado a avanzar. Se precisan fuetes y
látigos. Queda en la arena un rastro bermejo. El
verdugo toma la cabeza de los cabellos y de acuerdo al protocolo, la levanta y la muestra. Al finalizar, la lleva consigo al cuarto privado donde

yacen el resto de los despojos. Ahí, en el más
absoluto silencio, víctima y victimario se despiden. Es su privilegio cruzar unas palabras con la
cabeza muda y sangrante y del cuerpo seleccionar
la pieza anhelada.

El verdugo se quita el caparazón de tela. Su expresión contrahecha denota un cansancio de siglos.
Observa el cuerpo a sus pies. Tanta leyenda concentrada, tanto desasosiego, tantas tribulaciones
a su pueblo. Empuña el cuchillo y con delicadeza
corta la mano derecha. La quiere entera. Será su
último trofeo. La desecará con sal y la colocará
bajo una campana de cristal. Por años se preparó
para ese momento. Ingresó como verdugo hacía cuatro lustros solo para llegar a él, para terminar
con esa bestia semidivina, su hijo.

José Cuauhtémoc Huiztlic
Reo 29846-8
Sentencia: cincuenta años por homicidio múltiple

«Ya que nuestra casa se encuentra en llamas, calentémonos con el fuego», reza un antiguo proverbio italiano. No tenía la menor duda de que mi casa se había incendiado. Una vez que la policía interrogó a Claudio, se prendió la pólvora. Si Teresa había mantenido el pico cerrado, quedaba aún un resquicio por el cual colarme de regreso a mi vida anterior. Podía alegar que José Cuauhtémoc me había amenazado o que incluso me raptó. El prófugo me había llamado y salí a verlo bajo la advertencia de que si no lo hacía mataba a mis hijos. Me había obligado a llevarlo de un lado a otro como su rehén. Mi relato podía convencer a los demás. Estaba impecablemente estructurado. A la única persona que no convencía era a mí misma. Pasaría el resto de mi vida repitiendo el cuento como periquito para no caer en contradicciones cuando decenas de personas podían atestiguar cuán falso era. Mejor asumir la quemazón de mi casa. De mi vida pasada solo quedarían escombros. Afrontar el fuego se convirtió en mi única opción. La narrativa de una esposa y madre de familia se desdibujaba para dar paso a la de una mujer prófuga por amor. Esa, y no otra, era mi nueva realidad.

La policía debió boletinar las placas de mi camioneta: 195BMK. Con la profusión de detectores y radares, la matrícula podía ser localizada con facilidad. Carajo, yo que antes me consideraba segura en una ciudad atestada de cámaras, ahora me sentía acosada por ese descomunal Big Brother. En el centro de comando donde revisaban los millares de imágenes, descubrirían mi camioneta y switcheando de una cámara a otra, determinarían mi recorrido. Estábamos jodidos. No quedaba más opción que abandonarla.

El otro problema era mi iPhone nuevecito. Bastaba con que los analistas cibernéticos de la policía contaran con mi número para activar el GPS integrado al aparato y dar conmigo en un dos por tres. En mala hora Steve Jobs y sus huestes no fabricaron un puto celular al que se le pudiera quitar la pila. Los maliciosos dicen que, aun apagados, un hacker puede precisar tu ubicación con un margen de error de un metro. Un estúpido y maldito metro. No me podía deshacer de mi celular. Era mi única tabla de salvación.

En una película vi cómo un hombre perseguido por la mafia apagaba su celular y lo envolvía en papel aluminio para bloquear la geolocalización. Podría ser ficticio, pero no me quedó más que creer en el truco. Compré un rollo de papel aluminio. Apagué el celular y lo cubrí con seis capas. Para mayor seguridad, lo coloqué debajo del asiento. Adquirí también un cargador. Nada más faltaba que me quedara sin batería.

Antes de apagar el celular, revisé los mensajes. Había decenas de textos frenéticos de Julián y Pedro. A ellos también los habían ido a investigar y a Julián lo habían amenazado. «Marina, aparece. Me advierten que si no coopero me meten de nuevo a la cárcel. Déjate ya de tonterías y preséntate en una delegación.» Pedro me rogaba volver a casa. «Claudio ya me llamó varias veces. No entiende nada. Está aterrado. Quiere llevarse a los niños a Estados Unidos porque tiene miedo de que José Cuauhtémoc les haga algo. Se va a volver loco.»

Le conté a José Cuauhtémoc sobre la presencia de policías en mi casa y en las de mis amigos. Extraño que, de cerca de cuatrocientos fugados, lo investigaran justo a él. Le pareció natural. En evasiones masivas las autoridades priorizaban a quien recapturar. En el tope de la jerarquía se hallaban los homicidas de policías, entre ellos: él. Un carterista, un raterillo, un defraudador eran pececitos. Los tiburones eran aquellos capaces de matar a otros.

Dejamos la camioneta en el estacionamiento de un supermercado y nos escabullimos entre las calles aledañas. En el trayecto me detuve en un cajero automático y saqué cuanto efectivo fue posible con las tres tarjetas de débito y las dos de crédito que llevaba. No tardarían Claudio o los bancos en cancelarlas. Logré extraer sesenta mil pesos, suficiente para resistir por unas semanas.

No soporté más verlo ataviado como Claudio. Entramos a una tienda y le compré tres mudas completas. José Cuauhtémoc prometió reintegrarme hasta el último peso. «No estoy acostumbrado a que nadie me pague mis cosas», dijo. «Pues vete acostumbrando», reviré. Una vez que se cambió de ropa me sentí aliviada. Había detestado la colisión de naturalezas tan dispares. Las prendas de mi marido las arrojamos en diferentes botes de basura. Linda metáfora de funeral para mi pasado.

Hambrientos, decidimos almorzar en una fonda. Mientras comíamos, intentamos esbozar un plan. Dejaríamos pasar unos días en espera de que la situación se calmara y luego escaparíamos hacia un pueblo remoto. Ahí viviríamos hasta que la policía se aburriera de buscarnos y lográramos crear una nueva identidad.

Debíamos resolver el siguiente paso. Nunca imaginé que el mundo se pudiera estrechar tanto y nos brindara tan escasas salidas. Me surgió un chispazo. «Ya sé quién nos puede ayudar.» Temerosa de que rastrearan la llamada en el celular, le marqué a Alberto Almeida desde un teléfono público. Contestó, pero apenas escuchó mi voz se quedó mudo. «Creí que te habían matado», dijo luego de unos segundos. Le pedí que se alejara de cualquier persona a su alrededor para poder hablar con seguridad. «Dame un minuto.» Lo oí avanzar por entre la gente y entrar a la oficina. «Listo», dijo en cuanto cerró la puerta.

Me contó del interrogatorio al que los detectives lo habían sometido. «Hablaron con medio Danzamantes, Marina. Esto ya es un escándalo.» Le pregunté qué tanto sabían. «Tienen claro que te fugaste con José Cuauhtémoc. Me mostraron fotos tuyas desnuda en una cama con él. Me cae que estás zafada.» El hijo de puta de Carmona había colocado cámaras en la suite Westin. «Alberto, te quiero pedir un favor y entenderé si me dices que no. Necesito que nos dejes quedarnos en tu casa un par de días.» Volvió a mantenerse en silencio. «¿Me pides que meta a un asesino a mi casa?», preguntó. «No», le respondí, «te pido que me ayudes. Julián y Pedro están vigilados porque conocen a José Cuauhtémoc y no quiero dormir en la calle». Accedió de mala gana. Mi petición lo involucraba criminalmente. Auxiliaba a dos prófugos de la justicia y eso lo convertía en cómplice. Alberto era un moralista y, en ocasiones, un mamón, pero era leal y noble, y podía confiar en él.

Arribamos a su casa en Copilco. Alberto nos recibió con frialdad y apenas cruzó unas palabras con José Cuauhtémoc. No era para menos. Ingresaba a su casa un homicida prófugo. Encima reprobaba mi amasiato, quizás porque la mujer que lo devastó y lo tornó en un asceta le había sido infiel. Su casa era modesta, con una decoración minimalista. Solo un cuadro adornaba la estancia y era escaso el mobiliario. Alberto nos prestó una recámara con una cama matrimonial, un escritorio y una silla. Nos acostamos un momento y nos quedamos dormidos de inmediato. A la hora desperté. Procurando no perturbar el sueño de José Cuauhtémoc, le quité el brazo con el cual me enlazaba y bajé a la sala. Hallé a Alberto bebiendo una taza de té. Me ofreció una y nos sentamos a hablar.

«Nos abandonaste en un momento clave», me reclamó. «Todos en Danzamantes estábamos ilusionados con ir a Tel Aviv.» «Las circunstancias cambiaron», intenté justificarme. «Debiste escucharme a tiempo y salirte de esa relación. No nos habrías embarrado con esta mierda.» Tenía razón. Había destruido el andamiaje sobre el que cimenté familia, amistades, academia, compañía. «Sigan adelante con lo de Ohad», le insté, «vayan sin mí». Era ridículo lo que planteaba. A Ohad le interesaba mi comparecencia. «Puedes pretextar que me enfermé o algo así.» Alberto era reacio a mentir. No lo haría por salvar mi reputación. Su generosidad carecía de límites, siempre y cuando no lo obligaran a realizar actos poco éticos o falsear los hechos. «Si me pasa algo, no dejes que Danzamantes desaparezca», le dije en tono melodramático. Yo misma me sorprendí de mis palabras. Por primera vez reconocía la posibilidad de terminar mal. La realidad era que la posibilidad de que así sucediera aumentaba con cada segundo.

Alberto hizo un último intento por hacerme entrar en razón. «Marina, no cometas más estupideces. Entrégate. Puedes argumentar que te presionó y con contactos vas a librar la cárcel y quizás convenzas a Claudio de perdonarte», dijo. «¿Y cómo me perdonaría a mí misma?», le pregunté. Alberto se me quedó mirando con fijeza. «Pues como vas, en la cárcel vas a tener tiempo de sobra para hacerlo.»

José Cuauhtémoc se apareció unos minutos después e intercambiaron una mirada. Cautelosos uno del otro. Alberto lo invitó a sentarse en la mesa del comedor. «Voy a preparar la cena», dijo y entró a la cocina. José Cuauhtémoc lo siguió con la vista y luego se volvió hacia mí. «No me vuelvas a dejar solo», advirtió. «No podemos separarnos, ¿entiendes? Estamos en esto juntos.» Para bien o para mal, ya éramos un equipo y debíamos mantenernos unidos.

Desde las azoteas José Cuauhtémoc contempló la carnicería. Allá arriba se sintió un cobarde, trazando flechitas en papel. Igual de jotos le parecían don Julio y su grupito. Si fueran bragados ya estarían al pie del cañón metiéndole pecho al asunto, no degustando vinos franceses ni comiendo mariconerías en salsa de uvas. Los bosses eran buenos para mandar a otros al matadero, pero no eran entrones. Una vez vestiditos de Versace, con cadenas de oro, pistolas incrustadas con diamantes y cogiéndose a las beibis con las chichis y las nalgas vulcanizadas, se ablandaban. ¿Para qué meterse en el topón si se la estaban pasando a toda madre? Si por él fuera estaría ahí abajo dándose en la madre al lado de los suyos. En cuanto trató de bajar al campo de batalla, lo interceptaron los guarros del Tequila. «No carnal. Tú no te puedes ir. El boss te quiere acá arriba.»

Después de siete horas de pelotera, las fuerzas policiales se retrajeron para reorganizarse. Los negros habían intentado romper el anillo de trincheras, pero los presos lograron repelerlos en un tracataca de nivel summa cum laude. En cuanto cesaron los chingazos, JC se retachó a su celda. En lugar de echarse un coyotito, se puso a escribir.

Al amanecer, JC seguía tecleando. Por los pasillos pasaron los viborones de don Julio, que a gritos despertaban a los reclusos. «Arriba cabrones, que esos culeros ya se están preparando.» Los morros se apresuraron a alistarse. Se preveía una maraquiza monumental. JC lo lamentó. La escritura fluía y de nuevo debía treparse a los techos.

A las eit in da morning se notó un inusual ir y venir. El secretario de Gobernación había mandado un comité a pactar con don Julio. Lo que trujaran se haría extensivo al resto de los reclusorios sublevados, por lo que resultaba una negociación compleja. El equipo del gobierno entró desarmado y sin escoltas, confiados en la palabra del boss de bosses. Los llevaron al restaurante VIP y cerraron los accesos. Se convino un alto al fuego mientras se negociaba. Una cabrona tregua a la Chernóbil.

Como la situación estaba en calma y no había mucho más que hacer, se regresó a escribir. Llevaba una hora clavado en un cuento, cuando un chavalillo se asomó a la celda. «¿José Cuauhtémoc?», preguntó. JC volteó a verlo, molesto. «¿Qué quieres?», respondió

562

sin quitar la vista de la oración a medias. «Perdón carnal, hay una morra en el patio que quiere verte. Viene con Rosalinda del Rosal.» A José Cuauhtémoc, Rosalinda le venía valiendo madres. «¿Qué chingados quiere?» El muchacho se alzó de hombros. «No sé, me mandó a buscarte. Dice que se llama Marina.» Al escuchar su nombre se le erizó la piel. Carajo, ¿qué hacía Marina ahí cuando la cárcel estaba a punto de quedar como malvavisco asado?

Se apresuró a salir. La Marrana lo aguardaba en la planta baja. Se saludaron con un parco «Quiubo» y avanzaron por los corredores. Emergieron al patio, cruzaron las trincheras y se dirigieron hacia las dos mujeres que se hallaban esperándolos. Desde lejos, JC divisó a Marina y ya no pudo quitarle la vista.

Debido a sus costumbres monásticas, Alberto se fue a dormir apenas terminamos de cenar. Nunca se acostaba más allá de las nueve de la noche. Antes de partir, nos dio las buenas noches. «Se quedan en su casa», dijo. José Cuauhtémoc lo vigiló hasta que desapareció por el quicio de las escaleras. «No te preocupes», le dije, «no nos va a traicionar».

Subimos al cuarto. Empecé a quitarme la ropa para meterme a la cama y me detuvo. «No, quédate vestida y con zapatos.» Mis manías burguesas de higiene me hicieron protestar. «Venimos de estar en la calle», argumenté. No hizo eco a mi reclamo. Su cabeza se hallaba en otro lado: en la posible traición de Alberto. Era primordial acostarnos vestidos para huir en caso de ser necesario.

Caí profunda en cuanto apagamos la luz. A medianoche desperté y al voltearme para abrazar a José Cuauhtémoc, no lo encontré. Me giré y lo hallé espiando por entre las persianas de la ventana. Me levanté y me coloqué junto a él. «¿Qué pasó?», le pregunté. Sobresaltado, levantó el puño en un amago por golpearme. Al darse cuenta de que era yo bajó la mano y me abrazó. «De verdad que no confío en él» dijo. Con los dedos abrió un hueco entre las rejillas de la persiana y señaló a lo lejos las luces de una patrulla. Alberto podía ser un moralista, no un delator. «Alberto sería incapaz de denunciarnos», aseveré. Tomó mi rostro con ambas manos. «Tenemos que irnos», ordenó. «¿A dónde?» Me sentía mucho más segura en casa de Alberto que en la calle, donde éramos, como dicen los americanos, «sitting ducks». «No sé», dijo, «aquí ya no podemos estar».

Recogimos nuestras cosas y salimos del cuarto procurando no hacer ruido. En el pasillo descubrí entreabierta la puerta del cuarto de Alberto. Estuve tentada a entrar a decirle que nos íbamos, pero José Cuauhtémoc me detuvo del brazo. «No», mandó tajante.

Bajamos por las escaleras y nos dirigimos a la puerta que daba a la calle. José Cuauhtémoc no pudo abrirla. Estaba cerrada con seguro. Forcejeó un momento con la manilla y de pronto, entre la oscuridad, se escuchó la voz de Alberto. «Las llaves están bajo el espejo», dijo. Los dos volteamos, sorprendidos. Alberto estaba sentado en el comedor con una botella de vino blanco frente a él. «No tienen por qué irse», dijo Alberto, «pero es su decisión». Se hizo un silencio. Entre la penumbra percibí cómo sacaba una pistola de su cinto y la ponía sobre la mesa. Pude sentir la tensión de José Cuauhtémoc al verla. «Este revólver era de mi abuelo», explicó pausado Alberto. «Nunca ha sido registrado. Es calibre 32-20.» La empujó en nuestra dirección. La deslizó hacia el borde contrario. «Jamás la he usado ni pienso usarla. Les va a servir más a ustedes.» Luego tomó del suelo una bolsa de plástico y la levantó. «Aquí hay veintinueve balas, ni una más, ni una menos», dijo y también la resbaló en dirección de la otra cabecera.

José Cuauhtémoc, aún tenso y con cautela, se acercó a tomar el arma y la bolsa con las balas. Abrió el cilindro, le colocó seis cartuchos y luego se la acomodó en la cintura bajo la camisa. Volvieron a cruzar una mirada. Alberto se notaba tranquilo. Tomó la copa de vino y la alzó. «Salud», dijo y apuró el trago. En ese momento me di cuenta que se hallaba ebrio. La ansiedad de resguardar a un asesino en su casa debió destrozarle los nervios.

José Cuauhtémoc tomó el manojo de llaves. «La plateada abre la cerradura de abajo, la que tiene varios orificios descorre el cerrojo.» Mientras José Cuauhtémoc giraba la llave, me acerqué a Alberto para despedirme. Me detuvo con un gesto de la mano. «No quiero volver a saber de ti en mi vida. Eres una estúpida, Marina.» Su dureza me sacó de balance. «Está bien», le dije y musité un «perdón». Entre las sombras vislumbré una sonrisa sardónica. «Estás más allá del perdón.»

Sentí frío a mis espaldas. José Cuauhtémoc había abierto la puerta y el viento se colaba. «Vámonos», ordenó. Con la cabeza, Alberto me impelió a partir. Nos miramos una vez más, di la vuelta y salí con José Cuauhtémoc a la calle.

*«La vida es un animal rojo e implacable, el hocico húmedo de entrañas»*, escribió Duvignac. El poeta maldito había huido de la cárcel de Le Campaigne el 3 de mayo de 1878 en una ardiente tarde. Decenas de presos se amotinaron y en masa huyeron hacia los campos bretones, asesinando a su paso a paisanos y policías. Se cuenta que el poeta acuchilló a dos campesinos que intentaron detenerlo y degolló a un joven custodio que no tuvo tiempo ni de pasmarse. El tajo fue tan brutal que la cabeza quedó colgando de un legajo de carne.

Apenas partieron Rosalinda y Marina del reclusorio, el congal se puso sabroso. Los federales, con carapachos de Kevlar y cascos a lo Dallas Cowboys, se apostaron en recuas en torno a la prisión. La cosa iba en serio. Si la comisión negociadora no sacaba un acuerdo positivo, las autoridades recuperarían las cárceles, sí Simón.

José Cuauhtémoc no tuvo que subirse a la azotea para augurar el desastre. No solo se veía. Se olía. El sudor de cientos afuera se unía al sudor de miles adentro. Sudor cargado de adrenalina, de miedo, de temblores, de ira. Pueblo contra pueblo. Raza contra raza. Por mi raza hablará la sangre. Se avistaba un 68 reloaded. Los presos no permitirían un Carandiru. No señor. Nada de ejecuciones de presos desarmados. Si había matanza, quedaría bien repartida entre unos y otros.

Mientras don Julio estaba en el jiji-jajá con los mentados representantes del secretario de Gobernación, saboreando exquisitos platillos provenzales en salsa de puterías, la policía alistaba una colección de dóbermans y de pastores belgas prestos a arrancarles los huevos a los reos. Una linda jauría deseosa de entrar en acción. Perros aburridos de mordisquear trajes acolchonados olfateaban carne de verdad. Nada de atacar a tipos vestidos como botargas del Doctor Simi. En estos podrían encajar los colmillos al fondo de la carne y no en relleno de almohada de motel de carretera.

«*La vida es un animal rojo e implacable, el hocico húmedo de entrañas.*» José Cuauhtémoc recordó las líneas del vate homicida al ver la formación compacta de uniformes negros y canes atentos a las afueras del reclusorio. Si los come-gallinitas-de-Guinea no se ponían de acuerdo, desde su tumba en Ravena, Dante se frotaría las manos. El infierno a la vuelta de la esquina. La masacre escurriría hacia los patios y las crujías. Como una masa de aire polar la muerte flotaría por encima de la cárcel y sobre las losas quedarían decenas de cuerpos.

Los presos se parapetaron con cuanto fierro tuvieron a su alcance: pistolas, rifles, bazucas, machetes, cuchillos. Prendieron más fuegos para intimidar a los cuicos. Cielos naranjas para demostrar que estaban dispuestos a arrasar con la tierra. Las hordas incendiarias con todo y contra todo. Y eso lo sabían las tortugas federales meándose del susto dentro de sus caparazones.

Las oficinas de entrada al reclusorio, abandonadas por los burócratas que salieron pitando en cuanto se les apareció el fantasma del desastre, fueron saqueadas por los presos. Los escritorios metálicos los sacaron para usarlos como parapetos y los archiveros los voltearon de cabeza para ver si de casualidad hallaban objetos de valor. Decenas de fichas de ingreso quedaron regadas apenas a unos pasos del contingente de policías y perros.

La raza recogía los documentos botados para alimentar las fogatas. Ahí iban fotos, datos, anotaciones, permisos. José Cuauhtémoc corrió hacia las gavetas desparramadas por el patio. Chanza y se topaba con la ficha de su Marinamada. De rodillas se puso a esculcar una tras otra. Se percató de que examinaba los expedientes de la letra C. A gatas buscó las carpetas con la L hasta que la halló, justo antes de que un huerco se la llevara a las hogueras. Revisó una por una hasta que ¡eureka! Ahí estaba la cédula de ingreso de la señora Marina Longines Rubiales con dirección, teléfonos, copia de su credencial para votar y registro de cada una de sus entradas y salidas con hora exacta. Y, la cereza en el pastel, una foto de ella en blanco y negro. Salía seria, con el pelo recogido, sus ojos claros concentrados en la lente. ¿Habría sido antes o después de haberlo conocido?

JC pasó su dedo por la imagen. Luego despegó la foto y se la guardó en el bolsillo de la camisola. Estudió la ficha de su amada.

Se aprendió de memoria la dirección y el teléfono de su casa. Dobló en cuatro el documento y lo colocó en la bolsa trasera del pantalón.

Regresó al bloque de celdas. El humo se elevaba sobre la prisión. Torres negras de veinte metros de altura. Por sobre la humareda empezaron a revolotear enjambres de helicópteros. Mala señal. Los abejorros armados con Barrets y metralletas. Una rociadita y a colar aire por entre los intestinos. ¿Qué pasaba adentro del comedor VIP que afuera apestaba a guerra?

La respuesta no se hizo esperar. La comitiva de Gobernación salió escoltada por los mismos sicarios de don Julio. Había prometido salvaguarda y salvaguarda cumplió. No así con los rehenes. Con ellos se irían por la libre. Apenas cruzó la gente del gobierno la puerta de salida, sacaron al patio al gordo Carmona junto con otros cuatro custodios. Iban vendados y maniatados. Un Shaquille escoltado por veinte cabrones con metralletas. Los Navy Seals de los Aquellos, la elite de la elite de la gente del Tequila.

Arrodillaron a los cinco a la mitad del cuadrángulo. Desde afuera las cámaras de televisión grababan el chou. Uno de los colegas de celda llamó a JC cuando este observaba a lo lejos. «Vente carnal, en el comedor pusieron una tele y están trasmitiendo en vivo.» JC dudó en si ir a verlo a una pantalla o mejor quedarse a contemplar el desenlace in live action. Resolvió mirarlo desde primera fila.

Los camarógrafos enfocaron a los custodios humillados en medio de la explanada. Un periodista narraba: «Después de varias horas, la comisión negociadora no logró acuerdos con los presos sublevados en los diversos penales del país. Las peticiones de los reos, según la Secretaría de Gobernación, no es factible cumplirlas. Se ha establecido una nueva fecha para continuar con las negociaciones». A continuación, mencionó el nombre de Carmona. «En estos momentos, el director del penal ha sido colocado de hinojos en el patio central del reclusorio junto con cuatro de sus hombres…» Mientras el periodista relataba lo sucedido sonó un tiro y uno de los custodios cayó como tablón con un balazo en la cabeza disparado por don Julio. Enseguida comenzó a brotarle sangre, una golosina para las cadenas de televisión. El capo había mandado la primera señal: «No estamos jugando».

José Cuauhtémoc vio con claridad cuando el Tequila colocó la Luger 9 milímetros en la parte posterior del cráneo del custodio arrodillado y jaló del gatillo. El bato se desplomó a ciento veinte cuadros por segundo. Pensó en Carmona. Apenas unas horas antes, el gordo había estado risa y risa con los narcos. Carmona no debió saberlo, pero don Julio había accedido a dejarlo comer a lo grande como la graciosa concesión a un condenado a muerte. En sucesivos disparos y sin detenerse, don Julio despachó a los otros tres custodios. A sabiendas de que la televisión recogería las imágenes y las haría virales, se tomó su tiempo para ejecutar al gordo, que a esas alturas ya estaba lloriqueando y suplicando que no le dieran mazapán.

En chinga la chota se puso en alerta. Cuatro balazos no dejaron a los guajos impávidos y menos cuando después de cada tronido aterrizaba un custodio con una raja de alcancía en la claraboya. El quinto balazo sonó cuarenta y cinco segundos después. Las cámaras que captaron el pum, pum, pum, pum de los primeros ejecutados se quedaron en larga pausa para saber si al último, al director de la cárcel, lo mandarían a pernoctar a la eternidad. Y lo mandaron.

Carmona cayó como si a un pino gigantesco lo hubiesen serruchado de la base y se derrumbara con estrépito. En el justo instante del disparo el gordo exhaló un sonoro Uggg que retumbó en el patio. A José Cuauhtémoc le dio pesar. El gordo era un trácala, aunque legal. Cumplía su palabra y eso en la cárcel era para ponerle un altarcito. Por unos segundos pensó en correr a parar la ejecución, pero seguro diez metros antes de llegar el ejecutado hubiese sido él.

En cuanto la voluminosa carrocería de Carmona levantó polvo, el Tequila y sus esbirros dieron vuelta y con calma se dirigieron hacia los parapetos. Los federales, con deditis aguda en el gatillo y con ganas locas de soltarles un chorizal de plomo, aguardaron órdenes superiores. Esas no vendrían de los jefes, ni de los jefes de los jefes, ni de los directores, ni de los subsecretarios. Esa orden solo podían darla dos personas: o el secretario de Gobernación o el mismísimo Preciso. Matar al Tequila bien podía significar el derrumbe del país.

Dos minutos después de asesinado Carmona, los federales cortaron la luz. Todavía no oscurecía, era la mera hora cero y el apagón hizo más confuso el jolgorio. Halloween turbo. Sombras corriendo de un lado a otro. Más hogueras para intentar aluzar el territorio. Si se iban a dejar venir los de negro, pos al menos ver por dónde venían.

Tantito pardeó cuando del Olimpo llamó el secretario de Gobernación al comandante de la policía federal. «Chínguense a esos piojosos, no quiero a ni uno vivo», ordenó, enchilado de que los cabrones tumbaran a Carmona en vivo y a todo color. El mandato era claro: matar a todos. Los federales se dejaron ir en caballada, gritando cual apaches de Western chafa cuando los verdaderos apaches estaban al otro lado de las barricadas.

Los recibieron con una multiplomiza. «Apúnteles en las piernas, que ahí no llevan chaleco blindado», ordenó uno de los piturros del Tequila. Y pues a tirar ralo, a las meras patas. Cayeron varios como tordos escopeteados. Los cuicos de adelante no pudieron parar porque los de atrás los empujaban. No les quedó de otra que brincar a los que tirados gemían «me dieron, me dieron».

Nomás agarraron posición, los federales empezaron a disparar con los Barrett calibre .50. Pinches balones atravesaban los escritorios de metal como si fueran pan Bimbo remojado en leche. Los heridos chorreaban sangre con un agujero tamaño puño en mero medio del esternón. ¿Quién pudiera creer que los federales trajeran fierros tan potentes? Fusiles en modo Sidefanil.

Los helicópteros volaron bajo, lightearon con los faros y comenzaron a soltar metralla. Ni para dónde correr. Los cabrones pilotos quién sabe cómo le hacían para alinear a los abejorros, pero las ráfagas cruzaban en diagonal. Los presos caían patas pa arriba con el cuero atravesado. Don Julio ordenó bazuquear a las naves. «Traqueteen a esos culeros», gritó. Los obuses partieron derechito a la panza de uno de los aparatos. Le sacaron las tripas y el helicóptero se vino abajo dando vueltas y para mala suerte de los federales, les fue a caer encima. Aun volteado, las aspas continuaron rotando. Piernas y troncos amputados. Chica matazón se hizo entre los de negro.

Los otros helicópteros alzaron vuelo. Nada de ponerse de pechito para que los despancharran. Desde arriba siguieron tiroteando, aunque ya sin tanta precisión. Los de abajo les soltaron bazucazos. A ver si chicle y pegaba. Uno tras otro volaban los proyectiles tratando de explotarlos. Se veían los relámpagos cruzar el cielo y a los abejorros maniobrando para esquivarlos. El gato y el ratón en tierra de ángeles.

Se soltó una balacera a ritmo de tambor africano. Se fueron apagando las hogueras y se hizo oscuro oscuro. La policía también había cortado la electricidad a las zonas circunvecinas. Ni siquiera una garrita de luna para iluminar. La única luz visible era la de los méndigos helicópteros que revoloteaban por encima de los bloques de celdas.

Caían muertos de uno y otro lado. En la negrura se escuchaban litros y litros de lamentos. JC se apostó detrás de unas llantas que la perrada les había bajado a los carros de los custodios. Las apilaron en columnas y las amarraron unas con otras para hacer trinchera. JC se había agenciado una metralleta y soltó ráfagas contra las sombras que se movían a doscientos metros. Le dio gusto al dedo hasta que se le acabaron las municiones. No más de cinco minutos duró el tracachal.

Como su arma había centellado, los cuicos lo ubicaron. En cuanto paró le recetaron una dosis triple de plomodicina. Pura bala trazadora para indicar a los demás dónde se hallaba el maraquero. JC se pegó al suelo lo más que pudo. Los tiros destrozaron los cauchos que lo protegían. Pensó que no la libraba. Tan lo pensó que intentó recordar qué día de qué mes era. José Cuauhtémoc Huiztlic nacido el día tal, en tal mes, en tal año. Muerto el… de… de… RIP. See you later aligator. Un placer haber dado la vuelta al mundo con ustedes. That's all folks.

No, no se lo iban a cuachalaquear. De ninguna manera. Primero muerto a que me maten, se dijo. Pecho tierra se arrastró rumbo a las celdas. El trayecto a ciegas parecía pista de obstáculos: mesabancos, llantas, escritorios, muertos. Hartos muertos cuajados en gelatina roja. Por arriba de su cabeza sonaba una sinfonía de silbidos. Tantito que la levantara y se la zapateaban.

Siguió avanzando. Le faltaba poco para llegar a safe cuando se topó con un buquín que, también tendido en el piso, no paraba de llorar. «¿Qué pasa?», le preguntó JC. «No me quiero morir», le dijo el adolescente. «Pos no te mueras. Arrástrate hasta las escaleras y de ahí te pelas pa adentro.» José Cuauhtémoc lo tomó del codo para jalarlo consigo. El brazo del chamaco papiroqueaba. «No me puedo mover.» «Pos si no te mueves te van a reventar los changos.» El chamaco era hojita tembeleque. JC trató de tirar de él. El otro, en modo barra de hielo, no logró moverse de su sitio. «Dale, carnal», le gritó JC. No hubo manera de moverlo. Las balas seguían chifle y chifle y no por un morrito cagón iba a permitir que lo coladearan.

Continuó hasta llegar al quicio de la escalera. Los plomazos no cesaban ni un segundo. Ni de un lado ni del otro. Se estaban dando hasta con la cuchara. JC debía decidir si subía por los escalones o si se arrastraba al hueco bajo la rampa. Entre tanta oscuridad no veía ni madres y si tropezaba quedaría infestado de metal plúmbeo. Podía esperar a que el helicóptero alumbrara el área con las luces seguidoras y así vislumbrar hacia dónde dirigirse, aunque ello también podría significar que desde arriba se lo venadearan.

Se arriesgó. Corrió entre la oscuridad y a lo gato escobeteado, trepó las escaleras. El tronadero de balas rebotó contra los escalones, a centímetros de él. Un siglo en recorrer los primeros cinco. Siglo y medio después llegó al descanso, sudoroso y con las venas pulsándole detrás de los ojos. Sentía que las córneas se le iban a botar. Se sentó un rato para tranquilizarse. Imaginó a Dante limándose las uñas, sonriente, feliz. Los nueve círculos del infierno condensados en un desgreñe nocturno. Peloteados unos y otros. Por la cantidad de bultos tirados en el patio y en los alrededores de las escaleras, calculó no menos de treinta muertos. Y esos eran de ese lado de las barricadas, quién sabe cuántos habría en la banda contraria.

Subió hasta llegar a la azotea. Ahí halló mamposteados a un par de francotiradores. Los non plus ultra de la gente del Tequila. Esos no tiraban con cuernos de chivo. Utilizaban rifles con miras de visión nocturna (hasta eso les había traído Santa Claus a los Aquellos, por si dudas quedaban de quién regenteaba el país y las fronteras). Los batos apuntaban con calma y, como si se tratara de melones, estallaban la cabeza de sus enemigos.

A lo lejos, José Cuauhtémoc divisó la caballería. Llegaban en tropeles patrullas, trocas, camiones. Los federales se reforzaban. Pintaba para una masacre para la historia. Él no podía quedarse ahí. A como diera lugar debía huir y buscar a Marina.

Mi cuerpo


Mi cuerpo se derrumba. Caen ladrillos, varillas se
doblan, ventanas estallan, maderos se astillan.
Navajas en el estómago. La garganta corroída.

Mis vísceras, un llano enfangado. Algo se pudre
por dentro. Huele mal. Mis células se mastican
unas a otras. Me devoro a mí mismo. Pierdo paredes, se desploman techos, crujen vigas, se corroen
tuberías. Cuevas en los pulmones, sangre anegada,
temblores, una tormenta de arena en los ojos. Mur-
mullos, lamento de huesos, lengua tartamuda. Tabiques cuarteados, cristales en añicos. Zumbos en
oídos. Tremolar de manos. Carne purulenta. Dedos
sin uñas.

Polvo. Nubes. Hormigas en el cráneo. Avispas. Ser-
pientes. Columnas vencidas. Pisos asolados. Habitaciones obstruidas. Escaleras sin peldaños.
Grietas. Latidos silentes. Cansancio. Demolición.

Mi cuerpo.

José Cuauhtémoc Huiztlic
Reo 29846-8
Sentencia: cincuenta años por homicidio múltiple

Recorrimos a pie calles y calles sin rumbo. José Cuauhtémoc avanzaba en silencio, mirando atento a uno y otro lado. Luego de varias horas de caminata, divisamos a lo lejos un parque y resolvimos ir hacia allá. Entramos por uno de los senderos. Varios vagabundos dormían sobre las bancas, la mayoría cubriéndose del frío con cartones, periódicos y los más afortunados con cobijas. Penetramos hasta una mota de árboles y nos sentamos en el pasto. José Cuauhtémoc me abrazó. «Vamos a pelearla, amor», dijo. Era la primera vez que le oía decirme «amor». Y sí, la íbamos a pelear.

Estaba exhausta, consumida por la tensión emocional. Apenas dos días antes me hallaba asoleándome en la burguesísima casa de campo de Pedro y Héctor, consentida por meseros y por cocineras. Me pareció un evento acaecido en la prehistoria. Si no fuera porque aún me escocían las quemaduras de sol, hubiese pensado que nada de eso había sucedido. Que ese era el pasado de otra mujer, no el mío.

Extrañaba terriblemente a mis hijos. Me preguntaba cómo estarían, si Claudio ya les habría revelado mi huida, si pensaban en mí. Siempre consideré el abandono de los hijos por una madre como la mayor traición posible. Dejar a los chiquitos a merced de los ventarrones de la vida era un acto repelente por donde se le viera. ¿Era yo una miserable? ¿Los había traicionado? ¿Me absolverían? Quizás la traición había comenzado antes, cuando en el boom económico tanto mío como de Claudio, empezamos a dejar su cuidado a nanas y choferes. La maquinaria del desprendimiento inició de manera subrepticia y, debo aceptarlo, anestésica. A pesar de nuestros esfuerzos por ser padres presentes, era claro que habíamos delegado en otros nuestras responsabilidades. Abdicamos al pedirle a una nana «voy a dormir una siesta, te encargo a los niños» o al ordenarle a un chofer que los llevara a sus clases vespertinas.

Una amiga, hija de padres alcohólicos y abusivos, y cuya madre era en extremo promiscua, me dijo algo que en su momento me pareció desatinado, hasta que lo entendí hasta esa noche en el parque: «Uno no elige a los padres. Son quienes son y mientras más pronto lo asumamos, mejor». Sí, yo era la madre que les había tocado a Claudia, Mariano y Daniela. Esta y no otra. Los amaba con toda mi alma a la vez que los había dejado desamparados y solos. Sabía que les haría tanta falta como ellos a mí. Mantenía mi fantasiosa ilusión de que con el tiempo las aguas se nivelarían, que José Cuauhtémoc y yo saldríamos de ese mar tempestuoso y arribaríamos a tierra firme. Mis hijos regresarían a mí, José Cuauhtémoc y yo los criaríamos en un rancho remoto, sin nanas ni choferes y yo sería la madre más dedicada y él, un padrastro amoroso. Claudio se convertiría en un gran amigo de ambos. Viviría en una propiedad contigua y almorzaría con nosotros en un ambiente de confianza y complicidad. Incluso tendría su propio cuarto en casa si deseaba quedarse a dormir. Esa forma de pensar es solo de estúpidas que, como yo, ven demasiadas películas de princesas de Disney. Era más probable que me convirtiera en una vagabunda que en la propietaria de un hermoso rancho ganadero en medio de una verde pradera.

Aun con todo en contra, no podía permitir que el pesimismo me remolcara. Estas eran mis nuevas circunstancias y si había determinado irme con José Cuauhtémoc era porque en el fondo creía en una salida digna. No, no sería idílica, tampoco catastrófica. Quizás solo viviese a su lado unas cuantas semanas y exprimiría al máximo la experiencia. No, no volvería a ser la misma y la posibilidad de retornar a mi familia era de menos cero. Además, con un muy probable ingreso a la cárcel. Sin embargo, por primera vez sentí que mi vida estaba en mis manos. Jodida, pero en mis manos. No es que antes hubiese sido una mujer manipulada por otros. Habían sido mis decisiones. Yo había decidido ser bailarina, yo había decidido comprar Danzamantes, yo había decidido casarme con Claudio, yo había decidido tener hijos. Sí, mis decisiones, aunque inducidas por fuerzas programáticas: por mi familia conservadora, por la escuela de monjas, por el grupo de amigas, por el entorno de clase. Los miedos, las culpas, las motivaciones, los deseos, los controles, inoculados de manera sigilosa e indetectable. Creemos que decidimos, error: nuestras decisiones ya estaban predeterminadas en nuestro ADN desde el nacimiento. Me esperanzaba en que por lo menos mis hijos reconocieran mi valentía y mi fe en el amor, por más tortuoso que este fuera, y que se reconciliaran con esta desconocida que ahora era yo.

Pensé en Ohad Naharin, en su invitación al festival en Tel Aviv y en el profundo desaliento que debía sobrellevar la compañía por mi causa. Con seguridad, Alberto —con su tendencia a la franqueza y a ventilar los asuntos sin cortapisas— hablaría con el grupo para contarles lo sucedido. Hubiese sido inútil pedirle que no lo hiciera. Alberto poseía una cabal propensión a la honestidad. Prefería airear los trapos sucios a permitir que la peste atrapada contaminara al colectivo. No les contaría de mi presencia en su casa, aunque no se refrenaría para hablar de las visitas policiales y de las pruebas explícitas de mi infidelidad con un preso. «No vamos a ir a Tel Aviv porque Marina se fugó con un reo que huyó de la cárcel», les diría. También les pediría discreción. «No hagamos un escándalo de esto.» Un escándalo. A esas alturas lo único que me importaba eran los chismes que dañaran a mis hijos. Los quería intocados, por encima de este jaleo. En cuanto a mi reputación, esa ya me valía madres. Al irme con José Cuauhtémoc le había dado la espalda a mi círculo social. Que dijeran lo que se les pegara la gana, que cotillearan hasta el cansancio. Sentí pena por Claudio, quien debería capotear la humillación pública por mi huida con otro, para colmo, un asesino.

A Ohad quizás le hiciera gracia saberlo. Un artista de su dimensión no tendería a juzgar. Al contrario, los rebeldes son pivotes de la creatividad. O al menos, quería comprar la pequeña ilusión de que mi apuesta por el amor extremo sería reconocida por mis pares y en lugar de murmurar sobre mí, me profesarían admiración. ¿Cuántos de ellos y de ellas no matarían por tomar una decisión tan radical como la mía? ¿Ser tan arriesgados como Rimbaud, como Biyou? Otra vez la ilusa de mí. ¿Quién en realidad quisiera estar tumbada en un parque, muerta de frío, a las dos de la mañana, rodeada de teporochos, sin otra certeza que el amor por un fugitivo de la justicia?

Hicimos el amor. No me importó desnudarme por completo. Me tuvo sin cuidado si uno de las decenas de pordioseros que dormían a nuestro alrededor me veía. Era oscuro y me perdía entre el vasto cuerpo de José Cuauhtémoc, también desnudo. Al notar que el pasto me picaba, se acostó boca arriba y me montó sobre él.

Al terminar me recosté sobre su torso. Me cubrió con los brazos para protegerme del frío. Yo misma me sorprendí de mi desnudez tan abierta, tan decidida. Sí, con anterioridad me había desnudado en público, pero en el protegido ámbito de un escenario teatral. Aquello lo había juzgado temerario y subversivo. Y en mi pasado contexto lo era. No hubo en realidad un riesgo físico. Aquí me jugaba la vida. Una mujer desnuda en un parque a media noche era incitar a una violación. Sin duda, me protegería mi hombre, mi gigante. Aun cuando confiaba en él, ¿qué pasaría si de pronto nos acometieran diez tipos armados con cuchillos y botellas rotas? ¿Podríamos José Cuauhtémoc y yo contra ellos?

Se borraban los límites que antes me contenían. ¿Me estaría acercando a la locura o más bien, por fin hallaba mi verdadero ser? Me sorprendí de que en ningún instante asomara en mí un dejo de culpa. No, esta vez las monjitas de mi escuela no vencerían. Anularía las toxinas del sentido del pecado. No más malestar profundo. No podía permitir que la parálisis culposa me impidiera pensar con claridad.

Nos vestimos y nos abrazamos para darnos calor. Caí rendida. Siempre sensible al más mínimo ruido al dormir no escuché el rumor de autos y camiones que transitaban por la avenida lindante, ni las voces ni los pasos de quienes usaban el parque como pista para correr, ni el pregón de los vendedores ambulantes que desde el amanecer ofrecían atole, jugo de naranja y tamales a los trabajadores y burócratas que cruzaban por los senderos.

Abrí los ojos ya entrada la mañana. Los desolados jardines de la madrugada ahora estaban llenos de gente. Algunos me miraban con curiosidad. Debían pensar que la burguesita tumbada en el césped era una borracha que se había quedado inconsciente a medio camino a su hogar. Aún adormilada, estiré mi mano para buscar a José Cuauhtémoc. No estaba. Me incorporé para ver si se había rodado un par de metros más allá. No. Examiné el lugar. Quizás se encontrara sentado en una banca o habría ido a comprar tamales a uno de los puestos. No lo hallé por ningún lado.

Me puse de pie. Una pareja de estudiantes de secundaria fajaba en una banca. Me acerqué a ellos. Los interrumpí cuando el muchacho acariciaba los senos de su novia por encima de la tela. «Disculpen», les dije. El chavo me volteó a ver con cara de «lárgate de aquí pinche ruca», mientras ella se bajaba la falda y cerraba dos botones de su blusa. «¿No han visto a un güero grandote, con pelo medio largo que estaba ahí acostado conmigo?» La muchacha negó con la cabeza. «No seño, acabamos de llegar.» Las manchas rojizas en su cuello y pecho, que denotaban su excitación, la contradecían. Debían llevar al menos media hora metiendo mano. «Estaba debajo de ese árbol, ¿no lo vieron pasar?» El muchacho respondió molesto. «Ya le dijimos que no.» No quise insistir. «Gracias», les dije y me alejé. Aunque el muchacho trató de retomar el fajoteo donde se habían quedado, ella se resistió. Tomó sus útiles y se levantó dispuesta a partir. Él la siguió, no sin antes dirigirme una mirada de odio.

No quise creer que José Cuauhtémoc me había abandonado. Había confiado a ciegas en él y simplemente se había esfumado. Comencé a sufrir un ataque de pánico y más cuando a lo lejos vi aproximarse a dos policías. ¿Me habría denunciado para librarse de mí? ¿Se habría ido por mi bien o ya lo había hartado? No, no podía desaparecer. No él.

Regresé al manchón de pinos donde nos habíamos dormido. Al menos ahí me encontraba fuera de la vista de los dos policías, quienes no se veían alertas ni parecían seguir mi rastro. Caminaban despreocupados. Debían ser los vigilantes habituales del parque.

Volví a escrutar el sitio. Quizá José Cuauhtémoc se había ido a refrescar a la fuente. Nada. Por los pasillos del parque, obreros apuraban el paso para tomar las peseras que hacían parada sobre la avenida. Uno de los pordioseros se había quitado la camisa y se limpiaba las axilas con un trapo que humedecía en un charco. Perros callejeros husmeaban en los botes rebosantes de basura. Madres llevaban a sus hijos pequeños a la escuela. El mundo continuaba su pulsación y yo sola en un parque con una tristeza que me desolaba. José Cuauhtémoc, el hombre que más había amado en mi vida, me había dejado a mis expensas.

Gritan. Disparan. Huyen. Atacan. Lloran. Gimen. Acuchillan. Golpean. Braman. Arremeten. Asaltan. Defienden. Hieren. Matan. Rugen. Avanzan. Mueren. Puñetazos. Cuchilladas. Tiros. Oscuridad. Sangre. Bengalas. Fulgores. Muerte.

Los federales acometen. Los presos resisten. Luchas cuerpo a cuerpo. Solo se ven sombras. ¿A quién disparar? ¿A quién acuchillar? Anarquía. Órdenes en ambos bandos. Replieguen. Embistan. Aguanten. Pasillos atascados de cuerpos. Olor a sangre. Olor a vidas que se fueron. Pasos. Ráfagas de metralleta. Aullidos de dolor. Pedidos de clemencia. Tráfago de hombres. ¿Quién es quién en esa oscuridad? Tableteo de balas. Esquirlas. Orificios. Heridos. Clamor de auxilio. Sesos desparramados. Huesos rotos. Sangre. Últimos suspiros. Respiración boca a boca. Abrazos finales. Despedidas. Lágrimas. Coraje. Rabia. Furia. Desesperación. Miedo. Esperanzas.

Las fuerzas policiales irrumpen por varios flancos. Los presos los rechazan. Los Aquellos tienden una trampa. Varios federales entran a un bloque. Explota dinamita. Siete. Ocho muertos. Los oficiales retraen sus tropas. Retirada. Los rebeldes los rodean. Órganos, perforados. Hígados. Pulmones. Intestinos. Páncreas. «Atrás, atrás, atrás.» Sombras se desplazan de un lado a otro. Tinieblas. Francotiradores. Tres, cinco, caen.

Los perros embisten. Carne desgarrada. Músculos arrancados. Ladridos. Gruñidos. Disparos. Chillidos. Canes baleados. Estertores. Orejas gachas. Cascabeleo de muerte. Frío. Humo. Fuego. Neblina. Helicópteros. Luces. Persecución. Obuses. Barretts 50. Bazucas. Rotores. Cañones. Morteros. Explosivos. Fulgores. Fuego. Quemazón.

Asesinos. Ladrones. Violadores. Narcos. Basura. Infantería. Guerra. Una guerra estúpida. ¿Para qué jugar vencidas con los narcos cuando estaban a punto de llegar a un acuerdo? El caos un obsequio. A río turbio merienda de tiburones. Guerra. Guerra. Guerra.

José Cuauhtémoc dispara. Se oculta. Se parapeta. Difícil avanzar en ese mar negro. En ese espeso mar negro oloroso a pólvora y a voces. Difícil reconocer a tientas en qué parte de la cárcel se halla. Calcula encontrarse en el bloque C, dos bloques más allá del suyo.

Don Julio y sus sifones se han atrincherado en el bloque VIP. Desde ahí se comandan las ofensivas. Militares metidos a narcos asesoran. «Desplieguen una columna al centro», «abandonen posiciones en el patio». Mandatos ciegos entre tanta negrura. A pegarle a la piñata vendados. Intuyen que van ganando. Disminuye la intensidad de la lluvia de balas. Los abejorros han dejado de sobrevolar. Las tortugas enemigas se reagrupan. «No hagamos confianza», decreta uno de los narco/militares conocedor de los tinquineos del contraataque.

A lo lejos se escuchan sirenas de ambulancias. Un torrente de sirenas. ¿Cuántos heridos hay allá afuera? ¿Cuántos heridos hay acá adentro? José Cuauhtémoc atiende a uno de los suyos. Mandíbula arrancada por una bala expansiva. Balbuceos. Manoteos. «Calma», le dice. Imposible calmar a quien le falta la mitad de la cara. Su lengua baila de un lado a otro entre el mazacote de carne y huesos. Quiere hablar. Solo emite sonidos de radio descompuesto. Nada que hacer por él, excepto rematarlo. JC no lo hará. El bato lleva un cuchillo. JC se lo quita y se lo guarda en la cintura. «Suerte, hermano», le dice antes de pelarse, y lo deja tumbado en la orilla de la muerte.

La batalla se interrumpe. Más sirenas de ambulancias. Gritos lejanos. JC sale al patio. Zona de desastre. Cadáveres humanos y de perros. De pronto, escucha tras de sí un creciente murmullo. Vuelve la vista atrás. Una masa enfebrecida, al percatarse del culeo de los federales, avanza en tropel hacia la puerta de salida. Son los chacas, lo más bajo de la jerarquía carcelaria. Los cacos, los carteristas, los acosadores sexuales, los burócratas corruptos de bajo nivel, la broza, los ñeros. Es un éxodo masivo. Mientras corren, disparan hacia la zona de ingreso para zapaquear a las tortuguitas remanentes. Son cientos marchando en el corazón de las tinieblas. Los mandriles de don Julio hacen un esfuerzo por retenerlos. Esos reos son la carnada, el gusanito al final del anzuelo. Son los desechables. No pueden perderlos. Pero no hay nada por hacer, la caballada se les va. Ni modo de dispararles por la espalda. Mejor, que salgan, dicen los militares-narcoasesores. Nos conviene que se arme el despapaye allá afuera. Y ahí van los marielitos mexas a infestar las calles con la enfermedad de la sublevación.

JC ve la chanza real de fugarse. Las manadas son incontenibles. Siente el impulso de correr a su lado. Se detiene. Su obra. Se encuentra arriba bajo su catre en la oscuridad. ¿Vale la pena regresar por ella? La chusma puede usar las cuartillas para prender fuego. ¿No es para eso una obra: para prender fuego? «Si mi casa se quemara y solo pudiera salvar una cosa ¿qué salvaría?» El fuego, el fuego, el fuego. Es ahora o nunca, José Cuauhtémoc. Marina está allá afuera, pendejo. Fuego. Fuego. Fuego. Llevas la obra en tu cabeza. Ahí está guardada. Cada historia te la sabes de memoria. Ve por Marina. Apuesta por el fuego, José Cuauhtémoc. Apuesta. Estás a trescientos metros de la libertad. El fuego. El fuego. Anda, cabrón. Arranca con ellos. Marina te espera. Vuelve la mirada hacia el bloque de celdas. «Si mi casa se quemara y solo pudiera salvar una cosa ¿qué salvaría?»

No lo piensa más. Se incorpora a la estampida de búfalos. En la negrura tropiezan con los cuerpos, con los heridos. Nadie se detiene. Los saltan, los esquivan, los eluden. Uno de ellos se para en seco. Le falta apenas una semana más de sentencia. Para qué chingados se pela. Que se pele la plebe que está jodida. Intenta devolverse. Lo empujan, lo insultan. La bufalada es imparable. No le queda de otra que volver al río de sudor y esperanza.

Las hordas se apelotonan en la puerta de ingreso. Se hace embudo. Pasan saltando los torniquetes y salen a la calle. Afuera, los tortugas ninja los acribillan. Se los chingan de a montones. Eso no los amilana. Nel. Se organizan entre gritos para devolver la metralla. Ellos también van armados, pos que no. El toma y daca es rabioso. Cinco minutos de tronadero. Pinos de boliche unos y otros.

Los federales se rajan. Ellos sí tienen que perder. Sueldo, mujer, hijos, un perrito, amigos. Los presos qué. Lacras jodidonas que prefieren morirse a quedarse en el tambo tragando camote. Ni madres que sigo en el botiquín un día más. Con todo, compañeros, que la vida es corta y la chinga es larga. Y los lacras avientan el carro. Malverde y la Santa Muerte los cuidan aquí en esta tierra y si tienen mala suerte, lo harán en el más allá.

Los negros se repliegan hasta las explanadas del estacionamiento y se esconden detrás de las naves. Algunos no paran de temblar. Traen el culo apretado. Tanto casco y tanto chaleco y nada los preparó para la tempestad de plomo y las tolvaneras de muerte.

A falta de fierro, José Cuauhtémoc empuña el cuchillo. Se va a llevar a quien se le atraviese. «La vida es un animal rojo e implacable.» Como fullback cruza las líneas de tiradores. Su zancada Bolt le permite adelantarse y atravesar el espacio abierto antes de que los policías vuelvan a la carga. Deja atrás las hordas hunas y en cuanto cruza la explanada, reinicia el tiroteo.

Corre en putiza. Divisa los focos de una calle distante: la meta. En chinga se dirige hacia allá. Una ambulancia ulula apenas a unos cien metros de él. En la oscuridad las luces rojas irradian las calles. Vuelve la vista. Atrás queda el reclusorio en llamas. Una mole naranja en la negritud de la noche. Decenas de gritos, lamentos, detonaciones. Parvadas de balas vuelan de un lado a otro.

Está a punto de llegar al límite entre la negrura y la luz, cuando se topa con cuatro tortugas ninja. Caminan distraídos. Se les nota cansados. Parecen venir de unos autobuses estacionados a poca distancia. Se sorprenden al descubrir a un prisionero huyendo. Uno de ellos trata de taclearlo. José Cuauhtémoc lo arrolla. Otro intenta sacar su pistola y el rubio le plancha una cuchillada en la garganta. Un chisguete de sangre brota y mancha la camisola de JC. Otro de los cuicos se interpone y José Cuauhtémoc lo manda por un chesco con un derechazo. El que ha atropellado brinca como resorte y abraza al rubio por la espalda con la esperanza de que su compañero lo balee. Al otro se le traba el arma. JC se zafa y le encaja el cuchillo por arriba del chaleco. El filo cruza en diagonal y rebana el ventrículo superior izquierdo del cucharón. El tipo se desploma boqueando cual lobina y de uno de sus bolsillos cae un celular.

Los dos federales sobrevivientes huyen. El gigantón es mucho para ellos. José Cuauhtémoc toma el celular del muerto y corre hacia el lado opuesto. Aferra el cuchillo ensangrentado, listo a enfrentar a quien intente detenerlo. Recorre varias calles. Sus pulmones, un globito de fiesta a punto de reventar. No para hasta que arriba a una avenida. NPI dónde se halla, pero avanza mientras trata de recuperar el resuello.

Advierte la camisola tintada de rojo a lo Pollock. Tiene que esconder el cuadrito. Descubre a un teporocho tirado en una esquina. JC le quita una de sus cobijas apestosas a guacareada y meados, y se la coloca sobre los hombros. La frazada cubre la mancha. Continúa su camino. El fuego. No tarda en amanecer.

*Joseph Campbell, tu antropólogo favorito, escribió una vez que para las ovejas, el buen león es el que no las mata. Para los leones, el mal león es aquel que no mata a las ovejas porque traiciona su naturaleza y su espíritu. Un imbécil, en una revista americana, aseguró que para erradicar el mal era necesario que los seres humanos manipuláramos gené-*

ticamente a las especies predadoras para extirparles su instinto de ataque. Una vez eliminada la muerte violenta en la vida salvaje, el mal se disiparía. En este escenario sublime, los leones y el resto de las especies cazadoras se tornarían vegetarianos, la ferocidad quedaría desterrada con un feliz impacto en la moral y la convivencia de los seres humanos. En caso de que no fuera posible consumir este manoseo genético, según este «filósofo», debería procederse al exterminio de aquellas especies que para subsistir requieran matar a otra. Se restablecería el Edén y la ideología vegana, tan puritana y tan intolerante, por fin gobernaría sobre la faz de la tierra. Este ecocidio sería un mal menor contra los incontables beneficios de la medida. Conejitos, venados y humanos retozaríamos alegres entre la hierba sin temor a ser sujetos de una agresión (imagino que también serían aniquilados los escorpiones, las tarántulas, las cobras y demás alimañas venenosas). Retornaríamos al punto cero descrito por la Biblia, y Dios y demás seres imaginarios sonreirían satisfechos.

No es mentira lo que te cuento, Ceferino. Para un sector de la población, la raíz de los problemas sociales no es la injusticia, ni la inequitativa distribución de la riqueza, ni la corrupción, ni el racismo, sino la desviación ética provocada por el consumo de carne y, por tanto, por la falta de respeto hacia los animales.

En el marco de este pensamiento, ¿qué se haría con tipos como mi hermano? ¿Se les manipularía el ADN para convertirlos en seres emocionalmente capados? ¿O de plano se aniquilaría a todos los criminales para así expulsar del nuevo Edén los peores instintos remanentes de la naturaleza cruel y despiadada? ¿Deberían suprimirse el «espíritu del león», la lucha, la competencia, la territorialidad, los machos y las hembras alfa?

Tú no pasarías el corte. Junto con tus dos hijos varones, irías directo al basurero. En el universo vegano, ascético, aséptico, desdentado, gente como nosotros estaría destinada a la trituradora. Unos cuantos sacrificados en aras de la placidez y el bienestar comunitarios. La fantasía de los ñoños. La tibieza como estandarte político. Vomitivo.

¿Cómo podría amoldarse José Cuauhtémoc en este nuevo orden moral? La cárcel no lo rehabilitó, llevaba enquistado el impulso de matar. No le bastó chamuscarte vivo y balear a un adolescente y a un comandante. Escapó de la cárcel y en el trayecto asesinó a dos policías. ¿Qué sensaciones experimentó al quitarle la vida a otro ser humano?

*Estuve tentado a preguntárselo cuando lo visité en la cárcel unas semanas antes de que se fugara. Accedió a verme porque lo engañé. Julián Soto le comunicó que el dueño de una editorial interesado en su obra deseaba verlo. La única condición que exigí para reunirnos fue vernos a solas en un espacio privado. Mi hermano picó el anzuelo.*

*Nos facilitaron un pequeño cubículo. Al entrar, no me reconoció. Entró y se sentó en la silla frente a mí. Se le veía macilento, ojeroso, en deplorable estado físico y emocional, consecuencia —según me contó Julián— del largo encierro en un apando. «Buenos días», lo saludé. No me prestó atención. Distraído examinó el espacio. Una mesa, dos sillas, paredes verdes, piso de cemento, algunas colillas tiradas. «¿Cómo estás?», le pregunté. Se volvió a verme, extrañado por la familiaridad del tono. «¿Eres tú o te pareces?», inquirió. «Tú dime, ¿soy o no soy?» No debió caerle en gracia que el supuesto editor Francisco Ramírez fuera en realidad su hermano Francisco Cuitláhuac. Años mediaban desde mi última visita. Yo había embarnecido y, gracias a mis genes indígenas, mi cabello era aún negro y sin indicios de calvicie. En su melena rubia y larga comenzaban a notarse algunas canas. «¿Cómo están mi mamá y Citlalli?», preguntó sin más. Le respondí con un sucinto «bien». No le relataría que nuestra madre se había engurruñado, ni tampoco de la tendencia ética llevada a patéticos extremos de nuestra hermana. «Me las saludas», dijo sin emoción.*

*No sobrepasamos el recuento de nimiedades, más propio de desconocidos que de hermanos que tiempo atrás se prodigaron cariño y complicidad. Después de unos minutos de charla insustancial, parecí hastiarlo. Su atención se hallaba en otro lado. No preguntó si en verdad publicaría sus textos, aunque yo ya había decidido hacerlo. Será un clásico. De entrada, su historia de vida seducía. Problema insalvable era promover las historias de tipos cuya tediosa existencia provocaba tanto entusiasmo como engullir un huevo crudo. Lo peor era que sus libros la reflejaban y eran de una pereza total. Ellos se consideraban entre los* happy few, *aunque en realidad pertenecían a una cohorte de creadores emasculados que ocultaban, bajo el manto de un discurso intelectual y grandilocuente, a la vez que inane y anodino, los límites de sus alcances. A esos, papá, no me interesaba publicarlos. Aunque algunos eran jóvenes, sus obras olían a viejo. Literatura rancia desde su incubación.*

*Nos despedimos con un apretón de manos y ya. Por cortesía le extendí mi tarjeta. «Francisco Ramírez. Finanzas», leyó en voz alta y*

*esbozó una sonrisa. «Por fin te liberaste de la maldición Huiztlic»,*
*dijo, y partió sin volver la mirada atrás.*
    *Nuestro breve intercambio trastocó la vida de ambos. Unas sema-*
*nas más tarde volveríamos a encontrarnos.*


Me quedé sentada bajo los árboles durante largos minutos. No
sabía si enojarme o si lamentarme. Volver a la casa y pretextar un
ataque de locura no me salvaría de un divorcio inminente. La excusa del secuestro por un discípulo de Julián que había escapado de
la cárcel se difuminó en cuanto les mostraron a Claudio y a Alberto
mis videos fornicando con él dentro de la cárcel. ¿Dónde demonios
había puesto la cámara el cabrón de Carmona? Si el reclusorio estaba
en manos de los presos sublevados ¿cómo habían obtenido mis fotos
y mis videos? Sonaba todo tan irreal. En cada escuela para burguesitas, debían impartir las materias de Calle I, Calle II, Calle III y así
desde la primaria hasta la universidad.
    Me resistí a creer que se hubiera ido para siempre. No, él no
era ese tipo de persona. ¿Qué había pasado? «José Cuauhtémoc,
José Cuauhtémoc…», imploraba en silencio, como si se tratara de
un santo al cual debiera rezarle para cumplirme un milagro.
    Poco a poco el parque se fue despejando. Hasta los pordioseros
partieron. En la avenida pude distinguir a algunos de ellos agacha-
dos sobre los botes revolviendo la basura en busca de sobras para
comer. ¿Y si yo terminaba así? Una paria arrojada a la calle por su
familia y por su círculo social. Una descastada sin futuro. Una
mierda eso del amor, una reverenda mierda.
    Me puse a merodear por los senderos. Debía aclarar la cabeza,
elaborar un plan. A estas alturas mis tarjetas de crédito y cuentas de
banco ya debían estar bloqueadas. Con certeza mi celular lo habían
intervenido. Un abogado hábil me sacaría de esta, no me cabía la
menor duda. Recuperaría el control de mi dinero y era probable
que no pisara la cárcel, aunque adiós hijos, familia, marido, amigas.
Y quizás hasta Pedro, Héctor y Julián. Perdería la academia. Ninguna madre de «buena familia» inscribiría a sus hijas en una escuela dirigida por una «loca», una «delincuente» y una «putita». Nada
mitigaría la lapidación. Dejar a un hombre decente y a sus tres hi-

jos por fugarse con un homicida era un acto innombrable. Había ido contra la naturaleza materna y encima contra el sentido moral y ético que con tanto afán me habían procurado monjas, familia, padres, amistades. Vislumbré un breve resquicio por el cual salvar a la compañía. El morbo podría acompañar mis coreografías y provocar llenos y reseñas en varios medios. La *femme fatale* exhibida a una generación de *millennials* como una especie extinta y redescubierta al deshelarse la capa permafrost.

La experiencia de Biyou me dio ciertos ánimos. Podría recomponerme como ella, aletear para emerger de las cenizas. Pero, ¿qué haría yo sola, la ñoña que quiso jugar a ruda y el escopetazo le explotó en la cara? Biyou venía de la extrema pobreza y de la negritud, dos condiciones que le dieron preeminencia sobre las demás. El hambre por ser ella misma la empujó a pelear con fiereza de pantera. ¿Cómo derrotar a una negraza proveniente de los arrabales y de la violencia? En cambio yo, sin José Cuauhtémoc a mi lado, ¿de dónde sacaría entereza y enjundia para afrontar el deslave de mi mundo?

En los periódicos esparcidos sobre las bancas y que por las noches los teporochos utilizaban para cubrirse del frío, busqué noticias sobre la fuga de José Cuauhtémoc y ver si por acaso me mencionaban. Nada, eran diarios de semanas pasadas, ya amarillentos. Seguí recorriendo las bancas hasta que di con una edición de dos días atrás. En primera plana se aludía a la masacre que se llevó a cabo apenas unas horas después de que partí del reclusorio. Cuarenta y seis reos y treinta policías habían perecido, más un número indeterminado de caballos y perros. Empecé a sentir un nudo de abejas en la garganta. El reportero hacía un recuento de la estampida masiva de presos. «En medio de la más absoluta oscuridad, más de trescientos presos, dotados de armamento de alto calibre, salieron en tropel por la puerta principal del centro penitenciario. Se suscitó una intensa batalla con las fuerzas del orden y varios de ambos bandos resultaron muertos o heridos.»

Yo asoleándome en Tepoztlán mientras en las explanadas del reclusorio había quedado una alfombra de cadáveres. Las fotos espeluznaban. ¿Qué había vivido José Cuauhtémoc esa noche? ¿De dónde provenían esas manchas de sangre en su camisola? ¿Adónde había ido ahora? Me quedé sentada en una banca, abrumada. Debía decidir muy bien mis próximos pasos. Creí conveniente llamarle a Pedro y explicarle con detalle lo sucedido. Aunque vendría sobre mí una reprimenda feroz, estaba segura que él era la persona más indicada para sacarme de este atolladero.

Saqué el celular de mi bolsa y cuando empezaba a desenvolverlo de las múltiples capas de papel aluminio, un hombre robusto, vestido de traje, me abordó. «¿Señora Longines?» Volteé a verlo, deslumbrada por el sol detrás de él. «No, yo no me llamo así», respondí. Vislumbré el peor de los escenarios: que José Cuauhtémoc me hubiese delatado y que policías vestidos de civil venían a apresarme. Ojeé el parque para determinar una ruta de escape. Correría sin detenerme hasta llegar a la avenida y la cruzaría con rapidez hasta perderlo de vista. No sería fácil. Otros dos grandulones de traje bloqueaban las veredas. «Señora, es necesario que venga con nosotros.» Si lograba escapar ¿adónde chingados iría? Mejor terminar de una vez con la farsa. «Está bien», le respondí.

Me puse de pie y el tipo señaló dos camionetas Suburban negras estacionadas en una de las calles aledañas. «Si me hace el favor de acompañarme», pidió. Respiré hondo y eché a andar. Los otros dos nos siguieron a la distancia. El principio de mi fin comenzaba.

No podía ir banqueando así nomás. Las avenidas parecían el Azteca después de un América vs. Chivas. Se metió por callecitas para evitar las muchedumbres. La bronca era que en las callecitas luego había chismosos. «¿Y este quién es? ¿Lo conoces? No, pos se ve sospechoso, ¿le hablamos a los de guardia?» Pinchurrienta colonia enrejada por todas partes, con casetas de vigilancia privada y para colmo, letreros con «Ladrones y rateros, los colonos estamos organizados. Te estamos vigilando. Atrévete a robarnos y verás.» En sus tiempos, JC nunca había visto tal despliegue de histeria. Las ventanas con barrotes, los garages asegurados con candados, las llantas de los carros con birlos de seguridad, las motos encadenadas a postes. Quería ir a un lado, imposible. Para el otro, imposible. Calles cerradas, andadores cerrados. Parecía perrera de antirrábico.

Le costó un huevo salir de ahí. Adonde se metiera una méndiga reja le impedía el paso. Un laberinto de casas pellejosas, de esas que en lugar de cortinas cuelgan sábanas, en las que las puertas son de triplay y de los techos penden focos pelones. Mucho cerraje para tan poco cofre. Bueno, los vecinos ya debían estar hasta la madre de los cacos.

Por fin pudo salir de paranoialandia. Agarró por una avenida solitaria que lo llevó a barriadas más recias. Lo bravo se notaba de inmediato en lo flaco de los perros, en la música con el volumen a full, en los charcos con manchas de aceite, en los carros desvalijados, en los diablitos conectados a los postes, en las ventanas rotas, en las miradas de ¿quémevespincheputo? De ese barrio debían venir las uñas que atracaban el vecindario contiguo.

Cruzó entre manadas de malandros. Lo midieron con la mirada. Era raro ver un güero en la zona, pero lo dejaron pasar. Los mapaches eran chaparrones y aventarse un tiro con un mono de ese tamaño estaba de a cómo. Encima, el uniforme caqui. Capaz que era uno de los prófugos y mejor para qué averiguar. JC cruzó varias cuadras sin titubear hasta que la avenida se hizo menos pitbull y más golden retriever. Puestos de ambulantes, doñas friendo quesadillas en grandes cazos hirvientes, puestos de CD y DVD piratas, merolicos de este-ungüento-cura-la-impotencia-el-cansancio-las-hemorroides. No le convenía exhibirse por ese mall de pobretones, algún pitonero podía soplar a los cuicos que un tipo con uniforme de preso andaba por ahí, aunque las tripas le comenzaban a ladrar y la garganta a pedirle hábitat de pececitos.

JC iba erizo, sin un quinto encima. Ni por un segundo pensó en mendigar o pedir comida de a grapas. Menos robar. Ni modo de agarrar un mixiote y pelar carrera. De niño acostumbraba buscar morralla afuera de las panaderías para juntar suficiente para comprarse un cocol o dos. En los mercados, siempre había alguien a quien se le caía el cambio. En lo que la cola de un cordero dio tres vueltas logró juntar veintiocho varos. Le alcanzó para dos tacos de maciza y un agua de horchata. Proteína y carbohidratos para amachinar el cuerpo.

Le preguntó a la marchanta la ruta para llegar a San Ángel. Ella no tenía idea de dónde quedaba. San Ángel le sonaba tan familiar como Lituania. «¿Por dónde queda?», le preguntó. «Por Río Churubusco», le respondió JC. «¡Ah! Pos pa allá», y la mujer señaló «pa allá». Ya que las indicaciones de la ñora señalaban hacia el poniente,

JC se orientó con el sol y echó a andar. De nuevo eligió irse por calles y no avenidas y de nuevo colonias enrejadas. ¡A qué ganas de joder al prójimo! La Constitución mexicana garantizaba el libre tránsito y estos chachalacos obstaculizando el paso hasta de los camoteros y las tamaleras. Otra vez a dar de vueltas como rata de laboratorio.

Para su mala pata, hacía calor. Él, que se tallaba hasta con las uñas al bañarse para llegar limpiecito y fresco cuando se encontraba con Marina, en esta ocasión iba a llegar a verla sudado y apestoso. ¿Por qué chingados había subido a veintiocho grados la temperatura cuando en la Ciudad de México siempre era templada? Pinche cambio climático de verdolaga.

Siguió culebreando por entre las colonias/perreras. En el camino se topó con un lote baldío bardeado. Se asomó por una de las rendijas. Aparecía abandonado. A toda madre pa echarse una jetita mientras bajaba la calor. Guachó que nadie curioseara, tomó impulso y saltó la barda. Apenas llegó al suelo y le llegó un tufo a testículos triturados. El terreno lo aprovechaban los colonos para arrojar su basura. En una de las esquinas se apilaban las bolsas. Huevones, qué les costaba esperar el camión de limpieza.

Por fortuna era un solar grande de dos mil metros cuadrados. Al lado contrario de la pirámide pestilente, se hallaba una arboleda. Muy otra cosa. El pasto crecía verdísimo, las ramas de los fresnos ondulaban con el viento y olía a bosque. Ideal para un pícnic romántico, con canastita, mantel de cuadros rojos y blancos, copas de cristal cortado, vino francés y para quitarle lo mamón a la estampa, una buena dotación de huevos cocidos sin sal y Coca-Colas tibias en vasos desechables.

Se tiró bajo la sombra y miró hacia la copa de los árboles. Las hojas se definían contra el azul del cielo. Pequeñas nubes blancas se vislumbraban entre el follaje. Le recordó sus tardes en el río después de recoger piedras. Esa era la libertad y por nada en el mundo la volvería a perder. Examinó el celular del policía. Era un modelo viejito, sin cámara y sin internet. Casi un walkie-talkie. En la pantalla venían varias llamadas perdidas. La mayoría provenían del número de «Mamá». La pobre ñora debió marcarle frenética a su hijo cuando vio en la tele las noticias sobre la galopada de los presos. A esas alturas la señora ya debía saber que su hijo era un querubín más en el cielo. Con ese llamaría a su amadísima.

Sacó la foto de Marina y la ficha con sus datos. No debía traerlas más consigo. Si se lo atoraban los azules, se la chingaban a ella también. Volvió a leer su dirección y su teléfono. En onda mantra los repitió hasta aprendérselos. Luego rompió la ficha en pedacitos y los aventó para que los esparciera la brisa. Colocó la foto en la base del tronco y con piedras formó un círculo alrededor de ella. Si algún chango la descubría después, diría: «Esto lo hizo un hombre encabronadamente enamorado», para luego desbaratar el altarcito y guardar el retrato en la cartera para luego presumirles a los chómpiras la güerilla de ojos borrados y nariz de pellizquito: «Miren, la foto de mi chava, ¿a poco no está bien chula?».

Se durmió contemplando la imagen de Marina. Soplaba un airecito y no se sintió acalorado. A lo lejos escuchó niños jugando, perros, un radio, aviones. Despertó cuando ya el sol estaba metiéndose. Se incorporó y norteado nomás no supo dónde andaba. Tantos años dentro de la chirona tendían a desorientar.

Se había moneado más de la cuenta. Debía pisarle para llegar a casa de Marina lo antes posible. No podía buscarla muy noche. No sabía si ella era búho o gallina. Le dio un besito a la foto. La volvió a dejar en su lugar, caminó hasta el lado opuesto del baldío, saltó la barda y comenzó su viaje hacia León Felipe #198, colonia San Ángel.

Mientras nos aproximábamos a las Suburbans, el tipo se comunicó por radio. «Estamos por llegar, señor.» Otros dos descendieron con anticipación de una de las camionetas y abrieron la puerta trasera. Un tipo alto, moreno, vestido de manera impecable, adelantó dos pasos hacia mí y extendió su mano. «Mucho gusto, Marina», dijo. Se la estreché. Él sonrió. «Nos costó trabajo encontrarte, no estabas donde nos dijeron.» Si el moreno era policía, debía estar en lo más alto de la estructura jerárquica. Traje a la medida, corbata de seda Charvet y un reloj Louis Moinet Tourbillon denotaban un poder económico solo accesible a hombres o muy ricos o muy corruptos.

Me invitó a subir a la Suburban. Se sentó junto a mí mientras dos de los fortachones se colocaron en los asientos delanteros. La camioneta arrancó y la de atrás comenzó a seguirnos. Aunque intenté mostrarme cool, mi pie derecho no cesaba de temblarme. Estaba aterrada. Por un instante pensé que Pedro había mandado por mí, pero no reconocí a ninguno de sus escoltas. Además, ¿cómo podría saber dónde me encontraba?

Tomamos por Universidad y en Miguel Ángel de Quevedo dimos vuelta a la derecha hacia el oriente de la ciudad. El moreno abrió un compartimento dentro del cual venía una hielera. «¿Quieres agua, un refresco o una cerveza?», ofreció. Acepté una botella de agua.

Me acabé la botella y de inmediato el moreno me ofreció otra. Sus manos mostraban una manicura realizada con fineza. Parecía un guardaespaldas adinerado con modales de señorito de Las Lomas. Su elegancia solo contribuyó a incrementar mi desconcierto. Bebí la otra botella. En verdad tenía sed. Miré por las ventanillas. Quizás ese sería mi último día de libertad por los próximos años. «¿Mi marido ya sabe que estoy con ustedes?», pregunté. El moreno se volvió hacia mí, extrañado. «No lo creo», respondió. «¿Estoy arrestada?» El hombre soltó una risotada que contagió a los dos de adelante. «¿Arrestada?», cuestionó como si se tratara de una broma en extremo chistosa. «Al contrario, vinimos a rescatarte.» No supe si sentir alivio o no. Quizás eran secuestradores y la policía les había dado el pitazo. El moreno me sacó de dudas pronto. «Soy amigo de Pedro y Héctor», dijo aún sonriente. Los nombres de ambos me permitieron respirar de nuevo. «¿Ellos saben que estoy con usted?» El tipo negó con la cabeza. «No, no lo saben. Háblame de tú. Soy Francisco Ramírez», dijo.

El que conociera a Pedro y Héctor me hizo sentir más en confianza. «Está bien Francisco, te hablaré de tú.» Se volvió a verme. La sonrisa había desaparecido de su rostro. «Mi nombre completo es Francisco Cuitláhuac Huiztlic Ramírez.» Al escuchar sus apellidos se me fue el aliento. «¿Sabes quién soy?», me preguntó. Asentí. José Cuauhtémoc me había hablado de él como un ser lejano y etéreo, sin ancla en este mundo terrenal. Ahora se materializaba en el tipo que me observaba con fijeza. «¿José Cuauhtémoc sabe que estoy con usted?», inquirí. Abandoné el tuteo. Se me habían revuelto las entrañas y supuse que hablarle de usted me ayudaría a entender con mayor claridad.

Francisco me sonrió. Esa parecía ser su única expresión: la sonrisa, una máscara para ocultar algo. «Sí, sí sabe», respondió lacónico. «¿Y a dónde vamos?», pregunté ansiosa. Qué tal si José Cuauhtémoc junto con su hermano habían planeado mi secuestro y me conducían a una casa de seguridad. Un delirio de persecución comenzó a adueñarse de mí. Me había enamorado de un asesino confeso que bien pudo engañarme. En mi cabeza se empalmaron pensamientos de absoluto terror con los de una dudosa tentativa por calmarme. No, José Cuauhtémoc no me haría daño. No, no, no, no. ¿Y si sí? ¿De dónde había sacado dinero su hermano? ¿Era un criminal como él? ¿Un tipo igual al otro Francisco, el corrupto, la hiena, el buitre? ¿Y si ese tipo moreno, de cabello azabache, facciones pétreas con la sonrisa incrustada en la cara no era en realidad su hermano?

El pie derecho me seguía temblando de manera incontrolable. Francisco pareció notarlo. Y ¡puta madre!, sonrió. «No estés nerviosa. Estoy aquí para ayudarlos.» ¿Por qué usaba el plural? ¿Dónde estaba José Cuauhtémoc? Debió adivinar mi aflicción. Extrajo un celular del bolsillo de su saco y marcó un número. «Comunícame a mi hermano», dijo. Transcurrieron unos segundos. Alguien contestó. Reconocí la voz de José Cuauhtémoc y mi pie se sacudió aún más. «Te paso a Marina», dijo Francisco y me entregó el teléfono.

Escuchar a José Cuauhtémoc abatió mis sospechas. No, no me había abandonado, ni traicionado. Temprano se levantó a buscar ayuda y la única opción que entrevió fue llamar a su hermano. Su tardanza en regresar se debió a que recorrió varias calles en busca de un teléfono público que funcionara. Según me contó, los guardaespaldas de su hermano lo recogieron en un punto determinado y otros más fueron a buscarme, solo que no me hallaron donde les había indicado.

Él viajaba en la otra camioneta. Nos habían separado por si nos detenían, no nos apresaran juntos. Una estrategia propuesta por Francisco. «Es más fácil sacar a uno de la cárcel, que a dos», explicó. Nos llevaban a una de las tantas casas amuebladas que poseía Francisco, quien vio en Airbnb un negocio redituable. Había adquirido varias en la Unidad Modelo, convencido de que turistas gringos se orgasmearían de experimentar la auténtica vida de barrio.

A Francisco también lo había interrogado la policía. Las autoridades poseían más información de la que creíamos. Carmona, diligente, como debió ser su obligación como jefe de custodios, entregó los videos de nuestros encuentros, registros de mis visitas, relatorías. Según Francisco, me implicaban en la fuga, ya que testigos señalaron mi presencia unas cuantas horas antes de que se desatara. Me pareció inadmisible. ¿Cómo podría yo participar o promover el movimiento? Por más ridículo que pudiera sonar, estaba más embarrada de lo que pensaba.

«Vamos a arreglar esto, no te preocupes», me dijo Francisco con una sonrisa. En ese instante, solo esperaba palabras de aliento y la convicción con la que me lo dijo alivió un poco mi ansiedad. Avanzamos hasta llegar a nuestro destino. Casualidades de la vida, la misma colonia donde habitaba Julián, y reconocí su casa cuando pasamos frente a ella.

Paramos en una avenida. «Nosotros crecimos aquí», dijo y señaló hacia unos andadores. «Nuestra casa está al final de ese callejón.» Varias veces José Cuauhtémoc me había descrito su barrio y era tal cual lo había imaginado. «Voy a mandar a los muchachos a revisar que todo esté en orden y luego van a entrar separados», explicó. Para despistar a posibles perseguidores, la camioneta donde venía José Cuauhtémoc había tomado por otro rumbo.

Uno de los guardaespaldas de Francisco dio el visto bueno para penetrar a la zona. Recorrimos callejones tan estrechos que solo podían transitar bicicletas o personas. Decenas de perros de diversas razas nos ladraron desde las rejas. Pasamos frente a un edificio habitacional. Un milagro que no lo hubiese tumbado un sismo. Se veía antiguo y en deplorable estado. La mayoría de los balcones y las puertas estaban cubiertos con barrotes. Pasto sin cortar en las jardineras. Macetones con plantas secas. Vecinos que nos miraban con recelo. Y muchos más perros.

Ingresamos a una casa por una diminuta puerta de entrada. Francisco me acompañó mientras los escoltas aguardaron afuera. Al entrar me sorprendió el buen gusto de la decoración. Pisos de cedro, muebles en cuero, mesas y sillas de diseño nórdico, litografías originales, paredes pintadas de blanco. No debían de ser más de ciento cincuenta metros cuadrados de construcción, pero el diseño limpio y minimalista la hacía ver más amplia. Ningún gringo o europeo podría quejarse.

Francisco me dio un breve recorrido por la casa. Tres habitaciones, cada una con baño propio, y abajo un medio baño para visitas. Desayunador, comedor y sala. Un pequeñísimo patio en la parte trasera y unas escaleras de caracol que ascendían hacia la azotea. En la sala se hallaba una fotografía en blanco y negro de grandes dimensiones de un indígena que veía con firmeza a la cámara. Su rostro se veía cruzado por una alambrada de arrugas y sus ojos traslucían una intensidad que aun en retrato, intimidaba. «Ese era mi padre», dijo Francisco con sequedad. Ahí estaba frente a mí, ni más ni menos, la mítica imagen de Ceferino Huiztlic. El fotógrafo había captado a la perfección la legendaria personalidad del feroz intelectual. ¿Qué pensaría José Cuauhtémoc de vivir en una casa donde día con día se iba a enfrentar a la efigie del padre al que había asesinado?

Se escucharon voces. Volteamos hacia la entrada. La imponente figura de José Cuauhtémoc traspasó el umbral de la puerta. Al verlo pude notar cuánto se parecía a su padre. «Quiubo», lo saludó Francisco. José Cuauhtémoc respondió con un ligero movimiento de cabeza. Se encaminó hacia mí y me abrazó. No me soltó en un largo rato. Francisco me miró, sonrió y sigiloso salió de la casa.

No importa dónde vaya, un fugitivo siempre será un fugitivo. Así se refunda en las serranías de Nueva Zelanda o en las planicies de Gambia, llevará la etiqueta de fugitivo cosida en la frente. Los fugitivos viven con el perpetuo terror de que alguien un día toque a su puerta y les diga: tú no eres el que dices que eres y estás arrestado.

Rolar a pata por la ciudad, con trajecito caqui de reclusorio, 1,90 de estatura, manchado de sangre era una invitación al despelote. Irse de raid estaba descartado. Con esa jeta de rufián de telenovela nadie le daría aventón. Tomar prestada una bírula, tampoco. Robarse una nave, menos. Nomás faltaba que encima de prófugo le agregaran el cargo de ladrón de autos. No se le ocurrió otra cosa que irse de mosca en un camión materialista. Encontró uno que transportaba grava. Esperó a que el chofer arrancara y antes de que agarrara velocidad, corrió hacia la parte trasera y de un cangurazo cayó dentro de la caja.

Le costó trabajo identificar por cuáles calles avanzaba. A la ciudad le habían hecho cirugía plástica y era difícil ubicarse con tantos tramos elevados. Después de veinte minutos supo por fin dónde se hallaba: Avenida Río Churubusco. Su infancia había transcurrido cercana a ese río convertido en plasta de asfalto. Sonrió. Se acercaba a Marina.

El camión se detuvo en un edificio en construcción a unas cuadras de Avenida Universidad. JC se asomó. Una larga fila de Tortons esperaba su ingreso al sitio. Hora de bajar. De un salto se apeó y cayó en medio de albañiles que en plena banqueta se despachaban unos tacos de canasta. «Güenas», los saludó y los otros lo miraron como quien mira a un mono albino escapado de su jaula. En chinga, JC se peló y cuando los macuarros salieron de su «chale, quién era ese» que venía con la grava, el otro ya se hallaba a dos cuadras de distancia.

Se sintió más cómodo en la clasemediera zona de la Del Valle que en los territorios lumpen. Difícil que uno de esos godines y godinas que salían de las oficinas aledañas adivinara que ese uniforme color caca era de huésped oficial del HHH Reclusorio Oriente. En una de esas hasta podía pasar por un menonita vendedor de quesos.

Decidió ir derecho hacia San Ángel. Caminó hasta Insurgentes y dio vuelta en Avenida de la Paz rumbo a Revolución. Mientras más avanzaba, más burgués se ponía el rumbo. De los godines pasó a los mirreyes chavorrucos y a las rorras chiquiguapas. Egresaban de los restaurantes medio jarras a pedir su auto al valet. Cayennes para los paps, Land Rovers para las nenas y en el ínter, pose de padrotones ellos, de Cuqui la ratita ellas.

Entre el gentío se sintió aún más seguro. Qué iban a saber esos sifrinos que él era un prófugo recién salidito de la cárcel. Bien podía pasar por un despachador de un camión de gas o como operador de un montacargas en las bodegas de la Fonda del Real, el restaurante más ultrasuperplus del sur. Más le preocupó que los valets, esos sí barriobajeros, reconocieran la zalea penitenciaria. Para no prender alarmas, el muñeco mejor se cambió de aparador.

Cruzó Avenida Revolución y entró al sagrado territorio donde moraba su amadísima. Lo que antes había sido un pueblo apacible, el macrófago urbano se lo tragó y quedó un barrio residencial de calles empedradas y mansiones tamaño Empire State. La *crème de la crème*. Su padre odiaba San Ángel: «cualquier lugar que lleve un "San" me ofende. Marca un territorio arrebatado a nuestros antepasados para ponerles nombres de santos idiotas».

Apenas pisó la primera piedra de San Ángel, el corazón de JC se zangoloteó como pez vela fuera del agua a tal grado que no se dio cuenta de que a unos metros estaban un par de azules recargados sobre una patrulla. Eran parte del esquema «vecindario seguro», un programa del gobierno para rebajar los niveles de criminalidad en las zonas más pipiris nais. Los dos cuicos escrutaron al gigantón. «¿Adónde vas?», le preguntó el más gallito de los dos. A JC le caló la súbita interrupción de su estado prerromántico. Midió al flaco. Un madrazo y lo subía de nuevo a la patrulla con todo y puerta. No era momento de alterarse. Su misión era llegar a Marina y no desviarse una pulgada. Las cientos de lecciones de inglés tuvieron su corolario en ese momento. *«I am looking for my hotel»*, le respondió en texano. El otro se quedó de a cuatro. «Juat?», inquirió con elegancia lopezdorigeana. *«I am heading for my hotel»*, reiteró el rubio. «*Turist?*», preguntó el ñango. *«Yes officer, I am a tourist»*, contestó JC y pues, con esa pinta entre güero de rancho y vikingo vestido a la moda pordiosero zarrapastroso, el policía decidió no molestarlo. Podía ser un hippie millonario. «Jav a gud nait», champurró el azul en su inglés de taxista. Si tantito el cuico se hubiera puesto necio, JC le habría comprado un boleto para el otro laredo. Nadie ni nada se interpondrían a su amortiguador sin barreno (amor sin barreras, mis valedores que no dominan el lunfardo ixtapaleño).

Continuó su camino. Mucha patrulla, mucho vigilante privado, mucha guaruriza. Él con paso firme y sin vacilar. Aunque no tenía idea dónde se hallaba la calle León Felipe, ya daría con ella. No debía preguntar a nadie. Que no se dieran fijón de que no era del rumbo. Tampoco podía estar en la mensa de un lado para el otro. Lo de cara de gringo perdido y el acento vaquero funcionarían por lo mucho media hora. Después de unos cuantos ires y venires, topó con la Meca: calle León Felipe. Otra vez el chapaleteo de ranas. ¿Y si ella no quisiera irse con él? No, no era posible. Ella se había adentrado hasta el mismísimo magma del reclusorio a decirle que lo amaba. Y no se lo dijo así nomás, se lo dijo justo en medio de la Gran Guerra. Para verlo tuvo que cruzar la serranía de granaderos y la selva de federales que rodeaban la prisión. Ese sí que era amortiguador sin barrenos. ¿Cómo iba a rajarse Marina después de arriesgarse tanto? Pero, ¿y si sí se rajaba? Había esa posibilidad: dentro de la cárcel, ven para acá mi amor, en la calle, hazte para allá pinche mugroso.

La colonia estaba hipervigilada. Más patrullas, más azules, más seguridad privada. Un cardumen de guachos. Y para donde mirara uno, había cámaras. Cientos de ellas. Cajitas con lentes empotradas en cada poste de luz y en cada entrada de las casas. Ya no supo quiénes estaban más vigilados, si ellos en la cárcel o estos en sus colonias residenciales.

Se hizo de noche. Mucha faramalla de seguridad y de voyerismo extremo, y las calles apenas estaban iluminadas por unos faroles piteros. Había sido una decisión de las juntas de vecinos para conservar «el espíritu provinciano de la zona». Como de Alemania nazi. Pueblito bucólico sometido a un escrutinio fascistoide.

Aguantó a que oscureciera un poco más antes de acercarse a la casa de Marina. Dio un par de vueltas para estudiar vías de escape. En el trayecto lo saludó uno de los guardias privados, un Robocop vestido con uniforme negro, casco, chaleco, tolete. «Buenas noches», le dijo el guardia. *«Good night»,* le respondió JC, esta vez con inflexión a la Clint Eastwood. El tipo hasta hizo una pequeña reverencia. Pinche malinchista, pensó JC y siguió de largo.

Había evitado pasar por la cuadra donde debía encontrarse el número 198. A las ocho y media se decidió. Recorrió la calle hasta encontrar la casa. Nunca imaginó que Marina viviera en un caserón de esas dimensiones. Los nervios lo sacudían con tal bailongo que estuvo a nada de arrepentirse y largarse. Tan seguro de sí mismo y ahora parecía un tineiger titubeante.

Sacó el celular. De nuevo decenas de llamadas perdidas. Todas de un solo contacto: «Mamá». El federal debió padecer mamitis en esteroides. Marcó el número de Marina de memoria. Sonó varias veces y no le contestó. ¿Y si Marina no atendía su llamada? ¿Qué haría? ¿Tocaría a la puerta y preguntaría por ella? ¿Acechar la casa hasta verla salir y entonces robársela como su bisabuelo robó a su bisabuela? Volvió a marcar. Esta vez le colgaron. Intentó una vez más. Cuando pensó que ya no le contestaría, sonó su voz. Las ranas dentro de su pecho le sorbieron el oxígeno. Apenas tuvo voz para decirle: «Marina, soy José Cuauhtémoc».

# El perdón

Tuve la vida en mis manos y la dejé ir. En lugar de beberla, la encharqué. No veré más el afuera. No volveré a comer en una fonda, ni tomaré un taxi, ni recorreré un mercado, ni jugaré con mis hijos, ni acompañaré a mi esposa al doctor. Estaré aquí, mirando las mismas caras, las mismas paredes. Respiraré el aire podrido de los excusados, el sudor de mis compañeros. Le quité la vida a otro y al quitársela me la quité a mí mismo. Sin manera de devolvérsela ni de devolvérmela. Ni un solo muerto vale esta muerte en vida. Nada compensa el momento del disparo o el de la cuchillada o el del garrotazo.

No me arrepiento de haber matado al otro, sino de haberme matado yo. La vida estaba ahí para mí, en sus posibilidades infinitas. Para amar, gozar, reír, trabajar. La desperdicié y hoy la añoro. Sin esperanza, aguardaré a que la muerte le ponga un alto a este lento morir. No me atrevo al suicidio. No quiero tentar la furia de Dios. Exista o no exista, no vale la pena averiguarlo. Ya bastante castigo he tenido.

No queda más que aguardar. Resistir el deterioro del cuerpo hasta verlo despedazarse. Cerrar los ojos segundos antes del último suspiro y musitar un perdón. Pedirme perdón a mí mismo, perdón a la vida que dejé ir.

Luis Ángel Urrutia Jiménez
Reo 47563-0
Sentencia: cincuenta años por homicidio

Por la tarde, después de bañarnos y de dormir una siesta, José Cuauhtémoc y yo subimos a la azotea. Francisco había montado en el techo unos camastros y una mesa de jardín con cuatro sillas. Macetones con fornios, plumbagos y lavandas. Una terraza «madrileña» con chimenea y una selección de vinos chilenos reposando en rejillas dentro de una pequeña cava de ladrillo. La experiencia de barrio para los turistas que rentaban sus casas debía ostentar detalles chic. En las otras azoteas se divisaba un conglomerado de antenas de televisión, tendederos, tinacos de plástico, perros y cuartos de servicio. La escenografía perfecta para que los extranjeros se tomaran selfies, y presumieran en sus redes la bravura del barrio donde fueron a meterse.

Con José Cuauhtémoc aprecié el presente. Lleno de agitación y sobresaltos, al menos vital, furioso. Mi educación desde niña estuvo enfocada al futuro, siempre al futuro. La energía derrochada en persecución de un intangible. Porque al fin y al cabo, creer en el futuro es un acto de fe, una apuesta. Y si de apuestas se trataba, prefería apostar al presente con el hombre que amaba. Con él no me aburría ni siquiera en silencio. Su cuerpo trasminaba intensidad, poderío. No era una cuestión de musculatura ni tamaño. Equivalía a acostarse junto a un león o a un lobo. Con Claudio, pese a su éxito económico, pervivía un aire bovino y doméstico. Y no, no estuve dispuesta a continuar con él.

De ninguna manera pensaba renunciar a mis hijos. Lucharía por su custodia con toda fiereza. Ellos debían asumir que sería otro tipo de madre, no la ñoña a la que estaban acostumbrados. Los extraería de la burbuja insana de la sobreprotección para convertirlos en seres más audaces, más valientes, más preparados para pelear. Ya no sería la madre presta a atender cada uno de sus caprichos, ni los atiborraría de actividades inocuas. «Lo más vivo es lo más salvaje», aseguraba Thoreau y eso serían mis hijos: «lo más vivo».

Con el atardecer arribó una profusión de sonidos. Los perros iniciaron un rabioso intercambio de ladridos. Pareciera que había perros en cada metro cuadrado de la colonia. Tan distinto de San Ángel, donde eran educados y circunspectos. Canes entrenados en academias por émulos baratos de César Millán. Perros cuya perredad había sido arrebatada. Al contrario de mi rumbo, aquí el escándalo no perturbaba a nadie. Mis vecinos ya habrían levantado una queja frente a la mesa directiva de la colonia y si no se resolvía el problema, denunciarían ante la policía.

Sonaron voces que pensé extintas: vendedores de camotes, pajareros, ropavejeros, compradores de usado, afiladores, heladeros. Una vocinglería que rivalizaba con los ladridos perrunos. El ruido como identidad del barrio. Se escuchaba también a mujeres conversando hacia la panadería, a estudiantes de secundaria vespertina retornando de la escuela, a viejos que aprovechaban el fresco en las azoteas contiguas. Imposible que un alemán o un japonés no amara un lugar así. La vida expansiva, sin el caudal de filtros que en otras culturas la atenuaban.

En uno de los techos descubrí a uno de los guardaespaldas de Francisco que vigilaba atento los callejones. Francisco ya nos había compartido las rutas de escape en caso de que la policía llegara a buscarnos. Huir por los techos hasta donde un escolta nos indicara el camino para evadirnos. Se había decidido que estuviéramos una semana en esa casa para mudarnos a otra por unos días y luego volver.

Pese al ruidero, nos quedamos súpitos en los camastros. A las nueve de la noche subió uno de los escoltas a decirnos que la cena estaba lista. Bajamos y en el comedor nos esperaba Francisco. Nos comentó que se había reunido con Joaquín Sampietro, un prestigioso abogado penal, para tratar nuestros casos y presentar alternativas legales. Era claro que José Cuauhtémoc carecía de opciones y con seguridad reingresaría a la cárcel. Con maniobras legales y corrompiendo aquí y allá, yo podría zafarme. «¿Qué probabilidades ve tu abogado de que la libremos?», le preguntó José Cuauhtémoc. Francisco sonrió, la sonrisa un tatuaje en su rostro. «Cien por ciento si nos va bien, cero por ciento si nos va mal», dijo con sorna y agregó: «En cuanto podamos los mandamos lejos de aquí».

La tuvo junto a sí. Por fin, junto a sí. En libertad. Ya le habían advertido los compas de cuán vasto y cuán irreconocible era el mundo fuera de la prisión. Había vivido poco más de veinte años en la ciudad y ya solo le llegaban flashazos de ciertas calles o avenidas.

JC estaba más perdido que la virginidad de un pupilo del cura Maciel. No tenía ni foking idea dónde se hallaba. Como mayates iban de aquí para allá y de allá para acá. Temió que en algún momento ella dijera «ahí te ves diablo panzón, yo me regreso a mi cantón», pero no, su amorrita se quedó con él. Empezó a creer en los milagros. De hecho, desde hacía tiempo ella era un milagro. Por eso debía demostrarle que la vergación de dejarlo todo valdría la pena, que había una salida, que los aguardaba un futuro feliz.

El cansancio empezó a abollarle la lámina. Por él, se quedaba a dormir en descampado, nada peor que la litera de la celda. Se la pensó: no podía arriesgar a Marina. Si alguien intentaba pasarse de lanza con ella, lo mataría y eso de matar quería sacarlo para siempre de su sistema, extirpar ese tumor retorcido.

Terminaron en un motel de paso. Por fin pudo desprenderse de la zalea de su rival. Le había provocado asco estar empaquetado en esa ropita ajena. Nunca se había considerado celoso. Ahora regurgitaba celos solo de imaginar que otro la tocara, así fuera su marido. Sentimiento ridículo dadas las circunstancias: ella ahí con él y solo con él y don esposo abandonado a dos mil planetas de distancia.

Hicieron el amor bajo la regadera. Mientras la penetraba doblada bajo la ducha, le susurró «quiero un hijo contigo». Ella no lo escuchó, las palabras ahogadas bajo el chorro. JC jamás pensó en un hijo. Deseaba ahora un irrompible puente de carne y huesos entre ellos dos. Si se lo atoraban los azules, si moría en una balacera, que al menos quedara un cachito de ambos en el mundo. Se vino dentro de ella con esa esperanza, sin saber que sus pequeños salmones, después de nadar a contracorriente para arribar al anhelado óvulo, serían bloqueados por la infranqueable aduana del DIU.

Por la noche pasaron un frío de perros. En la cama del motel solo había una cobijita pitera, más delgada que las bellonas de la cárcel. Trapos que ni para tapar jaulas de perico servían. El frío los hizo entrepiernarse y dormir pegaditos. Los dos desnudos como se habían prometido que estarían siempre que estuvieran solos.

A pesar de lo bombo, pudo echar pestaña, aunque cualquier ruidito lo ponía gato. Abría los ojos y aguzaba el oído. Debía deducir si ese rumor de motores se alejaba o se acercaba; si esos tronidos se debían a rechinidos en el techo por la helada o eran pasos en la azotea. Una jodienda eso de ser fugitivo y encima haberse robado a una mujer tan chingona, tan hermosa, tan total. ¿Cuánto tiempo tardarían los azules en darse cuenta que había huido con él?

Lo supo pronto cuando Marina entró apanicada al cuarto. «La policía ya fue a mi casa e interrogaron a Claudio.» En la madre Teresa, pensó JC. Cuando a un marido, otros llegan a decirle que dos apéndices brotan de su frente, la rabia se cuadriplica. Le dan ganas de soltar cornazos a diestra y siniestra. Un enemigo más a la lista.

Salieron enfogotados del motel. Otra vez a vestirse como la versión fifí de *El principito*; otra vez a deambular sin brújula; otra vez a la huerfanidad de las calles; otra vez lanzados a la charca de las pirañas. No le iba a mostrar a Marina una sola de sus dubitaciones. Ella estaba más cagada que un carro debajo de un palomar. Se le veía el susto hasta en el dedo meñique. Debía actuar con calma y en caso de vida o muerte, aplicaría la ley del mar: el capitán es el último en salvarse.

Compraron ropa nueva. Dejó atrás el atuendo de trapecista de Claudio y se vistió como acostumbraba vestirse a los veinte años: con ropa de verdad. Comieron después de horas de no monchar ni una papa frita. Empezó a disfrutar de la vida cotidiana que soñó con ella, aunque fuera en fondas pitorras y pendiente de cada peatón que se cruzara frente a ellos. Ninguno de esos monigotes podría imaginar lo que significaba comer lo que uno quería, en donde uno quería y, sobre todo, con quien uno quería (y, lo más importante, con quien uno amaba con locura).

Mientras batían las quijadas, JC no cesó de mirarla. Le pareció más bonita que nunca. El efecto de sentir que le pertenecía a ella y solo a ella. Marina no se iría más a dormir a otra casa con otro bato, ni él se quedaría tascando su ausencia en medio de ronquidos, gritos y chirriares metálicos. Descubrió detalles de Marina en los que antes no había reparado: venas como lagartijas azules sobre sus antebrazos; el pequeñísimo lunar bajo su párpado inferior izquierdo; la arruguita apergaminada en el ceño; la constelación de motas amarillas en sus iris; el rayón de una cicatriz en el nacimiento de la mandíbula. Marina poliédrica bajo la luz de la región más transparente del aire.

«¿Tus escritos?», le preguntó Marina. JC se atragantó con el taco. Sus textos, sus amados textos, a esas horas ya debían ser rescoldos. «Se quedaron en mi celda», le respondió JC y se llevó el índice derecho a la frente, «pero aquí los tengo guardados». Mentira vil: se le había perdido la combinación de la bóveda. Imposible reescribirlos. Sus escritos se elevarían como cenizas entre lenguas de fuego, palabras de humo. Se resignó: uno más de los sacrificios para estar con ella. «Buscaremos recuperarlos», dijo Marina, como si se tratara de ir al supermercado a recoger la compra.

A JC le picaba por largarse de la ciudad, nomás que no había manera. La chota debía vigilar los puntos de salida. Trescientos y pico fugados no eran poca cosa. Y aunque distraído con el desmadre de los reclusorios, el gobierno no iba a dejar que los prófugos se pelaran así como así. Había que reaprehenderlos o matarlos o al menos correntearlos, ni de chiste les daría pase libre. Que les costara su esfuercito. JC y Marina tendrían que aguantarse uno o dos meses a que al asunto se le bajara la bilirrubina.

Marina pagó la cuenta de la fonda. Jodido que él no pudiera ni siquiera cooperar con un quinto. Caminó hacia la salida y en el espejo que cubría la pared, miró su rostro de lémur. Chica arrastrada le habían puesto el estrés y la falta de sueño. Le urgía dormir doce horas seguidas. Pero ¿en qué lugar podía dormir tranquilo un malandro con la morra que amaba? No quería la que se rumoraba había sido la vida de Pablo Escobar en sus últimos meses: tragando sardinas enlatadas, mudándose a diario de casa, durmiendo con una pistola bajo la almohada. Paranoico, desconfiado. No pensaba pasar los próximos años de su vida en sprints de un lugar a otro con su rorra al lado. En algún lugar del planeta debía hallarse su oasis. Lo encontrarían, de ello no tenía duda, así nomás vieran una rajadita por unos cuantos segundos.

Pasamos cuatro días en la casa. Mi ánimo oscilaba de la tranquilidad al desasosiego. José Cuauhtémoc se portó cariñoso y comprensivo. Cuando me notaba ansiosa, solo me abrazaba sin decir palabra. Por las noches dormíamos lo más junto posible. Tocar su cuerpo me brindaba seguridad. No me arrepentía de mi decisión. Ello no significaba que no sufriera una añoranza terrible por mi vida y, sobre todo, por mis hijos. Deseaba escucharlos; olerlos por las mañanas recién despiertos; abrazarlos, besarlos. Mantenía en alto mi wishful thinking. En algún momento las piezas encajarían y mi pasado y mi presente se moldearían de una manera perfecta. ¿Cómo? Era la pregunta insomne. ¿Cómo?

Deseaba ver a mis amigos. Sabía que Julián moraba apenas a unas cuadras de nosotros. Verlo a él, a Pedro o a Héctor me ayudaría a sobrellevar la angustia y a sentirme apoyada. Francisco se oponía a que los viera. Una indiscreción de su parte podía dar pie a que la policía nos localizara. «Los están buscando hasta por debajo de las piedras», dijo. Me llevó un periódico donde se informaba de mi huida con José Cuauhtémoc. Ahí aparecía mi foto y el relato de mis encuentros con él en la cárcel. El peor de los escenarios: mi romance se había hecho público. Debía ser ya la comidilla de mi círculo social y Claudio sometido a una avalancha de escarnios y burlas.

Varias veces encontré a José Cuauhtémoc contemplando en silencio la fotografía de su padre. No me atreví a preguntarle si ya había firmado la paz con su recuerdo o si aún lo carcomía. Décadas de cárcel determinadas por su relación con él. Quemarlo vivo había sido un acto atroz, si bien, como él mismo me dijo en uno de los escasos momentos en que habló del tema: el fuego lo habían encendido ambos.

Comprendía las razones por las cuales José Cuauhtémoc lo había odiado, aunque algo bien debió hacer Ceferino Huiztlic para que su hijo poseyera ese caudal de conocimientos, esa habilidad para desmenuzar la realidad. Francisco también demostró ser un tipo culto y un observador agudo. Más sistemático que su hermano, más calculador. Ambos poseían personalidades impenetrables, pero contrapuestas. Si el misterio de José Cuauhtémoc era animal, el de Francisco era rocoso. Su lenguaje críptico, soslayado.

Al cuarto día, por la tarde, Francisco llevó a la casa a Joaquín Sampietro, el abogado quien en teoría nos iba a representar. Saludó con afecto a José Cuauhtémoc. Se conocían desde adolescentes. Vestía antiguo, como si se hubiese quedado en la época de los cincuenta. No sabía si era por falta de gusto o por exceso de estilo, pero hasta lucía bigotito recortado.

Era el típico abogado dicharachero. Respuestas ágiles y contundentes. Dominaba los entresijos de las leyes y las enormes lagunas judiciales. «En este país todos pueden salir libres, no importa el delito que hayan cometido», dijo con pasmoso cinismo. Explicó que quizás pasásemos un tiempo en la cárcel, pero que tarde o temprano estaríamos de vuelta en la calle. «Obvio, José Cuauhtémoc nos va a costar un poco más de trabajo, maxime porque al huir asesinó a dos policías federales», reveló. Volteé hacia José Cuauhtémoc, confundida. «¿Qué policías?» Sampietro debió darse cuenta de su indiscreción porque de inmediato reculó. «Se le culpa de acuchillar a policías que intentaron detenerlo. No hay pruebas, son invenciones de las autoridades para joderlo.» Ahora entendía. Eso explicaba las manchas de sangre en su camisola.

La rectificación de Joaquín no palió mi horror. Quería a José Cuauhtémoc y conmigo era atento y dulce, pero me dolía su incapacidad para controlar sus tendencias homicidas. Ignoraba las circunstancias en que había apuñalado a esos dos policías, eso no quitaba ni un gramo del descomunal peso de saberlo.

Sampietro sugirió que rotáramos de casas de seguridad con más frecuencia y a insistencia suya, esa noche nos preparamos para partir. Debíamos evitar patrones en nuestros movimientos y mudarnos a menudo. El objetivo final consistía en sacarnos del país mientras Joaquín arreglaba los asuntos legales. Se hablaba de Guatemala o incluso Marruecos. «Una vez que se vayan, van a estar fuera por mucho, mucho tiempo», agregó.

Antes de que partiera, le pedí que le entregara una nota a Claudio. Me senté en la mesa del comedor y garrapateé unas líneas:

*Claudio, sé que nunca podrás explicarte lo sucedido y sé cuánto debe de dolerte lo que hice. No fue con intención de hacerte daño. Jamás. Te quiero y mi cariño por ti será por siempre. Hay veces que la vida te lleva a lugares a los que nunca pensaste ir y este fue uno de ellos. Regresaré algún día y mantengo la esperanza de que me perdones y seamos amigos. Amo a los niños.*

*Son mi vida. Con el tiempo espero que tú y ellos comprendan y podamos reconstruir los lazos familiares de otra manera. Las cosas pasaron muy rápido, a una velocidad que ni yo misma pude controlar. Perdóname de verdad. Eres un buen hombre, un gran padre, un esposo que siempre me trató con respeto y amor. Repito, no fue con deseo de herirte. Simplemente me enamoré. Puede sonarte estúpido y quizás lo sea. Te parecerá absurdo a quién elegí y me odiarás por ello. No puedo explicarte por qué él. Ni yo misma lo sé. No les hables mal de mí a mis hijos, como yo no les hablaría mal de ti si lo acontecido fuera a la inversa. Soy su madre y aunque lo que hice te parezca terrible, por ellos, por su sanidad emocional, más vale que sepan que no lo hice ni por mala ni por cabrona. Ya recompondrás tu vida y espero que al paso de los meses, nos reunamos y veamos qué es lo más conveniente para entablar el divorcio. Lamento de corazón por lo que los he hecho pasar. De verdad lo siento. Besos y diles a los niños que los amo, Marina.*

Le entregué la nota. Joaquín quedó en mandarla con alguien ajeno a su despacho de abogados. No era conveniente que las autoridades se enteraran de que habíamos mantenido contacto, pero me aseguró que llegaría a manos de Claudio.

José Cuauhtémoc y yo nos quedamos de nuevo a solas. En silencio empacamos nuestras maletas. Francisco nos había comprado ropa y calzado suficiente para un mes. Mientras doblaba las prendas no pude más y empecé a llorar sin poder contenerme. «¿Qué pasa?», me preguntó. No logré articular palabra. Me abrazó en un intento por tranquilizarme. «¿Es cierto que mataste a esos dos?», lo interrogué hipeando. Se quedó un momento en silencio. «Eran ellos o yo», respondió. Lloré aún más. Me estrechó con fuerza y acarició mi cabeza. «¿No mataste ya lo suficiente?», le pregunté. Me tomó del mentón y volteó mi cara hacia él. Me secó las lágrimas y me miró a los ojos. «Te juro que nunca más, bajo ninguna circunstancia, volveré a matar a alguien», dijo. Traté de bajar la cabeza y me detuvo. «Te lo juro.»

Así como en ciertas culturas algunos animales son considerados totémicos, también debería ser así con las fechas, ¿no lo crees, Ceferino? Si alguna hubiera que elegir, me inclino al 13 de agosto de 1521, el día en que Tenochtitlan cayó en manos de los españoles y sus aliados. ¿Estás de acuerdo? Claro que sí, si esa derrota te caló como si la hubieses peleado. «No ganaron ellos, ganaron las malditas enfermedades que esos infectos trajeron.» Era cierto, la viruela negra diezmó al orgulloso pueblo azteca, ¿tu pueblo? Estoy convencido que tus antepasados, habitantes de la sierra, poco tuvieron que ver con la grandeza de la ciudad mexica, pero te encantaba presentarte como heredero directo de los vencidos en el trágico sitio.

Cada 13 de agosto nos hacías guardar luto riguroso y cuidado nos sorprendieras no cumpliéndolo a cabalidad. No olvido la regañiza a Citlalli cuando la encontraste escuchando música. O aquella tarde en que nos descubriste jugando futbol en la calle y a golpes nos metiste a la casa. Teníamos prohibido ir a la escuela, hablar por teléfono y hasta sonreír.

No sé si por casualidad o con una tétrica intención, mi hermano te calcinó justo en ese día. Se dice que los asesinos y los suicidas buscan ejecutar sus actos en fechas simbólicas. No siempre es una decisión urdida. Su subconsciente hila fino las hebras del tiempo hasta converger en una coyuntura fatal. Ni siquiera ellos se percatan de la significación del día elegido. La alegoría de José Cuauhtémoc no pudo ser más clara. Tu hijo blanco incendiándote quinientos años después de aquel 13 de agosto. Su raíz europea derrotando a su sangre indígena.

También por azar, o quizás por otro tiro de carambola ejecutado por mi hermano, un 13 de agosto recibí una llamada en mi celular. En la pantalla apareció un número desconocido. Por lo general hacía caso omiso. ¿Por qué hablar con alguien que no estaba en mi lista de contactos? Con seguridad un banco llamaba para ofertar préstamos. Me encontraba en la oficina, a punto de entrar a una junta, y no tenía tiempo para escuchar la cantaleta de una mujer desde un call center en Hermosillo. Pero resolví tomarla. «Bueno», contesté en tono cortante. «¿Francisco Cuitláhuac?» Reconocí de inmediato la voz de José Cuauhtémoc. «Sí, soy yo», respondí. «Me escapé de la cárcel», agregó sin esperar a identificarse, «y necesito que me ayudes». Sabía que tarde o temprano llegaría ese momento, aun así no estaba preparado para recibir la noticia. «¿Dónde estás?», le pregunté. «Por el sur. Cerca de la UNAM», respondió, y agregó: «Vengo con alguien». Me disponía a aclararle que solo lo ayudaría a él, pero no a otro prófugo, cuando especificó: «Con mi novia». Sonreí. Mi hermano romántico hasta la médula. «Vuélveme a llamar en diez minutos. Deja ver qué puedo hacer.» Le pedí a mi secretaria que cancelara la reunión y demás actividades de esa mañana.

¿Debía o no ayudarlo? Para qué complicar mi existencia. Bastante trabajo me había costado más o menos enderezarla. Tan feroz empresario, tan reptil, y las piernas me temblaban como nardos. A los diez minutos exactos volvió a repicar mi teléfono. Le expliqué que fuera a determinada esquina y no se moviera de ahí hasta que viera llegar dos camionetas negras. En cuanto colgó, le marqué a mi jefe de escoltas y le ordené que preparara los vehículos. Si la novia se trataba de quien creía, la bronca era bastante gorda. Una millonaria, casada con un millonario, escapada con un prófugo era un logaritmo predestinado al desastre. Más valía resolverlo con inteligencia y cautela.

13 de agosto, Ceferino. No lo registré sino hasta que íbamos camino a socorrerlos. El cerebro de mi hermano enviando señales de humo para convocar la fecha fatídica. Pudo buscarme un día antes o un día después. No señor. Las intrincadas conexiones de su subconsciente obligándolo a actuar justo esa mañana.

Lo recogimos en la esquina donde le indiqué. En cuanto vio las camionetas, salió de detrás de un eucalipto donde se había ocultado. Ella no se encontraba con él. «Se quedó dormida bajo una arboleda al poniente del parque», explicó. Mandé a mis escoltas a localizarla y nos quedamos a solas en una de las Suburbans. Por primera vez en más de veinte años nos hallábamos juntos en una calle de la ciudad. Lo que a cualquier persona le parecería un acto insignificante, para nosotros era un encuentro trascendental. En pocos minutos José Cuauhtémoc dejó de ser el forastero con el que me había encontrado en la cárcel y con quien era nula la posibilidad de comunicarme, para convertirse de nuevo en mi mejor amigo, en mi amado cómplice. Cálido, cercano. Aun en la acuciante circunstancia en que nos hallábamos, nuestra relación volvió a su estado más original y puro: el de hermanos de verdad.

Estuvimos solos cuarenta y cinco minutos, tiempo suficiente para que nuestros afectos volvieran a formar vasos comunicantes. Nos reconocimos uno al otro. Casi podría decirse que retornamos al 12 de agosto, al día antes de tu muerte, cuando la inocencia, pese a ti, aún imperaba.

*Por primera vez desde el remotísimo 13 de agosto en que moriste, pude firmar la paz conmigo mismo. José Cuauhtémoc era la pieza que me había faltado. Hemingway escribió: «El mundo nos rompe a todos, pero luego algunos se vuelven más fuertes en las partes rotas». Sí, yo me había hecho fuerte después de estrellarme en pedazos y faltaba un fragmento de la vasija que era yo. Los japoneses practican el kintsugi, el arte de reparar cerámicas quebradas. Mezclan la laca urushi, extraída de plantas, con polvo de oro, y con esta mixtura las pegan de nuevo. Cubierto de filamentos dorados, el objeto adquiere belleza y resistencia antes no contempladas. La belleza extraída de las heridas. Aunque me taches de cursi, ese breve encuentro con José Cuauhtémoc permitió reparar mis rajaduras.*

*Por radio me comunicaron que habían encontrado a la muchacha. Me despedí de mi hermano para irme a la otra camioneta. Al sentarme con ella ya era otro. Se había gestado un cambio en mí, aún embrionario, mas cambio al fin. Dejaría de batallar contra los demás y, sobre todo, contra mí mismo. No había necesidad de hacerlo más. Había hallado la pieza faltante.*

Si por él fuera, nadie debía enterarse de dónde andaban, pero la terca de Marina lo convenció de ir a casa de un amigo suyo llamado Alberto Almeida. Accedió porque andar en la calle los ponía de pechito para que se los apañaran los azules y además, necesitaban dormir. Tanta cámara en los moteles de paso terminaría por lanzarlos al estrellato.

El Almeida los recibió con cara de ya me cayó el chahuistle. Parecía monje budista aguantándose la diarrea. Y no le faltaba razón: su casa podía convertirse en una cagadera. Donde la policía se enterara que estos dos animalitos estaban ahí dentro, se podía armar un tracataca de terror. Tanto ascetismo y bajo perfil, para que llegaran a su puerta los Bonnie and Clyde del siglo XXI.

Marina trataba con respeto chamánico a don ínfulas. Almeida, de brazos cruzados, los miraba con un mirar de curita de pueblo que no le latía a JC. Almeida era un tipo de su vuelo. A pesar de estar medio rucayo, una madriza con él sería de pronóstico reservado. Eso, si el tipo se ponía loco o peor aún, los chivateaba. Ella le oprimió la mano para ponerlo sosiego. «Confía en él, es mi segundo padre», dijo. ¿Confiar? Never de limón la never. El viejón anofruncido le cayó mal. Más que un segundo padre, debía ser como un Pepe Grillo gigante que con seguridad le susurraba a Marina cuán Capitán Garfio era él.

Cenaron con mister Corrección y luego se fueron a dormir. Se acostaron vestidos. No fuera la del diablo que al segundo padre se le ocurriera rajar a la policía. Mejor estar listos para poner pies en azoteas y pelarse por entre los techos.

Dormitó a intervalos, ciscado por el crish crash del viento. El efecto últimos-días-de-Pablo-Escobar comenzó a cobrar sus cuotas. Cualquier ruidito lo traía finto. Marina, una bebé en cunero. Ojitos cerrados, trompita sopladora. Cuánto carajo cabrón amor sentía por ella.

Escuchó una puerta que se abría y luego pisadas en la escalera. El tal Almeida deambulaba por la casa. Eso no le gustó. ¿Qué hacía el don este a esas horas de la noche? Se levantó. Marina siguió quietecita en la lejana nación del sueño. Se asomó por la ventana. A lo lejos las azulirrojas luces de una patrulla se aproximaban con rapidez. Plan B, plan B, pensó. Sintió alguien a su lado. Estaba a un tris de ponerle un chingadazo cuando descubrió que era Marina. Detuvo el golpe justo antes de mandarla al odontólogo por una dentadura postiza. «Tenemos que irnos», le ordenó. «¿A dónde?», preguntó ella. Él no sabía, pero de que debían irse, debían. De vuelta al mar abierto de las calles. Preferible el maremoto a la ratonera.

Al intentar salir se toparon con Almeida. Estaba sentado en el comedor, medio borracho. Mala señal, y más cuando desenfundó una fusca. JC se aprestó para el salto de tigre. De una, brincar sobre la mesa, arrebatarle la pistola y reventarlo a cachazos. No fue necesario. El monje no fue malora como él se lo había imaginado. Les regaló la tronadora y veintinueve balas. Fierro en mano, la cosa cambió. Mejor dar plomo que recibirlo.

Salieron. Noche. Calle. Amago de lluvia. Sueño. Cansancio. ¿Pa qué chingados había sacado a Marina de una cama calientita? Para colmo, se veía venir un tormentón. No. Así el amor, no. No con el riesgo de quedar empapados, sin comer, sin dormir, con un ojo al gato y otro a la jauría de orcas que debía estar detrás de ellos.

Se acostaron en un parque entre perros callejeros y teporochos. Marina y JC se enserpentaron bajo una arboleda para darse calor. Dormida, Marina empezó a musitar en un idioma extraño, como si dentro trajera lenguajes perdidos. ¿Con qué seres invisibles se comunicaba Marina? ¿A quién llamaba en ese dialecto de tribu? Él la besó en la frente y se acomodó para dormir mientras ella siguió murmurando en su lengua oscura.

A las seis y media de la mañana el sol le lamió la cara. Por la avenida se empezaron a escuchar los primeros claxonazos. Se desprendió de Marina y se sentó en la grama. Ella se había hecho bolita para no congelarse. JC debía solucionar ya el problema. Suavecito le tocó el hombro y le susurró: «Ahora vengo no te vayas a mover de aquí».

JC dio vueltas por el parque discurriendo qué hacer. Descartó continuar como beduinos. Él estaba impuesto a las malpasadas, ella no. Volteó a verla a lo lejos. Ella seguía con el switch off bajo la arboleda. Tomó entonces una decisión que jamás imaginó. Buscó una caseta telefónica. Halló una a cinco calles. Un albañil, de evidente pedigrí totonaca, hablaba por el auricular con monosílabos. «Sí», «No», «Sí, no». Terminó con un «está güeno patrón» y colgó. Estaba por pintarse de colores cuando JC lo detuvo. «¿Me prestas tu tarjeta para hacer una llamada?» El albañil ni siquiera lo peló. Se dio vuelta para esquivarlo, y desde las alturas JC lo detuvo. «Tengo una emergencia», le dijo en náhuatl. El muchacho lo barrió de arriba abajo. Tenía facha de antropólogo gringo, de esos que no dejaban de chingar en su comunidad, nomás que este hablaba sin acento. «Solo necesito hacer una llamada», continuó JC en la lengua madre. El macuarro volvió a barrerlo. ¿Por qué el rubio grandote, bien vestido, andaba de pedinche? «Te la presto pero no te gastes el saldo», le respondió en la lengua mexica. JC marcó un número de memoria. Le contestaron al sexto repique. «¿Francisco Cuitláhuac?» Se escuchó una voz al otro lado de la línea «Sí, soy yo.» Su hermano bien podía mandarlo a la chingada o decidir ayudarlos. «Me escapé de la cárcel.»

Despertar

Al despertar sentí raros mis pies. Los revisé, no parecía haber nada anómalo. Intenté ponerme los zapatos, no entraron. Traté dos veces más. No hubo manera. Quizás mis zapatos habían encogido. La humedad.

No bajé al desayuno y me quedé a dormitar. Apenas llevaba quince minutos con los ojos cerrados cuando me sacudió un pinchazo en los talones. Me senté sobre el catre y tomé mi pie derecho para inspeccionarlo. Escuché un leve crujido. Me agaché para oír mejor. El ruido provenía del empeine, ruido como el de una maceta de barro cuarteándose. Levanté mi otro pie. Igual, un chirrido constante, apenas perceptible. La humedad, pensé de nuevo.

Se acercaba la primera ronda del almuerzo y ya el hambre me atenazaba. Como bajar descalzo no era opción, me amarré los zapatos a las plantas de los pies y así recorrí los pasillos. En el comedor le pedí a un colega ayuda para servirme. Hizo fila y me trajo la sopa y el guisado. Mientras comía, dos fijaron su mirada en mis pies. "¿Qué te pasó?", me preguntó uno de ellos. Volteé a verlos. Habían cambiado de color y se notaban unas leves protuberancias. "¿Pie de atleta?" Sonreí de nuevo. Al terminar iría al dispensario a consulta.

No le di importancia. Terminé de comer y al levantarme sufrí un dolor agudo. Volví la vista a mis pies. De entre los dedos emergían pequeños tubérculos, y unos tallos crecían en el empeine. La humedad, pensé, o una variedad agresiva de esporas.

Era largo el trayecto a la enfermería y las punzadas me impidieron llegar. Un par de custodios me

ayudaron a subir a mi celda. Me recostaron en la
cama y prometieron mandar a un médico a revisarme.
Uno de los compañeros me dio una viejísima aspiri-
na, ya casi hecha polvo dentro de su envoltura.
Aminoró el dolor y logré dormir una siesta.

Al despertar, descubrí más brotes en mi cuerpo. En
el dorso de la mano, en los hombros, en los muslos. ¿Qué extraña enfermedad era esa? Los tallos
en el empeine habían crecido y ahora poseían la
forma de ramas. Los tubérculos diminutos se habían
convertido en raíces. Era imperativa una explora-
ción clínica.

Intenté ponerme de pie. Los rizomas en la planta
de los pies me hicieron perder el equilibrio. A gatas recorrí el pasillo y bajé las escaleras a
trompicones. Salí al patio rumbo al dispensario.
Lloviznaba. Nadie a la vista para socorrerme.

Avancé reptando entre los charcos. A mitad del patio me detuve. Los minúsculos retoños en mis brazos se habían transformado en follaje. Una textura
marrón y áspera invadía mi torso. ¿Había comido
semillas de una planta agresiva? ¿Un hongo me atacaba?

La lluvia arreció. Entre la fronda de mis brazos,
apenas distinguí el camino a la enfermería. Debían
atenderme. Con seguridad los médicos podarían el
ramaje hasta eliminar la invasión arbórea. Intenté serpentear entre el asfalto, pero mi cuerpo me
desvió hacia el único pedazo ajardinado de la prisión. Al mero contacto, las raíces en las plantas
de mis pies se hundieron en el fango. Quise pedir
auxilio, solo emití gemidos apagados. De mi lengua
surgieron brozas. Alrededor de mis ojos crecieron
apéndices rugosos. Quedé clavado en el lodo. Pasaron junto a mí tres conocidos. Trotaban para evitar empaparse. Quise estirar mi mano para detener-

los, implorar su ayuda. Nada. Mi voluntad se había
anulado.

Desde dentro de mí un tronco comenzó a expandirse.
Alcancé a ver corteza, musgo. Cuando terminó de
llover la alteración vegetal se había completado.
Me convertí en un árbol. No pude pronunciar palabra, mas no era un ser silente. Mi expresión había
mutado a otro lenguaje. Con la brisa mis hojas comu-
nicaban ideas, sentimientos, emociones y un afóni-
co pedido de auxilio.

Al no responder al pase de lista, los custodios activaron las alarmas. Por altavoces exigieron mi inmediata presencia. Los pastores belgas ladraron al
soltarlos. Se encendieron las luces seguidoras.
Inútiles medidas. Deseé aclararles mi nuevo estado,
convencerlos de cuán en balde perseguían a un fugitivo. Continuaron con su búsqueda frenética. Desde
mi silencio arborescente los observé. Son curiosos
los seres humanos. Una especie predecible, histéri-
ca. Corrían de un lado a otro sin voltear una sola
vez en mi dirección. Si lo hubieran hecho, se cues-
tionarían la súbita aparición de un nuevo árbol. Y si
se acercaran quizás podrían escuchar el sordo rumor
de mi idioma vegetal. Me reconocerían y reirían por
su error. Llamarían a especialistas, quienes me aus-
cultarían para determinar la causa de mi transformación y me dosificarían medicinas para revertir el
proceso y que volviera a ser yo. Siguieron de largo.

A pesar de mi condición, no negué mi naturaleza
asesina. Mis raíces crecieron y con lentitud es-
trangularon las de los árboles vecinos. Pronto
vencí y quedaron junto a mí sus restos marchitos.
Me elevé frondoso, sin rival que me arrebatara
oxígeno, agua, minerales.

Llevo años en este estado. Con cada temporada cambio. En verano mi follaje es tupido e impenetra-

ble, de un verde enceguecedor. En otoño mis ramas
quedan expuestas y frágiles, y bajo mi tronco re-
volotea la hojarasca.

Perdí la esperanza de reconvertirme en humano. No
lo deseo más. ¿Para qué volver al barullo de los
hombres? Hay en nosotros, los árboles, una quietud
envidiable. Un día llegará un invierno brutal y me
secaré por siempre. Quebradizo y mudo, seré usado
como leña y ahí, en el fuego, renaceré.

José Cuauhtémoc Huiztlic
Reo 29846-8
Sentencia: cincuenta años por homicidio múltiple

Testimonios de soldados en la Primera Guerra Mundial aseveraban que lo más desgastante de los combates era la espera. Atrincherados en las frías planicies europeas, entre barro y lluvia, aguardaban por días el reinicio de las hostilidades. En ocasiones no podían retroceder hacia sus campamentos. Salir a campo abierto los convertía en blancos fáciles. Debían aguantar dentro de las zanjas. Algunos no aguantaban la presión y ante la falta de sueño y de comida, enloquecían. Preferían morir que continuar soportando la angustia. Armados con su rifle, saltaban las alambradas y sin mediar palabra recorrían los lodazales rumbo a territorio enemigo. Sus compañeros hacían esfuerzos inútiles por detenerlos. Enfebrecidos comenzaban a disparar a locas contra las barricadas enemigas hasta que un francotirador acababa con su vida.

Mi mayor temor era padecer el síndrome de las trincheras. La tensión crecía por minuto. La incertidumbre permeaba. Las mudanzas a mitad de la madrugada me hacían sentir vulnerable y cuestionarme si habría o no una salida. José Cuauhtémoc mantenía incólume su optimismo, convencido de que nuestro sacrificio sería recompensado.

Ya no me cuestionaba mi decisión. Comprendí que se había cocinado por años. No me enamoré de José Cuauhtémoc porque sí. *«Quien encuentra hace rato que está buscando, aunque no lo sepa.»* Y lo encontré. Un misterio el proceso que me condujo a él. Lamentaba haberme llevado entre las patas a Claudio y a los niños. Los había lastimado de manera irreversible. Detrás de mi misiva Claudio escribió: *«Vete a la chingada hija de puta»*, y se la devolvió al mensajero que se la había llevado. Mis hijos ya debían estar envenenados por la rabia de su padre. ¿Cómo manejarían mi súbita ausencia, mi infidelidad pública? En la noche despertaba con falta de aire de solo pensar en ello. Varias veces estuve no solo tentada a llamarlos, sino a olvidarme de toda prudencia y presentarme sin más a verlos a la escuela. Francisco me disuadió de cometer tan gigantesca estupidez. No solo los niños no estarían preparados para verme. Debía haber un operativo policial alrededor de su colegio y de la casa para aprehenderme en cuanto apareciera. Tal era mi impotencia que en un cuaderno escribí miles de veces los nombres de mis hijos. Claudia, Mariano, Daniela, Claudia, Mariano, Daniela. Claudia, Mariano, Daniela… Los amo, los amo, los amo.

Francisco evitó nuestro acceso a periódicos y noticiarios. Podían provocarnos un serio desánimo e incluso, una depresión. Ante mi torpe insistencia, llevó un par de diarios donde salíamos mencionados. Nuestra historia en primera plana. La Bella y la Bestia. Un morbo creciente entre los lectores. Julián y Pedro habían sido abordados por la prensa. «Sin comentarios», fue su respuesta. Tampoco una declaración de Claudio o de Alberto. Al menos mi gente cercana no me había traicionado.

Pintaban a José Cuauhtémoc como un reo de extrema peligrosidad. A mí se me acusaba de ser cómplice de la sublevación. Las autoridades investigaban mi actuar previo, así como los movimientos de mis cuentas bancarias. El colmo: se me vinculaba a un cartel de narcotraficantes y se me atribuía lavado de dinero. Mi reputación, enterrada en una ciénaga fétida de mentiras y de verdades a medias. En mi cabeza resonaba la advertencia de Almeida: «Quien se mete a las porquerizas, acaba lleno de mierda de cerdos».

Francisco no se había equivocado: un error leer los periódicos. Empecé a sufrir ataques de pánico e insomnio. Lo único capaz de calmarme eran los abrazos de José Cuauhtémoc, su dulzura y nuestra frenética actividad sexual. «Lo que no te mata te fortalece», reza la sentencia y aunque sonaba a lugar común, me aferré a ella. Estaba convencida de que saldría de esta más dueña de mí misma, más enamorada y aún más valiente. Me inspiraba la serenidad de José Cuauhtémoc. En ningún momento lo vi dubitativo. Le pidió a Francisco hojas blancas y una máquina de escribir. «Necesito contar las historias antes de que se me olviden», dijo. Por las noches tecleaba sin parar. Por las mañanas leíamos sus textos en voz alta y me permitía proponerle cambios y sugerencias.

Merodeábamos desnudos por cada una de las casas y hacíamos el amor por todos los rincones: la cocina, la sala, el patio. La creatividad de José Cuauhtémoc era inagotable. Me metía hielos en la vagina mientras me chupaba, me trepaba arriba de las mesas para penetrarme a su altura, me hacía masturbarme sentada en una silla, golden showers, posiciones inverosímiles. En una tarde cogía más veces con él que con Claudio en un año. Y yo no deseaba parar. Quería más y más.

Cada orgasmo me repetía la razón por la cual me había ido con él: para liberarme de la calcificación creciente que me fosilizaba desde dentro. Se había formado una corteza que me impedía reconocerme. Cada vibración, cada fibra de placer, cada resquicio explorado por la boca, la lengua y los dedos de José Cuauhtémoc me conducían al núcleo mismo de la vida, de MI vida. Me esperanzaba en que mis hijos algún día lo comprendieran o, mejor aún, descubrieran dentro de sí la motivación y la fuerza para pelear por ese núcleo.

Después de un par de semanas, Sampietro concluyó que lo más conveniente era mudarnos por separado y en diferentes horarios. Primero José Cuauhtémoc y unas horas después, yo. Una sola persona descollaba menos y no llamaría la atención de los vecinos. «Además», agregó, «si los capturan, es preferible que sea solo a uno y no a los dos». Rechacé la propuesta. A solas mis ataques de pánico se agudizarían. No contemplaba estar sin José Cuauhtémoc un solo segundo. Ni siquiera para ir al baño nos separábamos. Antes me era inconcebible cagar frente a otra persona, menos aún un hombre. No me importaba con él. Incluso, me limpiaba el culo y comentábamos sobre el tamaño de nuestras cacas. Cuando orinaba metía sus dedos en mi vagina mientras el chorro golpeaba contra su mano. Luego se la chupaba, lo cual me excitaba en demasía. En mi ambiente social nos habrían acusado de depravados, asquerosos, indecentes. Proponerle uno solo de esos actos a Claudio lo llevaría a tildarme de degenerada o grotesca. Por primera vez experimentaba la más auténtica intimidad. Si eso no era una manifestación extrema del amor, no sé qué más podía serlo.

A pesar de que Sampietro tenía razón, José Cuauhtémoc se opuso. «No pienso dejarla sola», dijo convencido. «Nosotros la cuidamos», terció Francisco. José Cuauhtémoc se resistió a ceder. «No van a estar más de media hora separados. Solos es más fácil que se camuflen con el barrio y a nosotros nos facilitan la logística», explicó el abogado.

Terminó por persuadirnos. Nuestro viaje al extranjero estaba a punto de resolverse y había que cuidar cada detalle para no arruinarlo. Viajaríamos en avión privado a Guatemala y de ahí a

República Dominicana. Allá habían conseguido un lugar temporal donde quedarnos en lo que se resolvía un destino permanente.
«Van a salir bien librados», aseguró el abogado. Con los infinitos
recursos legales y financieros de Francisco, volví a recobrar la confianza. Nuestra partida se veía cada vez más viable.

Antes de marcharse, José Cuauhtémoc me entregó la pistola
que nos había facilitado Alberto. Me enseñó cómo cargarla, cómo
amartillarla, cómo sostenerla para disparar, cómo apuntar, cómo guardarla en la cintura y disimularla entre la ropa. «Tráela siempre contigo.»

Nos besamos y partió. En el instante en que por la ventana lo
vi alejarse, tuve miedo por primera vez. Un miedo cada vez más
inmanejable. Un miedo que se tradujo en el deseo de salir a la calle
pistola en mano, gritar que yo era Marina Longines y que si tenían
huevos fueran por mí.

El síndrome de las trincheras comenzaba a apoderarse de mí.


El Máquinas terminó de leer el pasquín de nota roja y sonrió.
«Chacales huyen del Reclusorio Oriente», anunciaba el titular, y
nombraban a José Cuauhtémoc uno de los diez prófugos más
desalmados y cuya captura era prioritaria. Se había desatado la trifulca entre el gobierno y los Aquellos y aunque los narcos ganaran,
les llevaría un rato recomponer el tinglado. A estas alturas el rubio
ya no sería protegido. Se hacía oficial el comienzo de la temporada
de caza. Las autoridades podrían no saber dónde se hallaba JC.
Para el malandraje eso era pan comido. Un chistorete de Avilés
decía: «¿Alguna vez has visto un elefante escondido detrás de una
flor?», «No, nunca», «Es que se esconden muy bien». Los malandros eran expertos en buscar detrás de las flores y José Cuauhtémoc
era un elefante tamaño XXXXXXXG. Nomás era cosa de checar
detrás de cada una.

Apenas los Aquellos soltaron el control y la raza se puso de
nuevo a circular. Mientras los bosses disputaban una lucha a tres
caídas con el gobierno, los chiquitines volvieron a la carga. A robar,
a violar, a secuestrar, a saquear, a desvalijar, a extorsionar. Aprovecharon la oferta y vaya que le sacaron jugo. El índice de crimi-

nalidad subió al 1 006 % en solo tres días. La policía capitalina también aprovechó la ganga: cobro de moches, los tú-atracas-y-luego-me-michas, y tú sin broncas que yo aquí hago como que parió la marrana. A la ensalada había que agregarle los trescientos ochenta y siete fugitivos del Reclusorio Oriente, más el titipuchal que se escaparon de otras cárceles. Batos sin la más mínima intención de «reinsertarse» en la sociedad y con ganas tremendas de cobrarse el tiempo perdido en el tambo. Los malosos se dedicaron a sacar dinero tan rápido como pudieron. Secuestros exprés, pillajes a tiendas departamentales, asaltos a carros en el Viaducto. A darle rémoras que los tiburones están distraídos.

Con los halcones de los Aquellos más ocupados en guachar guachos que rivales, el Máquinas tuvo all access a los cubiles malandros. Volvió a los callejones, a los retornos, a las escalinatas que bajaban a las colonias construidas en los márgenes de los canales de aguas negras (aquellos donde se arrojaba a los muertos, la Venecia de los cadáveres). Negoció con los lidercillos, ahora envalentonados, y con policías que llevaban el signo de pesos tatuado en la jeta. Díganmedóndestáelgüerograndoteylessueltounalanota. Nada, ni una sola ramita de información. Nadie sabía nada. Además, a qué malandro le iba a importar un bato fugado cuando los malls del crimen habían abierto sus puertas para un mega Black Friday.

A pesar de tan exiguos resultados, el Otelo del desierto siguió desplazándose entre las arterias delincuenciales. Bien decía el buen Gretzky: «Fallarás el cien por ciento de los tiros que no intentes». Y pues a intentarle, se dijo el Máquinas, que lo peor que podía pasar era que no pasara nada.

Para la parentela y amigas de Esmeralda, ella ya era un recuerdo, un cuerpito sin cabeza enterrado en un cementerio a las afueras de Ciudad Acuña. Una voz y un rostro que habían descendido a la tercera división del olvido. No para don Celos. Para él Esmeralda estaba más viva que nunca. En su cabecita se repetían no los miles de momentos felices que había vivido a su lado, sino los cogidones con José Cuauhtémoc. Los besos de ese hijo de su puta madre cabrón de mierda con la hija de su puta madre cabrona de mierda. El manoseo, las mordidas, los chupeteos, los mete y saca, los mecatzingos resbalando por los muslos suaves y limpios de Esmeralda. Imágenes enzarzadas en su mente, destilando veneno gota a gota.

El Máquinas se ocultó durante semanas en diversas cuevas, solo, sin hablar con nadie, tragando sándwiches y café aguado del Oxxo. Al comprarlos pagaba sin chistar, mascullaba un gracias y se juría de regreso a su guarida en turno. En una de las visitas al Oxxo correspondiente, se topó con una chavalilla chula de a madre, por lo menos para los estándares de cajera de tienda de conveniencia. El Máquinas no estaba en mood de enamorarse y menos cuando traía la maraña porno-rabiosa atravesada, pero la chamaca alguito tenía que lo empujaba al double take. No debía rebasar los veinte años. Era requetesimilar a Esmeralda: piel lisita, sonrisa de barco, ojos amielados. Pinche patrón de mujer que traía inserto en el cerebro. Parecían horneadas en el mismo molde.

Ella fue la que empezó la conversa. «Qué manotas tiene, oiga», le dijo y la muy fresca le pidió permiso para tocarlas. Él se dejó. No había nadie más en la tienda que ellos dos y pos ni modo de decirle que no. Ella pasó su índice por las venas que brotaban en el dorso de sus manos. ¿Y si es una halcona?, pensó. Era probable. Los Aquellos habían atiborrado los Oxxo con sus correveidile. Le valió, la muchacha estaba potable y él estaba cansado de chaquetearse. Tanta soledad y tanto estrés lo iban a volver loco.

Él tomó la mano de la morra y chupó uno de sus dedos. «Ay don, va usted muy deprisa», se quejó ella. El Máquinas ya traía paraguas para el diluvio y se le estaban acumulando las ganas. «Pos tú que andas de tentona», reviró él. Ella sonrió con su sonrisa de trasatlántico. «Nomás quería tocarle las manotas, oiga, solo eso.» Si-cómo-no-nomás-tantito, pensó el Máquinas. De plano, algunas mujeres telegrafían los penaltis. La invitó a cenar. «Salgo a las doce de la noche, jefe», dijo ella, «además tengo novio y empieza chingue y chingue a llamar al celular si se me hace tarde». «Te espero a desayunar en tal esquina», le planteó el mecánicotelo. Ella accedió y quedaron de verse a las nueve. «¿Cómo te llamas?», le preguntó. Ella estiró su mano para estrechársela. «Jennifer señor ¿y usted?» Él masculló su nombre para que no lo entendiera y ella, por cortesía, le respondió con un «mucho gusto».

A las 8:55 a. m. del día siguiente, el Máquinas se apostó en la azotea donde rentaba un cuarto de servicio. Desde ahí podía vigilar la esquina donde la había citado. A la hora señalada, ella arribó. Hasta desde el quinto piso ella se veía wapa. El Máquinas checó que no hubiera negritos en el arroz y después de quince minutos en que no guachó a nadie sospechoso, resolvió descender de su atalaya. La saludó con una disculpa. «Perdón por la tardanza.» Ella se encogió de hombros. «Ni modo que me fuera, si ya había venido pa acá.» Se veía chula la morra con el pelo mojado y sin las plastas de maquillaje que se embarraba por las noches. Ella le entregó un bonche de periódicos. «Se los traje, jefe. Como cada vez que va compra los que hay.» Él tomó el atado y se lo colocó bajo el brazo. «¿Tienes hambre?», le preguntó. Ella negó con la cabeza. «No tanta, con un cafecito aguanto.» «¿Quieres que subamos a mi cuarto?», dijo él sin preámbulos. Ella lo miró con fijeza «¿A qué?» El Máquinas se la pensó antes de responderle. Ella se le adelantó. «Si es a lo que creo, vamos. Nomás necesito que me ayude con una lana para pagar la renta de mi depa porque mi novio es bien pinche huevón y nomás no coopera.»

El Máquinas detonó apenas se la metió. Con su semen se fueron angustias, preocupaciones, corajes, maldormires, frustraciones y la esmeraldaga. Ella lo acogió con dulzura y no le importó que se viniera tan rápido. Lo que en verdad le preocupaba era pagar la renta.

Jennifer se quedó dormida boca abajo. El Máquinas miró su cuerpo desnudo. ¿Por qué no le pedía que mandara a la chingada a su novio y se quedara con él para siempre? Reconstruir su vida, sepultar el recuerdo de Esmeralda, buscarse una casa en la selva, montar el taller mecánico que siempre soñó y llegar cada noche a su casa a abrazarla y hacerle el amor. Nel pastel. No. Jamás. Ninguna mujer merecía un solo minuto de su existencia. Además, si ella le había sido infiel al novio, también le sería infiel a él. Y de nuez al carrusel de los celos, al deseo de quemar a todos vivos, a la necesidad de desmembrar a los sanchos. No, unas lindas nalgas y una bemba jugosita no lo iban a desviar de su objetivo.

Le dio una ligera palmada en el redondísimo y perfecto glúteo derecho y se sentó en una silla a ojear los periódicos. Los revisaba con detalle en busca de noticias del hijo de su puta madre cabrón de mierda. En los dos primeros no halló nada. En el tercero una nota en primera plana informaba: «Afamada coreógrafa involucrada en la fuga de reos». Leyó con atención y ahí estaba, frente a sus narices, el mejor regalo que la vida pudo darle: la mujer, llamada

Marina Longines, había huido con José Cuauhtémoc Huiztlic, un violento reo, abandonando a su esposo e hijos. La policía daba datos sobre ella y ahí venía impresa su linda carita. «El preso y la mencionada bailarina sostuvieron un amasiato dentro de la cárcel por varios meses», aseguraba el reportero.

«Con que el cabrón tiene morra», rumió el Máquinas. Clavó los ojos en el retrato de la mujer. Se aprendió sus facciones. No las olvidaría nunca. Se puso jorni solo de pensarla descuartizada. Con el mástil en alto, se dirigió hacia la cama, se puso saliva en los dedos, la embarró en la pucha de Jennifer y sin aviso, se la metió. Ella despertó mientras él se la cogía. Le gustó sentirlo adentro. Él empezó a penetrarla con fuerza. «Más duro», dijo ella, «más duro». Y más duro le dio él.

Empecé a crear nuevas coreografías. Desnuda en la cama, mientras José Cuauhtémoc escribía sentado frente a su mesa de trabajo, yo trazaba croquis de desplazamientos, de evoluciones. Con su variedad de sonidos, el barrio me llenó de imágenes. Nuestro aislamiento contrastaba con la vitalidad desbordante de los callejones. Bastaba abrir la ventana para que un raudal inundara la habitación. Cuánta vida pululaba alrededor de nosotros. Sonaban radios a gran volumen. Había quienes oían rock, otros rancheras. La zona también estaba poblada de músicos. Se escuchaban ensayos de batería, de guitarra, de canto, mezclados con ladridos, maullidos, cacareos, graznidos y hasta balidos de ovejas. Una polifonía caótica que me incitaba a crear. Decenas de ideas se agolpaban en mi cabeza y surgía una imperiosa urgencia de darles cuerpo, movimiento.

Aun confinada, temerosa de una incursión policiaca, incierta sobre el futuro, amé la vida en común con José Cuauhtémoc. A menudo me sentaba desnuda sobre su regazo cuando escribía. Me abrazaba y me besaba con suavidad en el cuello mientras seguía tecleando. Era emocionante ver cómo sus historias cobraban forma, cómo simples manchas de tinta en un papel blanco producían emociones, sentimientos, tensión. Él a su vez me sorprendía cuando yo me encontraba concentrada en mis coreografías. Daba la vuelta a la cama y se acostaba sobre mi espalda. Me gustaba sentir su peso, su aliento junto a mi oreja. Atento revisaba mis esbozos y los comentaba con inteligencia, agudeza y buen gusto.

Al contrario de Claudio, que era un obseso de la oscuridad, del silencio y de las cortinas cerradas, a José Cuauhtémoc le gustaba mantener las ventanas abiertas. Por fortuna, la mayoría de los cuartos que habitamos se hallaban orientados hacia patios interiores lejos de miradas indiscretas, por lo que no nos preocupaba rondar desnudos. Las cortinas ondulaban con el viento y la luz entraba franca a la habitación. El encierro de años José Cuauhtémoc lo compensaba con esas mañanas luminosas y frescas. Me remitían a los cuadros de Edward Hopper. Me planteé la posibilidad de urdir una danza con esa calidad de luz, esa noción de soledad y amor.

Si no estuviéramos perseguidos por la policía, esa sería mi vida ideal. Un amplio cuarto ventilado. José Cuauhtémoc junto a mí, desnudo, dispuesto a hacerme el amor a cada momento, presto a escucharme, a debatir nuestros trabajos. Dialogar, charlar sobre insignificancias, pasear, besarnos, acariciarnos. Vivir en un rancho. Dormir a la intemperie. Montar a caballo. Nadar en un lago. Ver a mis hijos crecer en libertad, en la naturaleza, como siempre lo deseé.

El hechizo se rompía cuando era preciso mudarnos a otra casa. De acuerdo al protocolo establecido, José Cuauhtémoc marchaba antes. Si había una redada yo contaba con unos cuantos minutos o incluso segundos para poder huir. Había insistido en ser primera. Al fin y al cabo, mis delitos eran menores y con ayuda de Sampietro bien podría librar la cárcel. No era el caso de José Cuauhtémoc, que dada su «peligrosidad», podían matarlo en un operativo para su captura. Él se negó. Mi seguridad y mi bienestar, aseveraba, eran prioritarios. Él sabría bregar con la cárcel, yo no podía ni imaginar un solo minuto en esas pocilgas.

En cuanto veía partir a José Cuauhtémoc, comenzaban mis ataques de ansiedad. Daba vueltas de un lado a otro. Me dio por rascarme la palma de la mano a tal grado que llegué a sangrarme. No lo podía evitar. Escarbaba sobre la piel hasta taladrarla. Era consciente de que los momios en nuestra contra eran del 99,999 %. Sobrevivía aferrada a ese ,001 %. Los breves momentos juntos podían colmar el resto de mi existencia y su puro recuerdo bastaría para alentarme a continuar. Me pensaba preparada para lo peor, pero me mentía a mí misma. No contaba con la fuerza suficiente para aceptar la gran derrota: la muerte de José Cuauhtémoc. Ese era el elemento fundamental de mi pánico y de mi angustia.

Francisco se percató de mi desazón. Comenzó a acompañarme en esos cortos y angustiantes lapsos en que José Cuauhtémoc salía antes que yo. En una de esas ocasiones, me informó de una noticia que me devastó. «Marina, Claudio y los niños se fueron a vivir a Nueva York.» Era una decisión previsible, que no vi venir. Claudio no soportó la presión social y mediática. Ser un cornudo a la vista de todos, con evidencias patentes de mi infidelidad, lo carcomió. Si de por sí un adulterio es difícil manejarlo en privado, en público se convierte en un infierno. El trato como víctima debió humillarlo. Los «pobrecito», los «no merecías una mujer así», los «vales más que esa putita» fueron suficientes para impelerlo a largarse del país. Obligado a proteger a los niños de burlas y agresiones, eligió irse a una ciudad a cuatro mil kilómetros de distancia sin garantía de que hasta allá no reverberara mi abandono y mi «traición». Las ondas expansivas de un acto como el mío, de mi posición y de mi clase social, podían alcanzar los corrillos de las empresas de Wall Street donde trabajaría. Quizás terminara aún más lejos, en Londres, en Bruselas o Shanghái, lugares en que también había recibido ofertas laborales y adonde no rebotarían con tal intensidad los chismes.

La fantasía de un arreglo pacífico y civilizado con Claudio se alejaba con cada día sin hablar. Para alguien de su nobleza y de su carácter simple, mi decisión debió demoler la seguridad en sí mismo y enterrarlo bajo un macizo de dudas y cuestionamientos. ¿En qué momento la relación se había fracturado y yo me fui sin más? ¿Qué había sucedido en realidad? Se quedó sin piso. Su concepto de felicidad, heredado de generación en generación, se escurrió por el drenaje, arrojado de golpe a la inestabilidad, a la falta de certidumbre, al ego herido y mancillado… Claudio —y esto tenía que entenderlo de una buena vez— empezaría a portarse como un enemigo. Nuestro enemigo.

Al fondo de la maleta donde guardaba la ropa, hallé la envoltura de papel aluminio donde venía mi celular, un objeto perteneciente al pleistoceno de mi pasado, una reliquia arqueológica. Lo desenvolví. El dichoso aparatito era lo primero que veía al despertar y lo último antes de dormir. Ahí venían guardados mensajes, correos, fotografías familiares, anotaciones, bosquejos de coreografías, videos de las fiestas de cumpleaños de mis hijos, cotizaciones, estados de cuenta, canciones. Un museo portátil de aquella que había sido yo. Me quedé unos minutos indecisa en si prenderlo o no. No solo arriesgaba a que la policía triangulara las coordenadas de mi geolocalización, sino me tentaba a leer con morbo los miles de mensajes que debieron acumularse mientras lo mantuve apagado. Irresponsable, oprimí el botón de encendido y escribí mi contraseña. En la pantalla apareció un torrente de notificaciones, un géiser a punto de ebullición. Cerré los ojos. Estaba a tiempo de apagarlo, de perseverar en el presente y en el futuro y no sumergirme en las marismas del pasado del que había desertado de tajo. El síndrome de las trincheras me llevó a mantenerlo prendido.

Los mensajes de Claudio, en su totalidad escritos en mayúsculas, estaban repletos de insultos y amenazas. Mi madre y mis hermanas me reprochaban la «vergüenza» por la que las hacía pasar. «Nunca imaginé haber criado a una delincuente», afirmaba mamá con dureza. Se confundía. Yo no era ninguna delincuente, no había cometido ninguna acción criminal. Irme con el hombre que amaba a mi juicio no calificaba como delito. Pedro manifestaba incredulidad, Héctor una rabia moralista y el único que se expresó comprensivo y tolerante fue Julián. Le mandé un mensaje. «Necesito hablar contigo.» Respondió de inmediato. «Yo también, ¿dónde estás?» Durante unos segundos dudé en si revelarle o no mi ubicación. «A unas cuadras de tu casa», le contesté. «Dime dónde y voy para allá.»

Francisco y Sampietro entraron y me hallaron sentada en la sala justo cuando le escribía a Julián. «Nos vamos», dijo Francisco y notó el teléfono en mi mano. «¿Y ese celular?», cuestionó con sorpresa. «Es el mío», le respondí con ingenuidad. «La policía te puede rastrear», advirtió Sampietro. «Sí, lo sé», musité. El síndrome de las trincheras: el abatimiento mental padecido por la espera de una batalla que no termina de llegar. «Necesito ver a mis amigos», atiné a decir. «No es lo más conveniente», explicó Francisco. «No ahora.» Extendió su mano para que le entregara el celular. Sin resistirme se lo di. «Lo tenemos que destruir», afirmó.

Mandó llamar a uno de los guardaespaldas. Este lo llevaría encendido por varias calles para crear un rastro digital y lo destruiría en una colonia del centro con la esperanza de guiar a la policía hacia allá en caso de que hubieran detectado la frecuencia. «Creo», dijo Sampietro, «que en lo que sabemos si la policía logró localizar la señal tú y José Cuauhtémoc deben quedarse en sitios distintos por un par de noches». Sufrí un escalofrío. No soportaría un solo minuto más sin él. «Vamos a conseguir unos radios para que estén comunicados. Estarán a solo unas cuadras, pero no podemos arriesgar a que los capturen juntos.»

Por más que protesté, no cambiaron de opinión. Pedí que lo deliberáramos con José Cuauhtémoc. Se negaron. Si bien yo era la prioridad para él, no lo era para ellos. Francisco estaba concentrado en proteger a su hermano, no a la novia. Faltaban pocos días para que voláramos a Guatemala y no deseaban arruinar el plan. «Solo van a estar separados un par de días», aclaró Sampietro. Cuarenta y ocho horas a solas, imposible. Creí que él tampoco sobrellevaría mi ausencia. «Vamos a vigilar que no haya actividad extraña en la zona. Si no la hay, pronto van a estar juntos de nuevo», trató de calmarme Francisco.

Me sacaron del barrio de callejones y andadores y me llevaron a una casa sobre una calle llamada Retorno 207. Era más grande y cómoda. Tenía dos frentes, uno a la calle y otro a unas canchas de basquetbol abandonadas. Si fuera necesario huir, podría salir por uno u otro lado. Le rogué a Francisco que me trajeran a Julián. «Haremos lo posible», respondió. Antes de partir me dejó un radio. «Ponlo en el canal 13-18. Hablas oprimiendo este botón. José Cuauhtémoc te llamará en breve.»

Francisco salió y me quedé sola en la casa. Me prometí no lamentarme. El panorama se aclaraba y debía alegrarme por ello. En tres o cuatro días tomaríamos un vuelo hacia nuestro futuro.


Francisco acudió tan raudo al auxilio, que JC se quedó tolondro. Pensó que le prestaría unos pesos, le daría un aventón a un pinchurriento motelucho de Tlalpan y a otra rosa mariposa que las margaritas no florecen. Pero no. Les consiguió casas donde esconderse, abogado, comida, ropa. Cuando por unos minutos se encontraron a solas mientras Marina se duchaba, José Cuauhtémoc lo abrazó.

Fue tan súbito el abrazo que Francisco se tancaleó. «Gracias carnal, de verdad, gracias», le dijo frente al enorme retrato de Ceferino. Los dos hermanos unidos pese y por encima del padre devorador, pese y por encima de la insalvable distancia del parricidio. «Te quiero», le dijo JC y en esas dos palabras su fraternidad pegó un salto de rana astral. «Yo también», y el abrazo se hizo más estrecho y más de eso y más de aquello y estaban juntos y eso importaba más que cualquier otra cosa.

JC no se creyó libre, lo que se dice libre. La casa que le había prestado su carnaval se convirtió en una variante de la «prisión domiciliaria». Al mismo tiempo, sintió recuperar su patria. No la nacionalista de comoMéxiconohaydos, ni los Méxicolindoyqueri-do. No la de los mariachis, los Pedros Infante, los Xochimilcos, los Garibaldis, las Fridas y demás chucherías del mexican curious. La patria, su patria, era el territorio donde había crecido. Su patria eran los olores, los colores, los sonidos, las luces de su barrio. Su patria era, sobre todo, la morrita que dormía a su lado.

Decidió ya no rasurarse. No para cambiar de facha, sino no-más para declarar un «ya no soy un preso, bola de cool aids». La barba lo haría más *sauvage,* más de eso que de aquello y le haría sentir a Marina que ese José Cuauhtémoc era de ella y solo de ella. A Marina le latió. Barbón se veía más vikingo, más machín y ade-más raspaba rico al besarle los hombros.

Pese al síntoma últimos-días-de-Pablo-Escobar, pese a la inmi-nencia de un operativo policial, pese a saber que nada dura lo que debe durar, un poco de paz empezó a destilarse por entre los inters-ticios de su vida como prófugos. Qué puta maravilla era despertar y tener a Marina desnuda al lado. Entrar al baño y tenerla desnuda al lado. Escribir y tenerla desnuda al lado. Desayunar y tenerla desnuda al lado. La suya fue una cogedera enloquecida y ninguno de los dos pareció hartarse. Al contrario, tan dispuesto uno como el otro a ponerle sin parar.

Los Aquellos y el gobierno siguieron dándose un entre con singular alegría. Juan Camaney contra Chanoc, el Santo contra las Momias, Mufasa contra Scar. Facilita la tuvo el secretario de Go-bernación. Era cosa nomás de concederles las cocinas de los reclu-sorios y aquí se rompió una taza y cada quien para su raza. ¡Ah no! Quiso echarles mucha crema a sus tacos y por bruto quedó encremado. El presidente ya no sabía ni qué hacer con tal regadero de estupideces. Mandaba al Ejército y a los federales allá, se le aparecían los malandros por acá. Los traía para acá, le brotaban por acullá. Batalla inútil y lo sabían ambos bandos. Nomás se estaban dando de cates para ver quién era el más Tarzán. Y al final acabarían risa y risa, y a ti te toca esto, a mí me toca aquello.

A la ciudad se la cargó Bozo el payaso. Llevaría un buen rato volver a la Pax republicana. Los Aquellos, concentrados en reventar a los cuicos, descuidaron el gran changarro: la capirucha. Los malandros chiquilines se las cobraron a sus anteriores tiranos. Cuando vieron que los del cartel estaban ocupados reventando tiras, les dio por cobrárselos al eslabón más débil: los/las halconxs. Toma y toma y toma por andar de acusón, pinche chismoso, les dijeron mientras les sorrajaban piaras de puñaladas. Taxistas, tenderos, prostitutas, cajeras, viene vienes al servicio de los Aquellos quedaron en calidad de morcilla.

Sin la halconiza, el Máquinas pudo por fin andar más sueltecito. No hizo confianza porque en malandrolandia uno nunca sabe y, terco con ganas, se obstinó en bucear en los drenajes del crimen a reclutar sicarios. Esta vez no se le iría vivo el rubio y mucho menos la güera. A emparejar la ofensa, costara lo que costara. A soltar varo para contratar a los que tuvieran más huevos, porque el JC imponía y no cualquiera le entraba.

Bastaron dos días para alinear el equipo. Se agenció a cinco malosos, batos curtidos con más cicatrices que un perro sarnoso. Cinco fugados que bien sabían quién era el rubio y tres de ellos hasta a la bailarina conocían. «Está buenísima la morra», le dijeron al Máquinas. «Tiene las nalgas tan paradas que le puedes poner encima un vaso con cerveza y no se le cae.» Ninguno de los cinco pertenecía a un cartel ni le debían la evasión a nadie. Se habían pelado a lo macho, culebreando entre granaderos y caballos, entre federales y fuego cruzado. Los cinco eran asesinos y con sentencias largas, y sabían bien lo que era meterle a otro un fierro entre las tripas o jalar el gatillo para explotarle los sesos.

Al Máquinas le salió caro el quinteto. Los fugados sabían que tarde o temprano los iban a retachar al botellón y qué mejor que sacar un buen fajín de milanesas. No le importó pagarles un tititupu, para eso estaba el monedero. También soltó plátano para labores de inteligencia. «Van doscientos de a mil al que me diga los ondestá de José Cuauhtémoc Huiztlic. Premio mayor a quien encuentre al elefante escondido detrás de la flor. O mejor aún, a quien me ponga de pechito a su elefanta.» En comarcas malandras, doscientos kilos son el incentivo óptimo para conseguir el tan anhelado compromiso profesional. Con doscientos hasta los burros le talonean.

Radio bemba regó la noticia. «Billetiza al que halle al güero azteca y a su novia pirujona.» Como cadena de oración, el ofrecimiento se notificó hasta en los grupos de WhatsApp. «Si ven a un castor y a una nutria así y así, avisen dónde rolan y les toca micha de la recompensa» y adjuntaban fotos de los dos.

Doscientos mil era un chingo de lana para los zarrapastrosos, no lo suficiente para quien de verdad sabía los quevers de la Bella y la Bestia. Por chorritos le llegó al Máquinas el dato de «una prima de un amigo de un primo conoce a un bato que tiene un contacto que sí sabe dónde están pero que doscientas bolas no le sirven ni para los chicles, que si de verdad quiere que se los ponga, que le agregue un cero a la cifra and then we are talking».

Aunque al Máquinas le sonó a chantaje, decidió reunirse con un tipo que se autonombraba «el emisario» y quien presumía el conecte. Lo citó en las escalinatas que bajaban hacia una ciudad perdida. El tipo no se veía roñoso. Vestía firulón y no hablaba ñero, aunque se le notaba barrio. El emisario saludó con mano manicurada y fofa. «¿Es cierta la publicidad o es puro bullshit?», le preguntó el Máquinas. «Tengo un prestigio que cuidar bróder. Si yo digo que algo es, es porque es.» El Máquinas lo barrió de pies a cabeza. «¿Y tus servicios son siempre así de cariñosos o viste trajinera y quieres paseo gratis?» El otro sonrió. «Lo bueno cuesta, amigo.» El tonito mamón empezó a calentarlo. «¿Y cómo sé que sabes?» El otro negó con la cabeza. «Yo no soy el que sabe, la buena es una doña que no acostumbra andar por el mundo tirando rollo. Hay mil changos buscando al rubiecín y a su vieja, y nadie tiene la más puta idea de dónde hallarlos. Ella sí.» El tiñoso hablaba pausado. Seguro. El Máquinas contraofertó. «Dile que le ofrezco seiscientos. Si acepta, de una le pongo los billetes en la mano.» «Cámara», le dijo el emisario y sellaron el trato con un apretón de manos.

Ceferino ¿existirá un dique contra la muerte? No contra la muerte definitiva, sino contra aquella que nos hace perecer día a día. Esa muerte lenta que nos sume en el sopor y la abulia. Terrible sentir que la existencia se nos escurre sin lograr nada sustantivo. Hay quienes aseguran que el gran contraveneno es el amor. Me parece ridículo creer-lo. El amor también se desploma en los socavones de la cotidianidad. Su andamiaje es endeble. Es una medicina de corta fecha de caduci-dad. No hay nada más doloroso que ver a dos personas que se amaron aburridas una de la otra. Aunque, te lo digo desde mi experiencia, nada duele tanto como no amar.

Los creadores presumen el arte como el más sólido muro contra la muerte. La obra, una afirmación de la vida resistente al paso del tiem-po. «El autor», argumentan, «podrá morir, no su trabajo». Ojalá fue-ra así. Cuántos cientos de libros se publican al año y ninguno trascien-de la siguiente temporada, y eso si alguien los lee. Cuántas pinturas, esculturas, partituras, obras de teatro acaban en una nadería. Por cada Shakespeare, por cada Picasso, por cada Faulkner, por cada Rulfo, por cada Hendrix, hay miles de creadores de una medianía pasmosa. ¿La mediocridad creativa equivalente a una barrera de contención contra la muerte? No lo creo papá, aunque si algo les admiro a ambos, a los enamorados y a los artistas, es —pese a estar destinados al fracaso— su perseverancia y su fe en dotar de sentido a su vida.

Mi hermano estaba entre estos. Bastaba verlo con su novia para creer. No sé si perdurarán juntos. Pasada la novedad, la convivencia y la rutina bien podrían descalabrar su romance de película, pero uno los veía tan cariñosos y leales uno con el otro, que daban ganas de confiar en el amor tanto como ellos lo habían hecho. Mis respetos para Marina. Lar-garse de su casa dejando atrás una vida resuelta y además arriesgando a que la mataran me parecía digno de admirar. No cualquier mujer posee-ría ese temple y esa audacia. O estaba en extremo loca o la suya era mues-tra de una cordura excepcional. La devoción que ella y mi hermano se profesaban y las dificultades que superaron para estar juntos me hicieron creer que sí, que el amor puede ser un revulsivo eficaz contra la muerte.

Estuve cerca de confesarles a mamá y a Citlalli que escondía a José Cuauhtémoc y a su novia. Mamá añoraba a su hijo menor. Aseguraba que tu asesinato había sido imperdonable, aunque se derretiría de tenerlo de nuevo frente a ella. Varias veces descubrí en el fondo de los botes de basura, diseminadas entre pañuelos desechables usados y cáscaras de mandarina (¿recuerdas lo mucho que le gustaba pelarlas y comerlas?), cartas dirigidas a él rotas en pedazos. Con paciencia uní los cachos de papel. En algunas cartas lo regañaba. Se traslucía enojo y reproche. En otras le declaraba su irrenunciable amor de madre.

Su fin estaba próximo. A pesar de contar con apenas setenta y cuatro años, la vejez le llegó de golpe. Su caminar se tornó luengo. Resollaba al cabo de unos metros y la falta de aire le impedía hablar. Tropezaba a menudo con los muebles por causa de una catarata en el ojo izquierdo que se negó a operar. A pesar de su delgadez, los médicos le habían diagnosticado hígado graso, efecto de una condición genética. Ello le provocaba trastornos alimenticios y un poco sano color amarillento.

Frente a su inminente muerte, pensé en llevarla con mi hermano. Unas palabras finales con su hijo la habrían confortado. Fue preferible mantenerlos alejados. Una indiscreción de su parte, un comentario a mis tías o incluso a Citlalli podrían revelar en dónde lo mantenía escondido y no valía la pena el trance.

De mi hermana ni hablar. Juntarla con José Cuauhtémoc habría sido un desastre. Fingía un resentimiento insuperable contra él por tu muerte, como si de verdad le hubieras importado (¿sabes cuántas veces vino a verte a tu tumba? Cero). Su cantaleta de huérfana doliente era insufrible y para colmo, por darle gusto a mamá, se «acercó a Cristo». Pues al parecer Cristo no se acercó a ella. Lejos de abrazar los valores cristianos, bien la describió mamá, «se tiró al vicio y los viciosos se la tiraron a ella». Eso no obstó para ser una dura juez de nuestro hermano. «Merece el castigo eterno», reiteraba.

En las ocasiones en que estuve a solas con «mi cuñada» (papi, una mujer casada con otro, amante de mi hermano, ¿califica como cuñada?), me pidió ver fotos familiares. La acuciaba el deseo por conocer más de José Cuauhtémoc. De ti era fácil obtener imágenes. Bastaba escribir tu nombre en Google y voilà!, ahí aparecías, desde tus retratos «oficiales», hasta las instantáneas tomadas en diversos eventos. A ella le interesaba ver imágenes de mamá, de Citlalli, y mías y de José Cuauhtémoc de niños.

Le llevé un álbum. Lo examinó con atención y reparó en una fotografía de mamá a sus veintipico años. «Nunca la imaginé tan her-

*mosa», dijo. Su rostro perfecto, la nariz respingada, los ojos azules, los labios anchos, los caireles rubios cayéndole sobre los hombros. Tú a su lado, las facciones ásperas, tu mirada aquilina, tus manos pequeñas y rugosas. El contraste debió cautivarla. «¿Se llevaban bien?», inquirió con curiosidad. ¡Ja! Qué responderle. «Como toda pareja», le respondí con cortés ambigüedad.*

*Al terminar de ver las fotografías, Marina me acompañó a la salida. Al llegar a la puerta y pese a nuestras recomendaciones de no hacerlo, se asomó a la calle. «Quisiera pasear un poco», me dijo, «ya no aguanto esta cabin fever». Me hizo sonreír su mezcla de español e inglés. Para expresar lo mismo, José Cuauhtémoc y yo usábamos «encasados».*

*Miré a un lado y al otro del retorno. Uno de mis guardaespaldas vigilaba a la distancia. No noté nada extraño. «Vamos, pues», le dije y echamos a andar. Fue el peor error que pudimos cometer.*

«*Juntos todo, separados nada*», rezaba un grafiti en una pared de Ixtapalapa. Lo vi en una de mis incursiones al reclusorio desde la blindada ventanilla de la camioneta de Pedro. No supe si se trataba de una consigna revolucionaria, de la línea de un poema o la letra de una canción. La recordé con viveza cuando fue necesario que José Cuauhtémoc y yo nos refugiáramos en distintas casas. A pesar de comunicarnos por radio por horas, lo extrañaba con ferocidad. Lo percibía tan consternado como yo. A ninguno de los dos la separación nos hacía bien. La culpa me agobiaba. Por mi irreflexivo contacto con Julián había expuesto nuestra ubicación. Francisco intentó aliviar mi remordimiento. «Tus mensajes a Julián solo precipitaron la decisión. Desde antes ya pensábamos separarlos.»

«*Juntos todo, separados nada*» simbolizaba nuestra historia de amor. Mi lugar era al lado de José Cuauhtémoc, así duráramos dos horas o dos siglos. No solo se trataba de amor, era un proyecto de vida, de regeneración para ambos. Su presencia era nodal para reconstruirme. Y si algo sucedía, así fuera lo peor, que nos sucediera juntos.

«Solo van a estar apartados cuarenta y ocho horas», había asegurado Sampietro, pero las cuarenta y ocho horas se alargaron a cinco días. Ignoraba si él o Francisco poseían información de la cual ni yo ni José Cuauhtémoc sabíamos. Quizás un pitazo los había prevenido de una posible incursión policiaca y por eso la prórroga. No podía olvidar que ellos también estaban en la línea de fuego. Eran cómplices de dos prófugos y, aunque no necesariamente serían condenados por ello, sí podía afectar sus carreras profesionales. Sampietro representaba a decenas de personajes oscuros y poderosos y no le convenía un juicio mediático solo por proteger a una pareja de amantes fugitivos. Nos ayudaba porque Francisco era uno de sus mejores clientes y con seguridad le estaba pagando un dineral. Pero había límites. Lo mismo sucedía con Francisco. Era un hombre al que le había costado armar una nueva identidad, alejado de la sombra del padre y de la de José Cuauhtémoc. Entramparse en el vórtice de un escándalo criminal perjudicaría su imagen de honestidad y ética labrada por años. Se cuidaban ellos también e impedían que cometiéramos errores que serían costosos para los cuatro.

Para nuestras conversaciones por radio, Sampietro sugirió que en ningún momento mencionáramos nombres, ni circunstancias. Evitar palabras como cárcel, reo, fuga, policía, abogado. Mientras más anodinas las frases, mejor. El impedimento para poder decirnos las cosas tal cual agravó mi desesperación.

La ansiedad empezó a crear estragos en mi cuerpo. Una dermatitis nerviosa se expandió por mis manos. Empezaron a pelarse y se agrietaron las líneas de las palmas. Sangraban al moverlas y lo único que me aliviaba el ardor era meterlas en agua con hielo. Una punzada creciente en la parte posterior del cráneo me hizo creer que se precipitaba un derrame cerebral. Picazón en la vagina denotaba una candidiasis, típico brote provocado por estrés.

Recién casados Claudio y yo hicimos un viaje por carretera por el suroeste americano. Entre Las Cruces y Albuquerque recorrimos un larguísimo tramo de desierto al que los españoles llamaron la Jornada del Muerto. Era un terreno tan inclemente que quienes lo cruzaban corrían con altas probabilidades de fenecer. Así me sentía apartada de José Cuauhtémoc. Un trecho durísimo, imposible de superar. Mi propia «jornada del muerto».

Le rogué a Francisco que no me dejara sola por tanto tiempo. Prometió acompañarme lo más a menudo posible. Se lo agradecí. Él estaba consciente de mi estado mental. Bastaba verme las manos para saber que me estaba comiendo la angustia. Me relató cómo había conocido a Pedro y a Héctor, y los negocios que habían hecho juntos. Me sorprendió que se frecuentaran. Ni uno de ellos dos me había hablado antes de él. «No saben que José Cuauhtémoc y yo somos hermanos», me dijo. Me confesó que había sido él quien echó a andar la maquinaria de prensa que tumbó a Francisco Morales. Frente a mí se hallaba el misterioso contacto de Pedro. Le di un abrazo y no me cansé de agradecerle. «Soy cursi y me gustan las historias de amor», reveló. Francisco había sido un aliado de verdad. Dejaron de molestarme su sonrisilla perenne, su lenguaje artificioso y sus modales afectados. «Pedro no debe saber que soy hermano de José Cuauhtémoc», agregó. «Una indiscreción suya y se nos cae el plan. Ojalá entiendas las razones por las cuales no creo prudente que estén en contacto tú y él.»

«Voy a salir un par de horas. Vuelvo al rato para merendar contigo», avisó. Le pedí que trajera fotografías de José Cuauhtémoc y de su familia, y quedó en regresar con ellas. En cuanto partió, llamé por radio a José Cuauhtémoc. Era frustrante hablar «resbalado». Inventamos un lenguaje, casi infantil, para nombrar las cosas. Al principio fuimos recatados, pero luego poco nos importó si alguien nos escuchaba y comenzamos a masturbarnos al unísono. Tres días después ya no pude continuar con nuestros escarceos radiosexuales. La infección vaginal me provocó una hinchazón extendida por los genitales y tocarme se hizo doloroso.

Ni José Cuauhtémoc ni yo teníamos acceso a internet, ni a la televisión. Francisco y Sampietro habían desconectado el cable y el WiFi de las casas. Temían que escuchar las noticias nos causara aún mayor agitación, como si eso fuera posible. Al menos yo me encontraba al borde de reventar. Mis pies y mis rodillas también empezaron a exhibir síntomas de la dermatitis. Mi piel había sido uno de mis orgullos; lozana, suave, sin impurezas. Ahora lucía despellejada y sanguinolenta. Quise verle el lado poético. Así como algunos reptiles o insectos cambian de piel, detrás de esas manchas rojizas emergería una nueva Marina, más fuerte, más decidida.

Francisco cumplió y esa tarde me llevó un álbum de fotografías. Me maravilló sumergirme en el pasado de José Cuauhtémoc. Lo vi de niño, con su mirada salvaje e intimidante. El cabello aún más rubio, sus ojos de un azul casi traslúcido. Su madre me recordó a las actrices del neorrealismo italiano. Ataviada con vestidos sencillos, el pelo recogido, las manos en jarra. Se le percibía cierta vergüenza de posar. El rostro inclinado hacia abajo, abstraída. Citlalli fue diferente a como la había pensado. El rostro moreno afilado, ojos negros grandes, sonrisa amplia, chaparrita, aunque en su mirada se notaba cierta expresión, por llamarle de algún modo, sórdida.

Un retrato en particular llamó mi atención: Ceferino de niño, en el monte, con huaraches y calzón de manta. Al fondo un sembradío con un maizal reseco y a un costado, la diminuta choza donde había crecido. Francisco me mostró también fotografías de la casucha de sus abuelos maternos. Quizás no tan pobre, sí bastante modesta. Las imágenes de ambas casas me provocaron una inmensa ternura. Dos familias sin recursos uniéndose en una relación improbable, en una ciudad improbable y con un resultado improbable. La alquimia del azar. Yo provenía de una certeza. Había una lógica en que mi padre y mi madre se conocieran y se casaran. Ambos pertenecían a «buenas familias» y su círculo social animaba a los jóvenes a interactuar. Igual me sucedió con Claudio. Frecuentábamos los mismos antros, estudiábamos en las mismas universidades, compartíamos grupos de amigos. En síntesis: el encuentro inevitable y encima, propiciado. Quizás lo que más me atrajo de José Cuauhtémoc fue la distancia sideral entre él y yo. La nula posibilidad de haber coincidido en la vida. Un encuentro que aireó mi estrecho cosmos y trajo consigo urgentes dosis de oxígeno.

Terminé de ojear el álbum y Francisco se dispuso a partir. Le pedí que paseáramos un poco. Negó rotundo. «Estás en los noticieros», dijo, «pueden reconocerte». Pensé que sería poco probable que me identificara uno de los vecinos. No parecía una colonia donde la gente estuviera al tanto de las noticias. «Me voy a volver loca aquí encerrada.» Ante mis ruegos, Francisco accedió.

Acababa de chispear y la luz de la tarde se reflejaba en el asfalto húmedo. Un gato salió a nuestro paso, nos miró y luego continuó hacia una barda. La zona era bastante más silenciosa que la de los callejones a pesar de hallarse apenas a tres cuadras. La calle se notaba solitaria, aunque a lo lejos descubrí a uno de los guardaespaldas de Francisco recargado en un poste de luz, vigilante.

Caminamos sin rumbo fijo. Francisco me narró aventuras de él y de José Cuauhtémoc cuando niños. «Antes, en temporada de lluvias, aquí en los llanos cercanos se formaban charcos y ahí depositaban sus huevecillos ranas y sapos. De dónde salían, no sé, pero se llenaba de renacuajos. Los atrapábamos con una media de mujer engarzada a un gancho de ropa y los criábamos en una tina de plástico. Cuando se metamorfoseaban en ranas y en sapos, los vendíamos a las tiendas de animales.» Me hablaba de un mundo desconocido para mí. Jamás de niña había visto un batracio silvestre en la Ciudad de México.

Desde la esquina, un Tsuru rojo arrancó y se enfiló hacia donde nos hallábamos. De inmediato, el escolta se puso en alerta. El auto pasó junto a nosotros y los dos tipos a bordo nos escrutaron. A pesar de que se siguieron de largo, Francisco me tomó del brazo y me impelió a regresar a la casa. «Deben ser policías ministeriales», dijo. Nervioso me jaló y avanzamos a grandes trancos. El Tsuru se dio la vuelta y regresó. Francisco ordenó: «Corre». A toda velocidad llegamos a la puerta. Apenas entramos se escucharon balazos y gritos. Francisco sacó una pistola y se parapetó detrás de una pared. «Escápate por la puerta de atrás», dijo. Me apresuré a tomar el arma y las balas de que nos había provisto Alberto. Amartillé y volví con él. No había razón por la cual la policía nos disparara. «¿Qué chingados haces?», preguntó. «Vete ya.» Crucé la sala hacia el patio trasero. Sonaron más balazos. Abrí la puerta que daba hacia las canchas, me cercioré de que no hubiera nadie afuera y escapé.


El Máquinas se enfureció cuando el emisario lo citó para decirle que la morra no aceptaba menos de dos millones de varos por ponerle al rubio. «Si se siente tan chicha, que venga aquí a pedírmelos.» El bato se alejó unos pasos y marcó por teléfono. Después de conferenciar unos minutos, regresó. «Le dije y se encabronó. Que ella no es ninguna cuchifleta para andar yendo adonde un gato le ordene. Que luego ella te va a decir dónde y cuándo la vas a ver. Y que para que aprendas, ahora el chistecito te va a salir en tres melones.» El Máquinas estuvo a un pelo de mojarra de meterle un plomo entre las cejas. Hubiese sido una pendejada superlativa. Si la vieja se ponía tantos moños es porque sonaba a que sabía de a deveras dónde andaba el JC. Nadie pedía ese tapón de billete solo por su linda cara.

«Te busco cuando la doña me diga qué onda», le espetó el telegrafista y se perdió de nuevo entre las escalinatas de la ciudad perdida, aunque el perdido era en realidad don Otelo. Ofuscado retornó a la guarida. La ciudad era ya un reventadero mayúsculo. Hasta él, tan Pedro Navajas, se empezaba a culear. La inseguridad crecía minuto a minuto y los Aquellos y el gobierno seguían en la pinche necedad del yo la tengo más grande que tú.

Por suerte, cada mañana llegaba Jennifer a verlo. La chavalilla era alivianada. No la armaba de jamón por minucias. Ni andaba con preguntas pendejas de ¿me quieres?, ¿me extrañas? y demás tipo de babosadas. Muy mona subía al cuarto, se encueraba sin demora y se acostaba a esperarlo. Tampoco le pedía usar condón, lo cual ponía muy feliz al Máquinas. Las camisetitas para el pirulí nomás no eran lo suyo, era como comer con bozal y así ni se sentía bonito ni sabroso.

La única preocupación de Jennifer era el mentado novio. «Es que se pone bravo», se justificaba para no quedarse a dormir con él, «y luego me da cada madriza que no puedo ni masticar un Gerber». Carajo, con las huercas, por darle gusto a un bato hacen emputar a otro, pensó el Máquinas. Nomás faltaba que el foking noviecito le diera un tiro en la maceta. Don Celos asesinado por otro don Celos. Como no sabía quién era, no sabía ni qué esperar. Ya no le buscó tres pies al tigre. Para qué cucarle a la calaca. Una mañana se cambió de guarida. No le avisó a Jennifer, solo dejó una nota: «aquí te dejo dos mil pesos para tu renta. Un día de estos te vuelvo a buscar».

Le dio pena dejar a la morrita. No era de esas que mugen como vacas cuando cogen, ni de las que creen que agitarse como licuadora es lo que les late a los hombres. A él le gustaba que ella se trepara sobre él y se moviera suavecito, que se la jalara como si la panocha fuera un guante de gamuza. No una cuaima quesque apretadora que le doblara el pito. Despacio para venirme deprisa, les decía, aunque la mayoría no le hacían caso y le azotaban la pelvis como si quisieran castigarlo. Por eso le dolía dejar a la cajera. Si se escabechaba al puto del JC y a su nalgafloja, se retachaba por ella y se la llevaba con él.

El emisario de la doña yo-me-las-sé-todas no dio señales de vida en dos días. El Máquinas se preocupó. Qué tal si la había ofendido y ahora se la había pelado gacho. No fue así. Por la noche recibió un mensaje de WhatsApp. «Mañana a las seis de la mañana en las escaleras». Puta madre, a quién se le ocurría citar a esas horas de la madrugada. Seis de la mañana, ni cuando era pobre. Pero había que saciar la sed de la bestia de los celos y si la bestia bebía a las seis, a las seis se apersonaría.

Llegó a las cinco con cincuenta. Todavía estaba oscuro el barrio y se veía la ida y la vuelta de sus habitantes. Los malandros regresaban de sus correrías nocturnas y los obreros salían a tomar las peseras rumbo a fábricas más allá de casa del diablo. El emisario ya estaba recargado en la baranda. «Yo sabía que no me iba a fallar. La señora nos citó a las siete en Polanco, ¿trae la lana?» No le había dicho nada del dinero. «No, pos no», respondió el Máquinas. «Uy jefe. Ya se nos chingó el negocito. La doña no va a soltar ni un pío si no le suelta el trancazo de efectivo por adela.» El Máquinas se olió una trampa. «Si me sales con una tarugada, te fileteo hijo de tu pinche madre.» El otro negó con la cabeza, indignado. «No boss. Yo trabajo como porcentero, no como ladrón. Además, ni fierro cargo y estoy muy pinche ñango para tratar de darle baje a su blanca.» Era cierto. El piojoso era anguila y ni tatuajes traía. «¿Me da tiempo de ir por el billete?», inquirió el Otelo. «Pos si nos vamos en taxi, yo creo que sí.»

Fueron a recoger los fajos. El Máquinas llevaba sus caudales de una madriguera a otra en bolsas de lona. Contó dos melones y el resto de la guita volvió a esconderlo bajo la alfombra. Ni loco le iba a pagar tres a la ruca. Montó en el taxi de regreso y se fueron para Polanco.

El tráfico mañanero los hizo llegar tarde veintidós minutos. El Máquinas entró azorrillado al café donde los había citado la mujer. El lugar era muy fifirufo y él nomás no cuadraba ahí. Menos cargando bolsones de lona con pinta de chofer de camión de Coca-Cola. Una doña cincuentona, con el pelo pintado de rubia y cara de cuadro de museo del Prado los esperaba en una mesa en una esquina. El emisario se la señaló al Máquinas y los dos se encaminaron hacia ella. La ñora los miró con expresión de se-sientan-y-se-callan-la-boca. Eso hicieron. «Se hubieran venido un poco mejor vestidos», los recriminó la vieja. Al Máquinas no le hizo nada en gracia el comentario. Él sabía tratar buchonas como ella. Gente corrientona que cree que por traer trapos finos ya son de la super high. Nel. Si lo fuera no andaría pellizcando billete. «Aquí traigo lo que pidió», le dijo sin preámbulos. Ella vio las dos bolsas. «¿Traes los tres?», preguntó la viejona. El flacucho y el Máquinas intercambiaron una mirada. «Solo dos. No junté más», dijo gallito. La vieja guajolota no se dejó impresionar. «Entonces, aquí no tengo nada que hacer…» La ruca empezó a coger sus cosas para irse. «¿De plano?», le preguntó el Máquinas. La viejona se volvió hacia el emisario. «¿No le aclaraste aquí al amigo de cómo era el trato?» El otro tragó saliva. «Sí señora, se lo dije.» El Máquinas soltó una sonrisilla. «Mire, no nos pongamos locos por unos pesos. Dos son mucha lana, doña. Y fue lo que usted pidió de entrada.» La múcara pareció reconsiderar. «¿Son los dos millones, sin un centavo menos?» El Máquinas hizo una cruz con los dedos y se los besó. «Por la virgencita y por mi madre que en paz descanse.»

La lechuza vaya que tenía en el radar al JC y a su nenorra. «Los tienen viviendo en casas separadas y tienes que apurarte si quieres darle cuello, porque no tardan en largarse para Guatemala.» Al Máquinas le sorprendió que supiera tanto de ellos. «Perdone la pregunta doña ¿pero de dónde sacó tanta información?» Ella lo miró directo a los ojos. «Eso es algo que a ti te vale madres.» La ñora deslizó una hoja hacia él. «Ella se está quedando en esta dirección. No la van a mover en los próximos días. Él se encuentra hoy en esta, pero mañana lo cambian a otra casa. No sé dónde exactamente, pero es por el rumbo. Y por cierto, a los dos los cuidan guardaespaldas, hay que estar buzos con ellos.» En el papel venía oro molido en forma de letras. Un pozo petrolero completo. «Huiztlic y su novia usan radios para comunicarse. Sintonizan la frecuencia 13-18. Son radios normales, como walkie-talkies. Los guaruras usan chícharos, su canal es 06-15. Puedes interceptar tanto a los tórtolos como a los orangutanes», le dijo la pelos de elote. «¿Está segura?», le preguntó el Máquinas. Ella sonrió. «Mira muchachito, no me exhibo en un lugar público a lo pendejo. Ahí tienes lo que pediste. Ahora, si me disculpas, tengo muchas otras cosas que hacer.» La lagartona se puso de pie. En cuanto lo hizo, dos monotes salieron de quién sabe dónde y se apuraron a ayudarla. «Buenos días, señores», dijo la viejona con atildados modales. Uno de los macacos cogió las bolsas con el cash y los tres salieron por la puerta. La vieja coda ni siquiera dejó morralla para pagar los cafés y las galletitas que se había zampado.

En la calle, el Máquinas le mostró el papel al emisario. «Esto es neta ¿verdad?» El otro asintió. «Con esta señora no se juega, ni tampoco le gusta jugar. Es vara alta.» «Vara alta ¿dónde?» El mensajero vio para un lado a otro de la calle. Empleados vestidos con traje avanzaban con pasos acelerados rumbo a sus chambas. Pura tienda de marca en los alrededores. «Si te digo quién es ¿no rajas?» El Máquinas volvió a llevarse la señal de la cruz a la boca. «Por la virgencita y por mi madre que en paz descanse.» El flacón volvió a ver de un lado a otro. «Es la secretaria de un abogado que se apellida Sampietro. Él es más malandro que tú y yo juntos y está arreglando lo del bato que quieres tronarte.» Lo de abogado al Máquinas le sonó a palabras mayores. «¿Y cómo diste con una mujer tan acá?», le preguntó. «Ahí como me ves, yo juego en grandes ligas. Ya te dije que soy porcentero y mi trabajo en el acuario es alivianar a los peces gordos.»

El ñengo se despidió. Quién podría imaginar que esa lombriz estuviera tan conectada con la selva delincuencial. «Soy como una central telefónica, bróder», le explicó antes de irse: «Todos los cables del estercolero pasan por mí». La anguila echó a andar y pronto desapareció entre empleados de Gucci y de Dolce & Gabbana.

El Máquinas le metió al acelerador. La viejona bien le había advertido que el JC y la nena estaban por pelarse para Guatemala. Más le valía armar la fiesta rapidito. Contactó al quinteto de sicarios y los citó en una tortería de Peralvillo. Los cinco hurones llegaron, emocionados porque el boss les había anticipado la acción. Se sentaron a la mesa. El Máquinas ya había hecho su tarea. Se había metido a un café internet para buscar en Google Maps las direcciones que le entregó la ruca. Imprimió seis juegos de cada una y los repartió. Decidió darle matarile primero a la novia del JC. Que le doliera al hijo de la chingada tanto como le dolió a él lo de Esmeralda. Hizo un croquis sobre uno de los mapas. «Aquí mero está la casa donde se encuentra la venada. Ustedes dos se estacionan lejecitos hasta que vean movimiento. En cuanto la guachen la cueran a balazos. Ustedes dos se plantan en las esquinas por si se les llega a pelar a estos. Y tú te encargas de los guaruras que anden por ahí. No se la piensen. A la vieja la plomean de una. Métanle el tiro en la cabeza y en cuanto caiga le vacían la pistola. No se les ocurra dejarla viva.»

Ya no se dilataron más. La partida de podencos estaba lista.


Pistola en mano crucé las canchas abandonadas. Había un carro desvalijado justo debajo de una de las canastas. Sonaron dos tiros. Las balas pegaron en la lámina. Volteé sin detenerme. Los dos tipos del Tsuru corrían tras de mí.

*Ceferino, no sé si te sucedió a ti o no, pero el lugar común afirma que cuando estás al borde de la muerte, retazos de tu pasado se presentan en un aluvión indetenible. En segundos, tu vida se rehace en fragmentos y la contemplas hacia atrás. A mí me sucedió lo contrario. Cuando vi el cañón de la pistola apuntarme directo a los ojos, fueron relampagueos de futuro los que atravesaron por mi mente. La vida recién reconquistada a raíz de mi encuentro con José Cuauhtémoc desplegaba un camino que jamás recorrería.*

¿Cuál era el sentido de haberse fugado si no iba a estar con ella? Por más que su carnal y el abogado quisieran persuadirlo de que separarlos era lo más oportuno, no quedó convencido. La soledad lo iba a tatemar. Necesitaba de ella, de su desnudez, de sus palabras, de sus caricias, de sus besos, de sus miradas. Nada había que sustituyera su presencia.

El estruendo de los balazos en la lámina hizo que unos vecinos se asomaran por las ventanas. Les grité pidiendo ayuda y cerraron las cortinas. Aceleré el paso. El revólver temblaba en mi mano. Volteé de nuevo. Corría más rápido que ellos y empecé a dejarlos atrás.

Don Otelo intervino la señal de radio. A pesar de la interferencia, qué dulcecita se escuchaba la voz de ella. El Máquinas se excitó de solo pensarla. Wapa la morra. Alto porcentaje de bateo. Al menos en fotos. Puro empalague entre el JC y ella. Y un chirris de calentura. Si no estuviera en el mood de recetarles plomo, se hubiera masturbado ahí mismo escuchando sus cochinadas. Audio porno de primera calidad. Audio porno de los precadáveres. Porque de que los iba a matar, iba. Luego escuchó la frecuencia de la guaruriza. «Águila Real camino a Base 2.» Tan obvios los micos. ¿Por qué siempre usaban el mamonsérrimo Águila Real para los jefes? Base 2: la casa donde tenían a la nalguita. El audio porno y la sarta de cursilerías que se decían estos dos estaban por acabarse. Lástima.

*Visualicé el futuro. Animado por la historia de amor de Marina y José Cuauhtémoc, imaginé construir la mía propia. Pensé en esposa e hijos. Una mujer con quién hablar después del trabajo o, mejor aún, que trabajáramos juntos. Alguien que atajara mi tendencia a demoler a otros y, lo reconozco, a autodestruirme. Alguien en quien confiar, alguien a quien abrazar, alguien con quien no me diera pudor llorar, alguien con quien estar. Así de simple, papá: estar. Tener hijos, verlos nacer, cargarlos, darles de comer, criarlos, quererlos. Volver a casa, a una familia, a un amor. ¡Ah, el amor!*

Mientras oía a Marina por radio cerraba los ojos. Quería recordar su voz por si esa era la última vez que la escuchaba. Siempre en el linde de que esa fuera su conversación final. Los demonios andaban sueltos y no tardaban en ir por ellos.

Sonaron más tiros. Las balas silbaban a mi lado. Con claridad las percibía rasgar el aire. ¿Por qué la policía me disparaba? Seguí corriendo. Franqueé un prado con el pasto sin cortar. Había botellas rotas de cerveza, pañales sucios, muñecas de plástico sin brazos, latas aplastadas, bolsas, periódicos amarillentos. No, que no me mataran ahí, por favor no. Apuré el paso para trasponerlo lo más pronto posible. Los tronidos seguían y las balas rebotaban contra las paredes. No, no quería morir. No ahí.

Don Celos llamó por celular a los del Tsuru. «Firuláis va para la perrera. Si para chingarse a la morra se tienen que tronar al viejo pedorro, se lo truenan. Es hermano del foking puto.» Los del Tsuru, que estaban de calenturientos repasando tetonas con chichis infladas con bomba de bicicleta en el TV Notas, se avivaron. Al minuto vieron al tipo ricachón llegar a la casa. Bajo perfil del ruco. No llevaba sus camionetonas para no prender las marquesinas. Carro fino, nada del otro mundo. Gorilones a la distancia, solo un par. Uno en el carro que lo dejó en la casa y otro haciéndose güey detrás de un poste. «Buzo que el retozo va a empezar», le dijo un camarada al otro. Amartillaron las escuadras y prepararon los cargadores. Siete cada uno, para no errarle.

*En esos centelleos de futuro, vi a mis hijos en el cunero del hospital, yo asomado por el cristal haciendo muecas para llamar su atención. Los vi entre mis brazos dándoles la mamila, hablándoles en voz baja mientras su madre dormía, exhausta. Los vi decir sus primeras palabras, dar sus primeros pasos. Los vi contarme su día en la escuela. Los vi jugando futbol conmigo y yo dejándome ganar. Ella, la invisible mujer del futuro, me contemplaba a lo lejos, sonriente. Yo corría a darle un beso de vez en vez y a decirle que la amaba. Mis hijos me llamaban para que depusiera mis arrumacos y regresara al juego. Ella me cerraba un ojo y con un gesto me impelía a volver. Vi completo mi futuro tres segundos antes de la detonación. Luego una ojiva entró por mi mejilla derecha, rompió huesos, músculos, tendones y fue a reventar al fondo de mi cráneo. Todavía al caer, continué viendo mi futuro. Mientras me desplomaba, una pantalla se desplegó frente a mí. Ahí, en la luminiscencia, se proyectaron imágenes de ellos: mis hijos, mi mujer. El futuro, papá, mi futuro.*

«Nunca olviden a Ícaro», los aleccionó su padre desde niños. «Murió al caer desde las alturas cuando se le derritieron las alas de cera. Iba hacia el sol y eso era lo más importante.» José Cuauhtémoc sonrió nomás de acordarse lo azotado que a veces era su jefe. Excesiva su obsesión por las mitologías. Sin embargo, ¿no era icaresca la ilusión de amor con Marina? ¿Tuvo sentido darse alas para rozar lo que sabía de antemano era imposible? ¿Había valido la pena arrebatarla de su vida fresa y linda para llevarla a qué? ¿A estar refundidos en casas separadas? ¿A estar achicopalados cada segundo por sus ausencias obligadas? Por su atrevimiento de volar hacia el sol ¿no caerían desde lo más alto a una muerte segura? Se dispuso a sentarse a escribir cuando escuchó a lo lejos unos cohetazos. Aguzó el oído. No, los petardos no tronaban así. Salió al patio para distinguirlos mejor. Eran tiros. De inmediato pensó en Marina. Entró a la casa por la Beretta 9 milímetros que le había dejado Francisco y salió presuroso en dirección de los disparos.

Logré por fin dejar atrás el basurero inmundo en lo que antes había sido un parque. No moriría en esa pocilga. Me dirigí a la esquina y a punto de doblarla, salió un tipo a mi encuentro. Intentó levantar una pistola, pero por puro instinto apunté y jalé el gatillo. La bala entró por su cuello y una explosión de sangre manchó la pared blanca. El hombre cayó sentado. Intentó decir algo y luego agachó la cabeza, muerto. Continué a toda carrera. Volteé a buscar a mis perseguidores. Había logrado separarme cien metros de ellos. Apreté el paso. Debía correr hacia los callejones. Ahí podría evadirme como me enseñó José Cuauhtémoc. Treparía un muro, caería en un patio, subiría a las azoteas y me perdería entre los techos. Una familia salió de una casa. Me aproximé a ellos sin disminuir la velocidad. Coloqué el revólver a mi costado para que no lo advirtieran. Una anciana no me vio venir y dio dos pasos en mi sentido. No logré detenerme y la arrollé. La vieja rodó por el asfalto. La brinqué y seguí con mi huida. Alcancé a escuchar a un muchacho gritarme «estúpida».

Los changos sacaron los binoculares. «Cuando el bato salga, le metes al acelerador y le damos fuego antes de que cierre la puerta», dijo el que iba en el asiento del copiloto. El objetivo no era el caimán, era la cupidina del JC. La habían visto en el reclusorio. Ni de creerse que existieran mujerones de ese calibre. Filete término medio listo para devorarse. La suerte de los güeros los morenos la desean, pensó el matón a quien le apodaban el Chapopote. Le hubiera gustado que el jefe le diera chance de picar a la damita antes de matarla. Meterla y sacarla nomás dos minutos, una embarradita para sentir rico en esa puchita olorosa a té de rosas. Pero la orden era terminante: mátenla. Y a matarla, pues. Antes había que quitar los estorbos. Al orangután detrás del poste y al rucón de saco y corbata. Ya se las arreglarían, por eso cobraban tanto.

*Caí de espaldas. Mi cerebro ordenó a la mano disparar: imposible, para ese momento ya se habían desconectado. La ojiva había seccionado el bulbo raquídeo y parte del cerebelo. Cerebro: dispara. Mano: no puedo. Cerebro: dispara. Mano: no puedo. Aun con el cuerpo de trapo, en mi mente continuó la gala de cine de mi futuro. Hijos, esposa, tardes de alegría, mi hermano y Marina rescatados en un lugar seguro. Mamá y mi hermana en paz. Un río. Árboles. Risas. Una sombra interrumpió la función y se inclinó sobre mí. «Ya estuvo», dijo mientras me examinaba. Que fuera a chingar a su madre. Yo todavía no «estaba». Podía oír, ver, respirar, sentir, desear, amar, odiar, pensar. El muy cabrón pasó encima de mí, como si yo fuera una alfombra enrollada. Quise gritarle, insultarlo. Al igual que mi mano, mi lengua no respondió. Volvió la luz y la función de cine. Mis hijos aparecieron en pantalla. Corrían a mostrarme una rana mientras yo me hallaba sentado*

*bajo la sombra de un ocote. Mi mujer me abrazaba, su cabeza recar-*
*gada en mi hombro. Mamá, Citlalli y las niñas junto a nosotros, en*
*calma. Una brisa llegaba desde el río, rayos del sol se filtraban por entre*
*las ramas, el viento agitaba las hojas.*

Vislumbré la Modelito. Con solo cruzar la avenida podría
adentrarme en el laberinto de callejones y extraviar a mis perseguidores. Acababa de matar a un hombre y aún no lo creía. Mi brazo
había respondido de manera casi autónoma. No podía arrepentirme. O él o yo. Aceleré. Los callejones cada vez más cerca. A punto
de llegar al final de la calle, apareció un tipo y sin mediar palabra
me disparó. Sentí un golpe en el pecho y me derrumbé con estrépito. Quedé despatarrada sobre la acera bajo un colorín, un árbol
que me recordó a mi infancia. La pistola cayó a dos metros de mí.
Imposible recuperarla. Me agarré de las ramas del árbol espinoso y
me jalé tratando de incorporarme. Las espinas se me clavaron en las
palmas. A pesar del dolor, seguí intentándolo. Mi atacante se acercó
y me apuntó en la cabeza. «Hasta aquí llegaste, pendeja.»

Zigzagueó entre los andadores tan rápido como pudo. No
supo cuál de las salidas tomar, ¿en qué dirección se habían escuchado los balazos? JC se detuvo. No podía apendejarse. El último
tiro había provenido del noroeste, pero bien pudo ser un efecto del
sonido rebotando contra las paredes. ¿Cuál salida tomar, carajo,
cuál? Se enfiló hacia Churubusco. La vía más corta hacia la calle.
A punto de cruzar escuchó a su izquierda otro disparo, bastante
más próximo que los demás. Se giró y corrió hacia allá a toda velocidad.

Cuando una gallina quiere que la degüellen, pues es que quiere que la degüellen. A la huerca se le ocurrió ir a dar una vueltecita
por la calle. Creyó que estaba en la Costera de Acapulco. Muy turista ella, muy boba. Los batos del Tsuru hasta cuadraron los ojos.
«¿Te cae? ¿Esa que va ahí es la morra?», le preguntó el Chapopote al
cómplice. Pues sí, ahí estaba María Antonieta versión mexa, que
deambulaba despreocupada como quien sale a comprar pastelillos.
«Vamos a matarla antes de que se pelen para la casa», espetó el
Chapopote. Nomás faltaba que alguien pusiera en orden al chimpancé detrás del poste. Le marcaron al Cuatro Ojos. «Ciego, te
encargamos al mono platanero que cuida a estos. Vente en chinga.»
Los del Tsuru aguardaron a que arribaran los refuerzos y cuando

por los espejos confirmaron que venían, decidieron irse contra la morra y el viejón.

*No sé si te sucedió a ti, Ceferino, pero yo no vi túneles de luz, ni sentí una paz envidiable, ni mucho menos percibí la presencia de un dios. Simplemente se apagó la pantalla y finalizó la película de mi futuro. Atrás de mí escuché más balazos. Mi único deseo era que Marina la librara. Pequeñas vibraciones empezaron a recorrer mis músculos. Inspiré y el aire entró de lleno a mis pulmones. Exhalé y ya no pude inhalar más. Mi pierna derecha se estiró con lentitud y mi cabeza se hizo hacia atrás. No me quedó más que mirar el cielo hasta que todo se puso oscuro.*

El Máquinas escuchó los plomazos y trató de adivinar las coordenadas. Por los radios escuchó los alaridos de desesperación de los guardaespaldas. «Se chingaron a don Francisco, se chingaron al jefe.» One down. Eso le dolería al hijo de su puta madre del JC. Faltaba tronarse a la novia para luego darle mate a él. «La morra va por la calle paralela a Churubusco», le gritó por el radio uno de sus matacuases. El Máquinas se apresuró a llegar a la esquina de Retorno 201 con la avenida Oriente 160 y la vio venir a toda velocidad. Se ocultó detrás de un enrejado. La morra parecía gacela y yegua. Encarrerada se llevó de corbata a una viejita. La señora dio vueltas como moneda de volado. «Estúpida», le recriminó un chavo. Como vaquita en matadero, se fue directo hacia él. Ella volteaba y volteaba para atrás sin saber que adelante, a menos de veinte metros, se encontraría con su vuelo sin escalas a Chingadatepec.

El tipo se me acercó sin dejar de apuntarme. Me contempló con odio. Hice un último esfuerzo por levantarme, pero no lo logré. Cuando creí que iba a rematarme, José Cuauhtémoc llegó corriendo y lo tumbó. El hombre rodó por los suelos y José Cuauhtémoc se lanzó encima de él. Con una pistola comenzó a darle de cachazos. «Pinche Máquinas cabrón. Ella no te hizo nada», le gritó. De pronto, paró. Al tipo le sangraba la nariz y la boca. José Cuauhtémoc volteó hacia mí y nos quedamos mirando por un instante. Luego volvió su rostro hacia él. «Estamos a mano», le dijo. El otro trató de zafarse. José Cuauhtémoc le colocó la pistola en la cabeza. Pensé que jalaría el gatillo. «Estamos a mano», repitió. El otro se tranquilizó. Escupió sangre. «Ok, estamos», respondió. José Cuauhtémoc se hizo a un lado y el otro se incorporó. Dio media vuelta, les hizo una seña a los que me venían acosando para que lo siguieran y los tres partieron por la avenida.

El Chapopote y su compinche arrancaron el Tsuru. Pasaron junto a ellos nomás para verificar que esa era la morra. Luego dieron vuelta en U. El rucón y la güera huyeron hacia la casa. Cuando el guarura que vigilaba detrás del poste quiso intervenir, el Cuatro Ojos lo cazó por la espalda. El guarro cayó con un balazo en las cervicales y en menos de dos centésimas de segundo quedó parapléjico sobre el asfalto. Envalentonados, el Chapopote y el otro entraron al garage de la casa. El ruco estaba atrincherado detrás de la puerta y cuando asomó el cañón de su pistola, el Chapopote, entrenado por los marines gabachos en su paso por el Ejército mexicano, dio tres pasos en zigzag, se le plantó de frente y le pegó un reatazo en plena jeta. El viejón se fue para atrás con un hoyo en el pómulo y un boquete en la nuca. Sin dejar de apuntarle, el Chapopote se agachó sobre el bato y vio que tenía la vidriosa mirada de un pescado. «Ya estuvo», le dijo al otro, «vamos por la morra». Salieron tras ella mientras el Cuatro Ojos se apresuró a darle vuelta a la cuadra para interceptarla.

Estaba convencida de que moriría. Un círculo rojo se expandió por mi camiseta. Me costaba trabajo respirar. José Cuauhtémoc fue hacia mí, con cuidado me colocó sobre su regazo y con las manos taponeó la entrada y la salida de la bala. «Vete», le dije. No deseaba que lo aprehendieran. Que al menos uno de los dos se salvara. José Cuauhtémoc negó con la cabeza. «No, me quedo contigo», decretó. «Me voy a morir.» Me miró con enojo. «No, no te vas a morir. Deja de decir tonterías.» Apretó las heridas aún más. Por sus manos comenzó a chorrear sangre. El tipo que apenas unos momentos antes me había llamado estúpida llegó hasta nosotros. «Ya llamé a la ambulancia y a la policía», dijo. «¿Los asaltaron?», preguntó con ingenuidad. «Sí, nos asaltaron», le respondió José Cuauhtémoc.

Llegaron ambulancias y patrullas al mismo tiempo. Cuando los paramédicos quisieron separarme de José Cuauhtémoc se rehusó. «Si le quito las manos se desangra.» Montó conmigo en la ambulancia. Cada segundo pensé que se me iba la vida. «Diles a mis hijos que los amo», le pedí. «Se los vas a decir tú», replicó. Durante el trayecto no dejó de hablar conmigo. Deseaba cerrar los ojos y él lo impedía. «Ábrelos. Escucha cada palabra que te diga.»

Por radio los paramédicos pidieron un quirófano para operarme apenas ingresara al hospital. «Bala fracturó esternón e interesó pulmón izquierdo. Sufre profusa hemorragia interna.» José Cuauhtémoc se agachó sobre mí y me besó en la frente. «Todo va a salir bien», dijo. Una vez más inyectándome confianza. ¿De dónde sacaba tales arrestos?

Llegamos al hospital. Me aguardaban cuatro médicos. Me bajaron de la ambulancia y me condujeron por entre los pasillos. En ningún momento José Cuauhtémoc quitó las manos de los orificios provocados por el disparo. Caminó a mi lado hasta la sala de operaciones. «Reina ¿sabes cuál es tu tipo de sangre?», me preguntó una enfermera. «B positiva», respondí casi al borde del desmayo. Uno de los médicos gritó. «Cuatro unidades de B positiva. Urgentes.»

Me ingresaron al quirófano. Con prontitud me conectaron a varios aparatos y colocaron una mascarilla sobre mi rostro. Una máquina empezó a registrar mi frecuencia cardiaca. Alcancé a ver que mi pulso disminuía segundo a segundo. 38, 37, 36, 35... «Reina», me dijo la misma enfermera, «¿eres alérgica a algún medicamento?». «No, a ninguno», respondí. «Te han hecho trasfusiones de sangre antes?» Negué con la cabeza. Me sorprendió mi claridad y mi memoria para responder a sus preguntas cuando me pensaba a punto de morir.

Un médico tomó mi brazo y me inyectó. «En unos segundos vas a perder el conocimiento», advirtió. Volteé hacia José Cuauhtémoc. Si moría, que él fuera la última imagen de mi vida. Sonrió y sonreí de vuelta. Después, ya no supe más de mí.

*Ignoro de dónde salió el manido «descanse en paz». Dudo que tú reposes en tu tumba, porque a veces te escucho moverte, como que no terminas de hallarte en tu sepulcro. Yo tampoco. En los muertos nos queda aún una efervescencia, un burbujeo que puede confundirse con los gases que expelemos. No, son riadas de vida que todavía corren por nuestras arterias. Tardan en secarse. Se lleva una eternidad dejar la vida atrás.*

*No logro sosegarme. Me incomoda esta oscuridad, esta estrechez. Anhelo aire, luz. «Polvo eres, en polvo te convertirás», sentencia la Biblia. Me niego a transformarme en raíz, en vapores fétidos, en residuos cálcicos, aunque ahora sé que aquellos que pisamos la tierra no nos vamos del todo, que algo queda.*

*Contéstame, papá. Llevo hablándote semanas y te obstinas en mantenerte en silencio. No creo que te hayas quedado sin palabras. No tú, el gran orador, el intelectual imbatible en la tribuna, el escritor, el activista. ¿Por qué te niegas a hablarme? No pretextes tu derrame cerebral. Veme a mí, parlanchín con el bulbo raquídeo pulverizado. Aquí lo que nos mató pierde importancia. La vida es la que habla, papá. No me vengas con cuentos. Es probable que no te haya gustado lo que dije de ti. Deseo ser justo contigo. Que te veas desde otro ángulo, sin velos ni trucos. Como hijo, te entrego un espejo pulido con amor, con admiración, aunque también con resentimiento y, lamento decirlo, con odio. Restan siglos, si no es que milenios para que te contemples en él y puedas atisbar un poco de luz sobre ti mismo.*

*Aquietar a un hombre tan sísmico como tú no debió resultarle fácil a la muerte. Dentro de ti debieron quedar moléculas de ideas, de furias, de deseos. Eras un permanente estallido nuclear. ¿Cómo podría la muerte contener una fuerza como la tuya? A veces siento la tierra vibrar cuando te sacudes con tu potencia de cetáceo.*

*No somos fantasmas, ni creo que lleguemos a serlo. Ridículo creer eso de las almas en pena que pululan entre los vivos. Cuando una vez un sacerdote quiso corregir tu ateísmo dijo: «Tú no podrás creer en Dios, pero Dios cree en ti». Aún recuerdo la cara de complacencia del cura en lo que coligió era un argumento incontrovertible. Lo rebatiste con tu inteligencia de polemista: «Tú no podrás creer en fantasmas, pero los fantasmas creen en ti». Me morí de la risa. El padrecito tartamudeó en su intento por responder y terminó por quedarse callado. Quisiera ahora creer en fantasmas o, más bien, convertirme en uno. Lo que daría por volver a interactuar con los vivos. Podría sentarme silencioso en un parque a imaginar cuál de las mujeres que pasean por las veredas podría ser la que yo amara. A contemplar a los niños y niñas que se divierten en los juegos para pensar cómo serían mis hijos. Me gustaría retornar a mi hermano y a Marina. Descubrir si sobrevivieron al ataque y si lo hicieron, verlos gozar de su amor. Sí, papá, lo acepto, se despertó en mí una veta romántica. Qué le vamos a hacer. Sé* que repudias el sentimentalismo. A mí también me chocaba hasta que los vi a ellos dos. ¿Quién en sus adentros no desea una historia en que el amor triunfe?

No fui enterrado con la pompa con que te sepultaron a ti. No hubo discursos grandilocuentes, ni asistieron políticos, ni académicos, ni intelectuales, ni exalumnos lloriqueantes por mi pérdida. Desde mi ataúd escuché solo el breve repaso de mi vida hecho por un querido amigo que no dejó de ensalzarme. Al escucharlo desde de mi féretro sonreí. O era un tipo hiperbólico o de plano solo me conoció a medias.

Mi madre y Citlalli tuvieron el mal gusto de pedirle a un cura que ofreciera una misa por mí. No las juzgues con dureza. No debió ser fácil para ellas perder a dos hombres de la casa en sendos asesinatos y en ambos casos, con José Cuauhtémoc implicado. No tarda mi madre en que la sepulten en la tumba a tu derecha. No sabes su felicidad cuando logró comprar las cuatro fosas adyacentes a la tuya como si se tratara de lotes residenciales en una playa en el Caribe. «Estaremos los cinco juntos», presumió. Dudo que José Cuauhtémoc termine aquí al lado. No entiendo por qué mamá se empecinó en comprarle una fosa junto a nosotros. Habría fantaseado en guiar a mi hermano en los serpentinos caminos del más allá. No sabe aún que los muertos permanecemos encerrados en esta oscura nebulosa de emanaciones, que no hay cielo ni angelitos ni nubes blancas.

Supón que enterraran a José Cuauhtémoc acá. Traería consigo una disrupción de enormes proporciones. Los pleitos entre tú y él serían de antología. Si por acaso sepultaran a Marina en un lugar distante, sé que mi hermano sería capaz de salir de la tumba a buscarla. Rascaría la tierra hasta salir a la superficie. Él sería de esos muertos que jamás se resignan y para quienes la muerte solo representa un ligero obstáculo para cumplir sus planes.

Habla conmigo Ceferino, anda. Me bastan unas cuantas palabras. Luego si quieres nos quedamos callados, cada uno en lo suyo. No te interrumpiré más. Respetaré tu silencio y aguardaré a que quieras conversar conmigo. No deseo ahora que hablemos, solo deseo saber que me has escuchado.

La llama de un fósforo dura solo unos segundos,
pero es capaz de incendiar un bosque.

José Cuauhtémoc Huiztlic
Reo 29846-8
Sentencia en apelación

Imaginé la cárcel mucho peor de lo que ha sido. No me topé con tipas agresivas con ganas de ponerme en mi lugar, ni lesbianas violentas deseosas de cogerme por la fuerza. Al contrario, he hallado mujeres humildes, de escasos recursos, muchas de ellas deslumbradas con la fama de mi caso. Algunas, incluso, me han confesado admiración.

Me siento en territorio liliputiense. El promedio de estatura en la prisión no debe rebasar el uno cincuenta y dos. Las facciones indígenas de la mayoría de las reclusas denota el racismo del que tanto me habló José Cuauhtémoc. Las de mi clase social y de mi color de piel solo son condenadas cuando la gravedad de su delito impide cualquier argumento de defensa legal o cuando el sistema aprovecha para mandar un mensaje a las demás. El castigo no fue para mí, sino para lo que representaba. Fue mi clase social la que exigió mi sentencia. La burguesía detesta ser confrontada y mi acto de amor, que no fue más que eso, constituyó una rebeldía intragable para ellos.

Por ridículo que pueda sonar, me achacaron responsabilidad penal en la fuga masiva del Reclusorio Oriente. Una mujer enamorada que ha perdido el sentido común decide financiar un movimiento subversivo para suscitar la huida de su amante. Risible. Ni el procurador creyó tal aberración, aunque frente a la prensa y frente a las redes sociales, valía la pena presentar un monstruo. Las sociedades necesitan engendrar seres que provoquen a la vez repulsa y embeleso, miedo y atracción. Rosalinda del Rosal fue el monstruo de su generación y al final supo sacarle jugo a su notoriedad. Ver cómo se cuadraban los federales a su paso me brindó algo de consuelo sobre mi futuro. Se hablará de mí a mis espaldas, pero se cagarán del miedo cuando los vea de frente.

Francisco, generoso hasta el final y consciente del riesgo que corría al protegernos, dictó su testamento a un notario. Su considerable fortuna la dividió en fideicomisos: uno para su madre, uno para Citlalli y sus hijas, otro para mí y para José Cuauhtémoc, y uno más, el más cuantioso, para el desarrollo de las comunidades nahuas en el país. En el tocante a nosotros, aclaró por escrito que en caso de ser necesario, ese dinero se destinara a nuestra defensa legal y, esto me sorprendió, para garantizar la publicación y distribución de los textos de José Cuauhtémoc y para la producción y difusión de mis coreografías. Me asombró su compostura para que, en circunstancias tan complejas, mantuviera en claro sus objetivos. En una de sus visitas a la cárcel, Héctor y Pedro me contaron de su reputación de hombre frío y codicioso, lo cual no concuerda en lo absoluto con la imagen que mantengo de él. Convivimos poco tiempo, suficiente para quererlo, admirarlo y, sobre todo, extrañarlo.

Fui condenada a siete de años de cárcel bajo cargos que iban de la asociación delictuosa al lavado de dinero. Libré el de homicidio bajo el alegato de defensa propia. Aun con su pericia, Sampietro no logró librarme del encierro. Dada la inquina de la opinión pública en mi contra, la propuesta original de sentencia era por treinta años. Sampietro logró reducirla y estaba convencido de que a base de apelaciones lograría rebajarla a cuatro años.

Mis amigos no me han dado la espalda. Julián, Pedro y Héctor me visitan con frecuencia. Intentaron conseguirme algo parecido a la suite Westin donde pudiera vivir con más comodidad. La rechacé. Había roto con la Marina que había sido antes y la ruptura debía llegar a sus últimas consecuencias. Alberto me ha visitado en dos ocasiones, y en ambas se portó como lo que siempre fue: un caballero. Si bien no avaló mi conducta, al menos tuvo la decencia de no reprocharme ni juzgarme a la luz de las consecuencias de mis actos.

Los primeros meses me costó trabajo dormir. Me asaltaban la culpa y el horror de haber matado a un ser humano. En mí se repetía una y otra vez el instante justo en que alcé el arma y jalé del gatillo. La expresión de su rostro mientras regurgitaba sangre me hizo despertarme varias veces con el corazón pulsándome. Me turbó más ese recuerdo que el del Máquinas apuntándome a la cabeza con la intención de matarme.

Sampietro me reveló quién era el Máquinas y por qué su afán de asesinarme. José Cuauhtémoc le narró la historia de su amistad y de su encuentro con Esmeralda y pidió que me la detallara. Me hubiera gustado que me la confiara antes. No lo habría increpado y mucho menos habría terminado con él, pero me dejó a ciegas, sin elementos para comprender el complejo entorno en el cual nos hallábamos involucrados. El que no lo haya hecho no disminuye, ni disminuirá, mi amor por él. Ese se mantendrá inalterable por el resto de mi vida.

No supimos más del Máquinas. Como suelen decir «se lo tragó la tierra». El Chapopote, uno de sus esbirros y quien asesinó a Francisco, fue reaprehendido tiempo después. Confesó lo impensable: que había sido la secretaria del mismo Sampietro quien nos había traicionado. Al enterarse, Joaquín no le dijo nada a la mujer. Le brindó datos falsos hasta que la enredó en una trama que la llevó a la cárcel. Se encargó de hundirla y para evitar la molestia de toparmela en el reclusorio, consiguió que la encerraran en una prisión en Querétaro. Con la evidencia que suministró el mismo Sampietro, la arpía fue condenada a quince años. Nada mal para la responsable de la muerte de dos personas y de la invalidez permanente de otra.

Los médicos me explicaron que no había muerto gracias a que José Cuauhtémoc taponeó mis heridas con las manos. Presionando con los dedos una arteria seccionada, evitó una hemorragia que hubiera sido fatal e impidió también que escapara el aire de mi pulmón lesionado. Bien pudo huir y dejarme morir. No me abandonó en ningún momento consciente de que hacerlo implicaría su recaptura. En cuanto salió del quirófano lo rodearon docenas de policías. Se entregó sin oponer resistencia. Lo único que pidió fue que le notificaran el resultado de mi operación. El comandante de la policía cumplió su promesa y le comunicó el éxito de mi cirugía.

La bala fracturó mi esternón y la trayectoria interesó la zona baja del pulmón izquierdo. Se destruyó parte del tejido pulmonar, pero la herida cicatrizó bien y no fueron necesarias nuevas intervenciones para reparar fugas. «Aunque perdiste el quince por ciento de tu pulmón, es un órgano noble que puede funcionar sin complicaciones aun con una lesión de ese calado», me explicó el neumólogo. «La mayoría de los fumadores se hallan peor que tú.»

Estuve internada en el hospital diez días y apenas egresé fui enviada a juicio. Se me dictó prisión preventiva mientras me rehabilitaba. Tuve que soportar dolores y recaídas frecuentes por las condiciones del encierro. Con el tiempo me recobré por completo y, lo más importante, pude volver a bailar.

Mamá, y Katy y Paulina, mis hermanas, capotearon con elegancia el escándalo de la oveja negra. Por supuesto, no aprobaron mi proceder, pero no dieron pie a mis detractores a encarnizarse conmigo. En cuanto alguien empezaba a hablar mal de mí, le ponían un alto. En mi medio social todo termina por saberse y Pedro y Héctor escucharon una y otra vez las versiones de mi familia solidarizándose conmigo. Se han negado a visitarme. Una cosa es no ser cómplices de mis infamadores y otra, tener el ánimo para verme. Comprendo su resistencia a venir. Debe serles difícil manejar lo que a todas luces fue una obvia deserción a los valores que me habían inculcado.

El país se estabilizó después de meses de conflicto. Sampietro, conocedor de los embrollos de la política nacional, me explicó los pormenores de las negociaciones entre el gobierno y el cartel de los Aquellos. La lucha por el poder empezaba a contaminar la economía nacional y la relación con los Estados Unidos. Ambos bandos entendieron que perdían más enfrentándose de lo que ganaban. Pactaron y el país se encaminó de nuevo hacia «el orden y el progreso».

Abominé el homicidio televisado de Carmona. Pese a sus chanchullos no mereció morir inmolado de manera pública como si se tratara de un animal de rastro. Su ejecutor, un tipo apodado el Tequila, fue pieza de canje en los tratos con el gobierno. Aunque había acatado órdenes de sus jefes al asesinarlo, al cartel le convenía deshacerse de la aureola de despiadado de su operador en la prisión. No lo mandaron ejecutar porque cumplió con honor, pero hicieron algo aún más terrible: lo extraditaron a Estados Unidos, donde lo condenaron a purgar cadena perpetua en la infame cárcel de máxima seguridad en Florence, Colorado.

Claudio solicitó el divorcio apenas montó en el avión rumbo a Nueva York. A él nada podría reprocharle y firmé los papeles en cuanto me los presentaron. Convertí su vida segura y apacible en un tormento. Las maledicencias lo persiguieron durante meses. Solo logró deshacerse de ellas cuando aceptó un trabajo en Zúrich, Suiza, donde muy pocos conocían la tortuosa historia de su matrimonio con una mujer loca e infiel. Allí conoció a una muchacha de «buena familia» y se encuentran comprometidos para casarse dentro de unos meses. Hasta la fecha, Claudio se ha negado a hablar conmigo.

Perdí la custodia de mis hijos y jamás dejará de pesarme el sacrificio de su ausencia. A veces creo que voy a enloquecer de tanta falta que me hacen. Mi fantasía de una familia feliz, viviendo juntos en un rancho, amigos todos, se desmoronó como era previsible que sucediera. Solo una ilusa como yo pudo pensar en salir indemne.

Añoro las decenas de momentos al lado de mis hijos. Los desayunos con hot cakes, las cenas en familia, ver películas echados en la cama, sus relatos cotidianos, las fiestas infantiles, las vacaciones en la playa. Momentos extraviados por siempre o al menos, por el tiempo que me tomará salir de la cárcel. No seré testigo del resto de su infancia. Cuando cumpla mi condena los tres serán ya adolescentes.

Por argucias legales que decidí no combatir, Claudio logró que las autoridades me prohibieran comunicarme con mis hijos por cualquier medio. Cero teléfono, cero Skype, cero WhatsApp (como si en la cárcel tuviera acceso a ello). La única manera de contactarlos es vía escrita. Ellos me siguen queriendo. Me lo repiten en sus cartas que me llegan una vez por mes. No saben bien a bien qué hice, pero intuyen que fue algo muy malo. Apenas recibo sus correos y no puedo contener las lágrimas. Mi único deseo es que, donde se hallen, se encuentren bien, sean felices y que me sigan amando pese al daño que les ocasioné.

José Cuauhtémoc fue trasladado a un penal en el estado de Sonora, a dos mil kilómetros de distancia. La presión mediática imposibilitó que lo encarcelaran de nuevo en el Reclusorio Oriente. La consigna era separar a Romeo de su Julieta y darnos una brutal lección. «El amor», lo sostenía Igor Caruso, «es subversivo» y no iban a permitir que el nuestro subvirtiera aún más.

José Cuauhtémoc cobró revancha con la publicación de sus libros. El augurio de Francisco se cumplió a cabalidad. Se convirtió en un escritor maldito reverenciado por decenas de jóvenes. Francisco vaticinó que lo considerarían el «Charles Manson de la literatura» y así fue. Para domeñar a la bestia negra e impedir que se acrecentara su fama, las autoridades del penal lo colocaron en encierro solitario y le vedaron escribir. Tarde para ello, José Cuauhtémoc es ya una causa célebre y organizaciones de escritores han pedido la relajación de las medidas en su contra. A su vez, grupos conservadores coaccionan para impedir la difusión de su obra. A sus ojos un asesino no merece ni una sola línea en la prensa, ni en las revistas literarias. Estas dos visiones encontradas, era lógico, catapultaron su fama y ahora se encuentra en vías de ser traducido a varios idiomas. Sampietro ha aprovechado esta oleada para tramitar apelaciones y para explotar vacíos legales. Piensa que es posible disminuir su sentencia de setenta a doce años. No está de más decir que vivo ilusionada con que ello suceda.

A través de sus influencias, Pedro logró la exigua concesión de que José Cuauhtémoc y yo hablemos quince minutos por teléfono cada dos semanas. Sabemos que nuestras llamadas están intervenidas y nos divertimos usando el lenguaje oblicuo que creamos en nuestras conversaciones por radio.

Cuando cumpla mi condena me iré a vivir a Sonora para estar cerca de él. Buscaré al Carmona de esa prisión y para hacer el amor alquilaré una suite. José Cuauhtémoc me ha relatado que las temperaturas allá son extremas. Cincuenta grados en verano, menos diez en invierno. Hacer el amor en un cuarto de visita conyugal suena a congelarnos o a acabar bañados en sudor. Y si no consigo la suite, no importa. Estaremos juntos y eso es lo primordial.

Contra todos los pronósticos, Danzamantes creció aún más. Alberto había dado por hecho el fin de la academia y su consecuente bancarrota, pero su seriedad y su rigor profesional lograron contrarrestar mi aura delictiva. Por sus propios méritos, Alberto mantuvo la empresa a flote, aunque hay que reconocer que el morbo atrajo a adolescentes rebeldes a inscribirse. Por su lealtad le cedí el cincuenta por ciento de las acciones.

En la cárcel fundé un grupo de danza contemporánea. Al principio se interesaron pocas. Les costaba entender los movimientos caóticos y disruptivos de las coreografías que creo. Con el tiempo se empezaron a unir más reclusas. Hoy puedo presumir con orgullo de que cuento con veinte bailarinas. Sus movimientos son torpes y con excepción de un par, no gozan de la menor gracia. Sin embargo hay algo en su quehacer que es auténtico y original. Sus evoluciones no obedecen a técnicas preestablecidas, sino a la necesidad de liberar cúmulos de injusticias, de miseria, de humillaciones diarias. Sí, la mayoría son culpables de los crímenes que se les achacan, alguno de ellos horrendos pero, si se escarba, es posible percatarse de que varias actuaron acorraladas. La cursi frase de Rosalinda del Rosal aquí hace eco: «Yo corté dedos, pero a mí y a mi gente, en este país de mierda, nos cortaron las alas y los pies». Y sí, a diario convivía con mujeres emocionalmente mutiladas, secuestradas por un sistema que las oprime y las aplasta, muertas desde antes de nacer como bien lo describió José Cuauhtémoc en su manifiesto.

Hace una semana me anunciaron la visita de dos personas. Ignoraba de quién se trataba. No aguardaba a ninguno de mis amigos y me parecía improbable que se presentaran mi madre o mis hermanas. Me dirigí al área de visitas y cuando arribé me quedé pasmada. Me esperaba Alberto junto con Biyou. Estremecida me acerqué a ellos. No sabía cómo comportarme. Saludé a Biyou entre intimidada y avergonzada. Alberto me aclaró que ella había venido a participar al Festival Cervantino y que le insistió en llevarla conmigo.

Nos sentamos a charlar. Biyou estaba al tanto de mi situación y por Alberto sabía de la enorme influencia que su trabajo había ejercido sobre el mío. «Las mujeres enamoradas hacemos muchas tonterías», me dijo Biyou en su inglés africano, «lo sé porque por amor cometí una tras otra».

Al final, Danzamantes sí se presentó en Tel Aviv. Alberto me contó que recibieron una prolongada ovación de pie. Ohan lamentó mi ausencia, por completo ajeno a mi devenir criminal. Biyou presenció la obra y quedó impactada. «Hiciste algo que no le había visto a nadie antes», me dijo. Al igual que a muchos, le sedujo mi estela de mujer insurrecta. «Ahora entiendo el porqué de la vitalidad de tu trabajo.» Había ido a verme guiada por la curiosidad y con la intención de proponerme colaborar juntas en un nuevo proyecto cuando egresara de prisión.

Agradecí el ofrecimiento, pero le manifesté que una vez libre me trasladaría a Sonora para estar cerca de José Cuauhtémoc. «No puedes dejar de crear», sostuvo, «tu trabajo es muy valioso». Le aclaré que jamás pensaba abandonar la danza, solo que la ajustaría a mi nueva realidad. «La haré con los recursos y con la gente que encuentre allá.»

Se despidió con calidez y me declaró su admiración. Conmovida la abracé. No sé si triunfar en Nueva York, en Londres o en Río de Janeiro equivalga al sentimiento que sus palabras provocaron en mí. Después de todo, no había vaciado mi vida al desagüe.

Ahí se encontraba ella para constatarlo. Mi obra había repercutido a pesar mío. La fractura brutal con mi pasado arrojó sentidos impensables. La mediocridad, el padecimiento al que más despavorí en mi vida profesional, el que me paralizaba y hacía que mis esfuerzos parecieran frívolos y desechables por fin había quedado atrás.

Biyou y Alberto partieron y me quedé con el estómago revuelto de felicidad y desamparo. Esa misma tarde ensayé con el grupo. Cuando llegué mis compañeras ya calentaban ataviadas con mallones descosidos, con zapatillas agujeradas, con leotardos desgarrados; prendas usadas que habían donado Danzamantes y otras compañías de danza. Me conmovió verlas con tal enjundia y pasión. Algunas de ellas jamás volverían a pisar la calle y ahí se encontraban dispuestas a dar lo mejor de sí mismas para una coreografía que era probable que solo vieran ellas.

Me paré en medio del salón. Las demás se colocaron a mi alrededor atentas a mis instrucciones. «¿Listas?», pregunté. Asintieron. «Muy bien, comencemos.»

## XXIII Premio Alfaguara de novela

El 24 de enero de 2020, en Madrid, un Jurado presidido por el escritor Juan Villoro, e integrado por las también escritoras Laura Alcoba y Edurne Portela, el periodista y poeta Antonio Lucas, el librero de La Buena Vida, de Madrid, Jesús Rodríguez Trueba, y Pilar Reyes (con voz pero sin voto), directora editorial de Alfaguara, otorgó el **XXIII Premio Alfaguara de novela** a *Salvar el fuego* de **Guillermo Arriaga**.

### Acta del Jurado

El Jurado, después de una deliberación en la que tuvo que pronunciarse sobre siete novelas seleccionadas entre las seiscientas dos presentadas, decidió otorgar por unanimidad el **XXIII Premio Alfaguara de novela**, dotado con ciento setenta y cinco mil dólares, a la obra presentada bajo el título *El león detrás del cristal* y el seudónimo de Isabella Montini, cuyo título y autor, una vez abierta la plica, resultaron ser *Salvar el fuego* de **Guillermo Arriaga**.

En primera instancia el Jurado quiere destacar la enorme cantidad de libros presentados y la gran calidad de todos los originales finalistas.

*Salvar el fuego* es una novela polifónica que narra con intensidad y con excepcional dinamismo una historia de violencia en el México contemporáneo donde el amor y la redención aún son posibles. El autor se sirve tanto de una extraordinaria fuerza visual como de la recreación y reinvención del lenguaje coloquial para lograr una obra de inquietante verosimilitud. Los distintos planos narrativos tienen como hilo conductor el cuerpo humano, motivo de celebración y expuesto a numerosos excesos.

# Guillermo Arriaga

(Ciudad de México, 1958) ha publicado las novelas *Escuadrón Guillotina* (1991), *Un dulce olor a muerte* (1994), *El búfalo de la noche* (1999), *El Salvaje* (2016), Premio Mazatlán de Literatura 2017, seleccionada en varios países como una de las mejores novelas del año, y *Salvar el fuego*, Premio Alfaguara de novela 2020, y la colección de cuentos *Retorno 201* (2006). Su obra ha sido traducida a veinte idiomas. Es autor de las películas *Amores perros, 21 gramos, Babel,* por la que fue nominado al Oscar, al Globo de Oro y al Premio Bafta al mejor guion original, y *Los tres entierros de Melquiades Estrada,* que recibió el premio al mejor escritor en el Festival de Cannes 2005. En 2008 presentó *The Burning Plain,* su ópera prima como director. Produjo y coescribió la historia de *Desde allá,* primera película ibero-americana en ganar el León de Oro en el Festival de Venecia. Recientemente, Arriaga fue elegido por un panel internacional como uno de los cien mejores escritores de cine de la historia.